HEYNE
BÜCHER

Von Ellen Tanner Marsh
sind als Heyne-Taschenbücher erschienen:

Gezähmtes wildes Herz · Band 01/7796
Der Glanz der Seide · Band 01/7882

ELLEN TANNER MARSH

WOGEN DER ZÄRTLICHKEIT

Roman

Deutsche Erstausgabe

WILHELM HEYNE VERLAG
MÜNCHEN

HEYNE ALLGEMEINE REIHE
Nr. 01/7962

Titel der Originalausgabe
WRAP ME IN SPLENDOR
Aus dem Amerikanischen übersetzt
von Christiana Haack

2. Auflage

Printed in Germany 1990
Umschlagzeichnung: Oliviero Berni/Schlück
Umschlaggestaltung: Atelier Ingrid Schütz, München
Satz: IBV Satz- und Datentechnik GmbH, Berlin
Druck und Bindung: Elsnerdruck, Berlin

ISBN 3-453-03663-8

Für Mutti und Vati
in Liebe

Für Hilari
in Dankbarkeit

1.

Das prachtvolle Herrenhaus des Landsitzes North Head war dem Meer zugewandt. Im Westen lag Land's End, das äußerste Zipfelchen Englands, dennoch beherrschte North Head mit seinen fruchtbaren Ackerböden und dem kargen Heideland die ganze Gegend, so daß man leicht annehmen konnte, jenseits seiner weitläufigen Mauern gäbe es keinerlei Zivilisation mehr.

North Head mit seinem wundervoll angelegten Park und den hohen vergitterten Fenstern, die das Sonnenlicht hereinströmen ließen, die brausenden Winterstürme jedoch abfingen, schwebte erhaben über dem Gestade, ragte massiv und unerschütterlich über dem Meer empor. Seine zwei Türme aus heimeligem, goldfarbenem Stein wirkten wie Wachposten, die den Mittelbau des Hauses und die stattlichen Seitenflügel daneben beschützten. Von den Turmspitzen aus konnte man über Land's End nach Westen blicken, zu den weißen Schaumkronen des Atlantiks, und nach Osten, zum Fischerdorf St. Ives, wo sich Cornwall mit seinen wogenden Heiden und terrassenartigen Wiesen zu einem Panorama von herber, nahezu schmerzlicher Schönheit entfaltete.

Seit mehr als zweihundert Jahren diente North Head als Sitz der Barrancourts, einer mächtigen Familie von hohem Ansehen im alten Herzogtum, so stolz, stoisch und unbeugsam wie Cornwall selbst. Weder Sturm noch Hungersnot, weder Bürgerkrieg noch Aufstand hatten ihr feuriges Temperament zu dämpfen vermocht, und im Landvolk munkelte man, jeder Barrancourt werde mit ein paar Tropfen Zauberblut geboren. Denn wie hätte North Head ohne magische Kräfte seine bewegte Vergangenheit überstehen und so gedeihen können? Lachen und Liebe, Verrat und Blutbäder – die starken, schützenden Mauern waren Zeuge aller Aspekte der menschlichen Natur geworden, die seine Bewohner mit ihrem unstillbaren, unersättlichen Lebenshunger in sich tragen.

An einem überraschend kühlen, bedeckten Junimorgen 1848, als die Türme dunstverhangen, die Ziegelmauern feucht vom Niederschlag waren, schien North Head von Ferne wie ein großer Raubvogel über den Klippen zu schweben. Weit unten am Abhang galoppierte ein Pferd einsam mit seiner Reiterin über die nasse, duftende Heide. Das Tier, ein kastanienbrauner Hengst, war schaumbedeckt, sein Atem eine Dunstwolke, die Hufeisen trommelten über den Rasen. Mit einer geringfügigen Gewichtsverlagerung lenkte es seine Reiterin von der Auffahrt weg, die durch die gepflegten Gärten zu den weißgetünchten Ställen führte.

»Du bist doch gewiß noch nicht müde, alter Junge«, wisperte ihm die schlanke junge Frau ins Ohr. »Wenn du willst, holst du den Wind ein.« Bei diesen Worten legte sie sich flach in den Sattel, und der Hengst reagierte auf ihre Bewegung und stob derart über den Rasen, daß unter seinen Hufen der Morast aufwirbelte und die Landschaft verschwommen an ihnen vorbeirauschte.

Raven Barrancourt, der das Blut in den Adern pochte, ließ Cinnabar freien Lauf. Sie hob das schmale, ebenmäßige Gesicht, so daß der kühle Sommerwind ihr die feuchte Brise gegen die Wangen fächelte. Ihre schrägstehenden Augen von erstaunlichem Goldton glänzten aufgeregt, und ihre weichen, rosigen Lippen öffneten sich, als sie, beglückt über das Gefühl der Freiheit, auflachte.

Auf einer kleinen Anhöhe zügelte sie den widerstrebenden Hengst, ließ ihn ungeduldig stampfen und schnauben, während sie sich nach North Head umwandte, das sich an die hoch aufragenden, massiven Granitfelsen schmiegte. Das herrliche Gebäude, so fest und unerschütterlich wie der Granit, die Sträucher und die in prächtiger Blüte stehenden Sommerblumen, bot ein Bild ehrfurchtgebietender Erhabenheit. Diese Aussicht auf ihr Zuhause mochte Raven am liebsten, und bei jedem Ausritt hielt sie hier an, um den erquikkenden Anblick in sich aufzunehmen, ehe sie auf Land's End zusteuerte. Nach einer Weile ließ sie den erregten Cinnabar drehen und zwang ihn in einen ruhigen, kurzen Galopp. Sie hatte ihn sich von einem Fohlen herangezogen und mit Hilfe ihres Vaters abgerichtet. Lächelnd rief sie sich jetzt ins Gedächtnis zurück, wie er sie als ungebärdiges Jungtier unzählige Male abgeworfen und mit seiner Widerspenstigkeit zum Weinen gebracht hatte. Doch sie war geduldig, hartnäckig und ebenso starrköpfig wie Cinnabar geblieben und hatte ihn zu einem wirklich angenehmen Reittier dressiert, was ihr Vater so gern in seiner schlichten Art gelobt hatte. Raven wußte, daß er sehr großen Stolz auf sie empfunden und sogar davon gesprochen hatte, Cinnabar zu einer Stute zu bringen; doch hatte der frühe Tod ihres Vaters diese Pläne zunichte gemacht.

Ein plötzlicher Schmerz trat in die goldfarbenen Augen, und Raven preßte die rosigen Lippen fest zusammen. Die Freude am Ausritt war ihr mit einemmal getrübt, und nachdem sie Cinnabar zu einer der geschützten Buchten am Fuß der Klippen dirigiert hatte, damit er durch das eisige Wasser planschen konnte, ritt sie heimwärts.

Schnaubend warf Cinnabar den Kopf umher und tänzelte auf den Vorplatz, wo ein grauhaariger Pferdeknecht in Stiefeln und Lederschürze aus dem Stall auftauchte, um das Tier zu übernehmen.

»Haben Sie Cinnabar tüchtig müde geritten, Miß Raven?« fragte er mit einem breiten Grinsen.

»Ja, Sam«, erwiderte sie, ließ den gestiefelten Fuß aus dem Steigbügel gleiten und sprang behend vom Pferd. Sie war groß gewachsen, schlank und geschmeidig, ihr dunkelgrünes Samtkleid von modischem Schnitt; und das mit Goldlitze besetzte Jäckchen legte sich eng um die grazile Taille, um sich dann über die schön geschwungenen Hüften zu bauschen. Ihr glänzendes, kohlschwarzes Haar war zu einem Knoten geflochten und wurde von einem feinen Netz an den zarten, anmutigen Nacken geschmiegt.

»Er kann wie immer nicht genug kriegen«, bemerkte Sam kopfschüttelnd, als der große Hengst, von seiner Last befreit, einen ausgelassenen Satz nach vorn machte. Nur durch einen festen Griff in die Zügel hinderte ihn der Pferdeknecht daran, sich loszureißen. Schnaubend verdrehte Cinnabar die Augen und scharrte mit den Füßen, so daß die Hufeisen auf dem Pflaster klirrten.

»Armer Cinnabar«, murmelte Raven und tätschelte ihm

den glänzenden, muskulösen Hals. »Vielleicht reite ich ihn am Nachmittag noch einmal.«

»Dazu werden Sie wohl kaum Zeit haben, Miß Raven«, wandte Sam bedauernd ein. »Während Sie weg waren, ist der Kanzleisekretär von Dr. Haggart gekommen und hat ausgerichtet, daß Haggart Sie gegen zwei besucht.«

»Warum das denn?« Nachdenklich runzelte Raven die Stirn.

»Das wollte er nicht sagen, Miß Raven.«

Sie zuckte die schmalen Schultern und lächelte Sam freundlich zu. »Nicht weiter wichtig, Sam. Sagen Sie einem der Stallburschen, daß man Cinnabar noch einmal ausreiten soll. Dann müßte er sich doch müde toben.«

Sam blies die geröteten Pausbacken auf, als er den Gurt löste und den Sattel von Cinnabars breitem Rücken hob. »Wenn Sie das nicht mal mit Ihrem wilden Galopp schaffen, Miß Raven, wird es auch nicht viel helfen, wenn ich einen der Burschen noch zu einem Ausritt überrede.«

Ein leises melodisches Lachen war Ravens Antwort. Sie wandte sich um und schritt, die Reitgerte mit dem beinernen Knauf noch in der zarten Hand, über den Hof auf das Herrenhaus zu, wobei ihr die Röcke um die Beine wogten. Geräuschlos glitt sie durch den Dienstboteneingang ins Haus und eilte die geschwungene Treppe zum Westflügel in ihr Schlafgemach hinauf, ohne dabei die strengen Gesichter ihrer Ahnen, die in der Großen Galerie auf sie herniederblickten, zu beachten. Feurig, stolz, dunkelhaarig, mit edlem, hitzigem Keltenblut in den Adern, entstammten sie alle dem Geschlecht der Barrancourts. Die meisten waren Krieger gewesen, in späteren Generationen Ritter und treue Vasallen der englischen Könige. In ihren unbeugsamen Gesichtern verkörperte sich die Geschichte Englands und das zukünftige Schicksal ihrer Nachkommen, auch das Ravens, deren dunkle, ehrfurchtgebietende Schönheit ebenso ein Teil dieses Erbes war wie ihre stolze, unnachgiebige Geisteshaltung.

Ravens Schlafgemach ging zur See hinaus, die hohen Flügelfenster offenbarten einen großartigen Blick auf das Wasser und den Himmel, obwohl heute kaum auszumachen war, wo dieses endete und jener begann, da eine dahinziehende, dunkle Dunstdecke den Horizont verfinsterte. Von der überhängenden Dachkante tropfte es, und die am Sturmhimmel ihre Kreise ziehenden Saatkrähen krächzten heiser. Diese Szenerie war Raven wohlvertraut, obschon dieselbe düstere See sich in einen funkelnden Aquamarin verwandelte, wenn die goldenen Sonnenstrahlen Brandung und Strand mit ihrem Licht erwärmten. Wie viele sonnige Tage sie wohl von diesem Fenster aus gesehen hatte, fragte sich Raven, während sie näher trat und mit zarter Hand die Damastvorhänge zur Seite raffte. Wie viele sturmdurchtoste Nächte, wie viele kalte Wintertage?

Nicht annähernd genug, dachte sie, und ein sanftes, liebevolles Lächeln huschte über ihre Lippen, als sie den Blick westwärts nach Land's End schweifen ließ. Ein ganzes Leben reichte nicht aus, ihre Sehnsucht nach der wilden Schönheit Cornwalls zu stillen. Welches Glück, könnte sie nur hier am Fenster verweilen und vor sich hin träumen... Leise seufzte sie auf und sank ein wenig in sich zusammen. Wenn sie sich dem doch nur hingeben dürfte, aber unten warteten dringende Aufgaben, die sie nicht unbeachtet lassen durfte. Mit einem abermaligen Seufzer wandte sie sich vom Fenster ab und begann sich die Stiefel auszuziehen.

Als sie unten erschien, trug sie ein rubinrotes Samtkleid mit weitschwingendem Rock; der spitzenbesetzte, tropfenförmige Ausschnitt enthüllte ihren Schwanenhals und den vollkommenen Brustansatz. Die zerbrechliche Taille betonte ein enges Mieder, das gefällig über die sanft geschwungenen Hüften fiel. Das glänzende blauschwarze Haar hing lose herab, nur von zwei erlesenen Perlmuttkämmen aus dem Gesicht gehalten. Bei jedem Schritt wehten und wogten ihr die Locken verführerisch um die Hüften, doch Raven war sich ihrer Schönheit nicht bewußt. In Gedanken versunken, runzelte sie die Stirn. Noch vor Monatsende mußten Außenstände beglichen und bis morgen die Löhne bezahlt werden. Ob sie die Buchführung noch erledigen konnte, bevor Mr. Haggart am Nachmittag eintraf?

Die kleine Furche schwand von Ravens glatter Stirn, und ihre Augen hellten sich auf. Konnte sie nicht Mr. Haggart bitten, ein wenig Zeit für sie zu erübrigen und ihr einige Fragen zu den Büchern zu beantworten? Wenn sie ihm die Unterlagen zeigte, konnte er ihr vielleicht erklären, warum sie jeden Monat ein bißchen ins Hintertreffen geriet, gleichgültig, wie umsichtig sie mit den Ausgaben jonglierte. Offen gestanden hatte sie sich ihres mangelnden Geschäftssinns zu sehr geschämt, ihn früher um Rat zu bitten. Doch wenn er schon einmal da war, würde er nicht zögern, ihr ein wenig zu helfen.

Von dieser Aussicht etwas aufgeheitert, machte sich Raven auf den Weg zum Arbeitszimmer. Als sie aber bemerkte, daß die Doppeltüren zur Halle offenstanden, betrat sie diese nach kurzem Zögern. Der Steinboden schimmerte in sanfter Patina, die sich in vielen Jahren bei ungezählten Jagdbällen, Hochzeitsfesten und Banketten gebildet hatte. Obwohl der imposante Saal riesengroß war und die Kassettendecke ihm Vornehmheit und Eleganz verlieh, liebte Raven immer die ungezwungene behagliche Stimmung, die sie hier umfing. Alte Waffen, zum Teil von ihren Vorfahren in Kriegen und Aufständen gebraucht, hingen an den in warmen, satten Farben tapezierten Wänden. Ein tiefer Kamin von anderthalbfacher Mannshöhe nahm die ganze Ecke unter der Spielmannsgalerie ein. Seine glatte roséfarbene Marmorfassung war vor mehr als hundert Jahren aus Italien herbeigeschafft worden.

Langsam und leichtfüßig schritt Raven durch die riesige Halle. Bei jeder Bewegung raschelte das Samtkleid, und sie dachte an all die Musik und das Lachen, die in vergangenen Zeiten hier erschallt waren. Mehr als zwei Jahrhunderte hatten die Barrancourts ihre Feste innerhalb dieser dicken Steinmauern gefeiert, und sie selbst hatte an einigen Herbstbällen und prächtigen Empfängen ihres Vaters teilgenommen. Obwohl sie erst im kommenden Winter offiziell in die Gesellschaft hätte eingeführt werden sollen, bestand er darauf, daß sie an seiner Seite als Gastgeberin auftrat, und alle Gäste waren von dem lächelnden schönen Mädchen hingerissen, das sie zusammen mit seinem Vater begrüßte und dabei so reizend knickste.

Kurz vor dem Tod des Vaters hatten sie erste Pläne für ihren Debütball geschmiedet. Bei der Erinnerung daran trat Raven ein trauriger, wehmütiger Ausdruck in die goldbraunen Augen. Ihr Vater hatte ihr versprochen, daß es das Ereignis der Saison und ihre Robe schöner als Engelsflügel sein würde, und sogar schon damit begonnen, sie die komplizierten Schritte jenes Tanzes zu lehren, mit dem traditionsgemäß jede formelle Einladung in North Head eröffnet wurde. Dieser beschwingte Tanz ähnelte der ursprünglich provenzalischen und einst im Elisabethanischen England so beliebten Volta, doch hatte man ihn noch um die würdevollen Schritte der italienischen Pavane erweitert.

Ob sie sich wohl noch an die lebhaften, vertrackten Schritte und die schwungvolle Begleitmelodie erinnerte? Vor sich hinsummend, begann Raven mit dem Fuß auf den glatten Steinboden zu klopfen. Und als Rhythmus und Melodie allmählich in ihr Gedächtnis zurückkehrten, hob sie die üppigen Röcke, wobei sie ihre schmalen, wohlgeformten Fesseln enthüllte, und wirbelte anmutig durch den leeren Saal, als tanzte sie mit einem imaginären Partner. Zu ihrem Entzükken gelangen ihr die Schritte mühelos, und sie drehte sich mit erhobenen Armen wieder und wieder, so daß ihr rubinroter Rock wogte und das lange schwarze Haar um ihre Hüften wippte. Fast konnte sie die Stimme ihres Vaters hören, wie er sie auf einen fehlerhaft ausgestreckten Fuß hinwies oder sie für einen besonders graziösen Schritt lobte, und ein warmes Lächeln der Erinnerung trat in ihre Augen.

»Ahem!«

Bei diesem verlegenen Räuspern hielt Raven mitten im Schritt inne, und als sie den livrierten Diener in der Türöffnung stehen sah, schoß ihr tiefe Röte in die weichen Wangen. Obgleich er sich um eine gebührend ernste Miene bemühte, entdeckte sie in seinem gütigen Gesicht einen bewundernden und erfreuten Ausdruck, und sie mußte über ihr albernes Benehmen lachen.

»Entschuldigen Sie, Timms. Ich wollte ausprobieren, ob ich die Schritte noch beherrsche.«

»Ganz offensichtlich tun Sie dies noch, Miß Raven«, erwiderte der Diener und gestattete sich die Freiheit, in ihr Lachen einzustimmen. »Ganz vorzüglich sogar. Ich wollte nur die Türen schließen. Molly muß sie nach dem Saubermachen offengelassen haben.«

»Eigentlich ist es traurig«, meinte Raven nachdenklich, als

sie auf den dicken Korridorteppich trat und der Diener mit Schwung die verzierten Türen schloß. »Ob wir wohl jemals wieder die Große Halle benutzen werden?

»Oh, das dürfen Sie nicht sagen, Miß Raven!« protestierte Timms, der die meiste Zeit seines Lebens auf North Head zugebracht hatte und sich gut an die äußerst beeindruckenden Bälle der Barrancourts erinnerte.

Raven zuckte die Achseln, aber auf ihrem Gesicht erschien ein Ausdruck der Niedergeschlagenheit. »Als junge unverheiratete Frau kann ich doch selbst keine Feste oder Gesellschaften geben, und ohne meinen Vater will ich es ohnehin nicht.« Sie seufzte und zeigte ein schwaches, unglückliches Lächeln. »Ich sollte jetzt wohl besser an die Arbeit gehen.«

Timms sah, wie die schlanke Gestalt allmählich den langen Korridor hinunter entschwand, und furchte die Stirn, weil er die Trauer seiner jungen Herrin über den Tod des Dienstherrn teilte. Doch Miß Raven ist außergewöhnlich schön, sagte er sich aufmunternd, und es wird nicht lange dauern, bis sie einen Gentleman findet, der ihrer wert ist. Dann wird die Große Halle wieder von Orchestermusik und dem Lachen der Gäste widerhallen.

Ravens Stimmung trübte sich noch stärker, als sie die Tür zum Arbeitszimmer öffnete und auf dem riesigen Eichenschreibtisch ihres verstorbenen Vaters eine Ansammlung von Akten und leinengebundenen Hauptbüchern sah. Manchmal fiel so überwältigend viel Arbeit an, daß sie am liebsten aufgeschrien und die ganzen Unterlagen ins Feuer geworfen hätte. Wie hätte sie, die so frei und ohne Sorgen auf der kargen Heide von North Head aufgewachsen war, auch ahnen können, daß die Verwaltung des riesigen Anwesens mit solcher Mühe verbunden war? Schließlich hatte ihr Vater sich um alles gekümmert – um die Leitung des Haushalts, das Bestellen des unzähligen Morgen umfassenden Ackerlandes, den Pachtzins, den Viehbestand, die Löhne, die Bediensteten... Raven hatte ihn während der Anbau- und Erntezeit zwar oft auf die Felder begleitet und sogar gelernt, das Zuchtvieh sorgfältig auszuwählen, ihn aber nie gestört, wenn er im Arbeitszimmer mit seinen Büchern beschäftigt gewesen war. Ohne die leiseste Ahnung, womit sie überhaupt anfangen sollte, hatte sie diese Verpflichtungen übernehmen müssen.

Doch fielen ihr die Dinge jetzt zweifellos leichter als vor drei Monaten, als sie die Arbeitslast völlig unerfahren geerbt hatte. Obwohl die Erträge in diesem Jahr wegen des Regenwetters während der Wachstumsperiode schlecht ausfallen würden, dürfte es doch für den Lohn der Leute und die meisten Ausgaben reichen.

Wehmütig schlug Raven das Buch, das ihr am nächsten lag, auf und sah Zahlenreihen über Zahlenreihen in der klaren sauberen Schrift ihres Vaters. Sie erinnerte sich noch gut an ihre Angst und das Gefühl der Verlassenheit, als sie sich zum ersten Mal an den großen blanken Tisch gesetzt hatte, voll Schmerz über den Verlust und voll Furcht, North Head nicht erhalten zu können. Offenbar hatte ihr das auch keiner der Nachbarn zugetraut. Nach ihren Kondolenzbesuchen verließen sie alle kopfschüttelnd das Haus. Raven hörte das Geflüster, spürte die Zweifel, ob ein zierliches Mädchen von knapp achtzehn Jahren die Bürde, die ausgedehnten Besitzungen von North Head zu verwalten, auf sich nehmen könnte. Dennoch boten ihr alle freundlich Beistand an; aber Ravens Stolz verbot es ihr, diese Wohltätigkeit anzunehmen. Sie hatte beschlossen, die alleinige Verantwortung zu tragen.

»Nun, schau mal einer an, Miß Raven! Wollen Sie denn nicht einmal mehr etwas essen?«

Raven schreckte von ihrer Arbeit hoch, als sich die Tür öffnete und eine kleine, adrett gekleidete Frau eintrat, die Hände resolut auf die stattlichen Hüften gestützt. Ihr strohblondes Haar war zu einem Nackenknoten gesteckt, und ein paar nicht zu bändigende Strähnen hingen ihr in die breite Stirn. Obwohl Alters- und Sorgenfalten ihr Gesicht durchfurchten, besaß sie lebhafte Augen und einen energischen Gang. Hannah Daniels behauptete immer, daß die Erziehung eines so anstrengenden und unternehmungslustigen Kindes wie Raven sie so jung erhalten hatte.

Unwillkürlich blickte Raven zur Uhr über dem tiefen, steinernen Kamin, und ihre Augen weiteten sich, als sie sah, daß es schon halb zwei war. Als wollte auch ihr Magen auf die fortgeschrittene Stunde hinweisen, stimmte er sofort ein so undamenhaftes Knurren an, daß Raven lachen mußte. Hannah Daniels mußte lächeln, denn sie hatte Raven in den vergangen Monaten nur selten lachen hören. »Sie finden es bestimmt auch erheiternd«, fuhr sie scheinbar mißbilligend fort, »daß Mr. Haggart in einer halben Stunde hier eintrifft und Sie noch nicht einmal gefrühstückt haben?«

»Ich habe Cinnabar so früh ausgeritten«, erklärte Raven und stapelte die Akten hastig aufeinander. »Es bleibt doch noch etwas Zeit für eine schnelle Mahlzeit, oder?«

»Eine schnelle Mahlzeit!« wiederholte die einstige Gouvernante und schüttelte verächtlich den Kopf. »Davon will ich nichts hören. Ordentlich zu Mittag werden Sie essen, Miß Raven, Parris hat schon für Sie gedeckt.«

»Mach dir keine Sorgen, Danny«, beruhigte Raven sie und erhob sich aus dem wuchtigen Lederstuhl, um ihr Kleid glattzustreichen. »Ich bin ohnehin am Verhungern.«

Das Mittagessen war für sie auf dem Beistelltischchen in dem hübschen Wintergarten angerichtet, der seit je zu Ravens Lieblingsräumen zählte. Dank seiner Lage im Ostflügel von North Head und mit seinen großen Erkerfenstern, die sich nach Süden öffneten, bot er einen weiten Blick auf die wogenden Wiesen, die sich bis zur wilden kornischen Heide erstreckten.

Ein warmes Feuer prasselte im Kamin, um die für diese Jahreszeit ungewöhnliche Kälte abzuwehren, und der Duft der Fresien und Treibhaustulpen, deren Zwiebeln Raven selbst gezüchtet hatte, erfüllte die Luft. Parris hatte die Schüsseln mit köstlichen Speisen ansprechend auf dem weißen Leinentischtuch verteilt. Die Wärmeplatten dampften, und Raven schnupperte hungrig, als ihr Näschen die verlokkenden Düfte wahrnahm. Während sie sich von allem eine Portion nahm, bemerkte sie, daß Danny sie verstohlen von der Fensterbank aus beobachtete.

»Was mache ich denn jetzt falsch?« fragte Raven mit großen unschuldigen Augen.

Kopfschüttelnd und mit zusammengepreßten Lippen musterte Danny den Berg auf Ravens Teller. »Wie oft habe ich Ihnen schon gesagt, daß eine Dame manierlich ißt und sich nicht so viel auf einmal auf den Teller lädt?«

Auf Ravens Wangen zeigten sich Grübchen, und ihre goldbraunen Augen funkelten schelmisch. »Bei Gott, niemand kann einen mehr erbittern als du, Danny! Sonst schiltst du mich immer, weil ich nicht genug esse. Übrigens«, fügte sie ernsthaft hinzu, ehe sie sich über ein großes Stück dampfenden Roastbeefs hermachte, »ist hier niemand, der wegen der Menge, die ich vertilge, einen hypochondrischen Anfall erleiden könnte.«

»Und glücklicherweise kann hier auch niemand Ihre spitze Zunge belauschen«, entgegnete die alte Frau streng im Ton jener Vertrautheit, den nur lange Jahre der Bekanntschaft mit sich bringen. James Barrancourt selbst hatte Danny nach dem frühen Tod seiner Gemahlin nach North Head gerufen.

Kurz vor Ravens erstem Geburtstag hatte ihre Mutter einen schwächlichen Knaben zur Welt gebracht, der nicht einmal eine Stunde am Leben geblieben war. Die Anstrengung, ihn zu gebären, hatte auch sie das Leben gekostet. Obwohl Danny ihren Schützling oft maßregelte und sich als strenge Zuchtmeisterin betrachtete, war sie doch weichherzig und leicht umzustimmen, eine Tatsache, die Raven rasch erkannt und während ihrer Kindheit recht häufig ausgenutzt hatte.

»Du meine Güte«, fuhr Danny fort, ohne auf Ravens widerspenstig funkelnde Augen zu achten, »wenn ich denke, daß die Leute hier Sie für brav, sanft und schüchtern halten... Bah! Nicht zu bändigen sind Sie, ein feuriger Hitzkopf; ich frage mich, wie ich das bis jetzt ausgehalten habe, ohne mir völlig graue Haare wachsen zu lassen.«

Raven lachte; sie war an Dannys verzweifelten Tadel gewöhnt. »Nun ja, gleichgültig, was unsere Nachbarn früher von mir dachten, jetzt sind sie bestimmt überzeugt, daß ich dem Untergang geweiht bin.« Ihre Augen verhärteten sich sichtlich, und sie schob die zarte Kinnpartie energisch vor. »Aber ich gebe North Head nicht auf, Danny, ganz egal, wie sehr ich mich um seinen Erhalt bemühen muß. Vater mag dahingegangen sein, aber die Barrancourts werden Land's End niemals verlassen.«

»Nur ruhig Blut, niemand sagt, daß Sie von hier weggehen müssen«, erwiderte Danny schnell, während sie aufstand und auf Raven zukam, um ihr beruhigend auf die Schulter zu klopfen. »Es läuft doch alles ordentlich, und zur Pflanzzeit im nächsten Frühjahr haben Sie die Bücher ausgeglichen.«

»Hoffentlich.« In Ravens schönem Gesicht zeigte sich ein sachlicher Ausdruck, in ihren Augen Entschlossenheit.

»Verzeihen Sie, Miß Raven.« Parris stand ganz formell in der Tür, das Kinn hoch erhoben über dem gestärkten Kragen und der tadellos gebundenen Krawatte, seine Stimme klang voll und höflich. »Mr. Haggart ist angekommen. Ich habe ihn in den Gelben Salon geführt.«

Die Einrichtung des Gelben Salons diente ganz der Bequemlichkeit des Gastes. Zahlreiche weich gepolsterte Lehnstühle und Sofas waren über den behaglichen Raum verteilt, die safrangelben Seidenvorhänge zurückgezogen, damit das Tageslicht auf die goldfarbene Tapete mit Flockmuster und die feinen Holzverzierungen fiel. Ein Aubussonteppich bedeckte das von Hand gewachste Parkett, und die Wandleuchter waren auf Hochglanz poliert. Der Salon mutete warm und anheimelnd an, die Eichen- und Mahagonimöbel dämpften die Helligkeit der gelben Seidenstoffe, und Mr. Haggart, der einen schwarzen Kammgarnanzug trug und steif in einem ausladenden Armsessel mit geschwungener Lehne saß, wirkte im Vergleich dazu äußerst düster.

Als Raven ins Zimmer trat, erweckte sie mit ihrem dunkelroten Kleid in ihm den Eindruck einer schlanken, knospenden Tulpe inmitten eines Narzissenfeldes. Er sprang auf und verbeugte sich tief. Ungewöhnlich klein von Gestalt, mußte er hochschauen, um ihr ins Gesicht zu sehen. Doch verweilte sein Blick unwillkürlich erst auf den verlockenden Rundungen ihrer Brüste und der schmalen Taille und glitt dann bewundernd zu den Perlmuttkämmen, die ihr schimmerndes schwarzes Haar zusammenhielten.

»Guten Tag, Mr. Haggart«, sagte Raven höflich.

»O ja, natürlich, guten Tag, Miß Barrancourt.« Aus Verlegenheit errötete er, und nur widerwillig riß er sich von dieser Augenweide los. »Verzeihen Sie meinen erstaunten Blick – aber ich hatte nicht erwartet, daß Sie solch ein – solch eine leuchtende Farbe tragen.« Er deutete kurz auf ihr weinfarbenes Kleid, wobei die Schamröte ihm noch stärker in die eingefallenen Wangen schoß.

»Ach – wenn Sie sich wundern, warum ich nicht mehr Schwarz trage, obwohl mein Vater erst knappe drei Monate tot ist«, erwiderte Raven ein wenig spitz und bedeutete ihm mit einer Geste, sich zu setzen. »Mein Vater hing nicht der weitverbreiteten Theorie an, daß gesellschaftliche Regeln nur deshalb befolgt werden sollten, weil man es von uns erwartet. Nach dem Tode meiner Mutter vor vielen Jahren hielt er sich nicht an das übliche Trauerjahr, und dennoch weiß ich, daß er über ihren Verlust untröstlich war bis zu jenem Tag, an dem er selbst starb. Auch ich trauere um ihn, aber hier drinnen«, fügte sie sanft hinzu und deutete auf ihr Herz, »und ich brauche meine Liebe zu ihm nicht offen zur Schau stellen, indem ich mich in Schwarz kleide.« Ein wehmütiges Lächeln umspielte ihre Lippen. »Er mochte diese Farbe nämlich nie an mir.«

»O ja, ich verstehe«, antwortete Mr. Haggart, obgleich Raven wußte, daß dem keineswegs so war. Mit einem aufgeregten Räuspern öffnete er seine Ledermappe und kramte in den zahlreichen Unterlagen darin, als er sich wieder auf dem Lehnstuhl gegenüber dem Sofa niederließ, auf das sich Raven nun etwas argwöhnisch setzte. Sie fragte sich, warum der Rechtsbeistand ihres Vaters es vorgezogen hatte, sie so unerwartet aufzusuchen. Schließlich hatte man alles, was mit dem Testament und dem Anwesen zusammenhing, am Tag nach der Beisetzung geregelt.

»Ich komme in einer rechtlichen Angelegenheit – um mit Ihnen einige Finanzfragen zu besprechen, Miß Barrancourt«, sagte Mr. Haggart, der ihre Gedanken zu lesen schien. Jetzt wanderten die kleinen engstehenden Augen von dem schönen Dekolleté zu dem ebenmäßigen Gesicht, während Raven sich zwang, die Hände im Schoß gelassen ineinandergelegt, stillzusitzen, obwohl ihr in Vorahnung einer drohenden Gefahr das Herz wie rasend schlug.

»Ich dachte, die Vermögenslage sei nach der Beerdigung geklärt worden, Sir«, sagte sie und schaute ihn offen an.

Der Anwalt nickte und räusperte sich abermals; Raven beunruhigte sich, denn offensichtlich bedrückte ihn etwas. Sie biß die kleinen weißen Zähne auf die Unterlippe und zwang sich zu äußerer Ruhe, während sie sich innerlich auf das

Schlimmste vorbereitete. Worum konnte es sich nur handeln, fragte sie sich besorgt. Hatte er einige bislang unbeglichene Schulden übersehen? Hatte sie es versäumt, die Ansprüche eines Gläubigers zu befriedigen? War etwa irgendeine Rechnung überfällig? Verflixt noch mal, fluchte sie innerlich, nun rede doch.

»Miß Barrancourt, ich hätte die Angelegenheit an jenem Nachmittag ansprechen sollen, als Sie in meine Kanzlei in Truro kamen, aber in Anbetracht der Umstände...«

»Welcher Umstände, Mr. Haggart?« fragte Raven mit schneidender Stimme, als der Anwalt verstummte und an seinem Kragen zu zerren begann, als würde ihn plötzlich etwas kratzen.

»Nun ja, Ihr Verlust, natürlich. Die Erschütterung, daß Sie Ihren Vater, Ihren letzten lebenden Verwandten, auf so gewaltsame Weise verloren haben!«

»Reitunfälle sind nichts Ungewöhnliches«, erwiderte Raven ruhig, die von Schmerz verdunkelten Katzenaugen auf ein heiteres Landschaftsgemälde hinter Mr. Haggarts schütterem Kopf gerichtet. »Mein Vater ritt immer so schnell und verwegen, daß er einen kaum zugerittenen jungen Hengst...«

»Es tut mir leid, Miß Barrancourt, die Erinnerung an all das muß Ihnen Schmerz bereiten.«

Raven zuckte die Achseln und lächelte matt. Aber der Kummer in ihren Augen war für ihren Besucher unübersehbar, und seine Nervosität steigerte sich, weil er sich dafür haßte, daß ausgerechnet er ihr solch unheilvolle Nachrichten überbringen mußte. Obwohl er James Barranncourt viele Jahre gekannt hatte, war ihm dessen Tochter am Tag der Beerdigung zum ersten Mal begegnet. Kaum jemand in Truro oder Cornwall überhaupt hatte noch nicht von ihrem außergewöhnlichen Aussehen gehört. Dennoch war Richard Haggart bei ihrer ersten Begegnung auf dem nebelverhangenen Kirchhof davon überrascht worden. Das Leid hatte ihren unglaublichen Liebreiz noch verstärkt, mit ihren vollkommenen Gesichtszügen, ihren weichen und bezaubernd schmalen Wangen, ihrer kleinen, edel geformten Nase, dem herrlich geschwungenen Mund, der sich unter dem Schleier so zart zeigte, dem gutgeschnittenen Gesicht. Er hatte sich gefragt, wie eine derartige Schönheit in der rauhen Wirklichkeit Cornwalls gedeihen konnte.

Doch Raven verfügte über eine verborgene innere Kraft, stellte Richard Haggart jetzt fest, wo sie ihm so ruhig gegenübersaß und ihn mutig anschaute, das kleine Kinn selbstbewußt erhoben. Die zarte Mundpartie prägte ein unbeugsamer Zug, und als sich ihre Blicke kreuzten, warf sie den Kopf herum, so daß die blauschwarzen Locken vor Glanz sprühten und die Perlmuttkämme das Licht einfingen und funkelten, als hätte sie ihr Haar mit Diamanten besetzt.

»Mr. Haggart?«

Die sanfte Stimme schreckte ihn auf. »Äh?«

»Wegen dieser finanziellen Fragen...«

»O ja, ja, natürlich.« Verlegen wühlte er ein zweites Mal in dem Papierstoß; als er die Angst in ihren Augen bemerkte, beschloß er, die Karten am besten sofort auf den Tisch zu legen. »Wir hatten uns entschieden, ein paar Monate zu warten, Miß Barrancourt, damit Sie sich ein wenig von Ihrem – Ihrem traurigen Verlust erholen könnten. Ich...«

»Wir?« fragte Raven angsterfüllt.

»Mein Klient und ich.«

Sie wollte fragen, um wen es sich handle. Aber in den vergangenen Monaten hatte sie sehr viel Selbstbeherrschung gelernt, und sie drängte die Frage, die ihr auf der Zunge brannte, zurück und ermahnte sich zur Geduld. Voll Sorge spürte sie, daß das, was der Anwalt ihr zu sagen hatte, in der Tat sehr ernst war und möglicherweise sogar ihr ganzes Leben beeinflussen konnte. Lieber Gott, betete sie stumm, laß nicht zu, daß mein rechtmäßiger Anspruch auf North End in Frage gestellt wird.

»Offen gestanden, Miß Barrancourt, handelt es sich um ein Darlehen, das Sie meinem Klienten schulden und...«

»Oh, Gott sei Dank!« flüsterte Raven. Jetzt konnte sie nicht anders, in ihrer Erleichterung verklärte ein unglaublicher Liebreiz ihr Gesicht. Ihr Glück schien geradezu von innen heraus zu leuchten. »Ich dachte schon...«

Mr. Haggarts Stimme klang erstaunlich nüchtern, obwohl er ihrem Blick auswich. »Es handelt sich um ein Darlehen von beträchtlicher Höhe, Miß Barrancourt. Ich glaube kaum, daß Sie sich einen Begriff von der ungeheuren Summe machen.«

Raven schluckte mühsam, da sein Ton sie auf einmal erschreckte. »W-wie hoch ist sie, Sir?«

»Ich kann unmöglich eine genaue Zahl nennen, Miß Barrancourt. Ihr Vater hat in den letzten paar Jahren erhebliche Kredite aufgenommen, die er in eine Reihe von Unternehmungen steckte – Experimente, bei denen er, fürchte ich, große Verluste erlitt.« Er hielt der verzweifelten Raven einen dicken Aktenstoß unter die Augen. »Hier sind die ganzen Unterlagen.«

»Ich verstehe das nicht«, flüsterte Raven, die irgendeinen schrecklichen Alptraum zu erleben glaubte. Wie groß mußte eine Summe sein, die man nicht einmal zusammenzählen konnte? Wie sollte man einen derart schwindelerregenden Betrag zurückzahlen?

»Beispielsweise ...« Mr. Haggart blätterte in seinen Unterlagen und fuhr fort, während er sich eine Brille auf die Nasenspitze setzte. »Vor zwei Jahren lieh sich Ihr Vater nahezu achttausend Pfund, um sie in das neue Dampfschiff *Henry Moran* zu investieren. Sie werden sich vermutlich nicht mehr daran erinnern, daß das Schiff im darauffolgenden Winter im Kanal sank?«

Wie betäubt schüttelte Raven den Kopf.

»Ihr Vater verlor wie die anderen Geldgeber seine gesamte Kapitaleinlage. Unter normalen Umständen kein ernsthafter Verlust, aber da gab es noch ein anderes Schiff, das im Jahr darauf im Atlantik ein Leck bekam und unterging. Dazu kamen eine große Investition in eine Kupfermine, die kein Erz förderte, und Anfang dieses Jahres der Erwerb einiger dampfgetriebener Förderpumpen im Versuchsstadium, die sich leider als unbrauchbar herausstellten.«

Raven blinzelte ungläubig. »Davon wußte ich nichts«, murmelte sie matt. »Mein Vater erzählte mir nie, daß er so hoch verschuldet war.«

»Warum sollte er Sie auch beunruhigen?« meinte Mr. Haggart milde, und Raven widerte der mitleidige Ausdruck in seinen Augen an.

Für einen Augenblick saß sie ruhig da und starrte auf ihre

Hände. Sie wunderte sich, warum sie so ruhig war, wo doch ihre ganze Welt gerade in Trümmer fiel. Soeben hatte man sie der Illusion beraubt, daß sie das Anwesen ordentlich verwaltete, daß die unausgeglichenen Bilanzen lediglich von ihrer Unerfahrenheit herrührten. Himmel, wie hatte sie nur so dumm sein können?

»Was erwartet diese Person... Ihr Klient von mir, Mr. Haggart?« fragte sie nach einer Weile, und ihre Stimme kam ihr selbst tonlos vor.

»Er möchte Ihnen in der Tat einen besonderen Vorschlag unterbreiten, einen Vorschlag, der vermutlich Ihre Schulden auf eine Weise, die für Sie nicht besonders bedrückend wäre, begleichen würde.«

Raven hüpfte das Herz vor Freude, ihr feines Gesicht nahm einen hoffnungsvollen Ausdruck an. »Wer – wer ist es?«

Mr. Haggart lächelte ohne echte Überzeugung. »Mir steht es nicht frei, Ihnen dies zu verraten, aber er läßt Sie höflich ersuchen, ihm morgen vormittag um zehn Uhr Gehör zu schenken – wenn Ihnen das nicht zu früh erscheint.«

Raven krauste die Stirn, da ihr diese Geheimnistuerei gar nicht behagte. Aber weil sie wußte, daß ihr kaum etwas anderes übrigblieb, hob sie das Kinn und nickte tapfer.

Mr. Haggart schien äußerst erleichtert. »Wunderbar! Ich setze ihn sofort in Kenntnis.« Beim Aufstehen lächelte er sie freundlich an. »Nur Mut, Miß Barrancourt; es ist nicht alles verloren. Sie haben keinen Grund, den Verlust Ihres Besitzes zu fürchten.«

»Kann ich diese Papiere einsehen, ehe Sie gehen?« fragte Raven.

Den Anwalt überraschte ihre Bitte, aber er reichte ihr die Unterlagen durchaus bereitwillig. »Gewiß. Wenn Sie möchten, behalten Sie sie bis morgen, und übergeben Sie sie dann Ihrem Besucher.«

Raven erhob sich und preßte die Akten an die Brust, obwohl sie sich anfühlten, als versengten sie ihre Haut. Während sie an der Klingel zog, gelang ihr ein schwaches Lächeln. »Vielen Dank für Ihren Besuch, Sir. Parris wird Sie hinausgeleiten.«

Sie wartete, bis sie allein war, ehe sie auf dem Sofa niedersank und das Gesicht in den Händen vergrub, wobei ihr die Akten unbemerkt zu Boden fielen. Was würde mit ihr geschehen, der Gnade eines Mannes ausgeliefert, von dem ihr Vater ohne ihr Wissen eine so große Geldsumme geliehen hatte, nur um alles zu verlieren? Würde all das, um dessen Erhalt sie in den vergangenen drei Monaten gekämpft hatte, ihrem Zugriff entgleiten? Mr. Haggart hatte ihr zwar versichert, daß die Schulden ohne allzu großen Verlust ihrerseits beglichen werden könnten, doch wie konnte er dessen so sicher sein?

»Miß Raven, Parris sagt mir eben, daß der Anwalt gegangen ist, und ich – meine Güte, Kind, was bedrückt Sie denn?« Danny hielt in der Tür inne, als sie merkte, daß Raven unglückselig, mit bleichem Gesicht und von Verzweiflung umwölkten Augen auf dem Sofa kauerte. »Ist etwas passiert?« fragte sie besorgt.

Raven lächelte zitternd zu ihr hoch, entschlossen, der alten Frau keinen unnötigen Kummer zu bereiten. »Nein, nein, Danny. Mr. Haggart übermittelte mir einige recht überraschende Neuigkeiten. Ich erkläre dir alles morgen, wenn mein Zehn-Uhr-Besucher gegangen ist.«

»Zehn-Uhr-Besucher? Wer denn nun? Miß Raven, Sie verhalten sich so sonderbar. Was ist denn los?«

Besänftigend schüttelte Raven den Kopf und bückte sich, um die am Boden verstreuten Akten aufzusammeln. »Ich bin im Arbeitszimmer, wenn du mich brauchst«, fügte sie hinzu und steuerte scheinbar ungezwungen auf die Tür zu, da sie Dannys beunruhigten Blick auf sich spürte. Am früheren Zufluchtsort ihres Vaters angelangt, schloß sie energisch die Tür hinter sich und sank mit starrer Miene in den großen Lederstuhl. Gott, wie ihr vor dem morgigen Tag graute! Der Nachmittag erwies sich als lange und quälend für Raven, die irgendwie das Interesse an den auf sie wartenden Aufgaben verloren hatte.

Trotz Parris' höflicher Einwände aß sie abends nur wenig und verbrachte einige Stunden damit, lustlos in einem Buch zu blättern, das sie in der vergeblichen Hoffnung, es könnte sie von ihren Sorgen ablenken, aus dem Bücherbord genommen hatte. Als die große Schrankuhr aus Kirschbaum zehn schlug, gab Raven es schließlich auf, legte das Buch beiseite und lächelte dem gähnenden Diener zu, der geduldig wartete, um die Kerzen zu löschen und die unteren Stockwerke für die Nacht zu verschließen. In ihrem Schlafgemach fand sie das Bett aufgeschlagen, und eine Laterne auf dem Intarsientisch daneben verbreitete warmes Licht. Die Damastvorhänge waren vor die bleiverglasten Flügelfenster gezogen; das anheimelnde Zimmer bot Raven eine willkommene Zuflucht vor ihren Kümmernissen. Dennoch mußte sie daran denken, was ihr der nächste Tag bringen würde. Sollte ihr alles in North Head, das ihr so teuer war, bald für immer genommen werden? Das lasse ich niemals zu, gelobte sie sich entschlossen, als sie ans Fenster trat und ruhelos in die Dunkelheit spähte.

Das gleichmäßige Brandungsrauschen drang von weit unten zu ihr, die weißen Schaumkronen waren leicht zu erkennen, wo immer die wogenden Wellen sich an den Felsen brachen. Sie öffnete weit das Fenster, damit die salzige Nachtluft hereinkam und ihr die heißen Wangen fächelte. Der intensive Duft überschwemmte ihre Sinne und erfüllte sie mit einem seltsamen Verlangen, ganz in die Nacht und die Freiheit der Dunkelheit einzutauchen. Wie zur Bekräftigung dieser Sehnsucht trug die Meeresbrise ein ungeduldiges Wiehern von den Ställen herüber, und Raven erkannte sofort Cinnabars Ruf.

Sie wandte sich vom Fenster ab und schlüpfte rasch in ihr smaragdgrünes Reitkostüm – überzeugt, ein tüchtiger harter Galopp entlang den Klippen wäre genau, was sie brauchte, um sich von der Niedergeschlagenheit zu befreien, die sie seit Mr. Haggarts Besuch quälte. Daß es auf Mitternacht zuging, machte gar nichts. Um so besser, dann war sie wenigstens von neugierigen Blicken geschützt.

Ravens Augen schimmerten voller Vorfreude, als sie die dunklen Ställe betrat. Der große Hengst hielt geduldig still, als sie ihm den schweren Sattel auf den Rücken legte, als Antwort auf ihre sanfte Stimme und die geübten Handgriffe schlug er leicht mit den Ohren. Die Hufeisen klirrten auf dem harten Steinboden, als Raven ihn hinausführte. Doch Sam, der in der Mansarde droben schlief, würde sich, sollte er zufällig aufwachen, bei dem Treiben unten bestimmt nichts denken, denn er war mittlerweile an ihre Ausritte im Mondschein gewöhnt.

Ein kühler Wind wehte, als der große Hengst über den harten Rasen preschte, der von North End zu den Klippen führte. Bei Einbruch der Nacht hatte sich die schwere Wolkendecke endlich aufgelöst, und die Sterne funkelten hell. Ein Halbmond verbreitete sein schwaches Licht über der Heide und der unruhigen See. Raven hielt Cinnabar in einem gleichmäßigen Trab, bis sie sich auf vertrautem Boden befanden, dann ließ sie ihm die Zügel schießen, ohne dabei zu fürchten, daß das mächtige Tier in die Dunkelheit stürzen könnte, denn sie kannte seinen sicheren Tritt.

Sie wußte nicht, wie lange oder wie weit sie dahinritten, der Wind brauste ihr in den Ohren, und Cinnabar galoppierte in gleichmäßigem Rhythmus. Endlich zwang sie ihn zu einer langsameren Gangart, denn er war an diesem Tag bereits einmal ausgiebig gefordert worden und bis zum Stall lag noch ein weiter Weg vor ihnen. Auf einer kleinen Anhöhe verweilte sie kurz, um die Richtung auszumachen, suchte in der Dunkelheit nach einem Orientierungszeichen und erkannte schließlich die Umrisse der Klippen unter ihr, die zerklüfteten Aushöhlungen und die Sandbuchten, die ihr so vertraut waren wie ihre Handlinien. North Head lag etwa zwei oder drei Meilen geradewegs im Osten, und wenn sie Cinnabar südlich über die Heide führte, würden sie schließlich über den schmalen Wagenpfad die Auffahrt zum Herrenhaus erreichen.

Da sie nur ungern umkehrte, saß Raven für einen Moment still auf Cinnabars breitem Rücken und genoß die salzige Gischt auf ihrem Gesicht. Irgendwo hinten auf der Heide rief ein Nachtvogel, in einiger Entfernung bei den Fischerdörfern bellte ein Hund, und Cinnabar stellte die Ohren auf, schnaubte und scharrte mit dem Vorderhuf auf den felsigen Boden.

»Gut, wir drehen um«, sagte Raven mit einem leisen Lachen und klopfte ihm liebevoll den glänzenden Hals. Sie hob die Zügel und warf einen letzten Blick auf die schäumenden

Wasser unterhalb. Doch dann hielt sie plötzlich die Luft an, denn draußen auf dem Wasser, beunruhigend nah an der Küste, blitzte kurz, aber unverkennbar ein Licht auf. Unmittelbar darauf kam die Antwort in Form eines langen, schwachen Lichtbogens, der vorn an der Klippe auftauchte, bevor er abrupt in der Dunkelheit verschwand.

Raven erkannte sofort die Bedeutung der Signale. Sie hatte ihr ganzes Leben an der kornischen Küste verbracht und sozusagen die Schmuggler- und Piratensagen mit der Muttermilch eingesogen. Doch trotz der spannenden, romantischen Geschichten über die Heldentaten ihrer Vorfahren wußte Raven sehr wohl, daß Schmuggler in Wirklichkeit brutale, widerliche Kerle waren, Verbrecher und Trunkenbolde, die vor Mord und Totschlag nicht zurückschreckten, um sich und ihre Verbrecherware zu schützen. In ihrem ersten Impuls wollte sie Cinnabar wenden und fliehen. Aber als sich das Signal wiederholte und der lange Lichtbogen noch einmal aufflammte, verhärtete sich ihre Mundpartie, und ihre Augen begannen wütend zu blitzen. Schließlich war der Boden, auf dem man die Waren auslud, das Eigentum von North Head. Das Antwortzeichen kam von einer jener Buchten, wo sie am vergangenen Morgen geritten war.

Wie konnten sie es wagen! Raven war so verärgert, daß ihre Furcht augenblicklich schwand. Es wäre sinnlos, nach St. Ives zu reiten und Hamish Kilgannen, den Steuereinnehmer, zu wecken, denn unterdessen hätten die Schmuggler längst ihre Waren entladen und wären auf und davon. Vielleicht konnte sie sich nahe genug heranschleichen und einige der Gesichter erkennen, um sie später Kilgannen zu beschreiben; das Wort einer Barrancourt zweifelte man gewiß nicht an.

Das Herz hämmerte heftig in ihrer Brust, als sie den folgsamen Hengst lautlos über den grasbewachsenen Kamm der Klippe lenkte. Jetzt war sie nahe genug herangekommen, so daß sie unten am Strand, der von einem gespenstischen Licht erhellt wurde, etwas ausmachen konnte. Mehrere Beiboote waren durch die Uferwellen gezogen worden, die Dollborde sanken unter dem Gewicht der gestapelten Fässer, und mit fest zusammengepreßten Lippen beobachtete Raven, wie schwarze Schatten durchs Wasser wateten, um die Boote zu entladen. Ganz offensichtlich bestand die Fracht aus Rum, zweifellos aus der Karibik hierhergeschafft, und erneut stieg in ihr Ärger hoch. Seit über vierzig Jahren hatte niemand mehr etwas auf den Besitz der Barrancourts geschmuggelt. Raven erinnerte sich gut daran, wie stolz ihr Vater auf die Zeit, die Mühe und das Geld gewesen war, die es ihn gekostet hatte, Cornwall von solchen unrechtmäßigen Machenschaften befreien zu helfen – unter der rückhaltlosen Mithilfe der Dorfbewohner, denen es unter der gerechten und redlichen Barrancourtschen Herrschaft gutging, obwohl ihre Väter und Großväter häufig Schmuggelware von den Schiffen mit entladen hatten.

Raven sprang vom Pferd und schlang die Zügel locker um die Sattelpausche. Cinnabar – auf dieses Zeichen dressiert, nicht zu weit umherzuschweifen – senkte den Kopf und begann zufrieden, Grashalme vom kargen Felsboden zu zupfen, während Raven vorsichtig an den Klippenrand trat, von wo sie ungehindert auf den Strand hinunterspähen konnte.

Der Mond ging eben auf, sein schwacher Schein beleuchtete die Männer, die sich stetig zwischen dem Strand und den vollbeladenen Booten hin und her bewegten. Raven zählte ein knappes Dutzend, aber sie konnte keinen identifizieren, da die bis tief in die Augen gezogenen Wollmützen ihre Gesichter unkenntlich machten. Sie schürzte ihre Röcke, folgte langsam dem Klippenrand und stieg dann zum Strand hinunter, immer darauf bedacht, sich hinter Stechginsterbüschen und Felsbrocken zu verbergen.

Schließlich hielt sie an einigen zerklüfteten Felsen, die den Sandstrand von den grasbedeckten Hängen trennten. Hier kauerte sie sich nieder; ihre Brust hob und senkte sich, als sie um Atem rang. Mit zusammengekniffenen Augen bemühte sie sich, ein vermummtes Gesicht oder eine gedämpfte Stimme zu erkennen, fest entschlossen, Hamish Kilgannen am Morgen erheblich mehr als nebulöse Anklagen und vage Vermutungen zu übermitteln.

Weil sie in ihrer Beobachtung so versunken war und ihr das Blut so laut wie die See in den Ohren dröhnte, hörte Raven die verstohlenen Schritte hinter ihr erst, als ein losgerissenes Steinchen vom Felsen neben ihr sprang. Blitzschnell drehte sie sich um. In ihrer Kehle stieg ein Schrei hoch und erstarb sofort, als sich eine große Pranke fest um ihren Mund schloß. Sekundenlang war sie starr vor Angst, unfähig, sich zu rühren, als ihr Bezwinger, ein bloßer Schemen im schwachen Mondlicht, sie hochriß; aber dann reagierte sie und schlug mit aller Kraft die kleinen weißen Zähne in die Hand auf ihren Lippen.

Ein gedämpfter Fluch und eine kurze Lockerung des Klammergriffs waren alles, was Raven zu ihrer unverzüglichen Flucht brauchte. Sie duckte sich unter dem Arm hindurch, der sie aufzuhalten versuchte, und rannte davon. Ihre Röcke jedoch behinderten sie, da sie sich in Zweigen und Ästen verfingen, und als sie stolpernd stürzte und sich dabei die Handflächen auf dem felsigen Boden aufschrammte, hörte sie ihren Verfolger dicht hinter sich. Abermals stieg ihr ein Schrei in die Kehle, doch sie unterdrückte ihn. Sie wußte, daß ihre Fluchtchancen günstiger standen, wenn sie keinerlei Aufmerksamkeit auf sich zog. Wenn sie den Klippenrand erreichen und nach Cinnabar pfeifen könnte, würde sie ihm entkommen.

Unglücklicherweise stolperte Raven dicht neben dem grasbewachsenen Abhang noch einmal, und diesmal gewann ihr Verfolger durch die kurze Verzögerung jene zusätzliche Sekunde, die er brauchte. Mit einem Satz warf er sich auf sie, und Raven spürte, wie sie hochgezogen und von zwei kräftigen Armen umschlossen wurde. Sie zappelte, um sich zu befreien, krümmte sich nach vorn und hinten und wollte nicht aufgeben, bis eine schroffe Stimme nahe an ihrem Ohr drohend hervorstieß: »Still, oder ich schlitz dir den Hals von einem Ohr zum andern auf!«

»Unterstehen Sie sich!« schrie Raven, empört über diese ordinäre Gewaltandrohung.

»Ja, so was, ein Weibsbild!« brüllte der Kerl erstaunt.

»Mr. Mudge, was zum Teufel geht hier vor?«

Als Raven den Kopf drehte, machte sie einen zweiten Schatten von noch schrecklicherer Größe aus, der geschwind durch die Schwärze auf sie zukam, und sie erstarrte vor Furcht.

»Ich hab' mir einen Spion eingefangen, Capt'n«, sagte Mr. Mudge in einem merkwürdig unterwürfigen Ton, der so ganz anders klang als das wütende Knurren, mit dem er Raven nur Sekunden zuvor angefahren hatte.

»Einen Spion, Mr. Mudge?« Die tiefe Stimme klang schneidender, als der Sprecher jetzt unmittelbar vor ihnen stehenblieb. Raven neigte den Kopf ängstlich nach hinten und sah sich einem breitschultrigen Mann gegenüber; das Mondlicht beleuchtete die kantigen Konturen seines gutgeschnittenen Gesichts. Es war frisch rasiert, die Mundpartie von markanter Hagerkeit, das Kinn tief eingekerbt, und das kastanienbraune, vom Wind zerzauste Haar lockte sich ungebändigt auf der hohen Stirn. Über einer aristokratischen Hakennase funkelten Augen von im Dämmerlicht nicht zu bestimmender Farbe, und als ihre stählernen Tiefen Ravens furchtsamem Blick begegneten, durchfuhr sie ein Schrecken und ließ sie erschauern.

Dieser Mann betrachtete sie mit grausamem Spott in den Augen, und Raven ahnte flüchtig, wie sich eine unglückliche Feldmaus fühlen mochte, wenn sie sich den stählernen Klauen und kalten räuberischen Augen eines Adlers gegenübersieht.

»Ein Spion, Mr. Mudge?« wiederholte der Captain, und seine tiefe Stimme ließ Raven abermals erbeben. »Sie haben sich ein Kind eingefangen, ein hilfloses Mädchen.«

»Ich bin kein Kind!« gab Raven wütend zurück.

»Wirklich nicht, Capt'n!« verwahrte Mudge sich eilends. »Hat mich doch wie verrückt gebissen, als ich sie packte, und dann ist sie wie der Hase durchs Unterholz davongesaust.«

»Gehen Sie zurück zu den andern«, befahl der Captain kühl. »Mit der Kleinen befasse ich mich.«

»Aye, aye, Sir!« In Mr. Mudges Stimme schwang Erleichterung mit, als er Raven unverzüglich losließ und in der Finsternis verschwand.

Sowie sich der Klammergriff spürbar lockerte, versuchte Raven davonzustürzen, aber der hochgewachsene Captain sprang wie der Blitz nach vorn, packte sie brutal an den Armen und riß sie herum, so daß sie auf ihn fiel und ihr fester, von dem engen Samtmieder umhüllter Busen gegen seinen muskulösen Brustkorb gepreßt wurde.

»In der Tat, du bist also doch kein kleines Mädchen«, sagte der Captain in unverschämtem Ton.

»Lassen Sie mich auf der Stelle los, Sie – Sie Ungeheuer!« befahl Raven.

»Damit du heimrennst und das ganze Dorf aufweckst?« fragte er mit einem rauhen Lachen. »Nein, meine Hübsche, du bleibst schon da, bis wir unsere Arbeit erledigt haben.«

»Ein Verbrecher sind Sie, ein gräßlicher Rohling, und ich sehe Sie schon noch am Galgen baumeln!« schwor Raven und bemühte sich um Tapferkeit in der Stimme, obwohl sie in Wahrheit vor Furcht zitterte. Wie sie so gegen die stählerne Brust des Schmugglercaptains gepreßt wurde und er den starken Arm um sie schlang, um sie zu bändigen, spürte sie gewaltige Kraft, und all die Geschichten, die sie je über Schwerverbrecher und Mörder gehört hatte, fielen ihr mit allen abscheulichen Einzelheiten wieder ein. Zudem wurde sie mit der Hüfte gegen seinen muskulösen Schenkel gedrückt, und Raven konnte deutlich den Umriß eines Messers spüren, das er im Gürtel stecken hatte und zweifellos ohne Zögern gebrauchen würde.

»Bist ein hochmütiges kleines Ding, nicht?« fragte er belustigt.

Raven versuchte sich wegzudrehen, als er sie am Kinn packte, aber er verstärkte nur lachend seinen Griff. Dabei beugte er ihr den Kopf nach hinten, so daß das Mondlicht auf ihr Gesicht fiel. Sie hörte ihn tief einatmen.

»Viel zu anmutig für ein Dorfmädchen«, sagte er schließlich leise. »Weißt du denn nicht, wie dumm es ist, sich so spät nachts hier auf den Klippen herumzutreiben?«

Die Wut über diese Bemerkung verlieh Raven den Mut, verwegen zurückzugeben: »Das ist es wohl in der Tat, da ich auf solch Gesindel wie Sie gestoßen bin!«

Die langen Finger schlossen sich noch fester um ihr Handgelenk, so daß sie vor Schmerz aufschrie, und er klang unheilvoll, als er sich hinunterbeugte, um ihr rauh ins Ohr zu zischen: »Halt deine Zunge im Zaum, Kleine, bevor ich sie dir rausschneide und den Haien zum Fraß vorwerfe.«

»Mich k-können Sie nicht erschrecken!« hauchte Raven.

»K-kann ich nicht?« spottete er und richtete die funkelnden Augen auf ihr Gesicht, und Raven, die im schwachen Licht seine kantigen Züge erblickte, entnervte weniger sein drohender, warnender Ton als seine aggressive männliche Ausstrahlung.

»N-nein.« Sie zwang sich, nicht mehr mit den Zähnen zu klappern. »Ich fürchte mich nicht vor Ihnen, und wenn ich Hamish Kilgannen von Ihnen erzähle, wird er...«

»Kilgannen? Dieser Geck?« Sein Lachen war voll Hohn.

Raven krampfte sich das Herz zusammen. Wer war dieser Mann? Woher kannte er Hamish Kilgannen? Er stammte gewiß nicht aus Cornwall, sein Akzent klang ganz anders. Und außerdem kannte sie die meisten Kapitäne, die den Kanal und den Atlantik in dieser Gegend befuhren, und dieser große höhnische Schmuggler gehörte keinesfalls zu ihnen. Raven hatte die schrägstehenden Augen weit geöffnet, deren topasfarbene Tiefen das Mondlicht in einen schimmernden Goldton verwandelte, und der breitschultrige Mann, der sie gefangenhielt, blickte sie einen Augenblick lang schweigend an, spürte ihre festen, runden Brüste an seinem Körper und ihren Puls unter seinem Daumen wild pochen.

»Du wirst Kilgannen kein Sterbenswörtchen davon erzählen«, sagte er selbstbewußt.

»Oh, doch, das werde ich!« erklärte Raven nachdrücklich.

Der Schmugglerkapitän lächelte, und seine weißen Zähne blitzten in der Dunkelheit. »O nein, meine Kleine. Deinesgleichen kenne ich zu gut, und ich weiß, wie man mit euch umgehen muß.« Zu ihrem Entsetzen ließ er eine Hand um ihre Taille gleiten und preßte sie ihr vertraulich auf den Rükken, um sie so näher an sich zu drücken, während er mit der anderen, die noch immer ihr kleines Kinn umschloß, ihr Gesicht anhob. Sie vermochte den Kopf nicht abzuwenden, als sich sein Mund auf den ihren senkte.

Daß die Lippen eines Mannes ihren Mund berührten, hatte Raven noch nie zuvor erlebt, und sie konnte kaum glauben, wie sengend heiß sie sich anfühlten, eine Empfindung, die sie zutiefst erschreckte. Sie glaubte zu ertrinken, zu ersticken in dem Gefühlsansturm, der sie völlig überwältigte. Bestürzt drehte sie das Gesicht von seinem ab und schaute ihm wütend in die funkelnden Augen.

»Wie können Sie es wagen!« zischte sie.

»Ganz einfach«, spottete er, doch seine Stimme kam ihr merkwürdig atemlos vor. »Du hast doch bestimmt nicht erwartet, daß ich blind für deine Reize bleibe?«

Ehe Raven etwas erwidern konnte, hatte er den Kopf ein zweites Mal gesenkt, brannten seine Lippen abermals auf den ihren. Als Raven ihm vergebens die Hände gegen die Brust stieß, wurde sie sich der Muskelpakete unter ihren Fingern und der Hitze seines kraftvollen Körpers bewußt, einer Hitze, der sie völlig zu erliegen drohte.

»Nicht!« flehte sie nah an seinen Lippen, aber er beachtete sie nicht, bettete ihren Kopf in seinen muskulösen Arm und küßte sie heftiger, drängender.

»Bitte!« beschwor ihn Raven im Flüsterton, voll Furcht vor den Leidenschaften, die in diesem Mann loderten.

»Sei still«, antwortete er, seine Stimme kaum mehr als ein heiseres Ächzen, sein Atem strömte ihr heiß über die Wange. »Das sind nur leere Worte. Dein Körper sagt mir doch alles, was ich wissen möchte.«

Raven atmete schwer, als er die Hand in ihren Ausschnitt gleiten ließ, mit dem Daumen ihre nackte Brust streichelte, deren Knospe sich sofort aufrichtete.

»Siehst du? Dein Körper dürstet nach einem Mann«, meinte er, und ehe Raven dies erschreckt leugnen konnte, hatte er sie wieder an sich gezogen, und seine Lippen verschlossen ihr gewaltsam den Mund. Raven war völlig verwirrt von der spürbar in ihm aufwallenden Fleischeslust, und doch unfähig, sich zu befreien. Sie stieß ein leises, kehliges Stöhnen aus, als ihr Körper auf einen ihr unverständlichen Urtrieb reagierte und in einem Gefühl zu erbeben begann, das weitaus mächtiger als bloße Abscheu schien. Stärker noch als ihr angstvolles Herzklopfen spürte sie das Blut in ihren Adern tosen, das Pochen in ihren Schläfen, das eins zu werden schien mit seinem Herzschlag, den sie an ihrem wogenden Busen fühlte.

Während seine kundigen Hände über ihren Leib wanderten, begann Raven zu erbeben, als hätte sie sich nicht mehr in der Gewalt. Sie kämpfte dagegen an, aber diese seltsamen, nie zuvor erlebten Empfindungen brachen mit ungeheurer Kraft über sie herein und jagten einen Schauer des Verlangens durch ihren Körper.

Der Captain ahnte diese Veränderung, obwohl Raven ihm noch immer Widerstand leistete und mit beiden Fäusten auf seine Brust trommelte, während seine Lippen weiter die ihren verschlangen. Er umfaßte ihre kleinen Hinterbacken, hob sie ein wenig über dem Felsboden an, und sein Glied drängte sich kraftvoll an ihren weichen Leib. Einen Augenblick später hatte er ihr Mieder aufgeschnürt, seine warme Hand liebkoste verwegen die runde Fülle eines vollkommenen Busens, und Raven erschauderte abermals, als sich ihre Brustwarze seiner Berührung entgegenhob.

»Nicht«, hauchte sie, aber ihr atemloser Protest entbehrte jeglicher Überzeugungskraft.

Ihr Eroberer lachte über diesen zwiespältigen Befehl, seine kraftvollen Finger streichelten weiter das glatte elfenbeinfarbene Fleisch und ließen Feuerspuren darauf zurück, die jener Hitze gleichkamen, die in seinen Lenden loderte. Er neigte den Kopf und ließ die Zunge über die anschwellenden Rosenknospen kreisen. Als er spürte, wie das junge Mädchen wiederum erbebte, lachte er abermals, diesmal triumphierend, und hauchte warmen Atem auf ihre seidige Haut.

»Habe ich dir nicht gesagt, daß dein Körper nach der Berührung eines Mannes lechzt?« fragte er überheblich und richtete sich auf, um ihr tief in die weitgeöffneten Augen zu schauen. Aber er vergaß seine schmähende Frage, sowie sein Blick sich auf Ravens geöffnete Lippen richtete, die schnell und keuchend nach Luft rangen, so daß jeder Atemzug ihre üppigen runden Brüste stärker in die Wölbung seiner Hände drängte.

Mit einem heiseren Stöhnen nahm er Ravens unbiegsamen Körper in die Arme und legte sie auf das dicke Polster aus Wiesenblumen und Seegras nieder. Mit leicht zitternden Fingern streifte er ihr das aufgeschnürte Kleid von den Schultern und enthüllte die zart geschwungene Linie ihrer Halsmulde und die überschattete Vertiefung zwischen ihren Brüsten, die sich ihm in ihrer Nacktheit qualvoll aufreizend darboten.

Weil sie unter dem Schutz der Dunkelheit ausgeritten war, hatte Raven sich nicht in ein beengendes Korsett zwängen wollen, und ihr weißer Leib, der in seiner vollen Reife entblößt vor ihm lag, lockte ihn unwiderstehlich.

Ruhig und selbstbewußt zog er sich das Hemd aus, schleuderte es zur Seite, und Raven hielt den Atem an, als sie das Spiel der Muskeln und Sehnen unter der sonnengebräunten Haut sah. Dann knöpfte er sich die kalbsledernen Kniehosen auf und ließ sie langsam über die schlanken Lenden hinab. Sein harter, flacher Bauch war mit einer dünnen Haarschicht bedeckt, bis hinunter zu seinem Glied, das die Vorfreude auf den Genuß dieses lieblichen Frauenkörpers aufgerichtet hatte.

Er fiel neben ihr auf die Knie und zog sie zu sich empor, umklammerte sie mit den Armen, so daß sie wie verschmolzen daknieten, ihr entblößter Busen berührte seinen harten Brustkorb, sein Penis versengte sie mit seiner betörenden Glut. Er küßte sie mit gierigen Lippen, und sein Geruch und Geschmack erfüllten ihre Sinne. Raven zitterte, doch nicht aus Furcht. Sie schlang ihm die Arme um den kräftigen Hals, ihre Finger glitten durch die windzerzausten Locken, als ihre Zunge der seinen in verwegener Antwort auf sein drängendes Begehren begegnete.

Sein Hand schmiegte sich um ihren zarten Nacken, als er sie in einer wilden heftigen Umarmung, die Raven vor Verlangen schwindeln machte, an sich drückte. Sich dessen bewußt, daß er nicht länger warten konnte und zu rasen begänne, wenn er sie nicht auf der Stelle besäße, legte er sie sanft zurück, und jede Faser in ihm lechzte nach der Vereinigung. Nie zuvor hatte er eine so zierliche, zerbrechliche und doch so lebenssprühende Frau in den Armen gehalten, deren Leib wie geschaffen für seine fordernden Hände und brennenden Lippen schien.

Als er sich über sie beugte und die Hand ausstreckte, um die hinderlichen Röcke, die sie noch immer bedeckten, abzustreifen, wimmert Raven, aber sie wußte selbst nicht, ob aus Furcht oder wachsendem Verlangen. Sie war sich selbst auf einmal völlig fremd und merkte, daß sie weder ihren Willen noch ihren Körper beherrschen konnte. Beide schienen der leidenschaftlichen Führung dieses Mannes folgen zu wollen, obwohl sie wußte, daß er ihr beizuwohnen wünschte.

Als sie sich unabsichtlich bewegte, um seine Hand abzuwehren, langte er schnell zu und packte ihr Handgelenk mit festem, aber sanftem Griff. »Nein«, flüsterte er heiser, »hab' keine Angst vor mir, Kleines. Ich schwöre, ich werde dir nicht weh tun.«

Im schwachen Sternenlicht erschienen ihm ihre goldbraunen Augen riesengroß, und die zarten Wangen färbte eine heftige, wollüstige Röte. Er zwang sich mit all seiner furchteinflößenden Kraft, sein Versprechen zu halten. Sanft schob er ihre im Einhalt gebietenden Hände beiseite, aber als er sie gerade ganz entkleiden wollte, erstarrte er, von einem sechsten Sinn gewarnt.

»Captain! Gezeitenwechsel!«

Der Ruf von unten drang schwach, aber unmißverständlich über das dumpfe Dröhnen der Uferwellen. Mit einem wütenden Fluch hob der große, breitschultrige Mann den Kopf, die starken Hände nur Zentimeter über Ravens bebendem, halbnacktem Körper. Raven reagierte aus einem instinktiven Gefühl heraus, das völlig dem Schrecken entsprang. Sie riß sich von ihm los und warf sich ihm dann, so ungestüm sie konnte, gegen die Brust, wobei sie ihm die Handflächen unmittelbar auf die harten festen Muskelstränge schlug. Aus dem Gleichgewicht geraten, stolperte er nach hinten, und Raven rappelte sich, den Mund entschlossen zusammengepreßt, hoch und stürzte sich ein zweites Mal auf ihn, so daß er endgültig das Gleichgewicht verlor, den steilen Abhang hinunterrutschte und unwürdig auf seiner Sitzfläche landete.

»Und Sie behaupten, Sie wüßten mit meinesgleichen umzugehen!« rief Raven mit maliziöser Verachtung hinunter. Ihre atemlose Stimme wurde durch die Nachtluft getragen, so daß die Männer am Strand die Köpfe herumrissen. Sich auf die Lippen beißend, wehrte sie sich gegen die heißen Tränen der Scham, denn sie war sich bewußt, daß in ihrem Körper trotz des hochsteigenden Ärgers noch Verlangen pochte, trotz der marternden Erkenntnis, was sie einem völlig Fremden fast gestattet hätte.

Sie zog sich das Kleid über die Schultern, schürzte die zerknitterten Röcke und jagte den Abhang hinauf. Mit keuchendem Atem kam sie oben auf den Klippen an und pfiff durchdringend nach Cinnabar, der sofort zu ihr trabte. Raven schwang sich auf seinen breiten Rücken, trat ihm wild in die Seiten, das gewaltige Tier sprang schnaubend davon und spritzte dem Captain, der unmittelbar hinter Raven den Abhang erklommen hatte, Sand ins wutverzerrte Gesicht.

Als die schützenden, vertrauten Mauern des Herrenhauses auftauchten, hatte sich Ravens rasender Puls verlangsamt, und ihr Atem ging beinahe normal, während sie den schnaufenden Cinnabar den Fahrweg zu den dunklen Stallungen hinauftrotten ließ. In ihrem Innern tobte ein Aufruhr; Schuldgefühle, Wut und hilflose Enttäuschung kämpften mit der schmachvollen Erinnerung an die beunruhigend leidenschaftlichen Küsse des Schmugglerkapitäns. Sie fühlte, daß sie sich selbst fast so sehr wie ihn haßte, sich dessen bewußt, daß ein verborgener Teil ihrer Weiblichkeit seine feurige listige Verführung genossen hatte.

Wie hatte sie ihm erlauben können, sie zu küssen, ihre Brüste zu liebkosen, sich vertraut gegen ihre Schenkel zu pressen? Wären seine Männer nicht rechtzeitig dazwischengeplatzt, hätte sie es zugelassen, daß ein widerlicher Schmuggler ihr das Kleid auszog und sie liebte. Was war nur los mit ihr? Fehlte es ihr gar an Tugend? Nein, unmöglich, sagte sich Raven stöhnend, als sie vom Pferd absaß und in der Dunkelheit der Stallungen den Sattelgurt aufschnallte. Sie war lediglich dem Werben eines erfahrenen, lüsternen Schurken erlegen, und in ihrer Unschuld konnte sie nicht dafür verantwortlich gemacht werden, daß sie seinen Liebeskünsten fast nachgegeben hätte.

»Morgen fahre ich geradewegs nach St. Ives«, gelobte sich Raven, als sie die Boxentür hinter dem Hengst verriegelte und in die Dunkelheit hinaustrat. Doch während sie sich ins stille Haus schlich und auf Zehenspitzen in ihr Schlafzimmer huschte, wankte ihr Entschluß. Nicht auszudenken, was der gewissenlose Abenteurer Hamish Kilgannen erzählen würde, wenn der ihn über ihre Begegnung ausfragte! Mr. Kilgannen aufzusuchen, wäre zwecklos, erkannte sie widerstrebend, sinnlos auch, sich wegen des Geschehens zu quälen. Am besten vergaß sie das unangenehme Zusammentreffen und schätzte sich glücklich, ohne größeren Schaden davongekommen zu sein.

Trotzdem fand es Raven schwierig, die Begebenheit aus ihren Gedanken zu verdrängen, als sie sich ins Bett legte und die weichen Decken über ihren Körper breitete. Ihre zerschundenen Lippen schmerzten bei jeder Berührung, und sie konnte nicht vergessen, wie sich die drängenden Arme um ihren Leib oder der fordernde leidenschaftliche Mund auf dem ihren angefühlt hatten. Verdammt sollst du sein, wer immer du auch bist, fluchte Raven innerlich. Eines Tages, gelobte sie, begegnen wir uns wieder, du hochmütiger Kerl, und dann, bei Gott, wirst du für diese Demütigungen büßen!

2.

Am nächsten Morgen saß Raven Punkt neun Uhr dreißig hinter dem gewaltigen Schreibtisch ihres Vaters, Mr. Haggarts Unterlagen fein säuberlich vor sich ausgebreitet. Obwohl ihr vor dem bevorstehenden Gespräch graute, schweiften ihre Gedanken doch ständig zu den Ereignissen der vergangenen Nacht ab. Die Erinnerungen an ihre aufwühlende Begegnung mit dem Kapitän stiegen, weit öfter, als es ihr lieb war, in ihr hoch und wollten nicht verblassen, so sehr sie sich auch dagegen wehrte.

»Wünschen Sie Tee, wenn Ihr Besucher kommt?« fragte Danny fürsorglich und schreckte Raven auf, die sie nicht hatte kommen hören.

»Das wäre sehr nett, Danny«, erwiderte Raven mit einer Tapferkeit, die sie keineswegs empfand. Sie lehnte sich in den bequemen Stuhl zurück und schaute mit banger Miene zu der alten Frau hoch. »Was meinst du, sehe ich auch korrekt genug aus?«

Mit einem begütigenden Lächeln blickte Danny in das schöne Gesicht und auf die glänzenden schwarzen Locken, die sanft aus Ravens weicher Stirn gestrichen waren. Die bittende, kindliche Frage stand in anrührendem Gegensatz zu Ravens raffinierter Frisur und dem formellen, schlichten Kleid. »Sie entsprechen Ihrer Rolle von Miß Raven Barrancourt, der Verwalterin von North Head, perfekt«, versicherte sie ihrer jungen Herrin. »Wer auch immer Ihr Besucher ist, er dürfte beeindruckt sein.«

Auf Ravens Wangen bildeten sich unwillkürlich zarte Grübchen, in ihren Augen sprühte ein Funke ihres gewohnten Feuers. »Ach, laß doch deine aalglatten Reden, Danny!«

Die silberhaarige Gouvernante schaute bei diesen Worten erleichtert, nicht etwa beleidigt drein, doch nichtsdestotrotz drohte sie Raven mit dem Zeigefinger. »Na, werden Sie ihm gegenüber bloß nicht zu aufmüpfig, Miß Raven. Denken

Sie dran, Sie müssen taktvoll sein. Ihr Vater sagte immer, man könnte mehr Fliegen mit Zucker als mit Essig anlocken.«

»Fliegen fängt man leicht«, antwortete Raven, »aber zu einem Sieg über diesen Gegner bedarf es mehr als des gezielten Schlags mit einer gefalteten Zeitung.«

»Miß Raven!« Parris tauchte hinter Danny in der Tür auf und spähte zu seiner Herrin herein, die ihr Bestes versuchte, um in dem riesigen Lederstuhl, in dem sie nahezu völlig versank, Autorität auszustrahlen.

»Was ist denn, Parris?« fragte sie besorgt. Noch nie hatte sie den korrekten alten Butler so sprechen hören.

»Eine Kutsche hält gerade in der Auffahrt, Miß Raven. Sie gehört Squire Blackburn.«

Aus Ravens weichen Wangen wich die rosige Farbe. Nervös biß sie sich auf die Unterlippe und schaute dann mit energischem Blick die beiden treuen Dienstboten an. »Danny, laß mich bitte allein, ich möchte das unter vier Augen erledigen. Parris, führen Sie ihn herein.«

Als Raven einen dreisten Schlag gegen das eisenverstrebte Portal dumpf in der Halle erschallen hörte, machte ihr Herz vor Schreck einen heftigen Satz. Die Barrancourts nicht mitgerechnet, war Squire Blackburn der reichste Landbesitzer in ganz Westcornwall, obgleich Blackburn Hall bei weitem nicht an die Größe von North Head herankam. Man sagte dem Squire eine solche Geldgier nach, daß er es lieber gänzlich in Gold und Silbermünzen aufbewahrte, als ein wenig davon für Verschönerungsarbeiten an seinem Herrenhaus auszugeben. Zweifelsohne entsprach das der Wahrheit, klagte Raven insgeheim. Wie hätte sich ihr Vater derart viel von ihm leihen können, wenn Joshua Blackburn nicht über soviel flüssiges Kapital verfügte, während das Barrantcourtsche Vermögen zum größten Teil in Land und anderen Investitionen fest angelegt war.

»Squire Blackburn wünscht Miß Raven Barrancourt zu sehen«, dröhnte Parris' Stentorstimme von der Tür her, und Raven, aus ihren Gedanken aufgeschreckt, hob schnell den Kopf, als ihr Besucher hereinschritt. Sie kannte ihn flüchtig, denn in der Vergangenheit war er mehrmals nach North Head gekommen, das letzte Mal ein oder zwei Monate vor dem fatalen Unfall ihres Vaters. Damals hatte sie ihm sogar Tee serviert; ihr Vater hatte ihr liebevoll zugelächelt, als sie ihren Gastgeberinnenpflichten anmutig und gewandt nachgekommen war. Doch sie schätzte es keineswegs, wie ihr der dicke, kleingewachsene Squire ständig auf die Brüste starrte, deren runde Fülle sich deutlich unter dem Musselinkleid mit Blumenmuster abzeichnete. Nachher entließ ihr Vater sie mit einer knappen Geste, da er mit dem Squire geschäftliche Angelegenheiten besprechen mußte. Aber mit einem herzlichen Lächeln hatte er sie für ihr Geschick gelobt.

Raven wußte nun genau, welche Art von Geschäft innerhalb der vier Wände dieses Arbeitszimmers ausgebrütet worden war; sie lächelte gezwungen und mit einem Anflug von Traurigkeit, als sie sich zur Begrüßung Squire Blackburns erhob. Er prangte in einem dunkelblauen, hochfeinen Anzug, dessen Weste sich über dem korpulenten Bauch spannte.

»Wie freundlich von Ihnen, Miß Raven, mich so früh am Morgen zu empfangen«, sagte er, nahm Ravens widerstrebend dargereichte Hand und pflanzte seine feuchten Lippen darauf. Dann ließ er die Froschaugen über ihre Brüste und das cremige Stück Haut gleiten, das der Rüschenausschnitt ihres grauen Kleides freiließ. »Sie sehen gut aus, wenn man den Schlag bedenkt, der Sie ereilt hat.« Betrübt schüttelte er den Kopf. Die wenigen öligen Haarsträhnen auf seinem Schädel verströmten einen Übelkeit erregenden süßlichen Pomadegeruch. »Eine schreckliche Tragödie, der Tod Ihres Vaters.«

»Es war Gottes Wille«, erwiderte Raven steif und zog sich hinter den großen Schreibtisch zurück, wo sie sich sicherer fühlte. »Mein Vater ritt gern übernervöse, höchst ungestüme junge Hengste, und es war wohl Gottes Werk, durch das ich ihn dieses und nicht ein anderes Mal verloren habe.«

»Ihr Barrancourts wart schon immer abenteuerlustig und unbezähmbar«, bemerkte Squire Blackburn und zwinkerte Raven vertraulich zu, als er sich unaufgefordert im Lehnstuhl vor dem Schreibtisch niederließ. »Das muß in eurem keltischen Blut liegen.«

Argwöhnisch nahm Raven Platz und saß ihm mit kerzengeradem Rücken gegenüber wie ein Soldat, der sich zur

Schlacht gegen den Feind aufstellt. Denn in der Tat spürte sie, daß sie notfalls bis aufs Messer kämpfen würde, um North Head vor dem Zugriff des Squire zu bewahren. Sie wußte Bescheid über seinen wahren Charakter; die Dorfbewohner erzählten darüber zu viele Geschichten, als daß man sie hätte ignorieren können – wie er den Dienstboten gegenüber knauserte, wie er sie für jeden tatsächlichen oder vermeintlichen Ungehorsam schlug, wie er Wilderer auf seinem Land unverzüglich vor den Kadi brachte, selbst wenn sie den Verstoß aus Armut und Hunger begangen hatten.

Raven bemerkte, daß Squire Blackburn sie unter schweren Lidern lüstern beobachtete, wie seine Augen langsam von ihrem schwarzglänzenden Kopf über den zarten Hals bis hinunter zum Mieder wanderten, wo sich ihre vollen Brüste unter dem grauen Stoff abzeichneten. Die Hände im Schoß geballt, mußte sie sich zwingen, sein unverschämtes Abtaxieren zu erdulden, obgleich ihr schönes Gesicht einen betörend unschuldigen Ausdruck und ihr liebliches Grübchenlächeln zeigte.

»Ich nehme an, daß Haggart gestern mit Ihnen die Unterlagen durchgeschaut hat«, begann er unvermittelt und jagte ihr einen Schreck ein, während er den dicken, stummeligen Zeigefinger auf die vor ihr liegenden Akten stieß.

»Ja«, erwiderte Raven, unliebsam überrumpelt.

Die vorquellenden Augen beobachteten sie scharf. »Dann wissen Sie also, daß mir Ihr Vater bei seinem Tod sehr viel Geld schuldete, Miß Barrancourt. Ich hätte vor der Nachlaßregelung Anspruch auf North Head erheben können, aber...« Er breitete beschwörend die feisten Hände aus. »Ich konnte mich Ihnen gegenüber in Ihrer ersten Trauer nicht so unritterlich verhalten.«

»Wie überaus gütig von Ihnen, Squire«, murmelte Raven und schluckte schwer. »Sie sagten, Sie hätten beabsichtigt, Anspruch auf North Head zu erheben?«

»Gewiß. Es wäre eine absolut legale Maßnahme meinerseits. Sehen Sie, wenn Sie mir Ihren Grund, den Viehbestand, das Mobiliar, den Schmuck Ihrer Mutter, die paar erwähnenswerten Ölgemälde in der Galerie übergeben müßten, wären die Schulden im großen und ganzen beglichen.«

»Aber nicht North Head selbst«, sagte Raven.

Squire Blackburn schielte sie verständnislos an. »Äh?«

»Wenn ich Ihnen alles, was Sie soeben aufzählten, übertragen würde, wären die Schulden beglichen«, meinte Raven.

»Ja.«

»Und North Head, das Gebäude selbst, gehörte noch immer mir.«

»In der Tat.«

»Dann betrachten Sie es als beschlossene Sache, Sir!«

Squire Blackburn schaute sie verdutzt an. Ravens Wangen glühten, ihre Augen glänzten wie flüssiges Gold. Sie beugte sich vor, ihre Brust hob und senkte sich bei jedem hastigen Atemzug, dennoch war der Squire ausnahmsweise blind für ihre Schönheit. »Was reden Sie da, Kind?« stotterte er verwirrt. »Sie haben doch nicht vor, mir alles zu überschreiben!«

Raven nickte eifrig.

»Sie müssen verrückt sein!« rief der Squire, die Wangen rot angelaufen, und schlug zur Bekräftigung mit der Faust auf den Tisch. »Ihnen bliebe doch lediglich ein leeres Haus!«

»Aber es würde immer noch mir gehören«, gab Raven mit stolz erhobenem Kinn zurück und sah ihn offen an.

»Und Sie wären bettelarm! Mein Gott, Kind, begreifen Sie denn nicht, daß Sie sich überhaupt nicht Ihren Unterhalt erwirtschaften könnten, kein Land zu bestellen hätten, keine Pächter, keine Dienstboten, die Sie davor bewahren würden, daß Ihnen das Haus über dem Kopf zusammenkracht?«

Raven erbleichte, daran hatte sie überhaupt nicht gedacht. Ihre Hochstimmung erstarb schnell. Mit gesenktem Kopf kämpfte sie gegen die Tränen an, die gleich zu fließen drohten.

»Na, na, Miß Barrancourt. Ich wollte Ihnen nicht so grob kommen«, meinte der Squire freundlich. »Sondern lediglich sichergehen und Ihnen klarmachen, daß sich Ihre Schwierigkeiten nicht ganz so leicht beheben lassen.«

Er hielt inne, und seine vorquellenden Äuglein schweiften über die schimmernde Nußbaumtäfelung, die dicken Orientteppiche auf dem glänzenden Parkett und wanderten dann zu den leinen- und ledergebundenen Büchern mit goldgeprägten Titeln, von denen viele überaus wertvolle antiquarische Ausgaben waren. »Ich kann Ihr Widerstreben, dieses Haus aufzugeben, gut verstehen. Sein Reiz hat es auch mir angetan, und ich habe es immer als einen Teil der prächtigen Meerlandschaft betrachtet. Wie sich die Fenster zum Wasser und zur Sonne öffnen, die hohen Räume, die einem beim Hereinkommen solch ein freies und leichtes Gefühl vermitteln... Wahrhaftig ein ergötzliches Heim, Miß Barrancourt, wenngleich es so bedenklich hier oben auf den Klippen thront.«

Raven musterte angespannt, mit überraschten und argwöhnischen Augen seine rosigen Züge; nie hätte sie gedacht, daß Squire Blackburn derlei an North Head wahrnehmen, geschweige denn gar schätzen könnte. Alles, was er über das Herrenhaus gesagt hatte, entsprach der Wahrheit, doch bei seinen Worten hatten seine Froschaugen eher habgierig als bewundernd geglitzert. Wie konnte sie ihm erklären, daß sie jeden Holzbalken in der Großen Halle liebte, jeder der schönen handbemalten Kacheln um den großen Kamin, jeden der mächtigen Bäume, die den Rasenlichtungen und knospenden Blüten Schatten spendeten? Daß sie nichts davon aufgeben würde, selbst wenn sie sich dadurch zu einem Leben in bitterer Not verurteilte?

»Nein, Miß Barrancourt«, fuhr Squire Blackburn, der ihr Schweigen als Zustimmung deutete, fort. »North Head ist viel zu eindrucksvoll, so prächtig, als daß man nachlässig mit ihm umgehen dürfte. Ich könnte Ihnen zur Schuldentilgung Ihren Grundbesitz, Ihr Vieh, all Ihre Habseligkeiten nehmen, aber Ihre Armut und Ihr Verlust dieses herrlichen Vermögens würde mir ein Leben lang das Gewissen belasten.«

Wie seltsam, dachte Raven verbittert; man sagt, daß Sie nicht einmal ein Gewissen haben, Squire. Warum also jetzt dieses Erbarmen mit mir? Was springt für Sie dabei heraus?

»Das Angebot, das Mr. Haggart Ihnen gegenüber gestern erwähnte«, erläuterte er selbstgefällig, während er sich, die Wurstfinger auf dem dicken Wanst verschränkt, zurücklehnte, Raven aufdringlich anstrahlte und sie mit seiner Überheblichkeit ganz kribbelig machte. »Ich beabsichtige, Ihnen ein Angebot zu unterbreiten, Miß Barrancourt, das gewährleistet, daß North Head für den Rest Ihres Lebens vollständig in Ihrem Besitz verbleibt.«

Raven wurde bei dieser Aussicht ganz schwindelig, doch sie bemühte sich, ihre Freude nicht zu zeigen; sie wußte genug von Squire Blackburns wahrem Charakter, um ihm zu mißtrauen. Danny hatte nach seinem letzten Besuch verächtlich die Nase gerümpft und gemeint, in seinem verfetteten Körper fließe nicht ein mitfühlender Blutstropfen; und Dannys Menschenkenntnis durfte man nicht leichtfertig abtun.

Squire Blackburn räusperte sich und wich unvermittelt den goldbraunen Augen aus, die ihn ruhig beobachteten. Nervös trommelte er mit den Fingern auf seinen Bauch. Plötzlich richtete er sich auf und sagte dreist: »Sie würden all dies behalten, Miß Barrancourt, wenn Sie einwilligten, meine Frau zu werden.«

Raven, die alles, nur nicht das erwartet hatte, konnte ihr Entsetzen kaum verbergen. Mit offenem Mund und aufgerissenen Augen klammerte sie sich schwer atmend am Schreibtisch fest, voller Angst, sie könnte in Ohnmacht fallen. Squire Blackburn heiraten? Der Mann war fast sechzig, viel zu dick, herzlos, hatte zwei pferdegesichtige Töchter, die Cleone und Agatha oder ähnlich scheußlich hießen und fast in ihrem Alter waren! Diesen Mann heiraten? Er war wohl übergeschnappt!

»Selbstverständlich würden wir drei hier bei Ihnen leben«, fuhr Squire Blackburn gönnerhaft fort, blind für Ravens erschreckende Blässe und ihr unnatürliches Schweigen. Die Froschaugen glitzerten gierig. »Ich habe mir immer gewünscht, auf North Head zu leben, und Aggie und Cleone geraten vor Freude bestimmt aus dem Häuschen, wenn sie von ihrer neuen Mutter erfahren.«

»Und wenn ich Ihr Angebot nicht annehme?« fragte Raven kaum hörbar.

Squire Blackburn zuckte die Achseln. »Ganz einfach. North Head gehört dann mir, und Sie stehen ohne einen Pfennig da.« Er breitete beschwörend die Hände aus. »Sehen Sie es doch ein, Miß Barrancourt. Mein Antrag brächte uns beiden Vorteile. Oh, ich bin mir bewußt, Sie hegen mir gegenüber jetzt noch keine liebevollen Gefühle, wie sie Mann und Frau füreinander empfinden sollten.« Die Froschaugen hefteten sich auf ihre Brüste, und er fuhr sich mit der Zunge über die wulstigen Lippen. »Doch mit der Zeit kommt das sicherlich.«

Raven schluckte schwer, um ihren Ekel und ihrer Verzweiflung Herr zu werden. Was Squire Blackburn vorschlug, widerte sie zutiefst an. Lieber würde sie sterben als ihn heiraten, selbst wenn sie dann North Head aufgeben mußte! Tränen traten ihr in die Augen. Sie könnte auf North Head nie verzichten, niemals, was sollte sie also tun? Wie konnte sie sich Geld beschaffen, um dem Squire die Schulden zurückzuzahlen, oder auch nur ausreichend Zeit gewinnen, um nach Geldquellen zu suchen, ehe er sie zwang, ihn entweder zu heiraten oder das Haus zu verlassen? Verzweifelt wandte sie sich von ihm ab und versuchte, beim Anblick der grandiosen Landschaft, die sich jenseits der bleiverglasten Fenster ihren angstvollen Augen bot, Kraft zu schöpfen und eine Antwort zu finden.

Angesichts dieser Landschaft, deren kleinste Einzelheit sie wie ihr eigenes Leben liebte, versuchte Raven, den Kloß in ihrem Hals hinunterzuschlucken. Wie konnte sie dies, ihr wahres Sein, aufgeben? Doch schlimmer noch, wie konnte sie ihr Glück opfern, indem sie der Heirat mit einem Mann zustimmte, den sie nicht liebte, sondern absolut abstoßend fand? Während sie gepeinigt über die sonnendurchflutete zerklüftete Schönheit der Gegend nachsann, schwirrte eine summende Fliege, die sich irgendwie hereingestohlen hatte, gegen die abgeteilte Scheibe und suchte vergeblich einen Ausschlupf. Plötzlich fiel Raven ein, was Danny vorher über das Anlocken von Fliegen mit Zucker gesagt hatte, und sie biß sich fest auf ihre Unterlippe, um nicht in Jubel auszubrechen, da die Lösung ihres Problems sie so sehr entzückte.

»Miß Barrancourt?« fragte der Squire ungeduldig.

Mit großen, unschuldigen Augen drehte sich Raven zu ihm. »Verzeihen Sie, daß ich Sie nicht zu beachten schien, Sir. Ich habe Ihren Antrag erwogen.«

Der Squire hatte die feuchten Lippen geöffnet, er beugte sich vor und beobachtete sie gespannt. »Ja, und?«

»Ich glaube«, erwiderte Raven, die sich jetzt erhob und anmutig um den Tisch herum auf ihn zukam, »ich kann Ihnen die Summe, die mein Vater Ihnen schuldete, nicht anders zurückzahlen.« Sie hoffte, ihre Stimme möge lieblich und arglos klingen und nichts von ihrem Abscheu offenbaren. Die Kunst der Tücke fiel ihr nicht leicht, und sie wußte nicht, ob ihr aufreizender Hüftschwung, als sie vor ihm stehenblieb, nicht als deutliche Absicht durchschaut würde. Dennoch fuhr sie unbeirrt fort, lächelte schüchtern zu ihm hinunter und sprach in angemessen sittsamem Ton. »In Anbetracht der Umstände müssen Sie aber zugeben, daß es unschicklich wäre, Ihr liebenswürdiges Angebot vor dem Ablauf des Trauerjahres anzunehmen.«

Squire Blackburn konnte sein Glück kaum glauben. »Ja, ja, gewiß.« Er erhob sich eilends und starrte begierig auf Ravens bleiches Gesicht. »Verstehe ich Sie recht, Sie wollen also meine Frau werden?«

»Wenn Sie mir auf das Darlehen ein Jahr Aufschub gewähren«, entgegnete Raven mit dem kecksten Lächeln, das sie zustande brachte, und zeigte trotz ihrer traurigen Augen schelmische Grübchen.

»Und die offizielle Verlobung«, fügte sie süß hinzu, »sollte auch bis dahin warten, nicht wahr? Es wäre Ihnen gewiß nicht recht, wenn man sagte, ich sei unter dem Einfluß der Trauer gedrängt worden, auf Ihr freundliches Angebot einzugehen?«

Die sonst vorsichtige und mißtrauische Geisteshaltung des Squire hätte ihn möglicherweise an seinem Glück zweifeln und Ravens Beweggründe für eine so rasche Einwilligung wachsamer betrachten lassen. Aber in diesem Moment war er so berauscht von ihrem Anblick, so überwältigt von dem lieblichen Duft ihres Körpers und der Nähe ihrer festen, hohen Brüste. »Aber gewiß«, versicherte er ihr rasch. »Nichts soll den guten Namen meiner künftigen Gemahlin beflecken, schon gar nicht boshafter Klatsch.«

»Dann ist es also abgemacht?« fragte Raven unschuldsvoll, und das Herz schlug ihr so wild, daß ihr ganz schwindlig war. »Wenn in einem Jahr die Schulden nicht beglichen sind, werde ich Ihre Frau?«

»Das ist mein größter Wunsch, Miß Barr – Raven, Liebes«, stammelte er heiser.

Raven blieb nichts übrig, als zu lächeln, während er ihr die Hand küßte und versprach, ihr bald wieder seine Aufwartung zu machen. Als Parris auf ihr Klingeln hin erschien, lächelte sie noch immer, doch der treue alte Diener erkannte sofort, wie ungewöhnlich blaß ihre Haut war und wie matt ihre Stimme klang.

Kaum allein fiel Raven in den plüschigen Lehnstuhl, aus dem der Squire sich Minuten zuvor erhoben hatte, und machte ihrem Gefühlstumult aus Freude, Verzweiflung und Erleichterung in einem so gewaltigen Tränenstrom Luft, daß Parris und die beklommene Danny, sowie sie hereinkamen, sofort an ihre Seite stürzten, vom Niedergang North Heads überzeugt.

»Nein, nein!« beruhigte Raven die beiden und lächelte unter Tränen, während sie nach einem Taschentuch kramte. »Mir ist eine Gnadenfrist von einem Jahr eingeräumt worden!«

Parris und Danny sahen sich verdutzt an, und Raven mußte über ihre Verwirrung ein wenig lachen. »Squire Blackburn erklärt sich einverstanden, bis zum kommenden Juni keinen Anspruch auf das Geld zu erheben, das Vater ihm schuldete. Wenn ich aber bis dahin die Summe nicht aufbringe, muß ich ihn heiraten.«

Dannys Wehklagen übertönte Parris' entsetzten Ausruf, aber Raven ließ sie nicht weiter zu Wort kommen. Mit einer gebieterischen Geste forderte sie Ruhe und fuhr förmlich fort: »Das wird natürlich nie geschehen, weil ich mir die Summe viel früher zu beschaffen gedenke.«

»Wo in Gottes Namen wollen Sie einen solchen Betrag herbekommen?« fragte Danny, keineswegs beschwichtigt. Bei dem Gedanken, daß die schöne, junge Raven den widerlichen Squire heiraten sollte, kämpfte sie händeringend mit den Tränen.

Mit einer aus tiefster Erleichterung stammenden Zuversicht zuckte Raven die Achseln. »Ich weiß noch nicht. Von einer von Vaters Banken vermutlich. Gewiß gewährt man mir Kredit, wenn ich die Umstände darlege! Und wenn nicht, gibt es immer noch Großonkel Hadrian in London, der sogar reicher als Krösus sein soll!«

»Sie sind Ihrem Großonkel Hadrian noch kein einziges Mal begegnet!« rief Danny. »Und er hat sich überhaupt nicht mit Ihrem Vater verstanden! Die beiden haben einander in den vergangenen fünfzehn Jahren kein einziges Mal geschrieben!«

»Das kümmert mich nicht«, entgegnete Raven mit einer ungestümen Kopfbewegung. »Er ist schließlich ein Barrancourt, und er kann doch nicht so unbarmherzig sein, seine eigene Verwandte abzuweisen, die seiner Hilfe so dringend bedarf!« Die Arme auf die Hüften gestemmt, erforschte sie erst das eine zweifelsvolle Gesicht, dann das andere, und Verärgerung zeigte sich auf ihren zarten Zügen. »Offen gestanden, hätte ich erwartet, daß ihr euch mit mir freut! Mir ist es gelungen, den Feind vor unseren Toren für mindestens ein Jahr zu vertreiben, und ihr beiden schaut drein, als ob ich schon morgen das Eheversprechen ablegen sollte!«

»O, Miß Raven, Sie wollen doch nicht wirklich diesen gräßlichen Menschen heiraten!« rief Danny.

»Keineswegs«, entgegnete Raven finster. »Für wie verrückt hältst du mich denn? Bis dahin habe ich das Geld zusammengebracht, das schwöre ich dir. Gleich nach dem Mittagessen will ich nach Truro fahren«, fügte Raven grübelnd hinzu und blickte zum Fenster hinaus auf den sonnenbeschienenen, ruhigen blauen Ozean.

Truro, eine blühende Stadt, lag an den Ufern des sich dahinschlängelnden gleichnamigen Flusses. Die Häuser und Läden in den belebten Straßen, durch die Raven und Danny am Nachmittag in der Kutsche fuhren, waren sauber, die abseits gelegenen Häuschen bunt gestrichen und anheimelnd. Straßenhändler boten ihre Waren feil, und auf dem lärmenden Marktplatz wurden Stierkälber und vorzügliche Milchkühe versteigert.

Raven, die früher schon ein paarmal nach Truro gekommen war, hätte sich normalerweise an dem bunten geschäftigen Treiben ergötzt, aber sie konnte den Grund ihrer Fahrt nicht vergessen, und ihre Augen glänzten fast wie im Fieber, als sie schweigsam neben Danny in der beengten Kutsche saß. »Hier sind wir, Danny«, meinte sie, als sie vor einem stuckverzierten, honiggelben Ziegelgebäude hielten. Sie ließ Danny in der Kutsche warten, band sich die Haubenschleife neu und trat auf die Straße hinunter.

In der Bank war es kühl und dunkel, das schimmernde Holz und der gemusterte Fliesenboden wirkten ebenso nüchtern wie das kleinstädtische Mobiliar. Nachdem sie sich an einen livrierten Aufseher gewandt hatte, geleitete man sie freundlich zu einem Büro, das mit seinen von Büchern überbordenden Regalen und dem auf Hochglanz polierten Schreibtisch unter dem hohen Fenster in der Ecke wie das geschmackvolle Arbeitszimmer eines gebildeten Herrn aussah. Ein dunkelgekleideter Mann mit ergrauenden Koteletten erhob sich beim Anblick der schlanken jungen Frau in Trauerkleidung.

»Meine liebe Miß Barrancourt«, sagte er mit einem festen Händedruck und betrachtete sie mit freundlichen, leicht tränenden Augen, »welch eine Freude, Sie hier zu sehen. Es geht Ihnen hoffentlich gut«, fuhr Mr. Metcalfe herzlich fort und rückte Raven einen Stuhl vor seinem Schreibtisch zurecht, damit sie bequem Platz nehmen konnte, bevor er sich selbst setzte. »Die vergangenen Monate waren sicher nicht leicht für Sie.«

»Ich versuche mein Bestes«, beruhigte ihn Raven mit einem schwachen Lächeln, zog die Handschuhe aus, band die Haube ab und legte beides auf den Stuhl neben sich. Während sie ihr Haar glattstrich, sah sie ihn ruhig an und überlegte, wie sie am besten anfangen sollte.

»Was für ein tragischer Unfall«, sagte der ältliche Herr mit einem traurigen Kopfschütteln und schob die Unterlagen auf seinem Schreibtisch hin und her. »Vielleicht spendet Ihnen das Wissen, daß Ihr Vater nicht leiden mußte, ein wenig Trost. Doch wie kann ich Ihnen behilflich sein?«

»I-ich benötige ein Darlehen«, stammelte Raven mit verzweifeltem Gesicht, obwohl sie sich zu ruhiger und leiser Sprechweise zwang. Denn sie war überzeugt, daß es jedem Bankier ein Greuel sein mußte, einem hysterischen weiblichen Wesen, das um Geld bat, gegenüberzusitzen. Sie verkrampfte die Hände in ihrem Schoß und hielt den Atem an, während Mr. Metcalfe die Lippen schürzte und eine bestimmte Stelle der Wandtäfelung hinter ihr fixierte.

»Ich kann mir gut vorstellen, daß die Leitung des Anwesens große Probleme aufwirft, Miß Barrancourt. Tragen Sie die ganze Verantwortung allein?« Mit gütigen grauen Augen sah er sie an, und Raven spürte, wie ein Teil ihrer Angst allmählich wich.

»Nicht wirklich. Es gibt ja, John Speedwell, unser langjähriger Verwalter, ist mir seit dem Tod meines Vaters eine unschätzbare Hilfe. Er kümmert sich um die Gehöfte, das Vieh, das Land, während ich mich mehr auf die Büroarbeiten konzentriere, die Bücher, Rechnungen und dergleichen.«

»Überaus vernünftig von Ihnen, Miß Barrancourt«, sagte Henry Metcalfe anerkennend; sein Blick verweilte auf ihrem jugendlichen Gesicht und der schlanken, schwarzgekleideten Figur. Er konnte es kaum glauben, daß ein so zartes Geschöpf ein Anwesen von der Größe North Heads in Schwung halten konnte, selbst wenn es von einem Verwalter unterstützt wurde. »Nun also.« Er beugte sich auf seinem Stuhl nach vorn, wobei das Leder quietschte, und legte die Fingerspitzen aneinander. »An welche Summe denken Sie, Miß Barrancourt, und wie soll sie verwendet werden?«

Raven schluckte schwer, eine Hitzewelle überkam sie. »Ich – ich...«

»Miß Barrancourt, fühlen Sie sich nicht wohl?« hörte ihn Raven fragen. Sie zwang sich zu einem beruhigten Lächeln und verfluchte sich für ihren plötzlichen Anfall von Feigheit. Wie konnte sie sich als tüchtig und beherrscht darstellen, wenn sie so herumstotterte?

»Doch, doch, danke«, sie lächelte schwach und räusperte sich, ehe sie wieder zum Sprechen ansetzte. Diesmal klang ihre Stimme fest. »Ich fürchte, es handelt sich um einen ziemlich hohen Betrag, Sir.«

Die Koteletten zuckten, als Mr. Metcalfe ein Lächeln unterdrückte. »Kein Darlehen, das wir gewähren, ist je unbedeutend, Miß Barrancourt! Nun denn, wieviel?«

»Ich fürchte, es ist mehr als fünfzigtausend Pfund.«

»Das ist ja absurd!« entfuhr es Henry Metcalfe.

»Wie bitte?« fragte Raven.

»Es tut mir leid, Miß Barrancourt. Das steht außer Frage. Völlig unmöglich.«

»Aber...«

»Wie wollen Sie ein solches Darlehen zurückzahlen? Allein die Zinsen...«

»Aber Sie verstehen nicht, Sir!« unterbrach ihn Raven. Trotz größter Anstrengung zitterte ihre Stimme. »North Head ist von der Übernahme bedroht, und ich brauche das Geld, um die Schulden meines Vaters zu begleichen.«

»Mir war bekannt, daß Ihr Vater in letzter Zeit einige ungünstige Investitionen getätigt hatte«, sagte Henry Metcalfe voll Mitgefühl. »Unsere Bank würde Ihnen sehr gern eine geringere Summe leihen, schließlich genießt der Name Barrancourt in unserem Institut einen ausgezeichneten Ruf. Sagen wir, bis zu zwanzigtausend Pfund mit Zahlungen von...«

»Das reicht nicht!« rief Raven. Um ihre aufsteigende Erregung niederzukämpfen, biß sie sich fest auf die Unterlippe, und der Schmerz brachte sie wieder zur Besinnung. »Ich benötige fast dreimal so viel«, sagte sie ruhig.

Henry Metcalfe breitete beschwörend die Hände aus. »Ich bedaure sehr, Miß Barrancourt, das ist unmöglich. Unsere Gläubiger, die Aktionäre der Gesellschaft, würden nie zustimmen, insbesondere da – es tut mir leid, dies zu sagen – Ihr Alter und Ihre Unerfahrenheit eine ausschlaggebende Rolle bei der Rückzahlung des Darlehens spielen dürften.«

»Dann bekomme ich also das Geld nicht von Ihnen?« fragte Raven, obwohl sie die Antwort schon wußte.

Betrübt schüttelte er den grauen Kopf. »Ich fürchte, nein.«

Ravens Unterlippe begann zu zittern, noch einmal biß sie fest darauf und begrüßte den Schmerz, der ihre Tränen zurückhielt. O Gott, wenn sie ihm nur klarmachen könnte, in welch verzweifelter Notlage sie sich befand! Ein Bild von Squire Blackburns fleischigem, geistlosem Gesicht tauchte vor ihr auf. Und sie konnte beinahe die Gier in seinen trüben Augen erkennen, wie sie sich verlangend auf ihre Brüste hefteten, konnte fast spüren, wie er sie mit seinen fetten Händen vertraulich berührte, wie ein Mann es gewiß mußte, wenn er mit seiner Frau schlief. Himmel, nein! Die Vorstellung, mit dem schmierigen, kleinwüchsigen, feisten Kerl das Bett zu teilen, erfüllte sie mit Ekel.

In der Hoffnung, irgendein Anzeichen für einen Meinungsumschwung zu entdecken, blickte Raven zu Henry Metcalfe auf, dessen Miene aber blieb starr und unnachgiebig. Nach außen hin beherrschte Raven ihre schönen Züge, doch innerlich drängte es sie, ihn anzuschreien, ihn so lange zu schütteln, bis es ihr das Darlehen, das sie benötigte, gewährte, oder sich ihm zu Füßen zu werfen und ihn wie eine bedauernswerte Armenhäuslerin anzubetteln. Doch das verbot sich von selbst. Die Barrancourts erniedrigten sich nicht, und selbst angesichts dieser vernichtenden Niederlage hätte ihr Vater würdevolles Verhalten von ihr erwartet. »Sie waren überaus freundlich, Sir«, sagte sie höflich, während sie sich steif erhob und ihn ruhig anzulächeln versuchte. »Vielen Dank.«

»Es tut mir leid«, entgegnete er schlicht, und es war ihr zuwider, Mitleid und Hilflosigkeit in den gütigen grauen Augen zu entdecken.

»Ich verstehe.« Ein wenig zittrig holte sie Luft. »Auf Wiedersehen, Mr. Metcalfe.«

»Miß Barrancourt?«

Raven drehte sich an der Tür um, ihre Satinröcke raschelten. »Ja?«

»Wenn ich Ihnen irgendwie helfen kann, sei es in einer persönlichen oder geschäftlichen Angelegenheit, lassen Sie es mich wissen?«

Trotz ihrer angestrengten Bemühungen traten ihr Tränen in die Augen, als sie den Kopf neigte und die kleine federngeschmückte Haube unterm Kinn zuband. »Ja, vielen Dank.« Sie drängte die Tränen zurück, als sie, ohne auf die neugierigen Blicke der anderen Kunden zu achten, durch den Hauptraum der Bank eilte und sich vom Kutscher in das wartende Gefährt helfen ließ, wo die besorgte Danny ihr auf dem Ledersitz mit der dunklen Petine Platz machte.

Armes Mädchen, dachte Danny. Sie wühlte in ihrem Pompadour nach einem Taschentuch, da sie zu ahnen glaubte, daß ihre junge Herrin jeden Moment in Tränen ausbrechen würde.

»Danny, wir müssen jetzt nach London fahren!«

Das resolute Stimmchen verdutzte die frühere Gouvernante derart, daß ihr der Beutel unbemerkt entglitt und auf den Wagenboden fiel. »Was?«

Ravens goldbraune Augen glühten, als sie den Kopf herumwarf und die erstaunte Frau anschaute. »Die Banken helfen mir nicht, also bleibt mir nichts anderes übrig, als mich an die Familie zu wenden. Großonkel Hadrian wird mir den Betrag, den ich brauche, leihen oder...«

»Oder der Himmel stehe ihm bei!« stöhnte Danny, als sie den wild entschlossenen Ausdruck in Ravens Augen sah.

»Wenn mir der Großonkel die Hilfe verweigert«, sagte Raven leise und schob das zierliche Kinn vor, »dann stehe der Himmel uns allen bei!«

3.

An einer ruhigen, gewundenen Straße unweit der Kensington Road befand sich das stattliche Heim von Sir Hadrian Barrancourt, dem ehemaligen Direktor von Booth's, der riesigen Tee- und Seidenhandelsgesellschaft, die mit Unterstützung durch Privatleute und der British East India Company viele Jahre lang eine Monopolstellung auf dem Londoner Markt innegehabt hatte. Das Haus war aus erdfarbenen Ziegeln erbaut, imposante Ecktürme und wuchtige Kamine flankierten das Mansardendach.

An einem regnerischen, wolkenverhangenen Nachmittag blieb die Barrantcourtsche Kutsche rumpelnd am Randstein stehen. Edwards stieg vom Bock, um die Stufen herunterzulassen und seiner jungen Herrin fürsorglich beim Aussteigen zu helfen. Raven trat auf das Trottoir und hielt, die Röcke mit einer Hand geschürzt, einen Augenblick inne. Angesichts des eindrucksvollen Gebäudes fragte sie sich, ob ihr Großonkel wohl zu Hause sei. Sie war sowohl besorgt als auch mißgelaunt. Erschöpft von der langen, beschwerlichen Reise wünschte sie sich ein wenig Zeit für ein Bad und eine kleine Ruhepause vor dem Gespräch mit dem Großonkel, dem sie noch nie begegnet war. So viel hing von dem Eindruck ab, den sie auf ihn machen würde, daß sie vorübergehend den Mut verlor, als sie die Ungeheuerlichkeit ihrer Verantwortung erkannte.

»Miß Raven, geht es Ihnen nicht gut?« erkundigte sich Edwards, als ihm ihre bleichen Wangen und die nachdenkliche Miene auffielen.

»Doch, doch«, versicherte sie ihm mit einem matten Lächeln.

»Und Sie wünschen wirklich nicht, daß Mrs. Daniels oder ich Sie hineinbegleiten?«

Raven schüttelte energisch den Kopf. »Ich möchte bei Großonkel Hadrian nicht den Anschein erwecken, als wollten wir seine Gemächer stürmen.« Auf ihren weichen Wangen erschienen zwei Grübchen, und aus ihren Augen wich die Besorgnis. »Also auf in die Höhle des Löwen«, sagte sie halb zu sich selbst. Sie straffte die Schultern, ehe sie das schmiedeeiserne Tor öffnete und hocherhobenen Hauptes den Garten betrat. Die sherryfarbenen Rüschenröcke leicht angehoben, stieg sie die breiten flachen Stufen empor und klopfte kräftig an die polierte Eichentür. Als sich diese wenige Augenblicke später öffnete und dabei in den schweren Scharnieren kreischte, blieb dem makellos gekleideten Majordomus, der auf der Schwelle erschien, nicht die Zeit, beseite zu treten, da Raven schon mit rauschenden Röcken und dem schwachen, doch betörenden Duft eines lieblichen Parfums an ihm vorbei hineinfegte.

»Ich bin Raven Barrancourt«, verkündete sie mit gebieterisch hochgezogenen Brauen. »Würden Sie bitte Sir Hadrian in Kenntnis setzen, daß seine Nichte aus Cornwall gekommen ist?«

»Ich fürchte, Sir Hadrian empfängt momentan keine Besucher«, teilte ihr der livrierte Majordomus entschuldigend mit. »Er fühlt sich in letzter Zeit nicht recht wohl.«

Die goldbraunen Augen verhärteten sich. »Aber ich muß ihn unbedingt sehen, so verstehen Sie doch. Ich...«

»Ich bedaure, Miß Barrancourt, nicht heute«, beschied sie der Bedienstete höflich, aber unnachgiebig, wobei er absichtlich ihrem flehenden Blick auswich. Denn er wußte genau, daß sein Entschluß ins Wanken geraten würde, wenn er nur kurz in ihr hübsches, ebenmäßiges Gesicht schaute. »Vielleicht morgen, falls es Sir Hadrian bessergeht.«

Ravens weiche Lippen bebten, und ihr wohlgeformtes Kinn schob sich vor. »Ich gehe nicht, bevor ich mit ihm gesprochen habe.«

»Ich fürchte...«

»Wer zum Teufel ist denn gekommen, Jeffords?« drang eine verdrossene Stimme aus dem Inneren des imposanten Hauses.

Raven schaute sich schnell um, ihr Blick fiel auf eine angelehnte reichgeschnitzte Tür weiter unten in der Spiegelhalle. Flink schlüpfte sie an dem arglosen Diener vorbei und erreichte die Tür im selben Augenblick, wo der verblüffte Jeffords reagierte und ihr – bestrebt, sie aufzuhalten – in den Weg sprang. Mit der gleichen Zielstrebigkeit hob Raven ihre Satinröcke und rammte dem armen Mann den Absatz ihres zierlichen Reiseschuhs auf den Spann. Dem überraschten Jeffords entfuhr ein Schmerzensschrei, und obwohl Raven ihre Tat überaus leid tat, nutzte sie seine vorübergehende Ablenkung und drängte sich ins Zimmer.

Rasch warf sie die Tür hinter sich zu. Sie fand sich in einem gemütlichen Salon mit viel goldgelbem und rotem Samt, einer schweren Tapete mit prächtigen roten Cupidos und einer Goldblattleiste längs der Decke. Auf einem tiefen, bequemen Samtsofa vor dem riesigen Marmorkamin ruhte ein verhutzelter alter Mann, den schmächtigen Körper trotz des relativ warmen Sommernachmittags mit einem dicken Plaid bedeckt. Obwohl ihm das graue Haar nur mehr in ein paar spärlichen Büscheln wuchs, war sein silberner Bart sehr üppig. Die Augen über den eingefallenen, vom Alter zerfurchten Wangen schimmerten zu Ravens Erstaunen im gleichen Topaston wie die ihren und waren ebenso dicht von Wimpern umkränzt. Der alte Mann hatte sich bei ihrem furiosen Eintritt mühsam aufgesetzt, der weiße Bart fiel nun wellig über den Seidenschal auf seiner schmächtigen Brust. Sowie er Raven mit ihrem hocherhobenen Kopf und der stolzen, trotzigen und dennoch merkwürdig verlegenen Miene sah, umspielte ein wissendes Lächeln seine Lippen. Doch als er zum Sprechen ansetzte, wurde er von einem wütenden Hämmern an der Tür unterbrochen. Der Majordomus versuchte, sich Zutritt zu erzwingen, nachdem er sich von dem pochenden Schmerz im Fuß erholt hatte.

»Verschließ die Tür, Mädchen, schnell!«

Raven gehorchte ohne Zögern.

»Sir Hadrian! Sir Hadrian, ist alles in Ordnung?« ertönte draußen die wütende Frage, gefolgt von einem ergebnislosen Rütteln am Türschloß.

»Mein Majordomus ist von eher nervenschwacher Wesensart«, erläuterte Sir Hadrian und blinzelte Raven verschwörerisch zu. »Bin ganz froh, wenn ich von dem verknöcherten, betulichen Burschen ein paar Minuten in Frieden gelassen werde. Sie können gehen, Jeffords!« fügte er mit erhobener Stimme hinzu. »Jetzt darfst du die Tür wieder aufsperren, Kind. Und komm näher, damit ich dich anschauen kann.«

Raven drehte den Schlüssel herum und kam folgsam bis ans Sofa, wo sich eine überraschend kräftige Hand um ihr Handgelenk schloß und sie niederzog. »Meine Augen sind auch nicht mehr, was sie mal waren«, meinte er und betrachtete sie aufmerksam, als sie sich unter Satingeraschel setzte, »obwohl sie mir den Dienst noch nicht völlig versagen, denn beim Himmel, ich sehe, was du für eine Schönheit bist. James' Tochter, nicht wahr?«

»Ja, Sir.«

»Raven hat er dich genannt, nicht? Ich erinnere mich, daß ich damals den Namen recht seltsam fand, aber wenn ich dein rabenschwarzes Haar so anschaue, merke ich, wie gut er zu dir paßt.« Raven Barrancourt ist außergewöhnlich schön, dachte er, und er hatte in seinem Leben genug schöne Frauen gesehen, um das beurteilen zu können. Obendrein gefiel ihm das Feuer in ihren Katzenaugen, und ihr Auftreten bewies, daß sie klug war, eine Eigenschaft, die er an attraktiven Frauen schätzte. Zu dumm, daß er sich so schlecht mit seinem Neffen verstanden hatte; dieses bezaubernde Wesen würde er gern noch länger kennen.

»Nun also«, wurde Sir Hadrian auf einmal sachlich. »Dich führt doch sicher ein bestimmter Grund hierher. Dein Vater ist jetzt – wie lange – drei Monate tot, und du leitest North Head ganz allein. Großartiges Anwesen, nicht? Deiner Urgroßmutter habe ich nie verziehen, daß sie zuerst Thomas das Leben geschenkt hat. Ich hätte es gern mein eigen genannt, obwohl ich mit neunzehn fortgegangen und seither nur ein oder zwei Mal zurückgekehrt bin.«

»Vater erzählte mir, daß Sie sich mit meinem Großvater überhaupt nicht vertragen haben«, sagte Raven.

Sir Hadrian zuckte die Achseln. »Ich war jung, halsstarrig und hatte zuviel von dem verfluchten Stolz der Barrancourts in mir. Weil ich North Head nicht erben konnte, ging ich eben weg. Ich schwor mir, daß ich nie wiederkommen würde. Von mir aus sollte Thomas alles behalten. So habe ich mir aus eigener Kraft ein Vermögen verdient, und wenn ich auch bald wohlhabend genug war, einen doppelt so großen Besitz zu erwerben, wußte ich, daß es nicht das gleiche war.«

»Aber warum sind Sie nicht zurückgekehrt, als Ihr Bruder starb und Vater das Erbe übernahm?« fragte Raven verwirrt. »Sie sind auf North Head geboren und haben meines Wissens eine glückliche Kindheit dort verlebt. Wie konnten Sie nur?«

Sir Hadrian lachte glucksend und tätschelte ihr die Hand. »Ich sehe schon, das Landgut ist dir sehr ans Herz gewachsen, mein Liebes. Mir auch, aber mit deinem Vater kam ich auch nicht besser aus als mit den übrigen Barrancourts. Wir haben uns wie Kampfhähne die Köpfe eingeschlagen. Wahrscheinlich ähnelten wir einander zu sehr, und dein Vater war dickschädelig wie die restliche Familie. Ich erinnere mich, daß ich zu deiner Taufe kam. Damals war ich zum letzten Mal dort, nach dem Tod deiner armen Mutter. Ich sagte zu James, daß es wohl schwierig für ihn würde – ohne männlichen Nachfolger, der den Besitz übernehmen könnte, dein kleiner Bruder war kaum einen Monat tot. Er sah mich offen an und erwiderte, daß er keinen Sohn brauche, weil du mindestens ebenso patent seist wie der tüchtigste Hosenmatz.« Er kniff die goldfarbenen Augen zusammen und musterte Raven konzentriert. »Und nun bist du seine Erbin, Mädchen, und verwaltest eines der stattlichsten Anwesen und fruchtbarsten Güter in ganz Cornwall. Was«, fragte er übergangslos, »willst du denn von mir?«

»Geld, Großonkel Hadrian«, antwortete Raven wie aus der Pistole geschossen, da sie erkannte, daß sie ohne Umschweife mit ihm verhandeln mußte, wenngleich ihr die Stimme bei diesen Worten ein wenig zitterte.

»Aha, und wieviel?«

Ruhig und sachlich legte Raven die Situation dar, während Sir Hadrian mit aufmerksamer Miene zuhörte. Er stellte keine Fragen, nickte jedoch manchmal. Als ihr Bericht beendet war, lehnte sie sich in dem tiefen Sessel zurück, wo sie zu Beginn ihres Vortrags Platz genommen hatte, und wartete trotz ihrer scheinbaren Gelassenheit in qualvoller Ungeduld.

»Meiner Meinung...«, begann Sir Hadrian nach langer Pause, wurde aber von Jeffords unterbrochen, der ein silbernes Teeservice und einen Korb mit verlockend duftendem ofenfrischen Gebäck und Teekuchen hereintrug.

»Schenkst du ein, mein Liebes?« Sir Hadrian hob seine Tasse. »Zum ersten Mal habe ich das Vergnügen, in meinem eigenen Haus von einer Gastgeberin bedient zu werden. Und von einer so hübschen noch dazu. Raven, über das Finanzielle unterhalten wir uns später. Zuerst muß du dich ausruhen, nach dem Abendessen besprechen wir dann die Angelegenheit, falls du nicht zu müde bist. Und wenn, können wir damit noch immer bis morgen früh warten.«

»Solche Umstände können wir Ihnen doch nicht machen!« widersprach Raven. »Wirklich, Großonkel, ich wollte keinesfalls ...«

Mit einer kurzen Geste brachte er sie zum Schweigen. »Das weiß ich, Mädchen, aber du gehörst zur Familie und übernachtest natürlich hier.«

»Aber Ihr Gesundheitszustand ...« Raven blickte noch immer unschlüssig.

»Sehe ich so aus, als ob ich im Sterben läge?« fragte er mit einem geziemenden Maß an Entrüstung.

»Das kann man nun wirklich nicht behaupten, Sir. Vater meinte immer, daß das Alter den Barrancourts nichts anhaben kann.«

»Recht hatte er«, pflichtete Sir Hadrian ihr lachend bei, hocherfreut über die Aussicht, ein paar Tage die Gesellschaft dieses bezaubernden jungen Mädchens zu genießen. Wie langweilig ihm plötzlich sein zurückgezogenes Junggesellendasein erschien! »Und was dein Problem betrifft, so zerbrich dir nicht unnötig dein hübsches Köpfchen. Mir wird schon einfallen, wie ich dir helfen kann.«

»Oh, das würde mir so viel bedeuten«, hauchte Raven dankbar. Zum ersten Mal seit Richard Haggarts Besuch fühlte sie sich glücklich und voll Zuversicht, denn sie war nun überzeugt, daß sie ihr geliebtes Zuhause nicht verlieren würde.

Ausgeruht und munter beherrschte Sir Hadrian beim Abendessen mit überaus selbstbewußtem Auftreten die Tafel, ein amüsanter, glänzend gelaunter Gastgeber, der seine Besucher eifrig mit Wein versorgte, so daß der Abend durchaus fröhlich verlief. Raven dachte nicht mehr an ihre Sorgen und lachte mit funkelnden Augen über seine Scherze. Selbst Danny vergaß ihren gesellschaftlichen Rang und die ihr eigene Wortkargheit, sondern lächelte und kicherte ausgelassen über Sir Hadrians witzige Bemerkungen.

»Oh, du meine Güte, Sir, so eine Geschichte habe ich noch nie gehört!« Halberstickt lachte sie, als Sir Hadrian seine kurzweilige Erzählung von den Abenteuern eines unmoralischen Mönches mit einem leichten Mädchen schloß. »Unerhört, aber nichtsdestotrotz vergnüglich!« Sie betupfte ihre Augen mit einem Spitzentaschentuch und fügte ein wenig mißbilligend hinzu: »Aber vor Miß Raven...«

»Ach, dummes Zeug!« gab Sir Hadrian zurück und zwinkerte seiner Nichte verschwörerisch zu. »Wenn dich dein Vater so erzogen hat, wie ich vermute, dann gibt es wenig, was du nicht schon vorher gehört hättest.« Er hob den Zeigefinger. »Na, erröte doch nicht, Kleines. Das ist wie diese ständigen Ohnmachten eine gräßlich scheinheilige Ziererei der Frauen, die ich nicht ausstehen kann!«

Angesichts Ravens finsteren Blicks fügte er lachend hinzu. »Aber du hast, wie ich sehe, nicht den kleinsten Dünkel in dir, also nimm mir altem Mann mein Gerede nicht übel. Ah, da bringt Jeffords den Nachtisch. Was möchtest du denn, Liebes, etwas Zitroneneis oder ein Stück Buttercremetorte?«

»Die Torte schaut lecker aus«, gestand Raven mit begehrlichem Blick auf das gehaltvolle, mit Walnüssen und Kirschen verzierte Dessert.

»Jeffords, ein Stück für meine Großnichte!« ordnete Sir Hadrian sogleich an. »Und wozu kann ich Sie verführen, Mrs. Daniels?«

»Sie sind wirklich zu liebenswürdig, Sir Hadrian, aber ich habe schon mehr als genug gegessen und bin obendrein müde. Wenn Sie mich entschuldigen würden?«

»Aber sicher! Jeffords, Betsy soll Mrs. Daniels zu ihrem Zimmer bringen.«

Sir Hadrian und seine Großnichte wünschten Danny eine gute Nacht und warteten schweigend, bis sie allein waren.

Raven stocherte in ihrem Tortenstück. Die rechte Hand, in der sie die Silbergabel hielt, zitterte leicht.

»Aufgeregt, mein Kind?«

Sir Hadrians ruhige, unerwartete Frage ließ sie zusammenzucken, und sie schaute schnell zu ihm hoch. »Ich glaube, ja, Großonkel Hadrian.«

»Weswegen denn?« fragte er, obwohl er die Antwort wußte.

Ihr feines Gesicht zeigte einen eigenartig hilflosen Ausdruck. »Was Sie wohl sagen werden ... Trotz Ihrer reizenden Anekdoten schien Sie irgend etwas während des Abendessens zu beschäftigen. Das hat doch sicher mit meinem Problem zu tun.«

Mit ernster Miene schlürfte Sir Hadrian etwas Wein und sah seine schöne Großnichte prüfend an. »Allerdings, nach meinem Nickerchen habe ich heute nachmittag meine Vermögenslage ein wenig studiert, um zu sehen, wie ich dir am besten helfen kann. Denn du mußt natürlich wissen, daß ich nicht fünfzigtausend Pfund im Keller liegen habe, die nur darauf warten, daß du sie brauchst.«

Raven nickte, und ihre Augen füllten sich mit einer merkwürdigen Mischung aus Furcht und Vorfreude. In demselben schmucken grauen Kleid, das sie bei dem Besuch Squire Blackburns getragen hatte und dessen winzige Perlmuttknöpfe im weichen Kerzenschein schimmerten, und mit ihrem bis auf die zartrosa Schatten auf den schmalen Wangen bleichen ebenmäßigen Gesicht schaute sie atemberaubend schön, doch hilflos und jung aus.

Sir Hadrian lehnte sich zurück und betrachtete sie aufmerksam, während er mechanisch über seinen langen silbrigen Bart strich. »Glücklicherweise kenne ich einen Herrn, der ausreichend Kapital flüssig hat, um dich mit dem Betrag, den du benötigst, und ein wenig mehr für die anfallenden Zinsen zu versehen.«

»Ich begreife nicht ganz«, sagte Raven ein wenig unsicher und vergaß die köstliche Buttercremetorte. »Meinen Sie damit, daß ich mir das Geld von einem Dritten erbitten muß?«

»Ich will dir die Lage erklären, Raven«, begann ihr Großonkel. »Wie du weißt, habe ich nie geheiratet, obgleich ich gestehen muß, daß mir genügend berechnende Mütter und heiratslustige Töchter nachjagten. Man könnte Booth's als meine einzige große Liebe bezeichnen. Ich widmete mein Leben ganz dem Geschäft, und als mir die British East India Company meinen Anteil auszahlte, habe ich, zugegebenermaßen, dabei recht gut abgeschnitten.«

Raven lauschte geduldig, denn sie ahnte, daß er auf einen bestimmten Aspekt zusteuerte, ganz egal, wie weit er von ihrem Darlehen abzuschweifen schien.

»Ich sagte schon, daß ich nie geheiratet habe. Auf die Gefahr, dich zu schockieren, Kleine, erzähle ich dir, daß ich nicht eben fromm gelebt oder mich bei den Damen rar gemacht habe. Es gab da eine besonders schöne Frau ...« Er hustete und räusperte sich, plötzlich nicht imstande, Ravens ernstem Blick zu begegnen.

»Wollen Sie damit andeuten, daß Sie eine Mätresse hatten, Sir?« fragte Raven geradeheraus.

»Nun ja«, erwiderte der ältliche Gentleman leicht überrascht. Dann faßte er sich und lachte sie an, so daß sie ahnte, was für ein charmanter, gutaussehender Mann er in jungen Jahren gewesen sein mußte. »Eigentlich mehrere, aber diese war etwas Besonderes. Eine elegante Frau, schön und treu, durchaus temperamentvoll. Du erinnerst mich ein wenig an sie, obwohl ihr euch im Aussehen wie Tag und Nacht unterscheidet. Wie du war sie ein starker, entschlossener Mensch, Herrin über ihr eigenes Schicksal.« Seine Stimme erwärmte sich bei der Erinnerung.

Raven warf ermutigend ein. »Ich nehme an, Sie haben sie sehr geliebt.«

»So sehr, daß ich unserem gemeinsamen Sohn einen Namen gab«, erwiderte Sir Hadrian. »Meinen eigenen.«

Ravens geschwungene Brauen hoben sich. »Ein Barrancourt?« hauchte sie ernsthaft erschüttert.

Sir Hadrian nickte. »Verurteile mich nun nicht, Mädchen! In unserer Familiengeschichte gibt es genug Seeräuber und Schmuggler, als daß wir der rechte Umgang für Heilige wären! Unmöglich, nicht wahr, für ein altes kornisches Geschlecht, mit solchen Schurken nicht um fünf Ecken verwandt zu sein?«

»Vermutlich«, räumte Raven unschlüssig ein. Die Erwähnung von Schmugglern ließ sie zum ersten Mal seit langer Zeit an den attraktiven, gewissenlosen Captain denken, der sie an dem dunklen, windgepeitschten Strand so leidenschaftlich geküßt hatte. Grollend verdrängte sie die Erinnerung, indem sie sich streng ermahnte, daß sie nicht wieder an jene Nacht denken dürfe und auch nicht das Recht habe, ein Urteil über ihren Großonkel zu fällen. Ihre Bestürzung über die Existenz eines unehelich geborenen Barrancourt grenzte an Snobismus, ein nicht zu entschuldigender Charakterzug, der ihr an anderen immer sehr mißfiel. »Verzeihen Sie, Großonkel«, bat sie zerknirscht. »Sie müssen Ihren Sohn sehr lieben, sonst hätten Sie ihm nicht diese Ehre erwiesen.«

Sir Hadrians Augen funkelten unter den buschigen Brauen. »Ganz recht, mein Kind. Phillip wuchs zu einem großartigen jungen Mann heran, gescheit, verläßlich, von gutem Benehmen. Lediglich seine Verbitterung darüber, daß er von unserer erhabenen Haute volée nicht akzeptiert wurde, und sein Mangel an Ehrgeiz bereiteten mir Sorge. Kein Drang, sich selbst einen Namen zu machen, keine anderen Interessen als Rennpferde und Spieltische..., Ich verschaffte ihm ein Offizierspatent, aber war nicht ganz das Richtige. Als ich bei meinem Rückzug aus dem Berufsleben über mehr als genug Geld verfügte, verhalf ich ihm denn zu einem guten Start im Geschäftsleben.«

»Phillip wird mir also das Geld geben, nicht wahr?« fragte Raven.

»Richtig, mein Kind«, pflichtete Sir Hadrian ihr mit einem verschmitzten Lachen bei. »Und es handelt sich nicht um ein Darlehen, sondern um ein Geschenk eines Barrancourt an ein Familienmitglied.«

Ravens glatte Stirn zog sich in zarte Falten. »Aber eine so hohe Summe? Er fühlt sich doch sicher nicht so stark mit North Head verbunden wie Sie?«

»Noch ist es mein Geld«, betonte Sir Hadrian. »So lange ich lebe, behalte ich die Zügel in der Hand, was Phillip betrifft. Zugegeben, durch die Verantwortung für sein Unternehmen ist er bewundernswert gereift, aber wenn es um das gesamte eigene Vermögen geht, kann man nicht vorsichtig genug sein.«

»Und er lebt hier in London?« fragte Raven, gespannt, wann sie ihn kennenlernen würde.

»Das allerdings nicht.« Sir Hadrian leerte sein Weinglas und betupfte sich mit einer Leinenserviette die Lippen. »Nach seiner Armeezeit, vor etwas mehr als fünf Jahren, schickte ich ihn nach Indien. Ich richtete ihm ein solides privates Lagerhausunternehmen ein, das die East India Company mit Indigo, Seide und Tee beliefert.«

»Aber wie verhandeln wir mit Ihrem Sohn, wenn er in Indien lebt?« wollte Raven wissen.

»Oh, wie ich das Geld herbeizuschaffen gedenke? Ich schicke ein offizielles Zahlungsersuchen...«

»Aber einen Betrag dieser Größenordnung können Sie doch nicht ohne weiteres einem Kurier anvertrauen!« wandte Raven mit wachsender Bestürzung ein, weil sich ihr Problem als sehr viel komplizierter als ursprünglich erwartet herausstellte.

Sir Hadrian sah sie verschmitzt an. »Wenn dich mein Vorschlag so beunruhigt, warum fährst du dann nicht selbst?«

Raven starrte ihn entgeistert an. »Nach Indien?«

»Na, na, schau mich nicht an, als schickte ich dich auf den Mond! Indien ist nicht der kulturlose, primitive Kontinent, den du dir wahrscheinlich vorstellst. Dort drüben leben mehr Engländer als hier.«

Ravens Augen glühten. »Unmöglich, Großonkel Hadrian! Indien ist so weit entfernt! Ich wäre doch viel zu lange fort, und North Head kann nicht...«

»Nach deiner Schilderung wird das Darlehen erst in einem Jahr fällig«, erinnerte Sir Hadrian sie scharfsinnig. »Und was North Head betrifft, könnte nicht dein Verwalter – Speedwell, nicht wahr – die Anweisungen eines bärbeißigen alten Mannes wie mir befolgen?«

Raven schaute ihn ungläubig an. »Sie würden North Head während meiner Abwesenheit leiten?« hauchte sie.

»Warum nicht?« rief Sir Hadrian forsch. »Ich bin vielleicht alt, aber geistig noch rege, und offen gestanden finde ich den Ruhestand ziemlich langweilig.« Er lachte glucksend.

»Wollte außerdem schon immer mal die Verantwortung für das imposante Herrenhaus und all das Ackerland übernehmen!«

»Ich weiß nicht, was ich sagen soll«, erwiderte Raven zögernd. »Immerhin bin ich erst achtzehn, Großonkel! Glauben Sie denn tatsächlich, daß ich allein nach Indien reisen kann, um solch ein Vermögen zu beschaffen?«

Er schreckte sie mit einem heftigen Lachanfall auf, seine schmächtige Brust weitete sich. Vor Heiterkeit tränten ihm die Augen. »Du, eine hilflose Waise? Nein, mein Kind! Du hast den Mut aufgebracht, Squire Blackburn entgegenzutreten und mich, einen Unbekannten, aufzusuchen, um den Familienbesitz zu retten. Wenn du dich auch vor einer solchen Reise fürchtest, darfst du doch nicht vergessen, daß ich dich nicht ohne hinreichenden Schutz ziehen lasse. Überdies, Raven, du bist eine Barrancourt! Bestimmt schüchtert dich eine Reise nach Indien nicht so sehr ein, daß du in eine Heirat mit Squire Blackburn einwilligen und die schwer errungenen Siege und die Ehre deiner Vorfahren zunichte machen würdest.«

Raven lächelte mit strahlenden Augen. »Nun gut, ich fahre! Sagen Sie mir, was ich zu tun habe, wohin ich genau reisen muß, und ich schwöre, daß ich vor Ende des Sommers wieder hier bin!«

4.

Inmitten der unzähligen Spieren, Masten und aufgerollten Segel im Londoner Hafen schaukelte die *India Cloud* von dikken Tauen festgehalten und die gewaltige Ankerkette im dunklen Themsewasser straff gespannt. Sie war ein Handelsschiff der Ostindienroute, schnittig und in vielen Jahren auf hoher See verwittert; neben den zahllosen winzigen Schaluppen und schmucken Briggs wirkte sie imposant, so gar ehrfurchtgebietend. Aus ihren Laderäumen hatte man unlängst ein Vermögen gelöscht – kostbaren Tee, Indigo, der die Uniform manch stolzer Marinesoldaten färben würde, und unzählige Ellen farbenprächtiger Seide, die bei den modisch aufgeputzten Adligen und reichen Kaufleiten, hoch im Kurs stand.

Die *India Cloud* war bereit, die Segel zu setzen und abermals die Reise in den fernen Orient anzutreten; auf dem großen Deck eilten die Matrosen durcheinander, den geknurrten Befehlen des Bootsmanns und Kapitäns gehorchend, die beide voller Ungeduld beim Gezeitenwechsel auslaufen wollten. Raven Barrancourt, deren Augen wie geschliffene Topase sprühten, stand an der Reling; trotz ihrer Bemühungen, das Haar unter der adretten rostbraunen Haube zu bändigen, peitschte ihr die heftige Brise schwarzschimmernde Strähnen in die Stirn. Die Menschen unten auf den überfüllten Kais kamen ihr winzig klein vor. Rufe, Versprechen und herzbewegendes Schluchzen drangen gedämpft hoch, als Angehörige sich voneinander trennen mußten, und wurden sogleich vom heiseren Kreischen der kreisenden Möwen und dem durchdringenden Metallknirschen erstickt, während die Matrosen den Anker einholten, sich dabei gegen die Gangspill stemmten und vergnügt ein altes Seemannslied anstimmten, das Ravens Blut in Wallung brachte.

Die Vertäuung wurde gelöst, die großen Rahen gedreht, die Segel mit einem Donnerknallen herabgelassen. Die Decks legten sich langsam zur Seite, als die *India Cloud* sich leewärts neigte, flußabwärts glitt und in Fahrt kam, sowie sie in die Strömung geriet und der Wind ihre Segel allmählich blähte. Blind für den bräunlichen Nebel über der Stadt, nahm Raven nur die schönen Umrisse der eindrucksvollen St. Paul's-Kathedrale, die unbeugsame Silhouette des Tower und der Tower Bridge wahr. In ihre anfängliche Aufregung mischte sich ein Gefühl von Schwermut – oder vielleicht ein plötzliches Heimweh.

Eigentlich gab es nichts in London, was Raven vermissen würde. Großonkel Hadrian, der sie vor mehr als zwei Wochen nach Cornwall zurückbegleitet hatte, ging es in der Abgeschiedenheit seines neuen Domizils gut; er sah kräftiger und gesünder als bei ihrer ersten Begegnung aus. Erfreut hatte sie bemerkt, wie seine gefurchten ledrigen Wangen in den wenigen Tagen vor ihrer Abreise aufblühten. Welcher Trubel diese Tage begleitet und welche Erleichterung sie verspürt hatte, als es ihr gelungen war, sich ohne eine nochmalige scheußliche Begegnung mit Squire Blackburn davonzustehlen! Raven unterdrückte ein Kichern, während sie sich das bevorstehende temperamentvolle Aufeinandertreffen von Sir Hadrian und dem Squire ausmalte. Großonkel Hadrian hatte ihr versprochen, dem Squire nichts von ihrem Komplott gegen ihn zu verraten, sondern mit einem angemessenen Grund für ihre Abwesenheit aufzuwarten. Sie hegte den Verdacht, daß der einfallsreiche alte Mann den Squire mit ergötzlichen Entschuldigungen überraschen würde.

»Miß Barrancourt?«

Raven drehte sich um und schaute zum Maat des Bootsmannes hoch, einem stämmigen Matrosen mit sonnenverbrannter Haut und kräftigen Unterarmen. »Der Capt'n läßt fragen, ob Sie Ihre Kabine bequem finden, Miß.«

»In der Tat«, antwortete Raven, die sich der Ehre nicht bewußt war, die man ihr als Großnichte von Sir Hadrian Barrancourt erwies: Sie verfügte über eine eigene Kabine – die abgesehen von der Kapitänskajüte luxuriöseste an Bord. Captain Winters kannte Sir Hadrian seit vielen Jahren und hatte dem alten Mann versprochen, sich um Raven und ihre Reisebegleiterin, Hannah Daniels, bis zu ihrer sicheren Ankunft in

Bombay, wo Phillip Barrancourt wohnte, zu kümmern. »Es ist sehr gütig von Captain Winters bei all seiner Arbeit so auf mich zu achten«, fügte Raven mit einem freundlichen Lächeln hinzu.

Dem Maat schoß die Röte in die wettergegerbten Wangen; verlegen starrte er auf seine Füße, denn die junge Frau erschien ihm unvergleichlich schön. »Jawohl, Miß«, brummelte er befangen. »Der Capt'n sagt, wenn Sie was brauchen, sollen Sie's ihm oder Mr. Towers, dem Bootsmann, sagen.«

»Vielen Dank«, erwiderte Raven, froh über den angebotenen Beistand. Als der Maat davoneilte, drehte sie sich wieder zur Reling, wo jenseits des dunklen Themse-Wassers London allmählich hinter dem Achterschiff verschwand. Bald würden sie sich auf dem Kanal befinden, in Richtung Ozean, mit England achtern und Afrika weit in der Ferne vor dem dahingleitenden Bug. Ravens Herzschlag beschleunigte sich. Was würde sich bis zu ihrer Rückkehr aus Indien alles ereignen? Doch was auch geschah, North Head würde immer ihr gehören, und sie schöpfte großen Trost aus dem Wissen, daß während ihrer Abwesenheit ein Barrancourt dort wohnte.

Als der Hafen schließlich hinter ihnen und die windgepeitschten Wasser des Kanals vor ihnen lagen, überquerte Raven mit unsicherem Gang das Deck nach achtern zur Niedergangstreppe, da sie an das unnatürliche Schlingern noch nicht gewöhnt war. Mit insgeheimem Vergnügen stellte sie fest, daß die übrigen Passagiere sich nur unter noch größeren Schwierigkeiten vorwärts bewegen konnten, und bemühte sich um einen möglichst mitfühlenden Blick, als eine übergewichtige Matrone in einem braunroten Bombasinkleid über ein ordentlich aufgerolltes Tau stolperte und schwer auf ihren zaundürren Ehemann fiel. Raven war die Frau schon beim Anbordgehen aufgefallen – nicht allein ihr prächtiger Aufputz, der aus unzähligen Ellen Stoff zu bestehen schien, sondern auch ihre dröhnende Stimme, die man unmöglich überhören konnte, als sie ihren bedauernswerten, erschöpft aussehenden Gatten herumkommandierte.

Die *India Cloud* hatte, einschließlich Raven und Danny, nur acht Reisende an Bord genommen, denn sie war ein privater Handelssegler unter der Lizenz der British East India Company und somit kein eigentliches Passagierschiff. Deshalb gab es nur wenige Kajüten. Raven konnte nicht wissen, daß sie sich bereits den Neid und die Abneigung jener gräßlichen Matrone, Mrs. Murrow, zugezogen hatte, daß sie die geräumige Kabine mit Beschlag belegte, die nach Ansicht der herrischen älteren Frau ihr selbst zustand.

Raven eilte die Niedergangstreppe hinunter und traf Danny beim Einräumen des Gepäcks an. Als sie von der schmalen Türöffnung aus beobachtete, wie die Gouvernante eine saubere Webdamastdecke über jedes ihrer Betten breitete, lächelte sie. »O Danny, es sieht jetzt fast wie zu Hause aus!«

»Wie zu Hause, Miß Raven?« lautete die ärgerliche Antwort. »Ich wage zu behaupten, daß mindestens vier von diesen stickigen Kabinen allein in unsere Speisekammer passen würden!«

Raven lachte. »Ich sehe schon, du findest unsere Jungfernfahrt genauso aufregend wie ich. Hoffentlich bessert sich deine Stimmung, sonst wird mit dir in den fünf Monaten schwer auszukommen sein.«

Danny rollte verzweifelt die Augen. »Himmel, erinnern Sie mich bloß nicht an die lange Reisezeit, oder ich bitte Captain Winters, daß er mich im nächsten Hafen vom Schiff läßt!«

»Und wenn das im hintersten Borneo ist?« erkundigte sich Raven hinterhältig.

»Miß Raven!« erwiderte Danny scharf und stützte die Hände auf die gutgepolsterten Hüften. »Ich wäre heilfroh, wenn Sie Ihren Übermut an jemand anderem als mir auslassen würden! Ich habe einiges zu erledigen, und...«

»Na schön«, lenkte Raven ein, da sie sah, daß sie Danny nur im Weg stand. Sie kehrte aufs Deck zurück, um den strahlenden Sonnenschein zu genießen und einen letzten Blick auf England zu werfen. Der Gedanke, daß ihre Reise fast ein Jahr dauern würde, ließ sie auf einmal frösteln, und sie schickte ein Stoßgebet zum Himmel. Hoffentlich würde sie Phillip Barrancourt rasch finden und ohne Zwischenfall vor Ablauf ihrer Gnadenfrist nach Hause zurückkehren können.

Bei Einbruch der Dunkelheit befand sich die *India Cloud* schon weit draußen im Kanal, ihre Masten trugen das Gewicht der straffen, aufgeblähten Segel, die Deckbalken knarrten beim Seegang, und die Sonne versank über einer grau werdenden See. Mit dem Erschallen der Messingglocke wechselte die Wache, und auf Aufforderung des wortkargen Kabinenstewards machten sich Raven und Danny zum Hauptdeck auf. Dort war die große Kabine, die sonst die Mannschaft beherbergte, durch eine Behelfswand abgeteilt, damit den Passagieren ein Gesellschaftsraum zur Verfügung stand, ein langer, doch schmaler Raum mit niedriger Decke; Laternen baumelten von den rohen Balken, ein grob gearbeiteter Tisch aus kaum abgeschliffenem Holz und eine niedrige Bank standen am anderen Ende.

Das halbe Dutzend Mitreisender war bereits versammelt und soeben dabei, unter Mrs. Murrows lautstarker Anweisung Bekanntschaft miteinander zu schließen. Raven blieb am Rand der Gruppe stehen, weil sie Mrs. Murrow in ihrem Monolog nicht stören wollte. Aber als sich ihr Blick mit dem Mr. Murrows kreuzte, kam er eifrig, mit ausgestreckten Händen, auf sie zu.

»Ah, hier ist die letzte aus unserer kleinen Mannschaft!« Er führte Raven am Arm nach vorn und strahlte sie an, ein kleingewachsener Mann mit hellen, wäßrigen Augen und schlaffem Händedruck, obgleich seine Freude, Raven zu sehen, echt wirkte. »Sie sind gewiß Raven Barrancourt«, fuhr er fort, ohne sich darum zu kümmen, daß er die Ansprache seiner Frau unterbrach, »denn alle anderen haben sich schon vorgestellt. Ich bin Edgar Murrow aus Folkestone, und...«

»Ich heiße Sophie Murrow«, beendete seine Frau den Satz, wobei sie sich in ihrer gewaltigen Fülle durchaus erfolgreich zwischen ihren Gemahl und Raven zwängte. Verblüfft blickte ihr Raven in die tückischen Augen und fragte sich, womit sie die Feindschaft dieser unangenehmen Frau verdient habe, denn zweifelsohne wurde sie mit ungeheurem Mißfallen angestarrt...

»Sehr erfreut, Ihre Bekanntschaft zu machen, Mrs. Murrow«, sagte sie mit geziemender Höflichkeit. »Ich heiße Raven Barrancourt, und das ist meine Reisegefährtin, Hannah

Daniels.« Bei diesen Worten deutete sie auf Danny und bedachte die feindselig gestimmte, korpulente Frau mit einem freundlichen Lächeln. Mrs. Murrow schien jedoch von der kleinen, kraushaarigen Danny noch weniger beeindruckt und neigte kaum merklich den pompös frisierten Kopf.

Raven, über die Abfuhr verärgert, erkannte nur zu deutlich, daß Mrs. Murrow die gute Danny als einfache Gesellschafterin und somit als absolut unter ihrer Würde betrachtete, und setzte eben zu einer spitzen Bemerkung an, als Mr. Murrow sich wieder zu Wort meldete. Für einen derart unter der Fuchtel stehenden Ehemann zeigte er bemerkenswerten Mut, indem er die Initiative ergriff. »Darf ich Sie mit den anderen bekannt machen, Miß Barrancourt?«

Ravens Lächeln war aufrichtig; sie empfand Mitleid mit dem schmächtigen, nervösen, kleinen Mann. Wie gut sie Mrs. Murrows Typ kannte – herrisch, großtuerisch, anmaßend, ein richtiger Squire Blackburn in Bombasinröcken!

»Mr. Theodore Stanridge aus Portsmouth.«

Der ältliche Herr mit den Koteletten beugte sich steif über Ravens Hand und murmelte ein paar unverständliche Begrüßungsformeln, bevor er sich in den Hintergrund zurückzog. Dort widmete er sich mit Vergnügen wieder der Lektüre eines abgegriffenen ledergebundenen Buches, das er mit sich führte – eine Gewohnheit, die ihn, wie Raven bald herausfand, während der Überfahrt nahezu völlig in Anspruch nahm. Raven schätzte ihn als geistesabwesenden, recht netten und penibel gekleideten Herrn ein, aber in den kommenden langen Wochen würde sie wohl kaum viel Zeit mit ihm verbringen. So blickte sie denn gespannt auf das junge Paar, das zögernd vortrat. Die beiden waren frisch verheiratet. Der junge Bräutigam errötete und stotterte – unfähig, Raven bei der Begrüßung in die Augen zu schauen. Seine Braut war ein furchtsames Wesen mit mausbraunem Haar und ausdruckslosen grauen Augen. Sie heiße Letitia, wisperte sie schüchtern, als sie Raven die eiskalte Hand reichte, und fügte hinzu, sie sei entzückt, jemand in ihrem Alter an Bord zu treffen. Dann verließ sie der Mut, und sie huschte hilfesuchend an die Seite ihres Gemahls zurück.

»Und ich bin Nathaniel Rogers, Miß Barrancourt«, sagte

ein Mann, der aus dem Hintergrund auftauchte, wo Raven ihn nicht hatte sehen können. Er nahm ihre Hand und verbeugte sich galant. »Ich sah Sie vor einigen Stunden an Bord gehen und konnte meinem guten Stern kaum trauen.« Seine Augen verweilten auf Ravens erhobenem Gesicht; mit seinen mageren, ziemlich unschönen Zügen und dem abgeschmackten Verhalten fiel er Raven tüchtig auf die Nerven. Er war wie ein Geck gekleidet mit seinem Silberschnallenschuhen, einer Perle in der Krawatte und einem blaßblauen, über den Hüften bauschigen Jackett. In dem schmucklosen, schwach beleuchteten Gesellschaftsraum mit der rohen Holzvertäfelung, wo ihm nur Sophie Murrow an äußerer Eleganz gleichkam, wirkte er allzu aufgeputzt und fehl am Platz, und bei dem aufdringlichen Geruch der Rosenwasserpomade, die von seinem glattgekämmten Haar ausströmte, rümpfte Raven die Nase.

»Gewiß schlagen Sie mir den Wunsch nicht ab, beim Abendessen an Ihrer Seite zu sitzen?« bat er eindringlich und schielte lüstern auf ihr Dekolleté. Ohne ihre Antwort abzuwarten, führte er sie zum Tisch. Dabei drängte er sich an dem enttäuschten Edgar Murrow vorbei, den wiederum seine Frau gebieterisch zu sich heranwinkte.

»Ich fürchte, das Essen taugt nicht viel«, meinte Nathaniel Rogers, als er Raven mit viel Getue an das Ende der Bank plazierte, »und ich fürchte, es verliert im Lauf der Reise zunehmend an Qualität, wenn wir auf die letzten Reserven zurückgreifen müssen.«

»Das klingt, als wüßten Sie eine Menge über Ozeanfahrten, Mr. Rogers«, bemerkte die naive Letitia Carmichael mit großen Augen.

»Dies ist meine dritte Indienreise«, erklärte er, ohne den Stolz in seiner Stimme zu unterdrücken, und warf sich gokkelhaft in die geschwellte Brust. »Kennen Sie Indien schon, Miß Barrancourt?«

»Ich habe England noch nie verlassen«, gestand Raven.

»Wie bedauerlich für Sie«, gab Mrs. Murrow arrogant von sich, »doch Sie sind ja jung und haben noch viel Zeit für Reisen.«

»Wir sind auch nie von zu Hause weggekommen«, bekannte Edgar Murrow. »Mutter hat letztes Jahr ein bißchen Geld geerbt, als ihr Vater verschied, und wir...«

»Selbstverständlich ist es uns auch davor nie schlechtgegangen«, unterbrach ihn Mrs. Murrow schneidend, »aber mein Vater verfügte in seinem Testament, daß wir uns eine Zeitlang den Rest der Welt anschauen sollten, und natürlich konnten wir ihm seinen letzten Wunsch auf dem Sterbebett nicht gut abschlagen.«

»Ihre Reise wird Sie sehr beeindrucken, das versichere ich Ihnen«, behauptete Nathaniel Rogers. »Der indische Subkontinent rühmt sich höchst verschiedenartiger Kulturen und einer abwechslungsreichen Geographie. Er ist mit nichts vergleichbar, was Sie bisher kennen, und ich erinnere mich meines ersten Besuchs, als ich...«

Der nun folgende Bericht plätscherte endlos und recht eintönig dahin; er konzentrierte sich hauptsächlich auf Mr. Rogers' persönliche Heldentaten und hatte, wenn überhaupt, nur am Rande mit den Erzählungen über Indien, die Raven hören wollte, zu tun. Sie wollte vielerlei über den ungeheuren asiatisschen Kontinent erfahren, aber entschied sich unverzüglich, lieber unwissend zu bleiben, wenn diesbezügliche Fragen Mr. Rogers' Prahlerei nach sich zogen. Während sie die erstaunlich schmackhafte Gerstensuppe, vom wenig enthusiastischen Kabinensteward Charlie Cooper serviert, schlürfte, ließ sie ihren Blick nachdenklich von einem unbekannten Gesicht zum anderen schweifen.

Die Carmichaels, dachte sie, waren freundlich, schlicht, aufrichtig und zweifelsohne grauenhaft langweilig. Mrs. Murrow mußte man unter allen Umständen aus dem Weg gehen, und Edgar Murrow durfte, weniger Ravens wegen als vielmehr um seinetwillen, so wenig wie möglich beachtet werden, damit sich seine herrische Gattin nicht vernachlässigt fühlte. Theodore Stanridge, der während des Essens kein Wort gesagt oder auch nur das geringste Interesse an seinen Mitreisenden gezeigt hatte, schien viel zu entrückt für nette Plaudereien. Und was Nathaniel Rogers anbetraf... Um Ravens weiche Lippen trat ein harter Ausdruck, als er sich ihr zuneigte, um ihr irgend etwas über seine erste Indienreise ins Ohr zu flüstern, dabei dem Oberschenkel viel zu vertraulich an den ihren preßte und sie dadurch zwang, noch näher an Danny heranzurücken. Was Nathaniel Rogers betraf, so wäre es am klügsten, ihm völlig aus dem Weg zu gehen.

»Himmel, was dieser junge Laffe doch pausenlos daherschwatzt!« beklagte sich Danny, als sie nach dem langweiligen Abendessen endlich mit Raven in der Kabine allein war. »Ich schwöre Ihnen, wenn er Ihnen noch einmal so zuzwinkert und Sie mit einem solchen Grinsen anstarrt, schlage ich ihm mit dem Regenschirm eins über den Kopf! Ach herrje«, fügte sie stirnrunzelnd hinzu. »Ich weiß gar nicht, ob ich ihn überhaupt mitgenommen habe.« Hastig machte sie sich auf die Suche nach dem gewünschten Gegenstand, konnte ihn aber in den zahlreichen Schubladen nicht finden.

»Vielleicht hast du ihn in London vergessen«, meinte Raven, die gerade ihr Haar löste und es in seiner schweren schwarzen Fülle um die grazile Taille fallen ließ. Obwohl sie zu aufgeregt war, um schlafen zu können, und zu gern nach oben gegangen wäre, um einen letzten Blick auf den Nachthimmel zu werfen, fürchtete sie, Mr. Rogers über den Weg zu laufen, der während des Essens sein Interesse an ihr nur allzu deutlich bekundet hatte. Wütend beschloß sie, auch ohne Dannys Schirm einen Weg zu finden, ihm ihre mangelnde Begeisterung über seine Annäherungsversuche zu vermitteln; sie beabsichtigte schließlich nicht, sich während der ganzen Fahrt in ihrer Kabine zu verstecken!

»Eines kann ich Ihnen sagen, Miß Raven«, fügte Danny hinzu, die geschäftig die Laken ihrer Koje zurückschlug, »mir fallen genügend andere Leute ein, mit denen ich lieber fünf Monate auf so engem Raum verbrächte!«

»Mir auch!« pflichtete Raven ihr von Herzen bei. »Hoffentlich machen sie uns bis Bombay nicht ständig verrückt!«

Diesbezüglich brauchten sich weder Raven noch Danny Sorgen machen, denn die *India Cloud*, die bestens im Zeitplan blieb, kam zwei Wochen später südlich der Kanarischen Inseln in ein Unwetter. Tag für Tag ergossen sich aus dem bleigrauen Himmel wolkenbruchartige Regenfälle; der Seegang war schwer, die schaumgekrönten, bedrohlichen Wellen schlugen heftig über den Schiffsbug, nur um zischend wieder in den Speigatts zu verschwinden. Die Bullaugen wurden verschlossen und verrammelt, an Deck durfte sich auf Anweisung Captain Winters' außer den Wachhabenden niemand aufhalten, und Raven sah von ihren Mitreisenden so gut wie nichts während der langen, eintönigen Fahrt, während das Schiff sich entlang der westafrikanischen Küste gegen die Wellen vorwärtskämpfte.

Als die *India Cloud* den Indischen Ozean erreichte, brausten die Monsunstürme aus Südwesten auf das glücklose Schiff hernieder und füllten die straffen Segel zum Bersten; jeder Balken und jede Planke waren dem Angriff der Elemente ausgesetzt. Das unaufhörliche Heulen und Ächzen, das dumpfe Dröhnen des Regens auf die Decks und das knallende Krachen der Segelleinwand gönnten den Passagieren keine Ruhe, die fast alle, bedauernswerte Opfer der Seekrankheit, zur Bettruhe gezwungen waren. Von den acht Fahrtgästen der *India Cloud* blieben lediglich Raven und Edgar Murrow von dieser Plage verschont. Und während jener langen Nachmittage, wo Raven die kranke Danny für eine Weile allein lassen konnte und Mr. Murrow nicht mit seiner leidenden Frau beschäftigt war, trafen sich die beiden in dem düsteren, schlecht belüfteten Gesellschaftsraum, um sich gemeinsam die Zeit zu vertreiben.

Raven entdeckte in Mr. Murrow einen gescheiten, gebildeten Mann, der in Abwesenheit seiner schrecklichen Gemahlin munter drauflosschwatzte. Im Gegensatz zu Sophie Murrow zeigte er überhaupt keine Allüren und bemühte sich nicht, anders zu erscheinen, als er in Wirklichkeit war – ein einfacher Kaufmann aus Folkestone, niederen Standes, doch sehr sympathisch, den die Erbschaft seiner Frau mit den Mitteln für die Reise ausgestattet hatte.

Träumerisch erzählte der schüchterne Mann, wohin ihn seine Reise führen sollte. »Überall hin! Persien, Nepal, Brunei, sogar nach Hongkong. Dort soll es seit ein paar Jahren eine große britische Kolonie geben.«

»Da werden Sie sicher einiges von Asien kennenlernen«, meinte Raven, insgeheim überzeugt, daß Mrs. Murrow einer solchen Expedition niemals zustimmen würde, vor allem, da sie weitere Seereisen mit sich brächte, die ihr anscheinend überhaupt nicht bekamen.

Raven schämte sich ein wenig ihrer Genugtuung angesichts der Tatsache, daß sowohl Mrs. Murrow als auch der schleimige Nathaniel Rogers wegen Seekrankheit unpäßlich waren; denn seit die beiden deshalb in ihren Kabinen bleiben mußten, genoß sie die Fahrt ganz besonders. Danny, die ihre Anfälle von Seekrankheit stoisch ertrug, wollte auch lieber in Ruhe gelassen werden, und Raven folgte widerstrebend ihren Wünschen, obwohl ihr die Blässe, die dunklen Augenringe, der starke Gewichtsverlust und die stets eisigen Hände der alten Gouvernante gar nicht gefallen wollten.

»Werden wir Sie noch sehen können, wenn wir in Bombay erst einmal an Land sind?« erkundigte sich Edgar Murrow und schreckte Raven mit seiner schüchternen Frage aus ihren Gedanken.

»Warum denn nicht, wenn Sie einige Zeit in Bombay zu bleiben gedenken? Mein Vetter lebt dort, müssen Sie wissen, und bestimmt würde er sich über Ihren Besuch freuen.«

»Das würde Mutter sicherlich große Freude bereiten«, erwiderte Mr. Murrow mit einem liebenswürdigen Lächeln. Denn wenngleich seine Frau Raven Barrancourt um ihre geräumige Kabine, schönen Kleider und atemberaubende jugendliche Schönheit beneidete, konnte sie nicht leugnen, daß der Name Barrancourt einen überaus guten Ruf genoß und ihnen ein solcher Umgang gewiß nicht schaden konnte. Er selbst dachte, je näher die Zeit des Abschiednehmens rückte, nur ungern an die Trennung von Raven, die durch ihre Herzlichkeit, ihren scharfen Verstand, ihren Stolz und vor allem durch ihre anrührende Schönheit seine uneingeschränkte Zuneigung gewonnen hatte. Oh, wie er sie verehrte und sich auf die ruhigen Stunden in dem einsamen Gesellschaftsraum freute, wo nur ein gleichgültiger Charlie Cooper hin und wieder mit ihren Mahlzeiten aus Schiffszwieback, Trockenfrüchten, kaltem Tee und hartem, krustigem Brot erschien und sofort wieder verschwand.

»Verzeihen Sie, Mr. Murrow.«

Raven blickte auf und sah Charlie Cooper in der Tür stehen. Von Kopf bis Fuß steckte er in fester Regenkleidung, und die Augen glühten in dem überschatteten Gesicht. Eine Wasserlache bildete sich um seine Stiefel, und von seinem breitkrempigen Südwester rannen stetig Regentropfen. »Mrs. Murrow verlangt nach Ihnen, Sir.«

Edgar Murrow erhob sich mit einem widerwilligen Seufzer. »Der Ärmsten ist es sicher wieder recht übel«, bemerkte er. »Wenn Sie mich entschuldigen, Miß Barrancourt?«

»Am besten komme ich gleich mit Ihnen und erkundige mich nach Dannys Befinden«, erwiderte Raven lächelnd.

»Seien Sie vorsichtig, wenn Sie über die Decks gehen, Miß Barrancourt«, warnte Charlie Cooper, als sie in den engen Korridor traten und vor der dicken Holztür, die ins Freie hinausführte, anhielten. »Die sind nämlich überflutet und ziemlich rutschig, vor allem bei diesen gefährlichen Windböen.«

Raven straffte die Schultern. »Machen Sie sich um mich keine Sorgen! Ich bin ohne Schwierigkeiten hergekommen, also werde ich doch wohl auch den Rückweg unbeschadet überstehen. Übrigens«, fügte sie sachlich hinzu, »ein paar Regentropfen machen mir nichts aus.«

Auf ihren leisen Spott reagierte Charlie Cooper mit einem unverständlichen Brummeln, und Raven tauschte einen belustigten Blick mit Edgar Murrow, als der Kabinensteward sich abmühte, die Außentür zu öffnen. Schon von ihrem jetzigen Platz aus spürte Raven, wie der Wind über die tropfnassen Decks peitschte und der eiskalte Regen auf ihr Kleid spritzte. Unwillkürlich wich sie einen Schritt in den engen Korridor zurück, als sie merkte, daß sich der Sturm während der letzten halben Stunde beträchtlich verstärkt hatte.

»Vielleicht sollten wir noch ein wenig warten«, meinte Mr. Murrow ängstlich und schaute argwöhnisch hinaus in die Regenwand und das Windgeheul. Schwarze Wolken verdunkelten den Himmel, der nun nahezu nachtfinster war und von hellflammenden, gezackten Blitzen beängstigend aufgerissen wurde.

»Ihre Frau braucht Sie recht dringend«, knurrte der Steward.

»Warum reichen Sie mir nicht den Arm«, schlug Raven vor, »und Mr. Cooper nimmt Sie am anderen? Auf diese Weise können wir uns gegenseitig gegen den Wind stützen.«

Das Gesicht des furchtsamen Herrn hellte sich auf. »Ein ausgezeichneter Einfall! Wenn Sie so freundlich wären, uns zu helfen, Mr. Cooper?« wandte er sich an Charlie, der recht verdrossen dreinschaute.

Mit einem zustimmenden Gemurmel trat der Kabinensteward einen Schritt hinaus auf das Deck, wandte sich um und reichte Raven den ölzeugbedeckten Arm. In genau diesem Augenblick zerriß ein gezackter Blitz den bleiernden Himmel und blendete sie, als er das Firmament teilte und gewaltig in die Hauptmastspitze des übel zugerichteten Handelsschiffs einschlug. Beben erschütterte das Schiff bis ins Innerste und erstickte das verräterische Geräusch von zersplitterndem Holz, als der obere Teil des Mastes, niedergedrückt durch die triefende Leinwand, kippte und auf das Vorderdeck krachte.

Halbblind und mit dröhnenden Ohren hatte Raven keine Ahnung, was geschehen war. Sie wußte lediglich, daß die Planken unter ihren Füßen mit einenmal von irgendeinem ungeheuren Schlag entsetzlich vibrierten und ächzten und daß Charlie Cooper, an dessen Arm sie sich festgehalten hatte, plötzlich verschwunden war, fortgerissen durch irgendeine fürchterliche unsichtbare Gewalt.

»Allmächtiger im Himmel!« hörte sie Edgar Murrow hinter sich rufen. Als sie herumschnellte, sah sie, wie er ihr mit vor Schreck weitaufgerissenen Augen über die Schulter starrte und ein widerliches Grün seine Wangen verfärbte.

»Was ist geschehen?« rief Raven und lief, von seiner Angst angesteckt, nach vorn, um von der Niedergangstreppe aus hinauszulugen.

»Haben Sie es nicht gesehen?« Edgar Murrows Stimme zitterte. »Mein Gott, ein Blitz hat in den Mast eingeschlagen, und ein Teil davon ist abgebrochen. Ich glaube, Mr. Cooper liegt eingequetscht darunter!«

Als sie alles wieder deutlich sehen konnte, suchte Ravens Blick das Deck ab, bis sie die glitschige Regenhaut des Stewards unter einem Gewirr von Takelage und Sparren begraben sah. Stöhnend erkannte sie, daß er durch die Wucht des Schlags über das halbe Deck geschleudert worden war, wo er sich in Todesangst an ein Stück des durch den heruntergefallenen Mast beschädigten Schandeckels klammerte. »Wir müssen ihm helfen!« schrie sie Mr. Murrow zu.

Der kleine aschfahle Herr schien am Rande äußersten Entsetzens. »Der Wind fegt uns von Bord, wenn wir uns hinauswagen!«

»Aber außer uns ist niemand hier auf dieser Seite des Schiffs«, protestierte Raven. »Helfen Sie mir, bitte, allein kann ich ihn bestimmt nicht von der Stelle bewegen!«

Edgar Murrow bewegte lautlos die Lippen, als er an die Korridorwand zurückwich. »Ich kann nicht, Miß Raven«, murmelte er mit matter Stimme. »Ich bin nur ein einfacher Kaufmann aus Folkestone, kein Held. Ich kann nicht!«

Raven erkannte, daß jeder Überredungsversuch zum Scheitern verurteilt wäre. Schweiß strömte ihm über die fahlen Wangen, und seine Hände zitterten wie bei einer Schüttellähmung. Im Wissen, daß keine Zeit zu verlieren war, weil Charlie Cooper jeden Moment den Halt verlieren konnte, stürzte sie nach draußen, wo ihr der Wind den Atem raubte. In weniger als einer Sekunde war sie bis auf die Haut durchnäßt, der Wind riß ihr die Haarnadeln heraus und peitschte ihr die vorher so sorgfältig frisierten Locken nach hinten; Hagelkörner stachen sie schmerzhaft in die bloßen Hände und Arme.

»Um Himmels willen, helfen Sie mir!« Charlie Coopers Stimme wurde nahezu vom Wind fortgetragen, dennoch konnte Raven die Todesangst heraushören. »Ich kann nicht schwimmen, Miß Barrancourt! Bitte!«

»Ich komme!« rief ihm Raven durch das Sturmgetose zu, aber als sie sich durch die Trümmer auf das Deck kämpfte, schlug eine turmhohe Welle gegen das schwankende Schiff. Raven konnte Charlies qualvollen Schrei hören, als er gegen das harte Holz geschmettert wurde, aber er klammerte sich zäh fest, und sie betete, daß seine Kraft reichen möge. »Charlie, geben Sie mir die Hand!« schrie sie, als sie ihn endlich erreichte und in dem schäumenden eisigen Wasser, das in die Speigatts brauste, auf die Knie sank.

»Ich kann nicht loslassen! Ich falle sonst!« schrie Charlie zurück. Die Augen quollen ihm hervor, als er in ihr banges Gesicht sah. »Ziehen Sie mich hoch!« befahl er, und ein tiefes

Keuchen bei jedem Wort zeigte seine höchste Not. »Bei Gott, Mädchen, ziehen Sie mich hoch!«

Raven beugte sich hinunter, die zertrümmerte Reling bildete eine Öffnung, die ihr einen fürchterlichen Blick auf die tobende See freigab. Eisige Wellen schlugen heftig gegen Charlies schlaffe Gestalt und leckten gierig an seinen baumelnden Beinen. Raven konnte das Zittern sehen, das seine Arme marterte, und wußte, daß ihm die Kräfte schwanden. Sie packte ihn an den Handgelenken und lehnte sich zurück, zog mit all ihrer Kraft, aber es gelang ihr kaum, ihn zu bewegen. Durch das Sturmgeheul und Regenprasseln hörte sie sein leises Angstgestöhn. Anscheinend fürchtete er, ihre Hilfe würde vergeblich sein. Sie versuchte es noch einmal, mit entschlossen zusammengebissenen Zähnen, und scheiterte abermals.

Raven umfaßte die Handgelenke des Stewards so fest, daß alles Blut aus ihren Fingern wich. Mit ihrem ganzen Gewicht stemmte sie die Beine auf die Planken und zog, die Augen geschlossen und die schönen Zähne vor Anstrengung entblößt, mit aller Kraft an seinen Armen. Einen schier endlosen Augenblick lang geschah nichts, doch dann spürte sie, wie etwas nachgab, und Charlies Körper begann sich langsam, millimeterweise auf die Öffnung in der Reling zuzubewegen.

Raven keuchte entsetzt, als sie spürte, daß sie ganz plötzlich und unerwartet an Kraft verlor. Ihre Finger ließen Charlies Handgelenke schlagartig los, und sie schlug schmerzhaft zu Boden. Doch als sie sich aufrappelte, sah sie, daß der kleingewachsene Steward dank ihrer Anstrengungen ein Stück des niedergehauenen Mastes hatte umklammern können. Indem Raven ihn unter den Achseln packte, konnte er sich nun hinaufziehen, und beide brachen völlig verausgabt an Deck zusammen.

Eine Weile blieb Raven liegen, der Regen prasselte auf ihre erschlaffte Gestalt nieder, dann hob sie den Kopf und sah Charlies bleiches Gesicht ein paar Zentimeter entfernt. »Alles in Ordnung?« fragte sie; wegen der Anstrengung klang ihre Stimme brüchig und drang kaum durch das Tosen des Windes und der Wellen.

Charlies Brust hob sich, als er nach Luft schnappte, aber es gelang ihm ein schwaches Lächeln, das erste, das sie auf seinem mürrischen, griesgrämigen Gesicht sah. »Ausnahmsweise danke ich dem Allmächtigen dafür, daß ich so klein bin, Miß! Sie haben mir das Leben gerettet!«

Raven erwiderte sein Lächeln, aber mit einem Schlag überkam sie Übelkeit, und in der sicheren Befürchtung, sich übergeben zu müssen, wandte sie sich ab. Indem sie tief Atem schöpfte, bekämpfte sie den Drang und konnte ihn sogar unterdrücken, während Charlie, dessen Schock allmählich nachließ, sie würgen hörte. Inzwischen stand sie schon auf den Beinen und schwankte zur Niedergangstreppe, wo ein sichtlich erschütterter Edgar Murrow ihr besorgt entgegenkam. »Ist er verletzt?«

»Ich glaube nicht«, antwortete Raven unsicher. Da sie taumelte, erlaubte sie dem erleichterten Kaufmann, sie mit einer Hand am Ellbogen zu stützen, und lehnte sich mit geschlossenen Augen sekundenlang an ihn. »Wir müssen ihn in sein Quartier bringen und dafür sorgen, daß er trockene Kleider und eine warme Decke bekommt.«

»Das übernehme ich, Miß Raven«, sagte Edgar Murrow mit erstaunlicher Entschlußkraft. Als sie die Augen aufschlug, bemerkte sie seinen bewundernden Blick. »Das ist das mindeste, was ich tun kann, nachdem Sie ihm das Leben gerettet haben! Ich habe alles mit angesehen«, fügte er mit wachsender Aufregung hinzu. »Man sollte Sie für Ihre Heldentat auszeichnen!«

»Nicht der Rede wert«, entgegnete Raven müde, die nur noch zu ihrer Kabine zurückkehren und schlafen gehen wollte.

»Nicht der Rede wert?« wiederholte Edgar Murrow ungläubig. »Es war großartig! Ruhen Sie sich jetzt aus, ich kümmere mich darum, daß Mr. Cooper ärztlich versorgt wird.« Sein Gesicht leuchtete. »Warten Sie nur, bis der Captain davon erfährt! Und Mutter erst! Wie sie sich freuen wird, wenn sie hört, was für eine Heldin Sie sind!«

Sie dachte, daß Sophie Murrow die Großtat nie wertschätzen würde, da ihr nun eine jüngere Frau den Platz im Rampenlicht streitig machte. Im Augenblick allerdings kümmerte es Raven überhaupt nicht, was andere von ihr halten mochten. In ihrer Erschöpfung wollte sie nur noch schlafen. Während Edgar Murrow den zwar schwachen, aber sonst unversehrten Steward in die Mannschaftsquartiere brachte, schaffte Raven auf wackligen Beinen den Weg hinunter zu ihrer Kabine, wo sie Danny in tiefem Schlaf fand. Die geringe Dosis Laudanum, die sie ihr vor Stunden gegeben hatte, wirkte noch immer.

Stöhnend fiel Raven in ihren durchweichten Röcken aufs Bett und schloß die Augen; doch der Schlaf wollte nicht kommen. Wieder und wieder spielten sich vor ihrem inneren Auge die qualvollen Minuten auf Deck ab, und jetzt, wo die Betäubung, die sie während des ganzen Zwischenfalls schützend umfangen hatte, allmählich nachließ, zitterte sie im nachhinein vor Entsetzen. Aber sie war jung und stark, ihr jugendlicher Körper unverwüstlich, und obwohl der Sturm draußen weiterwütete, wurde sie schließlich von willkommener Schläfrigkeit überwältigt.

Ein schwaches Lächeln umspielte ihre Lippen, als sie in den Schlaf hinüberglitt. Bei ihrem letzten wachen Gedanken fragte sie sich, wie stolz wohl ihr Vater heute auf sie gewesen wäre. Im Schlaf zeigte ihr schönes Gesicht heitere Gelassenheit, das Gesicht einer jungen Frau, die sich durch die Ereignisse des Tages sehr verändert hatte.

Wenn jemand, der sie gut kannte, sie jetzt hätte sehen können, wäre ihm der Unterschied in aller Deutlichkeit aufgefallen. Raven war nicht länger das einsame, verängstigte Mädchen, das still am Grab ihres Vaters geschluchzt hatte, oder die unglückliche junge Frau, über deren Hilfegesuch ein gefühlloser Bankier rücksichtslos hatte hinweggehen können. Heute war sie bis an die Grenze ihrer Leistungsfähigkeit gegangen und hatte dabei eine verborgene, bisher unbekannte Kraft in sich entdeckt. Und das starke, feurige Naturell, das Hadrian Barrancourt seiner zweifelnden Nichte gegenüber als ihr Wesensmerkmal erklärt hatte, erkannte sie jetzt endlich bewußt als ihren Charakterzug.

5.

»Miß Raven! Miß Raven, wachen Sie auf!«

Raven öffnete die goldbraunen Augen und schaute Danny gähnend an, ehe sie sich umdrehte, tiefer unter die Decke kuschelte und sich dem Blick der aufgeregten Gouvernante entzog. »Laß mich, Danny, ich bin müde!«

»Nun gut, schlafen Sie weiter, wenn Sie meinen, Fräuleinchen, aber klagen Sie dann nicht, ich hätte Ihnen unsere Ankunft in Indien nicht rechtzeitig mitgeteilt!«

Anmutig sprang Raven aus dem Bett und stürzte mit wehendem Haar zum Bullauge. »Indien? Sind wir schon da, Danny?«

Die ältere Frau nickte mit einem selbstzufriedenen Lächeln. »In der Tat. Der Beobachtungsposten hat Land entdeckt, als Mrs. Carmichael und ich beim Frühstück saßen.« In ihrer Stimme schwang ein wenig Hochmut mit. »Manche von uns verbringen die Zeit lieber mit nützlichen Dingen, als den ganzen Vormittag in der Kabine zu dösen.«

Mit dem Abflauen der Monsunstürme hatte sich Dannys Befinden gebessert, und sie brüstete sich mit ihrer Seetauglichkeit, seit die *India Cloud* das ruhigere Arabische Meer erreicht hatte.

»Wenn Onkel Hadrian mich fragt, wie die Reise verlaufen ist, kann ich ihm aber etwas ganz anderes erzählen«, erwiderte Raven und warf das schimmernde Haar zurück. Angestrengt wand sie sich aus dem hinderlichen Nachtgewand, damit sie möglichst rasch nach oben gehen und nachsehen konnte, ob Danny mit ihrer Behauptung recht hatte. »Hast du nicht vor unserem Aufenthalt in Port Elizabeth ständig in der Koje gelegen?«

»Reden Sie bloß nicht davon, Kind!« bat Danny und verdrehte bei der Erinnerung die Augen. »Ich überlege mir schon fast, ob ich auf die Heimfahrt nach England verzichten soll, wenn ich auf der Rückreise wieder an Bord eines dieser bockenden Maulesel muß.«

»Wie lange, glaubst du, dauert es bis zur Landung?« fragte Raven eifrig, während sie sich von Danny das Korsett schnüren ließ, dessen Spitzensaum ihren vollen, weichen Brustansatz enthüllte.

»Stunden, da bin ich mir sicher«, entgegnete Danny. »Zappeln Sie nicht so herum, Kind, sonst krieg' ich's nicht zu!«

Folgsam hielt Raven still, obwohl ihr Herz wie rasend schlug. Endlich Land! Keine endlosen Tage mit brennender Sonne und deprimierendem Regen mehr, keine träg vergeudeten Abende und langweiligen Mahlzeiten mehr, bei denen sie Nathaniel Rogers zuhören mußte, der mit seinen zahlreichen Vorzügen prahlte, während Mrs. Murrow ihr Bestes tat, ihn ständig zu unterbrechen und die Aufmerksamkeit aller auf sich zu lenken.

Als Raven aufs Deck hinaustrat, wurden ihr sofort die subtilen Veränderungen ringsum bewußt. Die Matrosen, die während der Überfahrt immer den gleichen Aufgaben nachgegangen waren, bewegten sich nun mit einer ungewohnten Geschäftigkeit. Einige schmetterten bei der Arbeit lebhafte Seemannslieder, und ihre Ungeduld, an Land zu kommen, zeigte sich deutlich in ihrem Grinsen und ihren unflätigen Scherzen. Raven eilte an die Reling, die Augen angestrengt über die tänzelnden, sonnengesprenkelten Wellen auf den Horizont gerichtet, wo sie eine zarte graue Linie entdecken konte.

Am Spätnachmittag kam Bombay in Sicht, eine große Stadt, auf einer engen Landzunge ins Meer hinausragend. Raven, die mit den übrigen Passagieren an der Reling stand, beobachtete schweigend, wie die *India Cloud* mit aufgerollten Großsegel gelassen durch das ruhige Wasser glitt, das gegen den schnittigen Rumpf plätscherte. Möwen zogen oben ihre Kreise und kamen im Sturzflug herab; eine frische, kühle Brise wehte, denn in Indien hatte der Winter vor knapp einem Monat begonnen.

Über den eng aneinandergebauten, verwinkelten Gebäuden, die das elf Meilen lange Hafengebiet von Bombay bildeten, erhoben sich die üppigen grünen Hänge des Malabar-Hügels und in der Ferne dahinter majestätische blaue Berge. Der Ostindiensegler befand sich noch in zu großer Entfernung, als daß Raven viel von der Stadt hätte erkennen können. Dennoch durchströmte sie ein Gefühl aufregender Abenteuerlust, als die exotische Aura des Fernen Ostens sie umfing. Im Hafen vor ihnen lag anscheinend eine ganze Flotte von Handelsschiffen, die meisten unter britischer Flagge; sie alle schaukelten ruhig in ihrer Vertäuung, während Fischerbootte, Einbäume und andere einheimische Wasserfahrzeuge, die neben diesen Giganten des Britischen Empire zwergenhaft wirkten, hin und her flitzten.

»Sehen Sie die Insel dort drüben, Miß Barrancourt?«

Raven schaute nach Norden, in die Richtung, in die Nathaniel Rogers gerade wies, und nickte, als sie einen aus dem dunklen Wasser ragenden Felsen erspähte.

»Das ist Gharapuri; diese Insel besteht fast zur Gänze aus höhlenähnlichen Tempeln, die aus dem Fels herausgehauen wurden. Ich selbst habe sie noch nie besichtigt, aber diese Arbeit der Hindu soll ein atemberaubendes Kunstwerk sein. Sie sollten darauf dringen, daß Ihr Vetter Sie dorthin führt.«

»O ja!« stimmte ihm Raven mit funkelnden Augen zu. Als sie sich wieder zur Stadt wandte, schoß ihr vor Aufregung das Blut in die Wangen; sie deutete auf den dunkelgrünen Hügel, der schon vorher ihre Aufmerksamkeit erregt hatte. »Und jener Hügel dort, Mr. Rogers?« fragte sie, ausnahmsweise froh über seine Gegenwart, »was ist das?«

»Das ist der Malabar-Hügel«, erwiderte er, »aber Sie werden ihn kaum aus der Nähe betrachten wollen.«

Ravens glatte Stirn furchte sich. »Warum sollte ich nicht?«

»Na ja, durch die Mangohaine kann man sie nicht sehen, aber hier befinden sich die Türme des Schweigens.«

»Die Türme des Schweigens?« wiederholte Raven. »Das klingt doch überaus verlockend.«

»Durchaus nicht«, versicherte ihr der sorgsam herausgeputzte Rogers. »Zu den Türmen des Schweigens bringen die Parsen, die Anhänger der Lehren des Propheten Zarathustra, ihre Toten, damit die Geier die Leichname abfressen, ehe die Gebeine in eine ausgetrocknete Quelle geworfen werden.« Als er Raven erschauern sah, lächelte er grimmig. »Nur ein Beispiel für die Unannehmlichkeiten, mit denen Indien aufwarten kann, Miß Barrancourt. Sie werden hier unglaubliche Schönheit vorfinden, aber auch Tod, Krankheit, Armut, wie Sie es sich nie vorstellen konnten...«

Er verstummte, und bevor die ahnungslose Raven reagieren konnte, hatte er ihre Hände ergriffen, drückte sie an seine magere Brust und schaute ihr tief in die goldbraunen, vor Schreck weitaufgerissenen Augen. »Oh, meine liebe Miß Barrancourt. Ich kann den Gedanken nicht ertragen, daß Sie allein durch dieses grausame Land reisen! Wenn Sie sich nur der Gefahren bewußt wären, denen Sie sich aussetzen!«

Zweifellos würde nichts sie so belästigen wie dies, fand Raven, die völlig überrumpelt war und versuchte, sich einigermaßen höflich aus seinem amourösen Griff zu winden. »Mr. Rogers, ich würde es sehr schätzen...«

»Raven, liebste Raven«, murmelte er wie von Sinnen und schaute in ihr liebliches Gesicht; in ihre zarten Wangen trat Röte, ihre Augen blitzten auf, und auch seine nichtssagenden Züge veränderten sich durch die Heftigkeit seiner Gefühle. »Ich kann den Gedanken nicht ertragen, von Ihnen getrennt zu sein. Ich muß mich Ihnen unbedingt offenbaren, sonst bin ich verloren. Habe ich nicht meine Empfindungen deutlich genug gezeigt?«

»Nur allzu oft«, stieß Raven mit zusammengebissenen Zähnen hervor und ging nun zur erbitterten Gegenwehr über. Sie standen im Schatten eines Schotts, wo man sie nicht so leicht bemerkte, und Raven argwöhnte, daß er sie absichtlich hierhergelockt hatte, wo keiner der anderen Passagiere oder ein vorbeikommender Matrose ihr zu Hilfe eilen konnte. »Mr. Rogers, ich bestehe darauf, daß Sie mich sofort loslassen!«

»Sie müssen doch verstehen, was ich fühle«, murmelte er und lockerte seinen Griff keineswegs. »In nur wenigen Stunden müssen wir Abschied nehmen. Ich kann es einfach nicht ertragen, daß Sie von mir gehen!« Bei diesen Worten neigte er den Kopf, und Raven zuckte jäh zurück, wodurch seine heißen, spröden Lippen nur auf ihrer Wange landeten. Unerschrocken zog er sie fester an sich, drückte ihr den Mund auf die Lippen und schlang ihr die dürren Arme um die grazile Taille.

Zum zweiten Mal in ihrem Leben wurde Raven von einem

Mann geküßt, und obwohl Abscheu und Schmach sie überwältigten, mußte sie an jenen ersten Kuß des attraktiven Kapitäns denken. Er hatte Gefühle in ihr erweckt, die sich von ihren jetzigen Empfindungen gänzlich unterschieden. Zweifellos begehrte Nathaniel Rogers sie, doch Raven, die sich krampfhaft aus seinem Griff zu befreien bemühte, spürte nicht im geringsten das stürmische Verlangen oder die seltsame, aufwühlende Erregung, mit der ihr Körper auf die Leidenschaft des hochgewachsenen Schmugglerschurken am windgepeitschten Strand in Cornwall reagiert hatte.

Da sie erkannte, daß sie sich seinem Klammergriff nicht entwinden konnte, ging Raven in ihrer Not zu Fußtritten über, obwohl die Röcke sie in ihrer Bewegungsfreiheit behinderten, so daß sie ihm keinen ausreichend schmerzhaften Schlag versetzen konnte. Mr. Rogers, augenblicklich blind für ihre verzweifelten Befreiungsversuche, zog sie noch enger an sich, öffnete den Mund weiter und schob seine Zunge zwischen ihre Lippen. Raven, die sich noch selten eine günstige Gelegenheit hatte entgehen lassen, nutzte den Vorteil und biß fest zu.

Nathaniel Rogers jaulte vor Schmerz auf, schnellte von ihr weg und preßte sich die Hand auf den Mund. Während er in seiner Westentasche nach einem Tuch wühlte, starrte er sie anklagend an. »Bösartiger kleiner Drachen!« entfuhr es ihm, während er sich den Mund betupfte und mit Schaudern die hochroten Flecken auf dem weißen Seidentuch in Augenschein nahm. »O Gott, schauen Sie mich an, ich blute!«

»Es wird Ihnen viel schlimmer ergehen, wenn Sie mich noch einmal anfassen!« gab Raven zurück, die Arme in die Hüften gestemmt. »Und ich verspreche Ihnen – wenn Sie es wagen sollten, mich auch nur einmal anzusprechen, ehe wir von Bord gehen, bin ich sofort beim Captain und führe Klage gegen Sie!« Hochmütig waf sie den Kopf in den Nacken, wirbelte herum und verschwand nach unten, wo sie mit stolzem Schritt die Kabine betrat und Danny eifrig beim Packen vorfand.

Gemeiner, wollüstiger Halunke, dachte Raven. Gott sei Dank hatte er nicht den Mut aufgebracht, ihr schon früher so zuzusetzen! Nicht auszudenken, wie sie reagiert hätte...

Diese abscheulichen Männer! Dachten sie derart gering von den Frauen, daß sie über alle, die ihnen zusagten, ohne auch nur die geringste Ermunterung herfallen konnten? Sie empfand jetzt noch größere Wut auf den gutaussehenden Schmugglerkapitän als in jener Nacht ihrer Begegnung, denn nun war sie überzeugt, daß ihn ihre heftige Reaktion auf seine Küsse überaus belustigt hatte. Zweifellos hatte er, wieder an Bord seine Leute mit einer langen, ausführlichen Schilderung über seine fast geglückte Verführung eines einfachen Dorfmädchens ergötzt.

Bis ihre Kabine von ihrer Habe geleert war und die Schrankkoffer draußen im engen Korridor standen, hatte die *India Cloud* auf dem riesigen Anlegeplatz festgemacht. Ein Gewirr von kahlen Takelagen und Masten ragte in den wolkenlosen Himmel, und eine warme Brise, die tausend neue und exotische Gerüche mit sich trug, fächelte Raven übers Gesicht. Auf den Molen reihten sich riesige Lagerhäuser aneinander, jedes verfügbare Plankenstück wurde zur Aufbewahrung von Fässern und Packkörben genutzt, und die Menschen, die auf den Brettern hin und her eilten, mußten sich gewaltsam Platz verschaffen.

Raven sah viele Abendländer in korrekter europäischer Kleidung, Kaufleute, die gewaltige Aktenmappen voller Frachtbriefe schleppten und sich in der Hoffnung, den Zahlmeister zu treffen und ihre Lieferung einzufordern, durchdrängelten.

Modisch gekleidete Frauen mit weißen Handschuhen und rüschenbesetzten Sonnenschirmen stolzierten auf der Promenade auf und ab und begrüßten die englischen Neuankömmlinge, die aus zwei schäbigen Passagierschiffen weiter unten am Kai strömten. Zwischen ihnen bewegten sich dunkelhäutige Einheimische, die weiße Lendentücher und Turbane trugen oder die herkömmlichen langen Jacken und weitfallenden Hosen. Als Gegensatz dazu prunkten die indischen Frauen in leuchtend bunten Saris. Trotz ihrer Kopfbedeckungen konnte Raven erkennen, daß sie sich das Haar eingeölt hatten, um ihm einen schimmernden Glanz zu verleihen; Armbänder, Spangen und Ringe schmückten ihre Handgelenke und Finger. Oh, mit welcher Ungeduld sich

Raven danach sehnte, an Land zu kommen und all das wundervoll Fremde genauer zu betrachten.

Endlich durften die Passagiere der *India Cloud* von Bord gehen, und Raven beobachtete zutiefst erleichtert, wie Nathaniel Rogers mit seinen Koffern und anderen Habseligkeiten auf dem hölzernen Verbindungssteg zur Straße entschwand. Captain Winters hatte sie gebeten, an Bord zu bleiben, bis man sicher wußte, ob ihr Vetter gekommen war, um sie abzuholen; und sie schritt ungeduldig von einem Ende der Reling zum anderen, die Augen voll begieriger Vorfreude auf all die verlockenden Sehenswürdigkeiten, die Bombay zu bieten hatte. Danny, die anscheinend nicht die Begeisterung ihrer jungen Herrin teilte, inspizierte in der mürrischen Überzeugung, daß etwas vergessen würde, immer wieder ihr Gepäck, als es an Deck gebracht wurde.

»Miß Barrancourt?«

Der Herr, der sie angesprochen hatte, war groß und korpulent, die blanken Jackettknöpfe hatte er nur mühevoll über der ausladenden Mitte schließen können. Im ersten Moment hielt ihn Raven schon fast für ihren Vetter, doch war dies kaum möglich, denn mit dem schneeweißen Haar, ebensolchen Koteletten und den tiefen Lachfalten um die vergnügten Augen war er wohl an die Sechzig. Nein, dachte sie sofort, in ihm fließt kein Tropfen Barrancourtsches Blut.

»Sie sind Miß Barrancourt?« fragte er höflich.

»Ja, Sir.«

»Captain Winters schickte mich hierher. Ich heiße John Trentham und bin Teilhaber von Phillip Barrancourts Unternehmen.«

Raven hielt den Atem an. Endlich gab es da eine Verbindung zu ihrem geheimnisvollen Vetter. »Wie freundlich von Ihnen, mich abzuholen, Mr. Trentham«, meinte sie aufrichtig. »Mein Vetter ist wohl verhindert.«

John Trentham lachte, daß ihm der Bauch wackelte. »So könnte man es vermutlich ausdrücken, ja. Er hält sich derzeit nicht in Bombay auf, sondern in Lahore, in seinem Sommerhaus in den Bergen.«

Ravens goldbraune Augen füllten sich mit Sorge. »Er ist gar nicht hier?« wiederholte sie matt.

Als er merkte, daß er sie erschreckt hatte, versicherte er eilig, es bestehe kein Grund zur Besorgnis. »Sonst ist er um diese Zeit des Jahres wieder da, aber er wurde für etwa einen Monat aufgehalten. Deshalb hole ich Sie heute ab. Während seiner Abwesenheit habe ich all seine Post erhalten, natürlich auch den Brief, in dem Sir Hadrian Ihr Kommen ankündigte. Ich will die nötigen Vorkehrungen treffen, damit Sie zu ihm nach Lahore reisen können, und Sie bleiben natürlich bei meiner Frau und mir, bis ich eine Überfahrt für Sie buchen kann.«

Raven wurden vor Erleichterung die Knie weich. Obwohl sie die Nachricht von Phillips Abwesenheit bitter enttäuschte, war sie John Trentham dankbar, weil er sich für sie verantwortlich fühlte. »Sie sind sehr gütig, Sir«, murmelte sie, unfähig, ihren Dank angemessen in Worte zu fassen.

»Haben Sie denn irgendeine Vorstellung, weshalb Vetter Phillip noch in Lahore bleiben mußte?« fragte Raven neugierig, als sie an Land waren und Mr. Trentham ihr in die gutgefederte Kutsche half, auf deren Dach schon ihre Schrankkoffer festgeschnallt waren.

»Ich fürchte, nein«, erwiderte er und zuckte die ausladenden Schultern. »Geschäftsangelegenheiten, nehme ich an. Ihr Vetter ist voll ausgelastet mit den Warenlagern, die er da oben im Punjab leitet.«

»Und glauben Sie, daß Sie uns auf einem Schiff, das nach Norden fährt, eine Kabine besorgen können?« wollte Raven besorgt wissen und schaute auf das Durcheinander von Masten und Segeln, die sich von den an zahlreichen Docks zusammengepferchten Schiffen erhoben.

»Seien Sie versichert, daß ich eines ausfindig mache, das morgen mit dem Gezeitenwechsel ausläuft«, antwortete er ihr lächelnd. »Sowie ich Sie nach Hause gebracht habe, fahre ich gleich wieder zum Hafen, um mich zu erkundigen.«

John Trentham residierte in einem riesigen, weitläufigen Bungalow von eindrucksvollem Baustil auf einem Hügel hoch über der Inselstadt; im rückwärtigen Teil des Hauses eröffnete eine hohe Fensterfront einen herrlichen Blick auf farbenfrohe Hausdächer und Tempeltürme, federartige Palmenbüschel und auf den Hafen selbst mit dem azurblauen Meer, das sich wogend südwärts erstreckte. Raven wurde zu einem Schlafgemach mit dieser berauschenden Aussicht geführt, und sie ließ sich davon so verzaubern, daß sie von ihrer näheren Umgebung kaum Notiz nahm. Bis ihr Gepäck hereingeschafft war, hatte sie jedoch das Panorama fürs erste genug gewürdigt und wandte sich zu dem großen Raum mit seiner einfachen, aber geschmackvollen Einrichtung um.

Als Raven das angrenzende Badezimmer mit dem prächtigen Messingzuber entdeckte, wurde ihr vor Sehnsucht ganz schwach zumute. Oh, sich nur einen Augenblick in einer richtigen Sitzbadewanne aalen nach den langen Monaten, in denen sie mit einem winzigen Krug voll lauwarmem Wasser und einem groben Schwamm auskommen mußte! Wie als Antwort auf ihre geheimen Wünsche ging die Tür auf, und zwei Kulis eilten mit Kesseln voll heißem Brunnenwasser herein, daß sie zusammen mit Duftsalzen in die Wanne gossen.

Während eine Dienerin Raven nach dem Bad mit geschickten Händen das dunkle Haar erst bürstete, dann flocht und sich dabei in stockendem Englisch über seine Länge und leuchtenden Glanz erging, öffnete sich die Tür, und eine Frau in mittleren Jahren schaute freundlich herein. »Guten Tag, Sie sind bestimmt Phillips Cousine.«

Raven erhob sich, während die indische Zofe ehrerbietig ein paar Schritte beiseite wich. »Das bin ich. Mrs. Trentham?«

»Ja, meine Liebe. Es tut mir leid, daß ich Sie bei Ihrer Ankunft hier nicht empfangen konnte, aber ich war zu einem kurzen Besuch unterwegs, und John wußte die genaue Ankunftszeit der *India Cloud* nicht.« Während ihrer Worte kam Mrs. Trentham, die wie ihr Gatte mollig war, herein und ergriff zur Begrüßung Ravens Hände. Sie trug eine Robe aus prächtiger goldgesäumter Seide, und ihre Handgelenke bedeckten mit Edelsteinen verzierte Armbänder, die bei jeder Bewegung klirrten. »Meine Güte, wie wunderhübsch Sie sind!« seufzte sie und betrachtete ohne den geringsten Groll Ravens zartes ebenmäßiges Gesicht. »Ach, was würde ich nicht darum geben, wenn Thia nur halb so schön wäre wie Sie!«

»Thia?« fragte Raven höflich.

»Meine Tochter, Corinthia. Sie ist ungefähr in Ihrem Alter. Eben kleidet sie sich um. Jeden Moment wird sie sich uns zum Tee anschließen. Sind Sie soweit, mit mir hinunterzugehen?«

Raven fand Danny auf einem Sofa im Salon vor, der mit seiner verspielten Einrichtung im Queen-Anne-Stil äußerst englisch ausgestattet war. Nur eine blühende Bougainvillea, die sich das weißgetünchte Spalier vor dem Fenster hochrankte, bewies, daß sie in Indien und nicht in irgendeiner vornehmen Villa in Mayfair beim Tee saßen.

Nun, da sie zur Abwechslung festen Boden unter den Füßen hatte, sah Danny schon viel erholter aus, die ständige Blässe während der langen stürmischen Überfahrt war nun einem rosigen Glanz von Wohlergehen auf ihren Pausbacken gewichen. Erfreut darüber, daß man sie nicht lediglich als Ravens Gesellschafterin, sondern als gleichermaßen geschätzten Gast behandelte, thronte sie stolz inmitten ihrer zart türkisblauen Röcke auf dem plüschigen Sofa.

»O Miß Raven, wie herrlich, daß wir nicht mehr auf dem Schiff sind!« meinte sie selig, als Raven den gemütlichen Salon unmittelbar hinter Mrs. Trentham betrat.

»Gewöhne dich nicht zu sehr an das Festland«, warnte Raven sie augenzwinkernd. »Möglicherweise gehen wir schon morgen wieder an Bord.«

»Keine Bange, die Fahrt in den Punjab dauert nicht lange«, versicherte Mrs. Trentham fröhlich, während sie sich in einem geschwungenen Lehnstuhl niederließ und mit einer kleinen Messingglocke läutete, die genau neben ihr auf dem Tisch stand. Noch fast im selben Augenblick erschien eine junge Dienerin in einem hauchdünnen Sari auf der Türschwelle und trug silbernes Teegeschirr und eine Platte mit verschiedenen Sorten Gebäck und Zuckergußkuchen herein, ähnlich denen, die Raven zu Hause in England immer so gern gegessen hatte.

Geschickt schenkte Mrs. Trentham den Tee ein und wartete, bis die Dienerin verschwunden war, ehe sie munter fortfuhr. »Im Punjab wird es Ihnen gefallen, Miß Barrancourt, obwohl es dort natürlich weniger kultiviert als in Bombay zugeht. Mehr Inder, Sie verstehen, und die können ohne Zweifel...« Sie brach ab, als sich die Salontür ein zweites Mal öffnete. »Ah, Thia, Liebling, hier bist du ja, gerade rechtzeitig zum Tee!«

Corinthia Trentham wirkte außerordentlich hausbacken mit ihrem zwar sorgfältig ondulierten, aber dünnen, glanzlosen braunen Haar; sie neigte schon jetzt zu jener Korpulenz, mit der ihre Eltern geplagt waren, obwohl sie klugerweise ein Kleid von zurückhaltendem Blauton trug, das ihre Figur etwas weniger wuchtig erscheinen ließ. Zur Begrüßung lächelte sie herzlich; und obgleich sie sich als ebenso geschwätzig wie ihre Mutter herausstellte, war sie offensichtlich doch mit lobenswerter Auffassungsgabe und sogar ein bißchen Esprit ausgestattet.

»Was für ein Jammer, daß Sie nur eine Nacht bleiben!« rief sie und lud sich mehrere Kuchenstücke mit Zitronenglasur auf ihren Teller. »In Bombay gibt es so viel zu sehen und so viele Leute, mit denen man Sie bekannt machen sollte!«

»Ich habe gehofft, daß mir heute nachmittag ein wenig Zeit für einige Sehenswürdigkeiten bleiben wird«, erklärte Raven.

»Was würden Sie sich denn gern anschauen«, erkundigte sich Corinthia.

»Oh, alles am liebsten!« rief Raven eifrig. »Die Elefantenhöhlen, die Tempel, den Malabar-Hügel... Alles, was Sie für sehenswert halten.«

Mrs. Trentham und ihre Tochter wechselten einen amüsierten Blick, dann stellte Mrs. Trentham ihre Teetasse auf den Unterteller und schaute ihren liebreizenden jungen Gast mit einem herablassenden Kopfschütteln an. »Nein, meine liebe Miß Barrancourt, niemand, niemand von Stand unternimmt derartige Ausflüge! Nun ja, das einfache Volk kommt, um sich solche Dinge anzuglotzen. Es ist – es ist absolut unangebracht!«

Raven wollte gerade widersprechen, als ihr Danny den Ellbogen unauffällig, aber schmerzhaft in die Rippen bohrte. »Ich verstehe«, erwiderte sie und biß sich verärgert auf die

Lippen – bestürzt, weil die Trenthams den Besuch von Sehenswürdigkeiten als unter ihrer Würde erachteten. »Was kann man sich dann in Bombay ansehen, das annehmbar erscheint?« fragte sie sanft.

»Wie wäre es mit dem Basar, Mama?« schlug Thia vor.

Mrs. Trentham strahlte. »Oh, wie reizend! Sie können nicht behaupten, sich in indische Kultur vertieft zu haben, solange Sie keinen Basar aufgesucht haben, Miß Barrancourt!«

Ravens Züge heiterten sich auf. »Das klingt durchaus verlockend!«

»Ich lasse die Kutsche anspannen«, fügte Mrs. Trentham hinzu, da sie die Angelegenheit für beschlossen hielt, und schwang ihr Messingglöckchen.

»Würden Sie es mir übelnehmen, wenn ich statt dessen ein Mittagsschläfchen halte?« fragte Danny zögernd. »Ich mache mir nicht viel aus einem Einkaufsbummel, und ich würde zur Abwechslung zu gern wieder in einem ordentlichen Bett schlafen.«

»Das kann ich Ihnen nachfühlen«, versicherte Mrs. Trentham. »Ich persönlich kann Seereisen auch nicht ausstehen. Bestimmt fänden Sie den Basar ermüdend, Mrs. Daniels. Dort herrscht nämlich ein ziemliches Gedränge.«

Nachdem der Wagen vorgefahren war und die drei sich darin bequem niedergelassen hatten, kutschierte sie der indische Fahrer die steilen Hügel zum Arabischen Meer hinunter; die vornehmen Häuser und Bungalows entlang der biegungsreichen Straßen klebten geradezu aneinander und schienen aus den felsigen Abhängen zu wachsen.

Während der Fahrt schwatzte Mrs. Trentham unaufhörlich, und Corinthia lauschte konzentriert, während Raven nickte und höfliche Antworten gab, obwohl sie die Zeit viel lieber für einen ausführlichen Blick auf die abwechslungsreiche Gegend genutzt hätte. In dem geräumigen Landauer mit dem zurückgeschlagenen Verdeck bot sich eine ausgezeichnete Sicht, und Raven, hinter der die Bänder ihrer weitkrempigen Haube im Fahrtwind flatterten, konnte ihre Aufregung nicht verbergen. All die vornehmen, weißgetünchten Häuser waren wie Edelsteine den Hang entlang hingetupft, mit großen, schöngepflegten Gärten und blühenden Bäumen, wie Raven sie nie zuvor gesehen hatte.

Viel zu früh hielt die Kutsche in der Nähe des Colaba-Marktes, wo ein durchdringender Fischgeruch mit der kühlen Brise zu ihnen getragen wurde. Mrs. Trentham rümpfte angeekelt die Nase. »Und Sie wollten ganz bestimmt aussteigen, Miß Barrancourt, und nicht lieber eine hübsche Spazierfahrt machen?«

Raven nickte entschieden. Diesmal ließ sie sich nicht einschüchtern. Der Anblick der heiligen Kühe, die über den Platz trotteten, die Inder mit den Turbanen, die gleichgültig einen Bogen um sie machten, während sie ihre Waren tauschten, und das Messing, die Seide, die geflochtenen Körbe, die in den Buden dargeboten wurden – all das hatte ein Gefühl der Aufregung in ihr entfacht, und sie würde sich nicht von einer genaueren Besichtigung abbringen lassen. Mrs. Trentham und Corinthia gaben ihr freundlich nach, und Corinthia zog es auf der Stelle zu einer Markise, unter der ein lächelnder dienernder Kaufmann eine verwirrende Fülle handgefärbter Baumwollstoffe ausgebreitet hatte.

»O Mama, würde der gelbe nicht ein wundervolles Nachmittagskleid für mich abgeben?« kreischte sie, als Raven und Mrs. Trentham aus der Kutsche stiegen, um sich ihr anzuschließen.

Raven zollte den beiden nur geringe Aufmerksamkeit, als sie sich interessiert umschaute. In der Nähe meckerten einige Ziegen kläglich und starrten aus glasigen Augen ihren Besitzer an, der sie, so weit es die abgenutzten Seile um ihren Hälsen erlaubten, umherführte und zur Schau stellte. Gleich daneben pries ein Kokosnußhändler in einem Singsangdialekt, den Raven nicht kannte, seine Ware an, während sich Schaulustige, Kunden und Verkäufer in den engen Gängen zwischen den wackligen Buden anrempelten.

Die Luft schwirrte nur so vom Lärm zahlloser indischer Sprachen, vom Brüllen der Zebus, vom Geschrei der lebhaften Kinder, vom Knurren der herrenlosen Hunde, die sich über die unvermeidlichen Fleischabfälle hermachten. Zu diesem Durcheinander gesellte sich eine Unzahl von Gerüchen – nach Kokosnüssen, Mangos, der betäubende Duft von Räucherstäbchen, die in einigen Buden brannten, jener von köstlichen Currygerichten, die in großen Kohlepfannen weiter unten an der Straße zubereitet wurden, all dies mischte sich mit dem unverkennbaren Gestank der Armut, der kaum merklich mit dem Wind herüberwehte.

Raven schlenderte zu einer Bude auf der anderen Seite der ungepflasterten Gasse, wo eine verwirrende Sammlung von Silber- und Lapislazulischmuck von einem lächelnden jungen Inder in sauberem Lendenschurz und Turban dargeboten wurde. Sie erwiderte sein Lächeln, konnte ihm aber nichts abkaufen, da sie kein indisches Geld bei sich trug. Ohne zu merken, daß sie sich aus dem Blickfeld ihrer Gastgeberin entfernt hatte, bummelte sie gemächlich die Gasse hinunter und ließ sich von dem Gedränge der Einheimischen mitreißen, die scheinbar ziellos durch den Basar zogen. Am anderen Ende des Platzes lichteten sich allmählich die Budenreihen, und Raven wollte eben umkehren, als eine seltsam aufgebaute Klangfolge aus einer der letzten Buden dünn an ihr Ohr drang. Von den Lauten angezogen, trat sie näher und stellte fest, daß die nasalen, in ihrer Kraft geradezu hypnotischen Töne von einem flötenähnlichen Schilfrohrinstrument stammten.

Sie blieb am Rand einer geflochtenen Binsenmatte stehen, auf der ein Musiker im Schneidersitz saß und einen Korb vor sich fixierte. Voll Neugierde trat Raven näher, um zu sehen, was die umstehenden Zuschauer so fesselte, und hielt den Atem an, als der Korbdeckel zu zittern anfing.

Ein kleiner Aufschrei entkam ihren Lippen, als ohne jede Vorwarnung eine Königskobra mit gespreizten Halswirbeln aus dem Korb stieg. Entsetzt und angewidert zuckte Raven zurück und prallte dabei unmittelbar auf einen wohlbeleibten, offensichtlich betrunkenen Matrosen, der hinter ihr durch die Gasse wankte. Ohnehin nicht eben standfest, ließ ihn der Zusammenstoß mit der zierlichen Raven rückwärts gegen einen Stand mit Landwirtschaftserzeugnissen torkeln, worauf der Matrose zu Boden ging und Raven sowie eine Fuhre beißend riechender Zwiebeln mit sich riß.

Ravens Bestürzung, mit der sie sich inmitten der behindernden elfenbeinfarbenen Stoffülle ihrer Musselinröcke auf die Füße zu kämpfen versuchte, war nichts, verglichen mit der Erregung der Schaulustigen, die sich freudig mit so vielen verstreuten Zwiebeln, wie sie nur tragen konnten, aus dem Staub machten.

Der arme Bauer, dem man vor seinen Augen die Ware stahl, vergrößerte das Wirrwarr, indem er umherrannte, beide Arme schwenkte, und in einem vergeblichen Versuch, weiteren Diebstahl zu unterbinden, in seinem Kolidialekt brüllte. Als er die Hoffnungslosigkeit der Lage erkannte, drehte er sich um und ließ seine Wut an Raven und dem dikken Matrosen aus, der sich endlich hochgerappelt hatte und mit einer Pranke von ungeheurem Ausmaß Raven am Arm packte, als wäre sie sein einziger Halt. Raven fand sich diesem bärtigen, breit grinsenden Riesenkerl ausgeliefert, dessen Atem nach Alkohol stank. Sie versuchte, seine Hand abzuschütteln, doch er verstärkte seinen Griff noch, als er allmählich gewahr wurde, welche Beute er da gemacht hatte. Ravens zarte Wangen waren gerötet, und ihre Augen funkelten wie zwei Feueropale. Sie hatte den Hut verloren, ihr schwerer Zopf war aufgegangen, so daß ihr das Haar über den schmalen Rücken bis zu den Hüften fiel. Mit geöffneten Lippen rang sie nach Atem, wobei sich ihre Brüste hoben und senkten.

»Kristos! Die Vorsehung meint es gut mit mir!« polterte er entzückt mit starkem russischen Akzent und schüttelte Raven in seiner Begeisterung hin und her, so daß sie fürchtete, der Kopf würde ihr glatt vom Hals gerissen.

»Lassen Sie mich los, Sie Scheusal!« rief sie und versuchte erfolglos, sich loszureißen.

Nun schaute der beleibte Russe verletzt drein. »Sie machen sich nichts aus Dimitri Sergejews Gesellschaft, meine kleine Prinzessin?« wollte er betrübt wissen.

Ravens wütende Antwort wurde durch einen Erguß höchst widerlicher Flüche des Bauern erstickt, der sich ungeachtet der Tatsache, daß er dem Russen nicht einmal bis an die Schulter reichte, seinen Weg zwischen sie gebahnt hatte. Wegen seines Geiferns und Tobens hielt Raven ihn für völlig übergeschnappt. Da sie den Zwiebeldiebstahl nicht mitbekommen hatte, konnte sie nicht ahnen, wehalb er so zürnte.

Doch sie wußte, daß sie sowohl ihm als auch dem betrunkenen Riesen entwischen mußte, von den neugierigen Zuschauern ganz abgesehen, die sich in einem Halbkreis um den zusammengekrachten Gemüsestand geschart hatten, um den Streit zu verfolgen. Keiner der Widersacher konnte einen Punkt für sich verbuchen, der ältliche Bauer unterbrach Sergejews unverständliches Urdu mit gleichermaßen unergründlichen Ausbrüchen auf koli. In der Zwischenzeit wand sich Raven mal hierhin, dann dahin, konnte sich aber nicht befreien, und unter dem unerbittlichen Druck der starken Finger des Matrosen begann ihr Handgelenk zu schmerzen.

»Dimitri! Was, zum Teufel, geht hier vor?« Die gelassene, aber gebieterische englische Stimme brachte sowohl den Russen als auch den indischen Bauern unverzüglich zum Schweigen, und Raven drehte sich rasch zu der Person um, der es gelungen war, den hitzigen Streit mit einer schroffen Frage zu beenden.

Der Mann, der hochmütig vor ihr stand, war ebenso groß wie der betrunkene Russe, aber schlank und durchtrainiert. Unter seinem Musselinhemd traten die kräftigen Muskeln seiner breiten Schultern und starken Unterarme hervor, der offene Kragen enthüllte eine sonnengebräunte Brust, auf der sich feines goldenes Haar kräuselte. Eine abgetragene enganliegende kalbslederne Kniehose, deren untere Enden in blankgewienerten Stiefeln steckten, umgab schmale, wohlgeformte Hüften und muskulöse Beine. Das üppige kastanienbraune Haar, das von langen Jahren unter tropischer Sonne goldgesträhnt war, reichte ihm bis zum Nacken und lockte sich ungebändigt über einer hohen Stirn. Durch das wettergegerbte Gesicht zogen sich Furchen, die kühn geschwungene Nase saß über vollen, feingemeißelten Lippen und einem markanten, eingekerbten Kinn.

Raven hob den Kopf und schaute ihm unverblümt in das attraktive Gesicht, und als ihre goldbraunen Augen den seinen begegneten, bemerkte sie erstaunt, daß sie von reinem Smaragdgrün und funkelnder Tiefe waren. Ein unerklärlicher Schauer erfaßte sie, als sie seinem Blick eine ganze Weile standhielt; dann überspielte sie ihre Verwirrung, indem sie in eisigem Ton sagte: »Sir, falls dieser Unmensch zu Ihnen gehört, so haben Sie doch die Güte, ihn zu bitten, er möge mich loslassen.«

»Das hängt davon ab«, entgegnete er mit schneidender Stimme, »ob Sie an jener Untat, die hier anscheinend verübt wurde, unschuldig sind oder nicht.«

»Niemand anderer als dieser betrunkene Wilde fiel auf den Stand da und riß mich mit!« Raven warf dem Russen einen verächtlichen Blick zu, während jener dem großgewachsenen Mann, der überheblich vor ihnen stand, verlegen zublinzelte.

Der Engländer lachte mit zurückgeworfenem Kopf über ihre Worte, und die weißen Zähne leuchteten in seinem gebräunten Gesicht. In diesem Augenblick erkannte ihn Raven. Sein unverschämter Ton und der offensichtliche Spott in seinem Lachen versetzten sie Tausende von Meilen zurück an den dunklen einsamen Strand von North Head, wo der skrupellose Captain sich, wenn auch erfolglos, die Freiheit hatte nehmen wollen, sie zu verführen, während seine Mannschaft geschmuggelte Rumfässer entlud.

Röte überzog ihre Wangen, und ihre Topasaugen begannen zu blitzen. »Sie!« stieß sie hervor und entwand sich dem Griff des dicken Russen, der sie nun anstandslos freigab. Vor dem breitschultrigen Engländer blieb sie stehen und starrte ihn empört an. »Ich hätte Ihnen die Grenadiere auf den Hals hetzen sollen!«

Ganz offensichtlich ließ er sich von ihrer Drohung nicht beeindrucken. Breitbeinig, die Arme vor der Brust verschränkt, schaute er sie von oben herab an, zog spöttisch die Brauen hoch und lächelte leicht.

In ihrer Wut war sich Raven nicht bewußt, wie atemberaubend schön sie wirkte. Ihr einfach geschnittenes, nur mit einem Hauch von Spitze verziertes Musselinkleid mit den dreiviertellangen Ärmeln und dem viereckigen Ausschnitt unterstrich ihre auffallende Unschuld. Sie war barhäuptig, da sie beim Fallen die Haube verloren hatte, und ihr rabenschwarzes Haar umgab anmutig das zarte ebenmäßige Gesicht. Ihre Haut schimmerte golden und makellos, die Nase war klein und vollkommen. Doch vor allem fesselten ihre Augen, die ihren Gefühlstumult widerspiegelten, die Aufmerksamkeit ihres Bewunderers.

Als er den Blick unverschämt an ihrer Gestalt hinunterwandern ließ, hoben und senkten sich ihre vollen Brüste unter dem Musselinmieder, und ihr ganzer Körper schien mit einem beunruhigenden Zittern zu reagieren. Es war fast so, als lockte sie ihn unbewußt zu sich heran, damit er sie wie bei der ersten feurigen Begegnung umarmen, die Hände über ihre fein geschwungene zierliche Taille gleiten lassen und ihren weichen Körper erkunden würde. Aber in den goldbraunen Augen glomm diesmal nicht Leidenschaft, sondern Wut und Verachtung, und ihre Worte verwirrten ihn ebenso wie der abgrundtiefe Widerwille in ihren Augen.

»So peinlich das Verhalten meines Offiziers auch sein mag, bietet es bestimmt keinen Grund, die britische Armee zu rufen«, sagte er grinsend. »Dimitri wird für den Verlust der Zwiebeln und den Schaden aufkommen, den er möglicherweise an Ihrer Kleidung verursacht hat«, fügte er hinzu, während seine meergrünen Augen unverfroren über ihre schlanke Figur schweiften. »Aber sicherlich kann Ihr verletzter Stolz durch eine aufrichtige Entschuldigung wiederhergestellt werden und bedarf nicht der Hilfe bewaffneter Wachposten.«

Als sie merkte, daß er sie nicht erkannte, preßte sie fest die Lippen zusammen, damit ihr nicht die Wahrheit herausrutschte, obwohl sie sich sehnlichst wünschte, den großgewachsenen, so von sich eingenommenen Kapitän mit dieser Mitteilung zu erschüttern. Nein, sie würde es anders angehen, indem sie nämlich seinen Namen ausfindig machte und dafür Sorge trug, daß er mitsamt seinem betrunkenen Handlanger im Kerker landete!

Da er ihr Schweigen als Einverständnis auffaßte, wandte sich der Kapitän an seinen Gefährten. »Du bittest die Dame jetzt um Verzeihung, Dimitri«, befahl er barsch, obwohl Raven ein schalkhaftes Schimmern in seinen meergrünen Augen entdeckte.

»Das ist nicht nötig«, gab Raven frostig zurück. »Ich bin keineswegs so eitel, daß ich nicht ohne großes Aufhebens eine unbedeutende Erniedrigung ertragen könnte.«

»Wie großzügig von Ihnen«, spöttelte der Kapitän, und Raven verkniff sich mühsam eine vernichtende Antwort, da er ganz offensichtlich ihren Ärger anstacheln wollte. Warte nur, dachte sie wütend und begegnete seinem Blick mit eisiger Verachtung, du baumelst früh genug am Galgen, Bürschchen. Dann werden wir sehen, ob du immer noch so dreist bist, wenn sich die Schlinge um deinen Hals zuzieht.

»Es war ein unglücklicher Zufall, kleine Prinzessin«, brachte der dicke Russe unter einem Schluckauf hervor und strahlte sie mit rotunterlaufenen Augen an, ohne die Spannungen zwischen ihr und seinem Captain zu spüren. »Sind Sie sicher, daß Sie mich nicht auf mein Schiff begleiten wollen?«

»Lieber würde ich Schweine hüten«, gab Raven zurück.

Sergejew stimmte ein dröhnendes Gelächter an, das seinen ungeheuren Brustkasten erheben ließ. »Ah, meine Kleine, so eine reizende Abfuhr habe ich noch nie bekommen!«

»Und mir hat man im ganzen Leben noch nie so einen schändlichen Antrag gemacht!« entgegnete Raven. »Man hatte mich ja vor dem Gesindel gewarnt, das sich in solchen Basaren herumtreibt, aber ich muß zugeben, solche Niedertracht hätte ich nicht erwartet!«

Da sie ihrer Ansicht nach dieses widerliche Paar schon viel zu lange hatte ertragen müssen, begann Raven nach ihrer Haube zu suchen. Sie fand sie am Boden vor dem Zwiebelstand, staubte sie flüchtig ab und setzte sie auf. Dann verschwand sie mit kerzengeradem Rücken und straffen Schultern in der Menge, und das letzte, was die beiden Männer von ihr zu sehen bekamen, waren die Volants ihrer wogenden Musselinröcke und die flatternden Haubenbänder.

»Ah«, seufzte Sergejew, »diese Göttin käme gerade recht.«

»Du sitzt kaum zu lange auf dem trockenen, Dimitri!« erwiderte sein Gefährte kurz und schaute der Frau mit dem glänzenden schwarzen Haar nach, während sie sich einen Weg durch das Gedränge bahnte und hinter einem riesigen Berg geflochtener Binsenkörbe verschwand. »Die ist kälter als das Polarmeer.«

Sergejew grinste und rieb sich die Pranken. »Um so besser!

Ihre Vorsätze zum Schmelzen bringen, ihre heftigen Proteste in leidenschaftliches Geflüster verwandeln – das wäre doch ein herrliches Vergnügen!« Er legte den Kopf schief und schaute aus rotunterlaufenen Augen seinen gleichgültig wirkenden Gefährten an. »Hältst wohl nichts davon, eh? Sehr schlecht, mein Freund, wenn man nichts empfindet, nachdem man Aphrodite höchstpersönlich ins Antlitz sehen durfte. Ein Vorbote des Alters.«

Der Captain zuckte unbeeindruckt die Achseln. »Zugegeben, sie ist bemerkenswert schön, Dimitri, aber ich habe nicht vergessen, wie kühl und gefühllos Engländerinnen sein können. Mir liegt nichts daran, einen Panzer zu durchbrechen.«

»Ah, aber bei dieser Frau lodert darunter Feuer und Leidenschaft«, versicherte ihm Dimitri und leckte sich über die Lippen. »Hast du denn die Glut in diesen riesigen Katzenaugen nicht gesehen? Ich dachte, ich sehe Funken sprühen, als sie dich das erste Mal anschaute.« Angesichts des unbeteiligten Gesichtsausdrucks seines Gefährten lachte er auf. »Ich weiß, was los ist, Towarisch! Zum ersten Mal hast du einer Frau gegenübergestanden, die sich dir nicht gleich beim ersten Blick in deine unwiderstehlichen Draufgängeraugen zu Füßen wirft.«

Geduldig wartete der Engländer den Lachanfall seines betrunkenen Kumpans ab und bemerkte dann mit einem nachsichtigen Lächeln. »Von mir aus glaub, was du willst, Dimitri, aber deine geheimnisvolle Schönheit reizt mich überhaupt nicht.« Er hielt mit nachdenklicher Miene inne. »Aber ich habe das Gefühl, daß ich ihr schon einmal begegnet bin.«

»Nur in deinen kühnsten Träumen«, meinte Sergejew lachend.

»Bezahl dem alten Mann die Zwiebeln, Dimitri, und halt den Mund«, lautete die barsche Antwort, und Sergejew, der die Warnung heraushörte, gehorchte ohne Widerrede.

Während des kurzen Fußwegs zur Kutsche und der Rückfahrt zum Bungalow der Trenthams schwieg Raven; sie hatte ihre Gastgeberin an derselben Bude, wo sie getrennte Wege gegangen waren, wiedergetroffen. Dumpf brütete sie vor sich hin, ohne Corinthias eifrigen Schilderungen, was mit dem erstandenen gelben Baumwollstoff geschehen solle, Beachtung zu schenken. Die Wut über den dicken betrunkenen Matrosen und seinen hochmütigen Kapitän erstickte sie fast. Oh, wie sie die Überheblichkeit in diesen grünen Augen haßte, die sie so unverschämt und spöttisch angefunkelt hatten! Das waren die Augen eines Mannes, der keine andere Autorität als die seine anerkannte.

Zugegeben, mit seinem fast aggressiv männlichen Aussehen übertraf er alle Männer, die sie kannte, an Attraktivität. Aber Raven weigerte sich, in Gedanken bei seiner dunklen wohlgestalteten Erscheinung zu verweilen. Es ärgerte sie, daß sie sich überhaupt daran erinnerte. Er war ein Abenteurer ohne Skrupel und Gewissen, und sie wollte dafür sorgen, daß er für seine Unredlichkeit büßen mußte.

Bei ihrer Rückkehr in den weitläufigen Bungalow mußte Raven erfahren, daß John Trentham noch am Hafen unterwegs war. Bedrückt wartete sie in ihrem Zimmer auf seine Rückkehr. Jetzt bereute sie, daß sie sich in ihrer Dummheit nicht nach dem Namen des Kapitäns erkundigt hatte, doch wie hätte sie bei all diesen Geschehnissen noch einen ruhigen Kopf bewahren sollen? Kein Problem, der Hafenmeister würde bestimmt wissen, auf welchem englischen Schiff ein ungeschlachter russischer Seemann namens Dimitri Sergejew Dienst tat.

Als Mr. Trentham heimkam, war das Abendessen schon bereitet, und Raven stellte überrascht fest, daß die große Tafel mit einer Vielzahl herkömmlicher britischer Gerichte üppig beladen war. Doch hing sie viel zusehr ihren Gedanken an den Nachmittag im Basar nach, als daß sie das Mahl hätte genießen können.

»Mr. Trentham«, meinte sie in einer kleinen Gesprächspause und lächelte ihn mit großen, unschuldigen Augen an, »wissen Sie zufällig von einem Schiff hier im Hafen, auf dem ein gewisser Dimitri Sergejew arbeitet?«

»Hört sich russisch an«, bemerkte Mr. Trentham und runzelte nachdenklich die Stirn. »Ich fürchte, ich kann den Namen nicht unterbringen. Doch wenn wir morgen wieder zum Hafen fahren, ziehe ich gern Erkundigungen ein.«

Als sie seinen fragenden Blick auf sich spürte, erkannte Raven, daß sie das Thema ohne nähere Enthüllungen nicht weiterverfolgen konnte, und zuckte die Achseln. »Ach, halb so wichtig. Ich bin ihm heute im Basar begegnet und frage mich, wie ein Russe ausgerechnet hierherkommt; ich habe vorher noch nie einen getroffen. Corinthia«, lenkte sie geschickt ab, »was wollen Sie denn nun mit dem herrlichen Stoff anfangen, den Sie auf dem Markt erstanden haben?«

Während das Gespräch auf ein anderes, gefahrloses Thema zusteuerte, lauschte Raven höflich Corinthias ausführlicher Antwort, schmiedete jedoch insgeheim Pläne. Mr. Trentham hatte ihnen vorher mitgeteilt, daß er eine Überfahrt nach Lahore an Bord des Schnellseglers *Orient Star* gebucht habe, der mit dem morgigen Gezeitenwechsel auslaufen würde. Vielleicht konnte sie ihm auf dem Weg zum Hafen offen von ihrem Verdacht gegen den kraftvollen Russen und den überheblichen Engländer erzählen, damit er eine Untersuchung einleitete; die kurze Begegnung am einsamen Strand damals in Cornwall würde sie selbstverständlich verschweigen.

»Sie müssen um sechs Uhr auf den Beinen sein, Miß Barrancourt«, riß John Trentham sie aus ihren Grübeleien.

Raven, die in North Head immer früh aufgestanden war, nickte, während Mrs. Trentham heftig den Kopf schüttelte.

»Du lieber Himmel, um sechs Uhr? Wir verabschieden uns besser jetzt, meine Liebe, weil ich zu dieser Stunde sicherlich noch schlafe!« Raven küßte brav die dargebotene geschminkte Wange, während ihr Mrs. Trentham mütterlich die Hand tätschelte. »Bestimmt sehen wir uns auf Ihrer Rückreise noch einmal. Und grüßen Sie mir bitte Ihren Vetter recht herzlich.«

Am nächsten Morgen schwebte ein leichter Dunstschleier über den Gärten, als die Kutsche der Trenthams die steilen Hügel zum Hafen hinabrollte, wo das Licht der aufgehenden Sonne auf die hohen Masten der bewegungslos ankernden Schiffe fiel. In den Straßen herrschte schon großer Trubel. Inder mit Turbanen mischten sich in den Verkehrsstrom, während Bettler an den Straßenecken schliefen oder ihre Morgentoilette verrichteten und fromme Hindus auf ihren Binsenmatten beteten. Raven nahm das Treiben ringsum gar nicht recht wahr, da sie in fieberhafter Unruhe darüber nachzudenken versuchte, wie sie auf die Schmuggler zu sprechen kommen könnte, ohne Danny zu beunruhigen.

Wie sollte sie es am besten anfangen? Kannte sie John Trentham gut genug, um ihm ohne Umschweife zu erzählen, daß ihres Wissens ein Schmugglerschiff hier in Bombay vor Anker lag? Würde er ihren Verdacht als Unsinn abtun oder ihr beipflichten, daß der Angelegenheit nachgegangen werden sollte? In wenigen Minuten würden sie sich wieder an Bord befinden, Mr. Trentham würde zur Kutsche zurückkehren – und die Gelegenheit, die Rumschmugglerbande zu fassen, war für immer vertan.

»Mr. Trentham...«

»Ah, wir sind da, Miß Barrancourt«, unterbrach er sie leutselig, als das Gefährt anhielt und der indische Kutscher vom Bock sprang, um ihnen die Tür zu öffnen. »Mir bleibt noch ein wenig Zeit, um Sie persönlich mit dem Captain bekannt zu machen, aber dann muß ich mich verabschieden. Ich habe meine Geschäfte ohnehin zu lange vernachlässigt, fürchte ich; Sie werden mir hoffentlich verzeihen, wenn ich Sie einfach so allein lasse.« Ohne eine Antwort abzuwarten, nahm er Raven und Danny beim Ellbogen und führte beide die Gangway hinauf zum Hauptdeck. »Sie da, Kamerad«, sprach er einen vorbeieilenden Matrosen an, »wo finde ich den Captain?«

»Beim Steuer, Sir«, antwortete der Matrose, bevor er auf der Niedergangstreppe verschwand.

Während sie das breite Deck überquerten, bemerkte Raven, daß nicht so viele Besatzungsmitglieder wie auf der *India Cloud* zu sehen waren. Doch gingen hier alle wohlüberlegt ihren Aufgaben nach, ohne die Hektik, die das Ablegen des durch viele Reisen lädierten Ostindienfahrers gekennzeichnet hatte. Offensichtlich hielt man das Schiff gut in Schuß.

Schweigend ließ sich Raven von Mr. Trentham zum Achterdeck bringen, wo sie vor einigen Männern stehenblieben, die sich um das große, messingplattierte Steuerrad drängten. Als sich Mr. Trentham räusperte, drehten sich alle vier gleichzeitig um. Die drei Offiziere starrten Raven, die in ihrem pfirsichfarbenen Rüschenkleid aus Satin zauberhaft aussah, bewundernd an. Aber sie nahm gar nicht wahr, daß sie beträchtliches Aufsehen erregte. Der größte der Männer, der gleichgültig, mit lässig gekreuzten Beinen am Steuerrad lehnte, fesselte ihre Aufmerksamkeit völlig. Ihr trocknete der Mund aus, und ihr Herz begann zu jagen, denn die markanten Züge und den blitzenden Spott in den grünen Augen, die so dunkel und klar wie Turmaline waren, konnte man nicht verwechseln. Unter seinem hochmütigen belustigten Blick schoß ihr das Blut in die Wangen. In einem Tumult von Bestürzung, Zorn und Unglauben schaute sie weg.

»Captain, ich möchte Ihnen Miß Barrancourt aus Cornwall vorstellen«, sagte John Trentham freundlich, dem die knisternde Spannung zwischen den beiden entging.

Der Captain verbeugte sich zu einem absichtlich spöttischen Gruß. »Willkommen an Bord der *Orient Star*, Miß Barrancourt. Ich bin Charles St. Germain, Ihr Kapitän, und für die nächsten zwei Wochen sind Sie allein mir verantwortlich.«

Aufgebracht über seine Unverschämtheit, würgte Raven ihren Ärger hinunter, denn sie wußte, daß er vorsätzlich die für sie unerträgliche Situation ausnutzte. »Ich kann unmöglich auf diesem Schiff reisen!« erklärte sie nachdrücklich und schaute, obgleich sie zu John Trentham sprach, mit erhobenem Kinn und glühenden Augen weiterhin den amüsierten St. Germain an.

»Aber meine liebe Miß Barrancourt, weshalb denn nicht?« wollte Mr. Trentham verwirrt wissen, der nicht verstehen konnte, was das junge Mädchen plötzlich überkommen hatte, das nun geradezu haßerfüllt in Captain St. Germains kantiges Gesicht starrte. Mit ihrer kerzengeraden Haltung erinnerte sie ihn an einen General, der sich darauf vorbereitet, seine Truppen in den Kampf zu führen. »Ich versichere Ihnen, daß Captain St. Germain Sie durchaus wohlbehalten in den Punjab bringen wird und daß die *Orient Star* so seetüchtig wie nur irgend möglich ist. Überdies«, fügte er sachlich hinzu, »fährt für mindestens zwei Monate kein anderes Schiff in diese Richtung.«

Raven offenbarte mit keiner einzigen Veränderung des Mienenspiels ihre Erschütterung über diese Nachricht. Ein zweimonatiger Aufenthalt in Bombay wäre nicht nur grauenhaft langweilig, sie konnte es sich zudem nicht leisten, so viel Zeit zu vergeuden, da sonst die Frist für das Darlehen von Squire Blackburn verstrich. Aber was soll ich tun, fragte sie sich krampfhaft. Sie konnte sich selbst oder Danny doch nicht einem skrupellosen Schmugglerkapitän ausliefern, selbst wenn John Trentham ihm Vertrauenswürdigkeit bescheinigte.

»Sie dürfen sich darauf verlassen, Miß Barrancourt, daß wir Sie und Ihre Begleiterin mit derselben Hochachtung behandeln werden, die wir jedem anderen Passagier erweisen«, fügte Captain St. Germain mit tiefer höflicher Stimme hinzu, obwohl Raven sein amüsierter Tonfall nicht entging. Dabei sah er sie herausfordernd an, und sie wußte, daß er ihre Abneigung auf ihre unerfreuliche Begegnung gestern nachmittag im Basar zurückführte.

Ihre weichen Lippen verhärteten sich. Also hielt er sie für feige, für ein hysterisches junges Ding der Haute volée, durch den Zusammenstoß mit einem betrunkenen Russen derart gekränkt, daß sie eher ihre Kojen an Bord seines Schiffes aufgab, als ihm während der Reise ins Gesicht zu sehen? Sergejew? Wo steckt der überhaupt?

»Miß Raven, was ist denn los?« erkundigte sich Danny leise, und Raven konnte aus ihrer Frage Besorgnis heraushören. Die gute, arme Danny, sie durfte nie herausfinden, daß es sich bei Charles St. Germain und seiner Mannschaft um Schmuggler handelte! Doch was war schlimmer? Raven hätte laut aufstöhnen mögen, als sie merkte, in welch ungeheuerlicher Klemme sie steckte. Sie konnte nicht zulassen, daß dieses Piratenschiff mit zwei wehrlosen Frauen wie ihr und Danny an Bord auslief, aber sie durfte auch nicht zwei Monate ihrer kostbaren Zeit aufs Spiel setzen.

»Miß Raven?« wiederholte Danny beunruhigt.

Raven erwiderte den Blick der spöttischen, herausfordernden grünen Augen, betrachtete den so selbstbewußt in den Nacken geworfenen Lockenkopf mit den sonnengebleichten Strähnen, das leichte zynische Lächeln auf den vollen, sinnlichen Lippen, und ihr widerspenstiges Naturell loderte auf. Sollte Charles St. Germain denken, was ihm beliebte, sie würde auf diesem Schurkenschiff reisen und unwiderlegbare Beweise seiner wahren Identität finden. Und wenn sie in Lahore anlegten, wollte sie dafür sorgen, daß er als der Verbrecher, der er in Wirklichkeit war, eingekerkert und gehenkt würde. »Nein, nein, alles in Ordnung, Danny«, sagte sie und sah dem attraktiven Kapitän unerschrocken ins Gesicht. »Ich hatte nur vorübergehend Bedenken, was die Zuverlässigkeit dieses Schiffs und seines Kommandanten betrifft.«

In ihrer Kabine mittschiffs bemerkte Raven Barrancourt, wie reibungslos die *Orient Star* ihre Vertäuung geworfen hatte und auf den Hafen hinaussegelte, aber sie war zu aufgebracht, um weiter darüber nachzudenken. Kurz vor der Abfahrt hatte sie Captain St. Germain nach unten beordert, mit der Behauptung, daß sie an Deck nur im Weg herumstünde, und sie ärgerte sich über diese barsche Verbannung. Obendrein bereute sie ihre Entscheidung, mit der *Orient Star* und seiner Schmugglerbesatzung zu reisen. Jetzt allerdings war es für einen Meinungsumschwung zu spät, wie sie mit einem schmerzlichen Lächeln erkannte. Doch kein Grund zur Aufregung, sagte sie sich. Philipp Barrancourt in Lahore zu treffen war schließlich am wichtigsten. Und was das Aufspüren der Beweismittel betraf, die sie gegen Charles St. Germain und seine Leute brauchte – nun, zweifellos würde sie dazu in den kommenden Wochen genug Gelegenheit finden.

Fest entschlossen, nicht an Deck zurückzukehren, ehe sie ihre Wut wieder unter Kontrolle hatte, ließ sich Raven ungewöhnlich viel Zeit damit, die schweren Schrankkoffer, die ein kräftiger muskelbepackter Matrose kurz vor dem Ablegen heruntergetragen hatte, auszupacken.

Man hatte ihr und Danny jeweils eine Einzelkabine zugewiesen, und Raven mußte zugeben, daß das Schiff mit seiner prächtigen Wandtäfelung, den Messingbeschlägen und den sauberen Decken auf der geräumigen Koje die *India Cloud* an Luxus weit übertraf. Wenn man überhaupt etwas Nettes über Charles St. Germain sagen konnte, so war es die Tatsache, daß er sein Schiff bequem und ansprechend ausgestattet hatte.

Ravens goldbraune Augen verengten sich. Gewiß, die *Orient Star* war großartig eingerichtet, aber zweifellos mit unrechtmäßigen Gewinnen bezahlt. Wie viele Fässer Schmuggelrum hatten die schimmernde Zypressenholztäfelung und die intarsienverzierte Teakkommode wohl gekostet? John Trentham hatte ihr erzählt, die *Orient Star* diene normalerweise nicht als Passagierschiff und er habe St. Germain eine hohe Vergütung für den Transport englischer Waren ins Landesinnere anbieten müssen, bevor der Kapitän bereit gewesen sei, Raven und Danny an Bord zu nehmen – sozusagen als Teil der Fracht.

Als sie endlich alles ausgepackt hatte, war Ravens Ärger weitgehend verraucht. Sie überließ Danny, die sich noch immer in der Kabine gegenüber einrichtete, ihrer Aufgabe und kehrte aufs Deck zurück, begierig, den indischen Küstenstreifen vorbeiziehen zu sehen. Von einem azurblauen Himmel strömte das Sonnenlicht auf die ruhige, dunkelgrüne See, und Raven schlenderte über die Planken zur Steuerbordreling, wo die zerklüftete, dürre Bergkette der Westghats jenseits des glänzenden Wassers sichtbar wurde.

»Halten Sie sie so auf Kurs, Mr. Lytton, gleichbleibend Nordnordost.« Die Anweisung war kein lauter Befehl, nur eine ruhige Mitteilung, dennoch schwang Autorität in der tiefen Stimme mit. Raven schaute so rasch über die Schulter, daß die Hutfeder über ihre weiche Wange streifte, und entdeckte am Steuer Captain St. Germain zusammen mit einem kleinen, zäh wirkenden Mann, dessen Augen fest auf das Kompaßhaus gerichtet waren. Obschon sich die beiden Männer hoch über ihr auf dem Achterdeck befanden, trug der Wind ihre Worte zu ihr herunter, und beim Anblick von Charles St. Germain, der lässig neben Mr. Lytton stand, stieg Zorn in Raven auf.

Der schmächtige Bootsmann ließ den Kapitän größer denn je erscheinen, das dünne Batisthemd spannte sich eng über die Muskeln auf Schultern und Brust. Das helle Sonnenlicht zauberte Glanzlichter auf sein volles Haar, und sein Profil wirkte streng und unnachgiebig. Selbst von hier aus konnte sie die Farbe seiner konzentriert zusammengekniffenen Augen erkennen und warf erbost den Kopf in den Nacken, als sie an die Belustigung in deren funkelnden Tiefen gestern nachmittag im Basar dachte. Diese Erinnerung rief ihr Dimitri Sergejew ins Gedächtnis zurück, und sie fragte sich, wo er sich wohl versteckte. Nicht daß sie besonderen Wert darauf legte, den russischen Koloß zu sehen, aber er war nicht einmal während der Vorbereitungen zum Ablegen heute früh aufgetaucht. Vielleicht befand er sich nicht einmal an Bord; falls dem so war, würde es sie überaus freuen, bedeutete dies doch, daß sie es während der Reise nur mit Charles St. Germain aufnehmen müßte. Während sie zu seinem attraktiven Profil hochsah, kam sie mit finsterer Miene zu dem Schluß, daß ihr dieser eine Widersacher völlig genügte.

Ein betretenes Räuspern veranlaßte Raven, sich umzudrehen und sich von ihren gräßlichen Grübeleien loszureißen. Sie sah sich einem jungen Mann gegenüber, der sehr sympathisch wirkte und unter ihrem fragenden Blick sofort bis zu den Haarwurzeln errötete. Angesichts seiner offenkundigen Schüchternheit verbiß sich Raven ein Lächeln, weil sie nicht den Eindruck erwecken wollte, sie würde sich über ihn lustig machen, und wartete schweigend, bis er die Initiative ergriff.

»Ge-genießen Sie die Reise bis jetzt, Miß Barrancourt?« fragte er, die sommersprossigen Wangen noch immer verfärbt, als die Stille zwischen ihnen allzu peinlich wurde.

»Offen gestanden bin ich noch nicht lange genug an Bord, um mir eine ungünstige Meinung zu bilden«, log Raven schlagfertig.

Ihre scherzhafte Antwort ermutigte ihn, und er trat ein wenig näher, wobei er achtgab, daß er nicht mit ihren weichen pfirsichfarbenen Röcken in Berührung kam, die im Fahrtwind raschelten. »Es – es freut mich sehr, das zu hören. Sie müssen wissen, wir hatten noch nie so einen – äh – so einen reizenden Passagier an Bord.« Er errötete wieder, aber als er sah, daß Raven sich durch seine Forschheit nicht gekränkt fühlte, fuhr er fort. »Ich bin Jason Quintrell, der Frachtaufseher.«

Raven hob die Brauen. »Was genau ist das denn?«

Einen Augenblick lang blinzelte er verwirrt, dann hellte sich sein Gesicht auf. »Ach, Sie meinen – ein Frachtaufseher? Nun ja, ich trage für die gesamte Ladung der *Orient Star* die

Verantwortung. Ich erwerbe die Fracht, verkaufe sie und fungiere bei den Verhandlungen mit den Kaufleuten als Bevollmächtigter des Schiffes.«

Ravens goldene Augen verdüsterten sich. »Verantwortlich für die gesamte Fracht, Mr. Quintrell? Auch für die unrechtmäßig erworbene?«

Die jugendlichen Züge blieben völlig unschuldsvoll. »Ich fürchte, ich verstehe nicht, was Sie meinen, Miß Barrancourt.«

Angesichts der treuherzigen blauen Augen mußte Raven ihm einfach glauben. Dennoch wollte es ihr nicht einleuchten, wie der Frachtaufseher eines Schmugglerschiffes von der Tatsache, daß seine Lagerräume mit illegalem Gut gefüllt waren, ohne Kenntnis bleiben konnte. »Tun Sie schon länger unter Captain St. Germain Dienst?« erkundigte sie sich, das Thema wechselnd, und ließ den Blick von dem eifrigen jungen Offizier zu der hochgewachsenen Gestalt auf dem oberen Deck schweifen.

Jason Quintrell schwoll vor Stolz die Brust. »Fast ein Jahr jetzt, Miß Barrancourt, und es war ein Glücksfall, daß ich auf der *Orient Star* anheuern durfte. Captain St. Germain nimmt nur die Besten, müssen Sie wissen, und ich bin dankbar, daß er es mit mir versuchen wollte.«

Zweifellos, weil man dich so leicht hinters Licht führen kann, dachte Raven, obwohl ihr zartes Gesicht höfliche Bewunderung zeigte. Sie fand den Frachtaufseher einfach nett, denn er schien ein bescheidener wohlerzogener Kerl zu sein, und sie fragte sich abermals, ob er die Wahrheit über St. Germain tatsächlich nicht wußte oder sich nur verstellte.

»Mr. Quintrell!«

Raven bemerkte, wie der junge Mann sich bei dem barschen Ton versteifte, hob rasch den Kopf und sah Charles St. Germain mit finsterer Miene vom Achterdeck heruntersteigen.

»Sie sind im Dienst, Mr. Quintrell, und ich denke, die Rechnungsbücher werden unten benötigt.«

»Aye, aye, Captain!« antwortete Jason und knallte als Respektsbeweis flink die Hacken aneinander, ehe er, ohne Raven noch einmal anzuschauen, davoneilte.

»Miß Barrancourt!«

Die goldbraunen Augen begegneten trotzig den smaragdgrünen. »Ja, Captain?«

»Meine Männer haben Pflichten nachzugehen, deren Vernachlässigung die Sicherheit dieses Schiffes gefährden könnte. Ich erwarte, daß Sie sie während der Reise nicht daran hindern und nicht zu trauten Gesprächen von ihrem Posten weglocken.«

Raven spürte, wie ihr die Hitze in die Wangen stieg. Die Überheblichkeit in der tiefen Stimme und der Hintersinn der schroffen Worte brachten sie gefährlich nahe an den Punkt, an dem sie die Fassung verlor. Es ärgerte sie auch, daß sie den Kopf in den Nacken legen mußte, um ihm ins Gesicht zu sehen. »Glauben Sie mir, Captain«, sagte sie frostig, »ich hege keinerlei Absichten, irgendeinen Ihrer Leute zu trauten Tête-à-têtes zu verleiten.« Ihr Ton deutete an, daß sie jeden von ihnen für dergleichen als viel zu widerlich betrachtete, und sie bemerkte mit Vergnügen, wie sich die smaragdgrünen Augen verdunkelten, was sie als Zeichen der Empörung auffaßte.

Bevor sie jedoch Selbstzufriedenheit empfinden konnte, trat Captain St. Germain einen Schritt auf sie zu, und obgleich in seiner Bewegung nichts Bedrohliches lag, machten sie seine aggressive Männlichkeit und die bloße Macht, die von seinem Körper ausströmte, nervös. An seinem sonnengebräunten Hals konnte sie eine stark pochende Ader wahrnehmen, ehe sie eilends die Augen zu seinem Gesicht hob und ein gefühlloses Lächeln auf den vollen Lippen sah, als er die Angst in ihren goldenen Augen las.

»Ich sagte Ihnen bei unserer ersten Begegnung, daß Sie sich mir verantworten müssen, Miß Barrancourt, und ich habe dabei nicht irgendwelche Allüren zur Schau getragen. Unser gestriges Zusammentreffen auf dem Markt hat mir gezeigt, daß Sie verwöhnt und launenhaft sind, und ich habe nicht die Absicht, zuzusehen, wie meine Männer während der Fahrt um Sie herumscharwenzeln. Wenn Sie sich als zersetzendes Element erweisen, lasse ich Sie in Ihrer Kabine einsperren.«

»Sie unausstehlicher Lümmel, wie können Sie sich erlauben, so mit mir zu sprechen!« brauste Raven auf, ohne nachzudenken. »Niemand hat es je gewagt...«

»Es ist mir klar, daß niemand dies je versucht hat«, unterbrach er sie, »und es wurde dafür höchste Zeit. Seien Sie gewarnt, Miß Barrancourt, ich bin kein unerfahrener junger Bauernbursche, der sich von einem gezierten Lächeln und einem aufreizenden Hüftschwung an der Nase herumführen läßt.«

Ohne ihr Zeit für eine Erwiderung zu gönnen, drehte er sich um und schlenderte ungezwungen über das Deck, um einem Mannschaftsmitglied Anweisungen zu geben. Raven blieb so wutentbrannt zurück, daß sie ihm am liebsten einen der Belegnägel, die in Reichweite auf einem Gestell entlang der Reling gestapelt waren, auf den Schädel geschlagen hätte. Himmel, warum hatte sie ihrem ersten Instinkt nicht nachgegeben und sich geweigert, an Bord der *Orient Star* zu gehen? Warum hatte sie John Trentham nicht die Wahrheit erzählt, solange noch Gelegenheit dazu gewesen war? Charles St. Germain war nicht nur ein verschlagener Seeräuber und Schmuggler, sondern auch der hochmütigste, unverschämteste, unausstehlichste und eingebildetste Mann, den sie je getroffen hatte. Warte nur, du Unhold, dachte sie und schaute auf den breitschultrigen Gegenstand ihrer Empörung. Ich sehe dich noch vor Ende der Reise am höchsten Tempelturm Indiens baumeln.

6.

»Der Indus, Miß Barrancourt, hieß in der altindischen Geschichte ›Königsfluß‹. Nahezu zweitausend Meilen fließt er von seinen Quellen in Tibet jenseits des Himalayas durch den indischen Subkontinent, ehe er in das Arabische Meer mündet. Vor dem Anlegen in Kasur werden Sie ziemlich viele Schiffe sehen, denn der Indus ist eine Haupthandelsroute zwischen der Küste und dem Binnenland.«

Der Bootsmann Geoffrey Lytton, der Raven das alles erklärte, war ein von Wetter und Alter gezeichneter Waliser mit hellgrauen, geheimnisvoll verschleierten Augen, der unermeßlich viel über die Meere und die Sterne wußte. Die schlanke, schöne junge Frau im hellblauen Kleid mit dem glänzenden, im Wind flatternden Haar und der kleingewachsene Lytton mit den klugen Augen und der gebeugten Haltung gaben ein ungleiches Paar ab. Für den großen, brünetten Kapitän, der vom Deck herunterschaute, bestand eine unverkennbare Vertrautheit zwischen ihnen, als sie, in ein ernsthaftes Gespräch vertieft, nebenander an der Reling lehnten. Raven war sich des nachdenklichen Blicks, der auf ihr ruhte, durchaus bewußt. Weil Captain St. Germain ihr die Unterhaltung mit allen seinen Mannschaftsleuten untersagt hatte, suchte Raven absichtlich bei jeder sich bietenden Gelegenheit das Gespräch mit ihnen. Und zu ihrer großen Überraschung hatten sich die meisten als recht gebildet und höflich entpuppt. Bereitwillig beantworteten sie ihre zahlreichen Fragen.

Sogar Dimitri Sergejew, der am zweiten Tag auf See, einigermaßen wiederhergestellt von seinem Mordskater, erschienen war, hatte sich als sehr gesittet und hilfsbereit erwiesen. Nach anfänglichen Bekundungen, wie entzückt er sei, seine ›kleine Prinzessin‹ an Bord vorzufinden, hatte er sich zuvorkommend und ritterlich um sie bemüht. Und seine wilde Entschlossenheit, sich bei Raven in gutes Licht zu setzen, hatte es ihr äußerst schwergemacht, ihn nicht zu mögen.

In Wahrheit mußte sie, wie sie bald feststellte, sich gewaltsam daran erinnern, daß es sich bei den Besatzungsmitgliedern der *Orient Star* um Schmuggler handelte, um verwegene Burschen, die um eines Vorteils wegen bereitwillig töten würden.

Nur die sardonische Grausamkeit Charles St. Germains paßte in Ravens Augen zu seinem Seeräubertum. Seit ihrer Abreise aus Bombay vor mehr als einer Woche hatte sie kein Wort mit ihm gewechselt, und jedes Mal, wenn sie sich zufällig auf dem blitzblanken Deck begegneten, pflegte sich Raven mit einer arroganten Kopfbewegung abzuwenden. Insgeheim erwartete sie den erneuten Vorwurf, sie würde seine Mannschaft von der Arbeit abhalten. Aber er hatte nichts gesagt, obwohl sie seinen nervenaufreibenden, angespannten Blick von Zeit zu Zeit auf sich ruhen fühlte. Sie war noch immer davon überzeugt, daß sie die nötigen Beweise finden würde, um ihren Verdacht gegen ihn zu belegen. Doch obgleich sie einige seiner Offiziere hoffentlich unschuldsvoll genug ausgehorcht hatte, war ihr dabei nur klargeworden, daß sie ihn ausnahmslos respektierten. Einige verehrten ihn gar. Raven, dieser endlosen Lobeshymnen schnell müde, erwähnte ihn nicht mehr und nahm sich vor, auf eigene Faust so viel wie möglich über die Fracht in den Laderäumen der *Orient Star* herauszufinden, insbesondere über die Rumfässer, die vor so vielen Monaten am Strand von North Head entladen worden waren.

»Miß Barrancourt?«

Vor Raven und Geoffrey Lytton stand Ewan Fletcher, der Kabinensteward. »Der Captain bittet Sie aufs Achterdeck, Miß Barrancourt!«

Raven sah absichtlich nicht zum oberen Deck hoch, da sie genau wußte, daß Charles St. Germain mit einem zynisch belustigten Lächeln auf sie herabschauen würde. Zweifellos wollte er sie wegen ihres Gesprächs mit dem Bootsmann zurechtweisen. »Vielen Dank, Mr. Fletcher«, erwiderte sie freundlich, ohne ihre Verärgerung zu zeigen.

Während sie auf ihn zuging, sah Charles St. Germain den entschlossenen Zug um ihren Mund. Es erheiterte ihn, daß sie wie ein Duellant Kampfstellung gegen ihn bezog, einen

Gegner, den es mit allen Kräften einzuschüchtern und zu bekämpfen galt. Doch sein amüsiertes Lächeln erlosch, als er sich fragte, warum eine offensichtlich gebildete, wohlhabende junge Frau wie Raven Barrancourt sich derart vehement in einen Schlagabtausch mit einem Klipperkapitän stürzte.

O ja, sie verhielt sich in der Tat kriegerisch. Seit die *Orient Star* in Bombay Segel gesetzt hatte, war Charles mit zahlreichen eisigen Blicken bedacht worden. Hingegen behandelte sie seine Leute geradezu übertrieben liebenswürdig. Durch ihre albernen Reaktionen auf Raven Barrancourts Grübchenlächeln erstaunten und verärgerten sie Charles. Sie führten sich eher wie törichte, zum ersten Mal verliebte Schulbuben auf statt wie erfahrene Seeleute. Selbst Fletcher, sein wortkarger Steward, der gewöhnlich alle Frauen als entbehrliche Fracht zu verachten neigte, und Dimitri, der sonst hinter jedem Weiberrock lediglich mit schnellen Eroberungsgelüsten herjagte, werfen sich Raven buchstäblich zu Füßen.

Welches Durcheinander diese rätselhafte Schönheit mit dem glänzenden Haar auf meinem friedlichen Schiff angerichtet hat, dachte Charles gereizt, dem keineswegs entging, daß viele Augenpaare Ravens geschmeidiger blaugekleideter Gestalt folgten, als sie das Deck überquerte. Zum Glück würde sie in Kasur von Bord gehen. Noch ein wenig länger, und er hätte nichts als einen unnützen Haufen grinsender liebeskranker Idioten auf dem Hals. Und doch konnte man Raven Barrancourt für ihre unbewußte Anziehung auf das männliche Geschlecht nicht wirklich verantwortlich machen, denn selbst Charles mußte zugeben, daß ihre zarte Schönheit und ihre feurigen Augen einen atemberaubenden Anblick boten und daß sie ihre hinreißenden Blicke nie anmaßend einsetzte.

Oder etwa doch, fragte er sich, während sie mit hocherhobenem Kinn vor ihm stehenblieb, als wollte sie ihm absichtlich freie Sicht auf ihre schönen Züge ermöglichen. Die bemerkenswerten Augen blickten frostig, die dunklen geschwungenen Brauen zogen sich finster zusammen. Charles spürte ihre Abneigung gegen ihn deutlich und wunderte sich mit erneuter Verstimmung, wie der harmlose Zusammenstoß in Bombay ihr Grund zu solchem Groll geben konnte. Von den bewundernden Bemerkungen seiner Leute, einschließlich Sergejews, und den unbeschwerten, lebhaften Gesprächen zwischen Raven Barrancourt und seinen Offizieren beeinflußt, die er Tag für Tag auf dem Hauptdeck seines Schiffs beobachtete, hatte Charles widerwillig sein anfängliches Urteil über ihre vermeintliche Eitelkeit und Launenhaftigkeit revidiert. Aber bewies nicht ihre fortdauernde Feindseligkeit gegen ihn, daß sie nicht über dem kleinlichen Ärger stehen konnte, den er damals im Basar, als ihr bei jenem unglücklichen Zwischenfall Haube und Fassung zugleich abhanden gekommen waren, mit seinem Lachen in ihr entfacht hatte?

»Sie wollten mich sprechen, Captain?« Die sonst so süße Stimme klang eisig, was Charles beträchtlich erboste.

»Ja, Miß Barrancourt.«

»Ich bitte Sie inständig um Verzeihung, weil ich die Dienste Ihres Bootmanns für eine ganze Geographiestunde beansprucht habe.« Herausfordernd sah sie ihn an. »Da ich noch nie zuvor in Indien weilte, mögen Sie vielleicht so großzügig sein, dies eine Mal meine Neugier zu entschuldigen.« Ihr verächtlicher Ton zeigte an, daß sie ihn dessen für völlig unfähig hielt.

Captain St. Germains smaragdgrüne Augen funkelten. »Ich interessiere mich überhaupt nicht für Ihre Unterhaltung mit Mr. Lytton, Miß Barrancourt. Statt dessen möchte ich Sie und Mrs. Daniels zum Abendessen in meine Kajüte einladen, wie es mein Brauch ist, sobald ich das Gefühl habe, daß sich meine Passagiere gut an ihre neue Umgebung gewöhnt haben.«

Raven biß sich fest auf die Unterlippe, und beim Anblick der rosigen Farbe, die sich auf ihren Wangen ausbreitete, empfand Charles einen Augenblick lang Genugtuung. »Erscheint es zu vermessen von mir, das Essen auf sieben anzuberaumen, da es nun beinahe fünf Uhr ist?«

»Selbstverständlich nicht. Sie sind zu gütig, Captain, und ich danke Ihnen auch in Mrs. Daniels' Namen«, antwortete Raven mit ruhiger Stimme. Nur die Röte auf ihrem zarten Gesicht legte Zeugnis von ihrer Verwirrung ab.

»Dann erwarte ich Sie um sieben«, erwiderte er gleichermaßen höflich, die grünen Augen voll heiterem Spott.

Raven erkannte, daß sie verabschiedet worden war, und wandte sich erleichtert ab. Unentwegt spürte sie den eindringlichen Blick dieses Teufelskerls im Rücken, als sie die Leiter hinabstieg und betont gleichgültig über das Hauptdeck schritt, ehe sie nach unten verschwand. Doch in der Abgeschlossenheit ihrer Kabine stampfte sie erst einmal verärgert mit dem zierlichen Fuß auf und schickte gehörige Verwünschungen zum Himmel.

»Oh, dieser gräßliche Mensch, er hat mich doch nur eingeladen, damit ich wegen der Unterhaltung mit Mr. Lytton eine Närrin aus mir mache! Wie es sein Brauch ist – in der Tat!«

Sie stampfte abermals auf, da sie die alberne Wirkung ihres hochmütigen Ausbruchs erkannte. »Ich hätte ablehnen sollen«, murmelte sie verstimmt, doch im nächsten Atemzug gestand sie sich ein, daß sie sich auf das Dinner freute. Die Abende an Bord der *Orient Star* verliefen anerkanntermaßen ziemlich langweilig, und ihre Unruhe hatte in letzter Zeit zugenommen, was Raven dem abwechslungsarmen Leben voller Einschränkungen auf dem von der Außenwelt abgeschnittenen Segelschiff zuschrieb. Wie lange ist es schon her, fragte sie sich, als sie ans Bullauge trat und die zerklüftete Kette der Sulaiman-Berge langsam vorbeiziehen sah, seit ich das letzte Mal auf Cinnabar über die Heiden von Cornwall galoppiert bin?

Es wäre auch nett, dachte sie wehmütig, wenn sie einmal baden könnte, anstatt sich im Stehen mit Schwamm und grober Seife an der Porzellanschüssel auf dem Toilettentisch unter dem Bullauge zu waschen. Ihr Bad war ein Luxus, den sie arg vermißte, und ihre verzärtelte, an die vorzüglichsten von Hand fabrizierten schottischen Seifen gewöhnte Haut wurde jedes Mal gereizt, wenn sie sich zähneklappernd mit Kernseife abschrubbte. Aber Raven, der ihr ungestümes Naturell früher so viel Kummer beschert hatte, kannte seit dem Tode ihres Vaters die Sinnlosigkeit unerfüllbarer Wünsche. Und sie verdrängte gewaltsam die Vorstellung an ein dampfendes, lavendelduftendes Sitzbad, indem sie sich mit eiserner Disziplin befahl, ein geeignetes Kleid auszuwählen, ehe sie die Zeit und das Abendessen beim Kapitän völlig vergaß.

Raven hatte nie die leidenschaftlichen Küsse und Liebkosungen Charles St. Germains in jener Nacht am dunklen Strand vergessen. Und es ärgerte sie beträchtlich, daß sie bei keiner einzigen Begegnung mit ihm diese Erinnerung aus den Gedanken verbannen konnte, daß ihr ein seltsames Prikkeln durch den Leib fuhr, als ob es erst gestern nacht geschehen wäre und nicht schon vor Monaten. Warum er derartige Gefühle in ihr entfachte, wo sie ihn doch noch viel weniger ausstehen konnte als den widerlichen Nathaniel Rogers, dessen Küsse sie lediglich verärgert hatten, blieb ihr ein Rätsel, das sie allerdings nicht gern entschlüsseln wollte. Statt dessen pflegte sie eilends daran zu denken, wie er sich damals auf ihre Kosten erheitert hatte, als der betrunkene, tölpelige Sergejew sie mit sich auf die feilgebotenen Zwiebeln hinuntergerissen hatte. Jedesmal freute sie sich, wenn die Wut darüber die unerwünschten Erinnerungen fortfegte.

»Zum Teufel mit ihm«, sagte sich Raven, fest entschlossen, nicht bei einem so verhaßten Thema wie dem Kapitän der *Orient Star* zu verweilen. In einem Anfall von Ungeduld zog sie aufs Geratewohl ein Kleid heraus und hielt es prüfend an ihren Körper. Es war eine Abendrobe aus weinroter Moiréseide, die im weichen Laternenlicht geheimnisvoll schimmerte. Nach einiger Überlegung kämmte sich Raven mit geschickten Händen das Haar aus dem Gesicht, schlang es zu einem Chignon im Nacken und befestigte die schwere, schwarze Fülle mit ihren geliebten Perlmuttkämmen.

Als sie die Schiffsglocke sechsmal am oberen Deck klingeln hörte, verließ sie ihre Kabine und klopfte bei Danny an, die sich gerade geschäftig für das große Ereignis herrichtete. Danny machte ihr keine Komplimente über ihr atemberaubendes Aussehen, als sie flink die Haken und Ösen schloß, an die ihre junge Herrin selbst nicht herangekommen war. Aber Raven kannte das zufriedene Schweigen gut genug, um zu wissen, daß Danny ihre Aufmachung überaus billigte.

»O Miß Raven, ist das nicht wundervoll? Eine Abendeinladung beim Captain!«

Raven warf der Gouvernante einen wachsamen Blick zu; sie wußte, daß Danny von dem arroganten Kapitän eingenommen war – erstaunlicherweise, denn die alte Frau fiel nicht so leicht auf ein vorgetäuscht ritterliches Benehmen und ein auffallend attraktives Gesicht herein.

Wenn sie nur die Wahrheit über ihn ahnte, dachte Raven, aber sie hätte sich lieber die Zunge abgebissen, als ihren Verdacht zu erwähnen.

»Wenn du dich jetzt nicht beeilst, kommst du zu spät«, schalt sie, als Danny sich partout nicht für einen Schal entscheiden konnte.

»Gehen Sie nur voraus, Miß Raven, ich komme in einer Minute nach«, lautete die gequälte Antwort, und Raven zog sich mit einem nachsichtigen Lächeln zurück.

Captain St. Germains Kajüte lag am anderen Ende des kurzen Korridors, und Raven klopfte in der sicheren Überzeugung, als letzter Gast vor Danny einzutreffen, unerschrocken an die dicke Holztür.

»Herein!« rief die tiefe, bekannte Stimme, und Raven trat mit wogenden Seidenröcken gehorsam ein. »Ich muß sagen, ich bewundere Pünktlichkeit bei Damen, Miß Barrancourt.«

Verwirrt schaute sich Raven in der geräumigen Kabine um, da sie zwar Charles St. Germain sprechen hörte, aber niemanden sah. Der Tisch unter dem Heckfenster war bereits gedeckt, und Laternen verströmten weiches Licht, aber auf den Stühlen um den Tisch saß noch niemand. Als Schritte aufklangen drehte sie sich um und sah Captain St. Germain hinter einem in leuchtenden Farben lackierten japanischen Paravent mit glänzenden handgemalten Drachen hervortreten.

»Ich dachte eigentlich, das schöne Geschlecht käme immer mit geziemender Verspätung«, fügte er hinzu, aber Raven, die auf seinen Anblick nicht vorbereitet war, nahm seine süffisanten Worte kaum wahr. Captain St. Germain trug ein preußischblaues Jackett mit Seidenrevers, das sich über seinen schmalen Hüften bauschte und sich eng um die breiten Schultern schmiegte. Die knappen Hosen waren farblich dazu abgestimmt, und in seiner schneeweißen Halsbinde glitzerte ein Saphir. Sein brünettes, sonst verwegen vom

Wind zerzaustes Haar war ordentlich gekämmt und lockte sich bis zum geschmackvollen feinen Leinenkragen. Wie er so groß neben ihr aufragte, hätte er ein Lord aus altem Adel bei einem hochoffiziellen Anlaß in London sein können; doch die kraftvolle Männlichkeit, die von ihm ausging, sein sonnengebräuntes Gesicht und das gebleichte Haar, seine starke, unerschöpfliche Energie wiesen ihn als Mann der Elemente und nicht als Produkt eines stickigen, verzärtelnden Stadtlebens aus.

Raven konnte kaum die Veränderung an ihm fassen und merkte nicht, daß er sie mit demselben stillen Unglauben betrachtete, wobei er die Augen zusammenkniff. Der geschwungene Ausschnitt ihres Seidenkleids enthüllte den weißen Ansatz ihrer vollen Brüste und die schmalen Schultern, und der modische Pariser Schnitt betonte die geschmeidigen Linien ihrer Hüften und zierlichen Taille. Wieder wurde Charles von ihrer unbewußten Sinnlichkeit gefesselt. Ihr Körper schien ihn anzulocken, zu verspotten; er drehte sich brüsk weg und wies schroff auf den leeren Tisch. »Wie Sie sehen, sind Sie der erste Gast.«

»Aber es ist bereits nach sieben«, erwiderte Raven und riß sich endlich von der eindrucksvollen Gestalt vor ihr los, wütend über ihre seltsamen Empfindungen, während er lässig seine Krawatte zurechtzupfte. Dabei betonte die üppige weiße Spitze an der Manschette die Sonnenbräune seiner Hand. Aus irgendeinem Grund mußte sie bei diesem Anblick daran denken, wie diese Hand ihre Brüste erregend berührt, wie seine kraftvollen Finger ihren nackten Leib liebkost hatten, und sie biß sich fest auf die Unterlippe.

»Gewiß haben Sie in Ihrem Leben schon genug gesellschaftlichen Ereignissen beigewohnt, um zu wissen, daß man stets zu spät erscheinen sollte«, mokierte sich Captain St. Germain.

»Keineswegs«, stieß Raven mit unerklärlicher Heftigkeit und frostigem Blick hervor. »Mein Vater pries immer die Vorzüge der Pünktlichkeit. Und da ich noch nicht offiziell in die Gesellschaft eingeführt wurde, Captain, habe ich leider die verfeinerten Gepflogenheiten, die Sie anscheinend für so wichtig halten, noch nicht erlernt.«

Charles hob in spöttischem Erstaunen die Brauen, während ihn Ravens Eingeständnis ihrer Jugend überraschte. Obwohl auf ihren zarten Zügen eine anrührende Unschuld lag, besaß sie Würde und Auftreten einer erwachsenen Frau – eine Reife, die durch die klassische Schönheit ihres ebenmäßigen Gesichts, durch das aus der glatten Stirn gestrichene glänzende Haar und ihre vollen, fraulichen Brüste, die sich unter dem schimmernden Seidenmieder abzeichneten, noch hervorgehoben wurde.

Eine Antwort auf Ravens spitze Bemerkung konnte er nicht mehr anbringen, denn in diesem Augenblick erklangen sanfte, melodiöse Töne, die den Raum mit einer so unirdischen Schönheit erfüllten, wie Raven sie noch nie wahrgenommen hatte. Zuerst dachte sie, die lieblichen Laute stammten von einem kostbaren Musikinstrument, doch dann erkannte sie, daß der Klang für menschliche Kunst viel zu rein, die Melodie viel zu zart war. Fragend blickte sie in Charles St. Germain markantes Gesicht; ihren Topasaugen, deren Tiefe vor Freude strahlten, fehlte dies eine Mal die übliche Feindseligkeit. »Was ist das?« hauchte sie.

Als Antwort trat Charles zum Fenster, zog den blanken hölzernen Rolladen hoch und enthüllte einen vergoldeten Käfig mit einem kleinen, dunkelbefiederten Vogel. Raven trat neben ihn und betrachtete mit Verwunderung das Wesen, aus dessen Kehle die schmerzlich schöne Melodie gedrungen war. Im Laternenlicht glänzte sein Gefieder ebenso dunkel wie Ravens Haar, es neigte das Köpfchen zur Seite und schaute Raven ganz unerschrocken an.

»Was ist das?« wiederholte Raven wißbegierig.

»Eine schwarze Nachtigall, und es erstaunt mich, daß sie Ihnen ein Ständchen brachte«, erklärte Captain St. Germain. »Normalerweise schüchtert sie der Klang einer unbekannten Stimme ein.«

»Ich wußte nicht, daß diese Vögel so dunkles Gefieder haben«, meinte Raven verwundert.

»Das haben sie normalerweise auch nicht. Sie ist wohl einzigartig.«

»Wie ist es Ihnen gelungen, sie zu fangen?«

»Sie hatte sich einen Flügel gebrochen und suchte letztes

Jahr während eines Sturms vor der afrikanischen Küste auf meinem Schiff Zuflucht. Vermutlich befand sie sich gerade auf ihrem Flug ins Winterquartier, und der Monsun schleuderte sie in die Takelage.« Charles' Stimme klang merkwürdig rauh, denn er hatte sich herabgebeugt, um Ravens Frage besser zu verstehen, und dabei den starken, süßen Duft ihres nachtschwarzen Haars eingeatmet.

Raven, die sich mit einemmal seiner Nähe bewußt wurde, wich vor ihm zurück. »Sie sollten sie freilassen, nachdem sie jetzt gesund ist«, meinte sie vorwurfsvoll.

»Dann würde die *Orient Star* vom Unglück verfolgt«, erwiderte Charles beiläufig, ließ den Rolladen herunter und versperrte Raven so die Sicht auf den vergoldeten Käfig.

Sie warf ihm einen höhnischen Blick zu. »Ich wußte nicht, daß Sie derart abergläubisch sind, Captain. Dies habe ich immer als Merkmal mangelnder Intelligenz betrachtet.«

Er lächelte mit gleichem Hohn zurück, doch lag in den smaragdgrünen Augen auch eine unmißverständliche Warnung. »Lassen Sie das meine Besatzung nicht hören, Miß Barrancourt. Sie mögen alle gebildet und vernunftbegabte Menschen sein, aber als Seeleute hängen sie auch am Althergebrachten. Wenn sie es vorziehen zu glauben, daß die *Orient Star* unter einem glücklichen Stern segelt, solange diese Nachtigall in meiner Kajüte singt, wie können Sie sich erdreisten, diese Überzeugung in Zweifel zu ziehen?«

Ihr blieb eine Verteidigung erspart dank des ungestümen Klopfens Dimitri Sergejews, der in gewohnt furchteinflößender Größe eintrat, diesmal aber in der gepflegten Aufmachung mit seinem Kapitän durchaus wetteiferte. Das lange Haar und den üppigen Bart hatte er sorgfältig gekämmt, auf seinem dunklen Sergeanzug prangten auffallende blanke Messingknöpfe, und er neigte sich mit unverblümter Bewunderung und dandyhafter Manier über Ravens Hand. »Kristos, kleine Prinzessin, versuchen Sie einen alten Matrosen mit Ihrer Schönheit zu blenden?« fragte er und nahm sich die Freiheit, den Blick über Ravens in Seide gehüllte Gestalt schweifen und einen Augenblick lang sehnsüchtig auf ihrer grazilen Taille und dem sanft gerundeten Busen verweilen zu lassen.

Sie schenkte ihm ihr reizendes Grübchenlächeln, das Charles, der sie aufmerksam beobachtete, ihr bisher noch nie hatte entlocken können. Seine Augen verengten sich, ein Warnsignal, das sein Erster Offizier, wie immer empfindsam für die Stimmungen seines Kapitäns, schnell bemerkte. In der Annahme, er habe möglicherweise seine Grenzen überschritten, richtete er sich eilends auf und ließ Ravens zarte Hand los. Doch konnte er nicht widerstehen und bat, sie möge sich von ihm an den Tisch geleiten lassen. Sie willigte gern ein und legte ihm die zierlichen Finger leicht auf den mächtigen Arm, als er sie die paar Schritte zum Tisch führte.

Die Ankunft von Geoffrey Lytton und Jason Quintrell, beide ebenso wie ihr Kapitän und vorgesetzter Offizier prächtig gekleidet, lockerte die Spannung, die den Raum erfüllt hatte. Raven empfand große Erleichterung, weil sie solch eine elegante Robe trug, denn die Herren hatten in bezug auf Aufmachung und Aussehen offensichtlich keine Mühen gescheut. Und als sie den Blick von einem der schmuck zurechtgemachten Offiziere zum andern wandern ließ, konnte sie kaum glauben, daß diese Männer zu allem entschlossene Schmuggler jenseits von Recht und Gesetz sein sollten. Nur Captain St. Germain konnte, wie üblich, jenen begründeten Verdacht nicht entkräften. Als er sich neben sie setzte, gemahnte er Raven mit seiner schier bedrohlichen Energie an seinen dominanten Charakterzug – daß er sich nur nach eigenem Gusto einem Gesetz beugte und Menschen, Geschehnisse und selbst das Schicksal nach seinen unredlichen Absichten formte.

Mit Dannys Erscheinen einige Minuten später war die Tafelrunde vollständig versammelt. Nachdem die Herren sich zu ihrer Begrüßung erhoben hatten, setzte sich die unter ihren Schmeicheleien errötende ältere Frau mit raschelnden Bombasinröcken nieder.

Raven war sich der Blicke, die auf ihr ruhten, nicht bewußt, doch Charles nahm sie mit zunehmendem Ärger wahr. Noch nie hatten seine Leute in seiner Gegenwart eine Frau derart angehimmelt, vor allem nicht ein so egozentrisches, scharfzüngiges Frauenzimmer wie Raven Barrancourt.

Eingebildetes kleines Ding... Ließen sie sich wirklich von

diesen treuherzigen goldbraunen Augen und dem Grübchenlächeln hinters Licht führen, oder wollten sie absichtlich die Tatsache übersehen, daß Raven gerissen die Unschuld vom Lande spielte und ihre offensichtliche Macht über die Männer genoß?

»Miß Barrancourt, Sie haben uns übrigens noch nie erzählt, weshalb Sie so weit ins Landesinnere Indiens reisen«, bemerkte Geoffrey Lytton mit aufmerksamen Blick.

»Ich muß eine dringende Angelegenheit mit meinem Vetter in Lahore regeln«, erläuterte Raven. Eigentlich widerstrebte es ihr, Einzelheiten zu erzählen. Doch das freundliche Nachhaken sowohl des Bootsmannes als auch des bewundernden Frachtaufsehers und die offenkundige Anteilnahme der beiden erweckten ihr Vertrauen, so daß die ganze unglückselige Geschichte ohne weiteres Drängen aus ihr heraussprudelte. Sie berichtete kurz und ohne Tränen vom tragischen Tod ihres Vaters. Nur Charles bemerkte den brüchigen Ton in ihrer sanften Stimme. Die Erwähnung der gräßlichen Absichten Squire Blackburns riefen bei Geoffrey und Jason entrüstetes Gemurmel, bei Dimitri Sergejew einen empörten Aufschrei hervor.

»Ich weiß, was es heißt, die Heimat zu verlieren, kleine Prinzessin«, erklärte er ihr, die schwarzen Augen voll Wehmut. »Einst besaß ich ein ebenso großes Haus wie Ihr North Head, aber jung und hitzköpfig, wie ich war, schätzte ich eine törichte Sache höher ein als das Land meiner Vorväter.«

»Dimitri kämpfte im Dekabristenaufstand«, erläuterte Geoffrey Lytton zu Ravens Überraschung, die aus dem Geschichtsunterricht wußte, daß diese Revolte vor nahezu einem Vierteljahrhundert von unzufriedenen Adligen nach dem Tod Alexanders I. angestiftet worden war.

Sergejew, der ihren fragenden Blick bemerkte und richtig deutete, lachte, wobei sein wuchtiger Brustkorb so sehr zitterte, daß Raven schon damit rechnete, die blanken Messingknöpfe würden abspringen. »In der Tat, kleine Prinzessin, der Ihnen ergebene Dimitri war einst ein Kosakenfürst und Herr über sehr viele Hektar fruchtbaren russischen Bodens.«

Raven konnte sich den feurigen Sergejew als Kosaken gut vorstellen; denn sie wußte, daß aus ebendiesem slawischen

Volksstamm wilde, unerschrocken, weithin berühmte Reiter und Soldaten hervorgegangen waren, die das Haupt vor niemandem beugten. Plötzlich erschien er ihr in anderem Licht. Sie sah in ihm nicht den trinkfreudigen Schürzenjäger, als den sie ihn kennengelernt hatte, sondern einen stolzen Adligen, einen entthronten Fürsten, der alles einer Sache wegen, an die er geglaubt hatte, verloren hatte. War er deshalb auf Gedeih und Verderb mit Charles St. Germain verbunden? Wegen der unbestreitbaren Geistesverwandtschaft zwischen den beiden? Ihre goldbraunen Augen begegneten den dunklen, von buschigen Brauen überschatteten, und irgendwie schien Dimitri ihre Gedanken zu erahnen. Er nahm sein Glas und zwinkerte ihr zu. »Fürchten Sie nicht, North Head zu verlieren, kleine Prinzessin, denn wenn Sie je für seine Wiedererlangung Hilfe brauchen, erhebt Dimitri Sergejew sein Schwert für Sie.«

Die ritterlichen Worte, die sie normalerweise zum Lachen gebracht hätten, erwärmten Raven das Herz, denn sie erkannte ihre Aufrichtigkeit; und zum ersten Mal seit dem Tod ihres Vaters spürte sie, daß sie jemanden gefunden hatte, auf den sie sich verlassen konnte. Offensichtlich las man ihr einige ihrer Empfindungen vom zarten ebenmäßigen Gesicht ab, denn Charles St. Germain stellte nach einem kurzen Blick sein Glas ab und bemerkte in arrogantem, absichtlich beleidigendem Ton. »Warum küßt du der Dame nicht gleich den Rocksaum, Dimitri, um den Handel zu besiegeln, oder bittest sie um ein Strumpfband? Das könntest du dann als Wehrgehenk tragen.«

Für einen Augenblick herrschte spannungsgeladene Stille. In Sergejews Gesicht schoß die Röte, Charles Teufelsaugen glitzerten herausfordernd, während Jason Quintrell erbleichte und Danny erregt am Spitzenbesatz ihres Ärmels herumnestelte.

»Wenn Mr. Sergejew mir seinen Beistand anbietet«, brach Raven das Schweigen, »dann ist es mir eine Ehre, dies anzunehmen.«

Ihr aufrichtiges Lächeln, die Wärme in ihren Augen verbannten rasch den Ärger, der in Dimitris Herzen aufstieg und hauptsächlich von Verwirrung herrührte. Denn zum ersten Mal in seiner langen Bekanntschaft mit Charles St. Germain konnte er die Gründe für dessen barsches Verhalten nicht erkennen. Die angespannte Atmosphäre verflog. Wie ein treuergebener Bernhardiner strahlte Dimitri die schöne junge Frau an. »Sergejew gibt nie ein Versprechen, das er nicht einzuhalten gedenkt, mein Kleines, und von nun an müssen Sie mich Dimitri nennen, da ich einen Schwur auf die Verteidigung Ihrer Ehre und Ihres Lebens abgelegt habe.« Auf das bärtige Gesicht trat ein charmantes Lächeln. »Wenn Ihnen das nicht gefällt, hätte ich aber nichts dagegen, von Ihnen Liebling genannt zu werden.«

Selbst der gleichmütige Geoffrey Lytton stimmte in das Lachen ein, das die Spannung endgültig vertrieb, während Captain St. Germain gedankenversunken die Lippen zu einem sardonischen Lächeln verzog. Das Gespräch floß ungezwungen dahin, der Wein reichlich, und die Gerichte, die der ausnahmsweise heitere Ewan Fletcher auftrug, hielten den Vergleich mit jedem vornehmen Dinner in einem eleganten englischen Haus stand. Selbst Danny vergaß ihren niederen Rang und taute durch das galante Zureden Dimitri Sergejews und Geoffrey Lyttons auf, während Jason Quintrell das Herz auf der Zunge trug und die leuchtenden blauen Augen nicht von der schönen Raven wandte, die vergnügt lachte und plauderte und sich so glücklich wie schon lange nicht mehr fühlte.

»Etwas wollte ich Sie schon lange fragen, Captain«, verkündete Danny, die während des langen geselligen Abends ihre übliche Scheu abgelegt hatte, mit vom Wein geröteten Wangen.

»Es freut mich, Ihnen dienen zu können, Mrs. Daniels«, erwiderte Charles höflich.

Die braunen Augen schauten groß und unschuldig. »Ich fürchte, ich bin schrecklich neugierig, aber was ist denn der Grund für Ihre Reise in den Punjab? Doch bestimmt nicht die Fracht, die Sie auf Mr. Trenthams Bitte hin mitführen.«

Der Blickwechsel zwischen Dimitri Sergejew und Charles St. Germain entging Raven nicht, und ein Schauer furchtsamer Aufregung rann über ihren Rücken. Seltsam genug, beantwortete ausgerechnet Jason Quintrell die Frage. Entgegenkommend erklärte er, die *Orient Star*, obgleich sie keine Lizenz für den Warentransport der East India Company besitze, habe sich zu einer Sonderfahrt für dieses Unternehmen bereit erklärt, da das Handelsschiff, das planmäßig Seide, Indigo und Tee aus dem Landesinneren habe befördern sollen, in einem Unwetter vor der bengalischen Küste gestrandet und gesunken sei.

»Aber die East India Company verfügt doch sicherlich über genug Schiffe, die es ersetzen können«, meinte Raven, die zwar der Erklärung des Frachtaufsehers Glauben schenkte, sich jedoch insgeheim nach den wahren Beweggründen des Captain St. Germain fragte. Das Herz klopfte ihr bis zum Hals.

Womöglich hatte ihm die Company die Lizenz für den Opiumhandel erteilt, und er schmuggelte das verbotene Rauschmittel in den Westen und kehrte mit reinen Silberbarren als Bezahlung zurück. Großonkel Hadrian hatte ihr ausführlich über den verwerflichen Opiumhandel erzählt, an dem sich die East India Company aktiv beteiligte, und Ravens goldbraune Augen füllten sich mit neuen Ängsten, als sie einen Blick auf Captain St. Germains strenges, ausdrucksloses Profil warf. Wie er so in seinem Seidenstaat dasaß, mit teurer französischer Spitze an den Manschetten, und seine klassischen Züge trotz ihrer unerbittlichen Strenge an einen Menschen von edlem Charakter gemahnten, konnte man ihn schwerlich für einen Opiumtransporteur halten. Eigentlich kaum zu glauben, wenn sie nicht mit eigenen Augen das Entladen des Schmuggelrums mit angesehen hätte... Unbewußt wanderte ihr Blick hinab zu der starken, sonnengebräunten Hand auf dem Leinentuch, und sie erinnerte sich des Gefühls, als er mit diesen Händen in jener Nacht in Cornwall vor vielen Monaten ihre Hüften umfangen und seinen Körper an sie gedrängt hatte – eine Erfüllung fordernd, die Raven, sich selbst plötzlich fremd, beinahe gewährt hätte.

»...bedauerlicher Mangel an Schiffen in der Gegend«, sagte Jason Quintrell gerade, und Raven konzentrierte sich krampfhaft auf seine Worte, während sie sich der wenigen Zentimeter, die sie von Charles St. Germains breitschultriger Gestalt trennten, nur allzu bewußt blieb. »Zwischen der Company und privaten Kaufleuten besteht ein so erbitterter

Konkurrenzkampf, daß eine noch so geringe Verzögerung möglicherweise enorme Verluste für die Geldgeber mit sich bringt.«

»Ich verstehe«, antwortete Raven, brennendes Interesse heuchelnd, während sie voll Unbehagen darüber nachgrübelte, daß sie sich unter Umständen an Bord eines Opiumschiffes befand.

Der Aufbruch der Gäste eine halbe Stunde später erleichterte sie deshalb sehr. Als sie sich unter dem Knistern ihrer weinroten Röcke erhob, schwankte sie ein wenig und bemerkte, daß die smaragdgrünen Augen aufmerksam auf ihr ruhten und die sinnlichen Lippen sich belustigt verzogen.

»Vielleicht brauchen Sie auf dem Weg zu Ihrer Kabine einen Begleiter, Miß Barrancourt?« fragte Captain St. Germain mit so leiser Stimme, daß nur Raven es vernehmen konnte.

Die Röte auf ihren zarten Wangen vertiefte sich, doch die goldbraunen Augen blitzten voll Verachtung. »Nein, besten Dank, Captain. Sollte ich heute abend einen Helfer benötigen, suche ich ihn mir selbst aus.«

Zufrieden bemerkte sie, daß sich die vollen Lippen zu einer schmalen Linie zusammenpreßten, doch war sie zu berauscht vom Wein, als daß sie den bedrohlichen Zorn fürchtete, den ihre schlagfertige Antwort hervorgerufen hatte. Da sie Charles mit Absicht den Rücken kehrte, entging ihr der wütende Zug um seine Mundpartie. Anmutig dankte sie den strahlenden Offizieren für die amüsante Gesellschaft und verschwand mit der gähnenden Danny den dunklen, engen Korridor hinunter.

Da sie sich überhaupt nicht schläfrig fühlte, stieg Raven, nachdem sie Danny gute Nacht gewünscht hatte, die schmalen Stufen zum oberen Deck hoch. Dort fächelte ihr die kühle Nachtbrise das Gesicht, eine willkommene Abwechslung zu der warmen, schwülen Luft in Captain St. Germains Kabine. Ein Halbmond ging über den dunklen Berggipfeln auf, die sich bis zu den Indusufern erstreckten, und zauberte silbrigen Glanz auf die leichtbewegte Wasserfläche. Im Zwielicht wirkten die morastigen Untiefen mit einemmal perlgrau. Hier und da entlang des Flußufers funkelten Lichter von den nahen Dörfern her durch die Bäume, und die weißen Zwiebelkuppen vereinzelter Tempel reflektierten das Mondlicht mit gespenstischem Strahlenglanz. Hunde bellten, und im Schilf quakten die Ochsenfrösche. Diese Nachtgeräusche erschienen Raven fremd, die an das Pfeifen des Windes und das dumpfe, ferne Brandungsrauschen gewöhnt war.

Oben schlug eine Falltalje rhythmisch gegen die Rahe, und die steife Leinwand knatterte im auffrischenden Wind. Raven, die in der kühlen Nachtluft ein wenig fröstelte, ging über das verlassene Deck leewärts zur Reling.

Als sie achtern um die Hauptkabine ging, versperrte ihr eine große, aus den Schatten kommende Gestalt den Weg. Da Raven nicht mehr rechtzeitig zurücktreten konnte, prallte sie gegen Charles St. Germains harten Brustkorb. Sie wich hastig zurück, und der volantbesetzte Rocksaum, der unter die schweren Stiefel des Kapitäns geraten war, zerriß. Bestürzt schrie sie auf und starrte ihren Widersacher vorwurfsvoll an.

»Ich bitte um Verzeihung, Miß Barrancourt«, bemerkte er in seinem arroganten, höchst aufreizenden Tonfall. »Man könnte fast meinen, daß unsere zufälligen Begegnungen stets eine Beschädigung Ihrer Kleidung mit sich bringen.«

In der Erkenntnis, daß er an dem Mißgeschick nicht allein schuld war, verkniff sie sich eine wütende Antwort. Durch den Wechsel von Licht und Schatten dank der an einer Kabinenwand hin und her pendelnden Laterne nahm sein attraktives, hageres Gesicht eine furchteinflößende Härte an. Seine kühne Hakennase schien nun deutlicher hervorzutreten, und die smaragdgrünen Augen glitzerten verwegen. Da er das maßgefertigte Jackett abgelegt hatte, stand er nun in Hemdsärmeln neben ihr, und der Wind zerrte an seinen brünetten Locken.

Als er ihre erboste Miene bemerkte, zuckte es um die vollen Lippen. »Nanu? Keine vernichtende Antwort?« fragte er spöttisch. »Oder wollen Sie die Rolle der vornehmen jungen Lady, in die Sie so trefflich beim Abendessen schlüpften, weiterspielen? Ah, fast hätte ich's vergessen«, fügte er schonungslos hinzu, »Ihre an mich gerichtete Abschiedsbemerkung sollte Beweis genug sein, daß prachtvolle Kleider keineswegs zwangsläufig eine Lady ausmachen.«

»Was wissen denn Sie schon über Frauen von vornehmer Herkunft?« fragte Raven spitz und wiederholte unbewußt ihre verächtlichen Worte, mit denen sie in jener windgepeitschten Nacht am Strand von North Head seine mangelnde Vertrautheit mit Damen von Stand konstatiert hatte.

Charles' zerklüftetes Gesicht erstarrte, die grünen Augen verengten sich, als er in das erhobene ebenmäßige Antlitz schaute, dessen gerötete Wangen und wilden Raubkatzenaugen von mattem Licht erhellt wurden. Der Wind spielte mit Ravens blauschwarzen Locken, die ihr sanft in die Schläfen fielen, die vollen Brüste hoben und senkten sich unter der schimmernden Moirérobe. Ein ungläubiger Aufschrei entkam ihm, eine schwer faßbare Erinnerung, die mit Raven Barrancourts seltsam vertrautem Aussehen verbunden war, regte sich in ihm und brach sich schließlich mit ungeheurer Gewalt Bahn.

Auf einmal befand er sich wieder auf dem gefährlichen felsigen Strandstück, der Atlantik dröhnte im Hintergrund, das junge Mädchen, das mit unglückselig scharfen Augen ihn und seine Leute entdeckt hatte, bebte wie ein verängstigtes Vögelchen in seinen Armen. Wie oft hatte er in den folgenden Tagen und Wochen über seine unerklärlich heftige Reaktion auf ihren atemberaubend und unirdisch nymphenhaften Körper nachgesonnen ... Sogar jetzt konnte er sich gut an ihre weichen Lippen unter den seinen erinnern, an ihre in seine Hände drängenden Brüste, an seine heißen Lenden, das pochende Blut in seinen Adern.

»Um Himmels willen, Mädchen, warum haben Sie vor der Abfahrt der *Orient Star* niemandem etwas erzählt?« fragte er schneidend.

Aus Ravens zarten Wangen wich das Blut, ihre Augen weiteten sich, und Charles konnte ihrem Gesicht klar das aufkeimende Verstehen ablesen. Aber mit bewundernswerter Leichtigkeit erholte sie sich und straffte die Schultern. »Zweifellos müssen Sie zugeben, daß ich mich damit blamiert hätte, Captain. Wer würde mir denn ohne Beweis glauben?«

»Und doch sind Sie mit uns losgesegelt – obwohl Sie über uns Bescheid wußten?« Hohn erfüllte die grünen Augen.

»Meine Aufgabe in Indien wiegt weitaus schwerer als

meine moralischen Bedenken gegen Ihr Schiff und Ihre Mannschaft.«

»Aha, die Beschaffung des Geldes, um Ihr geliebtes North Head zu retten. Ich muß gestehen, das Gebäude hat mich beeindruckt. Was würden wohl Dimitri und die anderen sagen, wenn sie wüßten, daß wir uns beim Abendessen über dasselbe Anwesen unterhielten, auf dem wir eine Ladung Rum entluden?«

Anklagend stieß sie hervor: »Sie haben Rum auf meinen Besitz geschmuggelt, Captain, ein unverzeihliches Vergehen, für das Sie unbedingt bestraft werden müssen.«

Sehr zu ihrem Ärger warf Charles den Kopf in den Nacken und lachte schallend. »Also deshalb haben Sie eingewilligt, mit uns zu segeln! Wie schlau von Ihnen, den vernichtenden Beweis ausgerechnet an Bord des Verbrecherschiffes zu suchen!« Plötzlich schwand die Erheiterung aus seiner Stimme. »Die Fahrt hatte einen guten Zweck, Miß Barrancourt, die Ladung Rum ging an die Wirtshäuser der Umgebung, die von einem habgierigen Menschen, der die Monopolstellung über die Eigentümer innehat, mit unrechtmäßigen Alkoholabgaben belegt werden. Da die *Orient Star* gerade legal Rum aus der Karibik hergeschifft und achtzig Fässer übrig hatte, stimmte ich dem Vorschlag unseres Kanallotsen Herbert Mudge zu, den Überschuß in Cornwall auszuladen. Zweifellos erinnern Sie sich an den Mann.«

»Das nennen Sie einen guten Zweck?« wollte Raven wissen und konnte die Unverfrorenheit dieses Mannes kaum glauben.

»Sicherlich, wenn man bedenkt, wie sehr die Wirte verarmen, und alle müssen kleine Kinder ernähren. Es ist für Sie sicher von Belang zu erfahren«, fügte er mit einem unerbittlichen Grinsen hinzu, »daß der hartherzige Rumlieferant Joshua Blackburn heißt.«

Raven schnappte nach Luft, was ihn anscheinend befriedigte. Der Spott wich aus den grünen Augen. Charles ließ den Blick über ihren in Seide gehüllten Körper streifen und auf ihrem Dekolleté verweilen. »Das überrascht Sie, nicht wahr?« fragte er sanft. »Touché, denn ich muß gestehen, daß ich die leidenschaftliche junge Frau, die meine Küsse so bereitwillig erwiderte, niemals als die stolze reizbare Raven Barrancourt aus Cornwall erkannt hätte.«

»Ich fürchte, Sie geben sich Illusionen hin, wenn Sie annehmen, ich hätte Ihre Werbung in jener Nacht genossen.«

Im gedämpften Mondlicht war das erhobene Gesicht von äußerstem Liebreiz, und Charles stöhnte heiser auf, schlang die Arme um die zierliche Taille, drückte ohne auf Widerstand zu stoßen, Raven an seine breite Brust und bedeckte ihre kleinen Hinterbacken mit den Händen, so daß die knisternden Seidenröcke gegen seine muskulösen Schenkel gedrückt wurden. Sie versuchte sich loszureißen, als seine heißen Lippen sich in einem leidenschaftlichen Kuß auf die ihren senkten, aber mit seiner innigen Umarmung vereitelte er ihre Flucht.

Charles schwelgte im berauschenden Duft ihres Haars und in ihren weichen Lippen und spürte, wie die Hitze ihm wieder in die Lenden stieg. Diese überwältigende Empfindung brachte ihn zu dem Entschluß, sein Verlangen zu stillen, eine Sehnsucht, die Raven Barrancourt in bisher nie gekanntem Maße in ihm erweckt hatte. Während er Küsse von ihren noch passiven Lippen raubte, zog er ihren schlanken Leib noch dichter an seinen.

Mit der bloßen Gewalt seines Begehrens zwang er sie nachzugeben, und Raven, umfangen von seinem leidenschaftlichen Feuer, fühlte eine seltsame Schwäche. Das Dahinschmelzen ihrer Vorsätze ließ sie erbeben. Mit jedem verstreichenden Augenblick verlor sie an Widerstandskraft. Bei der Berührung der Hände, die so erfahren, zielstrebig und kühn über ihren Körper wanderten, verbreitete sich die Schwäche in all ihren Gliedern, bis ihre zitternden Knie sie nicht länger trugen und nur noch die muskulösen Arme allein sie hielten. Ihr Körper drängte sich seinem entgegen, und sein hartes Glied brannte am zarten Fleisch ihrer Schenkel.

»Raven«, flüsterte Charles heiser. Die laue, duftgeschwängerte Nachtluft Indiens verstärkte seine Empfindungen noch. »Ich muß dich besitzen, meine wilde, stürmische Raven.«

Er umfaßte ihr kleines Kinn, löste sich ein wenig von ihr

und blickte auf ihr liebliches Gesicht, ihre Topasaugen voll erwachender Leidenschaft, ihre weichen Lippen, die in Erwartung neuer Küsse bebten. In seinen Lenden wuchs noch das Verlangen, und Ravens unmittelbare Reaktion machte ihn atemlos, denn er spürte, daß auch in ihr der unwiderstehliche Wunsch nach Vereinigung ihrer beider Körper toste. Mit gesenktem Kopf suchte er wieder von ihren süßen Lippen zu kosten, als hinter ihnen auf dem Achterdeck die Schiffsglocke aufdringlich läutete und mit acht widerhallenden Schlägen den Beginn der Mitternachtswache ankündete. Aufgeschreckt durch das Geräusch, befreite sich Raven aus Charles' Umarmung; der plötzliche Zorn in den feurigen Tiefen ihres Blicks erinnerte ihn an die schräggestellten Augen jener unberechenbar launischen, feindseligen Katzen im Großen Palast in Bangkok.

»Sie sind durchaus die vollendete Femme fatale, meine Liebe«, sagte er in seinem aufreizenden, schleppenden Tonfall, verärgert über sich selbst, weil das Feuer noch immer in ihm loderte und sie ihn tatsächlich mit dem Haß, der aus den Topasaugen sprühte, zu verwunden vermochte. »Hofften Sie, mit leidenschaftlichen Küssen die Beweise für meine Schmugglerumtriebe erbringen zu können, wo hochmütige Gleichgültigkeit fehlgeschlagen war? Ich muß zugeben, daß Ihr erster Lehrmeister in der Liebeskunst ein durchaus routinierter Bursche war, oder täusche ich mich? Gab es deren viele?«

Die unerwartete Ohrfeige knallte wie Donner in der Dunkelheit. Ravens brüchige, unter Tränen atemlos hervorgestoßenen Worte kränkten ihn zutiefst. »Fahren Sie zur Hölle, Charles St. Germain! Bei Gott, ich schwöre, daß ich nicht eher Ruhe gebe, bis ich Sie am Galgen baumeln sehe!«

Im dämmrigen Mondschein sah er sie mit kerzengeradem Rücken über das Deck fliehen, die weinroten Seidenröcke gebauscht, das glänzende Haar zerzaust von seinen Liebkosungen. Wut kochte in ihm, und er klammerte sich haltsuchend an die Reling, als er um Beherrschung rang. Unfaßbar, wie konnte er nur zulassen, daß ihm so etwas geschah – ihm, einem Mann, der von Jugend an gewöhnt war, daß ihm die Frauen auf den kleinsten Wink parierten.

So ein verfluchtes Frauenzimmer! Offensichtlich hatte sie schon die ganze Zeit den gewinnbringenden Einsatz ihres bestens geschulten Körpers geplant, indem sie ihn mit ihrer Zurückhaltung quälte, heftig mit seinen Leuten flirtete, wann immer sie ihn als Beobachter wähnte, im Bewußtsein, daß sie jederzeit die Glut, die sie in jener Nacht an dem windgepeitschten kornischen Strand in seinen Lenden entfacht hatte, wieder aufflammen lassen konnte.

Erbost fluchte er vor sich hin. Ein grausames Lächeln zuckte um die sinnlichen Lippen, und er löste den verzweifelten Griff um die Reling. Raven konnte nicht ahnen, daß sie sich einem unbezwingbaren Gegner in die Hände gespielt hatte, daß er an Bord der *Orient Star* über alles herrschte und daß sie ihn nicht daran hindern konnte, sich das zu nehmen, was sie ihm in ihrer Heimtücke als vermeintliches Angebot heuchlerisch präsentiert hatte. Noch vor Ende der Fahrt würde er sie haben und sie so gründlich nehmen, daß nach ihm kein anderer Mann jemals wieder in diesen Genuß kommen sollte.

Allein in der Kabine, entkleidete sich Raven in völliger Dunkelheit. Niemals in ihrem Leben hatte sie solchen Zorn empfunden. Sie wünschte, sie hätte eine Pistole parat gehabt, um eine Kugel mitten durch Charles St. Germains breite Brust zu jagen. Wie konnte er es wagen, sie andeutungsweise – nein, ganz unverblümt einer ausschweifenden amourösen Vergangenheit zu bezichtigen?

Zum Teufel mit seinen Augen! Ihre Lippen waren von seinen leidenschaftlichen Küssen wund, und hilflose Wut erfaßte sie. Nie hatte ein Mann solche Empfindungen in ihr geweckt, sie nie zuvor ihres Leibes so bewußtgemacht und sie durch die Heftigkeit ihrer Reaktion verängstigt. Doch im nächsten Moment hatte er sie zurückgestoßen, sie mit verächtlichen Bemerkungen gekränkt. Tränen brannten in ihren Augen, und sie drückte ihre Nase in die frischduftenden weichen Bettücher, um den herben Geruch Charles St. Germains, der ihre Sinne überfiel, zu verdrängen.

Es bestürzte sie, daß ein skrupelloser Mann sie so in Aufruhr versetzen und ihr die Kontrolle über ihren Willen nehmen konnte. Bald würde die *Orient Star* in Kasur anlegen. Raven würde mit Danny das Schiff für ihre kurze Überlandreise nach Lahore verlassen. O Gott, bitte verschone mich bis dahin, betete sie und war nicht einmal sicher, ob sie vor den unerwünschten, doch beängstigend unwiderstehlichen Werbungen Captain St. Germains Schutz erflehte oder vor den erwachenden Sehnsüchten ihres Körpers und ihres Herzens. Es kümmerte sie nicht länger, ob sie die vernichtenden Beweise, die sie für eine Anklage brauchte, nun finden würde oder nicht. Sie wäre schon glücklich, wenn sie diese Reise unversehrt beenden könnte und ihr der teuflisch attraktive Kapitän nie wieder begegnen würde.

Ewan Fletcher pfiff eine fröhliche Melodie, als er durch den schmalen Korridor unter Deck ging, der von seiner gutgeführten Kombüse zu den Offiziersquartieren führte. Die goldene Sonne stieg an einem aprikosenfarbenen Himmel empor, der leichte Westwind wehte von den Ebenen herüber und versprach einen kühlen, klaren Morgen. Auf einem Tablett trug er das Frühstück für Captain St. Germain, frischgebackenes, köstlich duftendes Weizenbrot und heißen, starken Kaffee.

»Mr. Fletcher?«

Beim Klang der sanften Stimme drehte sich Ewan schnell um. Raven schaute hinter der Kabinentür hervor. Sie wirkte müde, die sonst rosigen Wangen ohne Farbe, die Augen dunkel umschattet, doch ihr Lächeln war wie immer herzlich.

»Einen wunderschönen guten Morgen, Miß«, begrüßte der Steward sie. »Bißchen früh auf den Beinen, was?«

»Ich konnte nicht mehr schlafen«, bekannte Raven flüsternd, um Danny, die genau gegenüber schlummerte, nicht aufzuwecken. Sie warf beim Sprechen einen verlangenden Blick auf die dampfende Kaffeekanne, und Ewan, der dies bemerkte, zwinkerte ihr verschwörerisch zu.

»Ich hole Ihnen auch eine Kanne und ein paar von meinen besonders guten Keksen, sowie ich dem Captain das Frühstück gebracht und sein Badewasser erwärmt habe.«

Auf Ravens Gesicht trat ein ergreifend sehnsüchtiger Ausdruck. »Badewasser? Captain St. Germain hat eine Badewanne an Bord?« fragte sie ungläubig.

Ewan Fletcher kannte die weiblichen Herzenstiefen gut genug, um den Grund für das Verlangen in ihrer sanften Stimme zu erahnen. »Jawohl. Einen hübschen Messingzuber hinter dem Seidenparavent in seiner Kabine. Er badet recht ausgiebig.«

»Glauben Sie«, begann Raven, brach dann aber mit betrübtem Gesicht schlagartig ab, denn sie wußte, daß ihr der Kapitän der *Orient Star* nach den Vorfällen der letzten Nacht niemals die Benutzung seiner begehrten Wanne gestatten würde. Jetzt wünschte sie, wenn auch nur um eines Bades willen, sie hätte sich besser beherrscht und ihn nicht geschlagen. Aber während sie noch ihre Tat bedauerte, loderte es widerspenstig in ihrem Herzen auf. Nein, sie war froh darüber, und ihr kribbelte die Hand zu einer weiteren Ohrfeige, wenn sie an seine arroganten, aufreizenden Worte dachte.

»Na, Sie machen ja ein Gesicht wie sieben Tage Regenwetter, Miß Raven«, schalt Ewan Fletcher angesichts ihrer finsteren Miene. »Wissen Sie was«, sprach er flüsternd weiter, »weil Sie nun schon Ihr Herz an ein Bad gehängt haben und es nicht viel bringen wird, den Captain darum zu bitten, müssen wir es eben so drehen, daß er nichts davon erfährt.«

Ravens Topasaugen weiteten sich. »Glauben Sie, wir schaffen das?«

Als er die Dankbarkeit und den Hoffnungsschimmer auf ihrem anmutigen Gesicht sah, festigte sich sein Entschluß. »Was spricht denn dagegen? Der Captain übernimmt immer von zwölf bis vier die Nachmittagswache, und wenn ich Ihnen das Wasser wärme und Sie die Tür verschließen, weiß ich nicht, wie jemand etwas dagegen haben könnte.«

Raven, die den Vorschlag gründlich prüfte, kam zu der selben Überzeugung, und die Vorfreude auf ein oder zwei genußvolle Stunden im dampfenden Wasser vertrieb ihre Müdigkeit.

In den Tagen nach dem Geheimabkommen klopfte sie jeden Nachmittag pünktlich um ein Uhr an Charles' Kabine und wurde von dem wartenden Ewan Fletcher eingelassen, der für sie umsichtig Seife, Schwämme und kuschelige

Handtücher bereitgelegt hatte und sie dann für eine Stunde in wonniger Ungestörtheit allein ließ.

Ihr gemeinsames Geheimnis ließ rasch eine Vertrautheit zwischen ihnen aufkeimen, und der mürrische, brummelige Ire fand seine Gefälligkeit durch die aufrichtige, arglose Freundschaft eines liebenswürdigen jungen Mädchens belohnt.

Doch blieben diese Machenschaften und das dazugehörige Geflüster auf dem blanken Deck oder im engen Korridor dem stets wachsamen Kapitän nicht lange verborgen. Ihre Wege hatten sich seit ihrer stürmischen Begegnung kein einziges Mal mehr gekreuzt. Aber Charles, der grübelnden Blickes verfolgte, wie Raven, das glänzende Haar in der beständig warmen Brise flatternd, mit seinen Leuten plauderte und lachte, wurde rasch ihrer zahlreichen Rücksprachen gewahr. Sein Verdacht verdichtete sich, denn seiner Ansicht nach setzte die schöne Miß Barrancourt ihren Liebreiz bewußt ein, um dem nichtsahnenden Ewan Fletcher jene Beweise zu entlocken, die sie gegen die Besatzung und den Kapitän der *Orient Star* für ihre Anklage wegen Schmuggels benötigte.

Tatsächlich hatte der schnittige Klipper in den zwölf Jahren unter seinem Kommando mehr legale Fracht als Schmuggelware befördert. Und Charles hatte, auch wenn Raven das niemals glauben würde, die Alkoholverteilung aus Joshua Blackburns Würgegriff befreien wollen, indem er den lokalen Markt reichlich mit Rum versorgte. Wer hätte geargwöhnt, daß sie dabei von einem stolzen, gerissenen Frauenzimmer beobachtet worden waren, das sich eben jetzt an Bord der *Orient Star* aufhielt und wegen eines Mißgeschicks, das sie in einem indischen Basar in Verlegenheit gebracht hatte, fanatisch auf Rache sann?

Charles wußte sehr wohl, wie es in den Herzen verwöhnter, schöner junger Frauen aussah. Gleichgültig, wie sich Raven gegenüber seinen Männern auch verstellte, er wußte, sie würde ihm seinen Verführungsversuch in jener Nacht am Strand nie verzeihen, ebensowenig die unabsichtlich von Sergejew und ihm selbst verschuldete Blamage im Basar von Bombay. Erlogen war natürlich auch der Unsinn, die Fahrt nach Lahore würde ihr derart viel bedeuten, daß sie allein, nur von einer alternden Gefährtin begleitet, an Bord eines – wie sie sehr wohl wußte – Schmugglerschiffes reiste.

Keine Sekunde lang glaubte er, daß Raven wirklich so stark an ihrem Zuhause hing – wie beeindruckend es auch immer sein mochte – um zu seiner Rettung eine Reise um die halbe Erde zu wagen. Die Frauen waren doch überall auf der Welt gleich, und er hatte in seinem Leben mehr als genug kennengelernt, um zu wissen, daß sie sich fast nur für Tand und einen wohlhabenden, vorzugsweise gutaussehenden Ehemann interessierten, der ihnen nachts das Bett wärmte. Trotz ihrer außergewöhnlichen Schönheit war auch Raven ebenso oberflächlich und hinterlistig wie ihre übrigen skrupellosen Geschlechtsgenossinnen.

»Kristos, mein Freund, wenn du noch ein bißchen grimmiger dreinschaust, erschreckst du selbst den Teufel.« Charles reagierte überhaupt nicht auf Dimitri Sergejews Fausthieb, der ihn im Rücken traf und der einen kleineren Mann zu Boden gestreckt hätte. »Welche Schandtat«, fuhr der Russe fort und stellte sich neben seinen Kapitän, »planst du gerade? Den Blick kenne ich schon, und er verheißt nie etwas Gutes.« Er ließ die schwarzen Augen blitzschnell über das untere Deck streifen, wohin sich Charles' grüblerischer Blick gerichtet hatte, und sein bärtiges Gesicht verzog sich zu einem wissenden Lächeln, als er Raven in ein ernsthaftes Gespräch mit Ewan Fletcher vertieft sah. »Unsere geheimnisvolle Schöne plagt dich also, Towarisch«, bemerkte Dimitri scharfsinnig. »Du beobachtest sie nicht zum ersten Mal, und nie kann ich dann deine Gedanken erraten, was mir sonst in den langen Jahren unserer Freundschaft noch nie passiert ist. Du kannst sie wohl nicht leiden, was mich betrübt, und doch...«

»Verschone mich damit, Dimitri«, fiel Charles ihm schroff ins Wort. »Solch tiefschürfendes Gewäsch kannte ich von dir bisher nicht, und jetzt brauchst du damit auch nicht anzufangen.«

Dimitri zuckte die wuchtigen Schultern, aber sein Tonfall war gezwungen. »Wie du wünschst...«

Obwohl Charles der gekränkte Klang in Dimitris Stimme keineswegs entging, rief er ihn nicht zurück, als der Russe sich umdrehte und davoneilte. Sein insgeheimer Ärger verstärkte sich, denn er stritt nur selten mit Sergejew. Und Raven Barrancourt hatte ihm bereits genug Scherereien gemacht, als daß obendrein noch Zwietracht mit seinem Ersten Offizier hinzukommen mußte. Charles lächelte grimmig und belustigt zugleich, als er an seine erste Begegnung mit Dimitri Sergejew vor zwölf Jahren in einer scheußlichen Hafenspelunke in Lissabon dachte. Sowohl er als auch Dimitri hatten an einer dunkeläugigen portugiesischen Schönheit, deren Namen Charles nicht mehr wußte, Gefallen gefunden und – da keiner von beiden sie dem anderen überlassen wollte – sich schließlich in der schummrigen Kneipe geprügelt.

Dimitri, dreizehn Jahre älter und ein wahrer Bär von einem Mann, hatte auf den jungen Kapitän mit seinen furchteinflößenden Fäusten eingedroschen. Doch Charles, die Trunkenheit des Russen nutzend, kämpfte mit Geschick und katzenhafter Geschmeidigkeit, stieß bei günstiger Gelegenheit zu und duckte sich immer gerade im rechten Moment. Zum Schluß landeten sie beide draußen auf dem nassen Kopfsteinpflaster, Charles mit einem blauen Auge und rasenden Kopfschmerzen, Dimitri mit zwei lockeren Zähnen. Die sich aus jener ersten hitzigen Begegnung entwickelnde Freundschaft überdauerte sehr viele Abenteuer; bei deren Schilderungen kreischten die hübschen jungen Damen, denen Dimitri den Hof machte, jedesmal voll Bewunderung und Unglauben auf, obwohl es ihn gleichermaßen erheiterte wie auch verdroß, daß ihre sanften, flehenden Blicke weitaus häufiger Charles galten. Dieser bezwang sie alle mit seiner forschen Männlichkeit und den klassischen Gesichtszügen. Dennoch hatte Dimitri sich nie wirklich über seinen Freund und Kapitän mit der seltsamen, fast hypnotischen Anziehungskraft auf das schöne Geschlecht geärgert, obwohl es ihm bisweilen mißfiel, daß Charles, der gewiß jede in Frage kommende Dame seiner Wahl zwischen Macao und Mexiko für sich gewinnen könnte, sich zu mehr als nur flüchtigen Stelldicheins wenig geneigt zeigte.

Ein leises, helles Lachen riß Charles mit einem Schlag aus seinen Gedanken, und als er angespannt auf das untere Deck spähte, erkannte er Ravens glänzenden Schopf neben dem ergrauten des Stewards. Unbeschwert tuschelten sie miteinander. Seine Lippen preßten sich zu einem dünnen Strich zusammen. Raven, die Hand auf Ewan Fletchers Ärmel, stand auf Zehenspitzen, um ihm etwas ins Ohr zu flüstern, und verschwand dann mit wirbelnden Musselinröcken, während Charles über ihre Verschwörung nachsann.

In der Abgeschlossenheit der geräumigen Kapitänskabine sah Raven sehnsüchtig auf den herrlichen Messingzuber, der schon fast bis obenhin gefüllt war, während Ewan den letzten Eimer mit dampfendem Wasser hereinschleppte.

Zufrieden über seine Vorbereitungen für ihr Bad, blinzelte ihr der Steward zu, ehe er die Kajüte verließ. Mit einem Dankesruf schob Raven den Riegel der massiven Holztür vor. Dann seufzte sie beglückt in dem Wissen auf, daß sie, wenn es ihr behagte, länger als eine Stunde ungestört baden konnte.

Nachdem sie ihr Kleid und die zarte Unterwäsche abgelegt hatte, glitt sie ins warme plätschernde Wasser und genoß mit geschlossenen Augen diese kurze Mußestunde des Alleinseins an Bord eines Segelschiffes, dessen beengte Räumlichkeiten ihr in letzter Zeit besonders bedrückend erschienen, weil sie den eiskalten, aufmerksamen Augen Captain St. Germains nicht entfliehen konnte. Mit einem leichten Stirnrunzeln verdrängte sie sein Bild aus ihren Gedanken und begann sich mit der Duftseife den glänzenden elfenbeinfarbenen Körper einzuschäumen. Den dichten schwarzen Zopf hatte sie zu einem Knoten geschlungen, ihr Hals ragte schwanenhaft anmutig aus dem Wasser.

Raven streckte ein Bein aus dem Zuber und schrubbte es emsig, während ihr vom Schwamm Flüssigkeit durch die Finger tropfte und sie, seit vielen Tagen zum ersten Mal mit ihrem Los zufrieden, leise vor sich hinsummte. Wie viel Kummer hatte sie in der jüngsten Zeit ertragen müssen? Der innere Friede, den sie nach dem unerwarteten Tod ihres Vaters langsam wiedererlangt hatte, war durch den abscheulichen Heiratsantrag Squire Blackburns zerschmettert und in noch größerem Maß von der seltsamen, unerklärlichen Macht, die der Kapitän der *Orient Star* auf sie ausübte, zerstört worden. Wenn sie nur wieder zu Hause wäre und mit

Cinnabar ungestüm die Klippen entlang galoppieren und endlich den Mann vergessen könnte, der ihr durch seine feurige Berührung einen Teil ihres Ichs zu Bewußtsein gebracht hatte, den sie nur nebelhaft verstand und über den sie nicht Herr war. Sosehr sie Charles St. Germain haßte, ein Teil von ihr verlangte nach ihm, sehnte sich nach einer Erfüllung, die – das spürte sie – nur er ihr gewähren konnte, und dieses Begehren ärgerte und ängstigte sie.

»Was, zum Teufel, treiben Sie hier?«

Ein kleiner Aufschrei kam über Ravens Lippen. Ihr blieb fast das Herz stehen, als sie herumfuhr und den Mann, der sie so qualvoll in seinen Bann zog, zwischen der prachtvollen Wandvertäfelung und dem lackierten Paravent stehen sah. Ungläubig schaute er auf die entsetzte, splitternackte junge Frau in seiner Wanne.

»Wie sind Sie hereingekommen?« hauchte Raven mit zitternder Stimme.

»Dies ist zufällig meine Kabine«, erinnerte Charles sie mit einem spöttischen Grinsen. »Und ich verfüge über einen Schlüssel.«

Raven biß sich bestürzt auf die Unterlippe, mit aufgerissenen Augen sah sie an. In dem plätschernden Wasser war ihr makelloser Körper erbarmungslos seinem Blick ausgeliefert, ihre glatte Haut verfärbte sich rosa und erinnerte Charles an die Zartheit einer eben erblühten Rose.

Wassertröpfchen flossen in langsamen Rinnsalen über die verlockende Vertiefung zwischen ihren vollen Brüsten, die schöne Linie der Hüften verjüngte sich zu langen, wohlgeformten Schenkeln. Raven, der keine Veränderung des kantigen Gesichts entging, sah die klassischen, männlichen Züge von einem Ausdruck der Ungläubigkeit in etwas anderes übergehen. Die smaragdgrünen Augen verdunkelten sich.

Charles beugte sich hinab und umfaßte Ravens schmales Handgelenk, spürte den jagenden, angstvollen Puls, als er sie mühelos hochzog. Als sie dann vor ihm stand, ließ er seinen Blick gierig über ihren einzigartig vollkommenen Körper gleiten. Die Erinnerung daran hatte ihn untertags gequält und bis in den Schlaf verfolgt. Raven konnte seine Schläfenader heftig pochen und seine Nasenflügel beben sehen. Die kühle Kajütenluft ließ sie erschauern, was unverzüglich ein schonungsloses Lächeln auf Charles' sinnliche Lippen treten ließ.

»Furchtsam, Raven? Wie das, wo das Liebesspiel dir doch nicht unbekannt ist?«

»Der Teufel soll Sie holen!« rief Raven und hob die Hand zum Schlag.

Charles, der ihre ungestüme Reaktion erwartet hatte, bekam ohne Anstrengung ihre ausholende Rechte mit einer Hand zu fassen und schlang ihr den anderen Arm um die Taille; seine kraftvollen Finger legten sich um ihre Hüfte, und er zog sie an sich, so daß ihr ganzer Körper an seine harte Brust und die muskulösen Schenkel gepreßt wurde. »Kein Grund, mich zu fürchten, süße, bezaubernde Raven«, flüsterte er in ihr duftendes Haar. »Ich will dir größere Erfüllung als jeder Mann vor mir schenken.« Sein attraktives Gesicht verdüsterte sich bei dem Gedanken, daß ein anderer die Schönheit ihres schlanken Leibes erblickt, ihre seidige Haut liebkost und ihre geöffneten, einladenden Lippen geküßt hatte. »Du wirst keinen anderen mehr begehren, nachdem ich dich geliebt habe, Raven«, versprach er heiser, ohne ihrem verängstigten Widerspruch Beachtung zu schenken. »Deiner Leidenschaft ist es bestimmt, von mir erweckt zu werden – gleichgültig, wie viele Liebhaber du früher schon in dein Bett genommen hast.«

»Nein«, flüsterte Raven, erschrocken über das Feuer, das in den Augen dieses Teufelskerls zu glühen begann. Sie versuchte sich wegzudrehen, aber Charles schloß sie nur um so fester in die Arme und vereitelte damit jede Flucht.

»Du hast mich in jener ersten Nacht begehrt, Raven«, erinnerte er sie mit heiserer Stimme. »Weiß Gott, du kannst jetzt nicht vorgeben, daß dir meine Küsse nichts bedeutet haben!« Ehe sie antworten konnte, hatten seine Lippen ihr schon den Mund verschlossen, und er versuchte, sie allein mit der versengenden Kraft seines Kusses zu bezwingen. Raven, der das weiche Leder seiner knappen Kniehose eng an die Schenkel gedrückt wurde, spürte, wie sich sein Glied an ihrem Leib aufrichtete. Stöhnend versuchte sie sich wegzustemmen, aber Charles packte sie am Hinterkopf, so daß sie sich nicht abwenden konnte, und küßte sie noch lodernder, bis ihr allmählich schwindelte.

»Charles, bitte nicht«, keuchte sie, aber ihr Körper verriet sie, als Charles verwegen ihre nackten Brüste liebkoste und ihr die Kraft, sich aufrecht zu halten, schwand.

Mit vor Verlangen unbewegten Zügen hob er sie auf, trug sie zu der breiten Koje und legte sie auf die weichen Laken, wo Raven zitternd und wortlos zu ihm aufblickte. Ihr dicker Zopf hatte sich in Charles' stürmischer Umarmung gelöst, umgab in einer blauschwarzen Wolke ihr Gesicht, und Charles freute sich an der unvergleichlichen Schönheit dieser jungen Frau, die allein durch ihre Unschuld die Macht besaß, sein Verlangen zu wecken.

»Du wünschst dir, von mir geliebt zu werden, Raven«, flüsterte er heiser, als er sein Musselinhemd abstreifte, und enthüllte ihren furchtsamen Augen die schwellenden Muskeln unter der sonnengebräunten Haut und die breite Brust, die feine goldene Härchen bis hinab zu seinem harten, flachen Bauch bedeckten.

»Nein, das stimmt nicht«, wisperte Raven, doch Verzweiflung überwältigte sie, als sie die Wahrheit erkannte. Geradezu hypnotisiert sah sie zu, wie Charles die ledernen Kniehosen aufknöpfte, achtlos zu Boden fallen ließ und ihr zum zweiten Mal in ihrem Leben die Pracht seines männlichen Körpers offenbarte. Trotz ihrer Furcht konnte Raven nicht anders, als seine Schönheit zu würdigen. Seine harten Muskeln unter der sonnengebräunten Haut bildeten eine auffallenden Gegensatz zu ihrer eigenen elfenbeinbleichen Zartheit. Der Beweis seines Verlangens war unübersehbar, und die Sinnlichkeit seiner funkelnden Augen betonte noch seine Leidenschaft. Mit entschlossenen, doch sanften Händen streichelte er ihren Leib, genoß diese Berührung und hatte völlig vergessen, daß er diesen Moment mit brennender Ungeduld ersehnt und eine unerbittlich brutale Verführung geplant hatte.

Nun erkannte er sich selbst als Opfer der betörenden Raubkatzenaugen, der überwältigenden Anziehungskraft einer Frau, deren Schönheit tief in ihm die Sehnsucht nach Freuden entzündete, die an Intensität alles, was er je gekannt hatte, weit übertreffen würden. Indem er ihren steifen Körper an seinen preßte, ließ er auch sie erahnen, was in der Erfüllung ihres gegenseitigen Begehrens auf sie wartete.

»Einmal hast du mir schon fast gehört«, flüsterte Charles mit vor Erregung bebender Stimme, »und dich gehen zu lassen brachte mich an den Rand des Wahnsinns. Aber heute hindert uns niemand, Raven, niemand.«

»Ich lasse nicht zu, daß Sie das tun«, widersprach Raven heiser und versuchte sich aufzubäumen und der Hitze seines machtvollen, erregten Körpers zu entziehen. Sie fühlte sich von der verführerischen Überzeugungskraft seiner Küsse berauscht, sein herber maskuliner Duft erfüllte ihre Sinne und strafte so ihre Ablehnung Lügen. Dennoch kämpfte sie noch heroisch dagegen an, denn irgendwie erkannte sie, daß sie für immer und ewig verloren sein würde, falls es Charles St. Germain gelänge, sie jetzt zu besitzen.

»Wie kannst du mir widerstehen, bezaubernde Raven?« fragte er, während er den Kopf neigte und ihre Halsbeuge mit sanften Küssen bedeckte. In diese spannungsgeladene Atmosphäre drang ein heiterer Laut, schwebte lieblich und süß hinter dem dunklen Samttuch, das den vergoldeten Käfig mit der seltenen schwarzen Nachtigall bedeckte, herüber. Sowohl Raven als auch Charles, seine Hände auf ihren Hüften, die harten Schenkel dicht an ihren zarten, hielten bei der verführerischen Schönheit dieses Gesangs inne. In den dunkelgrünen Augen, die den goldbraunen begegneten, spiegelte sich das aufrüttelnde Bewußtsein dessen, was jenseits des brennenden Verlangens unerfüllter Leidenschaft lag; die heraufdämmernde Erkenntnis, wohin sie das Schicksal führen sollte, und der Zaubergesang der Nachtigall drängten unwiderstehlich zum unausweichlichen Erwachen von Ravens Begierde.

»Raven«, flüsterte Charles eindringlich, um sofort angesichts der strahlenden Wärme in den Tiefen ihrer goldbraunen Augen zu verstummen, die ihn umfing und die Heftigkeit seines glühenden Begehrens mit einer ihm bislang unbekannten Zärtlichkeit milderte. Ohne daß ein Wort zwischen ihnen gefallen wäre, wußte Charles, daß er sie für sich gewonnen hatte, und legte sich behutsam auf sie. Diesmal erwiderte Raven seinen Kuß, drückte die Lippen begierig auf die seinen und schlang die Arme besitzergreifend um ihn.

Charles spürte, wie sich die seidigen Schenkel unter ihm teilten, die stillschweigende Einladung jagte ihm einen Schauer des Verlangens durch den Körper, und er wußte, daß er nicht länger warten konnte. Indem er die Arme um ihre Taille gleiten ließ, zog er Raven näher heran, ausgehungert nach der erfüllenden Berührung, und als sie sich ihm entgegenhob, vereinigte er sich mit ihr, drang mit brennenden Lenden tief ein in den verborgensten Teil ihres Leibes. Raven, die Sinne voller Vorfreude, war auf den rasenden Schmerz, der diesen Akt der Hingabe begleitete, nicht vorbereitet. Ein Wimmern entkam ihren wunden, doch nach weiteren Küssen dürstenden Lippen.

In der Annahme, sie habe vor Wonne aufgeschrien, reagierte Charles mit einer nie gekannten entfesselten Leidenschaft. Während er ihren schlanken Leib völlig mit dem seinen bedeckte, drang er noch tiefer in sie ein; er wollte Raven Barrancourt so innig besitzen, wie er noch nie im Leben etwas hatte besitzen wollen. Ihre plötzliche Stille kam ihm erst kurz darauf zu Bewußtsein, aber noch ehe er sein brennendes Verlangen zügeln konnte, spürte er, wie sie sich unter ihm zu regen begann, seine Bewegungen erst langsam erwiderte, dann mit einer Leidenschaft, die bald der seinen gleichkam.

Als der Schmerz gelindert war, fühlte sich Raven, von der kühnen, heftigen Berührung dieses Mannes entfesselt, höher und höher in eine Sphäre sinnlichen Bewußtseins schweben, von deren Existenz sie nie zu träumen gewagt hätte. Die drahtigen goldenen Härchen, die sich gegen ihre weichen Brüste preßten, sein straffer Bauch, die kräftigen starken Arme, die sie umschlangen, verstärkten diese Empfindungen, bis plötzlich die Welt um sie herum in Feuer aufzugehen schien. Charles umfaßte sie noch enger und preßte sie mit aller Kraft an sich, als sie sich zusammen zu ungeahnten Freuden emporschwangen, ihre Körper ineinander aufgingen und miteinander verschmolzen. Raven schrie unwillkürlich, während Charles' Lippen auf den ihren brannten. Fest umklammerte und liebkoste er sie, bis alles vorbei war.

Charles, dem der Schweiß auf der breiten sonnengebräunten Brust glitzerte, wartete, bis sich sein Herzschlag verlangsamte, ehe er in Ravens Gesicht hinabblickte und sie unter sich liegen sah, die Augen geschlossen, die Wangen rosa überhaucht, das glänzende Haar über das Kissen gebreitet. Mit dem Zeigefinger strich er von dem hübschen dunklen Brauenbogen die zierliche gerade Nase entlang, wobei er bitter lächelte, als ihm bewußt wurde, daß in der edlen Vollkommenheit das unanfechtbare Siegel von Ravens adeliger Herkunft lag, ein Merkmal, das sie, ohne es zu wissen, mit ihm teilte. Während er sie weiterhin betrachtete, fragte er sich, wie sie wohl reagierte, wenn sie erführe, daß er der frühere Comte de Monteraux war, halbfranzösisch von Geburt, ein Aristokrat, der vor Jahren auf Besitz und Titel verzichtet hatte, um dem unbezwingbaren Lockruf der See zu folgen.

Ich lasse sie wohl besser in dem Glauben, daß sie einen Dieb und Seeräuber vor sich hat, entschied Charles im Bewußtsein, wie schnell die schwelende Leidenschaft in diesen wundervollen Katzenaugen in frostige Gleichgültigkeit oder flammenden Zorn umschlagen konnte. Und es würde die Reise gewiß bereichern, wenn Raven ihn auch weiterhin mit ihrem hitzigen Temperament erheiterte und erzürnte.

Als er sich zu einem langen Kuß herabneigte, begann abermals in seinem kraftvollen Körper die Hitze aufzuwallen, so daß auch Raven es merkte; sie reagierte mit einer Kühnheit, die Charles überraschte und beglückte, und bot sich ihm mit unerschrockener Begierde an. Er umkreiste mit der Zunge ihre rosa Brustwarzen, ließ dann die Lippen die glatte Halsbeuge hinaufwandern, sog tief ihren wilden, exotischen Duft ein, und die Sinne schwanden ihm beängstigend. Ravens kleine Hände wanderten über die Muskelstränge auf seinem breiten Rücken. Er erschauerte unter der sanften, zärtlichen Berührung, und seine Lippen fanden endlich die ihren und verschlossen sie mit verzehrender Hingabe.

»Miß Raven! Miß Raven?« Ewan Fletchers unverkennbarer irischer Zungenschlag drang durch die dicke Holztür zu ihnen, und Charles hob den Kopf, als sich Ravens Körper unter dem seinen versteifte. »Miß Raven, der Captain hat das Steuer verlassen, und ich weiß nicht, wo er ist. Sie sollten sich mit dem Bad beeilen.«

»Ja!« rief Raven atemlos und unterdrückte ihr Gekicher, mit dem sie auf das Lachen in den meergrünen Augen reagierte. Charles lächelte sanft, und für einen Moment teilten sie einen verständnisinnigen Blick, bis um sie herum wieder Stille herrschte und Charles' Miene sich veränderte, der ausgehungerte Ausdruck seiner Augen von wiedererwachender Leidenschaft kündete.

»Raven«, flüsterte er und hörte sich mit sichtlicher Befriedigung ihren Namen aussprechen, aber als er sie zu berühren suchte, rückte sie von ihm ab und hob abwehrend die Hand. Daraufhin verhärtete sich Charles' Kinn, ein kalter grausamer Ausdruck trat in die Augen.

»So wild darauf, aus meinem Bett zu kommen, Raven?« fragte er, indem er die Finger wie einen Schraubstock um ihr zerbrechliches Handgelenk schloß. »Habe ich dir nicht genug Genuß verschafft?«

Raven, deren ebenmäßiges Gesicht nur wenige Zentimeter von dem seinen entfernt war, erschien er nicht länger als der sanfte, erfahrene Liebhaber von vorhin, sondern als der frostige unbarmherzige Kapitän der *Orient Star*, ein Mann, den man nicht unterschätzen durfte, ein Feind, den man fürchten mußte. Die zärtliche Leidenschaft, die sie geteilt hatten, wich der Feindseligkeit, mit der sie einander sonst begegneten. Auflodernd blickten die goldbraunen Augen in die seinen, in denen sich sein brennender Zorn und unnachgiebiger Stolz spiegelten.

»Nein, es wäre albern, anzunehmen, du hättest unseren amourösen Zeitvertreib nicht genossen.« Charles' Worte klangen wie ein Peitschenknall und verletzten sie zutiefst.

»Hast – hast du es so verstanden?« hauchte Raven, die Augen schmerzlich verdunkelt, nachdem er ihre innige Erfüllung so herzlos abgetan hatte.

Ihr verwundeter Blick, die leicht bebenden Lippen weckten Charles' Gewissen, und er fluchte insgeheim voll Zorn über sich selbst, daß er sich von diesem hinterlistigen Frauenzimmer so anrühren ließ. Schließlich hatte sie sich ihm bereitwillig hingegeben. Und zweifelsohne war er nur einer von vielen Liebhabern, mit denen die hitzige Raven schon das Bett geteilt hatte.

»Sicher hast du es nicht als etwas Erhabeneres empfunden«, höhnte er schoff. »Eine erfahrene Frau wie du sollte wissen, daß flüchtige Stelldicheins wie diese normalerweise so bedeutungslos wie die Tierbrunst sind.«

Raven befreite sich mit einem Ruck aus seinem Griff, überraschte ihn dabei mit ihrer Kraft, und ihre Augen versengten ihn mit ihrem Haß. »Fahr zur Hölle, Charles St. Germain!« rief sie. »Alles verhöhnst du! Hast du kein Gran Erbarmen in dir? Wie kannst du nur leben, wenn alles Gute und alle Liebe in deinem Herz erstickt sind? Du dünkst dich allmächtig, der oberste Herr über dein Schicksal und alles, was dich umgibt. Aber du bist doch in einem undurchdringlichen Panzer gefangen. Was für ein Mann bist du nur, der alles Schöne an sich reißt und es mit seiner Grausamkeit zerschmettert?«

Sie sprang aus dem Bett, zog sich das Kleid über den seidigen Körper, wobei eine wohlgeformte Wade ihn aufreizte, ehe sie ihre Unterwäsche packte und zur Tür floh. Die Klinke schon in der Hand, drehte sie sich mit totenblassem Gesicht um und flüsterte so leise, daß Charles es kaum vernahm. »Es hat niemanden außer dir gegeben, Charles, keinen einzigen.«

Die Kabinentür knallte hinter ihr ins Schloß, die Kajüte füllte sich nach ihrem heftigen Fortgang mit Kälte. Auf dem engen Korridor blieb Raven einen Moment stehen und lehnte sich mit geschlossenen Augen und tränenfeuchten Wimpern an die Wand. Charles hatte ihr nicht nur die wonnigen Geheimnisse zwischen Mann und Frau gezeigt, sondern auch ihre Sehnsucht nach Schutz, Trost und Liebe gestillt – und dies so erfüllend, daß sie davon ganz überwältigt wurde.

Ein Schluchzen brach aus ihrer Kehle, so daß sie rasch die Hand auf den Mund legte, in ihre Kajüte flüchtete und die Tür hinter sich zuschlug. Wie hatte er die wundervolle Vertrautheit, die zwischen ihnen aufgekeimt war, so herzlos zerstören und die Schönheit ihres gemeinsamen Erlebens so verunglimpfen können? Sie fühlte sich, als hätte er ihr gerade geheiltes Herz genommen und grausamer gebrochen denn je.

»Ich hasse ihn«, flüsterte sie unter einer ungehemmten Tränenflut. »Bei Gott, wie ich ihn hasse!«

7.

Langsam und gemächlich, eher wie ein schwerfälliger Ostindienfahrer als ein schnittiger Klipper mit nach hinten geneigtem Mast, fuhr die *Orient Star* den seichten, an den Ufern sumpfigen Hauptkanal des Sutlejflusses hinauf. Hinter ihr lag der Indus, vor ihr Kasur und der Himalaya. Sie hatte die indischen Vorberge und die Ebenen, die sich zur glühendheißen Tharwüste abflachten, hinter sich gelassen. Das Ende der Reise, die Tausende von Kilometern entfernt in England begonnen hatte, näherte sich.

Die Entdeckung, daß sie in Charles St. Germain verliebt war, versetzte Raven in eine bittersüße Pein, eine Herzensqual, die sie nie zuvor erlebt hatte, nicht einmal in jener abgrundtiefen Verzweiflung angesichts der Gefahr, North Head, der einzige, ihr verbliebene unverbrüchliche Halt, könnte in die gierigen Hände eines ihr widerwärtigen Mannes fallen.

Seit der wundervollen Augenblicke in Charles' Armen, seit sie das betörende Geheimnis zwischen Mann und Frau kannte, versuchte sie, ihren heißen Wünschen keine Beachtung zu schenken, indem sie sich sagte, daß er sie grausam benutzt und nicht dieselben Freuden wie sie erfahren hatte.

Doch sosehr sie sich auch anstrengte, konnte sie ihre innersten Gefühle ebenso wenig verleugnen wie ihr Bedürfnis zu atmen. Und als die *Orient Star* zur letzten Etappe ihrer langen Fahrt ansetzte, stellte Raven fest, daß sie von tiefsten, unbezähmbaren Gefühlen gequält wurde. Schon allein Charles' Anblick, wie er am Steuer stand – gutaussehend, stolz und bedrohlich – genügte, um ihr Verlangen zu entfachen, seine Lippen auf den ihren zu spüren und von seinen kräftigen Händen gestreichelt zu werden. Und obwohl sich Raven für jene Schwäche verabscheute, vermochte sie gegen ihre Empfindungen doch nicht anzukämpfen. Zudem fürchtete sie, Charles könnte ihre wahren Gefühle entdecken, ihre Liebe ausnützen, und sie wußte, daß sie verloren wäre, wenn er sie noch einmal nur aus Fleischeslust nähme, um wie schon einmal seine Begierden zu befriedigen.

An einem kühlen Morgen schlenderte sie verdrießlich an die Reling. Verstohlen beobachtete sie den breitschultrigen Mann auf dem oberen Deck, der, den braunhaarigen Kopf über Jason Quintrells Hauptbuch auf dem Kompaßhaus gebeugt, ihre Anwesenheit nicht beachtete. Die schlanken Arme auf den verwitterten Holzbalken gestützt, starrte sie unglücklich und voll Selbsthaß in das schlammig trübe Wasser. Mit gezwungener Leichtigkeit wollte sie sich einreden, sie sei nur ein törichtes Mädchen ohne Willenskraft, doch ihre Aufheiterungsversuche scheiterten kläglich.

»Ihnen ist das Herz schwer, kleine Prinzessin.«

Raven zuckte zusammen, nicht so sehr, weil der bullige Dimitri unerwartet neben ihr auftauchte, sondern weil er geradezu unheimlich treffsicher die Wahrheit erkannt hatte. Lächelnd drehte sie sich um, doch auf ihren Wangen erschienen keine Grübchen, und den goldbraunen Augen fehlte der Glanz. »Ich denke gerade nach«, meinte sie ausweichend.

»Darüber, wie arg Sie Dimitri vermissen werden, wenn wir in Kasur anlegen?« fragte er sie mit einem breiten, schmeichelnden Lachen und sah voll Zufriedenheit schließlich doch die Grübchen in ihren Wangen.

»Sie werden mir schrecklich abgehen. Welches Ziel steuern Sie eigentlich nach Kasur an?« fragte sie mit banger Miene. Die Vorstellung, die *Orient Star* würde mitsamt ihrem Kapitän fernen Orten und Abenteuern entgegensegeln, die sie nicht teilen konnte, erschien ihr mit einemmal unerträglich. Himmel, wie sie sich dafür haßte, daß sie so heuchlerisch und wankelmütig geworden war und wie ein liebeskranker Tölpel in einem Shakespeare-Drama nach Charles St. Germain schmachtete... Die Traurigkeit in ihren Augen bewegte Dimitri zu einer Enthüllung, die er ihr sonst womöglich verwehrt hätte. Er rückte noch ein wenig näher an sie heran und flüsterte verschwörerisch: »Wir reisen auch nach Lahore, der Captain und ich.«

Ravens Atem stockte. »Lahore?« wiederholte sie, um Gleichgültigkeit bemüht.

»Wir wollen ein Vermögen ergattern, das unsere kühnsten

Träume übersteigt«, sagte Sergejew schlicht, als hätte er damit alles erklärt. Angesichts des verdutzten Ausdrucks auf Ravens ebenmäßigem Gesicht entblößte er lachend die strahlendweißen Zähne und hob scherzhaft drohend den Zeigefinger. »Dieses Geheimnis muß aber unter uns bleiben, also niemandem ein Sterbenswörtchen weitererzählen, ja?«

»Nein, sicher nicht«, hauchte sie.

»In London trafen wir nach unserer Fahrt in die Karibik einen Inder«, fuhr Sergejew fort, während er die schwarzen Augen über den langsam dahinströmenden Fluß schweifen ließ und die frische Brise an seinem buschigen Bart zerrte. »Er verriet uns ein Geheimnis.«

Raven zwang sich zu höchster Konzentration, denn sie vermutete, daß diese Geschichte in irgendeiner Verbindung zu Dimitris merkwürdigem Blickwechsel mit Charles während des festlichen Abendessens in der Kapitänskajüte stand.

»Ist Ihnen bekannt, daß die britische Flotte ihre Matrosen unter Gewalteinwirkung zum Dienst anwirbt?« fragte der Russe.

Raven nickte, denn sie hatte grausige Geschichten über große Trupps knüppelbewehrter Teerjacken gehört, die durch die Straßen geschickt wurden, arglose Männer besinnungslos schlugen und dann zu lebenslänglichen Qualen an Bord eines schäbigen Kriegsschiffes entführten.

»In der Nähe von Battersea«, erzählte Dimitri weiter, »stießen wir auf einen armen Inder, der gerade von einer solchen Horde verdroschen wurde, und dieses ganze Nachtgesindel, das man unterwegs nie zu sehen bekommt, stand untätig herum und gaffte. Der Inder war ein dürres Kerlchen, häßlich anzuschauen und dem Tode nahe, als der Captain und ich die Bande auseinandersprengten.«

Raven konnte sich gut vorstellen, wie die Schufte davongestoben sein mußten, als Dimitri mit seinem langen Haar und dem schwarzen wallenden Bart und der eindrucksvolle, kräftige Charles entschlossenen Schrittes herangekommen waren. Der Russe sah ihr Lächeln und grinste bei seinen Erinnerungen. »Ja, das war ein Anblick, kleine Prinzessin! Ich griff mir zwei am Schlafittchen und krachte ihre Köpfe zusammen, und Charles schleuderte zwei oder drei andere in den Fluß. Die übrigen nahmen die Beine in die Hand, als wäre der Teufel hinter ihnen her!«

»Und der Inder?«

»Schwer verletzt, wie gesagt, aber wir verbanden seine Wunden und trugen ihn ins nächste Wirtshaus. Der Captain zahlte ordentlich für Zimmer und Verpflegung, und wir ließen ihn dann auf seinen Wunsch allein, aber vorher lohnte er uns die Rettung seines Lebens.«

Raven schaute zum Achterdeck hoch, wo Captain St. Germain mit dem Rücken zu ihr noch immer den Inhalt des abgegriffenen Hauptbuchs mit seinem Frachtaufseher besprach. Sie spürte, wie sich ihre Kehle zusammenschnürte, und überlegte, wie sie ihn denn nur für einen herzlosen Verbrecher hatte halten können. Schließlich entsprach es der Wahrheit, wie ihr von Geoffrey Lytton versichert worden war, daß sein Kapitän den Rum aus uneigennützigen Gründen nach North Head geschafft hatte.

Seither war ihr auch zu Ohren gekommen, daß Jason Quintrell trotz seiner Jugend und Unerfahrenheit an Bord der *Orient Star* angeheuert worden war, weil Charles dem Burschen, der daheim eine sieche Schwester und eine todkranke Mutter unterstützen mußte, eine Chance geben wollte. Der skrupellose Captain St. Germain, der andere ausnutzte und eine grausame Herzlosigkeit an den Tag legen konnte, besaß einen Charakterzug, den Raven ihm nie zutrauen würde, hätte sie nicht diese Geständnisse von seinem Ersten Offizier und dem Bootsmann vernommen – von Männern, denen sie bedingungslos vertraute.

»Es gibt da einen Schatz, Kleines«, weckte Dimitri sie aus ihren Gedanken, »nach dem man seit dem Tod des Sikh-Herrschers Ranjit Singh vor neun Jahren sucht und der unermeßlichen Wert besitzt. Es ist ein Diamant, der berühmte Kohinoor des Mogulreiches. Damit werde ich wieder zum Fürsten.«

»Und warum hat Ihnen der Inder erzählt, wo man ihn finden kann?« erkundigte sich Raven erstaunt. »Wieso sucht er ihn nicht selbst?«

»Viele haben bei dem Versuch, in den Besitz des Diamanten zu gelangen oder ihn zu behalten, das Leben verloren. Man sagt, jemand weigerte sich, von dem Versteck zu erzählen, und der Sultan von Brunei ließ dem armen Kerl in seiner Wut die Augen ausstechen. Kein Wunder, daß sich so viele vor diesem Besitz fürchten, denn gehört ihnen der Diamant erst einmal, müssen sie um ihr Leben bangen und ständig auf der Hut sein.«

Raven erschauerte. »Sie sagen, er gehört jetzt jemandem, Dimitri. Wollen Sie ihn denn dem rechtmäßigen Besitzer rauben?«

»Der rechtmäßige Besitzer war Kaiser Ranjit Singh, der Herrscher über den Punjab«, erwiderte Dimitri, taub für die Mißbilligung in ihrer sanften Stimme, »und der ist seit vielen Jahren tot.«

»Ich verstehe noch immer nicht, wie Sie sich den Diamanten anzueignen gedenken. Wollen Sie ihn diesem Mann stehlen oder gar mit Hilfe körperlicher Gewalt entringen?« Aus ihren Wangen wich das Blut. »Sie wollen ihn deswegen doch nicht etwa töten?«

»Nein, nein, Kleines, wir sind doch keine Seeräuber«, versicherte er hastig, als er merkte, wie sehr er seine geliebte Prinzessin beunruhigt hatte. Obwohl er längst wußte, daß Raven ihm rein freundschaftliche Gefühle entgegenbrachte und nie mit Leidenschaft in ihren Katzenaugen zu ihm aufblicken würde, so fühlte er sich doch stets als ihr treuer Beschützer. »Jedermann ist käuflich«, ließ er sie verschlagen wissen, doch minderte dies ihre Empörung keineswegs.

Sind sie im Grunde ihres Herzens vielleicht doch Schmuggler und Piraten, fragte sie sich und warf wieder einen heimlichen Blick auf Charles St. Germains hochgewachsene Gestalt. Hatte sie durch ihre Liebe sein Verhalten in letzter Zeit allzu nachsichtig gedeutet und dabei die Wahrheit verschleiert, die ihr anfangs so klar erschienen war? Doch weshalb sollte sie jemanden dafür verdammen, daß er den Verlockungen unsäglichen Reichtums erlag? Wollte sie nicht selbst gern alles für den Lohn von fünfzigtausend Pfund opfern? Welcher Unterschied bestand da noch zu Dimitri mit seinem Traum, sein Familienerbe wiederzuerlangen?

In Charles St. Germains Fall lagen die Dinge sicher anders.

Als sie seine unnachgiebig strenge Miene betrachtete, war sie überzeugt, daß er dem sagenhaften Kohinoor-Diamanten allein des persönlichen Vorteils wegen nachjagte oder sogar vielleicht nur aus Spaß an der Suche. Niemals bestimmte ein anderes Motiv als bloßer Eigennutz seine Gedanken und Handlungen. Sollte ihr das entgangen sein, nachdem er sie mit seinen erfahrenen Berührungen und unwiderstehlichen Küssen verführt hatte?

»Ärger erfüllt Ihr Herz, Kleines.« Dimitri erschreckte sie abermals mit seinem überraschenden Einfühlungsvermögen. Zeigten sich ihre Gedanken immer so deutlich an ihrem Mienenspiel, oder konnte er hellsehen? »Es ist der Captain, der Sie so bekümmert. Sie sollten nicht so große Abneigung gegen ihn hegen«, bat der Russe, der sich von ganzem Herzen wünschte, die zwei Menschen, die er am liebsten hatte, würden Freundschaft schließen.

Kurz nach Beginn der Reise war einmal Hoffnung in ihm aufgekeimt, als Raven Barrancourt sich dem Kapitän gegenüber deutlich sanfter verhalten hatte. Aber irgendwie war seither alles schiefgelaufen. Fast eine Woche schon benahm sich Charles St. Germain ihm gegenüber wie ein Fremder, war wütend gestimmt, brauste leicht auf, und Dimitri konnte ihm die Gedanken nicht mehr von den funkelnden smaragdgrünen Augen ablesen. Raven war blaß und ruhig, geradezu gespenstisch an Deck umhergestreift oder hatte sich für endlose Stunden in ihre Kajüte zurückgezogen, um das Achterdeck und Captain St. Germain wie die Pest zu meiden.

»Schließlich«, fügte Dimitri beschwichtigend hinzu, »sind wir geistesverwandt – Sie, ich und der Captain.«

»Wie das?« erkundigte sich Raven unbeeindruckt und wollte noch immer nicht den Blick zu ihm wenden.

»Nun ja, Sie kämpfen um den Erhalt von North Head, ich habe mein Kybrowo Park verloren, und der Captain ist nicht mehr Herr über Monteraux.«

Sie riß überrascht die goldbraunen Augen auf. »Was, in Gottes Namen, ist Monteraux, Dimitri? Etwa ein Adelssitz?«

»Kristos, aber ja doch!« erwiderte der Russe eifrig, fest entschlossen, seinen Vorteil auszuspielen. »Er war einst der reiche und geachtete Comte de Monteraux, und was besitzt er heute, um sein Geburtsrecht zu beweisen? Nichts!«

»Er – er ist ein Graf?« hauchte Raven verblüfft.

»Nicht mehr, seit er sein Erbe diesem weibischen Fréderic de St. Germain überließ, seinem Vetter«, erwiderte Sergejew, die tiefe Stimme voll Verachtung für den schmächtigen, käsigen jungen Mann, dem er vor Jahren einmal begegnet war.

»Er hat es weggegeben?« wiederholte Raven matt, und erst jetzt bemerkte er ihre Bestürzung.

»Seine Mutter stammte aus England«, erklärte er zuvorkommend, obwohl er wußte, daß er sich möglicherweise den Zorn des Captains zuzog, falls dieser ihn beim unerlaubten Ausplaudern seiner Vergangenheit ertappte. »Sie war die Tochter des britischen Gesandten am Hofe Ludwigs XVIII., ein zartes Wesen von angegriffener Gesundheit, und starb in jungen Jahren. Ihr letzter Wunsch war, daß ihr kleiner Sohn Charles in England aufwachsen sollte, und so wurde er zu einer Tante nach Sussex geschickt.«

»Ganz allein?«

»Charles erwähnt sie nie. Als er zu ihr kam, war sie schon ziemlich alt und unverheiratet. Nicht gerade ein warmes Nest für ein mutterloses Kerlchen, oder?«

Raven schüttelte den Kopf. Der kleine einsame Junge, der Charles St. Germain einmal gewesen sein mußte, tat ihr in der Seele leid. Wie gut verstand sie die Einsamkeit, die er bei seiner Ankunft in einem fremden Land ausgestanden haben mußte! Obwohl sie ihre Mutter kaum gekannt hatte, erinnerte sich Raven an die vielen schmerzhaften Gelegenheiten ihrer Kindheit, in denen sie sich die sanfte, liebende Gegenwart einer Frau, einer Mutter ersehnt hatte. Ja, sie konnte gut nachfühlen, was Charles empfunden haben mußte, und ihr Herz krampfte sich zusammen vor Liebe und dem überwältigenden Verlangen, ihm davon zu erzählen. »Was war mit seinem Vater?« fragte sie, eifrig bemüht, ihre stürmischen Gefühle nicht durch ihr Mienenspiel zu verraten.

»Der starb noch während Charles' Schulzeit. Und als sein Sohn alt genug war, kehrte er nach Frankreich zurück, aufs Château Monteraux. Aber das Meer rief ihn, Kleines, und er gab der Verlockung nach; so wurde der kränkliche Frédéric der neue Comte.«

»Er hat seinen angestammten Besitz verschenkt?« fragte Raven ungläubig. »Einfach so? Um – um Seemann zu werden?«

Dimitri zuckte zusammen bei ihrem verächtlichen Ton, aber er sah ein, daß seine Enthüllung sie erschüttert haben mußte. »Urteilen Sie nicht zu streng über ihn...«, begann er, aber Raven unterbrach ihn mit eisiger Stimme.

»Ich fälle gar kein Urteil über ihn, Dimitri, denn was soll man von einem Mann halten, der seine Vergangenheit, seine Zukunft, sein Geburtsrecht wegwirft, um sich auf hoher See herumzutreiben, nach Belieben seine Fleischeslust befriedigt und danach trachtet, arglosen Leuten Diamanten zu stehlen?« Ihre goldenen Augen schienen Dimitri zu durchbohren, der angesichts der feurigen Anklage in den Topastiefen verlegen von einem Fuß auf den andern trat. »Was soll man von einem solchen Mann halten, außer daß er keinen Pfifferling wert ist?« Sie drehte sich um, ließ den durch ihren Ausbruch verdutzten Russen einfach stehen und floh zur Niedergangstreppe.

Auf dem Achterdeck knallte Charles, der mit ausdruckslosem Blick das Gespräch zwischen Dimitri und Raven Barrancourt beobachtet hatte, das Hauptbuch zu und gab Jason Quintrell das Ende der Besprechung zu verstehen. Wieder allein am Steuer, schaute er unwillkürlich zum Hauptdeck, aber die schlanke Gestalt in dem volantbesetzten Samtkleid war verschwunden.

Warum, in Gottes Namen, begehrte er Raven noch immer, nachdem er sie bereits besessen hatte? Weil das Vergnügen, ihren vollkommenen Körper zu berühren und zu liebkosen, ihm lieblicher als alles erschien, was er bisher erfahren hatte?

Nein, er konnte nicht leugnen, daß es ihn wieder nach ihr verlangte, trotz ihrer Lügen und Tücke, trotz der Bluttröpfchen, die er nach ihrem stürmischen Aufbruch auf den weichen Laken gefunden hatte, ein verräterisches Zeichen, das ihn stärker aufwühlte, als er es sich eingestehen mochte. Undenkbar, daß sie noch Jungfrau gewesen war... Er hatte schon unberührte Mädchen genommen und war ihrer wegen des schüchternen Errötens und der linkischen Unerfahrenheit schnell überdrüssig geworden. Bestimmt hatten bei Raven gerade die üblichen Beschwerden eingesetzt, und sie wollte ihm Schuldgefühle verursachen, indem sie behauptete, er sei ihr erster und einziger Liebhaber.

Verlogenes Frauenzimmer, welchen Gewinn erhoffte sie von solch einem Bekenntnis? Einen Schwur ewiger Liebe? Einen Heiratsantrag, weil er eine junge Dame von Stand kompromittiert hatte? Charles verzog die sinnlichen Lippen zu einem höhnischen Grinsen. Sicherlich hatte die hochmütige Miß Barrancourt Besseres als einen Marinekapitän im Auge, selbst wenn es sich um den rechtmäßigen Eigentümer eines prachtvollen Rittergutes in Südfrankreich handelte.

»Schieben Sie denn auch die Morgenwache, Captain?«

Charles drehte sich um und schaute grollend auf Geoffrey Lytton, den schmächtigen Waliser, der an Deck gekommen war, um das Steuer zu übernehmen.

»Nun gut, lösen Sie mich ab, Mr. Lytton«, knurrte Charles und ging nach unten. Beim Betreten seiner Kabine verengten sich seine Augen angesichts des Messingzubers hinter dem dekorativen japanischen Paravent. Gegen seinen Willen mußte er an Ravens schönen, elfenbeinweißen Körper unter dem sich kräuselnden Wasser denken, daran, wie sie ihn ernst, mit weitgeöffneten, goldbraunen Augen angesehen hatte. Leise fluchte er, während er sich aus der Kristallkaraffe, die auf dem kleinen Schreibtisch stand, einen Cognac eingoß. Noch zwei Tage, dachte er, noch zwei Tage auf dem trägen, elenden Fluß mit seinem ungewöhnlich lauen Wind, dann wird die *Orient Star* in Kasur anlegen und Raven Barrancourt für immer aus meinem Gesichtsfeld verschwinden.

»Captain ...«

Beim Klang ihrer Stimme schnellte er um; für eine Sekunde hatte er an Einbildung geglaubt, aber sie stand tatsächlich in der Kajütentür. Die vollen Brüste unter dem rosafarbenen, mit Satinrosetten verzierten Mieder hoben und senkten sich merklich. Er stellte den Cognacschwenker ab und trat rasch auf sie zu. »Was, zum Teufel, suchen Sie hier?« herrschte er sie an. Als er dann die Angst in ihren großen Topasaugen erkannte, milderte sich sofort sein barscher Ton, und er legte ihr die Hände auf die schmalen Schultern. »Raven, was ist denn geschehen?«

»Es handelt sich um Danny«, entgegnete sie und kämpfte gegen die Angst, die ihr die Kehle zuschnürte. »Ich glaube, sie ist krank. Ich wollte eben nach ihr sehen, weil sie sich beim Frühstück nicht wohl fühlte, und fand sie fiebernd im Bett. Sie meint zwar, es sei nichts von Belang, aber ...«

Charles verstärkte den Druck auf die zarten Schultern. »Ich sehe nach ihr. Sie bleiben hier«, befahl er. »Sie wollen sich doch nicht etwa anstecken, oder?«

Raven wurden die Knie schwach, denn aus seinen Worten hallten ihre eigenen Befürchtungen wider. Von Nathaniel Rogers hatte sie die Namen der zahlreichen Seuchen erfahren, die Indien Jahr für Jahr heimsuchten, Namen, die ihr Herz mit Schrecken erfüllten – Pocken, Malaria, Cholera. Sie preßte eine Hand auf ihre Lippen und zwang sich zur Ruhe, indem sie sich sagte, ihr erster Impuls, Captain St. Germain aufzusuchen, sei richtig gewesen. In ihrer Empörung über Dimitri Sergejews Enthüllung hatte sie Dannys Gesellschaft gesucht. Denn wenngleich sie der Gouvernante keinesfalls von den quälenden Problemen erzählen konnte, so würde Danny sie mit ihrem harmlosen Geplauder und den Erinnerungen an Zuhause wie immer beschwichtigen.

Ohne Anklopfen hatte sie die Kajüte der alten Frau betreten und erwartet, Danny mit einer Handarbeit in dem wuchtigen Sessel vorzufinden, den Captain St. Germain für sie bereitgestellt hatte. Statt dessen lag Danny zitternd und bleich in ihrer Koje. »Ich fühlte mich beim Frühstück ein bißchen müde«, erwiderte sie matt auf Ravens Frage, »also wollte ich mich niederlegen, nachdem Sie fort waren. Das Fieber überkam mich wie aus heiterem Himmel!«

Ein Hustenanfall hatte sie überwältigt, und Raven war hilfesuchend zu Charles' Kabine geeilt. Dies versteht sich von selbst, verteidigte sie ihre Maßnahme, schließlich ist er der Kapitän des Schiffes. Und außerdem war er, obgleich sie sich das nicht gern eingestand, derjenige, an den man sich in einer Notlage am besten wandte.

Himmel noch mal, was braucht er denn so lange, fragte sie sich, obwohl Charles noch nicht einmal zehn Minuten weg war. Aufgebracht über sein Verbot, ihn zu begleiten – selbst wenn es nur ihrer Sicherheit diente –, rannte sie in ihren weichen Ziegenlederschuhen durchs Zimmer und wollte gerade auf die Klinke drücken, als die Tür von selbst aufging und Charles St. Germain auf der Schwelle erschien.

»Danny?« hauchte Raven bang.

»Nur ein harmloses Fieber, Raven, kein Grund zur Besorgnis.«

Der ruhige, vertrauenerweckende Tonfall vertrieb ihre Ängste, aber ihre Miene blieb beunruhigt. »Sind Sie sicher?«

Auf den vollen Lippen erschien ein warmes Lächeln. »Daß die Frauen nie zufrieden sind mit dem, was man ihnen sagt! Ja, ganz sicher. Ohne Zweifel fordern der Klimawechsel und die Wochen an Bord ihren Tribut. Mrs. Daniels ist schließlich nicht mehr die Allerjüngste. Lassen Sie sie jetzt schlafen. Ich habe kurz mit ihr gesprochen, und sie meinte, sie sei müde. Also ließ ich ihr von Ewan eine Tasse Tee mit ein wenig Laudanum bringen. Ich bin überzeugt, daß das Fieber bis heute abend oder morgen früh sinkt.«

Raven hob den Kopf, um ihm in die Augen zu sehen. Plötzlich war sie sich seiner Nähe bewußt, der Druck seiner kraftvollen Finger um ihren Arm ließ sie mit einemmal erzittern. Er stand dicht bei ihr, beugte sich fast beschützend über sie, richtete den Blick auf ihre weichen, geöffneten Lippen, und sie konnte seinen warmen Atem auf ihrer Wange spüren.

»Raven«, flüsterte er und verstärkte seinen Griff; die freie Hand ließ er um ihre sanft gerundeten Hüften gleiten und zog sie näher an sich heran. »Raven ...«

Sie spürte sich in der Umarmung dahinschmelzen, die Hände an seine kräftige Brust gepreßt. Als sie beinahe unbewußt das Gesicht dem seinen entgegenhob, schloß sie die Augen in Erwartung eines Kusses, nach dem sie sich so sehr verzehrte.

»Ich bin's bloß, Capt'n! Ich dachte, ich bringe Ihnen und Miß Raven eine Kanne Tee, wo ich eben welchen für Mrs. Daniels aufgegossen habe.«

Charles und Raven rissen sich voneinander los, als die Tür aufging und Ewan Fletcher, ein Holztablett mit einem Teeservice in den Händen, grinsend auftauchte. Raven, deren zarte Wangen sich hochrot verfärbten, traute ihrer Stimme nicht genug, um das freundliche Angebot des Stewards abzulehnen, und setzte sich mit gesenktem Blick mechanisch an Charles' Schreibtisch.

»Mrs. Daniels ist bald wieder auf dem Damm«, versicherte ihr Ewan, der ihr betretenes Schweigen als Sorge mißdeutete. »Die Grippe hat sie ein bißchen erwischt, nichts Ernstes.« Er stellte ihr eine Tasse hin, schenkte duftenden, dampfenden Tee ein, füllte dann eine zweite für seinen Kapitän, der mit frostiger Miene neben der Tür verharrte. »Wollen Sie nicht auch eine Tasse, Captain?« fragte Ewan aufgeweckt, der anscheinend das spannungsgeladene Knistern nicht wahrnahm.

»Nein«, gab Charles schroff zurück; seine wütende Stimme ließ Raven zusammenfahren. »Ich werde oben gebraucht. Trinken Sie ihn selbst.«

Gemäß Captain St. Germains Vorhersage war Dannys Fieber bis Einbruch der Nacht gesunken, und als sich Raven kurz nach dem Abendessen auf Zehenspitzen in die abgedunkelte Kajüte der Patientin schlich, traf sie diese sanft schlummernd an, mit friedlich entspanntem Gesicht und kühler Stirn. Ganz schwach vor Erleichterung, ließ sich Raven auf einen Stuhl nieder und beschloß, auf Dannys Erwachen zu warten. Die Wirkung des Beruhigungsmittels würde jeden Augenblick nachlassen, und Danny war wahrscheinlich hungrig, wenn sie zu sich kam.

Während des ganzen Tages hatte Raven in regelmäßigen Abständen nach ihr gesehen, denn trotz Captain St. Germains und Ewans Versicherungen, daß Danny nur an einem harmlosen Grippeanfall leide, war sie voller Sorge.

Bei Dannys leisem Aufstöhnen richtete sich Raven in dem bequemen Stuhl auf. Im schwachen Dämmerlicht sah sie, daß Danny die Lippen zu tonlosen Worten formte und dann die trüben Augen aufschlug.

Raven erhob sich und beugte sich mit einem zärtlichen Lächeln über sie. »Geht es dir besser?«

Dannys Stimme klang matt, aber entschlossen. »Keinesfalls! Wie konnten Sie einen Mann ins Zimmer lassen, während ich im Bett lag, Miß Raven!«

»Mir blieb nichts anderes übrig«, erklärte Raven geduldig. »Erstens tut Captain St. Germain, was ihm gefällt, und ich kann ihn beim besten Willen nicht daran hindern. Zweitens kennt er sich mit Fieberkrankheiten aus und bestand darauf, erst einmal allein festzustellen, daß deine Krankheit nicht ernsthafter Natur ist.« Die Erinnerung an die Angst der vergangenen Stunden schnürte ihr die Kehle zu. Sie berührte Dannys abgearbeitete Hand und dachte, wie gern sie die alte Frau mochte und in welche Einsamkeit sie ihr Verlust gestürzt hätte. »Ach, Danny, ich habe mir ja solche Sorgen gemacht!«

Die Gouvernante lächelte sie an, und das runde, faltige Gesicht verlor allmählich seine Blässe. »Wenn Captain St. Germain gemeint hat, daß es nichts Schlimmes ist, warum haben Sie ihm dann nicht geglaubt?«

»Ich...«, begann Raven, wurde aber sofort unterbrochen.

Die knotige Hand umschloß fest die ihre. »Sie müssen ihm vertrauen, Miß Raven! Einen besseren Menschen kann man hier auf dieser Welt gar nicht finden! Ich weiß, daß Sie irgend etwas quält, seit wir an Bord gegangen sind, und daß ihr beide euch anscheinend nicht versöhnen könnt, obwohl mir das nicht einleuchten will. Aber Sie müssen erkennen, daß er nicht zu den Menschen gehört, die einen anlügen, nur um einen kurzfristig vor Unannehmlichkeiten zu bewahren.«

»Davon bin ich überzeugt«, pflichtete Raven ihr in tiefstem Groll bei. »Bist du hungrig?« fragte sie im nächsten Atemzug, da sie nur ungern die Tugenden des schurkischen Kapitäns mit Danny erörtern wollte, die ihn offensichtlich vergötterte.

Danny schüttelte den Kopf, aber ihre junge Herrin ruhte nicht eher, bis sie ihr das Versprechen, ein wenig von Ewan Fletchers stärkender Gerstensuppe zu kosten, abgerungen hatte. Als Raven mit der dampfenden Suppe wiederkam, saß Danny auf Kissen gestützt im Bett und hatte inzwischen erheblich an Farbe gewonnen.

Raven hängte die Laterne an den massiven Balken über dem Bett, reichte Danny den Teller und beobachtete besorgt, wie sie die Suppe löffelte.

Dann ließ sie die alte Frau allein, huschte auf Zehenspitzen über den Korridor zu ihrer Kajüte und verriegelte die Tür hinter sich. Leise vor sich hinsummend, löste sie ihr rabenschwarzes Haar, und als es unter ihren Fingern schwer herabsank, zauberte das Kerzenlicht funkelnde Glanzlichter darauf. Seufzend ließ sie sich inmitten ihrer weitfallenden Samtröcke auf die Koje fallen und schlug den Lyrikband auf, den ihr Ewan Fletcher am Vortag geliehen hatte.

Raven war überrascht, weil der bärbeißige alte Steward eine goldgeprägte Ausgabe früher italienischer Gedichte und Sonnette besaß, und unter ihrem fragenden Blick hatten sich seine ledrigen Wangen mit verlegener Röte überzogen. »Manchmal langweilt man sich abends ein bißchen, müssen Sie wissen«, erklärte er stockend, während er ihr das abgegriffene Buch reichte, »wenn man nach getaner Arbeit nichts mehr zu tun hat, als in der Kajüte aufs Schlafengehen zu warten. Werfen Sie mal einen Blick rein, Miß Raven? Ein paar Gedichte sind gar nicht so übel.«

Wahrhaft wunderbare Werke waren es, und Raven verschlang sie geradezu. Ab und zu schüttelte sie den Kopf, denn sie konnte nicht fassen, daß Ewan Fletcher mit seiner mürrischen, nüchternen Art ein solches Buch besaß. Gewiß unterschieden sich ein für Gedichte schwärmender Steward, ein in den Werken der Klassiker bewanderter Bootsmann und ein rechtschaffen denkender, seines Besitzes enthobener russischer Prinz wie Himmel und Erde von gemeinen Schmugglern. Einen Augenblick lang schämte sich Raven für ihre abschätzige Bemerkung an ihrem ersten Tag auf der *Orient Star*, als sie in Gegenwart der Offiziere lauthals erklärt hatte, sie halte das Schiff und seine Besatzung für überaus zweifelhaft.

Nur Charles St. Germain gelang es auch weiterhin, ihre anfänglichen Verdachtsmomente zu untermauern. Es stimmte, er war ein Schurke, ein unerträglich eingebildetes Mannsbild. Wie konnte man einen solchen Menschen lieben? Und doch liebte sie ihn, sogar jetzt, nachdem sie erfahren hatte, daß er aus freien Stücken aufgegeben hatte, was sie mit aller Macht für sich zu retten suchte, den angestammten Familienbesitz – und das Anwesen der St. Germains stand dem der Barrancourts an Pracht gewiß nicht nach.

In Gedanken versunken, überhörte Raven beinahe das

Läuten der Schiffsglocke oben an Deck, als aber die Schläge in der Stille verhallten, hob sie erstaunt den Kopf. Konnte es tatsächlich schon ein Uhr sein? Wie lange hatte sie auf ihrer Koje liegend gelesen? Und wenn nun Danny nach ihr gerufen und sie bei ihrem Schmökern nichts gehört hatte?

Die Tür zu Dannys Kabine quietschte schrill, und Raven hielt vor Angst, sie könnte die alte Frau aufgeweckt haben, die Luft an. Aber im schwachen Kerzenschein erkannte sie, daß sich die Gouvernante behaglich in die dicken Wolldekken gekuschelt hatte und tief und regelmäßig atmete.

Lautlos zog sich Raven zurück und sah am Ende des Korridors unter der Tür der Kapitänskajüte ein fahles Licht schimmern. Womit er sich wohl gerade beschäftigt, fragte sie sich und spürte gegen ihren Willen eine unerklärlich schmerzende Sehnsucht. Ob er vielleicht las, oder tigerte er ruhelos auf und ab?

Mit einemmal selbst von Unruhe erfaßt, stieg sie aufs Deck und genoß die kühle Nachtluft, die vom Fluß herüberwehte und den leicht beißenden Sumpfgeruch mit sich trug. Doch sosehr sie sich auch bemühte, sie konnte nicht aufhören, über Charles St. Germain und die Ängste nachzusinnen, die Dimitri Sergejew mit seiner Geschichte von dem Diamanten und dem schon lange verstorbenen Sikh-Herrscher in ihr geweckt hatte.

Des Kohinoors wegen hatte es Charles also nach Indien verschlagen. Es sah ihm ähnlich, derart viel um des schnöden Mammons wegen aufs Spiel zu setzen. Oder trieb ihn lediglich die Lust an der Jagd, am Beutemachen hierher? Würde er kein Verlangen mehr in sich spüren, wenn er einmal den sagenhaften Diamanten in Händen hielt, wenn er den Anreiz, seine große Körperkraft und seinen scharfen Verstand gegen den derzeitigen Besitzer auszuspielen, befriedigt hatte? So war er auch ihrer überdrüssig – oder er wäre es geworden, hätte er die vor wenigen Stunden versuchte Eroberung siegreich beenden können.

Raven biß sich auf die Unterlippe, erbost über ihre verdrießlichen Gedanken. Die Erlebnisse des heutigen Tages – Dannys plötzliche Krankheit, die Entdeckung von Charles' wahrer Identität, Dimitris aufrüttelnde Enthüllung über den

Grund der Reise nach Punjab – hatten sie wohl so sehr verwirrt, daß sie nicht mehr klar denken konnte. Ob Charles St. Germain sie nun leid war oder nicht, spielte keine Rolle. Nie mehr würde sie ihm erlauben, sie zu berühren, und was seine Diamantsuche betraf...

Ein schwaches, kaum wahrnehmbares Geplätscher drang zu ihr, und als sich ihre Augen an die Finsternis gewöhnten, erkannte sie ein Boot aus aufgepumpten Häuten, das verstohlen am Rumpf der *Orient Star* entlangzog. In der Dunkelheit waren nur Schemen auszumachen, aber Raven zählte drei Männer, groß und muskulös, der eine kniete am Bug und hielt in einer Hand einen geschwungenen Dolch, dessen juwelenbesetzter Griff im Sternenlicht unheilvoll funkelte.

Erst nach einigen Schrecksekunden begann Ravens Gehirn wieder zu arbeiten; das Entsetzen angesichts des kleinen Bootes, das in tiefster Nacht neben dem riesigen Klipper dahinfuhr, hatte Raven vorübergehend ihrer Verstandeskräfte beraubt, doch dann öffnete sie den Mund und schrie, als sie den offensichtlichen Sachverhalt durchschaute. Die *Orient Star* wurde soeben von Flußpiraten gekapert!

Als Ravens Alarmruf über das verlassene Deck hallte, gingen die Männer im Boot zum Angriff über. Anstatt zu fliehen, wie sie es erwartet hatte, sprangen sie aus ihrer kauernden Haltung auf die Enterfallstricke und kletterten mit affenartiger Geschicklichkeit hoch, gefolgt von einem weiteren Trupp und dann einem dritten. Hinter ihr dröhnten Schritte auf dem Deck, und sie konnte hören, wie Peter Hagen den übrigen wachhabenden Matrosen Befehle erteilte, die mit ihren fragenden Ausrufen noch zur Verwirrung beitrugen.

»Mr. Hagen! Mr. Hagen, man hat das Schiff geentert!« rief sie mit angstvoller Stimme.

»Schlagt Alarm! Spencer, hol den Captain!«

»Alle Mann an Deck! Alle Mann an Deck!«

Raven konnte ein gleichmäßiges Aufklatschen nackter Füße auf Holz hinter sich hören. Sie schrie vor Furcht und Schmerz auf, als eine Hand sie an den Haaren packte und sie mit einem gewaltigen Ruck nach hinten wirbelte, daß sie fast den Boden unter den Füßen verlor. Ein zweiter Schrei stieg ihr in die Kehle, erstarb aber, denn ein nackter Arm glitt um ihre Taille, riß sie zurück, und eine große Hand verschloß ihr schmerzhaft den Mund. Die Arme wurden ihr auf den Rükken gepreßt, und sie war an der breiten, nackten Brust eines riesigen Mannes gefangen, dessen Atem an ihrem Ohr rasselte.

»Was geht hier vor, um Himmels willen? Hat da nicht eben Miß Barrancourt geschrien?«

»Verflucht, es war eine Frau, das ist klar!«

Das Geräusch eiliger Schritte kam näher, und Raven, deren Augen vor Entsetzen weit geöffnet waren, spürte einen stechenden Schmerz, als ihr eine Laterne fast ins Gesicht gestoßen wurde.

»Oh, mein Gott!« Peter Hagen und die wachhabenden Matrosen, allesamt mit den verschiedensten Waffen und Belegnägeln ausgerüstet, hielten abrupt an, als sie um die Ecke bogen und Raven im festen Griff eines dunkelhäutigen Einheimischen und mindestens ein Dutzend anderer Gestalten sahen. Diese, nur mit schmutzigen Lendentüchern bekleidet, bildeten einen Halbkreis um sie und zückten blitzende Krummsäbel. Der Anführer mit dem graumelierten Bart verstärkte seinen Griff um Ravens zerbrechliche Taille und drückte die Spitze seines juwelenbesetzten Dolches an die Vertiefung zwischen ihren Brüsten.

»Hagen! Was, zum Teufel...«

Beim Klang von Charles St. Germains tiefer, drohender Stimme hätte Raven vor Erleichterung weinen können. Ihre Knie wurden weich, als er in ihr Blickfeld kam und die Wache wortlos einen Schritt beiseite trat, um ihn durchzulassen. Den Oberkörper entblößt, trug er nur die enganliegenden Kniehosen und Stiefel, da er nach den ersten Warnrufen, ohne sich um vollständige Bekleidung zu kümmern, sofort an Deck gestürmt war. Weil er Ravens Schrei nicht gehört hatte, war er auf ihren Anblick an Deck nicht vorbereitet – wie der bärtige Inder mit muskulösem Arm ihre Taille umklammerte, wie die funkelnde Dolchspitze genau auf ihr Herz zielte.

Charles' Gesicht erstarrte, er blieb auf der Stelle stehen, ließ die Arme herabsinken, ballte die Hände, und Raven sah trotz ihrer Furcht, wie in den smaragdgrünen Augen ein sonderbares Licht aufflackerte. Der Rädelsführer stieß einen Befehl in einem unbekannten Dialekt aus, seine schrille Stimme tat ihr in den Ohren weh, sein Bart zerkratzte ihr die weiche Wange; doch das bemerkte sie in ihrer Angst gar nicht.

»Verflucht!« flüsterte Peter Hagen in die nun folgende Stille. »Was sagt er? Das ist doch nicht Hindustani!«

»Er spricht Pushtu«, antwortete Charles mit erstickter Stimme, ohne den brennenden Blick von dem indischen Anführer und der Frau in dessen gewaltsamem Griff zu wenden. »Es sind Afridis.«

Aus dem Gemurmel, das sich nun erhob, schloß Raven, daß es sich um schlechte Nachricht handelte. Die Arme wurden ihr unbarmherzig verdreht, und sie konnte vor Entsetzen kaum noch einen klaren Gedanken fassen. Mit weit aufgerissenen Augen starrte sie den Kapitän an, als wäre er ihre letzte Rettung. »Charles...« Sein Name entriß sich ihrer Kehle in einem atemlosen Flüstern, und sie sah ihn zusammenzucken und auf sie zugehen, aber der gutturale Befehl des Afridis-Anführers und der zitternde Dolch in der dunklen Hand hielten ihn sofort zurück.

»Ruhig Blut, Raven«, wies er sie an. »Sie sind nicht hinter dir her.« Ebenso grimmig und unerschrocken wie die Afridis sprach er auf Pushtu den bärtigen Rädelsführer an, und sie lauschte starr vor Angst einem Zwiegespräch, das sie weder verstand noch ertrug. Sie wußte nur, daß der Dolch, der über ihrer Brust schwebte, jede Sekunde in ihr Herz dringen konnte, und weiter vermochte, wagte sie nicht zu denken.

Auf Charles' breiten Schultern und muskulösem Brustkorb glänzte der Schweiß, seine Nasenflügel bebten. Als Antwort auf die barsche Frage des Afridi schüttelte er den Kopf. Der Anblick Ravens im brutalen Klammergriff, ihr vor Schreck versteinertes Gesicht raubten ihm beinahe den Verstand. Mit all seiner Willenskraft mußte er sich zwingen, sich nicht auf den Afridi zu stürzen, der sie gefangenhielt, denn wie rasch er auch zuschlagen mochte, der Dolch würde sich auf jeden Fall schneller in ihr Herz bohren. O Gott, dachte er verzweifelt, wo bleibt Dimitri? Der Drang zum erbitterten Kampf auf Leben und Tod stieg in ihm hoch und beengte seine Brust, und er wußte, daß er seine Urtriebe nicht mehr länger beherrschen konnte.

»Charles, bitte nicht.« Das fast unhörbare Flüstern war über Ravens Lippen gekommen. Flehend sah sie ihm in die Augen, und ihm zerriß es fast das Herz in dem Wissen, daß sie den Wahnsinn in seinen Augen hatte lesen können und jetzt nur um ihn fürchtete. Mit einem unmenschlichen Aufschrei stürzte er sich nach vorn, nicht länger zur Selbstbeherrschung fähig. Aber im gleichen Moment erscholl hinter der versammelten Schar von Afridi-Kämpfern ein Schlachtruf, der einem das Blut in den Adern gerinnen ließ, und Dimitri Sergejew preschte, ein Paar bedrohliche Pistolen schwingend, in den Tumult. Mit wild funkelnden Augen bahnte er sich einen Weg durch die Gruppe halbnackter Männer, sprengte sie auseinander und brüllte dabei wie ein rasender Stier. Der bärtige Anführer drehte sich überrumpelt um, und als Schüsse und eine Pulverexplosion das Deck erschütterten, spürte Raven, wie zwei starke Hände sie seinem Griff entrissen.

Sekundenlang wurde sie an eine breite Brust gedrückt, dann weggestoßen und in den Schutz eines Schotts gezwungen. Zwei weitere Schüsse zerrissen die Nachtluft, und die Schlachtgeräusche wurden noch erbitterter. Durch das Aufblitzen der tanzenden Messerschneiden und die blendenden Pulverexplosionen sah sie Charles mit krampfhaft zuckenden Rückenmuskeln im Zweikampf mit dem Afridi-Anführer. Nach Dimitris tollkühnen Angriff hatte sich die Mannschaft der *Orient Star* in die Fehde gestürzt und schwang ihre Messer und Pistolen ebenso fanatisch wie die rasenden Afridis ihre Krummsäbel; animalisches Knurren und Flüche, Schreie und Stöhnen erfüllten die Dunkelheit und mischten sich mit dem mörderischen Klirren der Messerklingen.

Dann war es plötzlich vorüber, und mit einem letzten markerschütternden Schrei stemmte Dimitri zwei seiner Gegner in die Luft und schleuderte sie über Bord. Charles beförderte den zerschundenen und blutüberströmten Rädelsführer auf ähnliche Weise vom Schiff, trat dann mit einem verzerrten Grinsen zurück und sah zu, wie der Rest der Rotte ihm ins strudelnde Wasser folgte.

Als die tödliche Wut in Charles abklang, untersuchte er die Wunden seiner Leute. Erst nachdem er seine Mannschaft versorgt hatte, wandte er sich zu Raven, obwohl ihm vor allem ihre Sicherheit am Herzen gelegen hatte.

Er fand sie, das Gesicht in den Händen vergraben, an der großen Kabinenwand hingekauert. Als er sie behutsam auf die Füße zog, klammerte sie sich zitternd an ihn, und ihr Herz pochte wild an seiner Brust. »Bist du verletzt?« fragte er heiser.

Wortlos schüttelte sie den Kopf, aber in ihren Augen konnte er noch immer das Grauen sehen. Mit festem Griff führte er sie nach unten in seine Kajüte, wo er ihr einen Cognac einschenkte. »Trink«, befahl er.

Mechanisch hob sie das Glas an die Lippen. Als ihr die Flüssigkeit in der Kehle brannte, hustete sie. Schweigend füllte er ihr Glas ein zweites Mal und sah zufriden zu, wie sie es ohne Widerspruch leerte. Die kraftvollen Arme vor der nackten Brust verschränkt, wartete er geduldig, bis der Alkohol seine Wirkung tat. Gleich darauf holte Raven hörbar Luft und schaute zu Charles auf. »Wer waren diese Männer?« hauchte sie.

»Afridis, von den Bergen«, erwiderte er mit ungewöhnlich rauher Stimme. »Was in Gottes Namen haben Sie an Deck getrieben?«

»Ich konnte nicht schlafen«, bekannte sie und zitterte trotz der besänftigenden Wärme, die sie dank des Cognacs durchströmte. »Deshalb ging ich nach oben und erspähte zufällig das Boot. Bis ich begriff, was das geschah, waren – waren sie bereits an Bord.« Sie erschauderte, und angesichts des Schreckens in ihrem Blick preßte Charles grimmig die Lippen aufeinander. »Was wollten sie?« fragte sie benommen.

»Opium. Manche Klipper schaffen nämlich Opium im Austausch gegen Silberbarren nach China. Dieser erbärmliche Haufen von süchtigen Bergbewohnern verwechselte die *Orient Star* mit einem dieser Schiffe und beschloß, die Herrschaft darüber zu übernehmen. Sie sind unglaublich draufgängerisch, die Afridis, aber ich fürchte, nicht allzu gescheit.«

»Das klingt, als würden Sie diese Schurken bemitleiden«, meinte Raven vorwurfsvoll.

Der funkelnde Dolch über dem zartrosa Mieder erschien ungebeten vor Charles' geistigem Auge, und Raven, die seine veränderte Miene bemerkte, zuckte unwillkürlich zurück.

»Nein«, antwortete er brüsk. »Mir tut es nur leid, daß wir sie nicht allesamt getötet haben.«

»Hoffentlich hat der Aufruhr Danny keine Angst eingejagt«, fügte sie leise hinzu und schnappte beim Gedanken an die kranke Gefährtin nach Luft. »Oh, ich habe Danny völlig vergessen!«

»Bleiben Sie hier«, befahl er. »Ich schaue nach ihr.«

Kurz darauf kehrte er mit einem Lächeln zurück – nun, da die letzten Überreste der wilden Wut endgültig in ihm abgeklungen waren. »Sie schläft noch immer, kaum zu glauben. Ich bezweifle, daß sie überhaupt etwas mitbekommen hat. Das haben wir dem Laudanum zu verdanken.«

Raven seufzte erleichtert. »Ich könnte den Gedanken nicht ertragen, daß sie – ebenso große Angst empfand wie ich.« Bei der Erinnerung wich alle Farbe aus ihrem Gesicht, und Charles beugte sich eilends zu ihr, um ihr aufzuhelfen.

»Beunruhigen Sie sich nicht länger«, riet er. »Ich habe die Wachen verdoppelt, und Dimitri paßt auch noch auf. Sie brauchen also nichts mehr zu befürchten. Nach ein paar Stunden Schlaf geht es Ihnen bestimmt viel besser.«

Doch als er sie zur Tür führte, klammerte sich Raven plötzlich an ihn und schlang ihm die zarten Arme um den Hals. »Lassen Sie mich nicht allein«, flüsterte sie angstvoll. »Ich kann nicht allein sein. Bitte, Charles, ich kann nicht...«

Da sie den Kopf an seiner bloßen Brust barg, entging ihr die unendliche Zärtlichkeit auf seinem markanten Gesicht, als er sie hochhob und zur Koje trug, wo er ihr aus dem rosa Samtkleid half, so daß sie nur mit ihrem Satinkorsett und Hemd bekleidet unter den Decken lag.

Raven schmiegte sich enger an ihn. Der Trost, der von Charles' Umarmung ausging, war mit nichts, was sie seit dem Tod ihres Vaters erlebt hatte, vergleichbar. Das Entsetzen über den Überfall der Afridis verblaßte allmählich, als die wohlige Wärme des Cognacs und die Glut von Charles kräftigem Körper sie umfingen und ihre Ängste linderten.

Als sie aufseufzte, zog Charles, den ihre weichen Schläfenlocken am Kinn kitzelten, sie näher heran, und das Verlangen, das junge Mädchen in seinen Armen zu beschützen, schenkte ihm ein nie gekanntes Glücksgefühl.

Mit einem kleinen Angstschrei schreckte Raven hoch. Der Alptraum, in dessen Würgegriff sie sich befand, war so grauenhaft geworden, daß sie keuchend erwachte. Sofort spürte sie, wie zwei muskulöse, starke Arme sie tröstlich umschlossen und eine tiefe, beruhigende Stimme ihr etwas ins Ohr flüsterte. »Du hast nur geträumt, Liebes. Hat dich der Überfall gequält?« fragte Charles sanft.

Raven nickte, und beim Versuch eines tapferen Lächelns zitterte ihre Unterlippe. »Ich kann wohl den Dolchangriff eines Opiumsüchtigen nicht so leicht verkraften.«

Er lachte zärtlich. »Jede andere Frau hätte einen hysterischen Anfall bekommen oder wäre in tiefer Ohnmacht versunken.«

»Ich wollte, ich hätte das Bewußtsein verloren.« Unwillkürlich erschauerte sie.

Charles drückte sie fester an sich, und als er auf ihr ebenmäßiges Gesicht hinuntersah und das frühe Morgenlicht um ihre Züge spielte, dachte er, daß sie alle Frauen, die er je gesehen hatte, an Schönheit übertraf. Mit den Augen von der Farbe eines Sonnenuntergangs auf Tahiti, den weichen korallenrosa Lippen und dem dunklen, wie kostbare schwarze Jade glänzenden Haar erinnerte sie ihn an die zauberhafte Schönheit der Südsee. Sie lag eng an ihn gepreßt, ihre vollen Brüste unter dem Satinkorsett, in dem sie geschlafen hatte, berührten ihn aufreizend. Wo sie in den Todesqualen ihres Alptraums wild die Decken weggestrampelt hatte, konnte er einen elfenbeinweißen, glatten Schenkel sehen, und er spürte, wie ihm das Blut in die Lenden schoß.

Raven spürte seine wachsende Leidenschaft. Ruhig lag sie neben ihm und genoß sein Verlangen, bis eine kleine

Flamme, entfacht durch sein offensichtliches, heftiges Begehren, in ihr aufzulodern schien. Für einige Zeit bewegten sie sich nicht, sondern kosteten die plötzlich aufkeimende Vertrautheit zwischen ihnen und die Berührung ihrer Körper aus, seines sehnigen, zähen und ihres geschmeidigen, weichen – eine Verbindung, deren Vollkommenheit nicht zu leugnen war.

Charles ließ die Hand unter Ravens Kopf gleiten, streichelte ihren zarten Nacken und drehte sie zu sich. Ein Schauer durchjagte ihn, als er den Kopf zu einem Kuß neigte und die weichen, geöffneten Lippen ihn schon erwarteten, und als sein Mund sich auf den ihren preßte, seufzte sie beglückt auf.

Obwohl ihm ihr Leib nicht mehr unbekannt war, ließ Charles nichts unerforscht, als er das lästige Korsett aufschnürte und ihr ungeduldig das störende Hemd auszog. Seine Lippen wanderten über ihre bloßen Schultern, knabberten an der weichen Wölbung ihrer Halsmulde und reisten dann weiter zu den rosigen Spitzen ihrer vollen Brüste, während sich Raven ihm entgegenbäumte und die Finger durch seine braunen Locken gleiten ließ.

Dann fanden seine Lippen wieder die ihren und verschlossen sie mit heftiger Leidenschaft und Zärtlichkeit zugleich. Es schien, als wollte er nicht nur sein brennendes Verlangen, sondern auch seine Sehnsucht nach dieser einen Frau stillen, die ihm in einem Schreckensmoment höchster Gefahr beinahe genommen worden wäre.

Raven gehört mir, jubelte es in Charles, als er mit leidenschaftlich funkelnden Augen die Glut in ihrem Blick erkannte. Ihre Lippen öffneten sich begierig für den nächsten Kuß, ihre suchenden Hände ließen ihn vor Lust aufstöhnen, und er wußte, daß sie ihn ebenso leicht fesseln konnte wie er sie. Dieses wechselseitige Geschenk der Liebe war ihm, der sein Leben lang dem Kitzel der Eroberung nachgejagt war, neu und ließ ihn die Macht, die diese wildschöne Frau über ihn besaß, erkennen; und er freute sich daran, gab und nahm gleichermaßen, bis er nicht mehr länger warten konnte.

Raven sah Charles' leidenschaftlich gerötetes Gesicht, die Schweißtröpfchen auf seiner Oberlippe und die wie geschliffene Smaragde glänzenden Augen und wußte, daß der ersehnte Moment gekommen war. Sie drehte sich auf den Rükken und öffnete ihre schlanken Schenkel. Ihr einladender glutvoller Blick trieb ihn zum Äußersten. Mit einem leisen Stöhnen sank er auf sie, drang tief in sie ein, und Raven, die nicht wie beim ersten Mal vor Schmerz erbebte, drängte sich ihm entgegen, um ihn tief in ihrem Verborgensten zu empfangen.

Dann verschmolzen sie miteinander, Raven folgte bereitwillig dem Rhythmus seiner Bewegungen. Seine heißen Lippen verschlossen leidenschaftlich die ihren, er schlang die Arme um ihre grazile Taille, als er sie mit seiner Heftigkeit nahezu überwältigte. Fieber stieg in ihnen hoch, bis sie eins wurden. Charles war ein Teil von ihr, so daß Raven nicht mehr wußte, wo sie aufhörte und er begann, und sie klammerte sich um so stürmischer an ihn. Ihre Wonne und ihre Liebe zu ihm drohten ihr das Herz zu zersprengen, und endlich erreichten sie beide den letzten Gipfel ihrer Erfüllung und hatten teil am Erhabenen.

»Oh, Charles«, hauchte Raven, als ihr Atem wieder gleichmäßig ging, das Gesicht an seinem Hals verborgen. »Ich... Sie rang verlegen nach Luft und verstummte, die Liebeserklärung auf der Zunge, ihr Herz so übervoll, daß sie sich offenbaren wollte und es doch nicht vermochte. Selbst im Nachklang ihrer vollkommenen Vereinigung, während Charles' Herz noch an ihrem schlug, unterdrückte sie die Worte, aus Angst, einen so verwundbaren Teil ihrer selbst zu enthüllen, denn die Erinnerungen an seinen früheren Hohn erfüllten sie mit Schmerz.

Charles schaute sie fragend an, verwirrt von der zunehmenden Härte in den Topasaugen, in denen sich noch Sekunden zuvor Zärtlichkeit und Verlangen gespiegelt hatten. »Was wolltest du sagen, Liebling?« Erstaunt betrachtete er die rosa Flecken, die ihr auf die Wangen traten.

»Nichts«, murmelte sie und versuchte, sich von ihm zu lösen.

Bei dieser unbewußten Zurückweisung verdüsterte sich sein Blick. Entschlossen packte er sie bei den Schultern. »Nichts?« wiederholte er schneidend. »Warum errötest du dann so?«

Bestürzt über das abrupte Ende ihrer Vertrautheit und Charles' plötzlichen Stimmungswechsel befreite sich Raven von seinem groben Griff und setzte sich auf, wobei ihr das lange, schwarze Haar über den schmalen Rücken fiel. »Ich kümmere mich wohl besser um Danny«, sagte sie halsstarrig, und er ließ sie sofort los.

»So unstet in deiner Hingabe, Raven?« fragte er, als sie von der Koje glitt und ihre Unterwäsche überzustreifen begann, ohne zu bemerken, wie ihr weicher, nackter Körper im goldenen Dämmerschein auf ihn wirkte. »Du bist bereitwillig zu mir gekommen, als du meine Liebe gebraucht hast. Und jetzt wo du befriedigt bist, zeigst du mir die kalte Schulter.« Seine Stimme klang noch schroffer, als er zuschaute, wie sie sich mit zitternden Fingern mit ihrem Korsett abmühte. »Gefühllose, verlockende Raven!« höhnte er. »Schmeichelt es deiner Eitelkeit, deine Liebhaber so mit Füßen zu treten?«

Sie starrte ihm ins wutverzerrte Gesicht, als sie ihr zerdrücktes Samtkleid über den Hüften glattstrich. Ihre weichen, von seinen Küssen noch benetzten Lippen zitterten. »Ich habe dir schon einmal gesagt, Charles«, flüsterte sie. heiser, »daß es vor dir niemanden gab. Obwohl ich mich, bei Gott, für das Geständnis verachte, schwöre ich, daß ich die Wahrheit sage.« Die weit geöffneten goldbraunen Augen verrieten ihm, daß sie ihn nicht belog. Mit einem qualvollen Aufschrei sprang er hoch, um sie in die Arme zu schließen, aber sie wandte sich um und schlüpfte aus der Tür; das gedämpfte Knirschen der Klinke bedeutete eine qualvolle Endgültigkeit.

8.

Die *Orient Star* beendete nicht, wie ursprünglich geplant, ihre Reise in Kasur, weil der Herbstregen, der normalerweise den Sutlej anschwellen ließ, in diesem Jahr im Norden nicht gefallen war. Da der riesige Klipper aus diesem Grund den windstillen, wasserarmen Fluß mit seinen tückischen Treibsandinseln nicht befahren konnte, warf man ein Stück flußabwärts Anker.

Danny klagte in ihrer Erleichterung, weil sie bald wieder festen Boden unter den Boden spüren würde, nicht über die zusätzlichen Reisetage, die der Umweg nach Lahore mit sich brachte. Dimitri versicherte ihr, die Dak-Bungalows, die indischen Herbergen, in denen sie übernachten würden, stünden den englischen Landgasthöfen an Bequemlichkeit nicht nach und sie müßten unterwegs auch nicht eines angemessenen Schutzes entbehren. Auch Raven atmete bei der Nachricht auf, denn sie wollte sich je früher, desto lieber von Charles St. Germain verabschieden. Seitdem sie gestern unter Tränen aus seiner Kabine geeilt war, hatten sie kein einziges Wort mehr gewechselt, und sie hatte sich sehr bemüht, ihm aus dem Weg zu gehen.

Nachdem sie trotz ihres gegenteiligen Schwurs Charles' feuriger Berührung und leidenschaftlichen Küssen nachgegeben hatte, verbrachte Raven eine lange schlaflose Nacht, in der sie sich für ihre Dummheit heftig schalt. Sie versuchte sich einzureden, sie habe jenes letzte schmerzliche Gespräch mit Charles verdient. Zum zweitenmal hatte sie sich ihm willig hingegeben, obwohl er – wie sie längst wußte – nur niedrigste Lust für sie empfand und sie nach jeder Befriedigung mit unverhohlener Verachtung sofort von sich stoßen würde. Wie froh war sie jetzt, daß sie ihm nicht ihre Liebe gestanden hatte! Sie erschrak zutiefst bei dem Gedanken, wie grausam er sich darüber hätte lustig machen können.

Obendrein stimmte es gar nicht. Was sie fälschlich für Liebe gehalten hatte, war lediglich eine Art übertriebener

Heldenverehrung, denn Charles war ihr erster Liebhaber und ihr deshalb aus unerfindlichen Gründen außergewöhnlich erschienen. Es kam nur daher, weil sie in ihrer Einsamkeit seit dem Tode ihres Vaters Zuneigung vermißte, und so war es nur verständlich, daß sie ihre Gefühle auf einen Mann übertragen hatte, der ihr für kurze Zeit zärtlich begegnet war. Liebe! Sie schürzte verächtlich die Lippen. Was wußte sie schon von derlei Dingen? Der teuflisch gutaussehende Kapitän hatte nur ihren Körper benutzt und sie, wie zahllose andere Frauen zuvor, zu unerklärlichen Höhen getrieben, und dummerweise hatte sie ihre erwachende Leidenschaft als Liebe mißverstanden.

Nun stand sie allein in ihrer Kajüte, und der Anblick des leeren Raums, in dem sich nur noch die Frisierkommode und die abgezogene Matratze befanden, stach ihr für einen Augenblick ins Herz. Denn sie erkannte jetzt, wie sehr sie die dunklen Nächte auf dem ruhigen Fluß, mit den leise knarrenden Balken, den Lebenszeichen von Ochsenfröschen und Krokodilen im Schilf, den kreischenden Pfauen und ständig kläffenden Schakalen an den Ufern schätzengelernt hatte.

Solch eine kurze Reise, verglichen mit den endlosen Wochen an Bord der *India Cloud* – und doch hatte sie ausgerechnet hier auf dem prächtigen Schnellsegler ein nicht geringes Maß an Frieden gefunden und tiefe Freundschaft geschlossen. Seufzend strich sie mit den schlanken Fingern über die herrlichen Elfenbeinintarsien auf der Kommodenplatte; sie ertrug die Vorstellung nicht, daß sie nun, zweifellos für immer, von den sympathischen Offizieren und Matrosen Abschied nehmen mußte. Doch gleich darauf erhellten sich ihre Augen bei dem Gedanken, daß sie Dimitri wiedersehen würde. Erst heute morgen hatte er erklärt, er würde wahrscheinlich vor Raven und Danny in Lahore ankommen und ungeachtet seiner Diamantensuche wohl Zeit für einen Besuch im Haus ihres Vetters finden.

Das Lächeln erstarb ihr auf den Lippen, und die goldbraunen Augen verdunkelten sich. Welchen Gefahren würden sich Charles und Dimitri bei der Jagd nach dem sagenhaften Diamanten aussetzen? Sie dachte an Dimitris Spott über ihre Befürchtungen, daß der Versuch, sich des begehrten Diamanten zu bemächtigen, in Blutvergießen enden würde. Welch großes Vertrauen er in seine und Charles' Fähigkeiten setzte... Trotzdem war es sicher gefährlich, einen anderen seines rechtmäßigen Besitzes zu berauben, insbesondere, wenn dieser Versuch bereits zahllose Todesopfer gefordert hatte.

Entschlossen sagte sich Raven, ihre Ängste würden allein Dimitri gelten, weil sie den Gedanken nicht ertrug, daß der lustige, lebensfrohe Kosakenprinz wegen eines Edelsteins, selbst eines so legendären wie des Kohinoors, sein Leben lassen könnte. Was Charles St. Germain betraf, so war er ein Lump, der alles Wertvolle in seinem Leben achtlos weggeworfen hatte. Und wenn er sich nun dadurch zu entschädigen suchte, daß er das Gut eines anderen stahl, verdiente er, dafür gehenkt oder in Stücke zerteilt und von Elefanten zertrampelt zu werden – eine höchst angemessene Strafe, von der ihr Geoffrey Lytton erst gestern erzählt hatte.

»Miß Raven?«

Beim unerwarteten Klang von Ewan Fletchers Stimme zuckte sie zusammen, obwohl der bärbeißige Steward, der den grauhaarigen Kopf zur Tür hereinsteckte, leise gesprochen hatte. Er fand es seltsam, daß sie reglos in der leeren Kabine stand, dann sah er bestürzt die Wehmut in ihren großen Augen. Oh, das Mädchen leidet an Abschiedsschmerz, schloß er, und auch ihn überkamen traurige Gefühle. Wie sehr er ihr hübsches Gesicht vermissen würde; ihre atemberaubende Schönheit war ihm ein immer willkommener Lichtblick in seinem langweiligen Matrosenalltag gewesen.

»Ja, Mr. Fletcher?«

Ravens sanfte Stimme rüttelte ihn aus seinen Grübeleien, und er lachte sie entschuldigend an. »Der Capt'n bittet Sie zu sich in die Unterkunft.«

»Sie möchten mich sprechen, Captain?« fragte Raven knapp, als sie in die geräumige Kabine schritt, nachdem ihr Klopfen mit einer brüsken Aufforderung, hereinzukommen, beantwortet worden war. Zwar hielt sie den Kopf hoch erhoben, konnte aber die rasenden Schläge ihres Herzens nicht bezähmen, als sie Charles am Schreibtisch sitzen sah, über der breiten Schulter den vergoldeten Käfig, in dem die Nachtigall sich das Gefieder putzte und die Sonnenblumenkerne aufpickte, mit denen Dimitri sie fütterte.

Charles' Leinenhemd stand am Kragen offen, und sie konnte die goldenen Locken auf seiner sonnenverbrannten Brust sehen. Erschauernd erinnerte sie sich an das tröstliche Gefühl, das in ihr aufgestiegen war, als sie sich in jener Nacht nach dem Piratenüberfall eng an diese muskulöse Brust geschmiegt hatte.

Sowie Charles ihren wachsamen Blick bemerkte, trat ein verbissener Zug um seinen Mund. Mit angestrengter Gleichgültigkeit lehnte er sich in seinem Stuhl zurück und sagte barsch: »Nehmen Sie Platz, Miß Barrancourt. Es gibt etwas Wichtiges zu besprechen.«

Völlig verwirrt gehorchte Raven und ließ den Blick an ihm vorbei zu Dimitri wandern, obgleich der kräftige Russe sie genauso ernst wie der Kapitän anschaute.

Daraufhin sah sie wieder zu Charles, dessen Gesichtsausdruck sich beträchtlich verdüsterte, nachdem er ihren fragenden Blick zu seinem Ersten Offizier bemerkt hatte. Sie zwang sich, den spöttischen smaragdgrünen Augen standzuhalten, und ärgerte sich, daß sie statt dessen auf Charles' sinnliche Lippen starrte und unwillkürlich an deren Wärme und Geschmack denken mußte. Rasch schaute sie wieder weg und bewirkte durch ihre Unruhe, daß sich seine Brauen zusammenzogen.

»Ihr Vetter erwartet Sie in Lahore?« fragte er kühl.

»Nein«, erwiderte Raven nervös. Sein Verhalten machte sie ganz kribbelig. »Ich habe Empfehlungsschreiben sowohl meines Großonkels als auch John Trenthams bei mir.« Verwundert runzelte sie die Stirn, aber sie wollte ihn keinesfalls fragen, warum dies eine Rolle spielte. Er würde sie nur wegen ihrer typisch weiblichen vorlauten Art verspotten, und sie wußte ohnehin, daß Charles St. Germain nur Erklärungen abgab, wenn es ihm beliebte.

»Dann haben Sie keine Ahnung, was für ein Mensch er ist.«

»Natürlich nicht«, entgegnete Raven spitz. Allmählich verlor sie die Geduld. »Ich weiß lediglich, daß er eine hohe Stellung bei der East India Company bekleidet und daß mein Großonkel, den ich überaus schätze, ihm gegenüber sehr innige Gefühle hegt.«

»Und dieses Khanapur-Gelände, auf dem er lebt«, warf Dimitri ein, »ist das eine offizielle britische Siedlung?«

»Wenn ich Mr. Trenthams Beschreibung richtig verstanden habe, ja.« Raven hob ihr schmales Gesicht zu ihm empor. »Weshalb messen Sie dem so große Bedeutung bei, Dimitri?«

Es war Charles, der ihre Frage schroff beantwortete. »Weil Mr. Lytton und Mr. Perry beim Landgang soeben erfuhren, daß der britische Gesandte in Multan kürzlich ermordet wurde.«

Bestürzung zeigte sich in Ravens schönem Gesicht. »Ich verstehe das alles nicht ganz.«

Charles seufzte ungeduldig. »Wissen Sie zufällig, wer die Sikhs sind, Miß Barrancourt?«

»Gewiß«, antwortete sie kühl, da ihr sein Tonfall mißfiel. »Mr. Lytton hat mir alles über sie erzählt.«

»Und was sagte er Ihnen?«

Verärgert erwiderte Raven: »Daß sie einer religiösen Bewegung anhängen, die vor mehr als dreihundert Jahren von Guru Nanak mit dem Ziel, die Hindus und Moslems unter einer Religion zu vereinen, gegründet wurde. *Sikh* heißt soviel wie Disziplin, und laut Mr. Lytton schneiden die männlichen Sikhs nie ihr Haar, sondern verbergen es unter einem Turban.«

Zu ihrer Überraschung neigte Charles bei ihren bissigen Worten lediglich den Kopf und sah sie aufmerksam auf. »Fahren Sie fort. Was sagte er noch?«

»Daß sie hier im Punjab unter Govind Singh, dem späteren Maharadscha Ranjit Singh, zu einem Königreich geeint wurden, aber seit dessen Tod von einem schwachen, wankelmütigen Herrscher nach dem andern regiert werden. Vor wohl vier Jahren plante Lord Ellenborough, der damalige Generalgouverneur, die Annexion des Punjab und ließ Truppen über den Sutlej bringen. Doch ehe sie in Aktion treten konnten, ließen ihn die Direktoren der East India Company nach England abberufen, da sie keinen Krieg mit den Sikhs wünschten. Als Ellenboroughs Truppen zurückbeordert wurden, reagierten die Sikhs entgegen allen Erwartungen; sie betrachteten den Rückzug als Zeichen von Feigheit auf britischer Seite und sahen den Zeitpunkt gekommen, die Briten ganz und gar aus Indien zu verjagen. Zwei Schlachten wurden geschlagen, aus denen die Briten letztendlich als Sieger hervorgingen, und so konnten sie die Macht über Lahore erlangen, wo Philipp Barrancourt derzeit lebt.« Mit frostigem Blick beendete Raven ihren Vortrag.

»Denken Sie, ein so stolzes Volk wie die Sikhs würde eine Niederlage auf die leichte Schulter nehmen, Raven? Ich glaube kaum, und vielleicht können Sie der Tatsache einige Bedeutung beimessen, daß der britische Gesandte in Multan von ihnen ermordet wurde.«

Nackte Angst packte sie, denn sie begriff sofort, was Charles damit ausdrücken wollte. Offensichtlich handelte es sich bei diesem kaltblütigen Mord um eine politische Aktion, ein Zeichen für den andauernden Haß der Sikhs auf die Briten. Aus ihren Wangen wich alle Farbe. »Kommt es wieder zu einem Krieg?«

»Man fragte sich, ob es lediglich die Tat einer Handvoll rebellischer Splittergruppen war oder Ausdruck der allgemeinen Haltung gegenüber den Briten.«

Diese unverblümte Antwort veranlaßte Dimitri, dem Ravens Sorge nicht entging, zu einer hastigen Anmerkung. »Deshalb müssen Sie sichergehen, daß Ihr Vetter ausreichend Schutz genießt und die britische Armee nicht weit von der Khanapur-Siedlung stationiert ist.«

»Aber darüber weiß ich gar nichts«, erwiderte sie hilflos. »Ich bin ihm nie begegnet und reise zum ersten Mal durch Indien. Wie sollte ich mich in diesen Dingen auskennen?« Sie ballte die kleinen Hände. »Ich kam hierher, um mir Geld zu leihen und dann so schnell wie möglich wieder heimzufahren. Dabei wollte ich allen Schwierigkeiten aus dem Weg gehen. Was soll ich denn nun tun?«

»Folgen Sie Ihren Plänen«, antwortete Charles knapp, »aber beeilen Sie sich, ehe die Briten Vergeltungspläne schmieden. Was die Fahrt nach Lahore betrifft, so stimmen Dimitri und ich überein, daß Sie und Mrs. Daniels nicht allein reisen können. Wir haben beschlossen, Sie dorthin zu begleiten, aber danach obliegt Ihr Wohlergehen der Verantwortung Ihres Vetters.«

Raven runzelte die Stirn. »Sie kommen mit uns nach Lahore?« fragte sie matt, ohne ihr Entsetzen zu verbergen.

Charles' Miene verfinsterte sich, denn mit dieser Reaktion hatte er keineswegs gerechnet. »In der Tat. Ich kann nicht guten Gewissens zwei Engländerinnen allein, lediglich in Begleitung einheimischer Führer, durch den Punjab reisen lassen.

Ihre Augen blitzten auf. »Und so haben Sie eine gute Ausrede für Ihren Aufenthalt in Lahore während Ihrer...« Als sie Dimitris warnenden Blick sah, verstummte sie und erhob sich. Förmlich bemerkte sie: »Nun gut, Captain, ich nehme den von Ihnen angebotenen Schutz an, aber keine Sekunde lasse ich mich dazu verleiten, Ihre Begleitung für einen Akt der Menschenfreundlichkeit zu halten. Und ich möchte eine Bedingung stellen.« Charles' kantiges Gesicht verfinsterte sich bei ihren hochmütigen Worten, aber sie fuhr ungerührt fort: »Mrs. Daniels darf nichts von den Gefahren, denen wir möglicherweise ausgesetzt sind, oder von den Drohungen der Sikhs erfahren. Ich möchte nicht, daß sie sich beunruhigt, ist das klar? Wenn Sie mich jetzt bitte entschuldigen, ich muß mich um unser Gepäck kümmern.«

In kerzengerader Haltung verließ sie die Kabine, während Dimitri leise vor sich hinpfiff und breit grinste. »Kristos, die kleine Prinzessin entpuppt sich als Löwin, wenn sie ihr Recht verteidigt! Ach, Towarisch, ich danke dir, daß du mich noch ein wenig länger ihre Gesellschaft genießen läßt.«

»Du weichherziger, sanftzüngiger Narr!« stieß Charles schroff hervor. »Diese Frau ist eine kalte, berechnende Hexe, und je eher du das erkennst, um so wohler wird mir sein.«

Während ihr Gepäck in einem der Beiboote verstaut wurde, sagte Raven der Mannschaft Lebewohl, und alle wünschten ihr eine gute Reise und einen angenehmen Aufenthalt in Lahore; jeder einzelne bedauerte, daß sie nun von Bord ging. Nicht ahnend, daß sie mit ihrem Grübchenlächeln und ihrer zarten Schönheit die Herzen der redlichen Seeleute erobert hatte, war Raven von den herzlichen Abschiedsworten gerührt und fühlte sich einen Augenblick lang elend, als ihr von einem traurigen Jason Quintrell ins Beiboot geholfen wurde.

Zufällig kreuzte sich ihr Blick mit dem Charles St. Germains, der sich, nachdem er Danny ins Boot gehoben hatte, umwandte, um ihr beizustehen – und zu erkennen, daß dies nicht nötig war. Denn Raven nahm mit bewundernswertem Geschick in dem schwankenden Beiboot Platz. Charles sah deutlich die Tränen an den dichten dunklen Wimpern glitzern, die goldbraunen Augen blanker als sonst. Die kleinen weißen Zähne gruben sich fest in die Unterlippe, damit sie nicht zitterte. Ein merkwürdiger Ausdruck trat für eine Sekunde in die smaragdgrünen Augen, dann beugte Charles sich zu ihr und fragte mit leisem Spott: »Also haben Sie doch die Männer ins Herz geschlossen, die Sie einst für Schurken und Schmuggler hielten, nicht wahr, Raven?«

»Alle bis auf einen«, entgegnete Raven gedämpft, doch ließ ihre schneidende Stimme keinen Zweifel daran, wen sie damit meinte.

Charles' Gesicht nahm einen harten Zug an, er richtete sich auf und gab in solch drohendem Tonfall Befehl zum Ablegen, daß Dimitri, der am Bug saß, sich fragend umdrehte.

An Land blickte Raven noch einmal zur *Orient Star* zurück, die mit ordentlich aufgerollten Segeln und bloßer Takelage jenseits der Strömung vertäut lag. Bei dem Gedanken an die hinter ihr liegende Fahrt und das unaufhörlich wechselnde Panorama, das sich vor ihren Augen entlang des weiten, strudelnden Indus und Sutlej entfaltet hatte, fühlte sich Raven von tiefer Traurigkeit ergriffen. Vor einem Jahr hätte sie ungläubig gelacht, wenn ihr jemand erzählt hätte, sie würde die Weiten Indiens während einer Schiffsreise liebenlernen und es genießen, mitten in der Nacht von Leopardengebrüll geweckt zu werden, die Fischer zu beobachten, wie sie mit Geschick ihre Netze ins löwengelbe Schilf warfen. Es stimmt, dachte sie. Trotz ihres unglückseligen Reisegrundes, trotz des Piratenüberfalls, trotz ihres beunruhigenden Verhältnisses zu Captain Charles St. Germain war sie dem Zauber Indiens verfallen.

»Miß Raven, so kommen Sie doch!«

Als sie sich umwandte, stellte sie fest, daß ihr Gepäck bereits in einem klapprigen Ghari, einer indischen Mietdroschke mit abgenutzten Ledersitzen, verladen worden war, vor die man zwei müde Karrengäule gespannt hatte. Der Kutscher saß schon ungeduldig auf dem Bock, und Dimitri wartete wie ein gehorsamer Diener neben dem Wagenschlag, um den beiden Damen hineinzuhelfen.

Captain St. Germain stand etwas abseits und sprach mit der Beibootbesatzung; offensichtlich gab er Howard Perry, der während seiner Abwesenheit als Erster Offizier unter Geoffrey Lytton fungieren sollte, letzte Anweisungen. Raven fragte sich, wie viele Männer der *Orient Star*-Besatzung den wahren Grund für Charles St. Germains und Dimitri Sergejews Geleitschutz der beiden Frauen nach Lahore kannten. Wahrscheinlich nicht viele, denn heute früh hatte Jason Quintrell ihr gegenüber in aller Unschuld erwähnt, der Klipper würde hier in Hasangei seine Fracht laden, sobald diese auf dem Landweg von Kasur herbeigeschafft wäre. Der Captain und Dimitri, hatte er erklärt, trügen die Verantwortung, daß die indischen Waren aus den Lagerhäusern hergebracht würden. Und ganz offensichtlich hieß die ganze Mannschaft die Entscheidung ihres Kapitäns, Raven und Danny sicher nach Lahore zu geleiten, rückhaltslos gut. Für Raven bestand kein Zweifel, daß niemand Charles oder seinen Ersten Offizier irgendwelcher Machenschaften verdächtigte.

Während sie sich von dem vergnügten Dimitri in die Kutsche helfen ließ, ermahnte sich Raven, daß es sie überhaupt nicht interessierte, was danach mit ihm oder dem unausstehlich eingebildeten Kapitän passierte. Gott sei Dank war sie fertig mit den beiden. In wenigen Tagen würde sie sich in der Obhut ihres Vetters Phillip befinden, und das Schlimmste läge dann hinter ihr. Als sie die Falten ihrer raschelnden Satinröcke auf dem durchgesessenen Polster glattstrich, schaute sie aus dem Fenster und sah, wie sich Dimitri auf ein schmutziges, aber zäh wirkendes Lastpferd schwang und zu einem hohen Heiligen Bobaum ritt, wo Charles St. Germain ihn auf einem hochbeinigen Braunen erwartete.

Der indische Kutscher rief den Pferden einen schneidenden Befehl zu. In überraschend flottem Trab folgten sie der staubigen Straße, und Raven erhaschte nur noch einen flüchtigen Blick auf Charles, ehe eine dichte Staubwolke unter den Wagenrädern aufwirbelte und ihr die Sicht verdunkelte.

»Großer Gott, hab Erbarmen mit uns!« flehte Danny inbrünstig, als das Gefährt durch die tiefen Wegfurchen zu holpern begann und dabei so gräßlich schaukelte und knarrte, daß man sich bei dem Getöse kaum verständigen konnte. »Geht das denn bis Lahore so weiter?«

»Vermutlich«, erwiderte Raven und wünschte sich, zusammen mit Dimitri und Charles an der frischen, kühlen Luft zu reiten. Wegen der Staubwolke hatte sie die riesige Lederplane vor das Fenster ziehen müssen, wodurch es in dem beengten Wageninneren sehr schnell stickig wurde. Sie stimmte insgeheim mit Danny überein, daß die Fahrt sich tatsächlich zu einer Tortur entwickeln könnte, wenn die Straßen nicht bald besser würden. Aber sie biß die Lippen zusammen und schwor sich, nicht zu klagen, denn gewiß würde Kapitän St. Germain dann nur über sie herziehen.

Vereinzelte Blicke durch den gelüpften Ledervorhang zeigten ihr, daß sie den Ort hinter sich gelassen hatten und durch ein langes Tal mit dunklem fruchtbaren Boden fuhren; auf den Hügeln der Umgebung grünten üppige Bäume und raunendes Elefantengras; und am Himmel kreisten Milane. Auf der Straße, die aus dem Ort herausführte, herrschte ziemlich viel Verkehr, oder zumindest erschien es Raven nach dem einsamen Leben an Bord der *Orient Star* so. Bauern, die auf die Felder gingen, auf Kamelen reitende Händler und Kaufleute auf stämmigen Pferden schlossen sich dem Gedränge farbenfroher Ochsenkarren und schwatzender Fußgänger an, die sich in stetem Strom auf Hasangei zubewegten.

Sehr wenige, wie Raven bemerkte, beachteten die schaukelnde Kutsche, in der sie saßen, aber Charles und Dimitri, die auf ihren Pferden die Einheimischen überragten, waren häufigen Blicken und Getuschel ausgesetzt. Erleichtert stellte sie fest, daß die dunklen Augen das breitschultrige Paar keineswegs feindselig musterten, denn sie hatte sich unaufhörlich den Kopf darüber zerbrochen, wie man sie alle hier im Land der Sikhs als Feringhis – verhaßte Ausländer – empfangen würde. Vielleicht besteht gar keine so große Gefahr, wie Charles mir weismachen wollte, redete sich Raven ein, um sogleich zu bedenken, daß sowohl er selbst als auch Dimitri schwer bewaffnet waren; jeder hatte ein Paar Pistolen im Gürtel verborgen, und Dimitri trug neben dem kurzen Dolch, der immer in seinem Stiefel steckte, noch ein Messer mit langem Griff bei sich.

»Ich wünschte, der Kutscher würde etwas langsamer fahren«, jammerte Danny. Das Gerüttel hatte sich noch verschlimmert, als sie die Ortschaft und die belebten Durchgangsstraßen hinter sich gelassen hatten und die offene Landschaft vor ihnen lag.

»Je eher wir nach Khanapur kommen, um so besser«, meinte Raven und dachte an die Gefahren, die während ihrer Reise ohne ordentlichen militärischen Geleitschutz möglicherweise auf sie lauerten.

»Ich weiß, daß Sie Ihr Geld recht schnell bekommen und nach Hause zurückkehren möchten«, fügte Danny hinzu, die Ravens ungeduldige Worte mißverstand, »aber, Miß Raven, könnten wir vor der Heimreise nicht ein wenig bei Master Phillip bleiben? Wir sind schon so lang unterwegs, und ich würde mich gern ein kleines bißchen ausruhen.«

Da Danny ihr gegenüber saß, konnte Raven sie gründlich mustern. Und ihr entging trotz des gedämpften Lichts nicht, daß Danny viel dünner und älter als bei Reiseantritt wirkte. Die krausen Haare unter der Haube waren jetzt viel grauer und die Falten in ihrem Gesicht tiefer. Zweifellos hat die Reise sie arg mitgenommen, erkannte Raven mit plötzlichen Schuldgefühlen, und sie fragte sich, wie sehr sie selbst sich wohl verändert hatte.

Wenngleich sie sowohl von der Seekrankheit als auch vom Fieber, das Danny so gnadenlos befallen hatte, verschont geblieben war, hatte sie doch eine Menge Aufregungen, meist emotionaler Art, erlebt. Zu allererst hatte sie unablässig die Angst geplagt, North Head zu verlieren, dann das Wissen, daß sie mit Danny in der Gewalt einer englischen Schmugglerbande reiste, eine Furcht, die Raven standhaft allein durchgestanden hatte.

Doch nichts war so schwer zu ertragen wie die qualvolle

Liebe zu Charles St. Germain, eine Liebe, die – obwohl irregeleitet – ihr dennoch die Augen öffnete und sie für immer veränderte. Er hatte sie aus ihrer kindlichen Unschuld gerissen und zur Frau gemacht, das Bewußtsein ihrer Triebe erweckt, das ihr bisher verborgen geblieben war. Die wonnigen Höhen, die sie beide während ihrer letzten leidenschaftlichen Liebesnacht erklommen hatten, verfolgten Raven noch immer, und sie konnte in ihrem Herzen nicht leugnen, daß kein anderer Mann auf Erden als der draufgängerische Charles St. Germain, der Kapitän der *Orient Star* und frühere Graf von Monteraux, sie dorthin hätte geleiten können.

»Sie werden doch nicht etwa krank, Miß Raven?« fragte Danny besorgt.

»Nein«, antwortete sie traurig und tonlos. »Ich bin nur genau wie du das Reisen leid, und ich verspreche dir, daß wir Lahore nicht verlassen werden, ehe wir uns der Heimfahrt gewachsen fühlen.«

Die Gouvernante hielt diese Aussage für höchst vernünftig. Sie hatte befürchtet, Raven würde in ihrem verzweifelten Wunsch, nach Cornwall zurückzukehren, auf der sofortigen Heimreise bestehen. Obwohl Danny die Annehmlichkeiten von zu Hause vermißte und sehnsüchtig an ihr sonniges Zimmer im Ostflügel von North Head dachte, wußte sie doch, daß Sir Hadrian den Squire in Schach halten konnte, falls sie mit ihrer Fahrt die zugestandene Jahresfrist überziehen sollten.

Als der Wagen rumpelnd anhielt, fühlte sich Raven, als hätte man sie gevierteilt. Stöhnend stand sie auf und nahm dankbar den Arm, den Dimitri ihr grinsend reichte, als er die knarrende Tür aufriß. Beim Auftreten auf den harten Boden gaben ihre Knie nach, und der Russe fing sie eilends auf, indem er ihr stützend den Arm um die grazile Taille schlang. Angesichts dieser vertrauten Berührung verfinsterten sich die Züge Charles St. Germains, der ein Stück entfernt vom Pferd gestiegen war und sie beobachtet hatte.

»O meine Kleine«, meinte Dimitri vergnügt und ließ Raven nur widerwillig los. »Ihnen sind wohl die Beine eingeschlafen.«

»Die Beine und jeder Knochen dazu«, entgegnete Raven

scharf. »Wie konnten Sie uns nur in so eine Folterkammer sperren, Dimitri?«

Ihr anklagender Blick brachte ihn zum Lachen. »Das gehört zu den Dingen, die Indien so einzigartig machen, mein Engel. Aber keine Sorge. Kapitän St. Germain hat beschlossen, die Fahrt heute frühzeitig zu beenden.«

»Ich dachte, daß Mrs. Daniels vielleicht müde sei«, bekräftigte Charles, der vom anderen Ende des Dak-Bungalows herüberkam, wo er die Pferde einem ehrerbietigen Diener übergeben hatte. Seine grünen Augen ruhten kurz auf Ravens erschöpftem Gesicht, und sein frostiger Blick ließ sie wissen, daß seine Besorgnis allein Danny galt.

»Wie reizend von Ihnen!« rief die alte Frau dankbar, und Raven stellte betroffen fest, daß es Charles wieder einmal gelungen war, die Achtung ihrer Gefährtin zu gewinnen. »Stimmt es, daß wir hier übernachten, Kapitän?« fügte Danny zweifelnd hinzu und begutachtete das niedrige Gebäude aus Holz und Lehm.

»Die Unterkunft ist durchaus annehmbar«, versprach Charles und wandte sich mit einem knappen Befehl in fehlerfreiem Urdu an den Diener.

Tatsächlich entpuppte sich das Zimmer, das Raven und Danny teilen sollten, als komfortabel. Sobald sie es betreten hatten, kümmerte sich auch schon mindestens ein halbes Dutzend Dienerinnen um die Damen. Sie halfen ihnen, die verstaubten Kleider abzulegen, brachten in Steingutgefäßen Waschwasser herbei, legten ihnen frische Gewänder zum Wechseln bereit und stellten ein mit Fladenbrot, honigsüßem Konfekt, Früchten und Tee reich beladenes Tablett auf das Tischchen unter dem Fenster.

»Ich bin fast am Verhungern«, stöhnte Raven, nahm sich von dem ungesäuerten Fladenbrot, dem Hauptbestandteil indischer Ernährung, und kostete den süßen Tee. »Willst du nicht auch ein wenig essen, Danny?«

»Ich bin zum Essen zu müde«, gestand die alte Frau. Sie zog sich die Schuhe aus und sank mit angewiderter Miene auf das leichte Bettgestell, dann stellte sie erstaunt fest, daß es viel bequemer als befürchtet war. »Ich denke, ich lege mich schlafen.«

»So früh?« fragte Raven überrascht, aber Danny hatte bereits die Augen geschlossen und gab ihrer jungen Herrin keine Antwort mehr.

Raven lächelte vor sich hin und beendete ihr Mahl; der tiefe, gleichmäßige Atem, der vom Bett herüberdrang, zeugte von Dannys festem Schlaf. Als sie ihren Hunger gestillt hatte, war ihre eigene Müdigkeit zum Teil vergangen, und sie betrat die lange Veranda, wo ihr preußischblaues Kleid mit der Dunkelheit der Nacht verschmolz, die in Nordindien so schnell hereinbricht.

Bis auf das entfernte Gekläff der Schakale und herrenlosen Promenadenmischungen herrschte Schweigen, und während sie sich auf die Stufen setzte, fragte sich Raven, was Dimitri und Charles, die sie seit ihrer Ankunft nicht mehr gesehen hatte, wohl trieben.

Es dauerte nicht lange, bis eine Tür knarrte. Erschrocken erkannte Raven die große Gestalt Charles St. Germains, die sich im Schatten abzeichnete. Im fahlen Licht bemerkte sie, daß er seine Nankingreithosen und ein rehbraunes Jackett mit goldfarbenem Schluppenkragen trug; sein weißes Musselinhemd hob sich deutlich in der Schwärze ab, obwohl sie auch die kontrastierende dunkle Sonnenbräune seiner Brust am offenen Halsausschnitt erkennen konnte.

Aus seinen langsamen, leisen Schritten schloß sie, daß er sich allein wähnte. Sie verhielt sich weiterhin still, als er am Geländer stehenblieb und sich mit den kräftigen Armen auf einen rohen Holzbalken stützte. Trotz seiner lässigen Haltung und obwohl sie nicht einmal sein Gesicht sah, konnte Raven die Spannung in seinem Körper spüren. Sie war jetzt froh, weil sie ihre Anwesenheit nicht verraten hatte. Denn sie fühlte instinktiv, daß er auf jemanden wartete, und ihre Neugier gewann die Oberhand.

»Towarisch?«

Ravens heftiger Herzschlag verlangsamte sich, sobald sie Dimitris Baß erkannte, und sie saß mucksmäuschenstill auf den Stufen, während Charles sich umdrehte. »Hier bin ich, Dimitri. Was hast du herausgefunden?«

Der Hüne schlich wie auf Katzenpfoten, als er sich zu Charles auf die Veranda gesellte. Wiederum wurde sich Raven der spannungsgeladenen Atmosphäre bewußt, und Dimitris verstohlenes Auftreten bekräftigte ihren Verdacht, daß das Treffen eine abgemachte Sache und nicht für neugierige Blicke bestimmt war.

Charles' unverblümte Frage konnte nur eins bedeuten – daß die beiden schon mit den Erkundigungen über den Verbleib des begehrten Kohinoors begonnen hatten, und Ravens Aufregung schwang augenblicklich in Empörung um. Keinesfalls wollte sie in den verrückten Plan verwickelt werden, und die einzige Möglichkeit, dies zu verhindern, bestand darin, sich nicht zur Mitwisserin irgendwelcher Informationen machen zu lassen.

Als sie aufsprang, versuchte sie nicht, das Rascheln der Satinröcke zu dämpfen, und empfand grimmige Befriedigung, während die zwei Männer auf der Veranda auseinanderfuhren. Habgieriges Pack, dachte sie verächtlich. Dieses Verschwörungstheater wurde allmählich wirklich lästig.

»Guten Abend, Miß Barrancourt«, sagte Charles höflich, als er auf sie zutrat, und sie mußte sich eingestehen, daß sie selbst eine andere Person niemals so schnell in der Dunkelheit hätte erkennen können.

»Guten Abend, Kapitän – Dimitri«, erwiderte sie unschuldig, stieg mit zierlichen Schritten die paar Stufen hoch und blieb vor ihnen stehen, während sie insgeheim mutmaßte, daß Charles wohl die Sehkraft einer Katze besaß.

»Haben Sie einen kleinen Abendspaziergang gemacht?« fragte er beiläufig.

»Ich wollte mir nach dieser qualvollen Fahrt ein wenig die Füße vertreten«, gab Raven schlagfertig zurück. Dann überlegte sie voll Unbehagen, warum die beiden sie so aufmerksam betrachteten. »Das ist doch nicht verboten, oder?«

Dimitri und sein Kapitän schauten einander kurz an, dann schüttelte Charles den Kopf. »Ich muß Sie allerdings warnen«, fügte er in jenem aufreizenden, arroganten Tonfall hinzu, den Raven zu verachten gelernt hatte, »daß Indien kein so sicherer, vertrauter Ort wie North Head ist, Miß Barrancourt, und daß Sie es besonders nachts vermeiden sollten, allein draußen umherzustreifen. Selbst bewaffnete Männer wurden schon von Tigern ins Unterholz geschleppt, ganz zu schweigen davon, daß es im Gras nur so von Schlangen und Skorpionen wimmelt. Und wenn die naturgegebenen Gefahren Sie noch nicht davon abhalten, bei Dunkelheit allein draußen umherzuschlendern, bringt Ihnen vielleicht ein kurzer Hinweis auf die Flußpiraten, die mein Schiff geentert haben, zu Bewußtsein, daß es in Indien mehr als genug Verbrecher gibt.«

»Sie haben mir Ihren Standpunkt eindringlich klargemacht, Kapitän«, sagte Raven kühl. Sie wollte sich nicht eingestehen, wie sehr sein Ärger und seine frostige Förmlichkeit sie verletzten. Allem Anschein nach waren sie wieder der hochmütige, gleichgültige Kapitän und die zornige junge Frau, die ihn vor so langer Zeit an Bord der *Orient Star* mit der Wahrheit konfrontiert hatte. Es schien, als hätten sie nie jene starren Masken des Stolzes gelüftet, niemals etwas anderes als Abneigung und Feindschaft empfunden. Niemand, nicht einmal Dimitri, der sie beide jetzt genau beobachtete, würde glauben, daß Charles St. Germain sie zärtlich in Armen gehalten, ihre willigen Lippen geküßt und sie so stürmisch und sanft geliebt hatte, daß sie zu den kühnsten Gipfeln der Verzückung emporgeschwebt war.

Sie konnte es selbst kaum glauben, als sie zu seinen finsteren Zügen hochschaute, die nur Ärger und Feindseligkeit zeigten. Was immer zwischen ihnen vorgefallen war – alles bloß Täuschung, von Charles geschickt eingefädelt, damit sie ihm zu Füßen fallen, ihre unsterbliche Liebe gestehen und ihre Unschuld darbringen würde wie zweifellos unzählige naive unberührte Mädchen vor ihr.

Charles hatte das zarte, ebenmäßige Gesicht in der Dunkelheit betrachtet, und wenngleich er Ravens Gefühle von ihrem Mienenspiel nicht deutlich abzulesen vermochte, so konnte er doch die Qual in ihrem Herzen erahnen. Er machte einen Schritt auf sie zu. »Raven...«

»Ich sagte bereits, daß Sie mir Ihren Standpunkt klargemacht haben«, unterbrach sie ihn in einem Flüsterton, in dem ihre Empfindungen mitschwangen. »Warum lassen Sie mich nicht in Ruhe?«

Sie eilte an ihm vorbei über die Veranda, verschwand im Haus und warf die Tür hinter sich zu.

Eine Zeitlang herrschte draußen in der Dunkelheit Stille, bis Dimitri unbehaglich das Standbein wechselte und Charles einen fragenden Blick zuwarf. »Du solltest sie nicht so schlecht behandeln, Towarisch.«

Charles' Kinn spannte sich. »Wie könnte ich sie sonst zu Wachsamkeit veranlassen, ohne in ihr Verdacht zu erwekken? Was hast du von dem Mann aus Yorkshire erfahren?«

»Von dem? Pah!« erwiderte Dimitri temperamentvoll. »Nicht zu gebrauchen, der Kerl! Der legte die gesamte Grand-Trunk-Strecke im Geleit von mehr als zweihundert Sepoys zurück, die einem Regiment weiter südlich zugeteilt sind, und hatte noch nicht einmal von Multan erfahren! Wenn er nicht völlig taub und blind ist, verstehe ich nicht, wie er ihren Klatsch überhören konnte!«

Charles lächelte über Dimitris entrüsteten, hitzigen Tonfall. »Nicht weiter schlimm, Kamerad«, besänftigte er ihn. »Es gibt Neuigkeiten aus der Juganar-Siedlung. Der ansässige befehlshabende Offizier hat mich höchst erfreut mit den letzten Meldungen versorgt.«

»Und was hast du herausbekommen?«

»Daß die britischen Truppen vor nicht einmal einer Woche den Kampf gegen die Sikhs in Ramnuggar eröffnet haben.«

»Kristos!« Dimitris Stimme senkte sich zu einem Geflüster. »Dann herrscht also Krieg? Wer hat gewonnen?«

»Es gab keinen entscheidenden Sieg.«

»Und die Sikhs marschieren noch weiter auf?«

»Genau. Auch die Briten fahren mit der Mobilmachung fort. Meines Erachtens muß es bald zu einer zweiten Schlacht kommen.«

Einen Augenblick lang schwieg Dimitri, dann stellte er die Frage, die beide Männer bewegte; denn keiner von ihnen hatte vergessen, daß 1841, als sie zum erstenmal den indischen Subkontinent betreten hatten, britische Staatsangehörige grauenvoll niedergemetzelt worden waren. »Die Sikhs erheben sich doch nicht zur Meuterei gegen die britischen Siedlungen?«

»Nein.« Charles seufzte und massierte erschöpft seinen Nacken. »Jedenfalls jetzt noch nicht.«

»Demnach ist der Punjab für Briten noch ungefährlich«,

führte Dimitri den Gedanken zu Ende, während er sich nachdenklich über den Bart strich. »Freut mich, Towarisch, doch die Lage kann sich ändern.«

Charles schwieg mit unbewegtem Gesicht, während er in die Nacht hinausstarrte und den Geräuschen der Ebenen lauschte, die so unverwechselbar zu Indien gehörten. Dem leisen Geraschel und Schleichen hörte er nur mit halbem Ohr zu, denn dank seiner überaus geschärften Sinne konnte er jedes einzelne Geräusch aus der Fülle herausfiltern, und im Augenblick stellten nur die Menschen, nicht die Nachttiere, eine Gefahr für die Gäste des Dak-Bungalows dar.

»Du hast wohl recht, Kamerad«, meinte er in einem grimmigen Ton, der sich ganz deutlich von jenem spöttischen Unterschied, mit dem er sich vorher an die erboste Raven gewandt hatte. »Aber derzeit können wir nur abwarten – und uns umhorchen.«

»Kapitän«, begann Raven, als sie sich am nächsten Morgen auf dem sonnendurchfluteten Vorplatz trafen, »ich weigere mich, in dieser ratternden Kiste weiterzureisen! Danny hat sich angeblich schon daran gewöhnt, aber ich bestehe darauf zu reiten.«

Charles gab seine ledernen Satteltaschen dem wartenden Diener und wandte sich mit hochgezogenen Brauen an Raven. »Sie bestehen darauf?« wiederholte er drohend.

Angesichts seiner unheilverkündenden Miene wich Raven einen Schritt zurück, warf aber trotzig den dunkel glänzenden Kopf in den Nacken. »So ist es. Wenn Sie stundenlang bis aufs Mark durchgeschüttelt würden, dächten Sie genauso.«

»Nun gut«, sagte er barsch, »aber ich möchte keine einzige Klage von Ihnen hören, ganz egal, wie wund Ihr kleiner Po gescheuert wird.«

Raven stutzte, dann setzte sie zu einer entrüsteten Antwort an, aber Charles hatte sich schon umgedreht, rief dem indischen Ghari-Fahrer etwas auf Urdu zu und nahm keine Notiz mehr von ihr.

»Ich fürchte, meine Kleine«, drang Dimitri Sergejews mitfühlende Stimme an ihr Ohr, »der Kapitän kann manchmal recht brüsk sein. Lassen Sie sich von ihm nicht die Laune verderben. Er ist weibliche Gesellschaft nicht gewöhnt, nur Seeleute, die lediglich auf barsche Befehle reagieren.«

»Oh, da täuschen Sie sich, Dimitri«, widersprach Raven, während sie sich ihm zuwandte, und ihre Augen funkelten wie kühle, geschliffene Topase. »Kapitän St. Germain hat mit zu vielen Frauen Umgang gepflegt, und zweifellos waren sie allesamt duckmäuserische verhätschelte Gänschen. Deshalb erstaunt es mich nicht, daß er sich als Herr und Gebieter über mein ganzes Geschlecht aufspielt.«

Kerzengerade stolzierte sie davon, und Dimitri mußte lachen, wie immer von Ravens Temperament entzückt. Doch im nächsten Moment wurde ihm schwer ums Herz, als er die schroffe Miene des Kapitäns sah, die ihm nur zu gut verriet, daß Charles jedes einzelne von Ravens Worten gehört hatte. Seufzend fragte er sich, weshalb Charles sich wohl so intensiv bemühte, Raven Barrancourt gegenüber derart gefühllos aufzutreten. Sonst behandelte er Leute, die er nicht mochte, mit eisiger Verachtung oder nahm sie erst gar nicht zur Kenntnis, aber der Russe hatte mittlerweile erkannt, daß sein Freund mit Raven ganz besonders unfreundlich umsprang. Sicher, sie forderte ihn immer wieder absichtlich heraus, wie Dimitri ehrlich zugab, aber das Aufeinanderprallen ihrer beider Willenskräfte, und die Feindseligkeit zwischen der schönen Prinzessin und dem Teufelskerl von Kapitän verwirrten ihn völlig.

Während das Ghari zum Einsteigen bereitstand und Danny es sich darin schon bequem machte, besorgte man für Raven ein geeignetes Reitpferd. Aus dem Stall des Dak-Bungalows führte der eifrig lächelnde Besitzer eine dürre Stute mit struppigem Fell, die so aussah, als würde sie nach einem halben Dutzend Meilen zusammenbrechen; doch Charles erwarb sie nach kurzer Begutachtung.

»Die kommt mir so vor, als würde sie jeden Moment zu Boden sinken«, wisperte Raven dem Russen zu, als der Kapitän und der dunkelhäutige Inder gemächlich um den Preis feilschten.

Dimitri lachte. »Mir auch, aber so schnell wird man kein kräftigeres Pferd finden.«

»Aber sie wirkt so – mickrig!« beharrte Raven, die das Pferd mit dem herrlichen Cinnabar verglich.

Dimitris blanke schwarze Augen funkelten plötzlich so kalt wie Obsidian. »Ein schönes Tier, Kleines, würde schnell einem umherstreifenden Schurken als Beute ins Auge fallen.«

Raven spürte, wie ihr Herz bei Dimitris gleichgültigem Ton schneller schlug. Zum ersten Mal fiel ihr auf, daß das Wagengespann und Charles' und Dimitris Pferde zwar recht robust, aber gewiß keiner genaueren Aufmerksamkeit wert waren. Hatte man sie eben deshalb ausgewählt? Fürchtete Dimitri Diebe oder die unruhigen, feindlich gesinnten Sikhs, die möglicherweise durch die Punjabdörfer auf der Suche nach geeigneten Kriegspferden zogen? Sicher nicht, redete sich Raven nervös ein, denn wenn irgendwelche Gefahr drohte, hätte Charles doch darauf bestanden, daß sie im vergleichsweise geschützten Wagen reiste.

Als die Sonne blaßgelb am kalten klaren Himmel aufstieg, bog die kleine Karawane auf die Landstraße. Charles und Dimitri nahmen Raven in die Mitte, obwohl ihr nicht bewußt wurde, daß dies absichtlich geschah. Sie hatte ihre Ängste vergessen, sobald sie über den harten Boden trabten. Das Gefühl, nach so vielen Monaten endlich wieder im Sattel zu sitzen, ließ sie erkennen, wie sehr sie doch die Ausritte vermißt hatte.

Schweigend und in Gedanken versunken ritten die drei dahin, und selbst Dimitri zeigte sich wenig geneigt, zu plaudern oder die russischen Volkslieder zu schmettern, die er während seiner Deckwachen auf der *Orient Star* immer zum besten gegeben hatte. Raven wünschte sich bald, sie wäre bei Danny geblieben, denn die alte Frau hatte wenigstens nichts gegen einen kleinen Schwatz einzuwenden, wenn ihre junge Herrin dazu aufgelegt war. Obendrein erwies sich der harte indische Sattel als nicht annähernd so bequem wie der tadellos gearbeitete aus englischem Leder, den ihr Vater vor Jahren für sie in London erworben hatte. Aber da sie sich an Charles' süffisante Worte erinnerte, biß sie die Zähne zusammen und beklagte sich nicht.

»Wir legen hier eine Pause ein«, verkündete der Kapitän etwa drei Stunden später und deutete auf einen Hain hoher

Heiliger Bobäume am Straßenrand, unter deren mächtigen Wurzelwerk eine Quelle hervorsprudelte. An Kraft gewinnend, drängte das kalte, klare Wasser in seinem elfenbeinweißen Sandbett dahin und schwoll zum Sutlej hin an, der wie ein Silberband mehrere Meilen jenseits der Ebenen im Sonnenlicht glitzerte.

Charles stieg ab und stellte sich mit ausgestreckten Armen neben die Stute, um Raven herunterzuhelfen. Nach kurzem Zögern zog sie den kleinen Stiefel aus dem Steigbügel und sprang, ohne auf seinen Beistand zu warten, vom Pferd. Zum Glück stand er da, denn kaum war sie gelandet, gaben die Knie unter ihr nach, und sie wäre gefallen, hätte er ihre Taille nicht umfaßt.

Einen Augenblick lang fand sich Raven an seine starke Brust gedrückt, ihre festen, vollen Brüste berührten ihn, die weiten Röcke drängten ihm gegen die muskulösen Schenkel. Charles' Arme schienen sich wie von selbst enger um sie zu schließen, sie noch näher zu ziehen, und sein warmer Atem strich ihr über die Stirn.

Raven hob den Kopf und bemerkte, daß die smaragdgrünen Augen auf ihr ruhten, ihre eigenen sich auf gleicher Höhe mit seinen sinnlichen Lippen befanden und daß sie unfähig war, den Blick abzuwenden. Charles, der ihr Beben und die atemlose Stille spürte, konnte kaum glauben, daß diese gewaltige Hitze sie beide durchströmte, wann immer sie einander berührten. Scheinbare Zeitlosigkeit umfing sie, während sie einander ansahen, und das brennende Verlangen in Charles' Blick wurde durch die sehnsüchtige und kaum erkannte Liebe in Ravens Augen beantwortet.

»Wo sind die Wassertaschen, Towarisch?« erscholl Dimitris Baß von der anderen Seite der Kutsche her, wo er Danny fürsorglich heraushalf.

Charles ließ Raven zärtlich los, wobei er sich vorher vergewisserte, daß ihre schmerzenden Beine sie jetzt wieder tragen konnten; dann wurde sein Blick hart und undurchdringlich, als er die Ziegenlederflaschen hervorfischte und sich umdrehte, um von der nahen Quelle Wasser zu holen.

»Wird Ihnen das Reiten nicht zu viel, Miß Raven?« erkundigte sich Danny besorgt, während sie um die Kutsche zu ihrer jungen Herrin eilte und sich die verknitterten Bombasinröcke glattstrich. »Die Straße scheint jetzt in besserem Zustand zu sein, denn die Kutsche schaukelt und rumpelt nicht so arg wie gestern.«

Noch vor weniger als einer Minute hätte Raven zugegeben, daß sie die Gelegenheit, nach der Mittagsrast im vergleichsweise bequemen Ghari weiterzufahren, sehr begrüßen würde. Doch jetzt schüttelte sie heftig den Kopf, während ihr Blick Charles St. Germains hoher Gestalt folgte, als er niederkauerte und die Wasserflaschen mit kristallklarem Wasser füllte. »O nein, Danny«, murmelte sie atemlos. »Mir geht es gut.«

Nach einem kurzen Mahl aus Fladenbrot, honigsüßen Früchten und Wasser zog der kleine Trupp weiter auf der staubigen Straße, die erbarmungslos durch die Grasebenen nach Kasur führte. Die Gegend erschien Raven in ihrer Eintönigkeit öde und von bedrückender Langeweile, die gleiche Landschaft, die ihr von der *Orient Star* aus so farbig und aufregend vorgekommen war. Hatte etwa die Angst vor einem zweiten Sikh-Krieg ihr den Blick für die Schönheit Indiens getrübt? Heftig ermahnte sich Raven, daß derlei Gedanken unsinnig seien und sie sich nicht durch Charles' unheilvolle Warnungen erschrecken lassen dürfe.

Wiederholt sah sie zu ihm hinüber, der weiterhin an ihrer Seite ritt, aber sein Pferd ein Stück rechts hinter dem ihren hielt und so ein eventuelles Gespräch verhinderte. Den Grund für seine spürbare Unruhe vermutete sie darin, daß er sich bei dieser Reise durch ein erschöpftes junges Mädchen auf einer schwachen Stute und eine ältere Frau in einem dahinrumpelnden Ghari behindert fühlte.

Auch dieser Nachmittag erwies sich als ebenso ermüdend und endlos wie der gestrige. Verschmutzt, mit einer Staubschicht auf Reisemantel und Haar, hielt Raven die Augen gesenkt und war nicht zum Plaudern aufgelegt; lediglich Dimitri brach ab und zu mit seinem lautstarken Gesang die Stille, die bleiern über den Ebenen lastete.

In der Dämmerung näherte sich die kleine Gruppe der Brücke, die über die dunklen Wasser des Sutlej führte. In der einbrechenden Dunkelheit funkelten die Lichter von Kasur unter dem blauschwarzen Himmel, und die weißen Segel unzähliger kleiner Schiffe zeichneten sich gespenstisch vor dem dunklen Wasser ab. Charles, der voranritt, hob die Hand und hielt den Trupp an, als der Brückenwärter aus seiner Hütte heraus kam.

Ravens Lider waren vor Erschöpfung schwer, und sie zollte der kurzen Unterhaltung zwischen Charles und dem hakennasigen Inder überhaupt keine Aufmerksamkeit. Ein knarrender Ochsenkarren rumpelte über die Brücke, neugierig lugten seine Insassen auf die drei Europäer hoch zu Roß und machten beim Anblick des dicken bärtigen Russen und des kräftig gebauten Kapitäns, der fast ebensogut Urdu sprach wie sie, große Augen. Dimitri, stets auf der Hut, bemerkte die Blicke und war erleichtert, als er nur eine Mischung aus Scheu und Erstaunen auf den Gesichtern wahrnahm.

Bevor Charles den Befehl, auf die Brücke zu fahren, geben konnte, stieg der Ghari-Kutscher unerwartet ab und eilte heftig gestikulierend und unter einem unaufhörlichem Wortschwall durch die Dunkelheit auf Charles zu. Dimitri lenkte sein Pferd heran, um zuzuhören, während Raven die unvorhergesehene Verzögerung nutzte, auf den Wagen zuritt und hineinspähte. »Danny?«

»Ja, Miß Raven«, drang die überraschend lebhafte Stimme heraus. »Ich habe die meiste Zeit geschlafen.«

»Du Glückliche«, bemerkte Raven reumütig.

»Warum fahren wir denn nicht weiter?« In der Finsternis erschien Dannys Gesicht wie ein verschwommener heller Fleck, als sie aus dem Wagenfenster lugte.

»Unser hochgeschätzter Kutscher«, erklärte Charles mit einem kurzen, durchdringenden Blick auf den Inder, der aufgeregt hinter dem tänzelndem Pferd des Kapitäns auftauchte, »hat entschieden, daß ihm die Fahrt über die Brücke aus religiösen Gründen verwehrt ist.«

»Das verstehe ich nicht.« Danny wandte sich verdutzt zum Kutscher.

»Es bedeutet wohl, daß wir jetzt keinen Wagen mehr haben«, erwiderte Raven und sah Dimitri verunsichert an, »daß wir die restliche Strecke nach Kasur reiten müssen.«

»Ich fürchte, es verhält sich so, Mrs. Daniels«, bestätigte Charles.

»Ach, und was passiert mit dem Gepäck?« jammerte Danny.

»Das werden wir auf Miß Barrancourts Stute schnallen müssen«, erklärte Charles freundlich. »Sie ist als Lasttier dressiert.«

»Aber auf welchem Pferd reite ich?« fragte Raven mit aufgerissenen Augen.

»Auf meinem, zusammen mit mir«, teilte ihr Charles in lustlosem Ton mit, der seine mangelnde Begeisterung verriet.

»Und Sie, Mrs. Daniels, kommen mit mir«, polterte Dimitri in die darauffolgende Stille und fügte schelmisch hinzu. »Wenn Sie mir als Ihrem Begleiter trauen.«

Dannys herzliches Lachen lockerte die Spannung. »Ich bin entzückt, Mr. Sergejew.«

Verblüfft sah Raven zu, wie behend Danny mit zwar arg verknitterten Röcken, aber ungetrübtem Elan aus der Kutsche kletterte. Was für ein unerwarteter Rollenwechsel hatte da stattgefunden! Sonst ermüdete Danny als erste oder verlor den Antrieb, und jetzt benahm sie sich wie ein lebhaftes junges Mädchen, kokettierte sogar offen mit Dimitri, während Raven sich kaum rühren konnte.

»Was für eine seltsame Religion, dieser Hinduismus«, konstatierte Danny, während Dimitri und der dem Dienst enthobene Kutscher eilig die paar Koffer und kleineren Gepäckstücke auf den Rücken der Stute packten. »Man darf keine Kühe schlachten und nicht in Gegenwart von Angehörigen niederer Kasten essen, ja nicht einmal Brücken befahren!«

»Es ist nicht die Religion, die es ihm verbietet«, entgegnete Charles, der in der Dunkelheit hoch vor ihnen aufragte und den unermüdlichen Wallach am Zügel führte. Raven sah seine weißen Zähne in der Dunkelheit aufblitzen, als er lächelnd fortfuhr. »Sondern der Gedanke an sein Heim und das warme Bett, die am Ende der Reise auf ihn warten. Wenn er jetzt umkehrt, statt uns ganz nach Kasur zu bringen, gewinnt er mindestens einen halben Tag.«

»Aber wir haben ihn doch für den ganzen Weg in die Stadt bezahlt«, wandte Raven ein.

Charles zuckte die Achseln. »Gewiß, aber wir sind Feringhis – Ausländer – und deshalb leicht zu täuschen. Das glaubt er wenigstens.«

»Er weiß doch genau, daß Sie ebenso gut Urdu sprechen wie er«, beharrte Raven. »Warum sagen Sie ihm nicht einfach, daß Sie den Trick durchschauen?«

»Wir befinden uns hier in Indien, Raven.« Charles trat näher zu ihr und sprach sie unbewußt mit dem Vornamen an, der ihm viel leichter als das steife »Miß Barrancourt« über die Lippen kam. »Unser berechnender Kutscher denkt nicht so wie wir, und ich werde ihn nicht als Lügner bloßstellen, indem ich ihm sage, daß nichts im Weda die Überquerung dieses Flusses verbietet.«

Raven schwieg und runzelte mißbilligend die Stirn. Offensichtlich unterschied sich indisches Denken ganz erheblich vom abendländischen, und zweifellos hatte Charles St. Germain beschlossen, die Denkweise des Landes anzunehmen, in dem er sich gegenwärtig befand. Wie sonst sollte sie seine unvernünftige Entscheidung deuten, die Ehre eines Mannes über Dannys und ihr Wohlergehen zu stellen?

»Wir sind soweit, Towarisch«, klang Dimitris Baß durch das Dunkel.

»Wenn Sie also nichts dagegen haben, Mrs. Daniels?« In der Dunkelheit konnte Raven zwar Charles' Gesicht nicht sehen, doch sein schalkhafter Tonfall entging ihr nicht. Weshalb benimmt er sich Danny gegenüber so nett, grübelte sie niedergeschlagen, während er mich ständig mit gefühllosen Worten verletzt? Dachte er nicht mehr an die glutvollen Freuden, die er ihr durch seinen leidenschaftlichen Liebesunterricht geschenkt hatte? Offensichtlich nicht, denn sie erkannte jetzt in qualvoller Klarheit, daß er mit ihr nur getändelt und ihr jenes kostbare Gut der Jungfernschaft geraubt hatte, ohne nachher auch nur einen Gedanken an ihre Gefühle zu verschwenden. Hoffentlich würde sie ihn nach der Ankunft in Lahore nie wiedersehen.

»Miß Barrancourt? Sind Sie zur Weiterreise bereit?«

Sie nickte, und Charles umfaßte ihre schmale Mitte, die

Finger sanft über ihre Hüften gebogen, als er sie in den Sattel hob. Ohne ihr Zeit für das Zurechtstreifen der zerknüllten Röcke zu lassen, legte er den Fuß in den Steigbügel, schwang sich hinter ihr aufs Pferd und ließ dann die Hände um sie gleiten, um die Zügel zu greifen. Raven, die seine unnachgiebige Kraft spürte, rückte absichtlich von ihm weg und wäre fast abgeworfen worden, als der kastanienbraune Wallach flott über die Brücke trabte.

»Halten Sie doch still«, wies Charles sie ärgerlich an, »sonst fallen Sie noch vom Pferd.«

Raven schenkte ihm keine Beachtung, sondern bemühte sich verbissen um einen aufrechten Sitz, um nicht gegen Charles zu prallen. Ein Lachen stieg in seiner Brust auf – sie konnte es in ihrem ganzen Körper fühlen –, aber sie preßte die Lippen zusammen und hielt das Gesicht angewandt, während sie den Hindu-Kutscher wegen seiner Faulheit und Charles St. Germain wegen seiner Nachsicht am falschen Fleck verwünschte.

Im Flackerschein der Fackeln entlang der Brücke erschien Ravens Gesicht noch schöner und weicher, da die Schatten ihrer zarten Mundpartie und der Halsmulde sinnliche Tiefe verliehen und nur die hohen Wangenknochen im kontrastierenden Licht deutlich hervortraten. Unter den Falten ihres Reisemantels konnte Charles die Umrisse ihrer festen, sanft gerundeten Brüste sehen, die sich gegen den schimmernden Kleiderstoff schmiegten, die glatte Haut darüber leuchtete rosig im Fackellicht. Ein weicher Schenkel war gegen seinen muskulösen gedrückt, ihre geschwungene Hüfte ruhte verlockend an seiner, und das Blut erhitzte sich in seinen Lenden. Der Duft ihres glänzenden Haares, ihre Nähe und Wärme erfüllten seine Sinne mit einer übermächtigen Fülle von Reizen.

In diesem Augenblick stolperte der Wallach überraschend auf den unebenen Planken, und Charles schloß unwillkürlich die Arme fester um Raven, um sie vor dem Fallen zu bewahren, und zog sie dicht an seine schützende Brust. Raven fiel der Kopf kurz gegen eine harte, aber unbestreitbar trostreiche Schulter, und für einen Moment beugte sich das attraktive Gesicht mit dem tiefgekerbten Kinn und den schmalen sonnenverbrannten Wangen über das ihre. »Ihnen ist doch nichts passiert?«

Die tiefe, rauhe Stimme und seine einschüchternde Nähe jagten Raven einen Schauder über den Rücken. In Charles' Armen konnte sie seine unbeugsame Stärke spüren. Sein Herz schlug fest und kräftig, und sie fühlte atemlos die Muskelstränge seiner an sie gepreßten Schenkel und seine nicht zu mißdeutende Männlichkeit.

»Nein, nein«, versicherte sie ihm in, wie sie hoffte, gleichmütigem Ton, doch zu ihrem Ärger schlich sich ein deutliches Zittern in ihre Worte. »Ich fürchte mich nicht davor, herunterzufallen.«

»Bestimmt nicht«, spöttelte Charles, und sie merkte, wie ein lautloses Lachen seine breite Brust erbeben ließ. Da er den Druck seiner Arme lockerte, konnte sie sich wieder aufrecht setzen, und dankbar rückte sie von ihm ab, die Schultern mißbilligend gestrafft.

Grinsend lenkte Charles das Pferd näher zu Dimitri und lächelte zu Danny hinab, die zwergenhaft klein vor dem hünenhaften Kosaken im Sattel saß. Ihr Hut saß schief, und graue Löckchen hingen ihr wirr in das runde Gesicht, aber sie versicherte auf Charles' Anfrage überzeugend, daß es ihr gutgehe und sie mühelos die zermürbende Stunde bis zur Ankunft im Nachtquartier überstehen würde.

»Wir bleiben diese Nacht im britischen Quartier«, teilte ihr Charles mit. »Colonel Bateman, ein alter Bekannter von mir, erwartet uns.«

Mit der dahinstapfenden Stute im Schlepptau ließen die zwei schwerbeladenen Wallache die Brücke hinter sich und schwenkten nach rechts, wo die Hauptstraße am Flußufer nach Kasur führte. Raven, die hundemüde war, schenkte den Gäßchen und aneinandergepferchten Wohnhäusern, an denen sie vorbeikamen, wenig Beachtung, obwohl sie selbst bei größerer Aufmerksamkeit im Dunkel nur wenig wahrgenommen hätte. Sosehr sie sich auch bemühte, konnte sie doch die Augen nicht mehr offenhalten, und jeder holpernde Schritt des Wallachs warf sie sacht gegen Charles St. Germains breite Brust. Obwohl sie sich jedesmal versteifte und aufrichtete, überwältigte sie die Müdigkeit, und endlich schlief sie ein, die glatte Wange an sein weiches, fein duftendes Musselinhemd gelegt, im Schutz seiner starken Arme.

Mit zusammengekniffenen Augen erkundete er die Finsternis. Er führte den Wallach gleichmäßig und bemühte sich sehr, das schlafende, an ihn gekuschelte Mädchen nicht zu wecken. Hin und wieder erlaubte er sich Freiheiten, die er sich, wäre sie wach, nicht gestattet hätte. Er drückte die schmale Wange an ihre seidigen Haare und atmete dessen vertrauten Duft ein.

9.

»Da gehen Sie mir nicht hinein, Miß Bettina, oder ich sag's Ihrem Vater!«

»O Jamie, nur ganz kurz!«

»Nein, diesmal bleibe ich eisern, im Ernst!«

»Jamie –!«

Durch eine beinahe undurchdringliche Mauer aus Schlaf sickerten zwei Stimmen in Ravens Bewußtsein, doch auf den resoluten, melodischen irischen Tonfall und das wehleidige Piepsen eines jungen Mädchens konnte sie sich keinen Reim machen.

»Na schön, Jamie, reg dich nicht weiter auf! Ich komme später wieder!«

»Sehr vernünftig, Miß Bettina«, erscholl wieder der besänftigende irische Akzent, und Raven hörte, wie sich jemand schlurfend von der Tür entfernte. Gleich im nächsten Augenblick klickte der Riegel, die Tür ging knarrend auf, und das herzförmige Gesicht eines jungen Mädchens erschien.

Als sie Raven in der zerwühlten Bettwäsche sah, entfuhr ihr ein entzücktes »Oh!« Sie öffnete die Tür weiter und trat mit wirbelnden Taftröcken ein. »Sie sind ja wach!« rief sie erfreut. »Haben Sie gut geschlafen?«

»Danke, ausgezeichnet«, antwortete Raven ziemlich verwirrt. Verschwommene Erinnerungen an die Nacht zuvor kehrten zurück. Zwei starke Arme hatten sie von dem großen Wallach gehoben und den tüchtigen Händen einer gluckenhaften, gesetzten Frau übergeben, von der sie rasch in ein Zimmer und zu Bett gebracht worden war.

Die freundliche Stimme und der üppige Busen, die ihr von der vergangenen Nacht her im Gedächtnis geblieben waren, schienen nicht zu dem schlanken jungen Mädchen zu passen, dessen vergißmeinnichtblaue Augen sie mit unverhohlener Neugierde musterten.

»Es tut mir leid«, sagte Raven nach einer Weile, als sich noch immer kein Ende der wortlosen Begutachtung abzeichnete. »Ich kann mich offenbar nicht entsinnen, ob wir uns schon begegnet sind.«

Das Mädchen, dem goldene Locken auf die weichen Schultern fielen, lachte und vollführte einen niedlichen Knicks. »Ich heiße Bettina Bateman, und Sie sind in Papas Haus in der britischen Siedlung von Kasur. Sie kamen gestern nacht sehr spät an, und Kapitän St. Germain bat Jamie, Sie ausschlafen zu lassen. Ich wollte nur schnell hereinschauen, weil es hier so gräßlich wenig Mädchen in meinem Alter gibt, aber...« Sie zuckte die Achseln und ließ die blauen Augen blitzen. »Jamie wollte nichts davon hören. Und dabei waren Sie schon wach, so wie ich es vermutet hatte!«

Raven wollte Bettina nicht durch die Mitteilung verletzen, daß die Auseinandersetzung mit der respekteinflößenden Jamie sie aufgeweckt hatte. Mit einem Blick auf die Kirschbaumuhr neben der Tür stellte sie fest, daß es fast elf war. »Du liebe Güte! Ich glaube, ich habe noch nie im Leben so lange geschlafen!«

»Dafür kann Sie niemand tadeln«, versicherte ihr Bettina und verschwieg wohlweislich, daß sie selbst kaum früher aus den Federn kam. »Wenn Sie sich beeilen, Miß Barrancourt, kommen Sie gerade recht zum Mittagessen. Papa sagt, es wird heute Ihnen zu Ehren im Salon serviert. Darf ich Sie Raven nennen?«

Raven nickte geistesabwesend und wünschte sich, Bettina würde sie allein lassen. Offenbar meinte es das Mädchen nicht böse, aber Raven hatte genug Backfische ihres Schlags in England kennengelernt, um sich zu erinnern, daß es eines sehr geringen Anreizes bedurfte, um sie zum Reden zu bringen, aber dafür um so mehr, um sie wieder zum Schweigen zu veranlassen. In gewisser Weise glich Bettina mit ihrer üppigen goldblonden Lockenpracht, die ihr herzförmiges Gesicht und die großen blauen Augen umrahmte, einem puppenhaft schönen Rauschgoldengel.

Obwohl sie nicht viel älter als fünfzehn oder sechzehn sein konnte, war ihre Taille fest eingeschnürt, so daß das Mieder des himmelblauen Kleides ihre kleinen Brüste hob und ihnen so den Anschein weiblicher Fülle verlieh. Ihre weichen rosa Lippen waren zu einem permanenten Schmollmündchen verzogen, und Raven hegte den starken Verdacht, daß es sich dank elterlicher Nachsichtigkeit in langen Jahren gebildet hatte und später, als Bettina seine Niedlichkeit erkannt hatte, stundenlang vor dem Spiegel vervollkommnet worden war.

»Ich schicke die Diener herauf, damit man Ihnen behilflich ist«, fügte Bettina hinzu und trippelte, sehr zu Ravens Erleichterung, hinaus.

Währenddessen unterrichtete Colonel Roger Bateman in seinem Arbeitszimmer Charles St. Germain und Dimitri über die jüngsten Entwicklungen im Punjab. Der Brite hatte fast seine ganze Offizierslaufbahn in Indien verbracht und beherrschte beeindruckend gut die schwierigen Sprachen Hindustani und Punjabi. Da er die Achtung seiner indischen Fußsoldaten ebenso genoß wie die seiner britischen Kollegen, verfügte Colonel Bateman über mehr vertrauliches Wissen als andere Offiziere der lokalen Garnisonen. Hauptsächlich aus diesem Grund hatte Charles beschlossen, die Nacht in der britischen Siedlung von Kasur statt im nächsten Dak-Bungalow zu verbringen, denn gegenwärtig waren verläßliche Informationen von lebenswichtiger Bedeutung.

»Lord Gough, Oberbefehlshaber unserer Armeen, eröffnete am 22. bei Rammiggar den Kampf gegen die Sikhs«, sagte Bateman mit seiner hohen klaren Stimme, die für einen so großen und beleibten Mann wenig passend erschien. Sein Gesicht war rosig, die Bartkoteletten verbargen fleischige Wangen, aber Charles kannte ihn gut genug, um zu wissen, daß sich der Offizier mit den Fettpolstern und schlaffen Muskeln im Zweikampf wie eine Katze bewegte, daß sein Mut und seine militärische Tapferkeit so tödlich wirkten wie ein Kobraangriff.

»Sind gegenwärtig Truppen im aktiven Einsatz?« fragte Charles mit ausdrucksloser Miene, so daß Dimitri seine Gedanken nicht erahnen konnte.

»Die ganze Armee marschiert oder hält Manöver ab, aber ich kann Ihnen zum jetzigen Zeitpunkt nicht exakt sagen, wo die nächste Schlacht ausgefochten wird. Mein Zehntes und Major Andersons Siebzehntes Infanterieregiment sind zum Abmarsch nach Chillianwallah am Wochenende gerüstet.«

Eine Zeitlang herrschte in dem gemütlichen Arbeitszimmer Schweigen, während Charles über diese Worte nachdachte, und es war Dimitri, der sich vorbeugte und fragte: »Wie steht es im Punjab, Colonel? Sie wissen ebenso gut wie wir, daß er die Hochburg der Sikhs ist. Können sich Europäer in Lahore noch auf die Straße wagen?«

»Es wird immer Leute geben, die sich dabei unbehaglich fühlen«, erwiderte der dicke britische Offizier bedächtig und wunderte sich über Charles' fest zusammengepreßte Lippen. »Vor allem, da nur ein Regiment der East India Company die Autorität des Gesandten dort unterstützt. Doch die Sikhs sind ein stolzes Volk und nicht dafür bekannt, unschuldige Frauen und Kinder niederzumetzeln. Ich sehe dies als rein militärischen Feldzug.«

»Und doch sind Sie nicht völlig überzeugt«, bemerkte Charles schroff.

Colonel Bateman seufzte. »Die Armee der Sikhs wird von afghanischen Reitern unterstützt, überwiegend Afridis. Sie kennen ja deren Kampfleidenschaft, Charles.«

»Allerdings.« Die Afridis, die Raven bei jenem Überfall auf die *Orient Star* beinahe umgebracht hätten, tat er als verachtenswerte Flußpiraten ab, die durch die Opiumsucht ihren fanatischen Stolz und ihre kriegerischen Fähigkeiten, Grundeigenschaften des afridischen Charakters, verloren hatten. Nein, wäre Raven von den wahren, unberechenbaren und gefährlichen Kämpfern der Berge gefangengenommen worden, die ihre Freiheit todesmutig verteidigten, hätte sie es nicht überlebt. Dieser Gedanke verlieh Charles' Tonfall eine unvermittelte Aggressivität. »Gewiß, Colonel, ich kenne sie gut.« Sein durchdringender Blick richtete sich auf den Offizier in der schmucken Uniform. »Trotzdem würden sie ebenso wenig wie ihre Kampfgenossen durch die Straßen von Lahore ziehen, um schutzlose britische Staatsbürger aufzuspüren und zu ermorden.«

»Nein«, stimmte der Colonel zu. »Ich würde zu behaupten wagen, daß man sich in Lahore an einem sicheren Ort befindet – zumindest derzeit noch. Lediglich die Tatsache, daß es einst die Hauptstadt der Sikhs war und wir Briten es ihnen gewaltsam nahmen, läßt mich befürchten, sie könnten es uns eines Tages wieder zu entringen versuchen...

»Ah, Penelope«, unterbrach er sich lächelnd, als er seine Frau in der Tür stehen sah. »Ist es schon Zeit zum Mittagessen? Offen gestanden freue ich mich, Miß Barrancourt kennenzulernen, nachdem Mr. Sergejew mir so viel über sie erzählt hat.«

»Sie wartet mit Bettina im Salon auf uns«, erwiderte Mrs. Bateman und ließ die langen, kajalgeschwärzten Wimpern wie ein Backfisch über die wäßrig blauen Augen flattern, als sie den in einem Ledersessel zurückgelehnten Kapitän anlächelte. Im Tageslicht wirkte er sogar noch attraktiver und gebieterischer als gestern abend bei der Begrüßung. Sicher konnte es nicht einmal Lieutenant David Tyde, den sie bereits als perfekten Gatten für Bettina auserkoren hatte, an Kraft, Aussehen oder mutmaßlichem Vermögen mit Kapitän Charles St. Germain aufnehmen. Überdies hatte ihr Roger gestern von St. Germains Grafentitel erzählt, und die Aussicht, für ihr Schätzchen Bettina ein Adelsprädikat zu ergattern, brachte eine hektische Röte auf Penelope Batemans runde Wangen.

Abgesehen von ihrem Körperumfang und allzu intensivem kosmetischen Aufwand hätte man Mrs. Bateman hübsch nennen können. Weil sie die Gemahlin eines alten Bekannten war, hielt sich Charles streng an die gesellschaftlichen Formen und bot ihr höflich den Arm, als sie das Arbeitszimmer verließen. Während sie die Fingerspitzen auf seinen muskulösen Unterarm legte und verstohlen in das kühn gemeißelte Gesicht lugte, fühlte Penelope einen Schauer durch ihren Körper rieseln. Vielleicht schüchtert er Bettina ein wenig zu sehr ein, überlegte sie mit einem besorgten Stirnrunzeln. Ein derart zartes, zierliches Wesen wie Bettina konnte ein so großer, starker Mann wie Charles St. Germain leicht, wenn auch unabsichtlich verletzen.

Ein betagter indischer Diener verbeugte sich tief, als sie im langen, mit Teppichen ausgelegten Flur an ihm vorbeigingen, öffnete dann die Doppeltüren zum Salon und murmelte einige ehrerbietige Worte der Memsahib gegenüber. Während Penelope auf der Schwelle innehielt, um ihre Tochter mit Charles bekannt zu machen, bemerkte sie, wie sich seine smaragdgrünen Augen verengten, als er an der geziert lächelnden Bettina vorbei zu Raven Barrancourt sah, die, an eine der hohen Glastüren gelehnt, in den Wintergarten schaute.

»Kapitän, darf ich Sie mit meiner Tochter bekannt machen?« fragte sie mit stolzem Lächeln, obwohl sie durchaus wußte, daß eigentlich Roger ihr einziges Kind vorstellen müßte. Das Lächeln erstarb fast angesichts des gleichgültigen Blicks, den er Bettina zuwarf, obwohl er sie mit untadeliger Höflichkeit begrüßte. Bei seiner unbefriedigenden Reaktion auf die atemberaubende Schönheit ihrer Tochter füllte sich ihr Herz mit Empörung, denn zum allerersten Mal verhielt sich ein Mann in Bettinas Anwesenheit nicht verlegen und unbeholfen.

Das ist doch wirklich zu ärgerlich, dachte Penelope. Kapitän St. Germain machte kein einziges charmantes Kompliment über Bettinas entzückendes Taftkleid, sondern drehte sich zu Raven Barrancourt um, nahm deren zarte Hand und führte sie zu dem lächelnden Roger, der für die schroffe Abfuhr seiner Tochter blind war.

Penelope hörte kaum die Begrüßungsworte; sie richtete die blassen Augen unentwegt auf den attraktiven Kapitän und die dunkelhaarige Schönheit an seiner Seite. Beide groß und eindrucksvoll, paßten sie zweifellos gut zusammen; die knisternde Kraft, die von Charles St. Germains kraftvollem Körper unaufhörlich auszugehen schien, strahlte auch im funkelnden Feuer von Ravens goldbraunen Augen. Penelope konnte die Anziehungskraft zwischen ihnen wie die spannungsgeladene Luft vor einem Sturm spüren, doch an Charles St. Germains schroffem Gesichtsausdruck und Ravens unnachgiebigem Profil erkannte sie, daß es zwischen ihnen lediglich unbeugsamen Stolz und gezwungene Förmlichkeit gab. Vielleicht bestand noch eine Chance – wenn Bettina geschickt vorging.

Sie beobachtete voller Stolz, wie das Mädchen auf ihr verstohlenes Zeichen hin ein wahrhaft männermordendes Lächeln aufsetzte. Kein Vertreter des starken Geschlechts konnte einem reizenden, niedlichen Lächeln widerstehen, dessen war sich Penelope gewiß, denn Bettina hatte es mit ihrer Unterstützung in unzähligen Stunden zur Perfektion gebracht. Natürlich paßte es, von einem Fächer halb verborgen, besser zu einem abendlichen Beisammensein. Aber laut Roger würden sie sich beim Abendessen nicht sehen, da Kapitän St. Germain und sein dicker russischer Freund – der Penelope offen gestanden ziemlich irritierte – geschäftliche Angelegenheiten in der Stadt erledigen würden.

»Kapitän, warum setzen Sie sich als Tischherr nicht an meine Seite?« lud Bettina ihn mit kokett geneigtem Kopf ein, als sie sich endlich zur geschmackvoll gedeckten Tafel begaben.

»Mr. Sergejew, Sie müssen mir unbedingt erzählen, wie Sie dazu kamen, sich mit den Briten zusammenzutun«, fügte Mrs. Bateman eilends hinzu und dirigierte den bärtigen Kosaken zu dem eigentlich Charles zugedachten Stuhl, wobei ihre ignorante Bemerkung Roger Bateman zu einem Stirnrunzeln veranlaßte. Aber glücklicherweise bemerkte Penelope es nicht, denn sie beobachtete gespannt, wie der Kapitän Bettina zum anderen Tischende führte. Oh, sie passen ausgezeichnet zusammen, frohlockte sie und bezweifelte keine Sekunde, daß der dunkelhaarige, gutaussehende Kapitän St. Germain den idealen Gegensatz zu ihrer schönen blonden Tochter bildete.

Im Bestreben, ihrem geliebten Kind zu einer glänzenden Partie zu verhelfen, kam es Penelope gar nicht in den Sinn, daß Charles sein Augenmerk möglicherweise nie auf ein Porzellanpüppchen wie Bettina richten könnte, die – von feinster Seide und Satin umhüllt – mit einem anbetungsvollen, diskret im Hintergrund bleibenden Ehemann von allen umschwärmt werden wollte. In der starken Hand, die das zarte Mädchen zum Tisch geleitete, pulste zuviel ungestüme, ungebändigte Kraft. Und Colonel Bateman, der das Paar ebenso aufmerksam wie seine atemlose Frau betrachtete, sah ebendas und erriet die Wahrheit. Obwohl er seine Tochter innig liebte und sie für ein hübsches, wenngleich zugegebenermaßen hohlköpfiges kleines Ding hielt, erkannte er, daß er lieber Raven Barrancourt, die rechts neben ihm saß, den Vorzug gäbe. Sowie er sie zum erstenmal gesehen und das Feuer in ihren großen Augen, die jugendliche, anmutige Kraft ihres gertenschlanken Körpers wahrgenommen hatte, war die Hoffnung in ihm aufgestiegen, Charles wäre aus Sorge um ihre Sicherheit nach Lahore gekommen.

Für Raven verlief das Essen trotz ihres Bärenhungers wenig angenehm, denn sie konnte nicht vom Teller aufschauen, ohne Bettinas heftiges Kokettieren mit Charles mit ansehen zu müssen. Sein offensichtliches Vergnügen an diesem Flirt machte es nur noch schlimmer, und sein widerwärtiges Verhalten brachte sie in helle Wut. Noch nie hatte sie diesen rücksichtslosen Barbaren so zivilisiert erlebt wie jetzt, wo er mit unverkennbarer Aufmerksamkeit Bettinas sterbenslangweiligen Berichten über das Leben in der britischen Siedlung lauschte. Noch mehr peinigte sie das verwegene Lachen, mit dem er das zimperlich alberne Lächeln des Mädchens erwiderte. Angesichts dieser Vertraulichkeiten knirschte Raven mit den Zähnen und hätte die beiden am liebsten geohrfeigt.

Daß Mrs. Bateman die ganze Angelegenheit mit höchster Billigung verfolgte, vergrößerte Ravens Ekel. Nun gut, wenn Charles St. Germain an einer Plaudertasche wie Bettina Interesse zeigte – sie gönnte es ihnen von Herzen. Obwohl das Mahl ihr im Vergleich zu den kargen Portionen der vergangenen paar Tage üppig erschien, kostete sie kaum davon.

Sie hätte sehr gern Colonel Bateman zur gegenwärtigen politischen Entwicklung im Punjab befragt, doch unterband Bettinas Geplänkel mit Charles jeden diesbezüglichen Versuch, und so schwieg Raven mit niedergeschlagenen Augen und hielt den glänzenden dunklen Kopf gesenkt, damit niemand die Anspannung auf ihrem Gesicht bemerkte.

»Darf ich Ihnen etwas Wein nachschenken, Miß Barrancourt?« erkundigte sich Colonel Bateman, nachdem die Hauptgänge beendet waren und eine Dienerschar das Geschirr hinausgetragen hatte.

»Nein, danke«, erwiderte Raven, aus ihren Gedanken hochgeschreckt. Ihre dunkel umschatteten Augen wanderten ans andere Tischende, wo sich Bettina zu Charles beugte, um ihm, die geöffneten Lippen dicht an seiner Wange, etwas ins Ohr zu flüstern. Unvermittelt stand Raven auf. »Hielten Sie es für sehr unhöflich, wenn ich mich vor dem Nachtisch entschuldigte? Ich würde gern nach Mrs. Daniels schauen.«

»Ganz und gar nicht«, versicherte ihr Penelope, obgleich sich Raven an den Colonel gewandt hatte, denn für den Geschmack der Hausherrin hatte sich Kapitän St. Germains Blick zu oft auf Ravens gesenkten Kopf verirrt.

Erleichtert verließ Raven den Speiseraum und eilte den Korridor hinunter zu Dannys Zimmer, wo die betagte Erzieherin einem ausgiebigen Mittagsschläfchen frönte. Auch Bettina atmete auf, da sie nun die einzige andere anwesende Person losgeworden war, die sie als würdige, wenngleich nicht ganz ebenbürtige Gegnerin im Kampf um Charles' Huldigung betrachtete. Sie wandte sich wieder der Unterhaltung mit dem gutaussehenden Kapitän zu, mußte aber verärgert feststellen, daß er nicht länger Interesse zu bekunden schien. Statt dessen warf er einen schnellen Blick auf die offene Tür, durch die Raven enteilt war, und knüpfte unverzüglich mit ihrem Vater ein grauenhaft langweiliges Gespräch über die Wahrscheinlichkeit eines weiteren Sikh-Krieges mit ihrem Vater an.

Erfreut über Dannys gesunden Schlaf, zog sich Raven in ihr Zimmer zurück und schlenderte rastlos zu den großen Doppeltüren, die auf die Veranda führten. Bis auf die sorgfältig bepflanzten Gärten um Colonel Batemans Wohnhaus und einige Nebengebäude unter Heiligen Bobäumen konnte sie nur wenig von der Siedlung sehen. Gewiß verlief das hiesige Leben mit seinen gelegentlichen Fahrten zu den Basaren von Kasur und Besuchen streitlustiger, mittelalterlicher Offiziersgattinnen als einzigem Zeitvertreib ziemlich öde.

Bei Tisch hatte Bettina erzählt, sie verlasse mit ihrer Mutter die Militärsiedlung nur selten. Die Britinnen würden von ihren Veranden aus bei den Hausierern und Händlern kaufen, die hin und wieder vorbeikamen.

»Raven?«

Als Bettinas Stimme durch die Schlafzimmertür drang, drehte sich Raven widerwillig um. »Ja?«

»Mama findet, wir sollten jetzt Karten spielen, da wir allein im Haus sind.« Leises Gekicher klang auf. »Papa besucht Major Pelgram, also erfährt er nichts davon. Möchten Sie vielleicht mit uns beiden spielen?«

Im Augenblick wünschte Raven nichts weniger als Karten zu spielen, vor allem, wenn ihr Gastgeber dies klar mißbilligte. Aber sie wußte, daß sie sich der Dame des Hauses gegenüber, die sie so freundlich aufgenommen hatte, nicht unhöflich zeigen konnte. »Ich komme in einer Minute«, versprach sie.

Der Nachmittag, der Raven endlos erschien, ging in einen kühlen Abend über, und die Diener zündeten in einem Zimmer nach dem anderen die Lampen an. Charles und Dimitri waren bis acht Uhr noch nicht zurückgekehrt, als die Batemans im Eßzimmer Platz nahmen, so daß Raven und Danny allein mit ihnen essen mußten. Glücklicherweise beherrschte Colonel Bateman diesmal die Unterhaltung, und seine Ausführungen über indisches Leben erwiesen sich als weitaus interessanter als Bettinas geistloser Tratsch.

Als Folge der Faulenzerei den ganzen Tag über fühlte sich Raven zu der frühen Stunde, als sich die Batemans zurückzogen, noch nicht bettreif. Sie wünschte Danny gute Nacht und blätterte in ihrem Schlafzimmer müßig ein Buch durch, das ihr Bettina geliehen hatte und vermutlich ein romantisches Mädchenherz ansprechen sollte. Schnell gelangweilt, legte Raven es beiseite und trat lautlos auf die Veranda hinaus. Die Nacht war finster, ein Halbmond und ein prächtiger Sternenhimmel erhellten den verdunkelten Bungalow und die schlafende Siedlung nur wenig.

In dem kalten Wind, der vom gewaltigen Hindukusch herwehte, zitterte Raven; dieser erste Winterhauch erinnerte sie, daß der Dezember in wenigen Tagen begann. Sie trug noch immer ihr zimtfarbenes Satinkleid, und der knisternde Stoff fühlte sich auf der Haut kühl an. Die Arme vor der Brust verschränkt, sank sie auf eine Zypressenholzschaukel und lauschte dem papierenen Geraschel der Kletterpflanzen, die an den Verandapfählen wucherten. Irgendwo in der Siedlung fing ein Hund zu bellen an, und aus der Ferne hörte Raven das gedämpfte Echo eines Signalhorns und die Stimmen der Gurkha-Posten beim Wachwechsel.

Pferdeschnauben riß sie aus ihren Gedanken, und eilends blickte sie hoch und sah zwei Männer, die Gesichter in der Dunkelheit unkenntlich, auf die Siedlungsställe zureiten. Sie entspannte sich, als sie die tiefe Stimme Dimitris erkannte, der verhalten vor sich hin sang, von einem Alkoholschluckauf unterbrochen. Die beiden Männer stiegen ab, übergaben die Pferde einem Knecht, der aus dem Stall kam, und verschwanden im Bungalow, wo Raven die Arbeitszimmertür am anderen Ende des Flurs auf- und zugehen hörte.

Da sie ihre Neugierde nicht bezähmen konnte, erhob sie sich und folgte ihnen. Vor der geschlossenen Tür hielt sie kurz inne und klopfte dann behutsam an.

»Herein!« rief Charles. Raven folgte der Aufforderung und sah, daß er, allein im Zimmer, in einem Lehnstuhl lümmelte, mit offener Krawatte, eine Flasche Cognac neben sich. Wie selbstverständlich hatte er es sich im persönlichen Bereich des Colonels bequem gemacht, dachte sie verärgert.

»Sollten junge Damen zu dieser Stunde nicht längst im Bett sein?« bemerkte Charles mit unverschämtem Blick, als sie, im zimtfarbenen Satin ein Bild vollkommener Unschuld, im warmen Flackerlicht auf der Schwelle stand.

»Wo ist Dimitri?« erkundigte sich Raven und ignorierte sein Gerede.

»Hat sich schlafen gelegt«, erwiderte Charles zuvorkommend. »Wir brechen morgen recht früh auf, und ich fand, er sollte seinen Rausch ausschlafen.«

»Dann haben Sie also getrunken.«

»Allerdings«, gab Charles zu und neigte, den Anflug eines Lächelns auf den Lippen, den Kopf, um ihr in die Augen zu sehen. »Und welche Beschuldigungen wollen Sie nun gegen mich vorbringen, MIss Barrancourt? Wir sind erwachsene Männer und gottlob nicht mit Ihnen verheiratet, und deshalb haben Sie auch keinerlei Recht, die nörgelnde Ehefrau zu spielen.«

»In der Tat nicht!« pflichtete Raven nachdrücklich bei, und ihr Abscheu bei der Vorstellung, mit ihm vermählt zu sein, zeigte sich in ihrer Miene.

Als Reaktion darauf verfinsterte sich auch Charles' Gesicht. Er packte mit fester Hand ihren Rock und zog sie zu sich heran, bis sie neben dem Stuhl stand. Die schwerlidrigen grünen Augen wanderten von ihren runden Brüsten und dem weißen Dekolleté zu ihrem Gesicht, wo die Topasaugen empört aufblitzten.

»Lassen Sie mich los!« befahl Raven in erbostem Flüsterton, da sie befürchtete, die Batemans aufzuwecken.

Leicht und behende erhob er sich, seine Mundwinkel zuckten. »Sie sollten sich freuen, Raven, nicht mit mir verheiratet zu sein«, sagte er merkwürdig schroff und strafte so den belustigten Ausdruck in seinen Augen Lügen, kam ihrem Befehl jedoch keineswegs nach. »Ich kann Ungehorsam nicht ausstehen und müßte Ihnen wohl ständig das Hinterteil versohlen.«

»Dann haben allerdings Sie Grund zur Dankbarkeit«, gab Raven zurück, deren Brüste sich vor Aufregung hoben und senkten, weil sie Charles, der den schimmernden Satin noch immer festhielt, so dicht neben sich nicht ertrug. »Es würde mich überhaupt nicht kümmern, wie oft Sie mich verprügeln, weil ich nie, niemals nachgeben würde!«

Seine Stimme nahm einen rauhen Klang an. »Du würdest nicht nachgeben? Vielleicht gibt es andere Mittel, dir meine Überlegenheit zu beweisen, als nackte Gewalt?«

»Was wollen Sie damit sagen?« Plötzlich fühlte sie sich verunsichert.

Ihre Knie gaben nach, und ihr Mund trocknete aus.

Charles ließ den Satin los und umfaßte ihre Hüfte. Die andere Hand ließ er auf Ravens Rücken gleiten und zog sie an sich, so daß sie zwischen seinen Beinen stand und sich ihre schlanken Schenkel in voller Länge gegen die seinen drückten.

»Du weißt doch sehr wohl, was ich meine, Raven«, keuchte er. Verführerisch drückten sich ihre Brüste durch sein dünnes Musselinhemd an ihn, ihre Wärme übertrug sich auf seinen Körper. Raven hatte die Lippen geöffnet, die goldbraunen Augen glühten mit dem inneren Feuer, das die vertraute Berührung in ihr entfacht hatte, und doch versuchte sie ihn wegzuschieben, preßte angestrengt die kleinen Hände gegen die unnachgiebigen Muskeln seiner breiten Brust, um sich zu befreien. »Charles, nicht...«, schluchzte sie atemlos.

»Du begehrst mich, Raven, spiel mir doch nichts vor.« In der heiseren Stimme schwang weder Spott noch Triumph mit, er stellte nur die Wahrheit fest.

Raven fühlte das Verlangen in sich aufsteigen. Eine Woge brennenden Begehrens wallte in ihren Adern und entlarvte ihr Leugnen als bloßes Lippenbekenntnis. Durch die hauchfeinen Unterröcke und den Satin, der sie von Charles starkem Körper trennte, konnte sie die Hitze und Härte seines Glieds spüren, und wieder entriß sich ihrer Kehle ein Schluchzen. O ja, es stimmte – sie verzehrte sich mit jeder Faser ihres Leibes nach ihm.

»Laß mich dich lieben, Raven«, flüsterte Charles heiser. Seine Lippen ließen die zarten Schläfenlöckchen über ihrem Ohr sanft wehen und sandten ihr Schauer köstlicher Vorfreude über den Rücken.

Sie entgegnete nichts, doch waren die schlanken Arme, die sich um seinen Nacken schlangen, Antwort genug. Entzückt zog er sie an sich. Raven vergaß fast, wo sie sich befanden, erwiderte mit schamloser Hingabe Charles' Küsse, strich ihm zärtlich durch die braunen Locken, als er den Kopf neigte und die Lippen über ihr betörendes Dekolleté wandern ließ.

Dann bettete er sie sanft auf den dicken Teppich und trat zurück, die grünen Augen voll kühnem Versprechen, als ihre Blicke sich trafen. Und wie schon zuvor betrachtete ihn Raven, während er sich seiner Kleider entledigte. Der Anblick seines kraftvoll angespannten Körpers erregte sie, der Lichtschein erhellte flackernd das Spiel seiner Muskeln und tanzte über seine sonnengebräunte, golden behaarte Brust.

Mit einem unendlich zärtlichen Lächeln beugte sich Charles zu ihr hinab und schnürte das rüschenbesetzte Mieder auf, streifte das Kleid über die Schultern und enthüllte die festen, noch in dem bestickten Korsett gefangenen Brüste. Sogleich waren auch sie befreit, und Raven erschauderte, als Charles' fordernde Hände sich um ihre runde Fülle schlossen und seine Finger ihr Feuerspuren ins Fleisch brannten.

Er neigte den Kopf, umkreiste eine rosige Brustwarze mit der Zunge, bis sie sich bei der Berührung aufrichtete, dann ließ er den Mund verlangend zu Ravens glatter Halsbeuge weiterwandern. Sie hatte den Kopf zurückgeworfen, und er barg ihren schmalen Nacken in seiner Hand, löste die Perlmuttkämme aus ihrem langen Haar, so daß es ihm auf die Hände flutete und geheimnisvolle blauschwarze Lichter im flackernden Laternenlicht aufblitzten. Sein süßer Duft erfüllte Charles' Sinne, und er schloß Raven in die Arme, schleuderte Kleid und Unterwäsche beiseite, so daß sie nackt vor ihm auf dem Teppich lag und ihr weicher, elfenbeinweißer Leib golden schimmerte. Durch seine Willenskraft zwang er sich zur Geduld, diesen Liebeszauber wünschte er sich von ewiger Dauer. Er wollte keinesfalls einen Augenblick beenden, für den er gern sein Leben opferte, wenn er ihn nur noch einmal genießen durfte.

Raven ließ voll Wonne die Hände über die Muskeln auf Charles' breitem Rücken wandern; ihre feurige Reaktion auf seine eindringlichen Küsse trieben sie beide zu schwindelerregenden Höhen des Verlangens. Sein Glied drängte sich gegen die weichen Innenseiten ihrer Schenkel. Raven gab einer Begierde nach, die auch sie nicht besser als Charles zu beherrschen vermochte, und öffnete die Beine in wortloser Einladung. Charles beugte sich ein wenig zurück, um ihr schönes Gesicht zu betrachten. Als er die ungestüme, kaum bewußte Liebe in Ravens schönen Augen sah, fiel er stöhnend auf sie und drang tief in sie ein. Ihre Wärme und Weichheit empfingen ihn. Dann waren sie nicht länger zwei leidenschaftliche Liebende, sondern ein vereintes Wesen, und erklommen mit der Kraft ihres gegenseitigen Begehrens den Gipfel einzigartiger Ekstase. Durch die Verschmelzung ihrer Körper spürten Charles und Raven ihr Bewußtsein eins werden, als sie auf der brandenden Woge ihrer Empfindungen schwebten, bis das Universum in blendendes Licht zu zerbersten schien.

Für einen unendlichen Augenblick göttlichen Ursprungs trieben sie auf dem Gipfel letzter Erfüllung und überschritten sogar die Wonnen ihrer letzten vollkommenen Vereinigung. Ein Aufschrei absoluten Glücks kam über Ravens Lippen, in den Charles heftig einstimmte. Ihr losgelöstes Sein erreichte in einem letzten großartigen Augenblick wieder die Ursprünge ihrer Leidenschaft, und Charles pflanzte in jenem köstlichen Augenblick, da er Raven völlig besaß, seinen Samen abermals tief in die Liebesfrucht, in der bereits Leben keimte.

Sie waren völlig ineinander aufgegangen, die Welt um sie herum hatte zu existieren aufgehört, so daß keiner von ihnen das Luftschnappen vernahm, das durch den schmalen Türspalt drang. Und sie sahen auch nicht, wie Bettina Bateman mit aufgerissenen Augen zu ihnen hereinspähte, ehe sie die Tür leise schloß und lautlos in ihr Zimmer eilte.

Vor Aufregung zitternd, stieg das junge Mädchen wieder ins Bett. Das Bild des kräftigen, sonnengebräunten Körpers, wie er Ravens weichen weißen Leib völlig bedeckte, brannte in ihrem Herzen. Obwohl Bettina als einziges Kind des überaus ehrenwerten Colonel Bateman tugendsam und behütet erzogen worden war, reichte ihr Verstand doch für die Erkenntnis, daß der gutaussehende Kapitän und die schöne dunkelhaarige Frau miteinander schliefen. Trotz ihrer Unerfahrenheit hatte sie die Leidenschaft in beider Augen flakkern sehen, und da sie ahnte, daß Charles St. Germain sie nie in gleicher Weise ansehen würde, weinte sie vor sich hin.

Seit dem Mittagessen war Bettina unablässig in Erinnerungen an Charles' markant herbes Gesicht und die kraftvolle Gestalt versunken, um bei dem Gedanken, wie stark sich sein Arm unter ihren spielerisch dahingleitenden Fingerspitzen angefühlt hatte, ein köstliches und zugleich beunruhigendes Prickeln zu spüren. Nach dem Zubettgehen hatte Bettina schlaflos auf seine Rückkehr aus der Stadt gewartet und überlegt, daß sie sich den hochgewachsenen Engländer vor seiner Abreise irgendwie einfangen mußte oder vor Sehnsucht nach ihm vergehen würde.

Sie hatte sich herrliche Wunschbilder von ihrer Ehe mit Charles ausgemalt, wie sie von ihm auf Offiziersbälle, Militärparaden, Feiertagsumzüge begleitet wurde. Mit dem hochgewachsenen Gemahl an ihrer Seite, der sie liebevoll verwöhnte, würde sie von all ihren Freundinnen beneidet. Doch so töricht sie auch sein mochte, war Bettina die unterschwellige Spannung, die während des Essens zwischen Raven Barrancourt und Charles St. Germain geknistert hatte, nicht entgangen. Sein Herz zu erobern würde mehr als geziertes, schüchternes Geplauder und schelmische Blicke erfordern, hatte Bettina gefolgert, insbesondere im Wettstreit mit einer Rivalin wie Raven Barrancourt.

Obwohl Bettina nicht ganz verstand, weshalb sie sich mit ihren unwiderstehlichen Reizen auf das männliche Geschlecht Raven unterlegen fühlen sollte, wußte sie, daß Charles St. Germain morgen früh auf Nimmerwiedersehen aus ihrem Leben verschwinden würde, wenn sie nicht die Initiative ergriff.

Einen so schmerzhaften Gedanken ertrug Bettina nicht, und während sie sich rastlos auf den Satinlaken herumwarf, begann ein Plan in ihr Gestalt anzunehmen. Obwohl er ihr wegen seiner Tollkühnheit das Herz aus Furcht und Vorfreude schneller schlagen ließ, war sie fest entschlossen, ihn durchzuführen. Sie wollte warten, bis Charles sich ausgekleidet hatte und zu Bett gegangen war, und dann würde sie sich verstohlen in sein Zimmer schleichen.

Keinesfalls würde sie es zum Liebesakt kommen lassen, beschloß Bettina und erschauerte bei der Vorstellung, wie Charles wohl nackt aussah und wie es wohl wäre, mit einem Mann zu schlafen. Es mußte gräßlich sein, wenn man den Gesprächen von Mama und ihren Freundinnen, die sie belauscht hatte, auch nur zur Hälfte Glauben schenkte. Aber sie würde natürlich nicht so weit gehen, sich von Charles tatsächlich berühren zu lassen. Sie wollte nur so lange warten, bis er ihre Anwesenheit bemerkte, aus dem Bett sprang und auf sie zukam. Dann würde sie lauthals kreischen, bis Papa angerannt kam. Natürlich wäre das ganze Haus bis dahin aufgewacht, und jeder würde Zeuge der verwerflichen Tat sein.

Selbstverständlich würde Papa darauf bestehen, daß Charles St. Germain, der die tugendsame Tochter des Hauses kompromittiert hatte, zur Ehrenrettung einer Heirat zustimmte. Da Charles ein Gentleman und obendrein Papas Freund war, bliebe ihm ohnehin nichts anderes übrig. Bettina überprüfte das Vorhaben aufs gründlichste, konnte jedoch kein verborgenes Hindernis entdecken. Abgesehen davon, daß die arme Mama sich darüber entsetzen würde – was Bettina zwar bedauerte, aber als unvermeidlich abtat –, müßte alles genau nach Plan verlaufen.

Und doch war alles schiefgegangen. Charles hatte sich entgegen allen Erwartungen nicht auf sein Zimmer begeben, sondern statt dessen ins Arbeitszimmer des Colonels, das am anderen Ende des Flurs lag, weit entfernt von Bettinas Zimmer. In qualvoller Ungeduld hatte sie darauf gewartet, daß er zu Bett ging, doch vergebens. Unter Aufbietung all ihres Mutes war sie schließlich auf den Flur geschlichen und hatte vorsichtig – in der Absicht, Charles zu überraschen – die Tür geöffnet. Doch war der Schreck ihr selbst widerfahren, und die widerliche Erinnerung wollte einfach nicht aus Bettinas Gedanken weichen. Wie er Raven umarmt und an seinen muskulösen Leib gepreßt hatte – dieses Bild ließ Bettina erbleichen, und ihre Augen blitzten in der Dunkelheit gehässig auf.

Glaubte Raven Barrancourt auch nur eine Minute lang, sie habe bessere Karten im Kampf um Charles St. Germain? Der Gedanke nagte in Bettina, und sie kam zu dem Schluß, daß sie einfach ihre Pläne ein wenig ändern und sich etwas ausdenken mußte, um die zwei Turteltauben auseinanderzubringen. Ihr Schmollmund verzog sich zu einem selbstzufriedenen Lächeln. Genau, das war es. Am kommenden Morgen würde sie die Saat des Zweifels in Raven Barrancourts Herz pflanzen und sorgfältig nähren. Wenn sie Charles St. Germain schon selbst nicht bekommen konnte, so tröstete sie sich, wollte sie doch unbedingt danach trachten, daß ihn auch Raven Barrancourt nicht kriegte.

Als Raven am nächsten Morgen die Augen aufschlug, sah sie Sonnenstrahlen durch einen Spalt zwischen den schweren Vorhängen ins Zimmer und auf die bestickte Bettdecke strömen. Sie stand auf und huschte barfuß ans Fenster. Dort zog sie den dunklen Samt beiseite und schaute in den Garten auf die reifbedeckten Grashalme, die das tanzende Sonnenlicht reflektierten. Auch die Fensterscheiben waren vereist, und Raven sah ihr Spiegelbild darin, ihre leuchtenden Augen, das schwarze Haar, das ungebändigt bis zur Taille hinabhing.

Die Nase gegen das kalte Glas gepreßt, blickte sie wieder hinaus und dachte an Charles, an die Ereignisse der vergangenen Nacht. Ihr Körper trug die Male seiner heftigen Liebkosungen, und als Raven sich wie eine zufriedene Katze vor dem Fenster dehnte und streckte, spürte sie mit Wonne ihre steifen Glieder. Nachdem das Begehren gestillt worden war, hatte Charles sie noch lange in den Armen gehalten, sie liebkost und ihr Gesicht mit federleichten Küssen bedeckt. Seine zärtlichen Neckereien hatten überraschend das Feuer zwischen ihnen neu entfacht, und er hatte sie ein zweites Mal geliebt. Bei der Erinnerung an seine behutsamen und zutiefst erfüllenden Zärtlichkeiten begann ihr Herz schneller zu pochen.

Nachher hatte sie darauf gedrungen, daß sie sich in ihre Zimmer zurückzogen, ehe jemand im Haus sie zufällig entdeckte. Charles hatte zugestimmt. Doch als sie sich aus seiner Umarmung zu befreien versuchte, ließ er sie nicht gehen. Mit beiden Händen umfing er ihr Gesicht, und seine unaufhörlichen Küsse ließen ihr fast die Sinne schwinden und nahmen ihr die Kraft, von ihm zu gehen. Erst nachdem sie von Colonel Batemans dröhnendem Schnarchen aus dem Nebenzimmer hochgeschreckt worden waren, hatten sie sich getrennt.

Als jemand an die Schlafzimmertür klopfte, zog Raven die Brauen zusammen, denn sie wollte sich durch niemanden in ihren Erinnerungen stören lassen. Doch beim Anblick der Dienerinnen, die sie am Vortag so aufmerksam betreut hatten, entspannte sie sich. Die jungen Mädchen erwiderten schüchtern ihr Lächeln, als sie den Krug mit Waschwasser und das Frühstückstablett abstellten und sich anschickten, Raven beim Ankleiden zu helfen. Beim Gedanken, Charles wiederzusehen, seufzte sie sehnsüchtig auf, und ihre Ungeduld steigerte sich noch, als sie in ihre Unterröcke schlüpfte, an ihrem Tee nippte und ein wenig von den zuckersüßen Früchten kostete.

Wie jede junge Frau, die dem Geliebten zu gefallen hofft, prüfte sie vor Verlassen des Zimmers besorgt ihr Spiegelbild. Eine Dienerin hatte ihr Haar höchst vorteilhaft zurechtgemacht, die nachtschwarzen Locken waren sanft aus dem Gesicht frisiert und im Nacken mit Ravens Lieblingskämmen zu einem Knoten geschlungen. Sie trug ein dunkelgrünes Samtkleid, von der gleichen Farbe wie Charles' Augen, dachte sie liebevoll, und war mit ihrer Wahl überaus zufrieden, denn mit seinen Dreiviertelärmeln und den zitronengelben Satinbesatz am Plisseerock sah das Gewand prächtig aus.

Als sie den aufwendig eingerichteten Salon mit Penelopes gewaltiger Nippessammlung betrat, stürmte Dimitri auf sie zu, schloß seine Pranken um ihre kleinen Hände und wirbelte sie herum, bis die schweren Röcke wogten und ihre zarten Füße in den Satinschuhen enthüllten. »Sie sehen traumhaft aus, kleine Prinzessin«, teilte er ihr mit und blinzelte durchtrieben. »Wie ein ergötzlicher, wunderschöner Traum.« Der Kosake betrachtete sie aufmerksam und traute seinen Augen kaum angesichts dieses frohgemuten zierlichen Wesens, das kaum den Boden zu berühren schien. Irgendeine Veränderung hatte sich mit seiner Freundin ereignet, doch konnte er nicht einmal annähernd den Grund dafür erraten. Dessen ungeachtet hob er in seinem Entzücken die erstaunte Raven leicht hoch und drückte sie mit seinen gewaltigen Armen so kräftig an sich, daß es ihr fast den Atem raubte. Nach dem ersten Schreck lachte sie und erwiderte ebenso enthusiastisch die Umarmung, indem sie die schlanken Arme um seinen dicken Hals warf.

»O Dimitri«, flüsterte sie ihm ins Ohr. »Ich bin ja so glücklich und muß meine Freude einfach mit jemandem teilen!«

Lachend setzte er sie ab und kostete die Nähe ihres schlanken Körpers aus, wenngleich die Umarmung lediglich einem völlig platonischen Zuneigungsbeweis entsprungen war. Als er eben zum Sprechen ansetzte, unterbrach ihn ein diskretes Hüsteln von der Tür her, und er bemerkte, daß Bettina sie mit zusammengekniffenen Augen beobachtete. Einen Moment lang sah Dimitri so etwas wie Haß über das makellose Puppengesicht gleiten, dann erstarrte die Miene zu einer lächelnden, doch keineswegs Gutes verheißenden Maske. »Ach, du meine Güte, Miß Barrancourt, Mr. Sergejew!« rief sie. »Ich hätte nie gedacht, daß da etwas in Busch liegen könnte!«

Obwohl von Natur aus freimütig, fühlte sich Raven unliebsam ertappt. Verlegen schaute sie weg, so daß ihr entging, wie Bettina, in ihrem Verdacht bestärkt, die blauen Augen aufblitzen ließ. »Es ist nicht, was Sie annehmen ...«, begann sie tonlos, aber Dimitri unterbrach sie sanft und verneigte sich galant vor Bettina.

»Ich bitte um Verzeihung, Miß Bateman. Einem alten Brauch zufolge begrüßen Russen ihre teuren Freunde bei jedem Wiedersehen mit einer Umarmung.« Ein herzliches Grinsen zog sich über das bärtige Gesicht. »Das ist viel netter, als nur guten Morgen zu wünschen, nicht wahr?«

Bettina zuckte geziert die Achseln. »Möglich, aber als junge tugendsame Frau kann ich ein solches Verhalten keineswegs billigen.« Trotz ihres gleichbleibenden Lächelns verriet ihr Tonfall deutlich, daß sie Raven dieser Kategorie durchaus nicht zuordnete.

»Aber Bettina, was um Himmels willen treibst du denn zu so früher Stunde?« Colonel Batemans erstaunte Frage beendete den unangenehmen Zwischenfall.

»Ich wollte unseren Gästen nur Lebewohl sagen, Papa«, flötete Bettina.

Ungläubig schnaubte er, obschon er sie mit vernarrter Vaterliebe ansah. »Schön von dir, mein Kind, ich muß sagen, du gibst dir mehr Mühe als deine Mutter, die«, fuhr er fort, an Raven gewandt, »Sie herzlichst grüßen läßt und Ihnen einen gefahrlosen Aufenthalt in Lahore wünscht. In Anbetracht Ihres zeitigen Aufbruchs...« Er hob die fleischigen Hände und ließ den Satz unvollendet.

»Das kann ich gut verstehen, Colonel«, erwiderte Raven mit einem aufrichtigen Lächeln. »Ich würde auch nicht so früh aufstehen, wenn es nicht unbedingt sein müßte.«

Als ein entzückter Ausdruck das Gesicht ihres Vaters erhellte, spürte Bettina die Galle in sich hochkommen. Was für ein ausgekochtes Frauenzimmer Raven Barrancourt doch war! Nicht genug, daß sie Kapitän St. Germain umgarnt hatte, sie becircte auch noch den Russen und kokettierte aufs abscheulichste mit Papa, während Mama ein paar Türen weiter nichtsahnend schlummerte. Um Bettinas Schmollmündchen trat ein harter Zug. Na warte, Raven Barrancourt, schwor sie sich insgeheim, dir werd' ich's schon noch zeigen! In diesem Moment betrat ein schnurrbärtiger Diener den Salon und teilte dem Sahib mit, die Kutsche stehe bereit.

Draußen wartete auch schon Kapitän St. Germain. Sein hageres Gesicht zeigte den üblichen schroffen Ausdruck, aber als er Ravens Blick suchte, strahlten die smaragdgrünen Augen so lebhafte Wärme aus, daß sie ein köstlicher Schauer durchrieselte.

»Ich kann Ihnen gar nicht genug danken«, bekundete Charles höflich, als er die Stufen zur Veranda hochstieg, »daß Sie uns Ihre Kutsche leihen wollen. Sicherlich finden Miß Barrancourt und Mrs. Daniels die restliche Reise dank Ihrer Großzügigkeit viel angenehmer.« Dann drehte er sich zu Raven um. »Miß Barrancourt, sind Sie soweit?« Als er ihr die Hand reichte, umschloß er besitzergreifend ihre Finger und führte sie zur Kutsche.

Ein aufmerksamer Diener hatte Danny bereits hineingeholfen, und Charles drängte nun einfach den Mann beiseite, um Raven persönlich beizustehen. Einen Augenblick lang verharrten seine starken Hände auf ihrer samtumhüllten Taille, dann hob er sie kurzerhand in die Kutsche, wo er sie nicht sogleich losließ, sondern betrachtete, das männlich markante Gesicht sehr nahe dem ihren. Und Raven konnte den Blick nicht von seinem lächelnden, sinnlichen Mund wenden.

Endlich erwachte Charles aus seiner Erstarrung, trat zurück und deutete eine spöttische Verbeugung an, ehe er den Schlag zuwarf und sich umdrehte. Raven, die von der kurzen Berührung noch immer ein Prickeln spürte, lehnte sich voll Behagen, mit einem glücklichen Lächeln, in die Plüschpolster zurück und arrangierte ihre Samtröcke.

»Miß Barrancourt?«

In all der turbulenten Betriebsamkeit, zwischen Geschrei und ungeduldigen Befehlen, während die Knechte eifrig Charles' und Dimitris Pferde holten, hörte Raven das Flüstern Bettina Batemans nicht, die auf Zehenspitzen balancierend durch das Kutschenfenster spähte. Erst als ihr Name zischend wiederholt wurde, beugte sie sich zu dem jungen Mädchen hinunter. »Ja?«

»Ich wünsche Ihnen viel Glück in Lahore«, sagte Bettina.

»O danke, wie nett von Ihnen«, erwiderte Raven, aufrichtig gerührt von den scheinbar ehrlich gemeinten Worten. »Ich bin überzeugt, daß mein Vetter sich als ebenso großzügiger Gastgeber wie Ihr Vater erweisen wird.«

»Nein, nein, davon spreche ich nicht«, entgegnete Bettina mit einem durchtriebenen Blick, der viel zu wissend und erfahren für ein Mädchen ihres zarten Alters wirkte. »Ich dachte an Charles.«

Raven zog die Brauen zusammen. »Charles? Ich verstehe Sie nicht. Geht es um Kapitän St. Germain?«

»Natürlich«, bestätigte Bettina voll Ärger über den sanften Ton, mit dem Raven den Namen genannt hatte.

»Was ist mit ihm, Bettina?«

Das junge Mädchen rückte näher heran und wisperte geheimnisvoll: »Mir erschien es nur fair, Sie zu warnen. Es ist nicht der Mann, für den Sie ihn halten.«

»Im Ernst, Bettina«, sagte Raven ein wenig ungeduldig. »Ich weiß nicht, worauf Sie hinauswollen!«

Da sie Ravens Aufmerksamkeit schwinden fühlte, antwortete Bettina rasch: »Nun ja, ich möchte verhindern, daß Sie sich von dem Gedanken täuschen lassen, er sei Ihnen zugetan, wenn er Sie in Wahrheit nur als einen ebenso flüchtigen Zeitvertreib wie mich betrachtet.«

Raven hielt den Atem an und verriet Bettina, wie tief sie getroffen war. Vorübergehend stieg Reue in Bettina auf, denn sie fürchtete, alle Grenzen des Anstands verletzt zu haben. Doch als sie den verzweifelten Blick der jungen Frau sah, festigte sich ihr Entschluß.

Es bestand kaum ein Zweifel an Ravens Liebe zu Charles St. Germain, denn das ebenmäßige Gesicht zeigte so heftige Gefühle, daß Bettina fast weich wurde. Doch die Vorstellung, wie sich der kraftvolle, sonnengebräunte Körper an den zarten, elfenbeinweißen gedrängt hatte, nährte das Böse in ihr. »Ich wußte es ja nicht besser«, behauptete sie mit unschuldigem Blick, während sich ihre schwarze Seele an Ravens offensichtlichem Leid erfreute. »Mama hat mir nie viel darüber erzählt, was zwischen Mann und Frau geschieht, und als – als Kapitän St. Germain heute nacht an mein Zimmer klopfte, ließ ich ihn herein. Ich hätte ja nie geargwöhnt...«

»Er kam heute nacht zu Ihnen?« fragte Raven kaum hörbar.

»Ja, sofort nachdem er mit Ihnen geschlafen hatte.« Mit geheuchelter Naivität fügte sie die Worte hinzu, die alles zerstörten, was zwischen Raven und Charles in der vergangenen Nacht existiert hatte. »Er sagte, daß er bei Ihnen nicht genug Befriedigung gefunden habe und ob ich...«

»Bettina, geh beiseite! Die Kutsche ist startbereit!«

Unverzüglich befolgte sie den Befehl ihres Vaters, wobei sie sich absichtlich anwandte, damit Raven ihr nicht länger ins Gesicht sehen konnte. Mit einem Ruck, den man in allen Knochen spürte, setzte sich das Gefährt auf der kurvigen Siedlungsstraße in Bewegung.

Raven biß so fest in ihre Unterlippe, daß sie Blut schmeckte. Es kann nicht wahr sein, sagte sie sich gepeinigt. Bettina Bateman lügt – das hatte sich in jedem ihrer Worte und in ihrer Miene gezeigt. Charles würde sie nie aufsuchen, niemals, vor allem nicht nach den himmlischen Freuden, die er mit mir geteilt hat!

Ihr leises Stöhnen wurde vom Knarren der Kutschen und den Hufschlägen erstickt, als das Gespann hinter Charles' und Dimitris Reitpferden in gleichmäßigen Schritt fiel. Doch angenommen, es entsprach der Wahrheit? Die Pein zerriß ihr das Herz, als sie sich daran erinnerte, wie Charles gestern mittag bei Tisch auf Bettinas Geschäker reagiert hatte. Wenn Charles und Bettina tatsächlich... Nein! Sie preßte sich die Hände an den schmerzenden Kopf, während der Wagen heftig hin und her schaukelte. O nein, es durfte nicht wahr sein! Doch wie konnte Bettina sonst wissen, daß Charles sie heute nacht geliebt hatte? Wie sonst sollte sie davon erfahren haben?

»Gott im Himmel«, flüsterte Raven, und Tränen trübten ihr den Blick.

Von den Verandastufen aus beobachtete Bettina mit einem zufriedenen Lächeln um das Schmollmündchen, wie die Kutsche durch die Siedlungstore verschwand. Ich habe keine vorsätzliche grausame Absicht verfolgt, beruhigte sie ihr Gewissen, das sich zu ihrem Ärger regte, als sie an Ravens unglückliches Gesicht dachte. Sie hatte nur Zweifel in das Herz ihrer Rivalin säen und so einen Keil zwischen die beiden treiben wollen. Schließlich hatte sie niemandem ernstlich geschadet.

Mit einem herzhaften Gähnen zog sich Bettina auf ihr Zimmer zurück. Sie ahnte nicht, daß sie mit ihrem rachsüchtigen Versuch, jemand anderem das zu nehmen, was sie selbst nicht gewinnen konnte, die Chance der Verbindung zwischen einem Mann und einer Frau, die von Geburt an füreinander bestimmt waren, gründlich zerstört hatte.

Inmitten des fruchtbaren, aber auch felsigen Nordpunjab lag die alte Stadt Lahore, ein früheres Kronjuwel des einst blühenden Mogulreiches. Obwohl die letzten Mogulherrscher schon vor Jahrhunderten zu Grabe getragen worden waren, zeugten in der geschäftigen Stadt noch Überreste von ihrer damaligen Größe. Dreizehn riesige Tore bildeten reich verzierte, herausgemeißelte Öffnungen in der massiven Steinmauer, die den tausend Jahre alten, einst ausschließlich von den Moguln selbst bewohnten Bezirk umgab.

Statt durch eines der alten, in das Stadtgetümmel führenden Tore zu fahren, bog die von den langen Reisestunden staubige Kutsche der Batemans nach Norden. Hier hatten sich hauptsächlich Briten angesiedelt, doch eine offizielle europäische Niederlassung war in Lahore noch nicht aufgebaut worden. Auf Charles' Zeichen blieb die Kutsche vor einem Bungalow stehen, den ein gepflegter Garten umgab. Ein aufgeregt knurrender Hund mit gesträubtem Fell stürmte heran.

»Hier lebt Major Thomas Wyanotte, ein Bekannter von Colonel Bateman«, erklärte Charles, während er vom Pferd sprang und an die Kutsche trat. »Phillip Barrancourt wohnt etwas weiter nördlich, aber da ich die genaue Lage der Khanapur-Siedlung nicht kenne, schlug Colonel Bateman mir vor, hier anzuhalten und nachzufragen.«

»Wie aufmerksam von ihm«, bemerkte Danny und seufzte erleichtert.

Charles schaute in das dunkle Wageninnere. »Und wie geht es Ihnen, Miß Barrancourt?« erkundigte er sich beiläufig, obschon er sich über Raven Weigerung sorgte, während der Mittagspause, als sie ein schnelles Mahl aus dem von Penelope bereitgestellten Proviant zu sich genommen hatten, das enge Gefährt zu verlassen.

»Sie schläft jetzt, Kapitän«, erklärte Danny leise. »Hoffentlich hat sie sich nicht mit irgendeiner Krankheit angesteckt. Seit unserer Abreise aus Kasur kommt sie mir recht blaß und niedergeschlagen vor.«

Er runzelte die Stirn und öffnete den Wagenschlag, um selbst nachzusehen. Doch in diesem Moment fing der Hund noch lauter zu kläffen an. Als Charles sich umwandte, bemerkte er, daß auf Dimitris unverfrorenes Klopfen ein hagerer, grauhaariger Herr um die Fünfzig an der Tür erschienen war, den sie – der saloppen Kleidung und den Pantoffeln nach – beim Abendessen gestört haben mußten.

»Ja?«

An seiner gebieterischen Stimme erkannte man zweifelsfrei den britischen Armeeoffizier, und Charles verkniff sich ein spöttisches Grinsen, als er an die Verandastufen trat. »Major Wyandotte?«

»Allerdings.«

»Charles St. Germain, Kapitän des Klippers *Orient Star*,« stellte sich der Besucher mit einer fast beleidigend knappen Verbeugung vor. »Ich soll Sie von Roger Bateman, Colonel des Neunten Husarenregiments Ihrer Majestät, grüßen.«

»Bateman, sagen Sie?« fragte Wyandotte, schon etwas weniger mürrisch, und strich sich über den bostigen grauen Schnurrbart. »Hab' den alten Quasselkopf seit Monaten nicht gesehen. Na schön, Blödsinn, Sie hier in der Kälte rumstehen zu lassen. In der Kutsche sitzen Damen, Kapitän?«

»Ja, zwei«, antwortete Charles, und die plötzliche Sanftheit in seinem anfangs so schroffen Ton entging dem Major nicht.

»Gut, gut, herein mit ihnen.« Wyandotte wandte sich in perfektem Punjabi mit lautstarken Befehlen an ein paar Diener, die aus dem Haus eilten.

»Keine Umstände, bitte, Major!« rief Charles, während er zur Kutsche schritt und die Tür öffnete. »Einige Erfrischungen für die Damen und eine Gelegenheit, die Beine zu vertreten, mehr brauchen wir nicht. Wir sind auf der Suche nach der Khanapur-Siedlung und einem gewissen Mr. Phillip Barrancourt von der British East India Company.«

»Barrancourt?« Der Major kniff nachdenklich die Augen

zusammen und betrachtete Charles mit neuer Aufmerksamkeit. »Was zum Teufel haben Sie mit ihm zu schaffen?«

»Er ist mein Vetter, Sir«, ertönte eine klare, melodiöse Stimme aus der Richtung des Wagens.

»Eh?« Major Wyandotte wandte sich um und blieb beim Anblick der traumhaften Erscheinung wie angewurzelt stehen.

»Ich bin Raven Barrancourt aus Cornwall«, verkündete die Erscheinung und reckte selbstbewußt das Kinn in die Luft, wobei die Haube ihres Reiseumhangs zurückfiel und das nachtschwarze, glänzende Haar enthüllte.

»Es ist mir eine Ehre, Ihre Bekanntschaft zu machen, Miß Barrancourt«, erwiderte Major Wyandotte im militärisch zackigem Ton und knallte die Hacken zusammen, als er sich über ihre Hand beugte und sich zu spät daran erinnerte, daß er seine Hausjacke und reichlich schäbige Pantoffeln trug. »Ihr Vetter und ich – äh – kennen uns recht gut.«

Charles bemerkte das leichte Zögern in Wyandottes Stimme nicht, denn er beobachtete Raven prüfend und grübelte über ihre Weigerung nach, sich beim Aussteigen aus der Kutsche auf seinen dargebotenen Arm zu stützen. Vielmehr war sie vor ihm zurückgeschreckt, als fühlte sie sich von seiner Berührung abgestoßen. Nachdem er Danny herausgeholfen hatte, war er einen Schritt auf Raven zugegangen – nur um ihr neuerliches Zurückweichen zu bemerken. Er preßte ärgerlich die Lippen aufeinander. Was zum Teufel war denn auf einmal mit ihr los?

Major Wyandotte wandte nur lange genug den Blick von ihr, um seinen Dienern einige Reihen von Anordnungen zu geben, und strahlte sie dann freundlich an. »Bitte, bleiben Sie doch so lange hier, bis meine Burschen Ihren Vetter verständigen«, lud er sie ein und reichte ihr den Arm.

Dankbar schenkte sie ihm ihr Grübchenlächeln, ohne sich bewußt zu sein, welche qualvolle Wirkung sein Liebreiz auf Charles ausübte. Während er sie anmutig, die treue Danny im Schlepptau, die Stufen hinaufgehen und im Haus verschwinden sah, stemmte er die Hände in die Hüften, dann schaute er Dimitri grimmig an. »Manchmal frage ich mich, ob die Frauen nur dazu erschaffen wurden, uns Männer verrückt zu machen«, bemerkte er finster.

»Der gute Major ist von unserer kleinen Prinzessin ja völlig hingerissen«, pflichtete ihm der Russe bei, der die Worte seines Kapitäns falsch deutete.

»Allerdings, und er soll sich ja nicht zuviel herausnehmen«, fügte Charles in einem Tonfall hinzu, der Dimitri in Alarmbereitschaft versetzte. Heller Zorn verzerrte das kantige Gesicht seines Freundes, und in den zusammengekniffenen Smaragdaugen nahm er ein Funkeln war, das er selten zu sehen bekam, dann aber jedesmal fürchtete. Die Erkenntnis der Wahrheit führte zu einer Salve ungläubiger Flüche.

»Kristos!« murmelte er keuchend, ohne damit Charles' Aufmerksamkeit auf sich zu lenken. Empfand sein Kapitän etwa Eifersucht auf einen anderen Mann? Wegen der Art, wie der Major Raven angeschaut hatte? Nein, nein, unmöglich, doch wie ließen sich sonst die nackte Wut und die unheilvolle Warnung in Charles' Augen erklären – wie das sanft drängende Verlangen?

»Dimitri, sorg dafür, daß man die Pferde tränkt und nach der Kutsche sieht, denn ich möchte sie morgen früh Colonel Bateman zurückschicken. Ich erweise inzwischen dem guten Major meine Aufwartung, und dann machen wir uns in Lahore auf die Suche nach einer Unterkunft. Es ist unnötig, auf Mr. Barrancourts Eintreffen zu warten. Bis dahin scheint Major Wyandotte bestens für Raven zu sorgen.«

Im Hause des Majors fand er sie auf einer Sitzbank, die Samtröcke um sich drapiert, eine Teetasse anmutig in der Hand. Bei seinem Eintritt wanderte ihr Blick zu ihm, aber statt der erwarteten Sanftheit verdüsterten sich ihre Augen merklich, ehe sie die Schultern hochzog und sich abwandte.

Welches Spielchen treibt das Mädchen jetzt, fragte er sich gereizt. Wenn sie von ihm erwartete, daß er sie wegen ihrer stürmischen Liebesnacht wie ein törichter Pantoffelheld umhätschelte... Gegen seinen Willen entspannten sich Charles' Züge, und er vergaß seinen Zorn. Letzte Nacht, mein Gott...

»Ach, wo steckt denn Mr. Sergejew, Kapitän?« erkundigte sich Danny neugierig. Wie sie so neben Wyandotte auf dem Sofa thronte, wirkte sie recht ausgeruht und überaus munter – nun, da sich die Reise ihrem Ende näherte.

»Der kümmert sich gerade um die Pferde, Mrs. Daniels. Wir brechen auf, sobald sie getränkt sind.«

Er fühlte, wie Raven bei seinen Worten erstarrte, und legte ihr unwillkürlich die Hand auf die Schulter, wobei er die tröstliche Wärme ihrer Haut unter seinen Fingern spürte. Spielerisch und nahezu unbewußt streichelte er die nachtschwarze Locke, die sich dem tief im Nacken geknotenen Chignon entwunden hatte. Raven rückte so heftig weg, als hätte ihr seine Berührung die Haut versengt, sprang von der Bank auf und schnellte zu ihm herum. Mit unergründlichen Augen schaute Charles auf sie hinab. Zwischen ihnen knisterte eine Spannung, die sogar Danny und der Major wahrnahmen, die eine halbe Raumlänge von ihnen entfernt saßen.

Mit bebender Brust drehte sich Raven zu ihnen und erkannte angesichts ihrer erschreckten Gesichter, wie ungestüm ihnen ihr Verhalten erscheinen mußte, zumal ihnen Charles' zärtliche, versöhnlich gemeinte Liebkosung entgangen war. Bei einem erneuten Blick in sein schroffes Gesicht erschauerte sie und stieß hervor: »Ich würde mich gern von Dimitri verabschieden, wenn Sie nichts dagegen haben.«

Obwohl sie mit dem Rücken zu ihm stand, mutmaßte der Oberst, daß sie mit ihm sprach, und wollte sie nach einem Räuspern gerade seiner Zustimmung versichern. Doch ehe er den Mund öffnen konnte, trat Charles um die Sitzbank herum und packte Raven mit unerbittlichem Griff am Handgelenk. »Bestimmt wird sich Dimitri geehrt fühlen.« Er zerrte sie buchstäblich aus dem Zimmer. Mit langen Schritten zog er sie durch den Korridor auf die Veranda, wo sie sich ihm zu entwinden suchte.

»Lassen Sie mich los, verflixt!« rief sie, und als er kalten Haß aus ihrer Stimme heraushörte, löste er unverzüglich seinen Griff.

Den Kopf in den Nacken geworfen, lehnte sich Raven gegen die Brüstung. »Wagen Sie ja nicht, mich anzufassen,

Kapitän!« flüsterte sie mit rauher Stimme. »Unterstehen Sie sich, mich jemals wieder zu berühren!«

Ihr gewaltiger Zorn betäubte Charles. Doch als er Tränen in ihren schönen Augen glitzern und ihre Unterlippe heftig zittern sah, milderte sich seine schroffe Miene, und er trat auf sie zu. »Raven ...«

Sie zuckte zurück, der unverhüllte Abscheu auf ihrem Gesicht drang ihm wie ein Pfeil ins Herz. »Ich meine es ernst, Kapitän! Kommen Sie mir nie wieder zu nahe, Kapitän! Ich – ich hasse Sie!«

Charles ließ die Hände sinken, und sekundenlang empfand Raven Todesangst, als sie die unerbittlich drohende Gefahr in seinen kalten Augen erkannte, die so frostig und leblos wie das nördliche Eismeer wirkten.

»Sehr wohl, Madam. Ich werde Ihren Wunsch erfüllen, übrigens ohne jedes Bedauern. Schließlich habe ich bekommen, was ich von Ihnen wollte, und in der Zwischenzeit entdeckt, daß es die Mühe gar nicht lohnte. Vielmehr bin ich zu der Erkenntnis gelangt, Madam, daß mich Ihre Liebesdienste, offen gestanden, grauenhaft langweilen.«

Mit einem erstickten Aufseufzen zwängte sich Raven an ihm vorbei. Seine niederträchtigen Worte bestätigten alles, was Bettina ihr am Morgen mitgeteilt hatte. Charles hielt sie nicht zurück, sondern blieb reglos stehen und lauschte auf das Geräusch ihrer davoneilenden Schritte, dann drehte er sich um und ging zu Dimitri, der mit den ausgeruhten Pferden neben den Siedlungstoren wartete.

Wortlos stieg Charles auf und gab dem Wallach so erbarmungslos die Sporen, daß ihn der bärtige Russe erst nach einer längeren Strecke auf der Fahrstraße nach Lahore einholte.

»Na, Towarisch?« fragte Dimitri eifrig. »Hast du Raven von mir gegrüßt?«

Charles griff seinem Pferd so brutal in die Zügel, daß das verschreckte Tier vor Schmerz wieherte und sich aufbäumte. Brüsk stieß er die unheilvolle Warnung hervor: »Dimitri, ich schwöre bei Gott, wenn du in meiner Gegenwart noch einmal den Namen dieser Frau erwähnst, schieße ich dir eine Kugel mitten durchs Herz.«

10.

Inmitten der über die Khanapur-Siedlung verstreuten verwitterten Lagerhäuser stand ein weitläufiger Bungalow mit einem im Wind knarrenden Schild an der vorderen Veranda, das ihn als Wohnsitz von Phillip Barrancourt, British East India Company, auswies. Durch den Wintereinbruch wirkte der Garten mit dem welken, von Unkraut überwucherten Gras elend vernachlässigt, und die Vorderveranda bedurfte dringend eines neuen Farbanstrichs. Der Anblick von Phillips Wohnsitz drückte Ravens Stimmung merkwürdig nieder, obwohl sie doch hier endlich ihr Reiseziel erreicht hatte.

»Es schaut nicht so aus, als ob jemand zu Hause wäre, Miß Raven«, bemerkte Danny besorgt.

»Unsinn«, entgegnete Raven hastig, um die bösen Ahnungen, die Dannys Worte unerklärlicherweise in ihr aufkeimen ließen, zu ersticken. »Wenn er nicht zu Hause wäre, hätte er doch nicht seine Kutsche zu Major Wyandotte geschickt, oder?«

Das ruckhafte Anhalten des Wagens unterband weitere Mutmaßungen, und Raven stieg rasch aus, ohne auf Hilfe zu warten. Als die Haustür aufging, wandte sie sich gespannt um, aber es erschien lediglich ein Diener, der sie hereinwinkte – ein großer, dunkelhäutiger Mann mit stechenden schwarzen Augen und ernster Miene, die sie keineswegs willkommen hieß.

»Ist Mr. Phillip Barrancourt da?« fragte Raven, während sie würdevoll die Stufen hinaufstieg. »Ich...«

»Der Sahib erwartet Sie drinnen«, teilte ihr der Diener in korrektem Englisch mit starkem Akzent mit. »Folgen Sie mir bitte.«

Es dämmerte bereits, und weil die Lampen noch nicht angezündet waren, erschien Raven das Haus finster und seltsam freudlos. Dieser Eindruck wurde glücklicherweise gebannt, sobald der Diener eine Tür am anderen Ende des Korridors öffnete und beiseite trat, um sie einzulassen. Das kleine Arbeitszimmer war behaglich erleuchtet, die Wände aus schimmerndem Tigerholz reflektierten das flirrende Kerzenlicht, ein hoher Aktenberg und eine gewisse Unordnung kündeten vovn der intensiven Nutzung und Wohnlichkeit des Raumes. Am anderen Ende stand unter dem Fenster ein zu kleiner Schreibtisch, als daß er all den auf seiner Intarsienplatte getürmten Schriftsätzen und Papieren ausreichenden Platz geboten hätte. Davor saß in einem Lederstuhl ein Mann in seidenem Hausmantel und teuren Ziegenlederpantoffeln.

Äußerlich mußte Phillip Barrancourt völlig nach seiner Mutter schlagen, denn er hatte so gar nichts von den dunklen Kelten, Ravens Vorfahren, an sich. Phillip Barrancourt war Anfang Vierzig, groß und kraftvoll, blond, mit lockigem rotblonden Bart, der seine untere Gesichtshälfte verdeckte. Ohne die geringsten Anstalten, sich zu erheben, musterte er sie aufmerksam, und Raven erwiderte seinen prüfenden Blick mit einem gleichermaßen neugierigen.

»Sie sind mein Vetter Phillip?« erkundigte sie sich.

»Ja«, bestätigte er. Endlich stand er auf und kam ihr entgegen, ohne die Augen von ihr zu wenden.

Im Stehen wirkte er sogar noch größer, ein kräftiger Mann, ebenso hochgewachsen wie Charles und genauso dick wie der bärenstarke Dimitri. Sein Aussehen erstaunte sie, denn bis auf die raubvogelhaft hageren Gesichtszüge ihres Großonkels, die sie unter dem krausen roten Bart schwach wiederzuentdecken glaubte, ähnelte er in keiner Weise dem verhutzelten Sir Hadrian. Auch zeigte seine Haut eine fast ungesunde Blässe, und Raven überlegte, ob vielleicht eine hartnäckige Krankheit seinen verlängerten Aufenthalt in Lahore verursacht hatte.

»Sie müssen mir verzeihen, daß ich Ihnen nicht entgegengefahren bin, Raven«, sagte Phillip, während er sich herabbeugte und sie auf die Wange küßte, wobei sie ein nicht unangenehmer Moschusdurft umfing. Er trat zurück und breitete die Arme aus, um die Aufmerksamkeit auf sein Gewand zu lenken, »ich hätte einige Zeit zum Anziehen gebraucht und wollte Sie nicht zu lange bei dem guten Major warten lassen.«

»Das können wir verstehen, Vetter Phillip«, begann Raven, »und...«

»Wir?« Phillips Blick glitt an ihr vorbei zu Danny, die in der Tür stand.

»Meine Begleiterin, Hannah Daniels«, erklärte Raven.

»Erfreut, Ihre Bekanntschaft zu machen, Mrs. Daniels.« Phillip Barrancourt verneigte sich höflich. »Gewiß wollen Sie sich vor dem Abendessen frisch machen. Ahmed lädt das Gepäck ab und zeigt Ihnen die Zimmer.« Mit diesen Worten entließ er sie zweifelsohne, und bevor Raven ihm danken konnte, saß er schon wieder über seinen Papieren.

Raven fand ihr Zimmer ziemlich karg. Hier zeigte sich keine Spur der verschwenderischen Üppigkeit, die sie mittlerweile für die typische Ausstattung indischer Wohnhäuser hielt. Die kahlen Wände waren kalkweiß getüncht, was Raven seltsam bedrückend fand. Doch Vetter Phillip war schließlich Junggeselle und obendrein ein viel beschäftigter Mann, wenn man von der Unordnung in seinem Zimmer auf sein Arbeitspensum schließen konnte. Selbstverständlich durfte man nicht erwarten, daß er seinen Sommersitz mit Schnickschnack vollstopfte, auf den nur Frauen Wert legten.

»Offen gestanden hatte ich etwas mehr Komfort erwartet, Miß Raven.«

»Schaut dein Zimmer ebenso kahl aus wie meines?« fragte Raven, als Danny hereinrauschte.

»Allerdings«, bemerkte Danny mit mißbilligend zusammengepreßten Lippen. »Allem Anschein nach ist Master Phillip auf Haushaltsführung nicht gerade erpicht. Und bis auf diesen rätselhaften Ahmed und ein verdrossenes junges Ding, das mir nachspionierte, gibt es hier wohl keine Dienstboten.«

»Das Haus kommt mir auch etwas merkwürdig vor. Aber vergiß nicht, daß Vetter Phillip hier nur ein paar Monate im Jahr verbringt. Wahrscheinlich scheut er die Mühe, jeden Sommer seine ganze Habe von Bombay hierherzuschaffen.«

Danny schnaubte heftig. »Wenn Sie mich fragen, Miß Raven, ich bliebe lieber in Bombay, als in diese unzivilisierte Berglandschaft zu fahren! Die heißen Monate sind übrigens längst vorbei. Warum ist er denn noch nicht abgereist?«

»Vetter Phillip wird deine Fragen sicher beim Abendessen beantworten. O danke, Ahmed«, fügte Raven hinzu, als der Diener einen riesigen Tonkrug voll Wasser hereintrug. »Stellen Sie ihn bitte auf den Tisch!«

»Nun gut, ich will Sie beim Frischmachen und Umziehen nicht weiter stören, Miß Raven.« Dannys Ton zeigte an, daß dieses Thema für sie noch keineswegs abgehakt war.

Die Mahlzeiten in Phillip Barrancourts heruntergekommenem Bungalow wurden in einem überraschend gemütlichen Speisezimmer serviert. Ein langer Tisch und zerschrammte, aber weich gepolsterte Stühle standen auf einem farbenfrohen Perserteppich. Die Tafel war mit feinem englischen Porzellan gedeckt. Als sie Platz nahmen, warf Danny ihrer Herrin einen beifälligen Blick zu, erfreut, weil es in der Khanapur-Siedlung doch noch so etwas wie gepflegte Eleganz gab.

»Hoffentlich entspricht das Essen Ihrem Geschmack?«, bemerkte Phillip freundlich, als er sich zu ihnen setzte. »Obwohl ich meinem Koch Hammad die westliche Küche beizubringen versuche, bereitet er die Speisen mit öliger Büffelmilchbutter zu oder würzt wie verrückt mit Curry, so daß es einem schier die Eingeweide verbrennt.«

»Es schmeckt uns bestimmt, Vetter Phillip«, antwortete Raven rasch.

»Nennen Sie mich doch Phillip, meine Liebe.« Er beugte sich zu ihr und beobachtete sie lächelnd. »Vetter Phillip klingt so förmlich.« Die blauen Augen musterten Ravens Figur ausgiebig und unverfroren. Raven trug jetzt statt des verknitterten grünen Samtkleids ein lavendelfarbenes Gewand mit winzigem Veilchenmuster. Das dunkle Haar war aus dem bezaubernden Gesicht gekämmt und mit den schimmernden Perlmuttkämmen befestigt. Lieblich und blühend sah sie aus, von jugendlicher Unschuld. Ihr qualvoller Herzenskummer wurde von den dunklen Wimpern verborgen, die ihre schräggestellten Augen beschatteten. Phillip, der das Leid darin nicht sehen konnte, entdeckte jedoch in ihren Zügen eine Melancholie, die ihr eine Aura unterschwelliger Sinnlichkeit verlieh.

»Ich meine«, sagte er unvermittelt, »wir sollten eine Einladung geben, um Sie meinen Geschäftsfreunden in der John Company vorzustellen, Raven. Lahore ist vielleicht nicht der gesellschaftliche Mittelpunkt des indischen Subkontinents, aber es leben hier einige Leute, mit denen ich Sie gerne bekannt machen würde.«

»Oh, Sie sollten sich meinetwegen nicht bemühen!« wandte Raven ein.

»Das ist mir ein Vergnügen«, versicherte er und griff über den Tisch, um ihr die Hand zu tätscheln. »All meine Bekannten sollen wissen, wie eine echte, reinrassige Barrancourt aussieht.«

Raven spürte eine Hitzewelle in ihre Wangen steigen. Aber als sie beunruhigt zu Sir Hadrians illegitimem Sohn hinüberblickte, bemerkte sie, daß er sie ohne jede Bitterkeit anlächelte, die tiefliegenden blauen Augen voll Wärme. Irgend etwas erschien ihr jetzt an ihm verändert, obwohl sie sich nicht erklären konnte, was. Im Arbeitszimmer hatte er geistesabwesend und gehemmt gewirkt. Jetzt strahlte er verwandtschaftliche Herzlichkeit aus.

»Nächsten Donnerstag würde es mir hervorragend passen«, fügte er hinzu.

»Bleiben wir denn so lange, Miß Raven?« erkundigte sich Danny besorgt.

»Das hängt wohl davon ab, ob...«

»Wie, Sie wollen doch nicht etwa gleich abreisen?« unterbrach Phillip Barrancourt seine junge Cousine hastig. »Erzählen Sie mir nicht, Sie kommen den weiten Weg von England hierher, um mich nur flüchtig anzusehen und dann gleich wieder fortzueilen!«

»Eigentlich besuche ich Sie in einer finanziellen Angelegenheit«, begann Raven zögernd. Sie wollte nicht gerade bei Tisch, in Anwesenheit von Phillips Dienern, auf Sir Hadrians Wünsche zu sprechen kommen, sondern vielmehr unter vier Augen mit ihm reden und ihm Zeit lassen, den Brief seines Vaters gründlich zu studieren.

»Nicht jetzt, bitte.« Phillip winkte lässig ab. »Ich bespreche grundsätzlich keine geschäftlichen Dinge während der Mahlzeiten.« Er ließ die blauen Augen träge auf ihr ruhen. »Darüber unterhalten wir uns morgen, wenn Sie sich von der

Reise erholt haben, Raven, oder vielleicht erst übermorgen. Wenn Sie mir nur versprechen, bis zur Einladung zu bleiben.«

Nachdem sie sich zurückgezogen hatte, graute Raven trotz ihrer Erschöpfung vor der kommenden Nacht. Sie wußte sehr wohl, daß sie sich schlaflos im Bett wälzen und die Qual ihrer letzten Begegnung mit Charles noch einmal durchleben würde. Ihre Befürchtungen wurden noch übertroffen, denn sie stellte fest, daß sie sich nach Charles sehnte, ihn zutiefst vermißte, daß ihr Körper geradezu nach der verwegenen, erregenden Berührung seiner Hände und Lippen schrie.

Mit fest zusammengekniffenen Augen versuchte sie sein Bild aus ihrer Fantasie zu vertreiben, aber die belustigten grünen Augen kehrten wieder, um sie zu verhöhnen. Und die Schwäche ihres Körpers strafte ihre mühevollen Versuche Lügen, sich einzureden, sie würde nichts mehr für ihn empfinden. Wo er sich jetzt wohl aufhielt? Würde er sie vor seiner Abreise aus Lahore besuchen, oder war seine Behauptung ernst gemeint, daß er alles, was er wollte, von ihr genommen hatte und sie ihm nichts mehr bedeutete.

Eine Träne quoll unter den geschlossenen Lidern hervor und bahnte sich ihren Weg über die Wange auf das harte Kissen. »Ach, Charles«, flüsterte Raven mit erstickter Stimme. »Warum konntest du mich nicht ein wenig lieben?«

»Dimitri, kannst du in Gottes Namen nicht endlich aufhören fortwährend hin und her zu laufen? Du benimmst dich wie ein eingesperrter Stier!«

Dimitri verkniff sich seine wütende Antwort, da er ahnte, daß nur noch ein geringer Anlaß fehlte, um einen Wutausbruch seines Freundes zu bewirken. Statt dessen murmelte er einen derben russischen Fluch in seinen Bart und stolzierte, die kohlschwarzen Augen von Zorn erfüllt, aus dem Zimmer.

Charles beobachtete seinen Abgang und spürte, wie die Atmosphäre in dem kleinen Zimmer, sobald der Russe verschwunden war, merklich an Explosivität verloren.

Der Zauber des Kohinoors, der ihn ursprünglich nach Lahore gelockt hatte, war für Charles verblaßt, und obgleich er in den vergangenen schlaflosen Nächten viel darüber nachgegrübelt hatte, wollte ihm kein Grund dafür einfallen. Vielleicht erklärte dies auch die Spannung zwischen ihm und Dimitri, der weiterhin unbändige Begeisterung für den Erwerb des Juwels an den Tag legte, indem er häufig durch die dunklen Gassen und Basare der Innenstadt strich, um auch den allerkleinsten Klatsch zu erfahren.

Der Kapitän hingegen verbrachte die meiste Zeit auf Fort Ackbar, wo er in Gesprächen mit General Bostwicks Adjutanten die Wahrscheinlichkeit einer weiteren Konfrontation mit den Sikhs zu ermitteln suchte. Dimitri und Charles verhielten sich wenig höflich zueinander, eine beklagenswerte, für beide völlig neue Erfahrung in ihrer langjährigen Freundschaft.

Mit seiner finsteren Miene verschreckte Charles den Diener, der gerade Chota-hazri hereinbrachte, ein leichtes indisches Frühstück, das Charles und Dimitri gemeinsam einzunehmen pflegten.

»Wünschen Burra-Sahib etwas anderes?« fragte der Mann verunsichert, als Charles die angebotene Schüssel mit gezukkerten Früchten und den dampfenden Tee gar nicht beachtete, und zitterte angesichts der düsteren, bedrohlichen Miene des Engländers.

»Nein, danke, Hakim«, erwiderte Charles knapp. »Wenn Sahib Sergejew zurückkommt, richte ihm aus, daß ich bei General Bostwick bin, dem Jung-i-lat-Sahib.«

Heute gab es aus Fort Ackbar keine guten Nachrichten, und Charles kehrte nach einigen Stunden äußerst beunruhigt von seinem Treffen mit dem befehlshabenden Offizier zurück. Er hatte von General Bostwick die bestürzende Neuigkeit erfahren, daß man die Truppen mobil mache und daß wohl bei Chillianwallah die nächste Schlacht stattfinden werde.

Könnte ein für die Briten günstiges Kampfergebnis die Sikhs zu einem Vergeltungsschlag anspornen und zu einem Blutvergießen in den Straßen führen? Charles wußte darauf keine Antwort, und als er die Stufen zu den Schlafzimmern hinaufstieg, schaute er sehr grimmig drein.

»Ah, Towarisch, da bist du ja endlich!« Dimitri, der die

schweren Schritte im Treppenhaus gehört hatte, riß die Tür auf, umarmte ihn ungestüm und klopfte ihm derb auf den Rücken.

Ein schwaches Lächeln umspielte Charles' Lippen, als er in Dimitris strahlendes Gesicht sah. Der dichte Bart hing seinem russischen Freund arg zerzaust über die ledrigen Wangen und ließ ihn reichlich wild erscheinen. Die kohlschwarzen Augen funkelten, und die weißen Zähne blitzten bei seinem Grinsen auf.

Charles verschränkte die Arme vor der Brust und schaute ihn eine Weile schweigend an. »Ich glaube, du freust dich über etwas, Dimitri«, bemerkte er schließlich.

Der Russe lachte dröhnend. »Ob ich mich freue? Ich bin ganz aus dem Häuschen, Kamerad! Ich fühle mich wie ein einstiger Anhänger des Zölibats, der in einem Harem mit zwei Dutzend unterbeschäftigten, wunderschönen Gespielinnen bekehrt wurde. Rate mal, wo ich heute war!«

Charles sah ihn nachsichtig an und schüttelte den Kopf. »Ich habe keine Ahnung. Etwa im Harem des Palastes?«

Dimitri rieb sich die Pranken. »Zwar nicht im Harem, aber im Palast.«

Charles' Belustigung schwand. »Was hast du denn da getrieben?«

»Setz dich erst und laß mich erzählen.« Dimitri wuchtete seine Körpermassen auf die weichgepolsterte Sitzbank und wartete, bis Charles es ihm gleichtat. »Im königlichen Haushalt der Maharani gibt es einen Russen aus Kursk, der seit dem Afghanischen Krieg in Indien lebt und während der Sikh-Kriege auf seiten Ihrer Majestät kämpfte. Als die Briten in Lahore einmarschierten und die Maharani ihrer Macht beraubten, weigerte er sich, aus ihren Diensten auszuscheiden, obwohl ihm ihre einheimischen Gefolgsleute angeblich Verachtung und Mißtrauen entgegenbringen.« Er dämpfte die Stimme und zwinkerte seinem Freund verschwörerisch zu. »Die Maharani soll wundervoll aussehen, und du weißt ja, wie wir Russen die Schönheit verehren. Kein Wunder, daß er geblieben ist!«

»Also hast du dir unter dem Vorwand, die Bekanntschaft eines Landsmanns zu schließen, Zutritt zum Palast verschafft«, drängte Charles, dessen Neugierde nun geweckt war.

»Selbstverständlich«, stimmte Dimitri zu. »Georgi empfing mich überaus freundlich. Stundenlang unterhielten wir uns, wobei er seinen vorzüglichen Wodka mit mir teilte. Und danach konnte er sich in seinem Redefluß nicht mehr beherrschen.«

»Wo steckt also der Kohinoor, Dimitri? Das hat er dir doch wohl erzählt?«

»Gewiß, Kamerad, oder zumindest sagte er mir, wo man ihn finden kann. In Oudh nämlich.«

»In Oudh«, wiederholte Charles erstaunt. »Nach dem letzten Stand der Dinge befand er sich doch hier im Punjab.«

»So war es auch. Bis ihn ein kriegführender Fürst, der Nawab von Oudh, in einer gewaltsamen Auseinandersetzung mit einem Steuerpächter aus dem Punjab in die Finger bekam.«

Charles lehnte sich auf der Sitzbank zurück und streckte die langen Beine aus. »Ich nehme somit an, daß du jetzt nach Oudh reisen willst, um ihn zu suchen.«

Dimitri zuckte mit vorgespielter Gleichgültigkeit die Schultern. »Ich weiß nicht, ob die *Orient Star* ewig warten kann, während ihr Kapitän und sein Erster Offizier auf der Suche nach einem schwer zu ergatternden Diamanten quer durch ganz Indien reisen. Sicher würde ich mich gern nach Oudh aufmachen, Towarisch, aber nicht ohne dich, und ich weiß, daß du Lahore nicht eher verlassen wirst, bis unsere kleine Prinzessin unbeschadet wieder von hier aufgebrochen ist.«

Charles hielt inne, spannungsgeladen wie ein sprungbereiter Panther. »Was willst du damit sagen?« fragte er leise.

Grinsend heuchelte Dimitri völlige Gleichmütigkeit, während er sich innerlich gegen Charles' Wutausbruch wappnete. »Mir ist doch klar, daß du nur ihretwegen im Punjab bleibst, wo du doch offensichtlich jede Lust am Erwerb des Kohinoors verloren hast.«

»Absoluter Blödsinn, was du da redest, Dimitri!«

Die schwarzen Augen funkelten. »Ach nein. Warum bist du dann immer so rastlos? Warum tigerst du Nacht für Nacht wie verrückt in deinem Zimmer auf und ab, und warum spielst du dem Jung-i-lat-Sahib und seinen Offizieren den liebenswürdigen Gentleman vor, wo du doch diese Idioten von Soldaten nicht ausstehen kannst? Doch wohl nicht deshalb, weil du dich selbst vor den Sikhs fürchtest, Kamerad, du hast noch nie Furcht gekannt.« Der Russe kniff die Augen zusammen. »Bis jetzt. Hier im Punjab droht unmittelbar ein Aufstand, und ich spüre die Angst in dir, die Angst um jemanden, der dir meines Erachtens mehr bedeutet, als du es dir eingestehen willst.«

Mit einer flinken Bewegung war Charles auf den Füßen, aber Dimitri, der das erwartet hatte, kam ihm zuvor, bereit, den Schlag, der da kommen sollte, zu parieren.

Die Luft schien vor Spannung zu knistern, als die zwei Hünen gegeneinander Stellung bezogen. Charles stand, abgesehen von dem Zornbeben, das wie eine Hitzewelle von ihm ausging, reglos da. Dimitri, der sich von Georgi Nostropowitschs hochprozentigem Wodka etwas benebelt fühlte, hoffte auf einen kurzen Kampf. Obwohl eine derartige Auseinandersetzung möglicherweise das Ende ihrer Freundschaft bedeutete, freute es ihn insgeheim, daß dies wenigstens wegen der bildschönen Raven Barrancourt geschah.

»Siehst du, Kamerad«, durchbrach Dimitri heiser die bedrückende Stille, »der Kreis schließt sich. Begann unsere Freundschaft nicht mit einem Kampf um eine lächelnde portugiesische Schönheit? Und endet sie jetzt wegen deiner uneingestandenen Gefühle für unsere Göttin mit dem rabenschwarzen Haar? Nun gut, wenn du mich schon schlagen mußt, mach schnell, denn dies wird dich wohl von der Wut befreien, die dich seit dem Abschied von ihr erfüllt.« Er rülpste und fügte nachdenklich hinzu. »Und außerdem werde ich allmählich hungrig.«

Die bedrohliche Kampfeslust in den meergrünen Augen war mit einemmal verschwunden, die verdüsterten Züge entspannten sich so unerwartet, daß Dimitri verwirrt die furchtgebietenden Fäuste senkte. Mit einem breiten Grinsen schlug Charles seinem Ersten Offizier auf die Schulter. »Was bist du doch für ein närrischer betrunkener Hitzkopf, Dimitri«, bemerkte er. »Auf diese Weise verwickelst du mich in keine Rauferei, also laß es lieber bleiben. Und jetzt essen wir einen Happen. Du hast doch heute bestimmt noch keinen Bissen in den Magen bekommen, und wie üblich bist du von diesem teuflischen Schnaps besäuselt.«

»Moment mal, Towarisch!« Dimitri packte Charles beim Ärmel und sah ihn forschend an. »Willst du sie nicht besuchen? Warte, werd nicht gleich wütend! Ich frage nur meinetwegen, denn ich versprach ihr zu kommen, und wir wissen ja nicht einmal, ob ihr Vetter sie gut behandelt.«

Charles' Kinn verhärtete sich kaum merklich. »Wahrscheinlich hast du recht, Dimitri«, sagte er spöttisch. »Da wir schon all die Mühen auf uns genommen haben, um sie hierherzubringen, können wir uns ebensogut noch überzeugen, ob sie auch ordentlich versorgt ist.«

Der Nachmittag erschien Raven endlos. In der kühlen Morgendämmerung war das Wetter schön gewesen, doch allmählich hatten sich dunkle Wolken am Himmel zusammengebraut, die ein eisiger Wind zusammen mit kalter Winterluft von den Gipfeln des Hindukusch herübertrieb.

Raven war vor dem Mittagessen ein wenig ausgeritten, aber ihr Pferd hatte nicht recht gehorchen wollen. Dieser Umstand, ebenso wie die grimmige Miene Ahmeds, der sie begleiten mußte, hatten Raven schnell wieder zur Umkehr bewogen. Eigentlich wollte sie die Hänge zwischen der Siedlung und Lahore erkunden, aber Phillip hatte ihr, angeblich ihrer Sicherheit wegen, befohlen, innerhalb der Siedlungsmauern zu bleiben. Dem mußte sie sich wohl oder übel fügen.

Nicht daß er mich mit Absicht unfreundlich behandeln würde, dachte Raven, als sie untätig in ihrem Zimmer umherging. Er hatte sich vielmehr in diesen vier Tagen sehr um ihr Wohlergehen bemüht, aber er verbrachte einen Großteil des Tages allein im Arbeitszimmer, so daß sie ihn kaum zu Gesicht bekam. Überdies wollte er sie erst bei der Einladung am Donnerstag seinen Freunden vorstellen, und so kannte Raven noch niemanden, den sie auf einem Ausritt hätte besuchen können. Sie langweilte sich, und ihr gutherziger, aber geistesabwesender älterer Vetter wußte offenbar nicht, was ein tatendurstiges junges Mädchen brauchte, um sich die Zeit zu vertreiben.

Raven schämte sich ihrer Undankbarkeit, denn Phillip zeigte sich, wann immer er nicht arbeitete, sehr aufmerksam. Dennoch fühlte sie sich rastlos und ungeduldig. Außerdem waren ihre Nerven anscheinend arg mitgenommen, und allem Anschein nach hatte sie den Hang entwickelt, die arme Danny wegen jeder Nichtigkeit anzufauchen. Sie versuchte sich einzureden, daß sie nun wirklich jeden Grund glücklich zu sein habe. Immerhin hatte Vetter Phillip ihr nach der Lektüre von Sir Hadrians Brief ohne alle Bedingungen die erforderliche Summe zugesichert und versprochen, das Geld innerhalb einer Woche zu beschaffen, wenn die nötigen Schriftstücke ordnungsgemäß von einem Angestellten der John Company, der sich um Phillips Buchhaltung kümmerte, aufgesetzt worden waren. Für ihre klägliche Stimmung bestand also gewiß kein Anlaß, und doch boten ihr die unausgefüllten Tage kaum anderes, als über Vergangenes zu brüten und von Charles zu träumen. Die Erinnerungen an seine Zärtlichkeiten verfolgten sie viel intensiver als Bettina Batemans schmerzliche Worte.

Als Raven am Nachmittag in den ungemütlichen Salon kam, sah sie ihren Vetter mit Dimitri vor der Jagdtrophäensammlung stehen; Phillip schilderte gerade mit begeisterten Gesten, wie er vor zwei Jahren den Königstiger südlich von Lucknow erlegt hatte. Danny saß stocksteif auf dem Sofa, die Stickerei wie üblich im Schoß, und heuchelte großes Interesse.

Trotz ihrer Enttäuschung, daß Charles nicht mitgekommen war, konnte Raven kaum die Freude fassen, die ihr beim vertrauten Anblick ihres Freundes das Herz erwärmte. »Ach, Dimitri, wie schön, daß Sie da sind!« rief sie.

Dimitri drehte sich um und sah sie strahlend schön in der Tür stehen. Mit ausgebreiteten Armen eilte er durch das Zimmer, und sie kam ihm auf halbem Weg entgegen und sank ihm lachend an die Brust.

»Sie sehen unverändert reizend aus, meine kleine Prinzessin«, meinte er und ließ sie mit einem ernsten Blick in ihre Augen endlich los. Sie kam ihm ein wenig schmaler vor, falls das in der kurzen Zeit ihrer Trennung möglich war, und in ihren Katzenaugen lag ein deutlicher Ausdruck nervlicher Belastung, der ihm gar nicht gefallen wollte. »Kümmert man sich auch ordentlich um Sie?« fragte er so leise, daß Phillip Barrancourt es nicht hören konnte.

»O ja«, versicherte sie und drückte ihm beide Hände. »Dimitri, wo ist...«

»Meine liebe Raven, werfen Sie sich allen Besuchern so unbeherrscht in die Arme?«

Bei der beiläufigen Frage ihres Vetters schaute Raven schnell auf; von der ernsten Miene und den eindringlichen Augen konnte sie nicht mit absoluter Sicherheit Mißfallen ablesen. »Gewöhnlich nicht«, gab sie mit einem entschuldigenden Blick zu. »Aber Dimitri ist ein so guter Freund. Ich – ich freue mich einfach, ihn zu sehen.«

Phillips tiefblaue Augen wanderten von Dimitri zu Ravens flehender Miene, er zuckte die Achsel und lächelte nachsichtig. »Ich nehme an, Mr. Sergejew hat Sie und Mrs. Daniels nach Lahore begleitet.«

»In der Tat«, bestätigte Raven und schenkte Dimitri ihr Grübchenlächeln. Sie konnte den Blick nicht von ihm wenden, so sehr linderte seine vertraute Gegenwart ihren Schmerz.

»Lange kann ich nicht bleiben, Kleines«, meinte er, als sie ihn zum Sofa führte und sich neben ihm niederließ. »Ich wollte mich nur vergewissern, daß es Ihnen gutgeht.«

»O ja«, beruhigte sie ihn. »Müssen Sie denn gleich wieder davoneilen? Es gibt so viel, was ich Sie fragen möchte.« Ihre Topasaugen wirkten wieder umschattet. »Was haben Sie denn seit unserem Abschied erlebt?« Sie senkte den Kopf und begann mit der zarten Spitze an ihrem Handgelenk zu tändeln. »Sie halten sich wohl noch immer mit Kapitän St. Germain in Lahore auf?«

»Ja. Der Kapitän wollte mich hierherbegleiten, wurde aber im letzten Moment zu einem Abendessen bei General Bootswick eingeladen.«

»Ah, dann haben Sie also schon unseren Kommandeur kennengelernt?« erkundigte sich Phillip im Plauderton, aber Raven achtete nicht auf die Antwort des Russen. Hatte Charles wirklich kommen wollen, oder schwindelte Dimitri ihr zuliebe? Wie kann Charles die Einladung eines Offiziers mehr als ein Wiedersehen mit mir bedeuten, fragte sie sich verzweifelt. Hatte General Bootswick etwa eine hübsche Tochter?

Sie biß sich auf die Lippen und wandte den Kopf, damit Dimitri nicht den verräterischen Tränenschimmer in ihren Augen sah. Und sie Närrin hatte gehofft, Charles würde zu ihr zurückkehren! in den langen Mußestunden seit ihrer Ankunft zu der Khanapur-Siedlung hatte sie allmählich erkannt, daß sie Charles freudig alles verzeihen würde, wenn er ihr nur seine Liebe gestände. Aber bei der Trennung hatte er ihr gesagt, er habe sie als bloßen Zeitvertreib betrachtet, und Dimitris beiläufige Bemerkung bestätigte dies nur.

»Meinen Sie nicht auch, Raven?«

»Wie, bitte?« Sie schreckte auf und bemerkte Phillips prüfenden Blick. »Pardon, ich habe nicht gehört, was Sie sagten.«

Er zuckte die Achseln. »Schon gut. Bei Ihrem Kapitän, Mr. Sergejew, scheint es sich um einen bemerkenswerten Mann zu handeln. Mrs. Daniels hat mir einiges von ihm erzählt. Ich habe daraus geschlossen, daß er einen Klipper besitzt.«

»Den schnellsten, den es gibt«, prahlte Dimitri.

»So, so.« Phillip zeichnete mit seinem dicken Zeigefinger das verschlungene Muster auf einem der Sofakissen nach. »Befördert er freie Handels- oder Kommissionswaren?«

In Dimitris bärtigem Gesicht blitzten die weißen Zähne auf. »Alles, Sir, solange der Preis stimmt.«

Das halte ich nicht aus, dachte Raven. Ich muß Dimitri fragen, wie es Charles geht. Doch das erwies sich als unmöglich. Das Gespräch kreiste um Geschäftliches, da ihr Vetter großes Interesse an der *Orient Star* und ihren Ladekapazitäten bekundete; und als Dimitri Anstalten zum Aufbruch machte, hatte sie ihm noch keine einzige Frage unter vier Augen stellen können.

Selbst als sie ihn zur Tür begleitete, trieb sich Ahmed lauernd in ihrer Nähe herum und hielt sie davon ab, etwas anderes als die üblichen Floskeln zu äußern. Mit besorgter Miene blieb sie stehen, während Dimitri in den Mantel schlüpfte, und obwohl er geduldig auf die Frage wartete, die sie offenbar quälte, schwieg sie.

»Ich komme bald wieder, Kleines«, versprach er bedrückt, da er ihr keinen Trost verschaffen konnte. »Ihr Vetter interessiert sich für die Tatsache, daß die *Orient Star* bei Kasur ankert, und überlegt, ob wir nicht auf der Rückreise eine Ladung für ihn nach Süden befördern sollen.«

»Mir hat er erzählt, daß zu dieser Jahreszeit seine Lagerhäuser leer stünden«, meinte Raven verdutzt.

»Aber weshalb sollte er dann noch hier sein?« entgegnete Dimitri und lächelte sie liebevoll an. »Nun, über diese geschäftliche Angelegenheit muß er mit dem Kapitän sprechen.«

Ihre Kehle schnürte sich zusammen. »Wird Charles – wird der Kapitän hierherkommen?«

Dimitri zuckte die Achseln. »Ich denke schon.« Er zog sich die Handschuhe an, dann beugte er sich herab, als wollte er sie auf die Wange küssen, drehte den Kopf aber ein wenig, so daß er ihr leise ins Ohr flüstern konnte. »Und Ihr Vetter behandelt Sie auch ganz bestimmt gut?«

Raven nickte und schaute ihn fragend an. »Gewiß. Warum sollte er nicht?«

Er hob wieder die Schultern. »Er scheint ja ganz nett zu sein.« Dann richtete er sich lächelnd auf. »Geben Sie bis zu unserer nächsten Begegnung auf sich acht, kleine Prinzessin.«

Als sie sich schließlich mit einem tiefen Seufzer umdrehte, versperrte ihr Ahmed den Weg. Der Inder betrachtete sie streng, mit undurchdringlicher Miene. »Der Sahib wünscht Sie im Arbeitszimmer zu sprechen, Missy.«

»Würden Sie ihm bitte ausrichten, daß ich mich lieber später mit ihm unterhalte?« erwiderte Raven, die jetzt allein sein wollte, höflich.

Ahmed ließ nicht locker. »Der Sahib wünscht Sie zu sehen.«

Raven seufzte. »Nun gut.«

In umgänglichem Ton antwortete Phillip auf ihr Klopfen, und als sie eintrat, saß er, die Daumen in den Westentaschen vergraben, am Schreibtisch. Amüsiert sah er sie an, als sie vor ihm stand und sich ihr Widerstreben trotz aller Bemühungen, es zu verbergen, in ihrer starren Haltung zeigte. »Wenn

Sie glauben, daß ich Sie zu mir gebeten habe, um Sie ins Gebet zu nehmen, trifft Ihre Vermutung leider zu, meine Teure«, begann er, und seine Belustigung war schlagartig vergangen.

Raven runzelte die Stirn. »Was habe denn ich getan?«

Aufmerksam betrachtete er sie. »Wenn ich auch nur Ihr Vetter bin, und nicht einmal Ihr rechtmäßiger, so fühle ich mich doch während Ihres Aufenthaltes in meinem Haus für Sie verantwortlich. Und ich kann ein derartiges Verhalten bei einer jungen Frau von vornehmer Herkunft und Erziehung nicht entschuldigen.«

Seine Worte brachten sie völlig durcheinander. Abgesehen von ihrer ernsten Unterredung über ihre finanziellen Angelegenheiten sprach Phillip sie zum ersten Mal in einem anderen als seinem gewohnt trägen, gleichgültigen Tonfall an. Doch jetzt klang unterschwellig Zorn aus seinen Worten heraus, und ein Schimmer in den blauen Augen verriet große Entrüstung. Überdies war seine übliche Blässe einem fast fiebrigen Glühen gewichen, was Ravens früheren Verdacht bekräftigte, ihr Vetter erfreue sich nicht eben bester Gesundheit. Dies betrübte sie, denn trotz seiner seltsamen Marotten mochte sie ihn und wollte ihn keinesfalls verärgern.

»Es tut mir leid«, meinte sie aufrichtig. »Ich wollte Sie nicht verletzen, aber ich habe wirklich nicht die geringste Ahnung, was ich angestellt habe.«

»Tatsächlich nicht?« Phillips buschige rote Brauen hoben sich überrascht. »Dann muß in Cornwall die Erziehung zu gesitteten Umgangsformen sträflich vernachlässigt werden. In Indien, Raven, umarmt eine junge Dame nicht in aller Öffentlichkeit einen Mann, mit dem sie nicht verlobt, verheiratet oder anderweitig verwandt ist. Wie Sie wohl wissen, tragen die Frauen hierzulande immer einen Schleier. Mit Ausnahme des Gemahls oder Bruders darf niemand ihr Gesicht sehen, nie verlassen sie den Schutz des Harems, niemals...«

»Aber ich bin keine Inderin!« widersprach Raven gekränkt.

»Das zwar nicht«, stimmte Phillip zu, »aber ich erwarte, daß Sie während Ihres Aufenthalts zumindest die abendländischen Anstandsformen wahren.«

Errötend senkte sie den Blick. »Verzeihen Sie, Phillip. Offenbar habe ich meine Grenzen überschritten, aber Dimitri...« Sie hielt inne und rang nach Worten, um ihre Gefühle für den entrechteten Kosakenprinzen zu beschreiben.

»Sind Sie in ihn verliebt?« fragte Phillip völlig unerwartet.

Wieder strömte eine Hitzewelle durch Ravens Wangen. »Keineswegs! Welch absurder Gedanke!«

Ihre vehemente Verneinung schien ihm zu genügen. »Sehr gut. Ich würde nicht wollen, daß jemand von Ihrer Schönheit und Herkunft sich an einen gemeinen Matrosen, noch dazu einen Russen, verschwendet.«

Raven verkniff sich eine zornige Antwort, da sie weder mit Phillip streiten noch seine Gastfreundschaft mißbrauchen wollte. Er hatte ja recht, sie hätte ihre Zuneigung zu Dimitri nicht so freimütig zeigen dürfen. Aber wie konnte sie einem anderen Menschen verständlich machen, daß sie Dimitri so gern mochte, nicht allein seinetwegen, sondern auch, weil er Charles so viel bedeutete?

»Ich sehe schon, daß Sie nicht mit mir übereinstimmen«, bemerkte Phillip gedehnt, da ihm das Aufblitzen ihrer Augen und ihr mühsam beherrschter Zorn keineswegs entgingen. Er erhob sich und kam auf sie zu, für einen Mann von seiner Statur erstaunlich behende. »Es ist mir ernst damit, Raven. Sie sind viel zu schön, um sich an irgendeinen Kerl zu vergeuden.« Er ergriff eine schwarzglänzende, seidige Haarsträhne und ließ sie durch die Finger gleiten, während Raven zutiefst verlegen das Gesicht abwandte.

»Es wird nicht mehr vorkommen, das verspreche ich«, flüsterte sie und flüchtete aus dem Zimmer, während Phillip mit nachdenklicher Miene stehenblieb und auf die offene Tür schaute. Dann setzte er sich wieder an den Schreibtisch, starrte seine Hand an und rieb die Wurstfinger aneinander, als könne er immer noch das weiche, schimmernde Haar auf seiner Haut spüren.

11.

Fackeln flackerten entlang dem kurvenreichen Fahrweg, der sich von den schmiedeeisernen Toren auf das Geländer der Khanapur-Siedlung schlängelte. Schmuck uniformierte Ghurka-Wachen, von der Armee Ihrer Majestät für den Schutz der British East India Company abkommandiert, flankierten den Eingang und salutierten schneidig, als die zweirädrigen Einspänner mit den Offizieren in Galauniform und ihren herausgeputzten Gattinnen vorbeirollten. Lediglich den einzelnen Reiter, der sein Pferd aus dem Dunkel auf das Tor zulenkte, hielten sie sogleich an, um ihn zu befragen.

Er war sehr hoch gewachsen und trug ein elegantes weinrotes Brokatjackett, sein gestärkter weißer Kragen leuchtete im Finstern. Als er sich herabbeugte, überraschte er die Gurkas, indem er sich auf Nepalesisch, ihrer Muttersprache, an sie wandte. Nachdem sie sich von der Überraschung erholt hatten, wechselten sie mit respektvoller Miene einen schnellen Blick und ließen den Gentleman hoch zu Roß ungehindert passieren. Er schloß sich dem kleinen Zug schaukelnder Gigs und Kutschen an, der sich Phillip Barrancourts hell erleuchtetem Haus näherte.

Seufzend wandte sich Raven von ihrem Schlafzimmerfenster ab und ließ die Jalousien herunterfallen, damit keiner der eintreffenden Gäste sie durch die Scheibe sehen konnte. Denn sie hatte sich gerade erst in ein knappes Korsett geschnürt, das ihre weißen Brüste teilweise enthüllte. Sie warf einen verzagten Blick auf das prächtige Gewand, das Lihl, die junge mürrische Dienerin, hochhielt, um ihrer Herrin beim Hineinschlüpfen zu helfen. Phillip hatte es heute nachmittag höchstpersönlich ausgesucht, indem er die kleine Auswahl im Kleiderschrank gemustert hatte und schließlich mit einer reinweißen Seidenbrokatrobe mit weiten, bauschigen Röcken aufgetaucht war. »Bei Gott!« hatte er erfreut ausgerufen. »Den Stoff kenne ich doch!«

»Wie, bitte?« fragte Raven, die hilflos daneben stand, als er das Kleid lachend und mit leuchtenden Augen auf das Bett warf.

»Shantungseide! Vor einem Jahr schickte ich meinem Vater einen Ballen davon als Muster – wohlgemerkt, um zu erkunden, ob Booth's sie vielleicht auf dem europäischen Markt anbieten wolle. Während meines Aufenthalts in Hongkong mußte ich wie der Teufel mit den Chinesen, diesem mißtrauischen, knauserigen Pack, darum feilschen, aber ich konnte den Preis schließlich herunterhandeln.«

»Ein sehr schönes Material«, meinte Raven zögernd. Sein aufgeregter Blick und die geröteten Wangen verwirrten sie ein wenig. Sie wußte nun bereits, daß ihr ruhiger, zurückgezogen lebender Vetter zu unerwarteten Gefühlsausbrüchen fähig war, aber mit Beunruhigung stellte sie fest, daß ausgerechnet die Habgier ihn derart erhitzte. »Großonkel Hadrian schenkte mir mehrere Kleider, bevor ich nach Indien aufbrach.«

»Ja, ein wunderschönes Gewebe«, hatte Phillip ihr beigepflichtet und den weichen Stoff durch die Finger gleiten lassen. »Und keine außer Ihnen trägt heute abend eine so prächtige Robe.«

Mit Dannys und Lihls Hilfe schlüpfte Raven nun in das weich fallende Seidenkleid, das ihren schwellenden Brustansatz, die glatten Schultern und den Nacken bloß ließ.

»Raven, sind Sie bereit, unsere Gäste zu begrüßen?« Phillips Stimme drang ungeduldig durch die Tür, und sie ordnete hastig die raschelnden Röcke, ehe sie ihm die Tür öffnete. Als er sie in dem weißen Kleid, das ihr blauschwarzes Haar betonte, vor sich sah, gefror Phillips Miene. Reglos starrte er auf ihr schönes Gesicht.

»Gefällt es Ihnen nicht?« fragte sie und zog die Brauen zusammen.

Endlich kam wieder Leben in ihn, und er trat auf sie zu, um ihre schmale Hand zu nehmen. »Verzeihen Sie mir, meine Teure«, murmelte er. »Ich ahnte ja nicht, daß es Sie so trefflich kleiden würde.«

Errötend wandte sie sich ab, ohne seinen gierigen, auf ihrem Dekolleté verweilenden Blick zu bemerken. Doch Danny, die am anderen Ende des Raums stand, entging nicht das Glitzern in den blauen Augen, und in ihrem Herzen keimte Zweifel auf. Wie Raven hielt auch sie ihren Gastgeber für einen sympathischen, wenngleich ziemlich langweiligen Zeitgenossen, der kaum Interesse an seiner Umgebung bekundete, besaß jedoch genügend Menschenkenntnis, um die Wollust in Männeraugen wahrzunehmen.

Raven war auf die erheblichen Veränderungen, die man im riesigen Speisezimmer vorgenommen hatte, nicht gefaßt. Die Schiebetüren, die es vom kleineren Salon abteilten, waren entfernt worden, so daß ein großer Raum entstanden war. Von jedem verfügbaren Tisch und den eleganten Wandleuchtern funkelte Kerzenlicht und spiegelte sich im blankpolierten Dielenboden. Den Eßtisch hatte man in eine Zimmerecke gerückt und so Platz zum Tanzen geschaffen, und Raven bemerkte erstaunt, daß Musikanten sich bescheiden im Hintergrund postierten und mit ihren einheitlich schwarzen Hosen und weißen Hemden dem Fest eine besondere Note verliehen.

Auf der Schwelle hielt Phillip erwartungsvoll inne, und die auf der Tanzfläche plaudernden Gäste mit Champagnergläsern in den Händen drehten sich in der herniedersinkenden Stille zu ihm herum. »Guten Abend allerseits!« rief er so laut, daß man ihn im ganzen Raum verstand. »Darf ich Ihnen meine Cousine zweiten Grades aus Cornwall, Miß Raven Barrancourt von North Head, vorstellen!«

Bei diesen Worten zog er Raven an seine Seite. Das gespannte Schweigen wurde durch das anerkennende Raunen der Gäste gebrochen, mit dem sie, Herren wie Damen gleichermaßen, Ravens atemberaubende Schönheit zur Kenntnis nahmen.

Lächelnd neigte sie den Kopf, als Phillip sie mit überschäumender Begeisterung mitten in die Menge führte, um sie mit den Gästen bekannt zu machen.

»Nun haben Sie wohl alle kennengelernt, meine Liebe«, bemerkte er endlich, während er sie noch immer am Ellbogen hielt. »Sollen wir jetzt den Tanz eröffnen?«

»Ich frage mich, ob Miß Barrancourt wohl gütigerweise den ersten Tanz einem alten Bekannten gewähren will.«

Beim Klang der vertrauten tiefen Stimme mit dem leichten

Spott wandte sich Raven rasch um. Ihr Herz schlug wie rasend, als die meergrünen Augen ruhig auf sie herabblickten. Charles trug ein weinrotes, mit goldseidenen Aufschlägen versehenes Jackett von exzellenter Paßform, das die Anzüge der in Zivil erschienenen männlichen Gäste völlig in den Schatten stellte. Der enganliegende Stoff bauschte sich über den Hüften und betonte vollendet die breiten Schultern.

Charles' Kinn spannte sich an, als er den Blick über Ravens geschmeidige Gestalt gleiten ließ; doch dann spielte ein süffisantes Lächeln um die sinnlichen Lippen.

»Ich glaube nicht...«, begann Phillip, aber Charles hatte bereits den Arm ausgestreckt und Ravens Handgelenk umklammert. Noch ehe einer der verdutzten Zuschauer reagieren konnte, hatte er sie mitten auf die Tanzfläche geführt und den wartenden Musikanten das Zeichen zum Aufspielen gegeben.

»Nein, was für eine Unverfrorenheit!« erklärte eine entsetzte, insgeheim jedoch neidische Dame in mittleren Jahren, die empört den Fächer vor ihrem gepuderten Gesicht schwenkte, doch ihre nächsten Worte wurden von den ersten fröhlichen Walzerklängen übertönt.

»Hoffentlich können Sie Walzer tanzen, Kleines«, bemerkte Charles, als er Ravens Hand nahm, und gebrauchte dabei unbewußt Dimitris Kosenamen für Raven. »Da dieser Tanz ja noch nicht völlig salonfähig ist, hat man Sie vielleicht noch nicht in dieser Kunst unterrichtet.«

»Zweifellos wollen Sie das jetzt nachholen«, konterte Raven, doch ohne die übliche Ironie.

Mit einem leisen Lachen legte er ihr den Arm um die Taille und zog sie an seine Brust. Andere Paare strömten hinter ihnen auf die Tanzfläche und ließen sich vom Rhythmus der Musik bezaubern, doch Raven nahm sie kaum wahr. Charles' Nähe und sein starker Arm, der sie fest umschlang, ließen eine angenehme Wärme durch ihren Körper dringen und vertrieben den nagenden Schmerz, der ihr seit der Abfahrt von Colonel Batemans Haus das Herz beschwerte.

Charles entpuppte sich als begnadeter Tänzer, und Raven schien in seinen Armen durch den Saal zu schweben. Sie schauten einander tief in die Augen und keiner von ihnen sprach, obwohl die Stille viel mehr als Worte auszudrücken vermochte.

Zur allgemeinen Enttäuschung der weiblichen Gäste ließ Charles sich zu keinem weiteren Tanz mehr herab. Nachdem er Raven den Armen ihres Vetters, der mit versteinerter Miene den Tanz mit ihr zu beenden verlangte, übergeben hatte, zog er sich in eine Ecke zurück. Während er an seinem Wein nippte, sah er, wie ein Herr nach dem andern ihr den Hof machte.

Als die Musikanten eine Pause einlegten, war Raven schon ganz außer Atem. Ihre Gedanken galten ausschließlich Charles, dessen breitschultrige Gestalt beständig in ihrem Blickfeld blieb. Was er wohl hier macht, fragte sie sich, und wie um alle Welt hat er eine Einladung von meinem Vetter ergattert? In der Hoffnung, von niemandem bemerkt zu werden, schlüpfte Raven durch die Flügeltüren und atmete erleichtert auf, als sie hinter ihr zufielen und sie von dem lärmenden Geschwätz und Gelächter drinnen abschirmten. An die abblätternde Balustrade gelehnt, reckte Raven das Gesicht in die Luft und genoß den Hauch von Freiheit nach dem Gedränge auf der Tanzfläche.

Eine hochgewachsene Gestalt trat hinter ihr auf die Veranda und verdunkelte vorübergehend den durch die Vorhänge dringenden Lichtschein. Ohne sich umzusehen, wußte Raven, daß es Charles war. Nur mit beträchtlicher Mühe schaffte sie es, ihre Gesichtszüge unter Kontrolle zu bekommen, ehe sie sich ihm zuwandte. Einen Moment betrachteten sie einander schweigend, und trotz aller Vertrautheit zwischen ihnen konnte sie keine Gedanken von seinem beherrschten Gesicht ablesen.

»Ich muß schon sagen, Raven, Ihnen ist heute abend eine Eroberung gelungen.«

»Was wollen Sie damit sagen?« fragte sie, gekränkt durch seinen gleichgültigen, nüchternen Ton.

»Nun, Sie sind doch die Ballkönigin«, entgegnete er spöttisch. »Ich freue mich festzustellen, daß sich Dimitris Befürchtungen als unbegründet erweisen.«

»Dimitri hat sich Sorgen um mich gemacht?« fragte Raven erstaunt.

Charles nickte mit unergründlichem Blick. »Er glaubt wohl, daß man sich nicht richtig um Sie kümmert und daß Ihr Vetter ein Eremitendasein führt, das einer jungen Frau mißfallen muß. Auch ich finde, daß Ihr Vetter Phillip ziemlich befremdliche Neigungen zeigt.«

»Er behandelt mich sehr gut«, antwortete sie schneidend.

Die meergrünen Augen sahen sie durchdringend an, machten ihr angst und brachten sie außer Atem. Wie hatte sie nur so schnell vergessen können, wie überwältigend Charles' Gegenwart auf sie wirkte, wie jede Faser ihres Körpers als Reaktion auf seine Nähe zu vibrieren schien? »Oh, das bestreite ich nicht«, meinte Charles ruhig. »Er hat keine Mühen gescheut, um mit Ihnen vor seinen Freunden zu protzen, die – offen gestanden – nicht eben zu den angenehmsten Leuten meines Bekanntenkreises zählen.«

»Die meisten sind britische Offiziere, und die anderen gehören der East India Company an«, teilte sie ihm bissig mit.

Charles zuckte gleichgültig die Achseln. »Mich erinnern sie an Geier. Sehen Sie denn nicht die lüsterne Gier in ihren Augen, wenn sie Sie anglotzen, Raven? Oder die neiderfüllten Gesichter ihrer Gemahlinnen?« Sein Blick schweifte mit fast versengender Intensität über ihre nackten Schultern und den tiefen Ausschnitt.

»Das muß ich mir nicht anhören!« gab Raven steif zurück. »Es sind Phillips Freunde, und zufällig schätze ich sie! Mittlerweile bedaure ich aufrichtig, daß Dimitri eine Einladung für Sie heute abend herausschlagen konnte.«

»Ich auch.« Charles' schroffe Worte ließen sie im Gehen innehalten, denn sie hatte gerade die Veranda verlassen und ins Haus zurückkehren wollen. »Ich wollte mich persönlich von Ihrem Befinden überzeugen, und nun sehe ich mich einer Meute von Gaunern wie Sir Julian Craven gegenüber, die nur eines an mir interessiert – mein Schiff und die Lizenz, die schmutzige Ware der East India Company nach England zu schaffen, damit sie sich alle noch mehr bereichern können.«

»Unterscheiden Sie sich denn so sehr von diesen Leuten?« fragte Raven. »Wenigstens gehen sie ihren Geschäften in aller Offenheit nach! Sie brauchen keine Diamanten zu stehlen, um ein Vermögen zu erwerben.«

Charles stieß einen heiseren Fluch aus und packte sie bei den Schultern, wobei er ihr die Finger tief ins nackte Fleisch grub. »Sie kleine Närrin!« keuchte er. »Glauben Sie tatsächlich, daß ich deshalb hierherkam?«

»Welchen anderen Grund könnte es dafür gehen?« fragte sie tonlos.

Schlagartig schwand Charles' Wut. Er lockerte den groben Griff um ihre Schultern und ließ beinahe andächtig die Hände über die seidenweiche Haut gleiten. »Kannst du dir das nicht denken, Raven?« Er schaute sie so eindringlich an wie nie zuvor. Seine Hände wanderten zu ihrer grazilen Taille hinunter und zogen ihren Körper an seinen. Sie wurde gegen seine muskulöse Brust gepreßt, und ehe sie sich losreißen konnte, hatte er ihr wohlgeformtes Kinn umfaßt und neigte sich zu ihr herab, so daß sein Mund den ihren fand. Er küßte sie erst sanft, mit der behutsamen Berührung von Liebenden, die nicht allein die Entfernung, sondern auch Streit getrennt hat, bis er spürte, wie ihre warmen Lippen nachgaben.

Mit einer fast an Verzweiflung grenzenden Leidenschaft drückte er sie an sich, verschlug ihr mit seinen fordernden Lippen den Atem und raubte ihr alle Willenskraft. Raven klammerte sich mit ungestüm jagendem Herzschlag an ihn, während das Feuer seines verzehrenden Verlangens sie beide umfing. Jetzt wollte sie sich nicht mehr befreien, und ein leises Stöhnen wachsenden Begehrens rang sich aus ihrer Kehle, als sie mit dem Rücken gegen die Verandabrüstung gedrängt wurde und sein glutvoll erregtes Glied durch ihre verknitterten Röcke spürte.

»Mein Gott, Raven«, flüsterte er rauh. »Ich muß dich haben, unbedingt. In Gottes Namen, weise mich nicht wieder ab.«

In die schönen Topasaugen trat abwehrender Schmerz. »Muß ich denn daran erinnern, Charles, daß du dich von mir abgewandt hast?«

Verstört hob er die Brauen. »Was willst du damit sagen?«

Auf einmal konnte sie ihn nicht länger anschauen. Sie löste sich aus seiner Umarmung, kehrte ihm den Rücken und biß sich unglücklich auf die Unterlippe. Als Charles zu ihr trat, sanft ihren Namen nannte und ihr behutsam die Hand auf die Schulter legte, fuhr sie herum, den Tränen nur zu nahe. »Faß mich nicht an, sonst rufe ich meinen Vetter!« drohte sie.

Charles betrachtete sie, ohne den Ärger zu zeigen, den ihre barschen Worte ihrer Überzeugung nach in ihm erregen mußten. »Was bekümmert dich, Raven?« fragte er und brachte mit seinem unerwartet sanften Ton ihren Schutzwall ins Wanken.

»Bettina Bateman hat mir erzählt, was zwischen euch vorgefallen ist«, gestand sie weinend. Ihre schönen, schmerzerfüllten Augen richteten sich auf ihn. »Wie du siehst, Charles, weiß ich wohl, daß nicht ich mich – der Abweisung schuldig gemacht habe.«

»Zum Teufel, wovon sprichst du denn?« Ihre Tränen berührten ihn weit mehr als ihre kaum hörbaren Anklagen.

»Heuchle mir doch nicht Unwissenheit vor!« entgegnete Raven mit halb erstickten Stimme. »Ich ertrage es nicht! Ich weiß sehr wohl, daß du Bettina geliebt hast, nachdem ...« Sie schluckte schwer. »Nachdem du in jener Nacht von mir gegangen bist. Sie hat es mir selbst erzählt.«

Mit gesenktem Kopf wandte sie sich wieder ab, von unterdrücktem Schluchzen bebend, während Charles sie sprachlos anstarrte. »Großer Gott«, brach es endlich aus ihm heraus, als er ihre Worte verstand. »Deshalb also – hast du mir deshalb gesagt, daß du mich haßt?« Er packte sie bei den Armen, riß sie zu sich herum, zog sie an seine Brust und zwang sie, in sein ungläubiges Gesicht aufzuschauen. »War es deshalb, Raven?«

»Was hätte ich sonst tun sollen?« stieß sie gequält hervor. »Dich beglückwünschen – für deine Ausdauer beim – Liebesakt?«

Zu ihrem Erstaunen warf Charles den Kopf in den Nacken und lachte schallend, während er die Arme fest um ihren steifen Körper schlang und sie enger an sich drückte. »Mein armer, naiver Liebling!« sagte er stürmisch, als er wieder sprechen konnte, und schaute ihr zärtlich in die kummervollen Augen. »Glaubst du denn im Ernst, daß ich Befriedigung bei einer anderen suchte, nach dem, was wir in jener Nacht geteilt hatten?«

»Aber Bettina...«

»Bettina ist eine dumme Gans, die nur Zwietracht säen will. Ich weiß nicht, ob und wie sie das über uns herausbekommen hat, aber ich schwöre dir bei meiner Ehre, Raven, daß sie lügt.« Mit einem Finger berührte er ihr Kinn, und lächelte zärtlich. »Vielleicht zählt für dich das Ehrenwort eines gemeinen Schmugglers nicht viel. Aber selbst du mußt zugeben, daß mir, was das schwache Geschlecht betrifft, der Sinn nicht nach flachbrüstigen kleinen Mädchen mit angeborener Intriganz steht.«

»O Charles«, flüsterte Raven, und auf einmal schien es ihr, als habe es den Schmerz ihrer Trennung nie gegeben. Er umfing sie innig und hätte sie noch einmal geküßt, wenn nicht die Flügeltüren hinter ihnen unheilvoll zugeschlagen worden wären.

Raven schrie kurz auf, als sie ihren Vetter vor sich sah, dessen Augen in unterdrücktem Zorn funkelten. Charles ahnte den Wutausbruch des anderen Mannes und stellte sich schützend vor Raven. Obwohl Phillip schwerer als er selbst war und die Hände schon geballt hatte, zeigte der Kapitän keine Furcht, als er die Arme vor der Brust verschränkte und geduldig wartete, bis sein Gegner das Wort ergriff.

»Mir scheint, Sie haben meine Gastfreundschaft mißbraucht und meine Cousine kompromittiert, Kapitän«, begann Phillip endlich in schroffem Ton.

Charles neigte belustigt den Kopf, doch Raven entging nicht die Anspannung in seiner Haltung. »Möglicherweise, und ich bitte um Entschuldigung, daß ich Sie beunruhigt habe.«

»Sonst haben Sie nichts vorzubringen?« fragte Phillip mit schneidender Stimme. »Sie entschuldigen sich, mich beunruhigt zu haben? Was für eine Unverschämtheit, Kapitän, welch unverzeihliche Schmach! Ich lud Sie heute abend ein, um geschäftliche Angelegenheiten mit Ihnen zu besprechen und Ihnen dafür zu danken, daß Sie meine Cousine wohlbehütet nach Lahore gebracht hatten! Und wie danken Sie mir dies? Durch völlige Mißachtung der Sitten, indem Sie mit Raven den Tanz eröffnen, durch einen absoluten Mangel an Ehrerbietung meinen Gästen gegenüber, indem Sie sie hier herauslocken, um – um...« Sein wütendes Gestammel verstummte.

»Phillip, bitte...«, flehte Raven, aber er unterbrach sie erbost.

»Gehen Sie hinein! Damit haben Sie nichts zu schaffen!«

Charles' Miene verfinsterte sich. Langsam löste er die verschränkten Arme und trat bedächtig einen Schritt näher auf den älteren Mann zu. Doch ehe er etwas sagen konnte, eilte Raven zu ihm und legte ihm die Hand auf den Arm, wo sie die durch unterdrückten Zorn verspannten stählernen Muskelstränge spürte. »Charles, bitte nicht!«

Er schaute in ihr bleiches Gesicht hinab, und seine Wut schien sich ein wenig zu verflüchtigen. Phillip, der wohl so etwas ahnte, wollte die Gelegenheit nutzen und packte Raven heftig am Handgelenk. »Kommen Sie«, befahl er barsch, »höchste Zeit, daß wir zum Abendessen hineingehen.« Ohne sie noch ein einziges Wort mit dem Kapitän wechseln zu lassen, zog er sie gewaltsam ins Haus.

Erst als die Menge schwatzender Gäste sich aufmachte, um an der kunstvoll gedeckten Tafel Platz zu nehmen, konnte sie sich nach Charles umschauen. Mit gekreuzten Beinen lehnte er lässig an der Wand in der Nähe der Flügeltüren und beobachtete die anderen mit ausdrucksloser Miene. Erst als er ihren besorgten Blick bemerkte, richtete er sich auf, trat näher und setzte sich ans andere Tischende zwischen eine gräßliche Matrone in malvenfarbigem Taft und ein errötendes Mädchen mit einer gelben Schleife im Haar. Mit erhobenem Weinglas prostete er ihr süffisant lächelnd zu. Raven, der das Blut in die Wangen schoß, senkte den Kopf, und eine köstliche Wärme prickelte in ihrem Körper, strömte ihr durchs Herz.

Sosehr sie sich auch bemühte, sie konnte die Augen nicht von seiner breitschultrigen Gestalt und braunen Locken wenden, auf die der Kerzenschein funkelnde Glanzlichter warf. Obwohl er die meiste Zeit mit dem Mädchen schäkerte, das ihn bewundernd anstarrte, empfand Raven in ihrem Glück über Bettina Batemans Entlarvung als Lügnerin keine Eifersucht. Als sie auf das Dessert warteten, ließ sie die Finger langsam und beinahe verwundert über ihre Lippen gleiten, die er vorhin so leidenschaftlich geküßt hatte. Dabei trafen sich ihre Blicke, versenkten sich ineinander, und er prostete ihr abermals zu, doch diesmal ohne jeden Spott, sondern mit einem so eindeutigen Versprechen, daß ihr das Herz schneller schlug.

»Miß Barrancourt?«

Bei der leisen Bemerkung beugte sich Raven zu Sarah Broomfield, der wenig anziehenden Frau eines Brigademajors, die sie freundlich anlächelte. »Meinen Sie nicht, die Damen sollten sich allmählich zurückziehen und die Herren bei Rum und Zigarren allein lassen?«

Raven nickte und wollte zum Zeichen, daß die Tafel aufgehoben war, aufstehen. Doch ehe sie sich bewegen konnte, hatte ihr Phillip die Hand auf den Arm gelegt und nötigte sie zu bleiben. Mit donnernder Stimme rief er aus: »Einen Augenblick, bitte, meine sehr verehrten Damen und Herren! Ich darf Ihnen noch etwas ankündigen«, erklärte er in das erwartungsvolle Schweigen hinein. »Sie alle hatten jetzt die Gelegenheit, die Bekanntschaft meiner Cousine, Miß Raven Barrancourt, zu machen.«

»Aber nicht alle hatten so viel Glück, mit ihr tanzen zu dürfen!« rief ein enttäuschter, liederlich wirkender junger Mann am anderen Ende der Tafel.

Phillip unterband mit einer Geste das Lachen, das dieser Beschwerde folgte. »Nach dem Essen spielt die Kapelle wieder auf, Trelling. Zweifellos wird Raven Ihnen gern diese Ehre weisen.« Er blickte milde auf seine Cousine, die schweigend an seiner Rechten saß und der eine leichte Röte in die schmalen Wangen stieg. »Denn wir haben nach meiner Ankündigung nur noch mehr Grund zum Feiern.«

»Sie spannen uns aber verteufelt auf die Folter, Barrancourt«, brummelte Major Wyandotte, als Phillip innehielt und sein Weinglas hob.

»Allerdings, und dies mit gutem Grund. Schließlich habe ich als eingefleischter Junggeselle nicht jeden Tag die Ehre, Ihnen meine Verlobung mit Miß Raven Barrancourt bekanntgeben zu dürfen!«

In dem nun folgenden Tumult ging Ravens erstaunter Aufschrei unter. Jeder wollte ihr anscheinend als erster Glück wünschen. Gegen ihren Widerstand wurde sie von ihrem Stuhl gezerrt, und wollüstig grinsende Männer mit weingeröteten Gesichtern rangen darum, sie zu küssen, während sich die Frauen eifrig lächelnd um sie scharten und ihre neiderfüllten Gratulationen darboten.

»Es handelt sich um ein Mißverständnis!« rief Raven und versuchte sich freizukämpfen, aber ihre Worte wurden von einem lautstarken Hochruf übertönt, für den sich Phillip mit einer tiefen, feierlichen Verbeugung bedankte.

Während sie die Hände abwehrte, die sich nach ihr ausstreckten, versuchte sie durch die wogende Menschenmenge nach Charles Ausschau zu halten. Furcht stieg in ihr auf, als sie ihn nicht entdeckte. Mit um so verbissenerer Entschlossenheit konnte sie sich endlich befreien und eilte leichenblaß, mit keuchendem Atem durch das Speisezimmer zum Portal.

Wohin war er gegangen? Sie mußte ihn finden, ihm erklären, daß sich Phillip mit dieser Eröffnung irgendeinen exzentrischen Scherz erlaubt hatte, dessen Grund sie auch später noch erfahren konnte. Zuerst mußte sie Charles aufspüren, dessen sofortiges Verschwinden nur bedeuten konnte, daß er Phillips Worte für bare Münze genommen hatte.

An der Haustür atmete sie erleichtert auf, als sie ihn jenseits des Rasens sein Pferd vom Pfosten losbinden sah. Mit geschürzten Röcken stürmte sie die Stufen hinunter, um sogleich von hinten gepackt zu werden. Bevor sie aufschreien konnte, hielt ihr eine große Hand den Mund zu, und sie wurde in den Säulengang zurückgerissen. Mit aufgerissenen Augen schaute sie in das fahle, von einem wilden Grinsen verzerrte Gesicht Phillip Barrancourts.

»Welch üblen Scherz haben Sie sich da ausgedacht?« stieß Raven hervor, als er sie ins Haus zog und mit dem Fuß die Eingangstür zuwarf.

»Das ist durchaus kein Scherz, meine Liebe. Ich habe ein wenig nachgedacht, seit du wie ein Frühlingshauch auf meiner Schwelle erschienen bist. Zuerst wußte ich nicht so recht, wie ich diese Augenweide, die mein Vater mir gütigerweise geschickt hatte, am besten nutzen könnte, aber mir kam bald ein Einfall.«

»Wovon reden Sie?« stammelte Raven bestürzt. Sie sah

sich plötzlich einem Fremden gegenüber, mit wirrem, blondem Haar, flackernden Augen, gefletschtem Raubtiergebiß.

»Wir unterhalten uns später«, versprach er und drängte sie zum Speisezimmer, bei seiner stämmigen Statur ein Kinderspiel.

»Da bringen Sie mich nicht mehr hinein!« rief Raven mit schriller Stimme, die erste Betäubung des Schocks wich nun kalter Furcht. Was ging hier vor? War Phillip wahnsinnig? Angesichts seines wilden Blicks glaubte sie das beinahe. »Ich erzähle allen, daß Sie sich dieses absurde Märchen aus den Fingern gesogen haben!«

Als Phillip ihre Augen rebellisch aufleuchten und ihre Unterlippe zittern sah, was er für die Vorboten eines hysterischen Anfalls hielt, riß er sie grob in die Arme; halb trug er sie, halb zerrte er sie auf ihr Zimmer. »Du bleibst hübsch hier«, befahl er und erschreckte sie mit seiner Heftigkeit. »Ahmed bewacht die Tür, und beim geringsten Mucks...«

Bedrohlich kam er auf sie zu, so daß sie nun in der Überzeugung, er wäre tatsächlich übergeschnappt, zum Bett zurückwich. Speichel benetzte seine Mundwinkel, und seine Stimme bebte vor Zorn. »Ich werde den Gästen mitteilen, daß dir die Aufregung zuviel wurde. Und ich meine es ernst, Raven. Ich will nicht den leisesten Ton von dir hören.«

Jäh kehrte er ihr den Rücken und knallte die Tür hinter sich zu. Von außen drehte sich der Schlüssel mit einem so endgültigen und unheimlichen Knirschen im Schloß, daß Raven von Entsetzen überwältigt wurde. Inmitten ihrer wogenden Seidenröcke sank sie, die Hände auf die glühenden Wangen gepreßt, aufs Bett; ihr Herz hämmerte ungestüm in der Brust. Das alles konnte doch nicht wahr sein, versuchte sie sich völlig verstört einzureden. Phillip mußte betrunken sein, sich einen abscheulichen Scherz mit ihr erlauben! Aber warum? Warum nur? Wenn nur Charles nicht wie ein Wilder davongestürmt wäre, könnte sie...

»Miß Raven?« Das Flüstern, das von draußen hereindrang, ließ sie aufspringen. Atemlos lauschte sie an der versperrten Tür.

»Ach, Danny!« Ihre Stimme zitterte vor Aufregung und Erleichterung zugleich.

»Master Phillip meint, Sie fühlten sich nicht wohl. Ich will nur fragen, wie es Ihnen geht.«

»Danny, sperr bitte die Tür auf«, bettelte Raven.

»Das geht nicht«, erwiderte die alte Frau höchst beunruhigt. »Er hat den Schlüssel mitgenommen. Miß Raven, was ist denn hier los?«

Ehe Raven antworten konnte, hörte sie Ahmeds barsches, unhöfliches Zischen, worauf Danny unverständlich, aber wütend konterte. Er gab eine gleichermaßen hitzige Antwort, und dann entstand draußen bleierne Stille.

»Danny?« flüsterte Raven, die Hände gegen das Holz gepreßt, aber drückendes Schweigen erfüllte den Flur. Halb krank vor Angst, wich sie von der Tür zurück und biß sich auf die Unterlippe, um den Tränenstrom zurückzuhalten.

Ihr war, als quälte sie ein grauenhafter Alptraum, doch die verriegelte Tür, Ahmed im Korridor und die wunden Stellen an ihren Handgelenken, wo Phillip sie so brutal gepackt hatte, waren furchterregende Wirklichkeit.

Nachdem Raven eine Zeitlang im Zimmer rastlos auf und ab gelaufen war, bemerkte sie, daß mittlerweile völlige Ruhe im Haus herrschte. Ein unterdrückter Angstschrei brach aus ihr heraus, als sich plötzlich ein Schlüssel drehte, die Tür weit aufschwang und Phillip Barrancourt auf der Schwelle erschien. Im fahlen Kerzenlicht wirkte er mit seinen blutunterlaufenen Augen und dem wirren blonden Haar größer und gefährlicher denn je.

»Es freut mich, daß du so klug warst, meinem Rat zu folgen«, lallte er, und sie erkannte sogleich, daß er dem Alkohol unmäßig zugesprochen hatte. »Fürchtest du dich vor mir, Raven? Wie seltsam! Meiner Meinung nach sind wir doch prächtig miteinander ausgekommen.« Sein Lächeln erlosch. »Oder warst du nur des Geldes wegen nett zu mir?«

»Bitte, sagen Sie mir doch, was Sie von mir wollen!« flehte sie kaum hörbar.

Phillip neigte zuvorkommend den Kopf. »Aber ja doch, das läßt sich leicht erklären. Ich bin so bettelarm, daß ich nicht einmal nach Bombay zurückkehren kann.«

»Aber Sir Hadrian...«

Mit einer heftigen Gebärde schnitt er ihr das Wort ab. »Erwähne den Namen meines Vaters nie wieder, verstanden? Er allein ist schuld daran, daß ich hier vor die Hunde gehe.«

»Aber er hat Ihnen doch geholfen, einen Beruf zu ergreifen«, entgegnete Raven über diese Enthüllung so entsetzt, daß sie seiner Drohung keine Beachtung schenkte. »Er meinte, Sie kämen blendend voran.«

»Das tat ich auch«, stimmte Phillip barsch zu. »bis...« Er brach ab und schüttelte den Kopf. »Der Grund spielt keine Rolle. Den Ausschlag gab, daß mir die Rückkehr in die huldvolle, erhabene John Company versperrt war«, höhnte er verächtlich. »Alle weigerten sich, meinen Kredit zu stunden und mir eine zweite Chance zu geben – bis du ankamst. Raven, du bist die Lösung des Problems. Man lag dir heute abend zu Füßen, und ich zweifle keine Sekunde, daß der knausrige Sir Julian Craven vor mir kriechen wird, wenn du erst meine Frau bist. Du bist die letzte Waffe in meinem Kampf um die Macht, meine Teure, und indem ich dich einigen maßgeblichen Leuten als Bettgefährtin in Aussicht stelle, werde ich bald wieder mein einstiges Ansehen erlangen.«

»Sie müssen von Sinnen sein!« rief Raven. »Das meinen Sie doch nicht im Ernst! Sir Hadrian hält große Stücke auf Sie. Sie können mich doch nicht so grausam behandeln!«

»Vater ist ein alter Trottel«, sagte Phillip herzlos, »und du gewöhnst dich besser an den Gedanken, mich zu heiraten, sobald ich einen Priester für die Trauung aufgetrieben habe.«

»Nein!« schrie Raven. »Das wird Ihnen nicht gelingen! Kapitän St. Germain...«

Mit zwei großen Sätzen war Phillip bei ihr, packte sie an der Kehle und schnürte ihr die Luft ab. »Dein feiner Kapitän wird gar nichts tun, um mich zurückzuhalten«, sagte er mit öliger Stimme und grinste sie satanisch an. »Sein Gesichtsausdruck bei der Bekanntgabe unserer Verlobung heute abend hat mich völlig davon überzeugt, daß er ein für allemal mit dir fertig ist.«

Da er Raven die Luftröhre abdrückte und sie mühsam um Atem rang, konnte sie nichts erwidern. Aber der lodernde Haß und die Furcht in ihren Augen brachten ihn noch mehr in Rage. »St. Germain bedeutet dir etwas, sonst hättest du dich auf der Veranda nicht so stürmisch von ihm abküssen lassen. Du solltest dich mir gegenüber ebenso gefällig zeigen, meine verführerische Raven, schließlich werden wir keine bloße Vernunftehe führen.«

Bei seinen Worten lockerte er den Griff um ihre Kehle und riß sie abrupt an sich. Raven erfaßte panischer Schrecken, als Phillip sie küßte, ihr dabei mit dem Bart das Gesicht zerstach und seine gräßliche Alkoholfahne ihr fast die Sinne raubte. Wie eine Tigerin kämpfte sie gegen ihn an, trat und kratzte, bis er sie mit einem Schmerzensschrei losließ und sich die Wange hielt, wo Raven ihm mit den Nägeln eine tiefe Wunde gerissen hatte.

»Du verdammtes Biest!« keuchte er, riß den Batikwandbehang über dem Bett herunter und zog die Bambusstange heraus, an der die Stoffbahn befestigt gewesen war. Mit teuflischer Rachsucht näherte er sich dem niederkauernden Mädchen, schwang den Stock durch die Luft und ließ ihn schmerzhaft auf eine der zarten Schultern knallen.

Zuerst versuchte Raven zu schreien, doch schien ihn das nur noch stärker anzustacheln, also biß sie sich die Lippen blutig, um keinen Ton von sich zu geben, während Phillip noch ein halbes Dutzend Schläge auf sie niederprasseln ließ. Abrupt hörte er auf und schaute auf sie hinunter, schwer atmend von der Anstrengung. Obwohl ihr Rücken und die Schultern blutüberströmt und mit häßlichen roten Striemen bedeckt waren, hielt sie ihr Schluchzen zurück.

»Laß dir das eine Lehre sein«, warnte Phillip. »Wenn du dich noch einmal so unfolgsam benimmst, kannst du dich auf weitere Hiebe gefaßt machen.« Er ging zur Tür und fügte unheilvoll hinzu. »Und kein Wörtchen davon zu deiner Gesellschafterin! Du willst doch nicht etwa, daß ihr etwas zustößt?«

Den ganzen nächsten Tag verbrachte Raven im Bett. Der besorgten Danny täuschte sie gräßliche Kopfschmerzen vor, in der Hoffnung, durch die Bettruhe würden die schmerzhaften Striemen auf Schultern und Rücken verblassen, ehe die alte Frau sie entdeckte. In den schlaflosen Stunden der letzten Nacht war sie zu dem Schluß gekommen, daß sie auf keinen Fall Dannys Sicherheit gefährden durfte, indem sie ihrem Vetter den Gehorsam verweigerte. Überdies sollte Danny nichts von dem Grauen erfahren, das über sie gekommen war, und glücklicherweise war der Gouvernante bis jetzt noch nicht zu Ohren gekommen, daß Phillip sie heiraten und dadurch seine führende Stellung in der East India Company wiedererlangen wollte.

Trotz aller Grübeleien fiel ihr kein vernünftiger Grund für Phillips plötzliche Verarmung ein. Wie hatte er ohne Sir Hadrians Wissen sein ganzes Vermögen und sein Ansehen in der East India Company verlieren können?

Als Raven am übernächsten Morgen erwachte, stand die fahle, kalte Sonne schon hoch am Himmel. Obwohl Schultern und Rücken noch wund und steif waren, biß sie die Zähne zusammen und zog sich an, fest entschlossen, einen Fluchtweg aus ihrem Gefängnis aufzuspüren. Nun, da der betäubende Schock gewichen war, fühlte sie sich etwas wohler und schmiedete Pläne, wie sie mit Danny aus der Khanpur-Siedlung entkommen und Phillip für seine Untaten bestrafen könnte.

»Miß Raven?«

»Oh, komm bitte herein, Danny!« rief sie so heiter wie möglich.

»Geht es Ihnen heute besser?« erkundigte sich Danny hoffnungsvoll, als sie eintrat.

»Ja, danke«, versicherte ihr Raven im Brustton der Überzeugung. »Die Abendgesellschaft vorgestern hat mich wohl etwas angestrengt.«

»Kommt Missy-Sahib bitte ins Eßzimmer?«

Ravens Herz krampfte sich zusammen bei der Aufforderung des schwarzäugigen Inders, der sie durchdringend von der Tür her beobachtete. »Erwartet mich mein Vetter?«

Ahmed schien sie nicht zu verstehen oder gab dies zumindest vor und wiederholte seine Aufforderung. Sie nickte gereizt und straffte die Schultern, ohne Rücksicht auf den Schmerz.

Trotz ihres forschen Auftretens wurde ihr bei dem Gedanken, ihrem Vetter unter die Augen treten zu müssen, übel vor Angst. Was er wohl jetzt von ihr wollte? Sie stockte, als sie sein tiefes Lachen aus dem Eßzimmer hörte, aber als heitere Frauenstimmen einfielen, eilte sie um so schneller in den großen Raum. Ihr Vetter, der sich mit einem rotseidenen, mit Goldquasten verzierten Jackett prächtig herausgeputzt und seinen dichten Bart sorgfältig gebürstet hatte, saß zusammen mit Lady Amelia Craven und Sarah Broomfield beim Gabelfrühstück. Raven hätte nie im Traum gedacht, daß die Anwesenheit zweier geschwätziger älterer Damen ihr solche Erleichterung verschaffen könnte, aber im Augenblick zog sie jegliche Gesellschaft dem Alleinsein mit ihrem Vetter vor.

»Wie nett, Sie wiederzusehen, Miß Barrancourt!« wurde sie von Lady Craven begrüßt, die ihre von zahlreichen Ringen geschmückte Hand herumschwenkte. »Ihr Vetter erzählte uns eben, Sie hätten gestern an Migräne gelitten.«

»Heute fühle ich mich schon viel besser«, beteuerte Raven und nahm Platz, so weit entfernt wie möglich von Phillip.

»Wunderbar!« flötete Sarah Broomfield. »Dann können Sie uns am Nachmittag ja nach Lahore begleiten!«

»Meiner Meinung nach sollte Raven noch nicht allzuviel auf den Beinen sein«, protestierte Phillip schneidend und warf seiner Cousine einen warnenden Blick zu.

»Ich würde sehr gerne mitkommen«, erwiderte Raven gelassen und schaute ihn herausfordernd an. »Ich kenne die Stadt ja noch gar nicht.«

»Wir wollten Sie zu den Basaren und der Badshahi-Moschee mitnehmen«, erläuterte Mrs. Broomfield und biß in eine Papaya. »Und Shalimar ist ja so entzückend, selbst zu dieser Jahreszeit.«

»Ich sehe keinen Grund, weshalb ich mich Ihnen nicht anschließen sollte«, beharrte Raven.

»Nun gut, warum nicht«, stimmte Phillip auf einmal zu. »Aber Mrs. Daniels sollte wohl besser hierbleiben. Lady Cravens Ekka ist ziemlich klein.«

Ihr Herz begann wie rasend zu schlagen. Damit wollte er sie warnen, sich besser keine Dummheiten zu erlauben – etwa zu fliehen oder jemanden um Hilfe zu bitten –, während Danny als Geisel auf dem Siedlungsgelände zurückbleiben mußte. Raven hatte vor Enttäuschung weinen mögen, denn sie hatte tatsächlich geplant, einen Ausweg zu suchen. Aber wie konnte sie hoffen, ihre Absicht zu verwirklichen, wenn Phillip ihr Dannys Bedrohung so unmißverständlich darlegte?

Trotz ihrer Verzweiflung fiel ihr ein Stein vom Herzen, als der indische Einspänner, in dem sie mit ihren ältlichen Begleiterinnen saß, durch die Siedlungstore zuckelte. Für einige Stunden befand sie sich in Freiheit, und niemand sollte sie davon abhalten, in Lahore Hilfe zu suchen. Mit einem Blick auf Lady Craven und Mrs. Broomfield, die angeregt miteinander plauderten, wies sie den Gedanken, die beiden um Beistand zu bitten, von sich. Wenn er auch ein armer Schlucker war, so schien Phillip Barrancourt doch recht beliebt bei seinen Freunden zu sein, und sie fürchtete, daß die zwei Damen ihr kein einziges Wort glauben würden, wenn sie ihre Notlage beschriebe. Selbst Raven konnte es ja kaum fassen, denn bei ihrer ersten Begegnung hatte sie ihren Vetter für nett und vertrauenswürdig gehalten. Doch seine Stimmungen wechselten abrupt und waren, wie sie mittlerweile nur zu gut wußte, höchst gefährlich.

Doch wie hätte sie gewappnet sein sollen, wenn anscheinend nicht einmal seine engsten Geschäftspartner etwas ahnten? Auch Sir Hadrian wußte nichts von der schrecklichen Situation, in die sein Sohn geraten war. Raven schluckte schwer. Nun hatte sich die Hoffnung auf das Geld zerschlagen, das sie zur Rettung North Heads benötigte. Dieser Gedanke schnürte ihr die Kehle zu, und Tränen trübten ihren Blick. Nur jetzt nicht daran denken, befahl sie sich. Zuallererst mußten sie aus der Khanapur-Siedlung herauskommen, ehe Phillip sie ein zweites Mal prügelte oder, schlimmer noch, mit ihr zu schlafen versuchte.

Doch sie vergaß ihre Sorgen, als die Ekka den belebten Fuhrweg verließ und in eine breite, trotz der Winterkälte üppig grüne Prachtstraße bog. Raven bemerkte, daß zwar die Einheimischen ähnlich wie die Leute in Bombay gekleidet waren, daß aber viele Frauen Hosen statt Saris trugen. Allerdings befolgten sie ausnahmslos den Schleierzwang und verhüllten das Gesicht. Einige der Passantinnen hatten sogar Bourkas an, schwere, unförmige Umhänge, die sie von Kopf bis Fuß versteckten und durch sie nur durch einen Schlitz oder gitterartiges Gewebe vor den Augen schauen konnten.

Die meiste Beachtung schenkte Raven jedoch den Sikhs mit den wallenden Bärten und dem ungekürzten Haar, das sie unter meterlangen, zu Turbanen drapierten bunten Tüchern verbargen. Sie schauten allesamt grimmig und angriffslustig drein, und bei der Erinnerung an Charles' Warnung, sich vor ihnen in acht zu nehmen, erschauerte sie.

Charles! Sie schöpfte neue Hoffnung. Irgendwo in dieser von Menschen wimmelnden Stadt hielten sich Dimitri und Charles auf, und wenn sie die beiden finden konnte, würden sie nicht zögern, Raven und Danny zu retten, soviel stand fest.

Tatsächlich setzte sie all ihre Hoffnungen allein auf Charles, denn es war zwecklos, die britischen Offiziere von Fort Ackbar um Hilfe zu bitten. Phillip hatte einflußreiche Freunde in Militärkreisen und würde sie mühelos davon überzeugen können, daß seine Braut aufgrund der bevorstehenden Hochzeitsaufregungen an Wahnvorstellungen oder bloßer Nervenschwäche litt. Sie preßte die Lippen zusammen. O ja, er war gerissen, aber sie stürbe lieber, als ihn zu heiraten, und keinesfalls wollte sie sich kampflos ergeben.

»Miß Barrancourt, sehen Sie, die Badshahi-Moschee!« Lady Cravens Worte schreckten sie aus ihren Betrachtungen, und beim Anblick des großartigen Bauwerks aus Sandstein und Marmor vergaß sie Phillip und sogar Charles. Riesige weiße Kuppeln, von hohen Minaretten umgeben, ragten in den Himmel. Die gesamte Anlage wurde durch prächtige festungsähnliche Mauern verbunden, die sich weit erstreckten und, wie sie beim Näherkommen feststellte, einen Innenhof von ungeheuren Ausmaßen bildeten.

»Sie zählt zu den größten Moscheen der Welt«, erklärte Lady Craven. »Nur das Tadsch Mahal beeindruckt mich noch mehr. Dort befindet sich sogar ein Schrein mit Reliquien Mohammeds.«

»Können wir hineingehen?« erkundigte sich Raven eifrig.

»Schauen wir kurz in die Gärten«, schlug Mrs. Broomfield vor.

Im fahlen Dezemberlicht schlossen sie sich der Menge von Einheimischen an, die auf den gepflegten Wegen dahinzogen. Staunend schaute sich Raven um. Die meisten Moslems, die zum Beten hierhergekommen waren, schenkten ihnen keine Beachtung, und Raven konnte in den wenigen Gesichtern, die sich ihnen zuwandten, keine Feindseligkeit entdecken.

»Glauben Sie nicht, daß wir Miß Barrancourt die Shalimar-Gärten zeigen sollten, ehe es zu spät wird«, fragte Mrs. Broomfield die andere ältere Dame. Zu Raven gewandt, fuhr sie fort: »Da Sie anscheinend gern spazierengehen, gefallen sie Ihnen sicherlich. Es gibt dort Pavillons aus Marmor und Hunderte von Brunnen.«

»O wie schön!« stimmte Raven zu, die das Gefühl hatte, daß die beiden Damen sich nur mit großem Unbehagen unter die frommen Moslems im Innenhof der Moschee mischten.

Sichtlich erleichtert führte Lady Craven sie zum Eingang zurück, wo die Kutsche bereitstand, aber eine riesige Menschenansammlung vor dem zweistöckigen Torbogen versperrte ihnen den Weg. Eine einsame Gestalt in wogenden weißen Gewändern stand, die dürren Arme flehentlich gen Himmel gestreckt, auf einer Brüstung hoch über ihren Köpfen und erhob die Stimme zu lautstarken, wütenden Anschuldigungen. Raven sah, daß der Bart des Mannes leuchtend orangegelb gefärbt war und sein Mund vom Betelkauen purpurrote Flecken aufwies; trotz seines hohen Alters und seiner Gebrechlichkeit schollen seine Worte durchdringend durch die kühle Luft.

»Ach du meine Güte!« rief Lady Craven aus. »Wieder einer dieser umstürzlerischen Fakire. Wir sollten besser nicht näher herangehen.«

»Was macht er denn?« fragte Raven, deren Neugierde durch den inbrünstigen Monolog und die feurige Reaktion der Zuhörer angestachelt wurde.

»Er hetzt die Leute gegen die Briten auf«, erwiderte Lady Craven ängstlich, und Raven erkannte mit einem flüchtigen Blick, daß sie unter der Schminke bleich geworden war und die Finger krampfhaft um ihren Schal schlang.

»Das ist ein Bettelmönch«, erläuterte Mrs. Broomfield, die weit weniger als ihre Begleiterin aus der Fassung gebracht schien. »Er erzählt dem Volk, was es hören will, und dann werfen sie ihm ein paar Münzen hin.«

»Aber was verkündet er?« beharrte Raven. Die spannungsgeladene Atmosphäre ängstigte sie nicht, sondern fesselte sie vielmehr.

Mrs. Broomfield schaute unbehaglich drein. »Irgendeinen Unsinn, daß die Zeit reif sei, die britischen Eindringlinge für immer aus dem Punjab zu vertreiben. Er bedrängt die Leute, sich gegen uns zu erheben und uns zu überwältigen...«

»Bitte, gehen wir doch«, drängte Lady Craven. »Der einheimische Pöbel läßt sich zu leicht aufwiegeln.«

Die drei wandten sich ab und mußten feststellen, daß neu hinzugekommene Zuhörer sie von hinten einschlossen und sie inmitten der Menschenmenge gefangen waren, die – auf ein Zeichen des Fakirs über ihnen – mit hochgestreckten Armen wie verrückt zu schreien begann.

Ein ohrenbetäubendes Getöse hob an, als der Fakir ein Siegesversprechen ertönen ließ und die Menge näher auf ihn zuströmte. Lady Craven schrie auf, von der Masse mit nach vorn gerissen, während sich Raven mit wild pochendem Herzen zu ihr vordrängte, um ihr beizustehen. Jemand stieg ihr auf den Rocksaum und riß ihn herunter; sie stolperte und fiel beinahe, doch ehe sie inmitten Hunderter von trampelnden Füßen zu Boden ging, wurde sie von hinten gepackt und hochgezogen. Ein muskulöser Arm schlang sich um ihre Taille und preßte sie an eine breite, schützende Brust, während Lady Craven und Mrs. Broomfield im Kielwasser ihres Retters mitgezogen wurden.

»Alles in Ordnung, Raven?«

Als sie sich aus der Menge befreit hatten, schaute Raven auf und erkannte Charles St. Germain, der ihr bleiches Gesicht unter der zerknickten Hutkrempe betrachtete. »Ich – ich glaube ja«, murmelte sie.

»Ach, Kapitän, wie kann ich Ihnen danken!« rief Lady Craven und fächelte kräftig mit ihren Handschuhen herum. »Man hätte uns tottrampeln können!«

»Sie hatten Glück, daß ich zufällig vorbeigekommen bin.« Seine kalte Miene estickte in Raven alle Freude, die bei seinem Anblick in ihr aufgestiegen war. »Wo sind Ihre Diener? Hätten sie Ihnen nicht Schutz gewähren sollen?«

»Wir sind ohne Dienerschaft unterwegs«, erklärte Sarah

Broomfield. »Es bestand keinerlei Notwendigkeit, sie mitzunehmen.«

»Keinerlei Notwendigkeit?« wiederholte Charles grimmig. »Sind sich die Damen denn der gegenwärtigen Lage nicht im geringsten bewußt? Sie sollten überhaupt nicht in die Stadt gehen! Ich rate Ihnen, zur Kutsche zurückzukehren und sofort nach Hause zu fahren.«

»Das sollten wir tatsächlich, Sarah«, stimmte Lady Craven zu. Im Gegensatz zu Mrs. Broomfield war sie während des Massakers von Kabul in Indien gewesen und hatte nie die Gewalttaten vergessen, zu denen der aufgebrachte Pöbel fähig war. »Kommen Sie, Miß Barrancourt.«

»Sofort«, antwortete Raven, und in ihrem Bestreben, so schnell wie möglich den rettenden Wagen zu erreichen, ließ Lady Craven sie bereitwillig ohne weibliche Begleitung mit einem Mann allein, ein Verstoß gegen die guten Sitten, den sie sich sonst niemals gestattet hätte. »O Charles, zum Glück haben Sie mich gefunden!« Raven lächelte ihn mit leuchtenden Augen an.

»Ich habe keine Zeit für liebenswürdiges Geplauder, Raven«, erwiderte er schneidend. »Worüber möchten Sie mit mir sprechen?«

Sie wich einen Schritt zurück und schluckte krampfhaft. »Die Verlobung, die Phillip vorgestern abend bekanntgegeben hat... Ich kann erklären, warum er...«

»Glauben Sie denn, daß mich das bekümmert?« fragte Charles verächtlich. »Keineswegs. Zugegeben, es kam ziemlich überraschend, aber schließlich hätte ich ja wissen sollen, was für eine hinterlistige kleine Lügnerin Sie sind.«

Sie hatte schon früher Charles' schreckliche Wutausbrüche erlebt, und doch wühlte sie sein Verhalten heute besonders stark auf, denn es war anders, eine distanzierte, hassenswerte, ihr unverständliche Gleichgültigkeit. »Wovon sprechen Sie denn?« hauchte sie bestürzt.

Charles wandte sich ab und ließ den Blick unruhig über die sich zerstreuende Menge schwatzender Moslems schweifen, als könnte er den Anblick ihres fragenden Gesichts hinter dem zarten Hutschleier nicht länger ertragen. »Sie hätten mir von vornherein erzählen sollen, daß Sie Ihrer Vermählung wegen in den Punjab reisen, Raven«, sagte er nach einer Weile und jagte ihr mit seiner nüchternen, unbeugsamen Stimme einen Schauder über den Rücken. »Schließlich brauchen Sie sich dessen nicht zu schämen. Tausende mittelloser junger Mädchen werden jedes Jahr an wohlhabende ältere Verwandte im Ausland verkuppelt. Sie mußten nicht mein Mitgefühl oder das meiner Mannschaft durch fantastische Märchen über Ihre edle segensreiche Mission erwecken.«

»O Charles!« rief Raven verwirrt aus, die befürchtete, daß Phillip ihn mit seiner Eröffnung schwer getroffen hatte.

»Rühren Sie sich nicht vom Fleck!« befahl er, als sie die Hand nach ihm ausstreckte. Er schaute derart finster drein, daß ihr das Blut in den Adern gefror und sie sogleich die Hand sinken ließ. »Ich möchte nichts mehr mit Ihnen zu schaffen haben, Raven Barrancourt.« Ihr Name kam wie ein Fluch von seinen Lippen. »Sie haben mich verhext, meine Leute in Ihre Netze gelockt und mir mehr Leid zugefügt, als ich mir je hätte träumen lassen. Ich will nicht den Vollidioten spielen und leugnen, daß ich etwas für Sie empfand, weil das wohl der Fall gewesen sein muß.« Seine Augen, nun kälter als das Eismeer, ruhten auf ihr. »Jetzt kann ich mich jedenfalls nicht mehr daran erinnern, also ist es wohl auch nicht von Bedeutung, nicht wahr? Meine besten Glückwünsche zu Ihrer bevorstehenden Vermählung, Miß Barrancourt. Sie und Ihr habgieriger, raffsüchtiger Vetter passen ausgezeichnet zusammen.«

Ein Muskel zuckte unkontrollierbar in seinem Gesicht, dann drehte sich Charles ohne ein weiteres Wort um und schritt durch die Menge. Schlagartig erwachte Raven aus ihrer Erstarrung, schrie heiser auf und wollte ihm nachstürzen. Doch vergeblich. In ihren zerrissenen Röcken gefangen, die Sicht vom Tränenstrom getrübt, verlor sie ihn in dem riesigen Innenhof schnell aus den Augen. Als sie die Hoffnungslosigkeit ihres Unterfangens erkannte, blieb sie stehen und vergrub schluchzend ihr Gesicht in den Händen. Die Verzweiflung über seinen Verlust schmerzte sie weit mehr als das Wissen, bei der Rückkehr wieder ihrem Vetter ausgeliefert zu sein.

12.

Was führe ich doch für ein herrliches Leben, dachte Dimitri Sergejew, ein erfreuliches Leben voll Tatkraft, Vergnügen und aufregender Ereignisse. Hier auf der Veranda zu sitzen, eine Flasche Rum neben sich, die Minarette und Dächer einer indischen Stadt in der Abenddämmerung vor sich, und in Oudh wartete der legendäre Kohinoor auf ihn... Morgen früh würde er die Jagd, die in England begonnen hatte, fortsetzen, aber jetzt ließ er es sich erst einmal gefallen, in einem bequemen Sessel seinen Gedanken nachzuhängen, sich zu fragen, wie es seiner kleinen Prinzessin ergehen mochte, und sich die Fassung der Smaragde auszumalen, die er ihr schenken wollte, sobald er sein Glück gemacht hatte.

O ja, das Leben war großartig, doch wie immer fehlte darin auch der Wermutstropfen nicht. Wenn man etwas Wertvolles gewann, verlor man als Ausgleich unweigerlich etwas, und Dimitri mußte sich eingestehen, daß ihn das Ende seiner Freundschaft mit Charles St. Germain furchtbar quälte. Nicht, daß er dies freiwillig gewählt hatte, Kristos, nein! Aber wie konnte man mit jemandem befreundet bleiben, der wie vom Teufel besessen schien, bis zum Morgengrauen schlaflos in seinem Zimmer auf und ab tigerte und so unberechenbare Launen an den Tag legte, daß einem beim Zuschauen angst und bange wurde? Lag etwa in der Nachricht, daß Raven Barrancourt ihren Vetter heiraten sollte – was Dimitri nicht glauben konnte –, der Grund für das aufbrausende Verhalten des Kapitäns?

Gut möglich, doch auf Dimitris diesbezügliche Frage hatte Charles ihm in unmißverständlichen Worten die Freundschaft aufgekündigt und seinen Ersten Offizier – seinen ehemaligen Ersten Offizier, verbesserte sich Dimitri – wissen lassen, daß man seine Dienste an Bord der *Orient Star* nicht länger benötigte und er ebensogut am nächsten Morgen nach Oudh aufbrechen könne. Weil Dimitri schließlich nicht lange zu betteln pflegte, hatte er sich mit einem knappen Nicken zurückgezogen und den schweren Schlag seiner Entlassung mit einem großzügigen Quantum Rum abgefangen.

»Sahib?«

»Was gibt es denn?« grunzte er gereizt und wälzte sich in seinem Stuhl zu Hakim herum, der sich bei Dimitris wildem Blick in den hintersten Winkel des Zimmers verzog. »Nun, schieß schon los!«

»Euer Diener entschuldigt sich für die Störung, Sahib, aber unten steht eine Angrezi-Lady, die Sie sprechen möchte.«

Dimitri riß die kohlschwarzen Augen auf. Was? Eine Dame? Führ sie herauf, Hakim! Was läßt du sie im Finstern warten?«

Flink trippelte der Diener davon, und Dimitri fluchte leise in sich hinein, während er seine verdrückte Kleidung in Ordnung brachte und sich mit beiden Fäusten die vom Alkoholgenuß blutunterlaufenen Augen rieb. Als er im Haus Stimmen vernahm, verließ er die Terrasse und fand Hannah Daniels, in einen warmen Umhang gehüllt, im Zimmer vor. Er bemerkte sofort, daß die Falten in ihrem runden Gesicht sich seit ihrer letzten Begegnung vertieft hatten, überdies schien sie abgenommen zu haben. »Welch angenehme Überraschung!« rief er herzlich aus, während er auf sie zueilte und ihr beide Hände drückte. »Wie ist es Ihnen ergangen, Mrs. Daniels? Ist unsere kleine Raven auch mitgekommen?«

»Ach, bitte, Mr. Sergejew!« platzte Danny heraus. »Ich muß sofort Kapitän St. Germain sehen! Ist er hier?«

»Ja, Danny.« Beide drehten sich um, als die Tür weit aufging und Charles mit wirren Locken und verbissener Miene eintrat. »Sie wollen mich sprechen?«

»Es handelt sich um Miß Raven...«, begann Danny, aber Charles brachte sie mit einer Handbewegung zum Schweigen.

»Ich traf sie heute nachmittag«, teilte er ihr brüsk mit, »und zweifellos hat sie Sie keineswegs von meiner deutlichen Mitteilung in Kenntnis gesetzt, daß ich mich nicht länger um ihr Wohlergehen zu kümmern gedenke. Wenn Sie nun auf ihr Geheiß hin unsere Meinungsverschiedenheiten bereinigen möchten, kann ich Ihnen versichern, daß...«

»Ich komme aus eigenem Antrieb«, unterbrach sie ihn mutiger, als sie sich eigentlich fühlte, und schaute zitternd in das bedrohliche Gesicht auf. »Denn ich konnte ihr Weinen nicht länger ertragen – und wie dieser entsetzliche Kerl sie schlug, als wollte er niemals damit aufhören!« Sie versuchte weiterzusprechen, doch ein ersticktes Schluchzen setzte ihren Worten ein Ende, und sie ließ leise, mit gesenktem Kopf, die Tränen über die welken Wangen strömten.

Schlagartig veränderte sich Charles' Gesichtsausdruck. Unter zusammengekniffenen Brauen warf er dem Russen einen eindringlichen Blick zu, ehe er Danny sanft zur nächsten Sitzbank führte. Obwohl er überaus besorgt wirkte, wie er so groß vor ihr stand, konnte Dimitri die zunehmende Anspannung seiner Mundpartie erkennen und wußte, daß Charles nur mit beträchtlicher Mühe seine Ungeduld zu zügeln vermochte.

»Weshalb hat Raven geweint, Danny?« fragte der Kapitän. »Und wer hat sie geschlagen? Ihr Vetter etwa?«

Dannys Unterlippe bebte, aber diesmal gelang es ihr, sich zu beherrschen. »Mit einem Bambusstecken, Kapitän. Er sperrte sie in ihr Zimmer, aber ich hörte die Schläge. Sie schrie nicht, die Ärmste, aber ihr Wimmern...« Sie legte die zitternden Hände an die heißen Wangen. »Das werde ich mein Lebtag nicht vergessen.«

»Weswegen?« mischte sich Dimitri mit belegter Stimme ein. »Weswegen schlug er sie?«

Charles bestürzte die empörte Anklage in Dannys Augen. »Weil Sie Ihnen heute in der Moschee begegnet ist, Kapitän. Lady Craven berichtete, Sie hätten sie vor dem Mob gerettet. Aber Master Phillip nahm offenbar an, zwischen Ihnen und Miß Raven wäre irgend etwas anderes vorgefallen und – dafür bestrafte er sie.«

Charles schöpfte tief Atem. Mit all seiner Kraft rang er um Selbstbeherrschung. »Warum erzählen Sie nicht von Anfang an, Danny?« bat er sie behutsam. »Warum sollte Phillip Barrancourt seine Verlobte verprügeln, weil sie mich zufällig in einer überaus gut besuchte Moschee getroffen hat?«

»Darum geht es doch, Kapitän!« rief Danny. »Sie ist doch gar nicht seine Verlobte! Zumindest hat sie nie eingewilligt, ihn zu heiraten! Er zwingt sie dazu!« Mit gesenktem Kopf zwang sie sich zu einer ruhigen Schilderung der Lage. »Bei unserer Ankunft zeigte sich Master Phillip uns beiden gegenüber sehr gütig. Ich fand ihn zwar etwas seltsam, und auch Raven, aber wirklich nicht böse.«

»Was ist Ihnen denn aufgefallen?« erkundigte sich Charles ungeduldig.

Danny zuckte die molligen Schultern. »Wie er sich die ganze Zeit in seinem unordentlichen Arbeitszimmer einsperrte, und wenn er schon einmal herauskam und sich mit uns unterhielt, hatte man immer das Gefühl, daß er einen gar nicht richtig wahrnimmt. Schwer zu beschreiben«, fügte sie hinzu und schaute Charles flehend in die Augen. »Als ob er die meiste Zeit völlig geistesabwesend wäre.«

»Ich glaube, ich weiß, was Sie meinen«, sagte Charles bedächtig. »Gab es je Anzeichen dafür, daß er in seinem Arbeitszimmer etwas verbrannte?«

»O ja, den lieben langen Tag brannte irgendein Räucherfaß. Ich konnte den Geruch nicht ausstehen, aber als sein Gast konnte ich mich schlecht beschweren.«

Charles und Dimitri wechselten einen flüchtigen Blick. Donnerwetter, dachte der Russe, dessen Rausch sich vollständig verflüchtigt hatte. Unsere kleine Prinzessin schwebt tatsächlich in großer Gefahr, wenn ihr Vetter opiumsüchtig ist.

»Erzählen Sie weiter, Danny«, drängte Charles in seinem täuschend sanften Ton.

»Ich habe es erst heute abend erfahren«, fuhr Danny fort, »aber während der Abendeinladung gab Master Phillip seine Verlobung mit Miß Raven bekannt. Unmittelbar danach schloß er sie in ihrem Zimmer ein und sagte allen, sie habe Kopfschmerzen. Ich versuchte, nach ihr zu schauen, aber man sagte mir, ich solle sie in Ruhe lassen. Ich wußte ja nicht...« Tränen der Scham traten ihr in die Augen. »Ich ahnte nicht, daß er sie schon einmal geschlagen und ihr damit gedroht hatte, auch mir Schaden zuzufügen, wenn sie mir etwas davon erzählte. Und aus diesem Grund mußte ich in der Siedlung bleiben, als Lady Craven und Mrs. Broomfield meine Herrin heute nach Lahore mitnahmen. Er hielt mich sozusagen als Geisel fest, damit Miß Raven nicht fortzulaufen versuchte.«

»Das also wollte sie mir mitteilen«, sagte Charles mehr oder weniger zu sich selbst. Seine unverhüllte Selbstverachtung in seinen grünen Augen schnitt Dimitri tief ins Herz. »Und ich ließ sie nicht einmal zu Wort kommen. Sie schien sich so über unsere Begegnung zu freuen. Und mir fiel gar nichts auf.«

»Bei – bei ihrer Heimkehr«, sprach Danny stockend weiter, als Charles sich abwandte und bedrückt seinen Nacken knetete, »fand Master Phillip heraus, daß sie Sie gesehen hatte. Er war überzeugt, sie hätte Sie um Hilfe ersucht. Deshalb fing er an, sie zu verprügeln, und bis zum Abend konnte ich nicht mit ihr sprechen, weil die Tür verschlossen und bewacht war. Nach Einbruch der Dunkelheit schlich ich mich auf die Veranda und flüsterte durch das Fenster mit ihr. Die Ärmste weinte noch immer, und ich konnte es einfach nicht mehr aushalten. Deshalb beschloß ich, Sie zu holen.«

»Wie sind Sie denn hierhergelangt?« erkundigte sich Dimitri neugierig.

»Auf einem Pferd, das ich in der Siedlung fand«, erklärte Danny. »Ich bin zwar seit meiner Jungmädchenzeit nicht mehr geritten, aber in Anbetracht der Umstände...«

»Sie waren sehr, sehr tapfer«, meinte Dimitri ernst, als er ihre zitternden Hände umfaßte und beruhigend drückte. »Machen Sie sich keine Sorgen. Wir befreien unsere kleine Prinzessin. Falls Sie in der Zwischenzeit Hunger bekommen, wenden Sie sich an Hakim. Er ist ein unnützer Kerl, kann aber gut Englisch.«

Raven saß im völlig finsteren Zimmer auf dem Rand ihres zerwühlten Bettes und versuchte, ihre Grübeleien über die Frage, was Danny passiert sein könnte, zu verdrängen. Obwohl Phillip die betagte Frau schlafend im Bett wähnte, wußte Raven, daß Danny vor nahezu zwei Stunden durch die Siedlungstore geritten war. Die Vorstellung, Danny könnte von umherziehenden Schurken angegriffen oder vom Pferd gefallen sein, peinigte sie, und sie wischte sich die Tränen ab und schalt sich für ihre Ängstlichkeit. Dennoch wußte sie, daß allein sie die Schuld trüge, wenn der getreuen Gefährtin etwas zustieße, und diesen Gedanken ertrug sie ebenso wenig wie die Furcht, Danny würde Charles vergeblich suchen oder ihn nicht veranlassen können, mit ihr zu kommen.

Sie stand auf und wankte ans Fenster; ihr Körper war blau geschlagen und schmerzte. Ihr war nichts anderes übriggeblieben, als Danny zu Charles reiten zu lassen, dem einzigen vertrauenswürdigen Menschen, der sie aus dieser Not befreien konnte. Phillips Raserei nach ihrer Rückkehr aus Lahore hatte Raven von seinem Wahnsinn endgültig überzeugt, und die Schläge, die er ihr vorbeugend gegen künftigen Ungehorsam verabreicht hatte, ließen sie um ihr Leben bangen. Sie erschauerte und zog mit zitternden Fingern das Cape enger um sich.

Zum Glück hatte sich Phillip vor ein paar Stunden in sein Schlafzimmer zurückgezogen. Ihr Entschluß stand fest. Bis Mitternacht wollte sie auf Dannys Rückkehr warten und, falls sie bis dann nicht kam, auf eigene Faust einen Fluchtversuch unternehmen.

Die Angst um die Sicherheit der alten Frau bewog sie, in Aktion zu treten. Es ging jetzt auf elf zu, und Raven hielt die Sorgenlast nicht länger aus. Als der Fensterrahmen unter ihrem beharrlichen Rütteln knurrte, hielt sie den Atem an, denn Ahmed würde wahrscheinlich draußen vor der Tür aufpassen. Glücklicherweise war Phillip nicht auf die Idee gekommen, Hammad, den Koch, auf der Veranda zu postieren, sonst hätte sie kein einziges Wort mit Danny wechseln und jetzt den Fluchtversuch nicht wagen können.

Das Fenster bewegte sich überhaupt nicht. Mit zusammengebissenen Zähnen unternahm Raven einen zweiten Anlauf und stemmte sich mit aller Macht dagegen, bis ihr die Arme weh taten. Als ihr die Kräfte schwanden, drückte sie die erhitzte Wange gegen die kühle Scheibe und machte sich mit angehaltenem Atem am Riegel zu schaffen. Ihre zitternden Finger stießen auf ein grobes Holzbrett über dem Rahmen. Während ihrer Abwesenheit am Nachmittag mußte Phillip befohlen haben, das Fenster zu verrammeln.

Wie soll ich fliehen, fragte sich Raven, der Panik nahe. Selbst wenn es ihr gelang, die Scheiben zu zerschlagen, ohne Phillip aus dem Schlaf zu reißen, würde sie sich nie zwischen den engen Holzbalken hindurchzwängen können. Sie ärgerte sich über sich selbst, als ihr neue Tränen heiß über die Wangen flossen, und obwohl sie sich fest auf die Unterlippe biß, konnte sie ihr wildes Schluchzen nicht bezwingen. Ohne auf ihren schmerzenden, zerschundenen Körper zu achten, warf sie sich auf das Bett. Den Kopf in den Laken vergraben, ließ sie ihren Tränen freien Lauf und sehnte sich verzweifelt nach Charles' trostreicher Umarmung.

»Flennst du schon wieder? Ich dachte, das hätte ich dir ausgetrieben.«

Mit einem leisen Angstschrei rollte sich Raven auf dem Bett herum, als krachend die Tür aufschlug und Phillip auf der Schwelle erschien, in der einen Hand eine flackernde fast herabgebrannte Kerze. Sie drückte sich mit weitaufgerissenen, funkelnden Augen an die Wand, während er auf ihr Bett zuging und mit verächtlichem Blick schließlich vor ihr stand.

Als er das Samtcape um ihren schlanken Körper bemerkte, verzerrte er die Lippen zu einem grausamen Grinsen. »Gewiß hast du nicht daran gedacht wegzulaufen, meine Beste?« fragte er gehässig.

»Ich habe gefroren«, wisperte Raven. Das Blut rauschte ihr dröhnend in den Ohren, da sie mit einer weiteren Tracht Prügel rechnete.

Phillip schaute auf seine weite, leichte Musselinhose, die sich im zitternden Kerzenlicht nicht eben sauber zeigte. »Eigenartig, mir ist gar nicht kalt.« Die blauen Augen bohrten sich in sie. »Warum sagst du nicht die Wahrheit, du nichtsnutziges Weibsbild? Du wolltest ausreißen, stimmt's?«

»Ja!« fauchte sie ihn an, von ihrer Furcht zur Gegenwehr animiert. »Vielleicht gelingt es mir nicht heute nacht, aber bei Gott, ich schwöre, eines Tages schaffe ich es, und dann bezahlen Sie mir für Ihre Untaten!«

»Aha, ich habe dein Feuer doch noch nicht ersticken können«, grübelte Phillip laut, ohne ihren Ausbruch zu beachten. Statt dessen wurde seine Aufmerksamkeit auf ihre wogenden Brüste unter den Samtfalten ihres Umhangs gelenkt. Ihr langes schwarzes Haar fiel ihr offen und ungebändigt auf die schmalen Schultern und den Rücken herab, ihre Augen blitzten im Flackerlicht wie die einer Tigerin im Käfig. »Vielleicht überzeugt dich eine weitere Lektion von meiner Überlegenheit«, fügte er hinzu. Als sie sich noch dichter in die Ecke kauerte, grinste er gemein. »Oh, keine Bange, meine Beste, diesmal verunziere ich deinen vollkommenen Körper nicht mit dem Bambusstecken. Nein, jetzt schwebt mir etwas ganz anderes vor.«

Raven leckte sich nervös über die Lippen. »Was meinen Sie?«

Er stellte die Kerze beiseite und bückte sich, um seine Schuhe auszuziehen. »Vermutlich werden unsere Bekannten nicht allzuviel dagegen einwenden, daß ich keine Jungfrau heirate.«

Unter wildem Schluchzen vergrub sie das Gesicht in den Händen, als Phillip sich die Hose aufknöpfte. Plötzlich erstarrte er, neigte lauschend den Kopf, und auch Raven, die nun wieder aufsah, hörte schwere Schritte die Verandastufen heraufpoltern. Ehe er reagieren konnte, hatte sie sich vom Bett hochgerappelt und lief schreiend den Flur hinunter, wobei sie fast über ihre Röcke gestolpert wäre. Das aufberstende Eingangsportal warf sie fast zu Boden, aber Raven nahm nur die vertraute Gestalt in der Tür wahr, ehe sie Charles schluchzend in die Arme sank.

»Raven, Raven«, flüsterte er mit heiserer Stimme an ihrem Haar, während sie sich an ihn schmiegte. »Hat dich dieser Dreckskerl schlimm verletzt?«

Sie hob den Kopf von seinem weichen, frisch duftenden Hemd, und Charles erkannte deutlich die dunkel unterlaufenen, entstellenden Flecken auf ihrer Wange, wo Phillips Stock ihre Schulter verfehlt hatte. Seine Lippen verhärteten sich unheilverkündend, und in seinen Augen funkelte blindwütiger Zorn. Im angrenzenden Eßzimmer gingen plötzlich die Lichter an, und Raven sah zu ihrer Bestürzung Phillip und seine Diener drohend in der Tür stehen. Der Hausherr hielt mit beiden Händen ein mörderisches chinesisches Kampfschwert.

»Verschwinden Sie, St. Germain«, befahl er leise.

Charles befreite sich sanft aus Ravens Umklammerung und stellte sich vor sie. Dabei bedeutete er Dimitri, sie gegen einen möglichen Angriff abzuschirmen. Keinem von beiden entging, wie routiniert sich Phillip den Lederriemen des Schwerts ums Handgelenk geschlungen hatte. Hinter ihm standen Ahmed und Hammad, die knochigen Gesichtszüge angespannt, und verfolgten aufmerksam das Geschehen.

»Hinaus mit Ihnen«, forderte Phillip abermals mit eisiger Stimme.

»Ja«, erwiderte Charles nicht minder frostig, »aber erst, wenn ich Sie halbtot geprügelt habe, Sie Held, der Sie die Hand nur gegen wehrlose Frauen erheben.«

»Das büßen Sie mir mit dem Leben, St. Germain«, knurrte Phillip und umkrampfte seine Waffe.

»Ich nehme an, Sie sind viel zu feige, um diese Drohung unbewaffnet in die Tat umzusetzen«, warf Charles lässig ein und erzürnte Phillip mit seinem Mangel an Furcht.

»Ganz und gar nicht«, knirschte Phillip, »aber da ich Sie damit umzubringen gedenke«, er hielt das Schwert hoch, »warum sollte ich es erst beiseite legen? Und meine Leute werden im Handumdrehen mit Ihrem russischen Freund da fertig.«

»Tatsächlich?« fragte Charles, die Brauen hochmütig erhoben. »Vielleicht gelingt es Ihnen, mich mit dieser Waffe zu töten, Barrancourt, aber uns beide können Sie nicht besiegen. Dimitri nimmt es spielend mit einem weiteren halben Dutzend von Ihrer Sorte auf, wenn er will.«

Angesichts der Todesdrohung in Charles' Augen sahen sich Ahmed und Hammad unbehaglich an, und Phillip, der ihre Angst spürte, wandte sich zu ihnen, um sie wütend anzuschreien. Das war die ideale Gelegenheit für Charles. Blitzschnell sprang er vor und packte das Handgelenk Phillips, dem das Schwert entglitt und krachend landete es vor Dimitris Füßen. Der bückte sich flink, hob es auf und grinste breit. »Gut gemacht, Towarisch!«

Charles beachtete ihn nicht weiter, sondern schaute Phillip mit düsterer, unheilvoller Miene an. »Ich habe Ihnen tüchtige Prügel versprochen«, stieß er wütend hervor und stellte sich breitbeinig zum Kampf auf. »Worauf warten Sie noch?«

»Glauben Sie denn, daß ich Sie mit bloßen Händen angreife?« fragte Phillip verächtlich.

»Fürchten Sie sich etwa?« schmähte Charles. »Oder sind Sie sich zu gut, um diese Rechnung wie ein rechtschaffener englischer Bauer zu begleichen?« Er hob die furchteinflößenden Fäuste. »Nämlich damit?«

»Abgemacht!« brüllte Phillip. »Beim Himmel, ich werde Ihnen mit Wonne alle Knochen zu Brei zerschlagen, St. Germain!«

Raven biß sich auf die Lippen, als Phillip so gewaltig zum ersten Schlag ausholte, daß ihm der Atem laut aus den Lungen entwich. Aber Charles verteidigte sich geschickt, indem er ihn mit einem Arm abfing und mit dem anderen angriff. Er traf seinen Gegner voll ins Gesicht und brachte ihn zum Taumeln, und als Phillip sich aufrichtete, strömte ihm das Blut aus der Nase und färbte seinen Bart zu einem noch intensiveren Rot. Indem er mit der Rechten einen Schlag vortäuschte, gelang es ihm, mit der Linken zu einem überraschenden Hieb auszuholen. Doch Charles wich behend zur Seite, so daß die Faust auf seiner Schulter landete und Phillip bei dem unerwarteten Aufprall auf dem harten Knochen vor Schmerz brüllte.

Beide Männer schienen zur gleichen Zeit zu erkennen, daß der andere nicht so mühelos wie erwartet zu besiegen war. Jetzt stärker auf der Hut, stellten sie sich wieder zum Kampf auf, spannten sich an, und jeder wartete darauf, daß der andere den ersten Satz machte. Schließlich startete Charles einen Überraschungsangriff, indem er das Bein vorschnellen ließ, um Phillips Wade hakte und ihn donnernd zu Fall brachte. Sofort stürzte er sich auf ihn, schwang die furchterregenden Fäuste und konnte etliche schnelle Haken auf dem ungeschützten Gesicht seines Widersachers landen, ehe ihn dieser abwarf.

Ein gutgezielter Schlag ließ Blut von Charles' Unterlippe tröpfeln, und Phillip grinste zufrieden. »Diesmal gehen Sie nicht als Sieger aus der Schlacht hervor, St. Germain«, keuchte er mit einem fanatischen Glitzern in den Augen. »Raven gehört mir, verstanden? Ich hole sie schon noch in mein Bett, und wenn ich mit ihr fertig bin, gebe ich sie an jeden aus der John Company weiter, der sie haben möchte.«

Diese Schmähworte stachelten Charles' Kampflust noch

mehr an. Mit aller Kraft stürzte er sich auf seinen stämmigen Kontrahenten. Anscheinend spürte er die Schläge nicht, die Phillip gnadenlos auf ihn niederprasseln ließ. Keiner der beiden ging nun in Deckung, sie brachten einander Verletzungen bei, ohne auf den eigenen Schmerz zu achten; die Stille im Zimmer wurde nur durch ihr dumpfes Aufstöhnen und das gedämpfte Geräusch der Treffer gebrochen.

Am Rande des kleinen Rings, in dem die beiden Gegner auf Leben und Tod kämpften, behielt Dimitri vorsorglich die Diener im Auge und ließ warnend das Schwert umherschwingen. Obwohl er mit einem mühelosen Schlag Phillip hätte niederstrecken und ebenso schnell die Inder außer Gefecht setzen können, machte er keine Anstalten, einzugreifen. Er wußte, daß der schreckliche Zorn seines Freundes sich erst siegreich entladen mußte, ehe er wieder zu sich gelangen konnte.

Viel früher, als Dimitri erwartet hatte, war der Kampf beendet. Phillip, auf den Charles wie vom Teufel besessen eingedroschen hatte, schlug wild um sich; das Blut, das ihm aus seiner Stirnwunde in die Augen rann, nahm ihm die Sicht, so daß er sich seinem Feind ungeschützt auslieferte. Flink versetzte ihm Charles einen treffsicheren Haken ins nicht abgeschirmte Gesicht. Mit einem Hieb zerschmetterte er die blutende Nase Phillips völlig, und dieser brach unter einem animalischen Grunzen und mit hängendem Kopf zusammen.

Charles richtete sich auf und wischte sich mit dem Handrücken das Blut vom Kinn. Dann wandte er sich den Dienern zu, die ängstlich zur Tür drängten. Irgend etwas in seinen funkelnden Augen ließ ihnen das Blut in den Adern gefrieren, aber ehe er sie ansprechen konnte, zerriß die ohrenbetäubende Explosion eines Gewehrs die Luft. Er schnellte herum, um instinktiv mit seinem Körper einen Schutzwall vor Raven zu errichten, ehe er erkannte, daß der Schuß von draußen kam.

»Dimitri!« befahl er, aber der russische Hüne war bereits verschwunden. Der kalte Wind pfiff durch die Tür, die Dimitri in der Eile offengelassen hatte. Eine Sekunde später war er mit grimmigem Blick wieder zurück. »Man hat die

Lagerhäuser in Brand gesteckt, Towarisch. Auf dem Gelände befindet sich mindestens ein Dutzend bewaffneter Reifer.«

»Raven, hol deine Sachen!« befahl Charles barsch, als sie zögernd und voll hilflosem Mitgefühl sein zerschundenes, blutiges Gesicht anstarrte. Sie gehorchte ohne Widerrede, schluckte schwer, um ihre Angst zu unterdrücken, und eilte mit raschelnden Röcken den Flur hinunter.

»Sikhs?« erkundigte sich Charles, sowie sie gegangen war, bei Dimitri, der sich über Phillips niedergestreckten Körper beugte und seinen Puls suchte.

»Möglich, Towarisch.« In Dimitris schwarzen Augen spiegelte sich die Bedrängnis wider. »Wir müssen schnell von hier verschwinden. Kristos, ich hätte nicht gedacht, daß es zu einem Aufstand kommen würde.«

»Verzeihung, Burra-Sahib.« Ahmed zupfte Charles ehrerbietig am blutbefleckten Ärmel. »Sie sind nur hinter ihm her.« Eine Mischung aus Mitleid und Abscheu auf den habichtsähnlichen Zügen, schaute er auf seinen hingestreckten Herrn. »Wenn Sie sich jetzt sofort aufmachen, wird man Sie nicht behelligen. Mein Herr hat ihnen Waffen für den Kampf gegen die Angrezi-Rissala versprochen. Sie haben ihr Geld verloren. Die Gewehre sind nie geliefert worden.«

»Dimitri, beschaff uns ein paar Waffen«, befahl Charles.

»Was ist denn los?« fragte Raven ängstlich, als sie zurückkam und Charles sie gleich bei der Hand nahm und zur Tür zog. »Stimmt es, daß die Sikhs sich erheben? Ich hörte Dimitri...«

»Jetzt ist keine Zeit für lange Erklärungen.« Charles drehte sich um, als Dimitri mit einem vorsintflutlichen Vorderlader und zwei rostigen Duellpistolen auftauchte. »Ist das alles, was du gefunden hast?«

»Ja, Kamerad, aber sie sind geladen und schußbereit.«

Charles nahm ihm die Pistolen ab, steckte sich eine in den Gürtel und schwang drohend die andere. »Gib mir Rückendeckung, Dimitri. Ich mache einen Schwenk und treffe dich dann hinten am Tor, verstanden?«

»Missy-Sahib, eine Sekunde!« Plötzlich versperrte Ahmed die Tür ohne Rücksicht darauf, daß Charles ihm warnend die Pistole vors Gesicht hielt. Er schlotterte vor Furcht, und auf seiner Stirn glitzerten Schweißperlen, aber er wich keinen Zentimeter, als er Raven ein kleines Bündel hinstreckte und sie drängte, es zu nehmen. »Der Sahib sagt, Sie sollen es haben«, bat er inbrünstig. »Sajid Wali Shah, der Bruder des Nawab von Oudh, gab es ihm als Lohn. Sie müssen es behalten.«

Wie in Trance ließ sich Raven das Musselinbündel in die Hand drücken und blickte langsam zu Phillip hinunter, der das Bewußtsein wiedererlangt hatte und sich mit Hammads Hilfe langsam hochrappelte. »Nimm es, Raven«, stieß er durch die aufgeplatzten, verschwollenen Lippen hervor. »Das ist alles, was ich noch habe. Und jetzt macht euch von hier fort, schnell!« Ein lauter Knall irgendwo auf dem Siedlungsgelände fachte die Bedrängnis in seiner Stimme noch mehr an. »Beeilt euch!«

»Schaffst du es?« erkundigte sich Charles mit einem zärtlichen Blick auf Raven, der sein zerschundenes, blutüberströmtes Gesicht lieber als das eigene Leben war.

Sie schluckte schwer und bemühte sich um eine tapfere Miene. »Wenn du bei mir bist.«

Trotz seiner Schmerzen mußte er lächeln. Er schlang den Arm um sie und zog sie beschützend an die Brust, als er, die Pistole in der anderen Hand, in die Dunkelheit hinaustrat. Raven schnappte nach Luft angesichts der hoch in den Nachthimmel züngelnden Flammen. Der Hauptspeicher am anderen Ende der Siedlung brannte, die umstehenden Bäume entzündeten sich durch die Hitze und sprühten Funken. Unabwendbar bewegte sich das Inferno auf sie zu. Doch nicht so sehr das Feuer oder die ohrenbetäubenden Pulverexplosionen versetzten Raven in Schrecken als vielmehr die Reiter, die Schwerter schwangen und unter Triumphgeheul durch den Tumult preschten.

Nachdem Charles den Umhang behutsam um Ravens bebenden Körper gehüllt hatte, zog er sie fest an sich, verließ mit ihr die Veranda, und sie rannten über den Rasen zur schützenden Hecke. Die Zweige knackten laut, als er Raven hinter dem hohen Gebüsch niederzog. Aber die Reiter, die gerade um die Ecke stoben, waren so darauf versessen, in den Bungalow zu stürmen, daß sie keine Notiz von ihnen nahmen. Sie sprangen von den Pferden, stürzten durch die offene Tür, und ihr wildes Geschrei und die Gewehrsalven ließen Raven das Blut in den Adern gefrieren.

»Komm!« schrie Charles, als er sich niederbeugte und sie hochriß. Da sie sich zitternd widersetzte, packte er sie kurzerhand und trug sie ein paar Meter, ehe er sie wieder auf die Füße stellte und an seine Seite zwang.

»Haben sie – haben sie ihn getötet?« rief sie und rang in der kalten Nachtluft nach Atem.

»Still jetzt«, befahl er.

Niemand versuchte sie aufzuhalten, als sie durch die Tore zur Straße liefen, wo die Pferde angebunden waren. Eilend löste er die Zügel, hob Raven in den Sattel und schaute sie eindringlich an. »Kannst du selbst reiten, Raven, und zwar schnell?«

Wortlos nickte sie, wand sich unter unkontrollierbarem Zittern die Lederriemen fest um die Finger. Jenseits der Siedlungsmauern hörte sie immer noch Schreie und Explosionen und sah die Flammen auflodern.

»Towarisch!« Mit zerzaustem Bart und wirren Haaren tauchte Dimitri in der Finsternis auf. »Kristos, diese verrückte Bande hätte mich um ein Haar bei lebendigem Leib geröstet!« rief er und fing die Zügel, die Charles ihm zuwarf.

»Du lieber Gott!« hauchte Raven entsetzt. »Haben sie Phillips Haus in Brand gesteckt?«

»Vorwärts, Dimitri!« befahl Charles in einem Ton, der jedes weitere Wort unterband. Er schwang sich in den Sattel, hob die Hand und ließ sie aufs Hinterteil von Ravens Pferd knallen. Sekunden später galoppierten die drei kräftigen Pferde in halsbrecherischem Tempo die dunkle, staubige Landstraße hinunter und ließen die brennenden Gebäude der Khanapur-Siedlung hinter sich.

13.

Unterhalb der geschäftigen Handelsstadt Haiderabad strömte der mächtige Indus in schnellem Tempo quer über die weiten, unfruchtbaren Ebenen südwestwärts, ehe er mit seinen zahlreichen Armen ins Arabische Meer mündete. Durch seine bräunlichen Strudel glitt, von einer frischen Brise getrieben, die *Orient Star* mit gespannten Segeln und surrenden Tauen schnell dahin. Ein pulsierender Rhythmus schien das gesamte Schiff zu erfassen. Das Kielwasser gurgelte, und die altertümlichen Einmaster und einheimischen Schiffe auf der vielbefahrenen Wasserstraße machten ihr eilends den Weg frei.

Wie Raven es sich während ihrer Rückreise den Indus hinab angewöhnt hatte, kam sie, unmittelbar nachdem sie mit Danny in ihrer Kabine gefrühstückt hatte, an Deck. Auf dem Weg nach Steuerbord zur Reling schaute sie mit ausdruckslosen Augen in die Richtung des Landes, das sich flach unveränderlich unter dem grauen Himmel erstreckte. Da fast ihre gesamte Habe ein Opfer der Flammen geworden war, trug sie das mit zitronengelben Paspeln verzierte Kleid, das sie auch bei ihrer Ankunft in Lahore angehabt hatte. Ihre geliebten Perlmuttkämme hatten das grauenhafte Inferno in der Khanapur-Siedlung überstanden, und Raven war so froh darüber, daß sie den Verlust ihrer Kleider verschmerzte.

Und überhaupt, fragte sie sich unglücklich, als sie an der Reling lehnte und der Wind ihr die weichen, schwarzen Schläfenlocken zauste, was macht es denn aus, nachdem Charles mich nicht mehr liebt? Der Gedanke stach ihr wie ein Messer ins Herz, und sie biß sich fest auf die Unterlippe, um nicht zu weinen. Das tat sie nachts schon oft genug, wenn sie schlaflos in der Kabine leise vor sich hin schluchzte. Während des qualvollen Ritts nach Lahore hinein, um Danny zu holen, und während der endlosen Stunden durch die Ebenen nach Hasangei zurück hatte der

Schock über die Ereignisse Raven zu sehr betäubt, als daß sie ihrer Umgebung große Aufmerksamkeit hätte widmen können.

Erst später, als sie in die Gegenwart zurückkehrte, fand sie in Charles, dem Mann, den sie brauchte und liebte, einen Fremden, der sich ihr gegenüber völlig gefühllos verhielt. Bei ihren zufälligen Begegnungen benahm er sich wenig zuvorkommend. Er schien seine Zeit lieber allein oder mit Dimitri zu verbringen und ging ihr absichtlich aus dem Weg. Wenn sich ihre Blicke zufällig kreuzten oder er sie aus Versehen berührte, spürte sie, wie er zurückzuckte, und das verletzte sie in tiefster Seele, denn sie war überzeugt, daß sie seine Liebe zu ihr für immer zerstört hatte.

»Na, na, was soll denn das?«

Raven schreckte aus ihren Gedanken hoch und sah Dimitri neben sich an der Reling lehnen. Die Hände bequem auf das glatte Holz gestützt, musterte er sie forschend. »Sie weinen doch nicht schon wieder? Schämen Sie sich, Kleines, wo haben Sie denn Ihren Mut gelassen? Schließlich sind wir diesen Schurken entkommen. Niemandem von uns wurde auch nur ein Haar gekrümmt, und das ist ein Grund zur Freude, nicht zum Weinen, hm?«

»Bitte, Dimitri«, hauchte Raven und wich seinem Blick aus. »Ich möchte allein sein.«

Dimitri hob die Hände, als gäbe er sich geschlagen. »Diese Bitte habe ich nun so oft gehört, daß ich schier verrückt werde! Aber Sie ersuchen mich wenigstens noch höflich darum«, gab er zu, »und brüllen nicht gleich los wie dieser störrische Maulesel von Kapitän.« Er schwieg und schaute sie, den Kopf zur Seite gelegt, erwartungsvoll an.

Raven wischte nicht sehr wirkungsvoll über ihre Augen, die in Tränen schwammen. »Ach, Dimitri, was ist nur mit ihm los? Womit habe ich mir seinen Haß zugezogen?«

Auf diese Gelegenheit hatte Dimitri nur gewartet. Innerlich frohlockend, bemühte er sich um eine ernste Miene und verschränkte die Hände auf dem breiten Rücken. »Nicht doch, mein Kleines, Sie dürfen sich nicht für etwas schelten, das gar nicht vorgefallen ist. Charles verachtet doch nicht etwa Sie, er verachtet sich selbst. Versetzen Sie sich doch einmal in einen so stolzen Mann wie Charles St. Germain. Stellen Sie sich vor, wie sehr Sie sich verabscheuen würden, wenn Sie durch Ihre blinde Dummheit beinahe zugelassen hätten, daß die Frau, die Sie lieben, mit einem Unmenschen wie Phillip Barrancourt vermählt wird. Schlimmer noch, wenn sie Ihnen alles zu erklären versuchte und Sie um Hilfe bat – Sie, der Sie in Ihrem unerträglichen Hochmut nicht zuhörten. Daß sie deshalb entsetzliche Qualen erleiden mußte, grausam von ihrem Vetter geschlagen und von rachsüchtigen Sikhs beinahe umgebracht worden wäre. Mein Kleines, weil der Kapitän sich die Schuld an dem gibt, was Ihnen widerfahren ist, denkt er wohl, daß auch Sie ihn für schuldig halten. Und überhaupt...« Dimitri zuckte die massiven Schultern. »Wie soll man eine Frau um Verzeihung bitten, die beinahe gestorben wäre, weil man sich in falschen Stolz verrannt hat?«

»Ich würde Ihnen so gern glauben, Dimitri«, antwortete Raven nach langem nachdenklichen Schweigen und warf ihm einen schmerzlichen Blick zu. »Aber wie sollte ich, wenn alles, was Sie sagen, von der Voraussetzung ausgeht, daß er mich liebt? Er hat mir nie seine Liebe erklärt, und selbst wenn, was würde das schon ändern? Bald bin ich wieder in Cornwall und mit Squire Blackburn verheiratet.« Ihre letzten Worte gingen in einem wilden Schluchzen unter, und Dimitri fluchte verzweifelt in sich hinein, als er sie mit wehenden, dunkelgrünen Röcken über das Deck fliehen und die Niedergangstreppe hinunterhuschen sah.

In der Einsamkeit ihrer Kabine weinte Raven herzzerreißend. Das durchnäßte Taschentuch an die Lippen gepreßt, versuchte sie tapfer den Tränenstrom aufzuhalten und hoffte, ihr Schluchzen würde nicht durch die dünne Holztür nach draußen dringen. Als sie über Dimitris Worte nachsann, ertappte sie sich dabei, daß sie sehnlichst wünschte, er möge recht haben. Selbst wenn sie ihm nur ein klein wenig glauben könnte, würde sie keine Sekunde lang zögern – sie ginge zu Charles und erzählte ihm von ihren Gefühlen; aber sie hatte Angst, schreckliche Angst vor einer schmählichen Zurückweisung. Vielleicht später, wenn die Schrecken der vergangenen Wochen verblaßt, wenn ihre Lebensgeister wiedererwacht und die Spuren der Mißhandlungen verheilt waren, würde sie nicht mehr diese unerträgliche Furcht vor einer Verletzung empfinden.

Doch was nützte es schon, wenn sie den Mut aufbrachte, Charles ihr Innerstes zu offenbaren? Vielleicht hatte Dimitri sogar recht, und er empfand etwas für sie, aber was half ihr das? Gar nichts. Sobald die *Orient Star* wieder aufgerüstet war, würde sie neuen Abenteuern entgegensegeln, vielleicht auf der Suche nach dem legendären Kohinoor. Und dann würde es in Charles' rastlosem Seemannsleben kaum Platz für eine Frau geben, die nichts mehr ersehnte als die Rückkehr in ihr geliebtes North Head.

»Miß Raven?«

Sie betupfte sich nochmals rasch die Augen und räusperte sich, ehe sie die Kajütentür öffnete und Ewan Fletcher draußen stehen sah. Wenn der Steward ihre Tränen bemerkte, so zeigte er es nicht.

»Ja, bitte?« fragte Raven sanft.

»Ich wollte Sie daran erinnern, daß der Käpt'n heute seine Abendeinladung gibt«, sagte Fletcher mit breitem Grinsen. »Ich dachte, Sie haben's vielleicht vergessen.«

»Das habe ich allerdings«, gab Raven zu und verfluchte insgeheim Dimitri, auf dessen Initiative das Dinner zurückging.

»Sie können mir in der Zwischenzeit das Kleid, das Sie tragen werden, zum Bügeln geben. Es wär' mir eine Ehre.«

Ein Lächeln umspielte ihre Lippen, und die bezaubernden Grübchen erschienen auf ihren Wangen. »Das würde ich nur zu gern, Mr. Fletcher, aber was ich gerade anhabe, ist das einzige Gewand, das ich noch besitze.«

Ewan starrte Raven mit weitaufgerissenen Augen an. Das dunkelgrüne Samtkleid paßte hervorragend zu ihrem nachtschwarzen Haar und den goldfarbenen Augen, war aber seiner Ansicht nach nicht das Geeignete für das Kapitänsdinner. Schließlich hatte es Miß Raven seit ihrer Rückkehr auf das Schiff ständig getragen, und Ewans Vorstellungen zufolge sollte die heutige Abendeinladung etwas ganz Besonderes darstellen. »Vielleicht fällt uns etwas ein«, meinte er nachdenklich. »Miß Raven, gestatten Sie mir einen Blick auf Ihre noch verbliebenen Kleidungsstücke?«

»Aber sicher.« Bereitwillig ließ sie ihn eintreten.

Er öffnete die Schubladen der kleinen Kommode und suchte in den paar Sachen, die Raven in ihrem lädierten Koffer noch hatte mitnehmen können. Da sie nicht erwartete, daß er etwas finden würde, überraschte es sie, als er sich mit einem lavendelfarbenen Kleidungsstück in den Händen umdrehte. »Was ist denn das?« erkundigte er sich neugierig. Beim Auseinanderschütteln verwandelte sich das zarte Seidenmaterial vor seinen Augen in eine weite, an den Fesseln geraffte Hose, und angesichts des Erstaunens auf seinem verwitterten Gesicht lächelte Raven.

»Das sind Salvars«, teilte sie ihm mit, lief an ihm vorbei und stöberte in der gleichen Schublade, in der Ewan die Hose entdeckt hatte. Sie zog ein farbenfrohes tailliertes Hemd heraus und hielt es ihm zur Begutachtung hin. »Man trägt sie mit einem solchen Hemd, einem Kamiz, zumindest die Frauen im Punjab. Mein Vetter schenkte mir diese Sachen, aber ehe – ehe das alles geschah. Ich sollte sie im Haus tragen, aber es widerstrebte mir, also versteckte ich sie ganz unten im Koffer. Vermutlich sind sie deshalb mit an Bord gekommen.«

Sie schickte sich an, Ewan die Hose abzunehmen, aber der Steward wehrte mit einem spitzbübischen Lächeln ab. »Warum tragen Sie sie nicht heute abend? Sie brächten damit Mutter Indien ein passendes Abschiedsgeschenk dar? Außerdem kann ein hübsches junges Mädchen doch nicht ewig im selben alten Kleid herumlaufen, oder?«

»Unmöglich«, protestierte Raven. »Ich habe keine Lust, mich derart zur Schau zu stellen.«

Ewans erwartungsvolles Gesicht zog sich in Falten. »Ja, Sie haben vermutlich recht. Außerdem bekäme der Käpt'n einen Anfall, wenn Sie in Landestracht bei ihm auftauchen würden.«

Niedergeschlagen begann er die exotischen Kleidungsstücke zusammenzulegen, doch Raven riß sie ihm sogleich aus der Hand. »Würde er das tatsächlich, Ewan?« fragte sie, und ihre Topasaugen schimmerten in Vorfreude.

»Würde er was, Miß Raven?«

»Sich ärgern, wenn ich das anziehe?« Sie hielt sich das

leuchtend bunte Hemd an und vollführte eine kokette Drehung.

»Das nehme ich an«, erwiderte Ewan bewundernd. »Unser Kapitän hält nicht viel von Spaß und Scherzen.«

»Das sollte man unbedingt ändern, meinen Sie nicht auch?«

»Vielleicht«, pflichtete ihr der Steward zögernd bei. Auf einmal wollten ihm weder das Funkeln in Ravens Augen noch das Rot in ihren Wangen gefallen. Dann zuckte er die Achseln. Zum ersten Mal seit ihrer Rückkehr an Bord schaute Miß Raven heiter drein, was machte es also, wenn sie dem Kapitän einen harmlosen Streich spielte?

Raven konnte den sehr viel verzwickteren Grund, weshalb sie die traditionelle Punjabi-Tracht tragen wollte, selbst nicht verstehen. Sie wußte nur, daß sie Charles in der vertrauten Atmosphäre seiner Kajüte auf keinen Fall in demselben Kleid, das sie seit ihrer Flucht aus Lahore trug, unter die Augen treten konnte. Die von Dimitri eingefädelte Einladung würde es ihr zum erstenmal ermöglichen, Charles ausgiebig zu sehen und zu sprechen, und Raven fürchtete, diese Gelegenheit nicht richtig nützen zu können. Sie mußte Charles' Aufmerksamkeit unbedingt fesseln, den Zauber wieder anfachen, der sie einmal zu so stürmischen Höhen der Ekstase getrieben hatte, oder er wäre für immer erloschen.

Während ihres Gesprächs mit Dimitri war ihr plötzlich klar geworden, daß die *Orient Star* nicht ohne sie fortsegeln durfte. Sie würde ihren Stolz niederringen und Charles anflehen, sie nicht zu verlassen. Er müßte ihr nicht einmal seine Liebe gestehen, redete sich Raven hitzig ein, als sie sich mit fieberhafter Entschlossenheit für den Abend zurechtmachte. Sie würde ja auch zu gern nur seine Geliebte werden, wenn sie dadurch an seiner Seite bleiben könnte. Falls nötig, wollte sie Charles aus Liebe um die ganze Welt folgen, und vielleicht würde der unnahbare, kaum ansprechbare Mann sich mit der Zeit wieder in den ungemein aufregenden, zärtlichen Liebhaber von einst zurückverwandeln. Das allein würde alles aufwiegen, sagte sich Raven optimistisch; und doch konnte sie nicht verstehen, weshalb ihr beim Ankleiden die Hände zitterten und sie nur mühsam die Tränen zurückhalten konnte.

Raven war sich keineswegs sicher, daß sie für Charles' Ansprüche hübsch genug aussah; ihr Herz jagte beängstigend, als sie in ihrer Kabine die Lichter auspustete und leichtfüßig den engen Flur hinunterhuschte, um beim Kapitän anzuklopfen. Von drinnen kam keine Antwort, und sie schluckte krampfhaft, ehe sie noch einmal klopfte. Nach schier endlosem Warten drückte sie probeweise auf die Klinke und trat, da die Tür unverschlossen war, leise ein.

Obwohl die geräumige Kabine leer war, fragte sich Raven nicht, wo der Kapitän oder seine Gäste sein mochten, denn eine Woge der Erinnerung erfaßte sie – so überwältigende Erinnerungen, daß sie ihr fast den Atem raubten. Ihr war, als könnte sie Charles' übermächtige Männlichkeit mit jeder Faser ihres Seins spüren – in den achtlos auf die Koje geworfenen Kleidern, auf der er sie das erste Mal so ungestüm geliebt hatte in den massiven, dunkel, schimmernden Möbeln – in seinem vertrauten, geliebten Duft, der peinigend auf ihre Sinne einstürmte. Sie versuchte vergeblich, diese Gedanken zu verdrängen. Das locker fallende Seidengewand liebkoste ihren Körper und ließ sie an die innige Berührung eines Liebhabers denken, an Charles.

»Großer Gott!«

Bei dem heiseren Ruf schnellte Raven herum, so daß ihr langer schwarzer Zopf durch die Luft flog. Charles' Anblick, wie er mit ungläubigen Augen in der Tür stand, machte sie sprachlos. Er war von Kopf bis Fuß in Taubengrau gekleidet, seine weichen, engen Kniehosen schmiegten sich um die muskulösen Schenkel, der Hauch von Spitzenverzierung am Hals und den sonnengebräunten, sehnigen Handgelenken milderten die Strenge seines formellen Anzugs. Er kam gerade vom Achterdeck, die windzerzausten braunen Locken fielen ihm verwegen in die hohe Stirn, seine Krawatte war leicht verknittert.

Auf einer schmalen gebräunten Wange begann ein Muskel zu zucken, und Raven, die dies als Zeichen seines Ringens um Selbstbeherrschung erkannte, übermannte die schmerzhafte Erkenntnis ihres Fehlschlags. Sie konnte nicht wissen, daß Charles sie im ersten Moment fälschlicherweise für eine Hindu-Schönheit gehalten hatte, die seine Offiziere aus Jux als sein Abendvergnügen herbeigeschafft hatten. Wie er sie so sah, das schwarze glänzende Haar aus dem anmutigen Gesicht mit den hohen Wangenknochen zurückgekämmt, in einem purpurnen, karmesinroten und grünen Kamiz, hatte er als unmittelbare Reaktion auf ihre verwirrende Schönheit einen vertrauten Blutandrang in den Lenden gespürt. Dann hatte sie sich, die durchscheinende Seide eng an die ranke Gestalt geschmiegt, umgewandt, und erst da hatte er sie erkannt.

Charles erschien sie äußerst verführerisch, von ungezähmter Schönheit. Die Geheimnisse des Orients gingen eine betörende Verbindung mit dem anziehenden Körper der Engländerin ein, den er so gut wie seinen eigenen kannte. Ihre großen Katzenaugen reflektierten das goldene Lampenlicht, der dunkle Wimpernkranz verlieh ihr ein leidenschaftliches Aussehen. Und doch brachten ausgerechnet die Tränen, die er in den Topastiefen glitzern sah, und das unverhüllte Beben ihres Mundes Charles wieder zu Sinnen.

»Raven, Sie weinen doch nicht etwa?« fragte er ungläubig.

Ungestüm schüttelte sie den Kopf und wünschte sich, sie hätte diesen übermütigen Plan nie ausgeheckt, denn sie mußte betrübt feststellen, daß sein Erfolg ihre kühnsten Erwartungen überstieg. Charles fixierte mit nahezu hungrigem Blick ihren in Seide gehüllten Körper, und in seinen grünen Augen funkelte unübersehbares Verlangen. Er begehrte sie zweifellos, aber bei dieser Erkenntnis empfand Raven nur die Schalheit der Niederlage. Daß er sie so ansah, als begehre er nur die körperliche Vereinigung mit ihr, hatte sie nicht beabsichtigt. Vielmehr hätte er sie zärtlich in Armen halten, ihr seine Liebe erklären, ihr sagen sollen, daß sie ihm mehr bedeutete als nur eine Gelegenheit, seine geschlechtlichen Gelüste zu stillen.

Doch hatte sich Raven nicht erst vor wenigen Minuten geschworen, sie spiele nur zu gern die Rolle von Charles St. Germains Geliebter? Hatte sie sich nicht eingeredet, sie würde selbst dann gern an seiner Seite bleiben, wenn er sie nur zur Befriedigung seines Triebes bei sich dulden wollte?

Nichts als Lug und Trug, erkannte sie jetzt. Sie hatte sich selbst hinters Licht geführt, während sie tief in ihrem Herzen ihr schmerzhaftes Verlangen nach so viel mehr als Charles' bloß körperlicher Liebe vergraben hatte.

»Raven, was ist denn?« fragte er, als sie ihm mit gesenktem Kopf den Rücken kehrte. Bei der unterschwelligen Zärtlichkeit in seiner Stimme und seiner starken Hand auf ihrem Arm verriet sie sich. Der Schauer, der bei dieser Berührung ihren Körper erfaßte, entzündete eine Flamme, die fühlbar zwischen ihnen aufloderte. Sanft drehte Charles sie zu sich herum. Die goldbraunen Augen waren noch von Tränen benetzt, erstrahlten aber jetzt völlig in unleugbarer Liebe und Leidenschaft. Wie er so auf sie niederblickte, spürte er das Verlangen in seinen Lenden, und als er die Intensität seiner Gefühle für sie erkannte, wandte er sich innerlich fluchend ab. Er konnte jetzt nicht mit ihr schlafen, denn seine wachsende Lust war zu stark, zu roh angesichts der Erinnerung, daß er sie beinahe verloren hätte. Sie wirkte so zerbrechlich, so ätherisch unter dem sie eng umspielenden Seidengewand, und Charles war zum ersten Mal in seinem Leben von der animalischen Gewalt seiner Begierde erschüttert.

Da er ihr den Rücken zudrehte, konnte er den Schmerz in Ravens Augen nicht aufsteigen sehen, die Erkenntnis der Niederlage auf ihren zarten Zügen. Als sie einander angeschaut hatten, war sie sich absolut sicher gewesen, daß Charles sie in die Arme nehmen und küssen und endlich die tiefe Kluft überwinden würde, die sie seit ihrer Rückkehr von Lahore trennte. Sie spürte wieder heiße Tränen in sich aufsteigen, mit würgender Kehle versuchte sie ihr Schluchzen zu ersticken.

»Na, Towarisch, hast du das Dinner schon ohne uns eröffnet?« Die Kabinentür wurde aufgerissen, und Dimitri polterte herein. Sein erwartungsvolles Grinsen, als er Raven in der dünnen Hose und dem die Figur nachzeichnenden Hemd vor sich sah, den tiefschwarzen Zopf bis über die Hüfte baumelnd.

»Maria Mutter Gottes!« platzte er heraus, als er abrupt stehenblieb, weshalb Geoffrey Lytton und Jason Quintrell, die ihm auf den Fersen folgten, gegen ihn prallten.

»Dimitri!« murrte Lytton. »Was zum Teufel machst du da? Merkst du denn nicht – Himmel, das darf doch nicht wahr sein!« flüsterte er, als er sah, weshalb der Erste Offizier wie angewurzelt verharrte. »Miß Barrancourt, täusche ich mich, oder sind Sie das wirklich?«

Raven holte tief und ein wenig mühsam Atem, dann lächelte sie die drei Männer mit kokett geneigtem Kopf an. »Ich bin's. Finde ich denn nicht Ihren Beifall, meine Herren?«

Die gestammelten Beteuerungen, daß sie ihnen sehr wohl gefalle, und die linkische Art, in der sie zur Tür hereindrängten, stärkten Ravens Selbstbewußtsein außerordentlich, das Charles wenige Sekunden vorher so gründlich, wenn auch unabsichtlich zerschmettert hatte.

»Unglaublich, Kapitän«, bemerkte Geoffrey Lytton leise, als er zusah, wie Dimitri die junge Frau zu ihrem Platz geleitete und ein diensteifrig um sie herumschwarwenzelnder Jason Quintrell ihr ein Glas Wein anbot. »Ich ahnte nicht, daß die indische Tracht Miß Raven so – äh – so gut stehen würde. Sind Sie auf diese Idee gekommen?«

»Nein!« knurrte Charles, und mit einem schnellen Blick erkannte der Bootsmann, daß der Kapitän mit gefährlich schmalen Augen zusah, wie Raven ausgelassen mit den Offizieren schäkerte. »Das war allein ihr Einfall, und allmählich argwöhne ich, daß er nur dazu dienen soll, mich zu verärgern.«

Dank seiner in vielen Jahren erworbenen Beobachtungsgabe entging Geoffrey Lytton der sehnsüchtige, schmerzvolle Blick nicht, mit dem Raven zu Charles hinübersah. Es wurde ihm rasch klar, daß sie sich auf Charles' Kosten hervorragend zu amüsieren gedachte. Je finsterer er dreinschaute, um so weniger Beachtung schenkte sie ihm, um so fröhlicher und ausgiebiger lächelte sie ihre anderen Tischpartner an.

Die Atmosphäre lud sich zusehends auf. Ohne Unterlaß lachte und schwatzte Raven mit leuchtenden Topasaugen und hitzig erröteten Wangen, während Dimitri und der anbetungsvolle Frachtaufseher mit einstimmten und im Laufe des Abends, als die leeren Weinflaschen sich auf dem Kabinenboden ansammelten, immer übermütiger wurden.

Je überschwenglicher sich die Offiziere gebärdeten, desto reservierter und verbissener wurde ihr Kapitän, der während der ersten Gänge überhaupt nichts sagte, nur schweigend das Weinglas zwischen den schlanken Fingern hin und her drehte und den schweren Blick nachdenklich auf Ravens lebhaften Zügen verweilen ließ.

»Wissen Sie, Miß Barrancourt«, bemerkte Geoffrey während einer Gesprächspause, der es für höchste Zeit hielt, die Stimmung ein wenig zu dämpfen, ehe Charles seiner fürchterlichen Gereiztheit Luft machen würde, »man hat mir nie genau geschildert, was Ihnen in Lahore zugestoßen ist. Dimitri erwähnte, Ihr Cousin sei getötet worden. Ich muß gestehen, daß mich seither die Angelegenheit sehr beschäftigt. Offenbar wurde weder Ihnen noch Mrs. Daniels ernsthaft Schaden zugefügt, obwohl deren Abwesenheit heute abend meines Erachtens auf ihre noch immer andauernde Erschöpfung hindeutet.«

Die Worte des Bootsmannes ernüchterten Raven schlagartig, und ein Schatten huschte über ihr Gesicht. Doch fühlte sie sich auch erleichtert, daß die Unterhaltung nun in ein ernsteres Fahrwasser steuerte, denn die Anstrengungen, ihre erzwungene Heiterkeit weiterzuspielen, ermüdeten sie. Seit ihr klargeworden war, daß Charles ihrem Flirt mit Dimitri und Jason gegenüber gleichgültig blieb, hatte ihre fieberhafte Besorgnis einen Höhepunkt erreicht.

»Meiner Meinung nach sollten wir dieses Thema nicht anschneiden«, warf Charles warnend ein und richtete sich kerzengerade auf.

»Ach, bitte«, flehte Raven, »können wir nicht jetzt darüber sprechen? Es gibt so viel, was ich Sie fragen wollte, aber es ergaben sich so wenig Gelegenheiten seit – seit unserer Rückkehr aufs Schiff.«

Charles konnte ihr diesen Wunsch nicht abschlagen. Seit ihrer Flucht hatte er in der Überzeugung, Raven würde sich schneller von ihrem Schock erholen, wenn niemand über die schlimmen Ereignisse sprach, das Thema ihr gegenüber mit Bedacht vermieden und auch Dimitri dahingehend instruiert. Doch jetzt erschien sie ihm stark genug für das, was er ihr zu sagen hatte, und zum Teufel, ihm war alles lieb, wenn er nur nicht mehr zusehen mußte, wie Dimitri und der junge Quintrell die schöne in Seide gehüllte Frauengestalt mit den Augen verschlangen.

Daß sie ihn absichtlich herauszufordern suchte, hatte er sogleich erkannt, doch ihre Gründe dafür blieben ihm während des ganzen Abends ein Rätsel. Etwa als Strafe dafür, daß er sie so grausam ihrem halbwahnsinnigen Vetter ausgeliefert hatte? Charles war überzeugt, daß Raven nicht auf Rache sann. Und doch waren ihre Bemühungen, wenn auch ihr nicht erkennbar, von Erfolg gekrönt, denn er konnte nur mühsam ruhig sitzenbleiben, während sie mit rotem Schmollmund und Raubkatzenaugen seine Offiziere becircte. Noch weniger ertrug er seine eigene Reaktion auf Ravens Sinnlichkeit, war sie nun willentlich zur Schau gestellt oder nicht; er empfand die Sehnsucht, diese weichen, geöffneten Lippen zu küssen, noch viel überwältigender als das Verlangen, Raven übers Knie zu legen und ihr den niedlichen Hintern zu versohlen.

»Was möchten Sie denn wissen?« wandte er sich gleichgültig an seinen Bootsmann, obwohl er wußte, wie sehr es Raven drängte, ihm selbst Fragen zu stellen.

»Wir hörten als letzte Informationen, daß Miß Barrancourt mit Mrs. Daniels wegen eines Darlehens zu ihrem Vetter in den Punjab aufgebrochen war«, begann Geoffrey leichthin. »Kaum vierzehn Tage später kehren Sie alle wieder zum Schiff zurück, Dimitri ergeht sich in Geschichten von Mord und Aufstand, und Sie lassen die *Orient Star* so schnell dahinsegeln, als wäre der Teufel hinter ihr her. Ich bitte um Verzeihung«, fügte er höflich hinzu, »die Mannschaft wundert sich ein wenig, was wohl geschehen ist. Wir wußten, daß sich da eine militärische Auseinandersetzung mit den Sikhs zusammenbraute, aber bei meinem Landgang wegen einiger Frachtangelegenheiten hielt ich Augen und Ohren offen, konnte jedoch nicht viel darüber erfahren.«

»Weil sich die Sikhs wahrscheinlich nicht vor Ende Dezember neu formieren, vielleicht sogar noch später«, entgegnete Charles. »Als wir Lahore verließen, wurden gerade Truppen mobil gemacht, und es sah so aus, als würde Chillianwallah höchstwahrscheinlich der nächste Schlachtplatz.«

»Aber Kapitän, in welchem Zusammenhang steht das zu dem, was Miß Barrancourt bei ihrem Vetter zugestoßen ist?« erkundigte sich Jason Quintrell neugierig.

»Wenn Sie sich daran erinnern wollen, Mr. Quintrell«, bemerkte Charles langsam und beugte sich vor, um sich Wein nachzuschenken, »der britische Gesandte in Multan wurde vergangenen Monat ermordet, was die Konfrontation zwischen der britischen Armee und den aufständischen Sikhs beschleunigte. Bedenken Sie bitte wieder, daß die Sikh-Armee trotz ihrer bewundernswerten Kampfbereitschaft ein unausgebildeter und vor allem schlecht bewaffneter wilder Haufen ist. Bestimmt würden gewisse britische Individuen ohne jede Rücksicht, ob der Punjab annektiert wird oder nicht, schnell durch Waffenlieferungen an die Rebellen Kapital schlagen wollen.«

»Völlig absurd!« rief Jason Quintrell. »Welcher Brite würde einen derartigen Verrat in Erwägung ziehen?«

Charles zuckte die Schultern. »Wie sich herausstellte, ein Mensch, der in tiefe Armut und Verzweiflung gesunken war, dem die Opiumsucht jeden Rest von Selbstachtung geraubt hatte und der die Gelegenheit, zu Geld zu kommen, weitaus wichtiger fand als die Belange der John Company und selbst Großbritanniens.«

»Mein Gott – Phillip!« hauchte Raven so leise, daß nur Charles es hörte. »Also davon sprach Ahmed in jener Nacht«, fuhr sie ungläubig fort. »Damals ergab das Ganze für mich keinen Sinn, erst jetzt. Phillip hat sich für Gewehre bezahlen lassen, die er nie zu liefern gedachte, und das Geld für weitere Opiumkäufe verwendet, nicht wahr?«

Charles nickte. »Allerdings beabsichtigte Phillip, die Waffen tatsächlich herbeizuschaffen. Er ahnte ja nicht, daß Major Wyandotte, sein Lieferant, ihn hinterging. Wyandotte benutzte ihn als Faustpfand in seinem Plan, die Sikhs in der Übergabenacht aus dem Hinterhalt anzugreifen und sich so eine ordentliche Belohnung zu erwirken.«

»Was folgendes bedeutet, mein Kleines«, fügte Dimitri hinzu, »nachdem die Sikhs den Betrug erkannt hatten, war es nur natürlich, daß sie in die Khanapur-Siedlung eindrangen, um sie zu plündern und Ihren Vetter umzubringen. Wir schwebten in jener Nacht niemals in wirklicher Gefahr, weil sie hinter Phillip, nicht hinter uns her waren.«

»Aber in dem Chaos hätten sie auch uns töten können.« Raven erschauerte.

Mit gespielter Gleichgültigkeit zuckte Charles wieder die Schultern, obwohl ihre Blässe ihn beunruhigte. »Das lag durchaus im Bereich des Möglichen, deshalb flüchteten wir auch so überstürzt. Ich war mir nicht sicher über die weiteren Auswirkungen, aber die ganze verfluchte Angelegenheit dürfte die nächste militärische Konfrontation kräftig beschleunigen.«

Raven wandte das Gesicht ab. Charles wußte, daß sie jetzt an die Prügel dachte, die Phillip ihr verabreicht, und das grausame Schicksal, das er ihr als seiner Ehefrau zugedacht hatte. Die kantige Kinnpartie bedrohlich angespannt, rang er mit dem überwältigenden Verlangen, sie tröstend in die Arme zu nehmen. Da er Geoffrey Lyttons graue Augen nachdenklich auf sich ruhen fühlte, stand er jäh auf, schritt durch die Kabine und bückte sich, um den Deckel der Seemannstruhe zu öffnen. Mit einem unförmigen Gegenstand kehrte er, die Augen aller Gäste mit einer Ausnahme auf sich ziehend, an den Tisch zurück. »Erinnern Sie sich daran, Raven?«

Beim Klang seiner tiefen Stimme blickte sie auf und sah ihn vor sich stehen, ein in safranfarbenen Musselin gewickeltes Bündel in den Händen. »Ich habe es für Sie aufbewahrt«, sagte er so zärtlich, als wäre er mit ihr allein.

Während er Raven den sonderbaren Gegenstand überreichte, streiften sich zufällig ihre Finger, und sie zuckte zurück, bestürzt über das Beben, das ihren Körper erfaßte. Sie versuchte, ihre Nervosität zu verbergen, als sie das Bündel vor sich auf den Tisch legte, aber ihre Finger zitterten. Ungeschickt nestelte sie an der Juteschnur herum.

»Lassen Sie mich helfen«, bot Charles an. Über ihre Schulter gebeugt, die schmale Wange nahe der ihren, löste er die Knoten und zog die Verpackung beiseite, um ein chinesisches Ingwergefäß aus hauchdünnem Porzellan mit handgemalten Figuren und kompliziertem Muster aus gebranntem Siena, Smaragdgrün und Indigoblau zu enthüllen.

»Darf ich einen Blick darauf werfen?« bat Geoffrey höflich.

Raven nickte und beobachtete den Bootsmann gespannt, als er das Gefäß hochhob und sorgsam die Unterseite prüfte. Er nahm den Deckel ab, spähte hinein und stellte es dann behutsam wieder auf den Tisch. »Es ist alt und nach meiner Ansicht recht kostbar. Sie müssen es von einem Fachmann schätzen lassen, um seinen wahren Wert zu erfahren«, fügte der Seemann mit Oxford-Ausbildung hinzu. »Meines Erachtens wird es kein Vermögen wert sein, aber Sie wären unklug, wenn Sie es nicht an einem sicheren Ort verwahrten.«

»Dann ist es einerlei«, meinte Raven matt, die hinter den Augen einen zunehmenden Druck, den Vorboten schlimmer Kopfschmerzen, spürte. »Wenn es nicht fünfzigtausend Pfund einbringt, nützt es mir wenig.«

»Vermutlich dürften Sie dafür erheblich weniger erhalten«, teilte ihr Geoffrey bedauernd mit. »Es tut mir leid.«

Sie schenkte ihm ein trauriges Lächeln. »Trotzdem vielen Dank.«

»Raven, Sie wirken erschöpft.« Charles schaute sie besorgt an. »Sollte ich Sie nicht besser zu Ihrer Kajüte bringen?«

Alle erhoben sich ritterlich mit ihr, äußerten ihr Bedauern und wünschten eine gute Nacht. Als sie schwankte, hielt Charles, der neben ihr stand, sie am Ellbogen fest. »Raven, fühlen Sie sich wohl?«

Sie schüttelte seine Hand ab und sah ihn trotzig an. »Selbstverständlich. Das kommt nur vom Wein. Ich habe wohl etwas zuviel getrunken.« Sie wandte sich vom Tisch ab, aber ein neuerlicher Schwindelanfall überwältigte sie, und diesmal mußte Charles schnell zupacken, damit sie nicht stürzte. Behutsam hob er Ravens schlaffe Gestalt hoch und bettete sie auf die Koje.

»Ist sie verletzt?« fragte Dimitri und drängte sich heran. »Was ist mit unserer Kleinen geschehen?«

»Geh einen Schritt zurück, sie bekommt sonst ja gar keine Luft!« fuhr Charles seinen Ersten Offizier heftig an.

»Ich hole Mrs. Daniels«, erbot sich Jason in der Überzeugung, daß einer bewußtlosen Dame die Dienste einer anderen Frau am hilfreichsten wären.

»Komm, Dimitri, wir gehen besser an Deck«, drängte

Geoffrey, der aufmerksam verfolgte, wie Charles sich beunruhigt über Ravens hingestreckte Gestalt beugte. »Sie erweisen ihr den größten Gefallen, wenn Sie sie jetzt allein lassen.«

Der Russe warf Charles einen schnellen, um Bekräftigung heischenden Blick zu, der aber schien ihn gar nicht wahrzunehmen. Widerwillig ließ sich Dimitri vom Bootsmann aus der Kajüte führen, während Charles mit unendlicher Zärtlichkeit die glänzenden Schläfenlocken aus Ravens Stirn strich.

»Wie ist das passiert, Kapitän?« Dannys Stimme klang forsch und gebieterisch, als sie hereinrauschte, sich die Ärmel aufkrempelte und dem besorgten Jason Quintrell die Tür vor der Nase zuschlug.

»Sie ist einfach ohnmächtig geworden«, erwiderte Charles, der sich jetzt aufrichtete und ihr seinen Platz neben der Koje überließ.

Danny legte die Hand auf Ravens heiße Stirn. »Hat sie über Bauchschmerzen geklagt? Über Kopfweh? Übelkeit?«

»Nein.«

»Hm, hat sie dann vielleicht zuviel getrunken?« bohrte Danny weiter, der die Batterie von leeren Weinflaschen auf dem Tisch und dem Plankenboden nicht entgangen war.

»Nicht soviel, als daß sie gleich in Ohnmacht fallen müßte«, knurrte Charles. »Sie erschien mir heute abend blaß und unruhig, aber Raven ist nicht vom nervösen Schlag.«

»Mit Sicherheit nicht«, pflichtete Danny ihm bei. »O Gott!« rief sie aus, als sie der reglosen Raven die Decken fortzog. »Was um Himmels willen hat sie denn an?«

»Sie sah wunderschön darin aus«, sagte Charles liebevoll.

Die Gouvernante warf ihm einen scharfen Blick zu. »Raven schaut immer wunderschön aus, ganz egal, was sie gerade trägt, und sie braucht ganz sicher keine unschickliche, halbdurchsichtige Hose, um Sie, Kapitän, zu bezaubern!«

»Hat sie die deshalb angezogen?« fragte Charles bestürzt.

»Das sollten Sie doch wohl am besten wissen, Kapitän!« erwiderte Danny verächtlich. »Na, na, jetzt hören Sie auf, so um sie herumzutanzen, sie stirbt schon nicht!« Sie stand auf und schlug viel energischer vor, als Charles ihr das zugetraut hätte: »Warum warten Sie nicht lieber draußen?«

Danny atmete auf, als sich leise die Tür hinter dem breitschultrigen Kapitän schloß. Zweifellos würde er voll Ungeduld im Korridor stehenbleiben, bis sie ihn hereinholte. Es sah Charles St. Germain gar nicht ähnlich, einer solchen Aufforderung bereitwillig Folge zu leisten, selbst wenn eine nette alte Frau sie freundlich geäußert hatte. Aber vielleicht hatte er ein wenig von ihrer inneren Not gespürt.

Besorgt setzte sich Danny neben ihre junge Herrin und hoffte, diese würde bald wieder zu sich kommen.

Die Wartezeit erschien ihr endlos, bis Raven sich schließlich rührte und lautlos die weichen Lippen bewegte. Sie schlug die goldbraunen Augen auf und erkannte verschwommen ein vertrautes Gesicht, das sich über sie neigte. »Charles?« hauchte sie unsicher.

»Ganz ruhig, Liebes, ich bin's – Danny.« Die runden Finger schlossen sich beruhigend um Ravens Hand.

Raven blinzelte, bis das faltige Gesicht vor ihren Augen an Schärfe gewann. »Ach, Danny, du«, seufzte sie. »Was ist geschehen?«

»Sie sind in Ohnmacht gefallen, meine Liebe, nichts weiter«, flötete Danny besänftigend. »Jetzt bleiben Sie ein wenig liegen und kommen wieder zu Kräften, dann hole ich Kapitän St. Germain, damit er Sie in Ihre Kajüte trägt.«

»Charles?« wiederholte Raven und schaute sich suchend in der dunklen Kabine um. »Wo ist er?«

»An Deck gegangen. Er erklärte mir, Sie seien einfach umgekippt.«

Raven nickte schwach. »Ja, das ist wohl passiert. Ich weiß noch, daß ich mich mit Dimitri und Mr. Lytton unterhielt, und dann wurde mir plötzlich schwarz vor Augen.«

Danny strich zärtlich über den glänzenden Zopf auf Ravens Schulter. »Vorher war Ihnen noch nie übel gewesen, Liebes?«

»Nein, höchstens ein wenig«, antwortete Raven und runzelte die Stirn, als sie sich zu erinnern suchte.

»Und Sie sind bis jetzt auch nie in Ohnmacht gefallen?«

Diese Fragen verblüfften Raven. »Du kennst mich doch gut genug, Danny. Ich bin nie im Leben ohnmächtig geworden! Es kommt vom Wein oder von der Einladung überhaupt.« Sie starrte auf die schmalen Hände, mit denen sie fast krampfhaft die Decke umklammerte. »Ich wollte so sehr... Charles und ich...« Sie verstummte und biß sich auf die Lippen. »Vielleicht habe ich mich zu sehr bemüht.«

»Denken Sie nicht daran«, bat Danny sanft und tätschelte ihr die kalte Hand. »Sie sollten jetzt über etwas anderes nachdenken.« Die braunen Augen schauten plötzlich sehr ernst. »Miß Raven, erinnern Sie sich, wann Sie das letzte Mal Ihre Monatsbeschwerden hatten?«

»Das weiß ich ganz genau – drei Tage, ehe wir in Bombay anlegten. Ich fühlte mich sehr schlecht, als wir an Land gingen.«

Danny fiel der Unterkiefer herunter. »Und seither, Miß Raven? Seitdem hatten Sie sie nicht mehr?«

»Nein«, erwiderte Raven schnell und hielt dann inne. »Das heißt, ich glaube nicht... Nun, bei all den Aufregungen muß ich es einfach vergessen haben.« Sie schaute in das vertraute Gesicht der alten Frau, und die Wahrheit, die sie in den müden Augen las, versetzte sie in Schrecken. »Ganz bestimmt hatte ich meine Tage!« Doch so sehr sie ihr Gedächtnis auch bemühte – ihre Monatsbeschwerden hatten sie zuletzt an Bord der *India Cloud* geplagt, ehe sie mit Danny auf der *Orient Star* den Indus hinabgefahren und ehe sie Charles St. Germain geliebt hatte. »Gott im Himmel!« flüsterte sie. Alle Farbe wich aus ihren Wangen, und sie wirkten noch fahler als zuvor.

»Sie tragen sein Kind unter dem Herzen, Miß Raven. Davon bin ich überzeugt.«

Raven schloß die Augen, hinter ihren Lidern brannten Tränen. Was sollte sie jetzt tun? Wenn Charles das herausfand, würde er auf einer Heirat bestehen, denn er war bestimmt viel zu stolz, um sich der Verantwortung zu entziehen. Das konnte sie nicht zulassen, lieber würde sie sterben als sein Mitleid, seinen Namen annehmen, nur um das Kind, das sie erwartete, zu legitimieren.

»Weinen Sie nicht, mein Schatz«, murmelte Danny angesichts der Tränen, die Raven lautlos vergoß. »Das ist doch ein wahrer Segen! Ich weiß, wie sehr er sie liebt, und wenn er entdeckt, daß Sie...«

»Das wird er nie erfahren!« rief Raven. Fiebrig leuchteten die Augen in ihrem blassen Gesicht auf. »Du darfst ihm nichts davon erzählen, Danny, niemals!«

»Aber Miß Raven, warum nicht?« wollte Danny bestürzt wissen.

»Ich heirate ihn nicht, nur um ihm die Kränkung zu ersparen, einen Bastard gezeugt zu haben! Und wieso bist du dir so sicher, daß er mich zur Frau nehmen würde? Du weißt doch, wie gefühllos er sein kann! Stell dir vor, er sorgt dafür, daß ich das Baby verliere? Das wäre doch die einfachste Lösung für ihn, oder?«

»Reden Sie nicht so, Miß Raven«, flehte Danny. »Ich sehe schon, wie sehr Sie das nach all Ihren schrecklichen Erlebnissen durcheinanderbringt, aber Kapitän St. Germain ist ein guter Mensch und wird zu Ihnen halten. Er wird alles tun, damit Ihnen und dem Kleinen nichts abgeht.«

»Das ist es ja gerade«, sagte Raven verzagt. Bitterkeit und Verzweiflung stiegen in ihr wie Galle in die Kehle. »Seine Barmherzigkeit, sein Mitleid, sein Name können mir gestohlen bleiben. Du sagst, er liebt mich, aber woher willst du das so genau wissen? Er hat mir seine Liebe nie gestanden, und selbst wenn er es jetzt täte, dann nur, weil ich sein Kind unter meinem Herzen trage!«

Sie drehte das Gesicht zur Wand und weinte leise, während Danny im Bewußtsein, daß sie ihre junge Herrin mit keinem Wort trösten konnte, die Hände ineinanderschlang. In ihrem allzu großen Stolz wollte Raven den Antrag ausschlagen, den Charles St. Germain ihr nach Dannys Überzeugung mit reinem und aufrichtigem Gewissen machen würde.

»Miß Raven, bitte«, flehte sie, als das Schluchzen nicht enden wollte, »Kapitän St. Germain kommt in wenigen Sekunden zurück, wenn Sie ihm die Wahrheit sagen, wird er bestimmt...«

»Nein!« stöhnte Raven und wandte sich mit rotgeweinten Augen zu ihr. »Ich will ihn nicht sehen! Nie wieder!« Sie sprang von der Koje, flüchtete aus der Kajüte und knallte die Tür hinter sich zu.

Als Charles nicht einmal zehn Minuten später voll Ungeduld zurückkehrte, sah er mit Bestürzung Danny hilflos vor der leeren Koje sitzen. »Wo zum Teufel steckt Raven?« fragte er.

»Sie ist in ihre Kabine gegangen.«

»Fühlt sie sich besser?« erkundigte sich Charles und beobachtete die alte Frau scharf. Als er das nervöse Zittern ihrer Unterlippe bemerkte, unterdrückte er einen Fluch und schritt zur Tür.

»Kapitän, warten Sie.«

Seufzend drehte sich Charles um, während Danny zu ihm eilte und eindringlich in sein Gesicht schaute. »Bitte, lassen Sie Miß Raven allein, Kapitän, das dürfte im Moment das Beste für sie sein.«

»Warum?« fragte Charles skeptisch. »Ist sie krank?«

»Ein bißchen überanstrengt«, erklärte Danny mit einem beschwichtigenden Lächeln. »Junge Frauen können bisweilen so übernervös sein, wenn Sie verstehen, was ich meine.«

»Ich verstehe genau, was Sie sagen wollen«, entgegnete Charles knapp, »und ich glaube Ihnen kein Wort, zumindest nicht, was Raven betrifft. Ich schaue selbst nach ihr.«

Nicht Ärger veranlaßte Charles zu seinem ernsten Gespräch mit Raven, sondern die Sorge, die in ihm nagte, seit ihn Danny aus seiner Kabine gewiesen hatte. Da er Ravens körperliche Konstitution und Veranlagung kannte, war er sicher, daß ihr eine ernsthafte Krankheit die Besinnung geraubt hatte. Wenn nun ihre gegenwärtige Verfassung einen Arztbesuch erforderte? Beunruhigt schluckte er. Karachi war ein einfacher Fischerhafen, hier gab es keinerlei neuzeitliche Einrichtungen, geschweige denn jemanden mit fundierten medizinischen Kenntnissen.

Die Not beschleunigte seine Schritte, energisch schlug er mit der Faust an Ravens Kajütentür. »Raven?« rief er. »Ich bin's – Charles. Darf ich hereinkommen?«

Er bekam keine Antwort und klopfte wieder, diesmal noch nachdrücklicher. Nun verlor er endgültig die Geduld, riß die Tür auf und erwartete, daß Raven ihm mit blitzenden Raubkatzenaugen und wütendem Protest auf der Schwelle entgegentrat. Zu seiner Überraschung fand er die Kabine leer vor.

»Danny!« brüllte er zur Tür hinaus, worauf die alte Frau mit angstbleichem Gesicht herbeieilte. »Sagten Sie nicht, Raven hätte sich in ihre Kabine zurückgezogen?« knirschte er und zeigte mit einer ungestümen Geste in den dunklen Raum. »Wo zum Teufel ist sie denn?«

»Keine Ahnung, Kapitän«, stammelte Danny.

Seine Lippen preßten sich zu einem Strich zusammen, und er stürmte an der zitternden Danny vorbei, riß die Tür zu ihrer Kajüte auf und warf einen kurzen prüfenden Blick hinein. »Verflixt, was ist mit ihr passiert?« stieß er leise hervor.

»Towarisch, worüber regst du dich so auf?« wollte Dimitri wissen, der mit einer Laterne in der Hand den Flur herunterlief. »Kristos! Geht es Raven noch immer nicht besser?«

»Anscheinend schon«, schnauzte Charles ihn an, »sonst würde sie nicht auf Deck herumspazieren.«

»Auf Deck«, wiederholte Dimitri verdutzt.

»Ja, hier unten ist sie nicht«, gab Charles finster zurück.

»Dann schaust du besser noch mal nach«, sagte Dimitri sachlich, »weil Hagen und ich soeben vom Rundgang kommen und die Kleine oben nicht gesehen haben.«

Charles' aristokratische Züge erstarrten. »bei Gott, *du* siehst besser noch mal nach, Sergejew, denn wenn du sie nicht findest, kriegst du mitsamt der restlichen Wache einen gewaltigen Anpfiff von mir, verstanden?«

Die Suche war kaum länger als eine Viertelstunde im Gange, als ein aufgeregter junger Matrose zum Kapitän beordert und grob bedrängt wurde, bis er zugab, vor weniger als einer Stunde eine junge Frau in Punjabi-Tracht beim Verlassen des Schiffes beobachtet zu haben. Auf weiteres unsanften Nachfragen fügte er unverzüglich hinzu, sie sei über den Kai in Richtung Stadt gerannt. Und er stammelte furchtsam, er habe sie für eine Einheimische gehalten, von einem der Männer an Bord geschmuggelt, und deshalb nicht daran gedacht, Alarm zu schlagen. Angstschlotternd und schweißgebadet konnte der junge Kerl dem Kapitän, dessen markante Züge eine fast dämonische Unbarmherzigkeit annahmen, kaum offen ins Gesicht sehen. In der Erwartung, man würde ihm auf der Stelle kündigen, konnte er nur mit offenem Mund vor sich hin starren, als der Kapitän sich ohne weiteres Wort auf dem Absatz umdrehte und, den verbissen schweigenden Dimitri Sergejew im Schlepptau, auf die Gangway zusteuerte.

Erst im fahlen Morgengrauen kehrte der Suchtrupp erschöpft auf das Schiff zurück. Charles, der die ganze Nacht in der schlafenden Stadt mit fieberhafter Suche verbracht hatte, hörte sich an, was ihm seine bekümmerte Mannschaft über ihre Fehlschläge berichtete. Die abschließenden Worte des entmutigten Geoffrey Lytton hallten dunkel in seinem Herzen nach. »Ich kann mir nicht vorstellen, wohin Miß Raven gelaufen sein könnte«, teilte ihm der erschöpfte Waliser mit, als sie einander auf dem Hauptdeck trafen, während sich der kalte Winterhimmel über ihnen sich erst kupfern, dann golden färbte. »Sie ist wie vom Erdboden verschluckt.«

Raven erwachte in völliger Dunkelheit. In ihren Ohren rauschte es, helle Blitze leuchteten vor ihren Augen auf, und vornübergebeugt hielt sie sich den Bauch, bis die Woge schwindelerregender Übelkeit abgeebbt war. Dann legte sie sich keuchend zurück, die glatte Stirn mit Schweißperlen bedeckt. Ihr Kopf schmerzte abscheulich, und ihre Zunge fühlte sich ausgedörrt und geschwollen an. Als sich ihr jagender Puls verlangsamte, wich der Schwindel, und sie konnte sich aufsetzen. Sie strengte die Augen an, um im Dunkel etwas zu erkennen.

Was war geschehen, seit sie heute nacht die *Orient Star* verlassen hatte? Hatte sich das überhaupt in dieser Nacht ereignet? Wie sollte sie das wissen in dieser schauderhaften Schwärze, die noch finsterer als jene in Cornwall war, wenn sich das Dunkel über die See senkte und weder Mond noch Sterne am Himmel standen?

Mühsam, mit schmerzendem Kopf, zwang sie sich, an die letzten Geschehnisse zu denken, die sie noch deutlich vor Augen hatte. Sie rief sich die Abendeinladung in Charles' Kajüte ins Gedächtnis zurück, das im Kerzenschein funkelnde Silber und Kristall.

Wie gut hatte Charles in seinem taubengrauen Jackett und den gleichfarbigen Kniehosen ausgesehen, wie kampflustig war er ihrem herausfordernden Blick begegnet... Sie hatte mit Dimitri und Jason geschäkert, in der verzweifelten Hoffnung, dem Kapitän irgendeine Reaktion zu entlocken, und dann war sie ohnmächtig geworden, einfach bewußtlos zu Boden gesunken, weil – weil sie Charles St. Germains Kind unter dem Herzen trug.

Ein leises Stöhnen entrang sich ihren fest zusammengepreßten Lippen. Diese Entdeckung hatte sie völlig aus der Fassung gebracht. Überzeugt, Charles würde sie zur Ehe zwingen, nur um dem Kind seinen Namen zu geben, hatte sie sich eingeredet, lieber sterben als einen Mann heiraten zu wollen, den sie zwar über alles liebte, der sich aber nichts aus ihr machte. Hatte ihr seine Gleichgültigkeit gestern abend nicht ein für allemal bewiesen, daß sie ihm nichts bedeutete?

Als ihr heiße Tränen über ihre Wangen strömten, zwang sich Raven, nicht mehr an Charles zu denken, sondern sich auf die Vorfälle nach der Einladung zu konzentrieren. Sie erinnerte sich, daß sie Danny angeschrien hatte, sie werde Charles' Mitleid nie annehmen, daß sie aus seiner Kajüte geflüchtet war. Blindlings rannte sie in die Nacht hinaus, weil ihr die vertrauten Räumlichkeiten der *Orient Star* plötzlich unerträglich erschienen. Wie ein Gespenst wanderte sie durch die dunklen, verwinkelten Straßen von Karachi, machte einen Bogen um kläffende Köter und auf Türschwellen schlafende Bettler, bis sie sich der Gefahr, in die sich so leichtsinnig begeben hatte, bewußt wurde.

Bei dem Versuch, zum Schiff zurückzukehren, verirrte sie sich hoffnungslos, über den Dächern konnte sie die Masten der wenigen vor Anker liegenden Schiffe hoch aufragen sehen, aber das Labyrinth verwinkelter Gassen öffnete sich nicht zum Wasser hin, gleichgültig, wie nahe sie auch herankam. Müde und verängstigt hatte sie sich auf einem Marktplatz zum Verschnaufen neben einen Brunnen gesetzt, der Stille der Nacht und dem Rauschen des Windes in den knorrigen Bäumen gelauscht.

Das Geräusch eines Steinchens, der aus der Wand hinter ihr bröckelte, hatte sie herumschnellen lassen, aber da war nichts gewesen. Nein, stellte Raven fest, das stimmte nicht. Sie hatte etwas gesehen, aber was? Eine Hand, dämmerte es ihr verschwommen, eine Hand, die körperlos aus der Finsternis hervorzuschießen schien, sich auf ihren Mund preßte, ihr einen dunklen Sack so fest über das Gesicht zog, daß sie fast erstickte, als sie zu schreien versuchte und die unsichtbaren Finger, die sie hielten, zerkratzte... Immer schwächer war sie geworden, bis samtene Schwärze sie endlich umfangen hatte...

Erschauernd rutschte Raven aus der staubigen Ecke, in der sie sich zusammengekauert hatte. Sie konnte sich zwar erinnern, was ihr zugestoßen war, aber wie erklärte dies ihren derzeitigen Aufenthaltsort? Und wer hatte sie entführt? Sie nahm allen Mut zusammen und begann eine systematische Durchsuchung des dunklen Verlieses, tastete den schmutzigen Lehmboden ab, bis sie erkannte, daß der Raum sehr klein war und keine irgendwie gearteten Öffnungen erwies.

Von gräßlichem Entsetzen gepackt, glaubte sie in einer Gruft gefangen zu sein, und erschrak dann abermals heftig, als sie von draußen ein Geräusch vernahm. Dicht an die Wand gepreßt, hielt sie den Atem an und lauschte, duckte sich, als es am anderen Ende des pechschwarzen Raums dumpf polterte. Sie brauchte eine Sekunde, um festzustellen, daß Stein auf Stein fiel. Plötzlich zerteilte ein Lichtstrahl das Dunkel und enthüllte, daß eine schwere, nach oben spitz zulaufende Tür mühsam aufgestemmt worden war.

Eine mißtönende tiefe Stimme äußerte etwas in einer Sprache, die Raven nicht verstand, und sie wagte nicht zu atmen, als das flackernde Laternenlicht den Schemen eines riesigen Mannes offenbarte, der eine Kapuze und ein weißes, wallendes Gewand trug.

Schwarze stechende Augen fixierten sie feindselig, während die von einer klauenartigen Hand hochgehobene Laterne sie beleuchtete. Die schnarrende Stimme wiederholte die unverständlichen Worte, und diesmal hörte Raven einen herrischen Befehl heraus. Sie stand auf, trat zögernd vor, und der sie überragende, weißgekleidete Mann packte sie am Arm und schleifte sie nach draußen.

Dort erwartete sie ein zweiter Mann, der Raven sogleich eine dichte Bourka über den Kopf warf, durch deren schmale Augenschlitze sie fast nichts sehen konnte. Dennoch gelang es ihr, einen flüchtigen Blick auf ihr Gefängnis zu erhaschen, bevor sie einen dunklen Flur hinuntergetrieben wurde. Ihre

Furcht, in einer Gruft eingeschlossen zu sein, war nicht ganz unbegründet. Flache Steinstufen führten zu einem kleinen Gebetsraum aus altersschwachem, bröckeligem Sandstein, dem unterirdischen, fensterlosen Verlies mit dicken, undurchdringlichen Wänden, wo man sie gefangengehalten hatte. Während sie dahineilte, stolperte Raven über den Saum ihrer langen Bourka, worauf der hakennasige Mann in weißem Gewand sie hochriß und grob anfuhr, dann zerrte er sie noch schneller hinter sich her.

So unvermittelt, daß es ihr den Atem verschlug, traten sie ins Freie, am tiefindigoblauen Himmel über ihnen funkelten unzählige Sterne. Raven, die ein wenig durcheinander war, zögerte erst, aber ihr Entführer war sofort zur Stelle und stieß sie rücksichtslos vorwärts. Trotz aller Bemühungen konnte sie durch die Augenschlitze der leichentuchähnlichen Bourka nichts außer den vagen Umrissen alter, halbverfallener Gebäude erkennen. Unter ihren leichtbesohlten Schuhen fühlte sich die Straße hart und steinig an, aber nach wenigen Minuten vernahm Raven das dumpfe Echo von Holz unter den Füßen. Ihr Herz klopfte schneller. Befanden sie sich etwa auf den Kais? Als sie um sich herum leises Plätschern hörte, spürte sie Hoffnung in sich aufsteigen. Vielleicht lag die *Orient Star* oder ein anderes englisches Schiff in der Nähe vor Anker. Wenn sie laut genug schrie, müßte sie doch jemand hören.

Als Raven gerade tief Luft holte, um sie in einem schrillen Hilferuf wieder anzustoßen, stach ihr etwas Hartes, Spitzes schmerzvoll zwischen die Rippen. Sie wußte, auch ohne hinzuschauen, daß der große, schwarzäugige Mann eine Messerspitze zwischen die Bourkafalten gestoßen hatte, und der Atem wich in einem resignierten Aufschluchzen aus ihren Lunge. Sekunden später spürte sie unebene Planken unter den Füßen und wußte, daß man sie eine Gangway hinaufführte. Großer Gott, wohin schaffte man sie?

Stimmen drangen in der stillen Nachtluft herüber, aber die Worte waren Raven nicht vertraut. Durch die Augenschlitze sah sie ein paar Männer neben dem Ruderhaus des kleinen Beiboots herumlaufen, auf das man sie gebracht hatte, alle in ähnlich wallende Gewänder wie ihr Entführer gekleidet. In den vergangenen Wochen hatte sie soviel Urdu und Punjabi gehört, um diese Sprachen zu erkennen, aber der Dialekt, in dem diese Männer sich unterhielten, war ihr absolut fremd. Niemand beachtete sie, als sie kurzerhand eine Falltür hinuntergestoßen, der Deckel über ihr zugeknallt und versperrt wurde. Als sie auf ihren Knien landete, verwickelte sich die Bourka, so daß der grobe Stoff ihr das Gesicht zerkratzte.

Raven lag in einem zusammengedrückten, übel stinkenden Heuhaufen, und Tränen des Schmerzes und der Angst stiegen ihr in die Augen. Über ihr, an Deck, kam geschäftiges Treiben auf – polternde Schritte, unverständliche Schreie, das Losmachen der Segel. Einige Augenblicke später spürte sie, wie sich das Deck nach Steuerbord legte, und das vertraute Knarren des Spantenwerks verriet ihr, daß man die Vertäuungen gelöst hatte und in See stach. Lieber Gott, dachte sie stöhnend, wohin fahren wir, und wer hat mich hierherverfrachtet?

Nie im Leben hatte sie sich mehr gefürchtet, sich einsamer gefühlt; die Tränen strömten schneller, als sie sich wünschte, von Charles' schützenden starken Armen umschlossen zu werden. Ob er sich wohl Sorgen um sie machte? Angenommen, er hatte einen Suchtrupp nach ihr ausgeschickt? Ein lautes, beinahe hysterisches Lachen brach aus ihr hervor. Selbst wenn sich Charles auf die Suche nach ihr begeben hatte, würde ihm das nichts nützen, da man sie wie Frachtgut im pechschwarzen Laderaum irgendeines fremden Schiffes verstaut hatte und ihre Entführer, ihr Aufenthaltsort, ihr Ziel völlig unbekannt waren.

Ein lauter, durch die dicken Planken über ihrem Kopf etwas gedämpfter Schrei ließ Ravens Tränenstrom schlagartig versiegen. Das nasse Gesicht ins Dunkel gereckt, lauschte sie und konnte einen Antwortruf aus größerer Entfernung vernehmen. Man hatte wohl die Segel gerafft, denn sie spürte deutlich das Schaukeln des dahintreibenden Bootes und den Sog der Wellen unter sich. Wasser schlug gegen den Rumpf, Fußstapfen waren an Deck zu hören, begleitet von unverständlichen Schreien.

Plötzlich wurde die Falltür aufgestoßen, und Raven rappelte sich hoch, als dieselbe mißtönende Stimme, die sie schon im Gebetsturm gehört hatte, ihr schneidend etwas zurief. Widerstrebend näherte sie sich der Luke und spähte in das dunkle, unfreundliche Gesicht. Ihr Entführer beugte sich nieder, streckte die Hände nach ihr aus und knurrte einen barschen Befehl. Als Raven zögerte, wiederholte er ihn, in noch bedrohlicherem Ton, und ergeben hob sie die Arme, damit er sie mühelos aufs Deck ziehen konnte.

Während sie sich die Handgelenke rieb, schaute sie rasch umher, froh, daß sie die beengende Bourka unten gelassen hatte. Der Morgen dämmerte, im Osten färbte sich der Horizont silbern hinter dem samtblauen Nachthintergrund, und im schwachen Licht sah sie, daß sie sich auf See befanden, das Festland nur mehr als dunkler Streifen hinter dem Heck des Beiboots auszumachen war. Dann starrte sie erschrocken auf den riesigen Rumpf eines Segelschiffs, das vor ihr im Dunkeln aufragte.

Am Bug des Beiboots flammte ein Lichtsignal auf, und Enterhaken wurden angelegt, so daß der winzige Kahn neben dem gewaltigen Frachtschiff auf und ab tanzte. Dann ließ man Enterleinen herunter, und Raven schrie auf, als der Mann im weißen Kaftan sie grinsend mit dem Messer vorwärtszwang.

Er bedeutete ihr, eine Strickleiter hinaufzusteigen, aber Raven sträubte sich aus Furcht vor der Höhe und den offenbar wenig hilfreichen Haltegriffen. Ihr Entführer gestikulierte abermals, ungeduldiger diesmal, aber sie schüttelte benommen den Kopf, die goldbraunen Augen weit aufgerissen, das schmutzige Gesicht ganz bleich. Fluchend packte der Riese sie um die Taille, hob sie hoch und klemmte sie sich ohne weiteres unter dem Arm. Mit affenartiger Behendigkeit erklomm er das Fallreep, bis Raven, der das Herz bis zum Hals schlug, einer grinsenden Besetzung übergab, die seinen Aufstieg über die Schandeckel verfolgt hatte.

Jemand packte sie an den Haaren, während sie verwirrt an der Reling stand, schleifte sie brutal über das arg verwitterte Deck und stieß sie grob eine Falltür hinunter in einen ebenso dunklen und widerlich stinkenden Laderaum wie zuletzt. Mühsam richtete sie sich auf und ahnte instinktiv, daß sie nicht allein war. In der Finsternis, die sie umgab, hörte sie leises, rauhes Stöhnen und fühlte zahllose Augenpaare, als wäre der Frachtraum voller unsichtbarer Gefangener. Auch roch sie den scharfen Gestank von Schweiß und Angst, und sie drängte die aufsteigenden Tränen zurück aus Furcht, durch ihr Weinen auf sich aufmerksam zu machen.

Sie kauerte sich in der Dunkelheit nieder, zu ängstlich, um einen bequemeren Platz zu suchen, lauschte auf die Geräusche menschlichen Leids ringsum und fragte sich, wie viele andere bedauernswerte, elende Geschöpfe dies Gefängnis mit ihr teilen mochten.

14.

Zwei Nächte und einen Tag lang hatten Charles und seine Leute verzweifelt Raven Barrancourt gesucht, die sich in der Dunkelheit der Nacht davongeschlichen hatte, um nicht mehr wiederzukehren.

Zunächst raste Charles vor Wut, als er von Ravens Verschwinden erfuhr, und sein Zorn versetzte seine treue Mannschaft in Schrecken. Dann bekam er es mit der Angst zu tun, und als die Zeit unbarmherzig verstrich und Raven noch immer vermißt wurde, wuchs in seinem Herzen die betäubende Gewißheit, daß man sie nicht mehr lebend aufspüren würde. Während seine Leute die Straßen und Gassen durchstöberten, die Einwohner befragten und auch in der ländlichen Umgebung suchten, zog sich Charles zum Nachdenken in seine Kajüte zurück. Allmählich wurde ihm klar, daß Raven sich längst wieder an Bord eingefunden hätte, wäre sie nicht einem Verbrechen zum Opfer gefallen, und diese Erkenntnis trieb ihm den kalten Schweiß aus allen Poren.

»Kapitän?«

Charles sah die aufgeregte Danny in der Tür stehen. Der Anblick ihres unglücklichen Gesichts betrübte ihn, und er führte sie rasch zu einem Stuhl, ehe die schlotternden Knie unter ihr nachgaben. Seit Ravens Verschwinden war sie ungeheuer gealtert, die einst so fröhlichen braunen Augen waren nun leblos und vom ständigen Weinen gerötet. Charles schenkte ihr einen Cognac ein und bestand darauf, daß sie ihn trank.

»Ich wollte Sie nicht belästigen«, beteuerte sie, nachdem sich ihr Hustenanfall gelegt und die hochprozentige Flüssigkeit einen Hauch von Farbe auf ihre bleichen Wangen gezaubert hatte, »aber ich bin gerade erwacht. Sie ist noch immer nicht aufgetaucht, oder?«

»Dimitri hat sich zu Nachforschungen in den Straßenbasar aufgemacht. Raven kann doch nicht spurlos verschwunden sein. Irgend jemand muß sie gesehen haben. Und wir finden denjenigen, Danny, ganz bestimmt.«

Die alte Frau erschauerte bei der verschleierten Drohung hinter den sanften Worten. Von Anfang an war Kapitän St. Germain äußerst sympathisch gewesen, und bis zu diesem Moment hatte sie auch keinen Grund gesehen, ihn zu fürchten. Doch seit Ravens Verschwinden hatte er sich sichtlich verändert, war unerreichbar, gefährlich geworden mit seinen heftigen Gefühlen, die wie Lava vor dem Vulkanausbruch in ihm brodelten.

»Eins verstehe ich noch immer nicht«, fügte Charles so leise hinzu, daß Danny ihn kaum hörte. »Warum ist sie in jener Nacht von Bord gegangen? Habe ich sie durch irgend etwas vertrieben? Sie müssen darüber doch Bescheid wissen, Danny.«

»Nein, wirklich nicht, Kapitän«, entgegnete sie nervös und fuhr sich mit zitternden Fingern durch die widerspenstigen grauen Locken.

»Verdammt, Sie lügen!« knirschte Charles und stürzte auf sie zu.

Danny zuckte zusammen, als sich seine Hände wie Schraubstöcke um die ihren legten. Da ließ er sie sofort los und bekam seinen Ärger, dem er eben freien Lauf gelassen hatte, wieder unter Kontrolle. »Verzeihen Sie bitte«, sagte er heiser und schaute sie aufmerksam an. »Ich wollte Ihnen nicht weh tun, Danny, aber Sie müssen mir alles erzählen. Sie wissen doch etwas, nicht wahr? In Gottes Namen, wollen Sie es mir nicht sagen? Vielleicht hilft es uns, sie zu finden.«

»Miß Raven hat es mir verboten.«

»Raven ist jetzt nicht hier«, erinnerte er sie brutal. Danny zögerte und Charles unterdrückte seinen Drang, sie an den Schultern zu packen und zu schütteln. Schließlich verlor er die Geduld und brüllte: »Nun reden Sie endlich!«

»Es ist wegen – wegen des Kindchens, Sir«, wimmerte Danny unter Tränen.

Seine Augen verengten sich. »Was für ein Kind?«

»Miß Raven erwartet ein Baby«, wisperte sie. »Deswegen ist sie an jenem Abend in Ohnmacht gefallen. Die Ärmste war ganz durcheinander, als ich es ihr sagte. Und darum ist sie bestimmt auch fortgelaufen.«

Den Kopf in den Händen vergraben, sank Charles auf den nächstbesten Stuhl. »Um Himmels willen, warum hat sie mir nichts davon erzählt?«

»Sie sollten es nicht erfahren«, erläuterte Danny, die der demütige Ausdruck in seinen sonst so hochmütigen Zügen aus der Fassung brachte. »Sie dachte, Sie würden darauf bestehen, sie zu heiraten, um dem Kind einen Namen zu geben, und sie wollte Ihre Barmherzigkeit nicht annehmen.«

Charles' leises, bitteres Auflachen bestürzte sie. »Ja, ich kann mir gut vorstellen, wie sehr sie den Gedanken verabscheute, mein Mitleid zu erregen. Aber sie hat sich getäuscht, Danny, schwer getäuscht in ihrer Annahme, daß ich sie nur deshalb heiraten würde. Selbst wenn sie kein Kind erwarten würde – glaubte sie denn im Ernst, ich würde sie nach Cornwall zurückkehren und ihr Heiratsversprechen gegenüber diesem gemeinen Dreckskerl einlösen lassen?«

»Was hätte sie denn sonst denken sollen?« brauste Danny auf. »Seit unserer Rückkehr aus Lahore hatten Sie nicht ein gutes Wort für sie übrig!«

Charles senkte den Blick, als er sich die Wahrheit Dannys leidenschaftlicher Worte eingestand. »Raven hat mir einmal vorgeworfen, ich hätte kein Herz«, sagte er mit leiser, vor Selbstverachtung verzerrter Stimme. »Sie hatte recht, Danny. Ich habe so lange ohne Liebe auskommen müssen, daß es mir einfacher schien, komplizierte Gefühle zu verdrängen, als mich ehrlich mit ihnen auseinanderzusetzen. Es fiel mir leichter, unfreundlich zu Raven zu sein oder sie gar nicht zu beachten, als meine tiefen Empfindungen für sie zuzugeben. Als sie wegen meines Stolzes beinahe das Leben durch die Hand ihres wahnsinnigen Vetters verloren hätte, wollte ich ihr sagen, wie aufrichtig ich das alles bedauerte.« Seine Stimme gewann noch an Bitterkeit. »Aber es war einfacher, in Schweigen zu verfallen und mir einzureden, sie gebe mir die Schuld an dem Vorgefallenen und ich sei ihr zu nichts verpflichtet.«

Ein zärtlicher Ausdruck trat in die smaragdgrünen Augen. »Tief in meinem Innersten wußte ich, daß Raven mich nie dafür verantwortlich machen würde. Das liegt nicht in ihrer Art. Und doch wollte ich es glauben, denn das war bequemer als das Eingeständnis, daß allein mein Hochmut uns so weit auseinandergetrieben hatte.«

»Towarisch, schau!«

Charles und Danny schauten schnell auf, als Dimitri hereinplatzte. Die Erschöpfung, die ihn in den vergangenen zwei Tagen unerbittlich geplagt hatte, war nun einer gehobenen Stimmung gewichen.

»Die habe ich im Basar einem Händler abgekauft«, berichtete er und legte ein kleines Päckchen vor seinen Kapitän. »Er wartet draußen. Behandle ihn freundlich, Kamerad. Er wirkt sehr nervös, aber ich glaube, er kann uns einiges erzählen.«

Ungeduldig packte Charles die Gegenstände, die ihm Dimitri gegeben hatte, aus, aber seine finstere Miene wich einer ungläubigen Erstarrung, als er sie mit plötzlich zitternden Fingern hochhielt. Danny faßte sich keuchend an die Brust, sobald sie die wunderschön gearbeiteten Perlmuttkämme erkannte, die Raven am Abend ihrer Flucht von der *Orient Star* im Haar getragen hatte.

»Wo, sagtest du, hast du sie bekommen, Dimitri?« fragte Charles tonlos.

»Im Basar. Sprich mit Hajid Imam, der weiß mehr als ich.«

Sehr zu Dannys Erstaunen, die das Gespräch mit anhörte, ging Charles sehr behutsam mit dem furchtsamen alten Mann um und bezähmte seine Ungeduld. Allmählich antwortete der Händler lebhafter auf die sanft vorgetragenen Fragen des Kapitäns, mit heftigen Gesten und rollenden pechschwarzen Augen sprudelte er schließlich seine Informationen nur so heraus.

Endlich verstummte er, und Danny, die seiner Sprache nicht mächtig war, erkannte, daß Charles die Befragung abschloß, indem er eine Münze in die ausgestreckte, hennabeschmierte Hand drückte.

»Dimitri, schick die Suchtrupps wieder aus«, befahl Charles. »Ich will diesen Kerl, diesen Kamal, zur Strecke bringen.« Auf einmal wirkte er so erbarmungslos wie ein um seine Beute kreisender Habicht. »Ich möchte nicht, daß ihm ein Haar gekrümmt wird, verstanden? Überlaßt ihn mir.«

»O Kapitän, konnten Sie Raven ausfindig machen?« rief Danny, sobald Dimitri das Zimmer verlassen hatte.

»Das nicht, aber wahrscheinlich kennen wir jetzt ihren Entführer. Hajid Imam erwarb Ravens Kämme von einem Türken namens Kamal, der diesen Küstenstreifen ein paar Mal im Jahr heimsuchen soll. Der Händler weiß nicht, woher der Mann kommt, nur daß er sehr oft für einige Tage hier auftaucht und dann wieder verschwindet. Ganz Karachi scheint ihn zu fürchten. Eins habe ich Mr. Imam versichert – wenn dieser Kamal tatsächlich die Schuld an Ravens Verschwinden trägt, will ich dafür sorgen, daß er für immer erledigt wird.«

In einem überwiegend von kleingewachsenen, dunkelhäutigen Fischern bewohnten indischen Hafenstädtchen war ein großer Türke in wallenden Gewändern nicht schwer zu finden. Kamal ging seinem Gewerbe ganz offen nach, streifte unerschrocken inmitten der feilschenden Männer und Frauen im Basar umher und rümpfte beim Geruch der verdorbenen Fische aus einem nahen Verkaufsstand die lange Hakennase.

Unten am Marktplatz bog er in eine enge Gasse und zog den Kopf zwischen die dünnen Schultern, um sich vor den Staubwirbeln zu schützen, die durch die schmale Häuserreihe fegten.

Am anderen Ende der verwinkelten Gasse blieb er plötzlich stehen, da ein halbes Dutzend keulenbewehrter Matrosen geräuschlos und behend aus einem Torweg auftauchte und ihm den Weg versperrte. Er ließ die schwarzen Wieselaugen verächtlich über sie huschen. Sein Instinkt warnte ihn vor den Männern, da es sich, wie Kamal schnell erkannte, um Engländer handelte. Er trieb mit Briten nur selten Geschäfte, denn er hielt sie für ein desorganisiertes, aufgeblasenes Pack, dem man noch weniger als den abgerissensten Kameldieben trauen konnte und dessen Hauptsorge darin bestand, sich die Taschen mit Gold vollzustopfen und im Namen der Angrezi-Rani Victoria die britische Expansionspolitik zu fördern.

Begriffsstutzig, ehrlos und verweichlicht, verhielten sich die Briten nichtsdestotrotz unberechenbar, und Kamal sah die feindselige Gruppe argwöhnisch, doch noch unerschrocken an. Nur einer bereitete ihm ein wenig Sorge – der große Bärtige mit den finsteren slawischen Zügen – schon die Art, wie er die Keule umklammerte, verriet dem aufmerksamen Türken den erfahrenen Zweikämpfer.

Der Basarlärm drang gedämpft in die staubige Gasse, und die Schatten des frühen Morgens verweilten noch auf dem mit Abfall übersäten Pflaster. Eine Brise blähte sanft die dikken Gewänder des Türken, aber er bewegte sich nicht, hielt die langen, dürren Arme gesenkt, während die Besatzungsmitglieder der *Orient Star* ihn achtsam umzingelten, als trieben sie einen Tiger in die Enge. Als sich der Kreis enger um ihn schloß und die bedrohliche Absicht der Seeleute offenbar wurde, reagierte Kamal instinktiv. Er warf sich gegen die Hauswand und zog aus den Kaftanfalten einen bedrohlichen Krummsäbel. Mit einem bösartigen Grinsen schwang er ihn durch die Luft, wobei die lädierten Pferdezähne in seinem dunklen Gesicht aufblitzten, als er einen Ausdruck des Unbehagens in die Augen der jüngeren Matrosen treten sah.

»Du hast ihn also aufgespürt, Dimitri.«

Die Männer öffneten respektvoll ihren Kreis, als Charles in ihre Mitte trat. Die Erleichterung auf den Gesichtern der weniger Kampferprobten entging Kamal keineswegs.

»Ja, Towarisch, und er ist ganz schön angriffslustig«, erklärte Dimitri in tiefem, feindseligem Baß.

Langsam wandte Charles den Kopf und musterte den Mann, der ihm Raven geraubt hatte. Kamal taxierte ihn ebenso bedächtig, aber nun zeigte sich in der Haltung seines hageren Körpers eine gewisse Vorsicht. Ja, dachte er, der Grünäugige ist ein starker Gegner. Den würde er im Notfall umbringen müssen, um diesen Engländern zu entkommen, deren Absichten er bis jetzt nicht durchschaute. Schon in früher Jugend hatte er schnell und gnadenlos zu töten gelernt, aber bis jetzt bestand noch kein Bedarf für diese Fertigkeit. Er wollte sich gedulden.

Charles kam auf ihn zu, blieb außerhalb der Reichweite des Säbels stehen und betrachtete den umzingelten Türken konzentriert. In barschem Ton probierte er verschiedene

Sprachen aus, ohne Erfolg, bis er schließlich auf Arabisch verfiel, das der Türke verstand.

Diese Sprache beherrschte Charles nur leidlich, doch gut genug, um Kamal klarzumachen, was er wissen wollte. Die aufmerksamen schwarzen Augen wichen nicht von Charles' Gesicht. Der grimmige Engländer suchte eine junge Frau, die wie er aus Großbritannien stammte und vor zwei Nächten von seinem Schiff verschwunden war.

Verärgert schüttelte Kamal den Kopf, denn er war viel zu klug, um sich mit den Frauen der Briten Scherereien aufzuhalsen. Überzeugt, daß sich der grünäugige Engländer mit seiner verneinenden Antwort zufriedengeben würde, steuerte er auf die Öffnung im Kreis zu, erstarrte jedoch, als die Miene seines Kontrahenten von Grimm in Zorn umschwang. Kamal spannte sich an, als er ihn in die Hosentasche greifen sah, und beim Anblick der Perlmuttkämme, die Charles ihm unter die Nase hielt, riß er die stechenden schwarzen Augen weit auf.

»Mein Lebtag habe ich die nicht gesehen«, sagte er auf arabisch, aber die flatternden Lider hatten ihn schon verraten.

»Lügner!« schrie der Kapitän auf englisch und sprang so schnell vor, daß er den Türken überraschte. Der Säbel flog diesem aus der Hand und fiel klappernd auf die Steine, als Charles sich nach vorn warf und den Gegner mit seinem ganzen Gewicht gegen die Hauswand schmetterte. Dann lag Kamal auf dem Bauch, der Straßenstaub füllte ihm Mund und Nase, ein Arm wurde ihm so schmerzhaft auf den Rücken gedreht, daß ihm der Schweiß auf die Stirn trat.

»Sie trug Punjabi-Tracht«, knirschte Charles, und die arabischen Worte drängten mit jedem keuchenden Atemzug aus seinen Lungen, als er sich rittlings auf den niedergestreckten Türken setzte und ihn mit seinen muskulösen Beinen an den Boden nagelte. »Sie haben die Kämme an einen Basarhändler verscherbelt. Sagen Sie mir, was Sie mit ihr angestellt haben, oder ich schneide Ihnen das Herz aus dem Leib!«

»Ich weiß nicht, wovon Sie...«, begann Kamal, dann stöhnte er gepeinigt, als ihm der Arm noch mehr verrenkt wurde und ihn ein Schmerz wie von einer Stichwunde durchschoß, heftig und wild.

»Ich sagte doch schon...«, japste Kamal, aber er kam nicht weiter. Charles bohrte ihm das Knie in den Rücken und riß brutal an dem verdrehten Arm. Gellend schrie der Türke auf, als er die Knochen splittern spürte und weißglühender Schmerz ihn durchpeitschte. »Das Beiboot *Noria*«, ächzte er, während ihm Tränen über das schmutzige Gesicht rannen. »Dorthin brachte ich sie, nachdem ich sie die ganze Nacht in den Katakomben von Siva versteckt hatte.«

»Wo befindet sich das Schiff?« stieß Charles hervor, als Kamal halb wahnsinnig vor Qual zusammenbrach.

»Am anderen Ende des Ortes.«

Charles ließ ihn los und stand auf. »Dimitri, feßle ihm die Hände und bring ihn...«

Sowie Kamal spürte, daß der Engländer sich von seinem Rücken erhob, rollte er sich herum, ohne den Schmerz zu beachten, als er auf dem gebrochenen Arm aufkam, und hieb geschickt mit der heilen Hand den Säbel auf Charles' ungeschützte Kehle. In der nächsten Sekunde hallte ein ohrenbetäubender Knall in der Gasse wider, weißglühende Schießpulverflammen jagten beißenden Qualm in die Luft. Der Türke sackte zusammen, rührte sich nicht mehr, sein Kaftan färbte sich hochrot. Eine tödliche Bleikugel hatte sein Brustbein völlig zertrümmert.

Dimitri, die noch rauchende Pistole in der Hand, schaute rasch zu Charles und verzog den Mund erleichtert zu einem schwachen Lächeln, als er bemerkte, daß das Messer die Wange seines Kapitäns nur geschrammt hatte. »Du bist unverletzt, Towarisch?«

Charles nickte knapp und drückte das Taschentuch, das Jason Quintrell mit zittrigen Fingern hervorgezogen hatte, auf die eine Gesichtshälfte, um die Blutung zum Stillstand zu bringen. »Dank deiner Hilfe, ja.« Mit ausdruckslosen Augen starrte er auf den toten Türken. »Mr. Lytton, veranlassen Sie, daß sich Ihre Leute um ihn kümmern.«

Erst am Spätnachmittag kehrten Kapitän und Besatzung zur *Orient Star* zurück. Eine erschöpfte, von Tränen gezeichnete

Danny erwartete sie an Deck, als sie schweigend an Bord gingen.

Angesichts der Wunde auf Charles' Wange erbleichte sie. Doch er eilte an ihr vorbei, als hörte er ihre verwirrten Fragen gar nicht. Danny, die ihm mit angstvollen Augen nachstarrte, hielt Dimitri am Ärmel fest und hinderte ihn daran, seinem Freund zu folgen. »Ach, Mr. Sergejew, was ist passiert? Wo ist Miß Raven? Wurde der Kapitän schwer verwundet?«

»Jetzt ist keine Zeit für lange Erklärungen«, gab Dimitri schroff zur Antwort, ließ sich aber erweichen, als er ihr aschfahles Gesicht sah. Kurz schilderte er das blutige Zusammentreffen mit dem türkischen Sklavenhändler Kamal und berichtete, wie dieser sie auf das Beiboot *Noria* verwiesen hatte, auf dem er mit seiner schurkischen Mannschaft entlang der asiatischen und afrikanischen Küstenlinien gesegelt war, um Sklaven zu fangen. »Nicht die gewöhnlichen afrikanischen Feldarbeiter, die zu Tausenden nach Amerika und auf die karibischen Inseln zur Arbeit und in den Tod geschickt werden«, fügte Dimitri mit rauher Stimme hinzu, »sondern indische und nubische Schönheiten, junge Frauen, für die man auf dem Markt einen hohen Preis erzielt. Kamal kaufte die meisten selbst, erwarb Töchter aus indischen Familien, weil man hier in Indien Mädchen als minderwertig erachtet. Einige hat er entführt, und ich fürchte, genau das geschah, als er Raven nachts durch Karachi streifen sah und Kleidung und Aussehen sie als bezaubernde Hindu-Schönheit erscheinen ließen.«

Aus Dannys Lippen wich alles Blut, und Dimitri fragte sich, ob es nicht gütiger gewesen wäre, der alten Frau die Wahrheit zu ersparen.

»Und wo ist sie jetzt?« fragte Danny und packte ihn mit eisigen Fingern am Hemd.

Dimitri seufzte tief. »Fort, Danny.«

»Wo? Wo?« schrie sie außer sich.

»Vor zwei Nächten traf das Beiboot *Noria* wie verabredet auf ein Sklavenhändlerschiff namens *Kormoran*«, erklärte Dimitri bedrückt. »Die Besatzung erzählte uns alles überaus bereitwillig, als wir ihren toten Kapitän an Bord trugen.«

»Und Miß Raven befindet sich nun auf diesem Sklavenhändlerschiff?« keuchte Danny.

»Ja, sie ist auf dem Weg nach New Orleans, wo sie als Freudenmädchen versteigert werden soll, aber beunruhigen Sie sich nicht!« bat Dimitri und packte die alte Frau an beiden Armen, als sie schwankte. »Die *Orient Star* ist schneller, und wir werden demselben Kurs folgen und die *Kormoran* einholen, ehe sie ihr Ziel erreicht, das verspreche ich Ihnen.«

Noch in derselben Stunde stach die *Orient Star* mit vollen Segeln in die klaren, azurblauen Wasser des Arabischen Meeres, und statt der schrecklichen Besorgnis trat eine Spur von Zuversicht auf die Gesichter der Besatzungsmitglieder. Obwohl ihnen die *Kormoran* zwei Tage voraus war, konnte sie aufgrund ihrer Bauweise nicht wie ein Klipper vor dem Wind dahinfliegen, und jeder Mann an Bord schwor sich, nicht eher zu rasten, als bis sie das behäbige Sklavenschiff sichteten.

Erst spät in der Nacht, als der Mond schon einen großen Bogen über den dunklen Himmel gezogen hatte, verließ Charles seinen Posten. Nur Dimitri, der selbst schlaflos auf dem unteren Deck auf und ab ging, sah ihn nach kurzer Zeit zurückkehren. Ein sechster Sinn warnte ihn, daß der Kapitän allein sein wollte, und so verriet er durch keinen Zuruf seine Anwesenheit, sondern stand reglos hinter dem Hauptmast und beobachtete, wie der Freund die Leiter hinaufstieg und zu seinem gewohnten Platz an der Heckreling ging.

Der Russe erkannte im schwachen Mondlicht, daß Charles hemdsärmelig und sein Haar vom Wind zerzaust war, und riß neugierig die Augen auf, als er den vergoldeten Käfig mit der Nachtigall in den Händen des Kapitäns entdeckte.

Charles stellte ihn erst auf den Planken ab, griff dann hinein, richtete sich auf und verharrte reglos neben der Reling. Vor Dimitris Augen hob er den Arm hoch und öffnete die Faust. Zahm saß die Nachtigall auf der Handfläche. Einen Augenblick verweilte sie, dann – als ob sie erst jetzt ihre Freiheit ahnte, breitete sie die glänzenden schwarzen Flügel aus und schwang sich in die Lüfte.

Den Kopf in den Nacken gelegt, beobachtete Charles, wie sie unstete Kreise zog, ehe sie sich mit dem unheimlichen

Orientierungsvermögen ihrer Artgenossen nach Westen aufmachte, wo das indische Festland hinter dem Heck noch sichtbar war. Nach einer Weile bückte sich Charles, nahm den Käfig und schleuderte ihn weit hinaus in die Nacht. Mit starrer Miene verließ er das Deck und würdigte selbst den wachhabenden Offizier keines Blickes, der – verwirrt durch die unerwartete Anwesenheit seines Kapitäns – sofort zackig salutierte.

Unten in seiner Kajüte schenkte sich Charles einen Cognac ein. Er ignorierte den pochenden Schmerz in seiner Wange, leerte das Glas und füllte es noch einmal. Mit zusammengekniffenen Augen ließ er den Blick über das prächtige Mobiliar wandern, und sein Atem stockte, als er den Messingzuber sah, denn seine Fantasie gaukelte ihm vor, Raven würde sich wie damals darin räkeln und ihn mit den großen erstaunten Augen eines scheuen, ungezähmten Rehs anschauen. Welch atemberaubende Vollkommenheit ihm ihr elfenbeinweißer, schlanker Körper im warmen, leicht wogenden Wasser offenbart hatte! Und wie sehr hatte es ihn danach verlangt, diese Herrlichkeit zu besitzen!

Wut und Verzweiflung erfüllten sein Herz, mit einem wüsten Fluch drehte er sich um. Dabei fiel sein Blick unerwartet auf das Ingwergefäß, das Phillip Barrancourt ihr in jener schicksalsschweren Nacht gegeben hatte. Es stand noch auf dem Tisch, wo Raven es nach ihrem Ohnmachtsanfall gelassen hatte, ein Umstand, den die Tatsache heraufbeschworen hatte, daß sie sein Kind unter dem Herzen trug. Mit einer wilden, unbeherrschten Gebärde fegte Charles das schöne Gefäß vom Tisch und schleuderte es mit voller Wucht an die Kajütenwand. Das Geräusch, mit dem es in tausend Splitter zerbarst, brachte ihn wieder zur Besinnung, und bei dem Gedanken, daß er die letzten sechsunddreißig Stunden kein Auge zugetan hatte, massierte er sich erschöpft den Nacken.

Lustlos schickte er sich an, die Lampe neben den Bullaugen zu löschen, hielt aber inne, als ein glitzerndes Etwas vor ihm auf dem Fußboden seine Aufmerksamkeit erregte. Nach vorn gebeugt, scharrte er mit der Stiefelspitze in den zerbrochenen Überresten des Ingwergefäßes. Dann bückte er sich, um eine gründlichere Untersuchung vorzunehmen, da sich das Laternenlicht weiterhin in einem funkelnden Prisma unter den bunten Scherben widerspiegelte. Er hob dieses Etwas hoch, richtete sich auf und betrachtete es genauer, davon überzeugt, daß der merkwürdige, unförmige Klumpen nur ein Stück Glas sein konnte. Dann begann es um seine Lippen zu zucken, und schließlich warf er laut lachend den Kopf zurück.

»Bist du jetzt völlig übergeschnappt, Towarisch?«

»Manchmal glaube ich das selbst«, antwortete Charles, als Dimitri hereinkam. »Wie würdest du auf die Mitteilung reagieren, Kamerad, daß ich soeben im doppelten Boden dieses Ingwergefäßes den Kohinoor-Diamanten gefunden habe? Schau dir das an.«

Behutsam nahm sein Freund das unscheinbare Stück Glas in die Hand und trat zur genaueren Begutachtung näher ans Licht. Die Hände auf die schmalen Hüften gestützt, beobachtete ihn Charles, bis der Russe ungläubig aufblickte. »Sajid Wali Shah, der Bruder des Nawab von Oudh, war für seinen Opiumkonsum berüchtigt«, bemerkte Dimitri nachdenklich. »Möglich, daß der Diamant Phillip Barrancourt als Bezahlung für die Droge angeboten wurde. Normalerweise bezahlt man dafür wohl mit Silberbarren, doch könnte ich mir vorstellen, daß Edelsteine ebenso willkommen sind.«

»Da Phillip bettelarm war, würde es mich nicht überraschen, wenn er gar nichts von dem Diamanten gewußt hätte«, bemerkte Charles.

»Könnte durchaus sein«, pflichtete Dimitri ihm bei, »doch wie kam der Diamant dann in das Ingwergefäß, und warum sollte Sajid Wali Shah ihn Phillip geben?«

Charles zuckte die Achseln. »Dieses Rätsel wird wohl nie gelöst werden, fürchte ich.« Plötzlich lächelte er, in seinen Augen leuchtete es triumphierend auf. »Mein Gott, welche Ironie des Schicksals! Phillip Barrancourt wurde an den Rand des Bankrotts getrieben, litt schreckliche Armut, während ein königlicher Schatz unentdeckt im Boden seines Ingwergefäßes steckte!«

Mittlerweile hatte sich Dimitri von seinem Schreck etwas erholt. Er hob den Stein ans Licht, und seine Augen begannen zu strahlen. »Kolossal, nicht wahr, Towarisch? Oh, was könnten wir damit nicht alles erwerben, Kamerad!«

»Wenn der Punjab annektiert wird, gehört dieser Diamant der Königin«, erinnerte Charles seinen Ersten Offizier gelassen.

»Und du willst ihn ihr überbringen?« platzte Dimitri ungläubig heraus. »Nach allem, was du erlebt hast, was Phillip Barrancourt verbrochen hat?« Aufgeregt schwenkte er den Stein durch die Luft. »Damit könntest du Rache üben!«

»Das strebe ich nicht an, Dimitri«, erwiderte Charles leise.

Augenblicklich ernüchtert, legte der Russe seinem Kapitän die Hand auf die Schulter und sagte verständnisvoll. »Es geht manchmal ungerecht auf der Welt zu, Charles. Während du den einen Schatz gewinnst, hast du den anderen verloren, der dir wohl viel mehr bedeutet.«

Charles holte tief Atem. »Bei meinem Leben, ich werde sie finden.«

»Und ich werde dir helfen.«

Die beiden Männer sahen einander an und schworen sich in Gedanken, wiederzugewinnen, was ihnen geraubt worden war. Schließlich brach Dimitri mit einem Grinsen den Bann. »Na schön, du nichtsnutziger, alter Seebär«, knurrte er, »bleiben wir auf dem Pfad der Tugend, und bringen wir Queen Vickie ihren kostbaren Diamanten – falls der Punjab überhaupt annektiert wird.«

»Deine Großzügigkeit verblüfft mich«, gab Charles trocken zurück.

»Allerdings. Vickie sollte entzückt sein und«, fügte Dimitri mit einem schelmischen Zwinkern hinzu, »wir brauchen ihr ja nicht erzählen, daß der Kohinoor, den wir ihr überreichen, ein gutes Stück kleiner ist als ursprünglich.«

15.

Die langen Wintermonate nach der Abfahrt des holländischen Sklavenschiffes *Kormoran* von Indien erwiesen sich als die schrecklichsten in Raven Barrancourts jungem Leben. Das behäbige Schiff segelte nach seiner Durchquerung des Arabischen Meeres die Küste von Guinea entlang und drehte kurz nach Fida bei, um noch mehr Afrikaner in seine ächzenden Hauptladeräume zu zwängen. Im Januar schlug es dann den Kurs über den Wendekreis des Krebses ein, wo die vom Norden herabbrausenden Winterstürme es bald unbarmherzig herumstießen. Zahlreiche Sklaven starben bei dem schweren Seegang, aber Captain Niels Van der Horst hatte Todesfälle einkalkuliert, und während windstiller Tage wurden die Leichen über Bord geworfen, um die Last der *Kormoran* zu erleichtern.

Was die Sklaven in den Hauptladeräumen und die verängstigte junge Frau betraf, die zusammen mit ihren unsichtbaren Mitgefangenen im vorderen Lagerraum eingesperrt war, so litten sie während der Orkane und stürmischen See Höllenqualen. Tag für Tag wurden die unglücklichen Gefangenen gegen die Schotten geschmettert, wenn die *Kormoran* unter dem Angriff der turmhohen Brecher heftig schaukelte. Seekrankheit, Angst, Rippenprellungen und Kopfschmerzen verfolgten Raven unaufhörlich. Obendrein schwanden ihre Kräfte, da nur hin und wieder karge Rationen durch die Luke geworfen wurden. Aber der heftige Schmerz, wenn sie wieder gegen einen Pfosten geschleudert wurde, bedeutete nichts im Vergleich zu der quälenden Furcht, ihr Baby könnte Schaden erleiden.

Allein die Sorge um ihr ungeborenes Kind hielt Raven während der langen Wochen am Leben, obwohl die naßkalte Luft ihr durch die Kleider bis auf die Haut drang, so daß sie bald mit den Zähnen klapperte und ihre Lungen von Hustenanfällen arg mitgenommen wurden. Da die Luke absolut dicht verschlossen war, lebte sie mit ihren Leidensgefährtinnen in völliger Dunkelheit, wußte nie, wann der Tag in die Nacht überging oder der Morgen über einer unruhigen, stürmischen See graute.

Schon vor Wochen muß Weihnachten gewesen sein, dachte sie und glitt hinüber in einen Nebel des Dunkels und des Schmerzes. Erinnerungen an ein anderes Leben, an die glücklichen Zeiten, als sie die Festtage mit ihrem Vater auf North Head verbracht hatte, suchten sie ständig heim und brachten sie zum Weinen. Sehnsucht nach ihrer Heimat und James Barrancourts liebevoller Gegenwart überwältigte sie. Und wenn sie nicht an Cornwall und ihren Vater dachte, dann an Charles, dessen Gesicht ihr im Fieber immer wieder erschien. Sie verzehrte sich nach ihm und verlor sich in Träumen, wie ihr Leben an seiner Seite wohl verlaufen wäre, das gemeinsame Kind – die Frucht ihrer innigen Liebe – glücklich und umsorgt in ihrer Obhut.

Raven wußte, daß es ihr das Dahinvegetieren erleichtern würde, wenn sie ihre dummen Zukunftsträume mitsamt ihrem Kampf gegen die Situation aufgäbe und in seligem Vergessen versänke, wo die Pein sie nicht länger erreichen konnte. Doch sie wehrte sich weiterhin verbissen gegen die Erstarrung, die ihr drohte, als die Tage sich in einem gnadenlosen Alptraum der Finsternis dahinschleppten.

»Ich schwöre dir, Charles«, flüsterte sie, wann immer die Verzweiflung sie übermannen wollte. »Ich lasse nicht zu, daß unserem Sohn oder unserer Tochter ein Leid geschieht!«

Der Gedanke an Charles verlieh ihr jedesmal neuen Mut. Oft konnte sie sich deutlich den ungebändigten Lebenshunger in seinen meergrünen Augen vorstellen. Und an dieses Bild klammerte sie sich mit aller Kraft, die ihr noch geblieben war. »Ich werde überleben, Charles«, versprach sie hartnäckig in all den unzähligen Tagen, Wochen und Monaten, die folgten.

Oft verloren die Worte ihre Bedeutung und hallten ihr sinnlos durch den Kopf, und manchmal war es Raven einerlei, ob sie überhaupt noch lebte. Doch das kostbare Geschenk von Charles' Liebe, das in ihr heranwuchs und dem die Möglichkeit zu gedeihen nicht geraubt werden durfte, blieb ihr immerfort wichtig. Allein um des Kindes willen kämpfte sie weiter.

Die paar vertrockneten Kekse und angeschimmelten Fladenbrote ihrer Ration hortete und verzehrte sie so bedachtsam, daß sie den Hungertod abwehren konnte. Anders als die übrigen gesichtslosen Gefangenen, die in der undurchdringlichen Finsternis weinten und stöhnten, verbot sich Raven die Tränen in dem Bewußtsein, daß es ihren Lebenswillen vergiften würde, wenn sie sich hoffnungsloser Verzweiflung hingäbe. Bei leichterem Seegang bewegte sie sich möglichst viel und bewahrte so ihre schmerzenden Glieder vor der Versteifung. Dazu zwang sie sich trotz des wachsenden Verlangens, in Lethargie zu versinken.

Am schwersten ertrug sie die Ungewißheit. Sie kannte weder den Bestimmungsort des Schiffs, noch wußte sie, was ihre Entführer, einmal am Zielhafen angelangt, mit ihr zu tun beabsichtigten. Während der elenden, einsamen Stunden in ihrem stinkenden Verlies hatte sie entdeckt, daß nur Frauen um sie herum waren – wenngleich sie unmöglich deren Zahl schätzen konnte. Dieser offensichtliche Mangel an Männern führte Raven zu der Frage, was ihre Entführer mit ihnen planen mochten. Schließlich dämmerte es ihr schmerzlich, daß man sie eben ihres Geschlechts wegen gefangengenommen hatte.

Doch noch immer weigerte sich Raven unerbittlich zu glauben, der Grund für ihre Entführung läge in der Sklaverei. Niemand, redete sie sich unaufhörlich ein, wann immer Entsetzen ihre Seele ergriff, würde es wagen, eine Engländerin aus einem verschlafenen indischen Fischerhafen zu entführen und in die Knechtschaft zu verkaufen. Und selbst wenn dies der Fall wäre, würde sie gewiß sofort befreit, wenn sie erst die Obrigkeit am Bestimmungsort über ihre wahre Identität aufklärte. Aber trotz ihrer entschlossenen, leidenschaftlichen Fluchtabsichten schwand Ravens Hoffnung im Laufe der zermürbenden, qualvollen Tage. Sie konnte in dem dunklen, stinkenden Frachtraum unmöglich schätzen, wie viele Tage, Wochen oder gar Monate verstrichen.

Schon längst hatte sie jedes Zeitgefühl verloren, als sie eines Tages halb betäubt und völlig konfus durch den Knall erwachte, mit dem jemand den Lukendeckel beiseite schleuderte. »Marsch, marsch, heraus mit euch!«

Die barsche Männerstimme, die erste, die Raven seit langem vernahm, verwirrte sie derart, daß sie die englischen Worte gar nicht als solche erkannte. Erst während sie ungeduldig wiederholt wurden, verstand sie, daß ihnen allen das Verlassen ihres finsteren Gefängnisses befohlen wurde.

Der Anblick, der sich ihr auf dem Vorderdeck bot, entsetzte sie zutiefst, denn bis zu diesem Moment hatte sie sich das Aussehen ihrer Mitgefangenen nicht wirklich vorstellen können. Als sie nun beobachtete, wie die entmutigte, offensichtlich verstörte Gruppe von zwei Handlangern in grobwollenen Seemannsklamotten aus dem Laderaum getrieben wurde, stockte ihr vor Bestürzung der Atem. Wie sie bereits vermutet hatte, handelte es sich ausschließlich um Frauen, aber ihre Nationalitäten blieben ihr ein Rätsel. Alle, ob nun von nachtschwarzer Haut wie einige oder mit riesigen, dunklen Augen und zarten, wohlgeformten Zügen wie andere, trugen zerrissene schmutzige Kleider, mittlerweile kaum mehr als bloße Fetzen. Sie hätten Maurinnen, Araberinnen, Ägypterinnen sein können – ihre Herkunft berührte Raven weniger als vielmehr die ungesunde Blässe ihrer eingefallenen Wangen, die gebeugte Haltung, der abgestumpfte, leblose Ausdruck ihrer Augen.

Sehe ich etwa genauso aus? fragte sich Raven entsetzt und angeekelt. Als sie zum ersten Mal seit Monaten an sich herunterblickte, bemerkte sie, daß ihre abgemagerten Hände leicht zitterten und ihr fleckiges, zerknittertes Hemd weiter denn je schien. Und doch vergaß sie all das und die anderen Leute hinter ihr auf Deck, als sie erstmals die deutliche Rundung ihres Bauches unter dem lockersitzenden Kamiz entdeckte.

Eine Sekunde lang raubte ihr die Freude fast den Atem, ihre fiebrigen Augen strahlten vor Glück, und eine einsame Träne netzte die dunklen Wimpern. Das Kind lebte, es wuchs in ihrem Leibe heran! Behutsam, fast ehrfürchtig legte sie die bebenden Hände auf die leichte Wölbung. Gott sei Dank, sie hatte Charles wenigstens hierin nicht im Stich gelassen.

Hinter ihr begannen die Matrosen gereizt zu fluchen, als

sie die verängstigten Frauen unter dem klobigen Fockmast zusammentrieben, und Raven zupfte verstohlen die Kamizfalten über ihrem Bauch zurecht, ehe sie sich ihnen anschloß. Zum ersten Mal seit Wochen war sie bei klarem Verstand, und daß die Mannschaft Englisch sprach, nährte ihre Hoffnung, sie würde sich irgendwie aus diesem gräßlichen Alptraum befreien können.

Und doch ermahnte sie ein übermächtiger sechster Sinn zu schweigen, mit keinem Wimpernschlag zu verraten, daß sie die Worte der Matrosen verstand. Sie mußte abwarten und zuhören, und was sie erfuhr, bestmöglich nutzen.

»Nun, hast du sie zur Besichtigung aufgestellt, Rollo? Ah, prächtig, prächtig!« Ein dicker Mann in mittleren Jahren mit blonden Locken um das fleischige Gesicht stieg schnaufend aufs Vorderdeck. Seine Schweinsäuglein musterten mit fast grausamer Gier die in Reih und Glied aufgestellten verschreckten Frauen, während er ohne Unterlaß die feuchten Lippen schmatzend einsog und wieder herausschnalzte. Wenn er als Kapitän das Schiff befehligt, erkannte Raven mit sinkendem Mut, würde sie ihn schwerlich von ihrer Identität überzeugen und Erbarmen von ihm erwarten können. Seine Züge zeigten nur Habsucht und deutlichen Genuß daran, daß das unterdrückte Weinen der Frauen bei seinem Erscheinen hysterisch anschwollen.

»Wo sind die Weiber, die mir Kamal beschafft hat, Rollo?« fragte er.

»Die da«, erwiderte ein verlotterter Matrose und deutete mit einem Belegnagel schwungvoll auf eine kleine Gruppe, in der sich auch Raven befand.

»Schauen wir sie uns einmal an«, schlug der Kapitän vor. Er strich sich über das fette Kinn und näherte sich einem jungen Mädchen in der Mitte der Reihe, die das bleiche, verstörte Gesicht abgewandt hielt. Sie brach in lautloses Schluchzen aus, als der Kapitän ihr grob den Kopf herumriß, ihr lange in die entsetzten Augen starrte und dabei nachdenklich die Lippen schürzte. Raven unterdrückte ein empörtes Keuchen, als die fleischige Hand zu den kleinen Brüsten hinunterwanderte und sie fachmännisch drückte, während das Mädchen leise vor sich hin wimmerte.

»Noch ziemlich unterentwickelt«, bemerkte der Kapitän gereizt zu Rollo, der diensteifrig hinter ihm stand. »Ich hätte sie nicht von vornherein annehmen sollen.«

Sowie er die Brüste losließ, stürmte das Mädchen mit einem lauten, gellenden Wehklagen an ihm vorbei. Und bevor sie jemand aufhalten konnte, hatte sie sich über die Reling gestürzt und verschwand lautlos in der trägen grauen See. Raven, der das Herz in der Brust wie rasend hämmerte und der sich der Magen umzudrehen drohte, verschloß die Augen vor diesem Greuel, dessen Zeuge sie geworden war, und zwang sich, nicht in Ohnmacht zu sinken.

»Rollo, du verdammter Narr, du sollst auf sie aufpassen!« schrie der Kapitän, aber in Ravens Ohren klang seine Stimme eher erleichtert als verärgert.

»Nicht meine Schuld, Kapit'n!« winselte Rollo, während die anderen Matrosen hinter ihm unbehaglich von einem Fuß auf den andern traten. »Sie ist gesprungen, bevor ich sie aufhalten konnte.«

»Hör mit deiner erbärmlichen Schleimerei auf«, erwiderte der Kapitän seufzend und fuhr unbekümmert mit der Besichtigung seines Eigentums fort. »Die dürfte ein hübsches Sümmchen bringen«, kommentierte er und kniff voller Begeisterung einem schlanken, dunkelhäutigen Mädchen mit riesigen braunen Augen in die Brustwarzen.

»O ja, Käpt'n«, stimmte Rollo eifrig zu.

»Und die hier ist auch recht apart«, fügte Van der Horst hinzu, als er vor Raven anhielt. »Recht hellhäutig für ein Hindu-Mädchen, aber manchen gefällt das. Ungewöhnliche Augenfarbe, nicht wahr? Sieh nur, wie haßerfüllt sie mich anblitzt, Rollo! Ausgesprochen amüsant! Ich fürchte, ihre Eltern haben sie reichlich nachgiebig erzogen, aber eine feste Hand kann da manchmal Wunder wirken. Zu schade, daß ich für weibliche Reize nicht empfänglich bin, Rollo, die würde ich mir sonst selber gern mit ins Bett nehmen. Doch sie starren allesamt vor Dreck«, fuhr er fort, während er seiner Westentasche ein parfümiertes Tuch entnahm und es sich geziert an die Nase hielt. »Ich wünsche, daß sie vor unserer Landkennung baden und anständige Kleidung bekommen, Rollo, kapiert?«

»Aye, aye, Käpt'n!«

»Und gib ihnen etwas mehr zu essen. Sie sollten doch während der Fahrt im Fleisch bleiben.«

»Aber Sie haben doch gesagt –«

»Was ich gesagt habe, spielt keine Rolle!« donnerte Van der Horst derart ungeduldig, daß Rollo sich duckte. »Es ist ein Unterschied, werter Herr, ob man das Essen klug rationiert oder die Weiber völlig verhungern läßt!«

Gereizt schickte sich Rollo an, die verängstigten, verstörten Frauen in die Finsternis des vorderen Frachtraums zurückzutreiben, unter rücksichtslosem Einsatz des Belegnagels. Dabei gelang es ihm, der vor Entsetzen wie betäubten Raven damit heftig eins über die Schulter zu ziehen. Der Schlag ließ sie fast von der Leiter fallen, und sie kämpfte gegen die aufsteigenden Tränen, während sie in ihre abgelegene Ecke kroch.

Zum Glück hatte sie ihren Instinkten vertraut und ihnen nicht offenbart, daß sie Engländerin war. Ein unbezwingbares Zittern erfaßte sie, und sie biß sich auf die Lippen, als heiße Tränen über ihre hohlen Wangen rollten. Wenn nun der Kapitän ihren Zustand bemerkt hatte? Trüge sie nicht das locker fallende Hemd, wäre dies leicht möglich gewesen. Und auf einmal gelangte sie zu der Überzeugung, daß er sie bei dieser Entdeckung unverzüglich über Bord hätte werfen lassen. Dann wäre es ihr ähnlich ergangen wie dem jungen Mädchen, dessen Selbstmord er mit seiner Grausamkeit verschuldet hatte.

Seine Bemerkungen dem englischen Matrosen Rollo gegenüber bestätigten Ravens Verdacht, daß sie auf einem Sklavenschiff gefangengehalten wurde und daß sie alle letztendlich auf einer Auktion versteigert werden sollten. Wieder erschauerte sie, denn sie wußte sehr genau, daß sie, sollte ihr Zustand offenbar werden, in den Augen des Kapitäns jeden Nutzen verlor. Standhaft wischte sie sich die Tränen aus den Augen und reckte entschlossen das Kinn hoch. Sie würde der Auktion entgehen, weil sie beim Anlegen des Schiffes zu fliehen gedachte.

Auf Kapitän Van der Horsts Befehl hin besserten sich die Rationen schnell. Von jenem Tag an ergänzten Schiffszwieback, Trockenfrüchte und gelegentlich Pökelfleisch die Kekse, die während der bisherigen Überfahrt fast das ausschließliche Nahrungsmittel gebildet hatten. Raven hamsterte habgierig ihren Anteil, aß gerade genug, um den ärgsten Hunger zu vertreiben, und versteckte den Rest für den möglichen Fall, daß Rollo seine plötzliche Großzügigkeit mit einemmal aufgab.

Der Badetag, den Van der Horst erwähnt hatte, ließ ebenfalls nicht lange auf sich warten und erfüllte Raven mit Spannung. Im Gegensatz zu ihren Mitgefangenen wußte sie, daß der Kapitän Rollo angewiesen hatte, sie kurz vor Fahrtende mit Waschwasser und sauberer Kleidung zu versorgen. Ihre Erregung wich kalter, zermürbender Angst, als Rollo mit einer Laterne in der Hand in den dunklen Laderaum herunterstieg und seinem Gefährten zurief, es sei vielleicht gescheiter, wenn die Waschzuber auf statt unter Deck aufgestellt würden.

»Dann können wir ihnen wenigstens beim Baden zuschaun!« gackerte er, und Raven zuckte vor dem ungeschlachten Kerl zurück und drängte sich, wie die anderen jungen Frauen schon beim Öffnen der Luke, in eine der dunklen, schützenden Ecken. Himmel, wenn sie sich auf Deck in vollem Tageslicht nackt ausziehen mußten, würde sie ihren Zustand auf keinen Fall verbergen können! Was soll ich jetzt tun, überlegte sie in panischem Schrecken.

»Wohl übergeschnappt, was?« rief der andere Matrose angewidert hinunter. »Sind doch keine nackten Weiber, nur Haut und Knochen und bei Gott keine Augenweide! Der Käpt'n würde auch stinksauer, wenn sich wieder ein paar ins Wasser schmeißen wie die eine neulich.«

Rollo knurrte widerwillig, um seine Zustimmung zu bekunden, und hängte die Laterne an einen Balken, so daß sie einen kleinen Lichtkreis auf das modrige Stroh darunter warf. Von Raven und den anderen aus ihren Verstecken hinter Balken und Schotten beobachtet, trugen die beiden Männer einige große Zuber und Schöpfkellen herunter und stellten sie unter der schwankenden Lampe auf.

Als sie die Wannen mit Wasser gefüllt hatten, griff Rollo plötzlich hinter sich, packte die erstbeste Frau am Arm und zerrte sie ohne Rücksicht auf ihre Angstschreie nach vorn. Ohne viel Aufhebens rissen ihr die zwei Männer die Kleider vom Leib, hoben sie hoch, obwohl sie sich verzweifelt wehrte, und stießen sie unsanft in den Zuber, wo Rollo sie kräftig mit einem groben Lumpen abzuschrubben begann.

Raven empfand tiefes Mitleid mit der so unbarmherzig gedemütigten Frau. Der Anblick der Salzfässer und knochig vorstehenden Rippen ließ deutlich erkennen, wie stark sie abgemagert war. Als die Frau sauber war, hatte ihr klägliches Weinen aufgehört, und sie ließ sich zitternd und benommen aus dem Zuber heben und wieder auf den Boden stellen.

Der zweite Matrose durchwühlte inzwischen den Inhalt einer großen Holztruhe, die sie ebenfalls heruntergetragen hatten. Aufmerksam beobachtete Raven, wie er ein abgetragenes, zerknittertes, aber sauberes Baumwollkleid herausnahm. Er drückte es der schweigenden Frau in die Hand. Mürrisch gab er ihr zu verstehen, daß sie es anziehen sollte, und sie stolperte ins Dunkel, um hineinzuschlüpfen. Mit gereizten Flüchen und heftigen Gesten bedeutete Rollo den anderen Mädchen, sie müßten sich wie ihre Mitgefangene baden und anziehen.

Raven wartete ab, bis das widerliche Gespann sich aufs Deck verzogen hatte. Dann ging sie mutig nach vorn, weil sie an die Reihe kommen wollte, solange das Waschwasser noch verhältnismäßig sauber war. Ohne sich darum zu kümmern, daß die anderen ihren Zustand bemerken könnten, streifte sie im trüben Licht die schmutzige Punjabi-Tracht ab, die sie so lange getragen hatte. Die Luft im Laderaum war heiß und stickig, und doch zitterte sie, als sie sich in einem der Zinnzuber ins eiskalte Meerwasser kauerte. Mit zusammengebissenen Zähnen fing sie an, sich mit dem rauhen Fetzen und der scharfen Kernseife zu waschen, obwohl ihr bewußt war, daß viele Augenpaare sie aus den dunklen Schlupfwinkeln des Laderaums beobachteten. Als sie fertig war, stieg sie aus der Wanne und griff nach einem der Kleider in der großen Holztruhe. Sie faltete es auseinander, zog es über den Kopf und ihren noch nassen, aber herrlich sauberen Körper.

Als sie im Stroh saß, strich sie die Baumwollröcke über ihren Hüften glatt und stellte hocherfreut fest, daß sie weit genug waren, um alle Anzeichen ihrer Schwangerschaft zu verbergen. Dann fuhr sie sich mit den Fingern durch das wirre Haar. Als es getrocknet war und ihr in weichen Locken auf den Rücken fiel, fühlte sie sich wesentlich wohler. Sie war nun sauber und nicht mehr halbverhungert, und wenn man den Worten des Kapitäns trauen durfte, müßten sie im Laufe der Woche landen. Ebenso entzückte sie die Tatsache, daß sie nun alle mit frischen Kleidern ausgestattet waren, denn sie hatte ihre Hoffnung in der schmutzigen Punjabi-Tracht durch eine fremde Stadt fliehen zu können, schon fast begraben. Doch in ihrem neuen Aufzug würde sie sich bestimmt unauffällig unter die einheimische Bevölkerung mischen können, ohne irgendeinen Verdacht auf sich zu lenken.

Später kehrten Rollo und sein Handlanger zurück, um die benutzten Zinnzuber und Kübel wieder an Deck zu tragen. Die Laterne in der einen Hand, den Belegnagel in der anderen, durchschritt Rollo den gesamten Laderaum, um sicherzugehen, daß alle Frauen seine Anweisungen befolgt hatten. Er verzog verächtlich die Wulstlippen. Was, in Teufels Namen, hatte er als Matrose auf einem stinkenden Sklavenschiff mit einem Kapitän verloren, der nicht mal ein richtiger Mann war? Er verdiente etwas Besseres, ohne Zweifel, und eines Tages, bei Gott, würde er es schon allen zeigen, daß Rollo Walsham nicht der Taugenichts war, für den man ihn hielt. Hätte er sich nicht vor fünf Jahren mit dem wachhabenden Offizier an Bord der *Persuasion* im Suff herumgeprügelt, hätte er niemals fliehen und auf dem einzigen Schiff, wo man ihn noch haben wollte, dem verhaßten Sklavenschiff *Kormoran* unter Kapitän Niels Van der Horst, anheuern müssen.

Fast am Ende seines Rundgangs schwang er ziellos die Laterne über einer jungen Frau, die zusammengekauert in der Ecke gegenüber der Laderaumleiter saß; abrupt hielt er inne und ging dann zu ihr hin. Im Unterschied zu den anderen sah sie ihn trotzig an, ihre bemerkenswert schönen goldbraunen Augen begegneten kühn den seinen. Fasziniert blieb er stehen und inspizierte sorgfältig die mageren Wangen und edel geformten Züge. Das lange tiefschwarze Haar fiel ihr offen bis auf die Hüften, und das Laternenlicht fing seine Glanzlichter ein und verlieh ihm den weichen Schimmer einer kostbaren schwarzen Perle. Rollo hielt den Atem an. Nie hätte er eine so bezaubernde Schönheit unter den jungen Frauen vermutet, die Van der Horst als Freudenmädchen erwarb.

Die eindrucksvollen Augen hielten Rollo Walshams Blick eine nicht unbeträchtliche Weile stand. Er suchte sich nach ihrem Herkunftsland zu erinnern. Ach ja, nun fiel es ihm endlich ein – das Hindu-Mädchen, das ihnen der stinkige Türke Kamal verkauft hatte. Und doch könnte Rollo schwören, daß diese junge Frau, nunmehr ohne Punjabi-Tracht, sondern in einem gemusterten Baumwollkleid, nicht aus Indien stammte. Ihr Aussehen erinnerte ihn eher an eine Europäerin, und der Trotz in ihren Katzenaugen und ihrem angespannten Körper entsprach nicht einer nach strengsten Verhaltensregeln erzogenen Frau, der man von klein auf furchtsame Ehrerbietung gegenüber Männern eingebleut hatte.

Rollos Blick wanderte zu den vollen Brüsten, die sich unter dem engen Mieder abzeichneten, und er hielt den Atem an, als seine Augen noch tiefer, zu den in Falten gelegten Röcken schweiften. Im Gegensatz zum Kapitän der *Kormoran* verfügte Rollo über eine scharfe Beobachtungsgabe, und in seiner langen Laufbahn als Matrose auf einem Sklavenschiff war er genügend Frauen begegnet, um zu erkennen, daß diese schwanger war. Bedächtig kratzte er sich am ungewaschenen Kopf.

Ja, sie war schwanger, was ihm bewies, daß sie kein Hindu-Mädchen sein konnte. Keine unverheiratete Inderin würde es je wagen...

»Rollo, mach schon! Ich hab' das Warten satt!«

Seufzend wandte sich Rollo ab und folgte John Sampson die Leiter hinauf. Er fragte sich, was er mit seiner Entdekkung anfangen sollte. Wenn der Kapitän erfuhr, daß sie ein Kind bekam, würde er sie auf jeden Fall loswerden wollen. Doch Rollo mußte unbedingt herausfinden, ob sie wirklich eine Abendländerin war, wie er vermutete. Ein selbstgefälliges Lächeln verzog seine Wulstlippen. Wenn sich seine Vermutung bestätigte, würde er dieses Geheimnis für sich behalten, denn er kannte genug Leute in New Orleans, die nur zu gern eine hohe Summe für ein erstklassiges Exemplar der weißen Rasse zahlten.

Als sie den Lukendeckel über sich zuknallen hörte, atmete Raven erleichtert auf. Es hatte ihr gar nicht gefallen, von Rollo angegafft zu werden, als würde er ihre intimsten Geheimnisse kennen. Und die Anstrengung, seinem Blick unerschrocken standzuhalten, hatte sie ziemlich erschöpft. Trotz der angereicherten Rationen, trotz der Tatsache, daß sie endlich sauber war, mußte sich Raven widerwillig eingestehen, daß sie sich noch überaus schwach fühlte. Wie sollte sie in einer solchen Verfassung überleben, selbst wenn ihr die Flucht aus dem dunklen Laderaum des Schiffes gelänge? Sie biß auf ihre Unterlippe und zwang sich, die Hoffnung nicht sinken zu lassen. Nein, sie durfte nicht aufgeben. Sie mußte an das Baby, an Charles, an ihre Liebe zu ihm denken, die sie während der bitteren Monate ihrer Gefangenschaft am Leben erhalten hatte.

Ravens Augen füllten sich mit Tränen. Es war so schrecklich viel Zeit verstrichen, seit sie ihn das letzte Mal gesehen hatte, und sie stellte fest, daß die Erinnerung an sein attraktives, lachendes Gesicht nicht mehr so schnell wie früher in ihr aufstieg. Wird er mich nach allem, was ich erlebt habe, noch immer begehren, fragte sie sich unglücklich. Hatte er sich überhaupt je nach ihr gesehnt?

»Schluß damit!« flüsterte sie wütend, und der Klang ihrer Stimme brachte sie wieder zur Besinnung. Wenn sie an ihrer Liebe zu Charles oder an seinen Gefühlen für sie zu zweifeln begänne, wäre sie verloren. Es machte ihr nichts aus, daß er ihr seine Liebe nie gestanden, daß er sie in jener letzten Nacht in seiner Kajüte auf der *Orient Star* nur mit zunehmendem Zorn angeschaut hatte. In ihrem tiefsten Innersten wußte sie, daß er sie liebte – er muß mich lieben, redete sie sich hartnäckig ein, während sie mit den Tränen rang, sonst wäre mein Überlebenskampf sinnlos.

Als sie wenig später aus einem unruhigen Schlaf erwachte, hörte sie das mittlerweile vertraute Scharren, mit dem der Lukendeckel aufgerissen wurde, und helles Sonnenlicht strömte auf das modrige Stroh.

»Heraus mit euch!« befahl John Sampson und bedeutete den Gefangenen an Deck zu kommen.

Auf dem Vorderdeck angelegt, hielt Raven wie die anderen den Atem an; ihr Blick wurde beinahe hypnotisch zum Schiffsbug gezogen, wo ein dunkler Landstreifen zwischen dem azurblauen Meer und dem schäumenden grünen Wasser zu sehen war. Einigermaßen gehorsam reihte sie sich ein, als sie unter John Sampsons Kommando Aufstellung nehmen mußten, und wurde sich der neugierigen Blicke der Matrosen in der Takelage bewußt. Sicher bieten wir einen seltsamen Anblick, dachte sie finster, ein Dutzend dünner, schwarzhaariger junger Frauen von verschiedener Hautfarbe stand brav still, während ihre gleichartigen Baumwollröcke sich im Fahrtwind bauschten. Sie vergaß ihre Gedanken, als sie sich umschaute, da sie Blicke auf sich spürte, und schweren Herzens bemerkte sie, daß Rollo Walsham sie prüfend musterte. Durch die Wachsamkeit seines Blicks aufgerüttelt, erschauerte sie und spähte verstohlen zu ihrer Taille hinab. Könnte er etwas entdeckt haben?

Zu ihrer Erleichterung stellte sie fest, daß die bunten Musselinröcke die verräterische Wölbung verbargen, und sie redete sich ein, die Männer würden normalerweise sehr wenig über die weiblichen Geheimnisse wissen. Überdies waren einige der anderen Frauen um sie herum trotz der kürzlich angereicherten Rationen so bedauernswert abgemagert, daß auch ihre Bäuche leicht vorstanden.

»Aufgepaßt, Rollo, da kommt der Käpt'n!«

Bei diesen Worten richtete sich Raven auf und sah den mürrischen Matrosen schnell von der Reling wegspringen, als der geckenhaft aufgeputzte Kapitän Van der Horst auf dem Vorderdeck erschien. Sie rührte sich nicht, während er die Frauen kurz inspizierte und seine feuchten Lippen dabei zu einem immer breiter werdenden Grinsen verzog.

»Ich muß zugeben, ihre Verfassung hat sich erheblich verbessert, Rollo«, stellte er fest, als er sich zu seinem erwartungsvollen Handlanger umdrehte. »Ein paar hoffnungslose Fälle sind zwar darunter, fürchte ich, aber warten wir ab, was wir für sie herausschlagen können. Die meisten haben sich ja ganz hübsch gemausert. Bis morgen abend sollten wir den Hauptladeraum gelöscht haben«, fuhr der Kapitän nachdenklich fort. »Mr. Rawls wird ihren Transport in die Verschläge überwachen. Danach will ich, daß dieser Haufen in meine Privatpferche geschafft wird. Du weißt doch, welche ich meine?«

»Ja, Käpt'n, zum St. Charles Hotel.«

Van der Horst nickte. »Mr. Gibson von Bolton, Dickins und Co. schaut sie sich übermorgen in der Früh an. Ich erwarte, daß alles glatt über die Bühne geht, Rollo.«

Selbst Raven hörte die verschleierte Drohung aus den harmlos klingenden Worten heraus und fragte sich schaudernd, was in aller Welt die erwähnten Verschläge und Pferche sein mochten. Hielt man dort die Sklaven bis zum Verkauf fest? Bei dem Gedanken, daß man sie in diesem Fall kaum besser als Vieh behandeln würde, durchlief sie abermals ein Zittern. Ihre Lippen verhärteten sich grimmig. Egal, beim Entladen ihres Frachtraums würde sie ohnehin nicht mehr an Bord sein.

Wieder zurück in der völligen Finsternis ihres Verlieses zitterte Raven vor Unruhe. Wenn bis morgen abend laut Anweisung des Kapitäns die Hauptfrachträume geleert werden sollten, würde das Schiff schon bald anlegen. Bis dahin mußte sie einen geeigneten Fluchtplan aushecken, und sie zerbrach sich in langen schlaflosen Stunden den Kopf darüber. Das Hauptproblem bestand nicht darin, aus dem Frachtraum zu entwischen, da er nun nach dem Abebben der Winterstürme selten verschlossen war, sondern darin, von Bord zu kommen.

Raven erkannte, daß Gewaltanwendung nicht in Frage kam, da sie unbewaffnet war. Auch konnte sie sich nicht ungesehen davonstehlen, denn die Gangway wurde sicherlich gut bewacht. Natürlich war sie zu schwach für einen Kampf, aber es sollte ihr keine Schwierigkeiten bereiten, die Wächter zu überlisten. Warum sollte sie ihnen nicht vortäuschen, daß sie nicht zu den unglücklichen, im Laderaum gefangenen Sklavinnen gehörte?

Irgendwann während der Dämmerstunden des folgenden Tages glitt die *Kormoran* nach viermonatiger Fahrt ruhig zu ihrem Liegeplatz an den Docks entlang des Mississippi. Obwohl die Mannschaft begeistert dem Landurlaub entgegenfieberte, sehnte sich niemand diese Stunde mit größerer Unruhe herbei als Raven, die erwartungsvoll im Dunkeln neben der Lukenleiter saß und angestrengt auf die Vorgänge an Deck lauschte. Das geringfügige Schaukeln des Schiffes und das Knarren der Taue veranlaßte Raven zu der Vermutung, daß das behäbige Schiff endlich festgemacht worden war. Von oben vernahm sie Schritte und gelegentlich gedämpfte Stimmen, ein zu auffälliges Treiben, als daß es mit etwas anderem als der Landung in Verbindung stehen könnte.

Raven hatte keine Ahnung, wie lange sie neben der Leiter kauerte und wartete, bis sich Stille über das Schiff senkte. Sie hatte jegliches Zeitgefühl verloren, und lange, bevor das geschäftige Lärmen aufhörte, plagten sie Muskelkrämpfe und Erschöpfung.

Vielleicht war sie sogar kurz eingenickt, aber plötzlich schreckte sie hoch und neigte lauschend den Kopf. In der Dunkelheit ringsum hörte sie die anderen tief und gleichmäßig atmen, und ab und zu schrie jemand in einem Alptraum auf. Ansonsten herrschte Stille, mit Ausnahme der gegen den Rumpf schlagenden Wellen und dem Rascheln der Ratten irgendwo im Stroh.

Mit schmerzenden Gliedern und ausgedörrtem Mund begann Raven die Leiter hochzusteigen, deren oberes Ende sie in der Finsternis nicht erkennen konnte, bis ihr Kopf schmerzhaft gegen den Lukendeckel stieß. Sie unterdrückte ein Stöhnen, nahm zögernd eine weitere Sprosse, betastete mit zitternden Fingern den Lukenrand und stemmte sich mit aller Kraft dagegen, bis der Deckel allmählich nachgab. Noch eine Sprosse, dann spähte Raven durch die schmale Spalte. Mit einem Seufzer der Erleichterung sah sie, daß es draußen dunkel war und die Decks nur vom Sternenhimmel und ein paar Laternen beleuchtet wurden.

Mit angehaltenem Atem schob sie den Deckel zurück und wartete ein wenig, ehe sie hinauskletterte. Als sie sich ziemlich sicher war, daß niemand auf dem Vorderdeck stand, kroch sie nach draußen, drehte sich langsam auf allen vieren um und ließ den Lukendeckel wieder an seinen Platz sinken. Einen Moment lang hockte sie daneben, holte tief Luft und versuchte, ihr schreckliches Herzjagen unter Kontrolle zu bekommen.

Als sie sich erhob, blieb sie erst eine Weile im schützenden Schatten des klobigen Fockmasts stehen und schaute durch die Dunkelheit nach achtern. Alles war ruhig, und sie schlich sich langsam in Richtung Gangway. Wie befürchtet, schob dort ein ungeschlachter Matrose Wache, der äußerst gelangweilt an der Reling lehnte und zum Zeitvertreib seinen Namen in das weiche Holz schnitzte. Raven trat zurück in den Schatten und beobachtete ihn mit angehaltenem Atem. Wie lange muß ich warten, bis er weggeht, fragte sie sich in wachsendem Entsetzen. Und wenn man sie vorher entdeckte?

Nach einer Weile polterte er davon, blieb ein paar Meter entfernt mit dem Rücken zu ihr stehen und fingerte an seinen Kniehosen herum. Ein Lied vor sich hinbrummelnd, fing er an, Wasser in die Speigatts zu lassen, und Raven schluckte krampfhaft bei der Erkenntnis, daß dies möglicherweise ihre einzige Chance war. Auf leisen Sohlen eilte sie über die glatten Planken und schaffte es eben bis zur Gangway, als der Matrose sich umdrehte und sie entdeckte.

»He, was soll das!« fragte er ungläubig, aber Raven ließ ihn nicht weiter zu Wort kommen.

»Sie da!« sagte sie hochmütig und trat aufs Deck zurück, als sei sie gerade erst an Bord gekommen und seiner ansichtig geworden. Mit gerafften Röcken marschierte sie bis auf einen halben Meter Abstand auf ihn zu und blieb dann mit keck erhobenem Kinn stehen, während er sie höchst verdutzt anstarrte. »Was für ein Schiff ist das?« erkundigte sie sich herrisch.

»Die *Kormoran,* Miß«, entgegnete er, von ihrem Ton überrascht.

»Aha.« Raven nickte und musterte ihn dreist in der Hoffnung, einschüchternd zu wirken, während sie innerlich vor Furcht bebte. »Befindet sich ein Matrose namens John Sampson an Bord?« fragte sie mit schneidender Stimme.

Dem Matrosen fiel der Unterkiefer herunter. »Ja, Miß.«

»Gut. Ich würde ihn gern sprechen.«

»Der – der ist wohl gerade nicht da, Miß.« Angesichts dieser jungen unvergleichbar schönen Engländerin konnte der ratlose Matrose nur noch stammeln. Obwohl ihre Kleidung, soweit er es in der Dunkelheit erkennen konnte, recht fadenscheinig wirkte, faszinierten ihn das nachtschwarze Haar, das ihr offen bis zur Taille fiel, und die großen Katzenaugen, die so dunkel und geheimnisvoll in dem schmalen ebenmäßigen Gesicht leuchteten. Ihrer Sprechweise und Haltung nach erschien sie ihm als Dame von Stand, und ihre unerwartete Gegenwart trübte ihm derart die Sinne, daß er sich nicht einmal fragte, was sie allein so spät in der Nacht auf den Docks zu schaffen hatte. »Sampson hat nicht Dienst«, meinte er hilflos.

»So... Und wie heißen Sie, Sir?« wollte Raven wissen.

Er schaute noch dümmer drein. »Ich – na, Barlow, Miß.«

»Mr. Barlow, können Sie John Sampson bei seiner Rückkehr ausrichten, daß ich seit Wochen auf die Ankunft der *Kormoran* warte? Sagen Sie ihm, ich muß ihm etwas geben, das er letztes Mal hier vergessen hat! Und jetzt entschuldigen Sie mich bitte, mein Diener wartet unten.«

Kaum spürte sie die rauhen Holzplanken des Kais unter den Füßen, schwankte sie und stürzte fast, aber sie zwang sich weiterzugehen, da sie sich von dem Matrosen auf Deck beobachtet fühlte. Als das Dunkel sie seinem Blick entzog, atmete sie tief ein und rannte wild und ziellos weiter. Das Blut rauschte ihr in den Ohren, ein unebenes Brett brachte sie fast zu Fall, und sie schrie auf, als sie inmitten der aufgestapelten Fässer um ein Haar über einen Kater auf Rattenjagd gestolpert wäre. Böse fauchend flitzte das Tier an ihr vorbei, und sie sank mit Seitenstechen hinter einen Holzverschlag und wußte, daß sie nicht mehr weiterlaufen konnte.

Gedämpft drangen aus einer nahe gelegenen Taverne Stimmen und Lachen herüber, und Raven kam der Gedanke, daß einige Besatzungsmitglieder der *Kormoran* sich möglicherweise hier betranken. In plötzlicher Furcht vor einer Begegnung mit jemandem, der sie leichter als der Dummkopf Barlow an der verräterischen Kleidung erkennen könnte, stand sie auf und eilte entlang des Kais zur Straße. Dort bemerkte sie recht bald, daß sie sich in einem widerlichen Stadtviertel befand, denn die Gebäude in der engen Gasse beherbergten samt und sonders nur Tanzlokale und billige Spelunken, von blecherner Musik und trunkenem Gelächter erfüllt.

Mit geschürzten Röcken rannte sie die Straße hinauf, um

ein besseres Viertel zu erreichen, ehe sie die Kraft verließ. Die Pflastersteine fühlten sich unter ihren leichten Schuhen naß an, und trotz der feuchtwarmen Luft schauerte sie. Die kühlende Brise vom Hafen drang wegen der hohen Gebäude ringsum nicht zu ihr durch, und bald schon keuchte Raven vor Anstrengung. Mit einem erleichterten Seufzer stellte sie fest, daß die enge Straße sich zu einer breiten Allee, flankiert von schönen weißen Häusern mit kunstvollen Schmiedeeisentoren, öffnete. Bestimmt konnte sie hier jemanden um Hilfe bitten, ohne abgewiesen zu werden.

Fast alle vornehmen Villen lagen im Dunkel, doch Raven entdeckte weiter unten auf der Allee bald ein erleuchtetes Giebelfenster und lief ohne Rücksicht auf ihr schreckliches Herzrasen darauf zu. Ihr Mund war wie ausgetrocknet, feuchtkalter Schweiß bedeckte ihre Handflächen, aber sie wollte sich ihre Furcht nicht eingestehen.

Unsicher hielt sie vor dem Haus an und schaute durch breitblätterige Magnolien zu dem erleuchteten Fenster hoch. Was sollte sie demjenigen, der die Tür öffnete, erzählen? Daß Sklavenhändler sie vor Monaten in Indien entführt hatten und daß sie nicht wußte, welcher Tag heute war oder in welchem Land sie sich befand?

»Nicht so hastig, Schätzchen!«

Raven stieß einen schrillen Angstschrei aus, als ihre schmale Hand auf der Messingklinke von einer behaarten Pranke gepackt wurde. Sie schnellte herum und sah sich der grinsenden Fratze von Rollo Walsham gegenüber.

»Wie, bitte?« brachte sie hervor und gewann bewundernswert schnell ihre Fassung wieder.

»Wohin willst du denn?« fragte er fast im Plauderton, ohne sie freizugeben.

»Zufällig wohne ich hier«, ließ ihn Raven spitz wissen, die goldbraunen Augen voller Wut. »Lassen Sie mich los, sonst rufe ich meinen Vater!«

Rollo Walsham warf einen belustigten Blick auf das dunkle Haus. »Hier leben keine Verwandten von dir, Schätzchen, aber deine Tour gefällt mir. Den Trottel von Barlow konntest du zum Narren halten, aber nicht Rollo Walsham.«

»Sie sind mir gefolgt?« Verzweifelt schaute sie zu ihm auf.

»Sie haben gesehen, wie ich von Bord gegangen bin, nicht wahr?«

Rollo nickte, erfreut über ihre treffende Beurteilung der Situation. »Ich hab' die Luke nicht verriegelt, weil ich mir dachte, daß du abhauen würdest.« Sein Blick wanderte anerkennend über ihre schlanke Figur. »Daß du keine Hindu bist, habe ich gleich gemerkt.« Grinsend bleckte er die Pferdezähne. »Und auch vornehm. Nicht gerade das, was der Kapitän sich als Freudenmädchen vorstellt, aber Rollo weiß schon, wo er dich verkaufen kann.«

»Sie sind ja wahnsinnig!« fauchte sie ihn an. »Ich bin Engländerin, und Sie haben kein Recht, mich gefangenzuhalten. Ich bin keine Leibeigene und ganz bestimmt keine Sklavin! Lassen Sie mich auf der Stelle los!«

Rollo lachte selbstzufrieden. »Du wirst mir ein hübsches Sümmchen einbringen.«

Aus Ravens zartem Gesicht wich alle Farbe. Oh, warum war sie nach ihrer geglückten Flucht von diesem lüstern grinsenden Verrückten wieder eingefangen worden, der nicht erkennen wollte, daß sie britische Staatsbürgerin und ein freier Mensch war? »Lassen Sie mich los!« befahl sie wütend und wand sich nach allen Seiten, als sie ihre Hand seinem derben Griff zu entziehen suchte.

Rollo schüttelte den Kopf, und Raven öffnete den Mund zum Schrei, aber ehe ihr ein Laut entkommen konnte, drückte er ihr Gesicht so eng an seine kratzige, modrig riechende Jacke, daß sie kaum Luft bekam. Er trug sie davon, als wäre sie federleicht, und begann die dunkle, verlassene Straße hinunterzulaufen, im Bewußtsein, daß ihn weit und breit keine Menschenseele aufhalten würde.

16.

Lange bevor die heiße Maisonne sich in den diesigen Himmel erhob, herrschte auf den Kais von New Orleans schon ein lebhafter Trubel. Angetäut zwischen einer stumpfbugigen Brigg und einem alten Handelsschiff, das silbrige verwitterte Molassefässer entlud, schaukelte der Klipper *Orient Star* ruhig mit nackter Takelage und verlassenen Decks an seinem Anlegeplatz.

Charles hatte in der Nacht wenig geschlafen und war lange vor Tagesanbruch aufgestanden, um grübelnd auf die dunkle Silhouette der schlafenden Stadt zu schauen. Seit die *Orient Star* vor einer Woche im Hafen von New Orleans geankert und ihr Kapitän erfahren hatte, daß die *Kormoran* noch nicht eingetroffen war, lehnte er jeden Morgen an der Reling.

»Kapitän!«

Charles blickte zur Seite und sah Geoffrey Lytton im goldenen Morgenlicht neben sich stehen.

»Sie ist angekommen, Kapitän, die *Kormoran*. Sie soll irgendwann im Lauf der Nacht angelegt haben.«

»Wo?« fragte Charles knapp und ließ den Blick über die dichtbelegten Docks streifen.

Geoffrey deutete nach Backbord, auf den gewundenen schlammigbraunen Fluß. »Hinter der Biegung dort oben. Quintrell hat sie ausgekundschaftet.«

Ohne ein Wort eilte Charles über das blitzblanke Deck, aber ehe er die Gangway erreichte, hatte sich ihm ein halbes Dutzend Männer, einschließlich Geoffrey Lytton, mit grimmigem Gesichtsausdruck angeschlossen. Langsam drehte sich der Kapitän um und betrachtete einen nach dem andern. »Ich dachte, ich hätte Sie allesamt auf Landurlaub entlassen«, sagte er unwirsch. »Und mir war auch nicht bewußt, daß ich eine ganze Entermannschaft als Eskorte zusammengetrommelt hätte.«

»Entschuldigen Sie bitte, Sir.« Ein junger Matrose, der bei Kamals Verhör vor Monaten zugegen gewesen war, trat vor und hielt dem düsteren Blick seines Kapitäns stand, ohne mit der Wimper zu zucken. »Wir würden gern mitkommen und uns vergewissern, daß es Miß Raven gutgeht.«

Charles schaute sie alle prüfend an und gab zu guter Letzt nach. Wortlos drehte er sich um und stürmte, seine getreuen Leute im Schlepptau, die Gangway hinunter.

Die *Kormoran* ankerte etwa eine Meile entfernt wuchtig, sturmverwittert und unheilvoll ruhig. Obwohl die Sklaven aus dem Hauptfrachtraum schon vor Stunden entladen worden waren, hing noch immer ein starker, ekelerregender Gestank von Krankheit und Tod in der Luft, der sie ebenso eindeutig als Sklavenschiff auswies wie die Flagge der Dutch West India Company, die einsam am Heck wehte. Auf dem Kai unterhalb der Gangway hielt Charles inne und musterte mit zurückgeworfenem Kopf und zusammengekniffenen Augen das Schiff.

»Gott, wie gräßlich!« murmelte jemand. Und es war Geoffrey Lytton klar, daß sich alle wie er fragten, ob Raven Barrancourt die Überfahrt auf einem solchen Schiff habe überleben können. Alle mit Ausnahme des Kapitäns, dachte Geoffrey. Kein einziges Mal während der langen Wintermonate hatte sich Charles zu bezweifeln erlaubt, daß sie die *Kormoran* in New Orleans antreffen und Raven unversehrt an Bord finden würden. Sein zwanghaftes Beharren hatte seinen Tribut in den hageren, fast schon ausgemergelten Zügen und den fiebrig glänzenden grünen Augen gefordert.

Kapitän Charles St. Germain hatte sich völlig verändert, und Geoffrey beobachtete sorgenvoll, wie dieses Beharren ihn voranpeitschte, unbarmherzig peinigte, so daß er bisweilen jede Ähnlichkeit mit dem Mann verlor, der er einst gewesen war. Mit der Narbe, die seine Wange wie ein Brandmal zeichnete, der Rastlosigkeit seines kraftvollen Körpers, seinem grüblerisch verbissenen Gesichtsausdruck erschien Charles seiner Mannschaft fast dämonisch. Hin und her gerissen zwischen Wutanfällen und langen, zermürbenden Schweigephasen, kannte er keinen inneren Frieden.

Nun ist es fast vorbei, dachte Geoffrey, dem Himmel sei Dank. Niemand dürfte so sehr leiden wie der Kapitän, ohne am Ende verdientermaßen das ersehnte Ziel zu erreichen.

Als hätte er die Anwesenheit seiner Leute völlig vergessen, ging Charles schweigend an Bord des verlassenen Sklavenschiffs. Die schweren Stiefel hallten auf den groben, schmutzigen Planken des Hauptdecks. Mit zunehmendem Unglauben betrachtete er die armselig zusammengeflickten Segel und die ausgefransten Taue der Takelage, das tief eingekerbte und zerfressene Balkenwerk, die glanzlosen Messingvorrichtungen. Nachlässigkeit, schlechte Handwerksarbeit und völlige Gleichgültigkeit gegenüber der zur Instandhaltung eines seetüchtigen Schiffs nötigen Arbeit zeigten sich überall, wo er nur hinschaute. Und er fragte sich mit einem wachsenden Angstgefühl in der Magengrube, ob sich diese Haltung auch in Ravens Behandlung widergespiegelt habe, während sie die Fahrt über in einem stickigen Frachtraum eingesperrt gewesen war.

»Was wollen Sie hier, Mann?«

Dem schmutzigen Matrosen, den Charles' vernehmliche Schritte von der Niedergangstreppe an Deck gelockt hatten, erstarben die feindseligen Worte rasch auf den Lippen. Als er in das sonnengebräunte Gesicht mit der dünnen blassen Narbe über der hageren Wange sah, blieb er abrupt stehen und mußte unter dem vernichtendem, durchdringendem Blick des Besuchers nervös die Augen abwenden. Und angesichts der Männer hinter diesem sehnig gestählten Hünen wich er einen Schritt zurück und räusperte sich laut. »Wünschen der Herr was?«

Bei dem plötzlich erehrbietigen, zitternden Ton lächelte Charles grimmig. »Den Kapitän«, sagte er kurz angebunden. »Befindet er sich an Bord?«

»Nein, Sir, er ist geschäftlich unterwegs.«

»Sind die Sklaven, die ihr gestern nacht hergebracht habt, schon entladen?«

Der Matrose entspannte sich sichtlich. Offenbar wollte der furchteinflößende Herr sich nur ein paar vorzügliche Arbeitskräfte erwerben. »Letzte Nacht, Sir. Kapitän Van der Horst kümmert sich gerade um den Verkauf.«

»Und wo genau hält sich Kapitän Van der Horst auf?« erkundigte sich Charles, dessen Ungeduld plötzlich wie Feuer in seinen Augen flackerte. Als der Matrose zögerte, packte er ihn am schmutzigen Kragen und beutelte ihn wie einen nassen Lumpen. »Antworten Sie mir, verdammt noch mal!«

»Fleur Rouge, er ist im Fleur Rouge«, krächzte der Handlanger mit vorquellenden Augen.

Zehn Minuten später entstiegen im Vieux Carré, dem ältesten Stadtviertel von New Orleans, Charles und drei seiner Offiziere einer Mietdroschke vor einem vornehmen Gebäude, dessen geschmackvolle messingbeschlagene Türen sich auf die enge, mit Kopfsteinen gepflasterte Straße hin öffneten. Eine große, auffallende Frau im schwarzem Taft mit einer blutroten Rose an der Brust trat ihnen an der Tür entgegen, ihr mißbilligender Blick angesichts ihrer Seemannskleidung wich rasch ruhiger Aufmerksamkeit, als sie Charles' Miene sah. »Ich bin Madame Dussoit. Wünscht Monsieur...«

»Ich suche einen Kapitän Van der Horst«, unterbrach er sie schroff. »Man sagte mir, daß er sich hier aufhält.«

»Warten Sie einen Moment, Monsieur, ich sehe nach.«

Bevor sich Madame Dussoit umdrehen konnte, hatte Charles ihr Handgelenk mit so festem Griff umklammert, daß sie zusammenzuckte. »Wenn es Ihnen nichts ausmacht, Madame, sagte er mit einem warnenden Lächeln, »begleite ich Sie.«

Sie richtete sich auf und hielt seinem einschüchternden Blick stand. »Ich führe ein angesehenes Haus, Monsieur, und wünsche keinen Ärger.«

Zu einem anderen Zeitpunkt hätte Charles ihren Mut bewundert, aber sein unbedingtes Verlangen, Van der Horst zu begegnen, verzehrte ihn, und so blieb er unbarmherzig. »Wenn Sie mich nicht zu ihm führen, Madame«, flüsterte er wutentbrannt, »suche ich ihn selbst, und ich verspreche Ihnen, dann wird es großen Ärger geben.«

Madame Dussoit erblaßte. »Nun gut, Monsieur, aber Ihre Leute müssen draußen bleiben.«

»Das werden sie«, erwiderte er und warf Geoffrey Lytton einen schnellen Blick zu. Hinter Madame Dussoit durchquerte Charles das Etablissement, ohne auf die elegant gekleideten Besucher zu achten, die in den Nischen wohl schon die ganze Nacht vor ihrem Drink saßen. Mehrere junge Mädchen in offenherzigen Satinfähnchen räkelten sich auf Sesseln oder lehnten anmutig am Geländer der geschwungenen Treppe, die in den ersten Stock führte, und taxierten Charles unverhohlen.

Madame Dussoit führte ihn zu einer Nische im rückwärtigen Teil des großen Raums, in der hinter einer riesigen Orangenpflanze zwei Männer saßen. Charles trat vor Madame Dussoit, blieb dann, die Hände auf die schmalen Hüften gestützt, stehen und schaute die beiden an, die sich erstaunt zu ihm umdrehten. Einer von ihnen war klein und schwarzhaarig, ein bleistiftdünner Schnurrbart kräuselte sich über schmalen, blutleeren Lippen. Mit seinem dunklen Anzug aus feinem Wollstoff und der schwarzen Krawatte erinnerte er Charles bis auf die protzigen Diamanten an seinem Halstuch und den langen Spinnenfingern an einen Leichenbestatter.

Der andere, klein und dick, schwitzte übermäßig, die blonden Locken rankten sich feucht um das fleischige Gesicht. Mit vor Entrüstung zitternden Wangen schaute er erst auf Charles' hochaufragende Gestalt, dann auf Madame Dussoit, die beunruhigt hinter ihm stand. »Was soll das bedeuten?« näselte er gereizt, mit starkem holländischen Akzent. »Ich bat ausdrücklich darum, nicht gestört zu werden!«

»Sie müssen Madame entschuldigen«, entgegnete Charles mit einem unverschämten Lächeln, das dem andern die Röte in die Pausbacken trieb. »Ich bestand darauf, Sie zu sehen, Kapitän Van der Horst?«

»Das bin ich, ja, und Sie...«

Weiter kam der feiste Kapitän nicht. Mit einer Geschwindigkeit, angesichts derer alle den Mund aufrissen, ballte Charles die Hand und schlug sie mitten in das fette, verlebte Gesicht. Obwohl er dem Kerl am liebsten die Nase zertrümmert hätte, beherrschte er seine gewaltige Kraft und versetzte ihm nur einen leichten Stoß, der Van der Horst dennoch mit dem Kopf gegen die geschnitzte Holzbank krachen ließ. Madame Dussoit hielt sich die Hand vor den Mund, um ihren bestürzten Schrei zu unterdrücken, während der vermeintliche Leichenbestatter mit entsetzt hervorquellenden Augen aufsprang.

»Was bedeutet das?« piepste er, als Van der Horst mit einem benommenen Stöhnen und blutender Nase zusammenbrach. »Madame, Sie müssen Hilfe holen, schnell!«

»Sie bleiben, wo Sie sind!« Obwohl Charles so leise sprach, daß ihn die anderen Gäste nicht hören konnten, schwang unverkennbare Autorität in seiner Stimme mit, und die große, elegante Frau erstarrte sofort, ohne die kajalumrandeten Augen von seinem frostigen, markanten Gesicht zu wenden. »Ich versprach Ihnen, es werde keinen Ärger geben«, fuhr er fort, »und das wird es auch nicht. Ich beglich dem guten Kapitän nur eine Schuld, die seit einiger Zeit offenstand.« Die Narbe auf seiner Wange hob sich weiß von der bronzenen Haut ab. »Dies und noch viel mehr.« Diese letzten Worte richtete er mehr oder weniger an sich selbst.

»Was wollen Sie von mir?« winselte Kapitän Van der Horst, während er sich mit einer weißen Leinenserviette das Gesicht betupfte und gegen die Übelkeit ankämpfte, als er die leuchtendroten Flecke darauf anstarrte. »Ich kenne Sie nicht einmal!«

»Das stimmt«, pflichtete Charles ihm bei, die Hände noch immer bedrohlich geballt.

»Aber Sie haben mir etwas entwendet, Kapitän, und ich bin den ganzen Weg von Indien hierhergekommen, um es zurückzufordern.«

»Ich weiß nicht, wovon Sie reden«, quengelte Van der Horst. »O Daniel, schauen Sie doch! Ich blute ja noch immer!«

Daniel warf seinem Begleiter einen verächtlichen Blick zu und schaute dann in Charles' mitleidlose Züge. »Ich bin Daniel Gibson von Bolton, Dickins und Co., Zweigstelle New Orleans, Sir, und ich möchte nicht in die Angelegenheit verwickelt werden, die Sie anscheinend mit Kapitän Van der Horst zu bereinigen haben. Wenn Sie mich bitte entschuldigen.«

Charles preßte die Lippen zusammen. »Gehe ich recht in der Annahme, daß Bolton, Dickins und Co. eine Sklavenhandelsgesellschaft ist?«

Daniel Gibson nickte nervös. Er wünschte auf keinen Fall in einen Tumult bei Madame Dussoit hineingezogen zu werden, insbesondere nicht in Zusammenhang mit einem derart verachtenswerten Individuum wie Niels Van der Horst und diesem impulsiven, gefährlich wirkenden Engländer, dem man in seinem gegenwärtigen Zorn alles zutrauen mußte.

»In diesem Fall«, fuhr Charles St. Germain ruhig fort, »schließt der Grund meiner Anwesenheit auch Sie mit ein, Mr. Gibson. Kapitän Van der Horst hat mir nämlich eine junge Engländerin geraubt, die hier in New Orleans als Freudenmädchen verkauft werden soll.«

Sowohl Daniel Gibson als auch Madame Dussoit schnappten nach Luft, und der weibische Kapitän riß erstaunt den Mund auf, während er sinnlos an dem Blutrinnsal herumwischte, der die makellos weiße Hemdbrust verunstaltete. »Unmöglich, Sir!« verwahrte er sich entrüstet, während er sich allmählich von dem Schreck erholte. »Ich handle nicht mit Abendländerinnen!«

»Diese junge Frau wurde von einem türkischen Sklavenhändler namens Kamal entführt«, erklärte Charles mit rauher Stimme und spürte, wie die Narbe auf seiner Wange pochte. Er beugte sich vor, legte die Hände auf den Tisch und starrte dem Holländer finster ins schweißüberströmte Gesicht. »Sie trug Punjabi-Tracht – durchaus denkbar, daß man sie deshalb fälschlicherweise für eine Inderin hielt.« Erbost packte er Kapitän Van der Horst an der Krawatte und zog ihn hoch, so daß dessen klatschnasses Gesicht und die vorquellenden Augen nur Zentimeter von ihm entfernt waren. »Kamal hat mir selbst gestanden, daß er sie auf Ihr Schiff brachte. Er starb bei dem Verhör, und ich schwöre, ich werde nicht zögern, auch Sie zu töten, wenn Sie mir nicht ihren Aufenthaltsort verraten. Diese junge Frau ist meine Verlobte, und sie erwartet mein Kind. Bei Gott, wenn ihr...«

Irgendein archaischer Überlebenstrieb verlieh dem schlotternden Holländer den Mut, die unheilvolle Drohung zu unterbrechen. »Bei allem, was mir heilig ist, ich hatte keine Engländerin an Bord!« quäkte er. Der Blutgeschmack auf seiner Zunge ließ seinen Magen rebellieren. »Und ganz bestimmt keine schwangere! Ich habe sie allesamt persönlich unter die Lupe genommen! Das schwöre ich Ihnen!« Nach Luft ringend brach er ab, da sich Charles' kraftvolle Hände so eng um seinen fetten Hals schlossen, daß er größte Atemnot bekam.

Trotz des blindwütigen Zorns, der ihn verzehrte, erkannte Charles mit einem Blick in die vor Angst glasigen Augen, daß der Mann die Wahrheit sprach. Kalte Furcht verdrängte seine Wut. Wo steckte Raven nur? Wo, in Gottes Namen, wo? Charles riß den verschreckten Kapitän näher zu sich heran und schüttelte ihn gnadenlos. »Wenn Sie nichts von ihr wissen, dann hat garantiert einer Ihrer verdammten Matrosen Sie hintergangen. Ich werde jeden einzelnen von ihnen befragen, und gnade Ihnen Gott, wenn ich sie nicht finde!«

Die heiße Morgensonne hatte Hannah Daniels an Bord der *Orient Star* in den angenehmen Schatten des Sonnensegels getrieben, das der junge Jason Quintrell nach dem Nachlassen der Winterstürme zu Frühjahrsanfang für sie aufgestellt hatte. Auf der verwitterten Holzbank sitzend, beschäftigte sich Danny mit ihrer Stickerei, merkte aber, daß ihre Finger zu sehr zitterten und sie deshalb keine geraden Stiche zuwege brachte.

Sie alle hatten durch Ravens Verschwinden schweres Leid erlebt, gestand sich Danny ein, besonders der Kapitän, der seither für jeden sichtbar gealtert war. Das markante stolze Gesicht von Erschöpfung gezeichnet, hatte er während der langen Überfahrt nur selten das Achterdeck verlassen, auf Schlaf und Nahrung weitgehend verzichtet, das Steuer in den heftigsten, heulenden Orkanen selbst übernommen, als könnte er die *Orient Star* durch seine bloße, übermächtige Willenskraft auf Kurs halten. Niemand wagte es, seinen schrecklichen Zorn zu reizen, der hinter der furchteinflößend starren Maske brodelte. Selbst Dimitri war einer Auseinandersetzung aus dem Weg gegangen, als der Kapitän ihn an Bord des Klippers *Bridget Bailey* befohlen hatte, dem sie vor einigen Wochen südlich der Kapverdischen Inseln begegnet waren. Auf seiner Route östlich von Tobago hatte das Schiff die Flagge gestrichen und sie gegrüßt, Kapitän St.

Germain hatte den Kommandanten auf die *Orient Star* eingeladen.

Als Charles erfuhr, daß der Klipper über Rabat und Brest nach London unterwegs war, fragte er den Kapitän, ob sein Erster Offizier möglicherweise als Passagier auf der *Bridget Bailey* nach England reisen könne. Eigentlich befahl er Dimitri nicht mitzufahren, sondern bat ihn vielmehr darum, in jenem ruhigen, kühlen Ton, mit dem er sich in diesen Tagen an jeden wandte. Und Dimitri willigte ein, sehr zu Dannys Überraschung. Als sie ihr Erstaunen darüber äußerte, antwortete er ernst, dies geschehe Raven zuliebe, aber auf ihr weiteres Drängen setzte er nur eine mysteriöse Miene auf und verweigerte jede weitere Erklärung.

»Außerdem kann ich für unsere kleine Prinzessin nichts tun, was nicht auch in der Macht des Kapitäns stünde«, fügte er mit einem Blick auf die schweigende Gestalt an der Heckreling hinzu. »Er wird sie finden, Mrs. Daniels, bei meinem Leben.«

Dimitris Bereitschaft, das Schiff vor Ravens Rettung zu verlassen, hatte Danny eine Zeitlang verwirrt, und kein einziges Mannschaftsmitglied konnte die Gründe dafür erhellen. Es sah dem bulligen Russen, der Dannys junge Herrin geradezu vergötterte, so gar nicht ähnlich, sich einfach auf Kapitän St. Germains Aufforderung hin nicht mehr an der Suche zu beteiligen, aber allmählich vermutete Danny, daß Dimitri für seine bereitwillige Zustimmung einen triftigen Grund gehabt haben mußte.

An jenem schwülen Maitag, während sie unter dem Sonnensegel ruhte, waren Dannys Gedanken weit entfernt von der *Bridget Bailey* und ihrem russischen Passagier. Als sie nach einer unruhigen Nacht, während der sie sich auf ihrer Koje schlaflos herumgewälzt hatte, an Deck gekommen war, hatte Danny von einem der Matrosen erfahren, die *Kormoran* sei endlich in New Orleans angekommen und der Kapitän habe sich auf die Suche nach Raven gemacht. Nun, da nach vier langen Monaten das qualvolle Warten und die peinigende Angst bald ein Ende finden sollten, fühlte sich Danny derart beklommen, daß sie kaum stillsitzen konnte.

Die grelle Sonne stand hoch am Himmel, als Geoffrey Lytton und seine Leute endlich mit grimmigen Mienen zum Schiff zurückkehrten. Bleich und aufgeregt eilte Danny ihnen entgegen, und angesichts der aufwallenden Hoffnung in ihren welken braunen Augen wandte Geoffrey den Blick ab.

»Sie haben sie also nicht gefunden, Mr. Lytton?« fragte sie mit unnatürlich hoher Stimme.

Er wischte sich mit dem Ärmel den Schweiß von der Stirn. »Nein, Mrs. Daniels, leider nicht.«

»Aber Sie waren doch an Bord der *Kormoran*, oder etwa nicht? Und wo steckt Kapitän St. Germain?«

»Wir haben Miß Barrancourt nicht mehr auf dem Schiff angetroffen.«

»Nicht auf dem Schiff«, wiederholte Danny, und Tränen der Verzweiflung stiegen ihr in die Augen. »Ich verstehe das nicht, Mr. Lytton!«

Geoffrey rieb sich erschöpft den Nacken. »Wir auch nicht, Mrs. Daniels. Der Kapitän der *Kormoran* behauptet, keine Engländerin hierhergeschafft zu haben, und – gnade Gott diesem weinerlichen Dreckskerl – ich glaube ihm.«

»Aber wo ist Miß Raven denn dann?« rief Danny völlig durcheinander.

»Ich wünsche, ich wüßte es«, entgegnete Geoffrey grimmig. »Der Kapitän hat jeden einzelnen Matrosen befragt, und alle schwören hoch und heilig, keine Engländerin, auf die Miß Barrancourts Beschreibung paßt, sei an Bord gewesen.«

»Und Kapitän St. Germain ist auf der *Kormoran* geblieben?« fragte Danny händeringend.

Geoffrey schüttelte den Kopf. »Ich konnte ihn überzeugen, daß das keinen Sinn hat. Er wollte noch den Hafenmeister aufsuchen und die Behörden in New Orleans verständigen. Wenn man Flugblätter und dergleichen verteilt, besteht vielleicht eine Chance, Miß Barrancourt zu finden.«

»Dann hält sie sich Ihrer Meinung nach hier in der Stadt auf?«

»Etwas anderes kann ich mir nicht vorstellen«, antwortete Geoffrey bestimmt. »Kamal, dieser Verbrecher, schwor unmittelbar vor seinem Tod, er habe sie persönlich an Bord gebracht. Und bis auf einen kurzen Aufenthalt in Guinea ist die *Kormoran* geradewegs nach New Orleans gesegelt.«

Todtraurig hob Danny das tränenüberströmte Gesicht. »Mir ist das alles unerklärlich, Mr. Lytton! Wir hätten sie um ein Haar doch schon aufgespürt. Um Gottes willen, wo ist sie denn bloß?«

17.

Die von imposanten knorrigen Baumriesen gesäumte Auffahrt, die sich mitten durch die Plantage wand, bot einen eindrucksvollen Blick auf die Vorderansicht des Herrenhauses. Inmitten des üppigen Sommergrüns zierten hohe weiße Säulen drei Geschosse des großen weitläufigen Gebäudes, duftende Kletterpflanzen in voller Blüte rankten sich um die schmiedeeisernen Geländer der Dachterrasse.

Trotz seines trügerisch vornehmen und reizvollen Aussehens handelte es sich bei Bellevue um eine im Betrieb befindliche Plantage. Das kleine Sklavenheer, das sich auf den Zukkerrohrfeldern abmühte, kannte keinen Müßiggang, und dank seiner großen Anzahl von Haussklaven wies die Villa selbst keinerlei Verfallspuren auf. Seit achtzehn Monaten oblag einem gewissen Tyler Jacobs die Aufsicht über die Arbeitskräfte. Klein von Statur, mit dunklem Teint und oft unmenschlich grausam, war Jacobs mit seiner geflochtenen Peitsche schnell bei der Hand, mittels derer er mit einem einzigen gezielten Schlag seinem Opfer die Rückenmuskeln zerfetzen konnte.

In den Tagen seit ihrer Ankunft auf Bellevue hatte Raven ihn ebenso heftig wie die Neger fürchten und verabscheuen gelernt. Nicht einem einzigen Sklaven, hatte er ihr erklärt, als Rollo Walsham sie zu seiner Kate am anderen Ende der Plantage verfrachtet hatte, war je die Flucht von Bellevue geglückt. Die von Patrouillen ständig bewachte Plantage umgab auf zwei Seiten der kurvenreiche, reißende Fluß, und in den tückischen Sümpfen auf den anderen Seiten wimmelte es nur so von Schlangen.

»Ein Fluchtversuch wäre eine große Dummheit«, hatte der Aufseher die zitternde Raven aufgeklärt und dabei die kleinen Augen über ihren nur in ein dünnes Fähnchen gehüllten Körper wandern lassen. »Ich möchte nicht deine fahle, aufgetriebene Leiche aus dem Sumpf fischen müssen, wenn wir dich finden. Wäre ein Jammer, nicht wahr, Rollo?«

»Sie können mich nicht gegen meinen Willen hier festhalten!« entgegnete Raven widerspenstig, ließ die Topasaugen blitzen und reckte herrisch das wohlgeformte Kinn in die Luft. »Sie haben keine Sklavin vor sich! Ich bin britische Staatsangehörige, und mir steht es frei, nach eigenem Belieben zu handeln!«

Tyler Jacobs warf Rollo einen reumütigen Blick zu. »Fünfzehnhundert ist schon recht gepfeffert für so ein großmäuliges Weibsstück wie die da, Kamerad. Ich schlage vor, du gehst mit dem Preis auf glatte tausend runter.«

»In ganz Louisiana findest du kein hübscheres Frauenzimmer«, wehrte Rollo ab und schob mißmutig die wulstige Unterlippe vor.

Tyler Jacobs nickte zustimmend. »Schon möglich, aber ihr Aussehen wird ein bißchen leiden, wenn ich ihr die Aufsässigkeit aus dem Leib peitschen muß.«

»Unterstehen Sie sich!« rief Raven, der die Farbe aus den zarten Wangen wich.

Der Aufseher verzog die Lippen zu einem brutalen Grinsen. »Und ob ich das tu'! Ich muß dir doch vor Mr. Sprights Rückkehr die rebellischen Gedanken restlos aus dem hübschen Kopf prügeln. Der hat aufmüpfige Sklaven nämlich gar nicht gern.« Er trat einen Schritt auf sie zu, so daß sein übelriechender Atem ihr heiß über die Wange strich, und schielte sie lüstern an. »Und du willst doch garantiert nicht riskieren, daß deinem vaterlosen Balg, mit dem du trächtig bist, was passiert, nicht? Einmal ordentlich ausgepeitscht, und ...«

Bevor er sich auch nur im geringsten gegen sie abschirmen konnte, hatte sich Raven auf ihn gestürzt und ihm mit den Fingernägeln eine Furche längs über die bartstoppelige Backe gerissen. Mit einem Schmerzgeheul schlug Jacobs zu, und durch die Wucht seines Hiebes drehte sich Raven um sich selbst, so daß sie über einen Stuhl stolperte und stürzte. Obwohl sich alles in ihrem Kopf drehte, unterdrückte sie die Tränen und starrte Tyler Jacobs provozierend an. »Mein Kind ist kein vaterloses Balg!«

»Was, du dreckige Hure ...« Tyler packte sie am Arm und zerrte sie hoch. Als er erneut zum Schlag ausholte, fiel ihm Rollo Walsham in den Arm, der eine Wertminderung fürchtete, wenn Joshua Spright sie voller Blutergüsse sah. Nach Geschäftsabschluß konnten sie nach Belieben mit ihr verfahren, aber solange sie noch Rollo Walsham gehörte, durfte niemand sie verletzen.

»Laß das sein, Tyler!« protestierte er. »Du solltest die Puppe, auf die Mr. Spright vielleicht scharf ist, nicht verletzen.«

»Na schön«, stimmte der Aufseher zu, noch immer keuchend. »Ich warte, bis Mr. Spright sagt, daß die kleine Hure bleibt, und dann, meine Hübsche, sorg' ich dafür, daß du den Tag verfluchst, an dem du geboren bist!«

»Vielleicht will mich Ihr Mr. Spright gar nicht«, forderte ihn Raven heraus, obwohl ihre Stimme merklich zitterte. »Vielleicht hält er es auch für Wahnsinn, eine Engländerin zu kaufen, die verschleppt wurde!«

Tyler Jacobs musterte Raven so kalt und rachgierig, daß sie sich unwillkürlich duckte, und schüttelte langsam den Kopf. »Fang bloß nicht an, dir auszumalen, daß ein gütiger Joshua Spright dich laufen läßt. Sobald er dich gesehen hat, wird er wie ein Hund geifern, um dich ins Bett zu kriegen.« Unerwartet streckte er die Hand nach ihr aus, und Raven schrie aus Angst vor weiteren Schlägen auf. Statt dessen faßte er ihr mit seinen Wurstfingern in den Ausschnitt und zog das Kattunmieder herunter, so daß ihre vollen Brüste der schwülen Nachtluft ausgesetzt wurden. »Da brenne ich höchstpersönlich das Zeichen von Bellevue drauf«, teilte ihr Tyler mit und berührte satanisch grinsend das zarte, weiße Fleisch, als er Tränen der Demütigung in Ravens Augen sah. »Ich frage mich, ob du dann immer noch so hitzköpfig bist, mit dem Brandmal von deinem Besitzer auf dem Busen.«

»Na, na, Tyler«, mischte sich Rollo nervös ein zweites Mal ein. »Ich muß jetzt aufs Schiff zurück. Heb dir das auf, bis Mr. Spright zurückkommt.«

»Na ja, bis dahin kann ich mich wohl noch beherrschen«, stimmte der Aufseher zu. Mit unverhohlener Gier starrte er auf Ravens nackte Brüste und leckte sich über die Lippen. Sie kehrte ihm den Rücken und bedeckte heftig zitternd ihre Blöße. Zorn und Haß in seinen farblosen Augen waren einer unmißverständlichen Wollust gewichen. O Gott, wie sollte sie diesem Wahnsinnigen entkommen, ehe er sie zu vergewaltigen versuchte?

Obwohl sich Tyler Jacobs in den folgenden zwei Tagen an sein Wort hielt, ließ er sich nicht daran hindern, Raven unbarmherzig zu peinigen. Während sie mit den Haussklaven das Silber putzte oder Berge von Weißzeug wusch, mußte sie sich unentwegt anhören, was er ihr nach der Rückkehr des Masters alles antun wolle. Seine derbe Sprache und der offensichtliche Genuß, mit dem er ihr nicht das kleinste Detail der bevorstehenden körperlichen Züchtigungen ersparte, drehten ihr fast den Magen um.

Sie fürchtete vor allem um das Leben ihres Kindes, das sie an diesem Morgen durch seine munteren Tritte aufgeweckt hatte, ein eindeutiges Lebenszeichen, das Raven mit inniger Liebe erfüllte und das sie gleichzeitig in tiefe Verzweiflung stürzte. Alles, was Tyler Jacobs ihr androhte, würde dem Baby schaden, und nachdem Raven seine Bewegungen in ihrem Leib gespürt hatte, wußte sie, daß sie dies nie zulassen konnte. Ich werde fliehen, redete sie sich gut zu, als sie verbissen neben den wortkargen Negerinnen schuftete. Nicht einmal die ungeahnten Gefahren der Sümpfe konnten so scheußlich sein wie die Erniedrigungen, die sie durch Tyler Jacobs erleiden würde.

Eingesperrt in die heiße, stickige Wäschekammer, wo sie auf dem harten, bloßen Steinfußboden schlafen mußte, brachte Raven in jener Nacht Stunden damit zu, unter Verzweiflungstränen ihr Schicksal zu beklagen, ehe sie in einen unruhigen Schlummer hinüberglitt. Beim Aufwachen fiel ihr erster Blick auf Tyler Jacobs, der sie durch die offene Kammertür lüstern anglotzte und mit seinen scharfen Befehlen Raven dazu brachte, aufzuspringen und ihn herausfordernd anzustarren.

»Kein Grund, mich derart anzuschauen, hochmütige Schönheit!« schimpfte er verächtlich. »Mr. Spright soll heute abend aus New Orleans zurückkommen, und er duldet so eine Respektlosigkeit ebensowenig wie ich.«

Trotz Tyler Jacobs' unheilvoller Prophezeiung stieg Hoffnung in Raven auf, als sie von Joshua Sprights baldiger Rückkehr erfuhr. Er konnte sich gewiß nicht so grausam und hassenswert wie sein Aufseher verhalten! Als wohlhabender Landeigentümer und Mann von Rang würde er niemals eine junge Engländerin als Sklavin halten wollen. Sie bezweifelte nicht, daß er vernünftig mit sich reden ließ. Dann würde Tyler Jacobs für die unzähligen Kränkungen büßen müssen, die er ihr seit ihrer Verschleppung nach Bellevue zugefügt hatte.

Etwas leichteren Herzens folgte Raven dem höhnischen Aufseher in den riesigen Salon, wo zwei junge Negerinnen in bedruckten Kattunröcken und bunten Turbanen die Möbel mit Bienenwachs polierten.

Den restlichen Vormittag ging Raven mit der älteren, Hetta, von Zimmer zu Zimmer, putzte und polierte, bis ihr allmählich Beine und Arme weh taten. Mittags fühlte sie sich völlig erschöpft. Sie trug schwer an dem Kind, jeder Muskel schmerzte von der übermäßigen Arbeit, und sie sehnte sich nach einer kurzen Ruhepause. Aber Hetta, von rücksichtsloser Überheblichkeit in ihrer Rolle als Wirtschafterin, zeigte ihr gegenüber ebensowenig Erbarmen wie den Haussklaven, die unter ihrer Aufsicht standen. Nach dem Saubermachen beorderte sie Raven in die Küche, damit sie der Köchin das frischgeschlachtete Geflügel, das es zum Abendessen geben sollte, rupfen half.

Bei dem schwachen Blutgeruch, der dem Fleisch noch immer anhaftete, rebellierte Ravens Magen, und sie sprang jäh vom Tisch auf und stolperte hinaus in den Kräutergarten, wo sie sich dankbar die Lungen mit frischer Luft vollpumpte. Als sie wieder aufschaute und durch die dichten Oleanderbüsche spähte, die den Garten umgaben, setzte für eine Sekunde ihr Herzschlag aus – eine Kutsche rollte leicht schaukelnd die Auffahrt zum Haus herauf. Sofort rannte sie in die Küche zurück und schrubbte sich, ohne auf die überraschten Ausrufe der Köchin zu achten, Hände und Gesicht kräftig ab. Bei ihrem Gespräch mit Joshua Spright wollte sie so würdevoll wie möglich aussehen und ihm auf keinen Fall mit Hühnerblut und Federn an den klebrigen Händen unter die Augen treten. Sie trocknete sich mit ihrer Schürze das Gesicht, strich das zerzauste Haar zurück und wollte aus der Küche eilen, doch Evangeline, die dicke Köchin, versperrte ihr mit ihrer Leibesfülle die Tür.

»Lassen Sie mich durch!« befahl Raven und blickte, das Kinn tapfer erhoben, in die dunklen Augen. »Ich muß auf der Stelle mit Mr. Spright sprechen.«

»Warten Sie ein bißchen«, riet ihr die Köchin in sanftem, mitfühlendem Ton, als sie in Ravens bleiches, entschlossenes Gesicht sah. »Erst rauchen und trinken, dann er hat bessere Laune.«

»Meinen Sie?« fragte Raven unsicher, der die Güte in dem runden Gesicht nicht entging.

»Neunundzwanzig Jahre ich bin bei Master«, erwiderte Evangeline feierlich. »Ich ihm geholfen bei Missy Sarahs Tod, wenn sie geboren kranken Babysohn. Gesehen, wie Freudentränen kommen und gehen in Haus.« Sie gluckste und entblößte eine Zahnlücke in dem kräftigen weißen Gebiß. »Ich ihn kennen, Missy, wie ich erkennen feine Leute, wenn ich sehen sie. Sie kein Freudenmädchen, genausowenig wie ich! Egal, warum Satansbrut Tyler Jacobs Sie hierhergebracht, Sie kein Freudenmädchen für weißen Mann!« Mit ihren dunklen Augen musterten sie Ravens gewölbten Bauch. »Sie große Liebe von vornehmen Mann, ja, ja.«

Verlegen, weil ihr plötzlich Tränen in den Augen brannten, wandte sich Raven ab und spürte sogleich die breite Hand der Köchin auf der Schulter. »Erst trinken und rauchen, Missy, und dann Sie mit ihm reden.«

In seinem abgedunkelten Arbeitszimmer öffnete Joshua Spright die Vitrine und nahm eine Flasche Bourbon heraus. Mit heftig bebenden Fingern goß er sich großzügig das Glas voll und kippte es in einem Zug hinunter. Als das Zittern nicht nachließ, schenkte er sich leise fluchend noch einmal ein.

»Verdammt«, murmelte er vor sich hin und zerrte gereizt an seinem hohen Kragen. Warum hatte er nur so lange in New Orleans bleiben müssen? Warum war er ein solcher Schafskopf gewesen und hatte sich zu einer weiteren Nacht bei Nicholas Guildford überreden lassen? Nur um mitanzusehen, wie sich Nick und seine Frau nicht entblödeten, ihm ihre pferdegesichtige übriggebliebene Tochter vorzuführen, in der Hoffnung, er würde an ihr Gefallen finden. Großer Gott, die Tochter schleppte mindestens vierzig Pfund Übergewicht mit sich herum, und er könnte leicht ihr Vater sein!

»Mr. Spright, willkommen zu Hause!«

Joshua bemühte sich um eine gelassene Miene, doch an der Verkrampfung seines fliehenden Kinns zeigte sich sein schlecht verhohlener Widerwille, als Tyler Jacobs, sein übereifriger Aufseher, ungebeten ins Arbeitszimmer kam. »Ich habe Sie nicht rufen lassen, Jacobs. Vielmehr sagte ich Williams, daß ich keinerlei Störungen wünsche. Ich bin überaus beschäftigt, Jacobs«, beschied er ihn schroff und knallte das leere Glas auf den Tisch, so daß winzige Bourbontröpfchen über den frischen Tintenlöscher auf seinem Schreibtisch sprühten. »Beschäftigt und müde. Das Flußboot war zu langsam, also habe ich mir Guildfords Kutsche geliehen. Ich wollte...«

»Ja, Sir«, unterbrach ihn der Aufseher selbstsicher. »Es tut mir leid, daß Sie niemand am Tor empfangen hat, aber wir haben Sie erst heute abend erwartet.«

»Ich wollte schon vor zwei Tagen hier sein«, stieß Joshua hervor, »aber Nicholas Guildford...« Er brach ab und fuhr sich mit der zittrigen Hand über die Augen. »Gehen Sie, Tyler, ich möchte allein sein.«

Der Aufseher bemühte sich um einen angemessen respektvollen Gesichtsausdruck. »Gewiß, Sir, aber erst sollten Sie sich noch schnell das Freudenmädchen anschauen, das Rollo Walsham Ihnen herbeigeschafft hat. Sie erinnern sich doch an ihn, oder?«

»Ich interessiere mich im Augenblick nicht für Freudenmädchen, Jacobs!« schrie sein Arbeitgeber, und die ungewohnte Heftigkeit brachte den verblüfften Tyler zum Schweigen. »Mir gehen zur Zeit andere Dinge im Kopf herum und...«

Ein leises, aber festes Klopfen an der Zypressenholztür unterbrach ihn, und Joshua sowie Tyler Jacobs drehten sich um.

»Herein!« knurrte der Hausherr gereizt.

Die Tür öffnete sich, und Joshua Spright riß beim Anblick der jungen Frau auf der Schwelle die Augen auf.

Erst hatte Raven gemäß Evangelines freundlichem Rat aufgeregt in der riesigen Küche gewartet, aber ihre Ungeduld nicht länger zügeln können, als Tyler Jacobs zum Haus geritten und im Arbeitszimmer verschwunden war. Nicht auszudenken, welche Lügen der gemeine Aufseher Mr. Spright über sie auftischen würde!

Sie hatte sich Joshua Spright ganz anders vorgestellt. In seinem von der Reise schmutzigen, schweißnassen Anzug aus feinem Wollstoff wirkte er nicht größer als Hannah Daniels, allerdings erheblich schmächtiger. Unter dem linken Auge zuckte es nervös, und er konnte die dürren Hände nicht ruhig halten. Ungesunde Blässe und eingefallene Wangen zeugten von einem Leben ohne ausreichende körperliche Betätigung, und Raven vermutete, daß er in seiner Jugend arg gekränkelt hatte. »Verzeihen Sie«, begann sie, ohne Tyler Jacobs Beachtung zu schenken, »sind Sie Mr. Spright?«

Joshua blinzelte ungläubig. Eine Kreolin, dachte er, eine Kreolin mit der Aussprache einer gebildeten Engländerin? Ausgeschlossen! Keine Kreolin würde sich im Kattunkleid einer Sklavin blicken lassen oder wie diese Frau ihre tiefschwarzen Locken offen bis über die Schultern tragen. Verdammt, fluchte er innerlich, als er sie noch einmal anschaute und erst jetzt, den gewölbten Bauch unter der gestärkten weißen Schürze entdeckte. Das goldäugige Frauenzimmer war schwanger!

Trotzdem riß er vor Staunen über ihre Schönheit den Mund auf. Das einfache, fadenscheinige Gewand betonte in gewisser Weise noch die außergewöhnliche Zartheit ihrer unverkennbar aristokratischen Züge. Doch ihre Wangen waren eingefallen, in den wundervollen Augen lag etwas Gehetztes, das ihrer Aura von behüteter Herkunft widersprach.

»Mr. Spright!« Tyler Jacobs' eifrige Worte rissen ihn aus seinen Gedanken. »Das ist die Kleine, von der ich Ihnen erzählt habe. Wie gefällt sie Ihnen?« Er packte Raven am Arm und versuchte sie zum Schreibtisch zu schleifen, damit Mr. Spright sie begutachten konnte.

»Rühren Sie mich nicht an!« rief Raven, entwand sich ihm und starrte ihn voller Haß an. Die unbewußte Würde in dem stolzen Zug um das wohlgeformte Kinn und in ihrer Stimme ließen sich nicht leugnen, als sie einen Mann anredete, den sie offensichtlich als weit unter ihrem Stand betrachtete. »Mr. Spright«, fuhr sie fort, indem sie allen Mut zusammennahm und sich an den erstaunten Mann hinter dem Schreibtisch wandte, »Ihr Aufseher hält mich hier gegen meinen Willen fest. Ich bin keine Sklavin, die man nach Belieben kaufen und verkaufen kann, sondern britische Staatsangehörige, und ich...«

»Ach, du großer Gott!« Joshua Sprights bestürzter Ausruf unterbrach Ravens zornigen Wortschwall, und sie beobachtete mit weitgeöffneten Aufgen, wie er auf seinem großen Lederstuhl zusammensackte. »Sie heißen«, fragte er langsam und starrte ihr mit wäßrigen Augen ins verdutzte Gesicht, »nicht zufällig Raven Barrancourt?«

»Doch, ja, gewiß!« antwortete sie verwundert. »Woher wissen Sie...«

»Tyler! Woher haben Sie diese – diese junge Dame bekommen?« Joshua deutete matt auf Raven.

»Rollo Walsham hat sie von New Orleans heruntergebracht«, erklärte Tyler ein wenig verunsichert. »Er behauptet, sie sei aus Indien!«

»Wo man mich gewaltsam entführt hat!« rief Raven und warf dem Aufseher einen erbitterten Blick zu. »Sir, ich habe zu erklären versucht, wie...«

»Ich verstehe, Miß Barrancourt.« Joshua Spright erhob sich und starrte Tyler Jacobs frostig an. »Sie Narr!« fauchte er mit plötzlicher Aggressivität. »Sie blöder, habgieriger Narr! Wissen Sie eigentlich, was Sie da angestellt haben? New Orleans wird mit Flugblättern über die Entführung und das spurlose Verschwinden einer gewissen Raven Barrancourt vom Handelssegler *Kormoran* vor drei Tagen überschwemmt. Guildfords Gattin hat während meines Besuchs fast von nichts anderem gesprochen. Sieht so aus, als würde die ganze Stadt von einem fanatischen Verrückten geradezu belagert.«

»Charles!« hauchte Raven, und ihr Atem stockte. Konnte es wahr sein, daß er sich in New Oreans aufhielt?

»Das ist ja lächerlich!« schnaubte Tyler Jacobs, aber das Unbehagen in seiner Stimme war nicht zu überhören.

»Tatsächlich?« Joshua beugte sich zu dem schweißüberströmten Tyler vor. »Ich habe ihn selbst gesehen, Jacobs. Er ist doppelt so groß und kräftig wie Sie und schaut aus, als könne er Ihnen alle Glieder einzeln vom Leib reißen. Wäre ihm wohl auch zuzutrauen, wenn er glaubt, daß Sie Miß Barancourt mißhandelt haben.« Sein Abscheu gegen den Aufseher zeigte sich unverhohlen in seinem verächtlichen Ton. »Das mindeste, was er gegen Sie unternähme, wäre wohl eine Anklage wegen Entführung.«

»Der Kerl kann mir gar nichts anhaben!« widersprach Tyler und leckte sich in wachsender Furcht nervös die Lippen.

»Nein? Bei diesem Kerl handelt es sich zufällig sowohl um einen Grafen als auch um den angesehenen Kapitän und Besitzer eines Klippers. Den Flugblättern zufolge beabsichtigt er, Miß Barancourt zu ehelichen. Hinaus mit Ihnen, Jacobs!« stieß Spright wütend hervor. »Verschwinden Sie von meinem Besitz, und lassen Sie sich hier nicht mehr blicken! Ich suche schon lange genug nach einer Gelegenheit, Sie loszuwerden, und jetzt ist sie da! Mir tut es nur leid, daß ich Sie überhaupt eingestellt habe.«

An Jacobs' Schläfe begann eine Ader zu pochen. »Du feiger Dreckskerl!«

Raven schrie bestürzt auf, als sich der Aufseher über den Tisch warf, Joshua Spright erst an der Weste packte und ihm dann an die Gurgel ging. Einige Sekunden lang stand sie wie versteinert da, als die beiden Männer unerbittlich miteinander rangen, ehe sie zu Boden stürzten. Dann rannte sie zur Tür, riß sie auf und schrie um Hilfe. Niemand erschien auf ihren entsetzten Ruf hin, und sie erkannte blitzschnell, daß sich die erschreckten Sklaven versteckt haben mußten, um nicht in den Kampf verwickelt zu werden.

Ohne nachzudenken, stieß sie die schwere Haustür auf und floh den Weg hinunter zu den Nebengebäuden. Im kühlen, dunklen Stall traf sie auf einen alten Neger, der die Pferde, mit denen Joshua Spright gekommen war, gerade trockenrieb.

»Ich muß nach New Orleans«, erklärte ihm Raven außer Atem. »Bitte satteln Sie mir ein Pferd.«

»Das darf ich nur auf Anweisung von Mr. Spright«, erwiderte er sachlich.

Ängstlich schaute sich Raven um, da sie halb mit der Verfolgung durch Tyler Jacobs rechnete. Sie bezweifelte nicht, daß Joshua Spright sie gern persönlich nach New Orleans gebracht hätte, aber sie fürchtete den Ausgang ihres Kampfes, fürchtete den teuflichen Rachedurst, den sie in Jacobs' farblosen Augen gesehen hatte, bevor er über seinen Arbeitgeber hergefallen war. Bei dem Gedanken an seine unmenschlichen Drohungen erschauerte sie; ... die Erinnerung an seine Pranke auf ihrer Brust und an seine Ankündigung, ihr das Mal eigenhändig in die Haut zu brennen, ließ sie verzweifeln. Doch als sie sich in ihrer Erregung umschaute, stach ihr plötzlich die Kutsche vor der Stalltür ins Auge. Mit gerafften Röcken lief sie darauf zu, öffnete den Schlag und zog sich unter beträchtlichen Mühen hinein.

Ein englischer Gentleman, so wußte Raven, pflegte bei allen Fahrten mit der Kutsche grundsätzlich Pistolen mit sich zu führen, und sie schickte ein Stoßgebet zum Himmel in der Hoffnung, daß dieser Brauch auch in Amerika galt. Erleichtert atmete sie auf, als sie eine lederne Pistolenhalfter neben dem Fenster entdeckte, und mit zittrigen Fingern zog sie die Waffe heraus. Dann marschierte sie in den Stall zurück, wo der Neger sich noch immer um das erschöpfte Wagengespann kümmerte, als sei nichts geschehen.

Ihr Vater hatte sie das Schießen gelehrt, und Raven hielt die Waffe mit beiden Händen vor dem Leib, den Lauf auf die schmächtige Brust des fassungslosen Pferdeknechts gerichtet. »Sie satteln mir Mr. Sprights schnellstes Pferd, verstanden?«

Der Neger schluckte schwer. »Ja, Missy.«

Mit heftigem Herzklopfen wartete sie, während er mit Sattel und Zaumzeug herumhantierte, wobei seine von Arthritis verkrüppelten Finger durch die Tatsache, daß die Pistole geradewegs auf sein Herz zielte, noch ungeschickter wurden. In ihrer Verzweiflung über diese unbeabsichtigte Trödelei hätte Raven aufschreien mögen, und sie blickte mehrmals über ihre Schulter und fragte sich beunruhigt, warum es im Herrenhaus so still blieb.

»Fertig, Missy.«

Endlich konnte sie sich in den Sattel schwingen.

»Miß Barrancourt, warten Sie!«

Beim Klang ihres Namens erstarrte Raven und sah, wie Joshua Spright, dem das Sonnenlicht auf die Halbglatze schien, mit krummem Rücken über den Rasen auf sie zueilte. Jackett und Hemd waren arg verknittert, aber ansonsten wirkte er unverletzt, und der Grund für seinen Sieg über den robusteren Aufseher wurde rasch durch zwei muskelbepackte Haussklaven erklärt, die – den reglosen Mann zwischen sich – hinter ihrem Herrn auftauchten.

»Bleiben Sie, wo Sie sind!« befahl Raven, deren Stimme nun fast ebenso stark wie die Pistole in ihrer Hand zitterte.

Gehorsam blieben die starken Neger unverzüglich stehen, während Joshua Spright ein wenig näher trat und Raven aufmerksam anschaute.

»Ist er tot?« fragte sie und starrte entsetzt auf Tylers leblosen Körper.

»Bewußtlos. William versteht sich überaus gut aufs Ringen«, teilte ihr der zerzauste Joshua Spright mit und wies mit einer Kopfbewegung auf den größeren der beiden Haussklaven. Dabei huschte ein seltsamer Ausdruck über sein Gesicht, den Raven nicht ergründen konnte, der sie aber trotzdem erschreckte.

»Was ist los?« fragte sie angstvoll und umklammerte die Pistole noch fester.

Als er den leicht hysterischen Unterton in ihrer Stimme hörte, sagte Joshua Spright widerwillig: »Bronze-John, Miß Barrancourt. Nur ein Narr würde jetzt nach New Orleans reiten. Ich kehrte heim, sowie ich davon Wind bekam, aber man weiß nie, wie oder wo sich die Seuche ausbreitet.«

»Bronze-John?« wiederholte Raven schrill. Die unbehaglichen Blicke der beiden Schwarzen jagten ihr kalte Angst ein.

»In England nennt man es wohl Gelbfieber«, erklärte Joshua Spright. »Den Gerüchten zufolge hat ein kleines, soeben von den Westindies eingelaufenes Schiff die Seuche mitgebracht – oder einer der Klipper aus Rio, die letzte Woche hier ankamen. An Bord beider Schiffe sollen mehrere Mann an einem Fieber gestorben sein. Man weiß einfach nicht, wo...«

»Gelbfieber?« wiederholte Raven. Vor ihren Augen tauchten die überfüllten Kais entlang des Mississippi auf, an denen sich Einheimische aller Schattierungen und ausländische Seeleute mischten. Ohne Zweifel könnte das Fieber von einem der Schiffe eingeschleppt werden und sich dann durch die Schankstuben und Gasthäuser im Hafen bis in die Stadt und auf andere Schiffe ausbreiten – sogar auf die *Orient Star*, die irgendwo entlang des Flusses vor Anker liegen mußte. Und was war mit Charles, der laut Joshua Spright die ganze Stadt nach ihr absuchte? Bestand für ihn nicht die größte Ansteckungsgefahr?

»Wie komme ich nach New Orleans?« erkundigte sich Raven ungeduldig.

»Was?« fragte Joshua, verblüfft über die schnelle Wandlung der jungen Frau, die bis jetzt blaß und angstschlotternd auf dem Pferd gesessen hatte.

»Ich habe nach dem Weg in die Stadt gefragt.« Ravens Stimme klang unerbittlich, auf die Pistole zielte nun direkt auf Joshua Sprights Herz.

»Die Plantagenstraße zum Fluß hinunter«, erklärte er widerstrebend. »Von da an folgen Sie dem Ufer nach Süden in die Stadt. Aber Sie können unmöglich den ganzen Weg alleine reiten, vor allem nicht in Ihrem Zustand! Und was ist mit... he!« schrie er hinter ihr her, aber Raven hatte dem Pferd die Absätze in die Flanken gedrückt und verschwand. Eine Staubwolke und die Hufschläge auf dem harten Boden waren das letzte, was Joshua Spright von ihr wahrnahm.

Für Raven erwies sich der Nachmittag als nervtötende Zerreißprobe. Im Laufe des Tages gleißte die Maisonne immer heißer, brannte ihr gnadenlos auf Kopf und Schultern. Als sie die ungerodeten Waldgebiete erreichte, durch die der Weg nach Süden führte, fühlte sie sich elend, und das große Jagdpferd war an Flanken und Hals schaumbedeckt. Trotz des angenehmen Schattens der moosüberzogenen Eichen boten die Wälder keine Erleichterung, denn es wimmelte von Bremsen und Moskitos, die wild zustachen und das nervöse Tier bis zur Tollheit trieben.

In ihrer Furcht, daß ein stürmischer harter Galopp ihrem Kind schaden könnte, hatte Raven das Pferd anfangs in leichtem Trab gehalten. Aber jetzt spornte sie es wieder an, da sie die quälenden, summenden Insektenwolken nicht länger ertragen konnte. Tief über den Sattel gebeugt, schlang sie die Finger in seine lange Mähne, um nicht herunterzufallen, da sie sehr wohl wußte, daß ein Sturz das Baby zweifellos in Mitleidenschaft ziehen würde.

Doch im Moment kreisten Ravens Gedanken nur um Charles. Gelbfieber – das Wort hallte dumpf in ihrem Kopf wider, und sie versuchte ihre panische Angst zu verdrängen, da Joshua Spright das Ausmaß der Seuche zweifellos übertrieben geschildert hatte. Dennoch bestand Gefahr, daß nicht nur Charles, sondern jeder an Bord der *Orient Star* sich anstecken könnte – Dimitri, Danny, Geoffrey Lytton, Ewan – all die Menschen, die ihr am meisten am Herzen lagen, und sie allein trüge die Schuld, wenn ihnen etwas zustieße, weil sie nur ihretwegen nach New Orleans gekommen waren.

»O Charles«, flüsterte sie, und Tränen rollten ihr über die schmutzigen Wangen. »Wie um alles in der Welt kann ich dich finden, ehe es zu spät ist?«

Sie biß sich auf die Lippen und feuerte das Tier noch heftiger an, ohne sich länger darum zu scheren, wie verwegen sie dahinstob. Wenig später stolperte das Pferd, wobei es sie fast abwarf, und blieb nach ein paar Hinkeschritten mit hängendem Kopf und einem erhobenen Fuß stehen. Eilends sprang Raven ab und untersuchte seinen Huf; mit einem verzweifelten Aufstöhnen bemerkte sie, daß es ein Hufeisen verloren hatte und die empfindliche Gabel von einem kaputten Nagel zerschnitten war. Sekundenlang schloß sie die Augen und griff haltsuchend nach dem Steigbügel, da ihr schwindelte. Ihr Mund war wie ausgedörrt, und ihre Kehle schmerzte, weil sie die Tränen so angestrengt unterdrückte. Wie sollte sie weiterkommen, wo sie sich so völlig verausgabt hatte und das Kind schwer und unbequem in ihr lag?

Raven wischte sich den Staub aus ihren Augen und schaute sich um. Jenseits der Flußbiegung konnte sie keinen Anlegeplatz einer Plantage entdecken, keine Rodung, kein wie auch immer geartetes Zeichen von Zivilisation. Es war, als hätte alles bis auf sie, das lahme Pferd und die paar armen Kleinbauern, an denen sie vor einiger Zeit vorübergekommen war, zu existieren aufgehört. Trotzdem muß ich weiter, redete sich Raven hartnäckig zu. Je länger Charles auf der Suche nach ihr in New Orleans blieb, um so größer die Wahrscheinlichkeit, daß er sich mit Gelbfieber infizierte! Der Gedanke versetzte sie in Schrecken und trieb sie zum Handeln an. Sie steckte sich die Pistole in die Schürze, zog dem Pferd die Zügel über den Kopf und klopfte ihm bedauernd den Hals.

»Ab jetzt müssen wir gehen«, sagte sie, und mit hocherhobenem Kinn zog sie auf der staubigen Straße los, während das Tier mühsam hinter ihr herhinkte.

18.

Obwohl viele Leute nicht glauben wollten, daß Bronze-John den Tod der bedauernswerten Fieberkranken verschuldet hatte, riskierte Charles St. Germain, der den hitzigen Kontroversen darüber lauschte, nichts. Seinem Befehl zufolge mußte die *Orient Star* ihren Anlegeplatz verlassen und ein Stück stromaufwärts festmachen, wo sie nur mittels eines einzigen Beiboots erreichbar war, und dies auch nur für Charles, der alle anderen aufs Schiff verbannt hatte.

Wäre Raven tatsächlich die Flucht gelungen, hätte sie mittlerweile jemanden um Hilfe gebeten, eine Person, die sie dank der Beschreibungen auf den sorgfältig verteilten Flugblättern erkennen mußte. Deshalb, folgerte Charles, muß bei ihrem Verschwinden ein Besatzungsmitglied der *Kormoran* die Hand im Spiel gehabt haben. Irgend jemand hatte ihn belogen, gestand sich Charles schließlich ein, jemand, der so verschlagen oder verzweifelt genug war, um sich durch ein überaus gründliches Verhör zu mogeln.

Drei Tage nach seiner Ankunft in New Orleans suchte er den großen holländischen Handelssegler, der auf sein Geheiß vom Hafenmeister an der Weiterfahrt gehindert wurde, abermals auf. In Begleitung von Geoffrey Lytton und Jason Quintrell ging Charles an Bord, wo ihn ein puterroter Kapitän Van der Horst verärgert empfing, denn seiner Meinung nach hatte ihm dieser unverschämte Engländer schon genug Scherereien verursacht.

Als er am Vortag an Land gegangen war, um gegen Charles St. Germain wegen seiner überaus groben Behandlung im Fleur Rouge Klage zu erheben, hatten die Behörden von New Orelans empörenderweise keinerlei Bereitschaft zur Zusammenarbeit gezeigt. Vielmehr hatte er sich skandalöserweise seinerseits einer Verhaftung ausgesetzt gesehen, falls er tatsächlich die vermißte Engländerin, Raven Barrancourt, entführt und versucht haben sollte, sie in die Sklaverei zu verkaufen. Obendrein mußte er noch den Verlust seiner

Lizenz befürchten, da nun ein Beamter im Auftrag der Handelsgesellschaft seine heimlichen Geschäfte mit Daniel Gibson untersuchte, der von Bolton und Gibson bereits entlassen worden war.

»Wirklich, Kapitän«, begann er wehleidig, sowie Charles das Achterdeck betrat, »ich verlange eine Erklärung für...« Als er in das markante, unbeugsame Gesicht schaute, erstarben ihm die Worte auf den Lippen, denn nie zuvor in seinem Leben hatte er einen derart schrecklichen, grausamen Ausdruck in den Augen eines Mannes gesehen.

»Ich möchte Ihre Leute noch einmal befragen, Van der Horst«, sagte Charles frostig. Wie bei jeder Begegnung mit dem weibischen Sklavenhändler wünschte er auch diesmal, er hätte ihm den verfetteten Hals gleich bei der ersten Auseinandersetzung umgedreht. »Ich bin überzeugt, einer von ihnen weiß etwas, das er mir beim ersten Mal nicht erzählt hat.« Er preßte die Lippen unheilvoll zusammen. »Bei Gott, diesmal steht er mir Rede und Antwort!«

»Ich wüßte nicht, was das nutzen soll«, jammerte der Holländer verbittert, aber ein weiterer mörderischer Blick von Charles ließ ihn verstummen.

Weil Charles über eine hervorragende Menschenkenntnis und gute Einfühlungsgabe verfügte, die in langen Jahren der Vertiefung in die Gedankenwelt seiner Mitmenschen gereift waren, konnte er die meisten der Leute sofort entlassen – Männer, die beteuerten, sie hätten keine Engländerin an Bord bemerkt, und damit, wie er instinktiv erfaßte, die Wahrheit sagten. Anders als beim letzten Mal wußte er jetzt, daß ihn einer absichtlich belogen hatte, und nach einer halben Stunde konnte er, auf diese Gewißheit gestützt, die Auswahl auf eine Handvoll einengen. Den mürrischen, vor sich hinschimpfenden Van der Horst im Schlepptau, zog sich Charles zur Reling zurück, begleitet von seinen Offizieren.

»Man soll sie mir einzeln vorführen«, teilte Charles dem schwitzenden holländischen Kapitän in einem Ton mit, der keine Widerrede duldete.

Während des Verhörs der *Kormoran*-Besatzung hatte sich die Morgensonne hoch in den diesigen Himmel erhoben und brannte nun mit einer unglaublichen Intensität auf das Deck herunter. Selbst die Kais und die ganze Stadt schienen in Lethargie zu versinken, da die Hitze das übliche geschäftige Treiben fast zum Stillstand brachte. Charles in seinen ledernen Kniehosen und einem dünnen, am Hals offenstehenden Leinenhemd konnte die drückend schwüle Hitze anscheinend nichts anhaben, und der völlig ermattete Holländer haßte ihn wegen seiner Gefaßtheit und beneidete ihn zugleich darum.

Er bemerkte nicht, daß der Engländer nur unter Einsatz all seiner Willenskraft nach außen ruhig und unbeeindruckt blieb, während er innerlich mit wachsender Panik rang. In solch feuchter Hitze, das war ihm klar, verbreitete sich das Fieber besonders leicht, und je länger Raven in New Orleans blieb, desto größer war die Gefahr, daß sie damit in Berührung kam. Verdammt, er mußte sie finden und von hier fortbringen!

»Ich fange mit dem Mann da hinten an.« In Charles' tiefer Stimme schwang tödliche Bedrohung mit, als er Niels Van der Horst voll Verachtung ins schweißüberströmte Gesicht sah. »Sie können ihm und den anderen sagen, daß sie lieber gründlich darüber nachdenken sollen, was sie mir bei der letzten Befragung verschwiegen haben. Denn ich werde nicht zögern, jedem einzelnen, falls nötig, eine Kugel zu verpassen, um seinem Gedächtnis auf die Sprünge zu helfen.«

Wie er mittlerweile wußte, gehörte John Sampson zu jenen Männern, die sich um die jungen Afrikanerinnen an Bord der *Kormoran* hatten kümmern müssen. Der unbedarfte Matrose war bereits verhört worden und hatte geschworen, man habe im vorderen Frachtraum nur Nubierinnen und ein oder zwei Inderinnen eingepfercht. Nein, hatte er Charles damals versichert, ausgeschlossen, daß sich eine Engländerin an Bord befunden habe. Die hätte sich doch bestimmt zu erkennen gegeben, als sie entdeckte, daß man auf dem Schiff Englisch sprach. Auch war keine der jungen Frauen in anderen Umständen gewesen, hatte er überzeugt hinzugefügt, denn obwohl er sie sich nicht eben genau angeschaut habe, hätte man dies nach einer viermonatigen Reise unweigerlich merken müssen.

Zudem hatte John Sampson den Selbstmord eines der

Mädchen erwähnt und damit neue Furcht in Charles' Herzen geweckt, aber eine kurze Beschreibung von ihr hatte ihn überzeugt, daß es sich nicht um Raven gehandelt haben konnte. Trotzdem hatten die Neuigkeiten damals seine Verzweiflung noch genährt. Und als er in jener Nacht schlaflos auf den Decks der *Orient Star* auf und ab wanderte, fragte er sich, ob sie in einem unbeachteten Augenblick nicht vielleicht ebenfalls Selbstmord begangen hatte. Dann beruhigte er sich damit, daß sich Raven niemals das Leben nehmen würde, insbesondere nicht mit seinem Kind unter dem Herzen. Ihre Charakterstärke und ihren Mut hat sie nicht verloren, sagte er sich, und doch verfolgte ihn die Angst und nagte an ihm, bis er darüber den Verstand zu verlieren fürchtete.

Als er John Sampsons fahles Gesicht ansah, spürte er, daß sein Geduldsfaden zum Zerreißen gespannt war. Einer dieser Männer hatte ihn beim ersten Mal belogen, und einer von ihnen, daran zweifelte er nicht, könnte ihn zu Raven führen, wenn er ihn nur dazu brächte, die Wahrheit zuzugeben. Zähneknirschend kämpfte er gegen seinen Drang an, dem Mann den Hals umzudrehen.

»Kapitän?«

»Eh?« Als sich ihm eine Hand auf die Schulter legte, schnellte Charles herum und schaute in das vertraute Gesicht seines Bootsmanns. Geoffrey Lytton ließ die klugen grauen Augen fest auf ihm ruhen und verhalf ihm mit seiner Unerschütterlichkeit wieder zur Ruhe.

»Sollten wir dies nicht besonnen angehen, Sir, und Mr. Sampson in Ruhe nachdenken lassen?«

Charles' Zorn schwand völlig dahin und ein schmerzliches Lächeln umspielte seine Lippen. »Sie haben wohl recht, Mr. Lytton.« Er war jetzt froh, daß sein Bootsmann und Frachtaufseher ihn partout hatten begleiten wollen, wenn auch nur aus dem Grund, daß Geoffreys ausgleichende Art einen besänftigenden Einfluß auf sein eigenes Temperament ausübte. Zum ersten Mal seit Wochen empfand er es als vorteilhaft, daß er Dimitri nach England geschickt hatte, in der Erkenntnis, daß dessen aufbrausendes Gemüt dem seinen jetzt völlig entspräche und sein Gefühlsorkan kaum unter Kontrolle zu halten wäre.

»Entschuldigen Sie, Sir«, sagte John Sampson unvermittelt, und beide Männer wandten sich ihm zu, als hätten sie ihn völlig vergessen. »Ich denke schon die ganze Zeit nach...« Er zögerte, aber als er in Charles die Ungeduld wieder heftig aufsteigen spürte, hob er die Hände und fügte schnell hinzu: »Nicht wegen dem Mädchen, Käpt'n, wegen was anderem.«

»Ja, was nun?« fragte Charles ein wenig gereizt, wurde aber ein wenig milder, als er Sampsons ängstlichen Blick sah. »Fahren Sie fort, Mr. Sampson«, drängte er. »Es ist vielleicht von Bedeutung.«

John Sampson zuckte die Achseln. »Hab' viel drüber nachgedacht, Sir, aber vielleicht is es ganz unwichtig. Damals in der Nacht, als wir in New Orleans angelegt haben... Jim Barlow hat Wache geschoben. Als ich am Morgen aufs Schiff zurückkomme, sagt Jim, eine Dame hat nach mir gefragt. Sagt, sie wäre an Bord gekommen und hätte meinen Namen genannt. Angeblich hat sie darauf gewartet, daß die *Kormoran* wieder nach New Orleans kommt und daß ich drüber Bescheid weiß...« Er verstummte abrupt und sah Charles an.

»Ist das alles, Mr. Sampson?« fragte Charles gereizt.

Der Matrose blinzelte überrascht. »Ja, Käpt'n, aber Sie verstehen mich nicht so recht. Ist das erste Mal, wo ich mit der *Kormoran* unterwegs bin. Vorher war ich noch nie in New Orleans, und ich kenne hier auch keine Weiber.«

Charles und Geoffrey wechselten einen erstaunten Blick. Wenngleich keiner von ihnen eine Vorstellung hegte, wie man dieses merkwürdige Erlebnis mit Ravens Aufenthaltsort in Verbindung bringen könnte, so wollten sie doch nicht ohne gründliche Erwägung darüber hinweggehen. »Mr. Quintrell«, sagte Charles leise.

Sofort stand der junge Offizier an seiner Seite. »Aye, aye, Kapitän?«

»Richten Sie Captain Van der Horst aus, ich möchte auf der Stelle einen Matrosen namens Jim Barlow sprechen.« Die smaragdgrünen Augen erwiderten John Sampsons fragenden Blick nachdenklich. »Ich weiß nicht, wie uns das helfen kann, Mr. Sampson. Vielleicht gar nicht, aber ich danke Ihnen für diese Mitteilung.«

Als bulliges Mannsbild mit zupackenden, behaarten Armen und einem Schnurrbart im ausdruckslosen Gesicht verkörperte Jim Barlow genau die Art von Matrose, die für die Arbeit auf einem grauenhaft stinkenden Sklavenschiff geschaffen ist. Mit beispielloser Kraft, hündischer Treue und der Intelligenz eines Dreijährigen war ein solcher Bursche durchaus zufrieden, wenn er Befehle blind befolgte und genug verdiente, um sich beim Landgang mit Grog und billigen Huren zu versorgen.

Charles erinnerte sich daran, den Mann schon einmal, wenn auch nur kurz befragt zu haben. Denn er hatte damals deutlich erkannt, daß Jim Barlow kaum seinen eigenen Namen wußte, geschweige denn sich erinnerte, ob eine Engländerin an Bord der *Kormoran* gewesen war. Nun betrachtete er, die Arme über der breiten Brust verschränkt, den massigen Matrosen mit neuerwachtem Interesse und erwiderte seinen knappen Gruß mit einem Nicken.

»John Sampson zufolge hat sich in der Nacht, als die *Kormoran* anlegte, eine junge Engländerin nach ihm erkundigt. Und zwar sprach sie mit Ihnen, als Sie Wache schoben.«

»Aye, Sir.«

»Wissen Sie noch, wie sie ausgesehen hat?«

Jim Barlows Miene verlor seine Starre, und die fleischigen Backen zitterten bei seinem arglosen, einfältigen Lächeln. »Ein richtiger Engel war die, Sir, das weiß ich noch! Marschiert doch glatt mitten in der Nacht an Bord und fragt, ob John da ist.«

»Was hatte sie denn an?« erkundigte sich Charles.

Jim Barlow kratzte sich am Kopf und überlegte angestrengt. Nach einer Weile erhellte sich seine Miene. »Oh, es war ja dunkel. Ich konnte nicht richtig sehen, aber ihre Kleider waren nicht grade vom Feinsten, wenn Sie verstehen, was ich meine, Sir.«

»Erinnern Sie sich zufällig noch an ihre Haarfarbe oder an ihre Augen?« Charles fragte sich, ob er nicht doch seine Zeit sinnlos vergeudete.

Der ungeschlachte Matrose grinste. »Aye! Schwarz wie die Nacht war ihr Haar, und ich weiß noch, daß ich dachte, ich hätt' noch nie was Hübscheres gesehen. Und die Augen, die waren so schräg wie bei einer Katze, wenn Sie verstehen, was ich meine, Sir?«

»Barlow, haben Sie die Dame eigentlich an Bord gehen sehen?« fragte Charles. »Aus welcher Richtung kam sie denn?«

Der muskelbepackte Matrose kratzte sich wieder am Kopf und blinzelte verdutzt. Er schwieg eine Weile, dann antwortete er widerwillig. »Ich weiß nicht, Sir. Ich dreh' mich um, und da steht sie oben bei der Gangway rum. Sagt, daß sie John Sampson sucht, daß er ihr das letzte Mal was dagelassen hat und daß sie es ihm wiedergeben will.«

Charles schwieg eine Weile, dann senkte er die tiefe Stimme und fragte gespannt: »Hat irgend jemand das Schiff verlassen, nachdem sie wieder gegangen ist? Ist ihr einer Ihrer Kameraden gefolgt?«

Jim Barlow schaute in das markante Gesicht, in die eindringlichen grünen Augen, und versuchte verbissen, sich zu erinnern. Drei Tage erschienen ihm wie eine Ewigkeit, unmöglich konnt er sich da aller Einzelheiten entsinnen.

Geoffrey Lytton und Jason Quintrell waren näher herangetreten. Trotz ihrer Überzeugung, ihr Kapitän hege falsche Hoffnungen, war ihr Interesse erwacht. Ihre bohrenden Blicke brachten Jim Barlow derart aus der Fassung, daß ihm der Schweiß ausbrach. Er kam sich wie ein Angeklagter vor und fürchtete, sich ihre Mißbilligung einzuhandeln, wenn er nicht mit einer Antwort herausrückte.

Doch plötzlich fügten sich die Stücke kristallklar zu einem Ganzen, und er konnte die schönen, kummervollen Augen fast wieder vor sich sehen, die süße Stimme hören und die Ehrfurcht, die er bei ihrem Anblick empfunden hatte, noch einmal erleben. »Rollo Walsham«, sagte er endlich, nahezu unbewußt, und sah vor seinem inneren Auge den dunkel gekleideten Matrosen im Kielwasser der jungen Frau die Gangway hinunterschlüpfen. »Rollo Walsham ist ihr nachgegangen.«

»Ich wünsche Rollo Walsham zu sprechen«, stieß Charles mit einer Stimme hervor, die wie ein Peitschenknall die Luft zerriß, und Van der Horst zuckte erschrocken zusammen.

Sofort brach unter den wartenden Männern Unruhe aus, und Charles machte einen Satz nach vorn, als ein schmuddeliger Matrose in grobem Wollstoff sich an seinen Kameraden vorbeidrängte und zur Gangway spurtete.

Mit zwei Riesenschritten hatte Charles ihn erreicht, schloß die Hand wie einen Schraubstock um die Kehle des Mannes, und Rollo Walsham spürte, wie sich ihm das Herz im Leib umdrehte, als er in die mörderisch aufblitzenden Augen sah.

»Wo ist sie, Walsham?« fragte Charles mit so leiser, seidenweicher Stimme, daß Rollo Walsham der Gestank der eigenen Todesangst in die Nase stieg.

Als sich der Druck um seine Luftröhre ein wenig lockerte, hustete Rollo und räusperte sich, und mit bebender Stimme kam er dem mitleidlosen Befehl nach.

Am Spätnachmittag ließen Charles und Geoffrey Lytton die Stadt hinter sich und hetzten ihre Pferde im Galopp über die holprige Straße, die entlang des Mississippi nach Norden führte. Im Laufe des Tages waren vom Flußdelta dunkle Wolken herangezogen und verstärkten die drückende Hitze, bis man kaum mehr Luft bekam. Kein Windhauch bewegte die Blätter der knorrigen, bemoosten Eichen, während die zwei Pferde den Damm entlangstampften. Das Wasser floß langsam dahin, eine träge graue Masse unter dem bedeckten Himmel.

»Gleich wird es regnen«, bemerkte Geoffrey mit einem kundigen Blick zu den Wolken. Als er sich Charles zuwandte, sah er, daß dessen kühnes Profil verbissen wirkte und die kleine Narbe auf der unrasierten, sonnenverbrannten Wange pochte. »Wir finden sie. Jetzt wissen wir wenigstens, daß Miß Barrancourt vor der drohenden Fieberepidemie geschützt ist«, fügte er hinzu. »Bellevue scheint weit genug nördlich der Stadt zu liegen, außerhalb der unmittelbaren Gefahr«.

»Sie trägt mein Kind unter dem Herzen«, sagte Charles frei heraus, »und ich fürchte, das könnte sie anfälliger machen.«

Zum ersten Mal erwähnte er einem seiner Offiziere gegenüber Ravens Zustand. Während der langen Fahrt von Indien hierher hatte sich Charles immer stärker abgekapselt, war zu einem furchtbar gequälten Mann geworden, den Geoffrey trotz aller Menschenkenntnis nicht zu erreichen wußte. Als er New Orleans durchkämmte, unzählige Leute befragte und Tausende von Flugblättern verteilt, gab Charles das Kind nie als das seine zu erkennen – als hätte er nicht gewagt, sein Recht darauf zu erheben, ehe Raven sich wieder in seinem Schutz befand.

Nun konnte man das stürmische Verlangen in seiner rauhen Stimme nicht mißverstehen, keine Sekunde in Frage stellen, daß nur seine Liebe zu Raven Barrancourt und dem Lebewesen in ihrem Leib ihn in diesen langen, leidvollen Monaten so unbarmherzig angetrieben hatte.

»Weshalb haben Sie nie von Ihrer Liebe zu ihr erzählt?« fragte Geoffrey unerwartet, als sie ihre schäumenden Pferde zu einem langsameren Trab zügelten.

Charles preßte die Lippen zusammen und rang sekundenlang mit sich, als hätte er sich dieselbe Frage in der Vergangenheit unzählige Male gestellt und nie den Mut aufgebracht, sich die Antwort einzugestehen. »Ich hatte Angst«, sagte er endlich. Bei einem schnellen Blick auf Geoffrey, um dessen Reaktion auf das Geständnis seiner Feigheit zu sehen, bemerkte er, daß die klugen, grauen Augen unverändert auf ihm ruhten. Und ein Lachen voller Selbstverachtung brach aus ihm hervor. »Wenn Sie Ihr ganzes Leben lang eine Mauer um sich herum bauen, Geoffrey, und es einem unschuldigen jungen Mädchen irgendwie gelingt, diese Mauer vollständig zu unterhöhlen, dann ist es verdammt schwierig, sie wieder zusammenzuflicken.« Abermals lachte Charles höhnisch. »Klingt verrückt, wenn ich das so sage, nicht wahr?«

»Sie haben uns alle zweifellos mit Ihrem verdrossenen Gebaren getäuscht«, bemerkte Geoffrey, »oft sogar Dimitri. Der Ärmste konnte gar nicht begreifen, warum Sie eine so starke Abneigung gegen seine verehrte kleine Prinzessin hegten.«

»Beinahe hatte ich mir schon eingeredet, daß ich nichts für sie empfand«, stimmte ihm Charles zu. – Seine Augen leuchteten auf bei der Erinnerung an die unzähligen Auseinandersetzungen mit Raven, die ihn so verärgert und gleichzeitig so entzückt hatten. »Nur Danny hat mit ihrem Scharfsinn meine Schauspielerei durchschaut. Deshalb war sie wohl auch nicht im mindesten überrascht, als sie erfuhr, daß Raven ein Kind von mir erwartet.« Seine tiefe Stimme klang plötzlich heiser. »Ich schwöre bei Gott, wenn sie Schaden nimmt...«

»Dieser Walsham hat uns versichert, daß er sie gesund nach Bellevue brachte«, erwiderte Geoffrey hastig und verdrängte das gräßliche Bild des angsterfüllten, geifernden Matrosen, der bei diesem Geständnis beinahe das Leben durch die Hand Charles St. Germains verloren hätte. Der junge Quintrell, er selbst, der stämmige Matrose Barlow und noch ein oder zwei Mannschaftsleute der *Kormoran* hatten all ihre Kräfte aufbieten müssen, um den heulenden, zu Tode erschrockenen Rollo Walsham aus Kapitän St. Germains mörderischem Griff zu befreien. Wären sie nicht rechtzeitig eingeschritten, hätte Charles ihn sicher mit bloßen Händen erwürgt.

Ein Donnergrollen ließ ihn zum Himmel aufschauen und seine düsteren Erinnerungen vergessen. Schwere Gewitterwolken zogen von Westen herüber, riesig, grau und violett, rücksichtslos vom Wind gepeitscht. Auf dem Fluß kräuselten sich winzige Wellen, das Wasser schlug mit zunehmender Kraft gegen den Damm. Staub erhob sich zu kleinen Wirbelwinden, verstopfte den Pferden die Nüstern und brannte den beiden Männern in den Augen.

»Wir sollten uns beeilen«, bemerkte Charles, als er mit zurückgeneigtem Kopf den aufgewühlten Himmel betrachtete. Die elektrisch geladene Atmosphäre verstärkte seine innere Unruhe – die tiefe Überzeugung in ihm wuchs, daß Raven dringend seiner Hilfe bedurfte.

Endlich setzte stürmisch der Regen ein, mit riesigen Tropfen, die durch die Bäume tosten, das Wasser im Fluß aufrührten und die staubige Landstraße in Morast verwandelten. Weiter oben auf der Straße, zwölf Meilen unterhalb von Bellevue, zog Raven die zarten Schultern hoch, als der Wolkenbruch vom Himmel niederstürzte, das Wasser ihr über das Gesicht strömte und Schmutzrinnen auf ihren eingefallenen, staubbedeckten Wangen hinterließ. Nach ein paar stockenden Schritten blieb das lahmende Pferd stehen und ließ den Kopf jämmerlich hängen.

»Weiter!« drängte Raven und zerrte mit aller Kraft an den Zügeln.

Das große Tier wollte sich partout nicht mehr bewegen, und Raven, die selbst zu erschöpft war, um dagegen anzukämpfen, ließ die Arme sinken. Wie weit, fragte sie sich niedergeschlagen, ist es noch bis zum Stadtrand von New Orleans? Ihr leichtes Schuhwerk war durchtränkt, das Kleid klatschnaß, und sie konnte sich vor Müdigkeit kaum noch auf den Beinen halten. Es wäre am einfachsten, wenn sie irgendwo Unterschlupf vor dem Regen fände, um den Sturm abzuwarten und sich dabei ein wenig auszuruhen. Aber der Gedanke, daß Charles in der vom Fieber heimgesuchten Stadt nach ihr fahndete, trieb sie voran.

Mit gefühllosen Fingern schnallte Raven den Gurt auf und ließ den Sattel vom Rücken des lahmen Jagdpferds gleiten. Dann zog sie ihm das Zaumzeug über den Kopf, gab dem Tier mit den losen Lederzügeln einen leichten Klaps auf die Hinterhand und befahl ihm, umzukehren. Zuerst wollte es sich nicht von der Stelle bewegen, aber nachdem ihm Raven einen zweiten, schmerzhafteren Schlag versetzt hatte, trottete es linkisch in die Richtung, aus der es gekommen war.

Raven befand sich meilenweit von ihrem Zielort, das dünne Musselinkleid klebte ihr auf der nassen Haut, die schmerzenden Füße steckten in abgetragenen, völlig vom Morast verkrusteten leichten Schuhen. Erschöpft und hungrig, war sie keineswegs überzeugt, daß ihre Kraft noch viel weiter reichte. »Natürlich kannst du noch weitergehen«, redete sie sich unnachgiebig ein. Hatte sie nicht die qualvolle Überfahrt von Indien nach Amerika überlebt? Wsshalb sollte ihr dann ein kleiner Spaziergang von ein paar Meilen im strömenden Regen auf einmal so bedrohlich erscheinen? Die monatelange Gefangenschaft und die fortgeschrittene Schwangerschaft forderten natürlich ihren Tribut, aber sie weigerte sich hartnäckig, sich diese Tatsache einzugestehen. Resolut hob sie das Kinn und machte sich auf den Weg, während ihr der Morast in kleinen Rinnsalen über die Schuhe sickerte und den durchtränkten Kleidersaum schwer zu Boden zog.

Eine zweite unheilvoll schwarze Wolkenwand, die durch den aufkommenden Wind vom Golf hereingetrieben wurde, ergoß sich so plötzlich, daß sie Raven unvorbereitet traf. Was vorher wie ein Wolkenbruch erschienen war, wuchs sich nun zu einer unglaublichen Sintflut aus, als sich der Himmel öffnete und die aufgeweichte Erde völlig durchtränkte.

Über Raven grollte ohrenbetäubender Donner, und ein Blitz zerriß den Himmel und schlug in die Krone einer mächtigen Eiche in unmittelbarer Nähe ein, so daß Raven durch die Erschütterung die Haare zu Berge standen.

Mit rasendem Herzen senkte sie den Kopf, um sich vor dem alles verhüllenden Regen zu schützen, der ihr schmerzhaft ins Gesicht prasselte. Sie rannte die schlammige Straße hinunter, die vom angeschwollenen Fluß weg in die Tiefen undurchdringlichen Buschwerks und Dickichts führte. Hier toste der Regen durch die Bäume, Blitze schlugen rings um sie ein, der Wind peitschte Ravens Röcke, so daß sie sich kaum noch bewegen konnte. Herabstürzenden Zweigen ausweichend, lief sie blindlings auf der Suche nach Unterschlupf weiter und schrie bei jedem versengenden Blitz auf, der in der Nähe einschlug.

Es wäre Wahnsinn, sich unter einer der riesigen Eichen unterzustellen, aber wohin konnte sie sich vor der peitschenden Wucht des Regens flüchten? An einer Straßenbiegung, an der ein paar Zwergpalmen die Sturmgewalt minderten, hielt sie einen Augenblick inne. Um Luft ringend, versuchte sie durch die stürmischen Fluten zu spähen, aber ein Blitz blendete sie, und das begleitende Donnergrollen dröhnte ihr in den Ohren.

Als das Getöse verklungen und die leuchtenden Blitze vor ihren Augen verschwunden waren, schaute Raven auf und hielt den Atem an. Durch die herabströmende Regenwand zeichneten sich vor ihr zwei Pferde ab, deren Reiter mit aller Kraft die verängstigten Tiere am Ausbrechen hinderten. Große, nasse Schmutzklumpen hingen an ihren Hufen und hatten ihr Fell besprenkelt, ihre Ledergeschirre waren völlig durchweicht.

Raven erstarrte. Ihr war klar, daß man sie noch nicht entdeckt hatte. Seit ihrer Entführung aus Karachi hatte sie Mißtrauen gegenüber allen Fremden gelernt, und jetzt spürte sie ein Schluchzen in ihrer Kehle aufsteigen, denn sie war überzeugt, daß diese beiden Männer sie an ihrem schmutzigen Kattunrock als entlaufene Sklavin identifizieren würden. Sie drehte sich um und versuchte die schützenden Bäume zu erreichen, glitt im Schlamm aber aus, stürzte beinahe und verrenkte sich dabei schmerzhaft den Knöchel.

Ein qualvoller Schrei drang über ihre Lippen. Sie preßte die Hand auf den Mund und schaute über die Schulter, um festzustellen, ob man sie bemerkt hatte. Durch das Sturmgeheul hörte sie einen der Reiter seinem Begleiter etwas zurufen, und dann preschten die Pferde in rasendem Galopp auf sie zu. Tränen der Verzweiflung traten ihr in die Augen, als sie erkannte, daß es, selbst wenn ihr schmerzhaft pochender Knöchel ihr Gewicht hätte tragen können, für eine Flucht zu spät war.

Zitternd griff sie in die Schürze und zog die Pistole heraus, obwohl sie sich keineswegs sicher war, daß die Waffe noch funktionierte. Mit beiden Händen umklammerte sie den Elfenbeingriff, hielt das Schießeisen auf Armlänge von sich gestreckt und richtete den Lauf auf den größeren der beiden Männer, der auch voranritt. Entschlossen entblößte sie die zusammengebissenen Zähne. Sie ahnte nicht, daß sie nicht annähernd so einschüchternd wie beabsichtigt wirkte; das lehmverkrustete Kleid klebte ihr naß am Leib und zeigte die unmißverständliche Wölbung. Das nachtschwarze Haar hing ihr in triefenden Strähnen auf dem Rücken, Kratzer und Moskitostiche bedeckten die schmutzigen Wangen. Nur ihre Augen waren unverändert, ein unbändiger Überlebenswille leuchtete aus den goldbraunen Tiefen, von langen, feuchten Wimpern umrahmt.

Das Leitpferd kam näher, aber Raven wich nicht zurück, und als es sein Reiter hart zügelte, stolperte es und stürzte beinahe in die Morastbrühe, dann riß es sich hoch und blieb stehen.

»Dem Himmel sei Dank! Raven!«

Beim Klang ihres Namens riß sie den Kopf hoch, und durch den strömenden Regen blickte sie in Charles St. Germains gepeinigtes Gesicht. Der Ausdruck darin machte sie für alles blind, nur nicht für die alles besiegende Liebe zu ihr, die sich auf dem Grund seiner Seele offenbarte. Sie bewegte lautlos die Lippen, regte sich aber nicht. Die Pistole in ihren zarten Händen zielte noch immer auf seine breite Brust, und der Regen peitschte weiter auf sie herab.

»Raven! Mein Gott, Raven!«

Sie sah nicht einmal, wie er vom Pferd sprang und die Arme nach ihr ausstreckte, nahm auch nicht Geoffrey Lyttons strahlendes Gesicht hinter Charles' starker Schulter wahr. Sie wußte nur, daß sie in seinen Armen lag, an seinen wärmenden Körper gedrückt, und daß er ihr mit vor Rührung brüchiger Stimme leise Worte ins klatschnasse Haar flüsterte.

»Bist du es wirklich, Charles?« hauchte sie und wagte kaum, es zu hoffen.

»Ja, Liebes«, versicherte er heiser. »Endlich habe ich dich gefunden, meine einzige wahre Liebe.« Er umfing ihren zitternden Körper noch fester und schirmte sie gegen den erbarmungslos anstürmenden Regen ab. Als sie zu sprechen versuchte, brachte er sie ungestüm zum Schweigen, indem er sie so nah an sich zog, daß sie seinen Puls wild pochen spürte. »Still, Liebste, sag jetzt nichts. Sobald der Regen nachläßt, bringe ich dich aufs Schiff zurück.«

Trotz ihrer Erschöpfung ruhte Raven nicht eher, bis sie sich von seiner Gesundheit überzeugt hatte, bis es zweifelsfrei feststand, daß auch tatsächlich Charles sie in Armen hielt und kein Traumgespinst aus den Tiefen ihrer Fieberfantasien. Besorgt erkannte sie die auffallende Hagerkeit seines schmerzgezeichneten Gesichts. Zitternd streckte sie die Finger aus und berührte behutsam die kleine Narbe auf seiner schmalen Wange, aber die Frage erstarb ihr auf den Lippen, als sie ihm in die zärtlichen Augen sah.

»Raven, ich liebe dich«, flüsterte er, während er in ihrem eingefallenen Gesicht die köstliche Vollendung seltenster weiblicher Schönheit erkannte, die Schönheit jener Frau, die er für immer verloren geglaubt hatte. Als er ihren bebenden Körper an sich preßte, spürte er, wie sehr sie abgemagert war, aber ihre gewölbte Leibesmitte fühlte sich fest und voll an. Stöhnend zog er sie noch enger an sich, mit begehrenden

Lippen küßte er sie und hielt sie mit wilder Sehnsucht umfangen. Für Raven schwanden die Schrecken der Vergangenheit, und nichts mehr außer Charles zählte, der sie mit seiner Umarmung wissen ließ, daß sie sich nie wieder zu fürchten brauchte.

19.

An einem warmen, sonnendurchfluteten Morgen Ende Juli segelte die *Orient Star* am Mont St. Michel mit seinem eindrucksvollen Kloster- und Festungsbau vorbei, während die hereinkommende Flut sie schnell durch die Bucht in den geschützten Hafen von Penzance trieb. Beim Reffen der Segel und Festmachen der Vertäuungen arbeitete die Mannschaft mit gesteigerter Konzentration und Geschwindigkeit.

Kapitän St. Germain wandte sich in seiner Kajüte rastlos vom Fenster ab. Mit einer Mischung aus Sorge und unendlicher Zärtlichkeit sah er seine erschöpfte junge Frau an. »Kann ich dir deinen Entschluß wirklich nicht ausreden, Raven?« fragte er in einem Ton, der weder schroff noch gebieterisch klang, obwohl er innerlich gegen seinen fast übermächtigen Drang kämpfte, sie anzuschreien, damit sie seinen einleuchtenden Argumenten endlich Gehör schenkte.

Trotz Ravens Blässe und der Tatsache, daß ihr das nachtschwarze Haar feucht an der Stirn klebte, umspielte ein sanftes, liebevolles Lächeln ihre Lippen. »Bestimmt nicht.« Etwas in seinen Augen ließ sie die Hand nach der seinen ausstrekken, ihr kräftiger Händedruck überraschte und erfreute ihn. »Bitte, Charles, sei mir nicht böse.«

Wenn Raven so aussah, konnte man ihr unmöglich widerstehen, und aus Charles' Miene wich die Anspannung. »Wie könnte ich das?« fragte er leichthin. »Wenn du unser Kind auf North Head zur Welt bringen möchtest, dann soll es so geschehen«, meinte er mit belegter Stimme, und das Herz krampfte sich ihm zusammen, als sie sich plötzlich wegdrehte und ein Schmerzanfall ihre zarten Züge zeichnete.

Seit dem Morgengrauen lag sie in den Wehen, und Charles hatte beim Aufwachen bemerkt, daß sie in seinen Armen zusammengezuckt und ihr Nachthemd schweißnaß gewesen war. Fest biß sie die Zähne aufeinander, damit ihr nicht einmal das geringste Wimmern entkam und ihm ihre Qualen verriet. Er war anfangs etwas verstimmt, weil sie ihn nicht früher geweckt hatte, aber als er ihr in ein frisches Nachthemd half und sie wieder zur Koje trug, verwandelte sich sein Unmut in Angst, Raven könnte nicht stark genug für die Geburt seines Kindes sein. Eine lange, gemächliche Rekonvaleszenz in New Orleans hätte ihr sicher gutgetan, aber wegen der Gelbfiebergefahr hatte Charles die *Orient Star* auf See beordert. Und Raven hatte ihm in ihrer unnachahmlichen Art das Versprechen abgeschmeichelt, sie nach England zu bringen, damit das Baby auf North Head zur Welt käme.

»Raven? Die Kutsche ist vorgefahren, und ich habe nach Dr. Tremyn schicken lassen. Er wird uns bei unserer Ankunft zu Hause erwarten.«

Ihr wurde warm ums Herz. Wie selbstverständlich ihr Gemahl North Head als sein Zuhause bezeichnete... Während der ganzen Überfahrt hatte sie sich insgeheim gesorgt, daß Charles sich nie völlig dem Ruf des Meeres verschließen würde und ihre Liebe möglicherweise nicht stark genug wäre, um ihn zu halten. Jetzt las sie in seinen smaragdgrünen Augen nur tiefe Liebe zu ihr, und vertrauensvoll legte sie ihm die Arme um den Hals. »Keine Bange«, beruhigte sie ihn, als er sie an seine breite Brust hob. »Wir Barrancourts sind von Natur aus zäh.«

»Allerdings«, pflichtete er ihr mit einem abgrundtiefen Seufzer bei, und seine Stimme kam ihr rauh vor. »Aber jetzt bist du eine St. Germain, meine Liebe. Vergiß das nicht.«

»Ich bezweifle, daß du mir je erlauben wirst, dies zu vergessen«, neckte sie ihn, aber ihre Worte gingen in heftiges Keuchen über, und die Tränen kamen ihr, als eine Schmerzwelle sie erfaßte. Charles trug sie mit starrer Miene eilends zum Hauptdeck hoch, wo Danny schon ungeduldig darauf wartete, sie an Land zu begleiten.

»Da sind Sie ja endlich!« empfing sie ihn streng, als er mit seiner Frau auf den Armen ins Sonnenlicht hinaustrat. »Wir dürfen keine Zeit verlieren, Sir! Das Kindchen wartet Ihnen zuliebe nicht ewig!«

Charles mußte lachen, als er Dannys verdrossenes pausbäckiges Gesicht sah. Mit ihrer resoluten fachkundigen Art zerstreute sie seine unausgesprochene Angst ein wenig. Auf der Promenade stand schon eine Droschke für sie bereit, und der Fahrer, der Raven offensichtlich erkannte, nahm den Hut ab und lächelte sie herzlich an, als der Kapitän sie hineinhob.

Mit Charles' Hilfe stützte sich Raven auf den Ellbogen, und durch das Kutschenfenster sah sie die Mannschaft der *Orient Star* in Reih und Glied an der Reling stehen, alle winkten und riefen ihr aufmunternde Worte zu. Gerührt winkte sie zurück, bis Charles hinter ihr die Kutsche bestieg und sie liebevoll in die Arme nahm.

Als der Wagen auf North Head vor den breiten Steinstufen des Hauptflügels zum Stehen kam, war Raven, für einen Augenblick schmerzfrei, überrascht, die Dienerschaft zu ihrem Empfang draußen Spalier stehen zu sehen. Sir Hadrian, der in einer mit Goldborten besetzten Weste prächtig aussah, und sein betulicher Butler Jeffords hatten sich ganz vorn eingereiht.

Mit ihrem typischen Streben nach Unabhängigkeit, das den besorgten Charles verdroß, bestand Raven darauf, nicht ins Haus getragen zu werden, sondern aus eigener Kraft die Schwelle zu überschreiten. Mit großem Widerstreben gab er nach – hob sie sanft aus der Kutsche auf den Steinboden, drückte sie für eine Sekunde an sich und küßte sie auf die Stirn. Den Arm um sie gelegt, half er ihr über die Stufen und bemerkte dabei die liebevollen Mienen der versammelten Gefolgsleute beim Anblick ihrer Herrin. Einige wischten sich mit feuchten Taschentüchern über die Augen. Zu Charles' Erstaunen wurde auch ihm ein herzlicher Empfang bereitet, und die an ihn gerichteten Begrüßungsworte bewegten ihn zutiefst.

Raven hielt gerade lange genug inne, um ihren Onkel zu begrüßen, und als sie den glänzenden schwarzen Kopf über den löwenmähnigen beugte, sah Charles, wie dem alten Mann Freudentränen in die Augen stiegen.

Im riesigen Schlafgemach im Ostflügel des Herrenhauses hatte man die schweren Vorhänge geschlossen und das große Himmelbett frisch bezogen. Während Danny sich im Hintergrund zu schaffen machte, bettete Charles seine Frau sanft auf die weichen Laken.

»Kapitän St. Germain?«

Beim Klang seines Namens wandte er sich um. »Ja?«

»Ich bin Dr. Tremyn. Ihre Gemahlin hat um meine Anwesenheit bei der Entbindung gebeten.«

Charles musterte den kleingewachsenen Arzt mit dem Backenbart und den schmalen, feinknockigen Händen. Ihm gefielen der feste, prüfende Blick, mit dem Dr. Tremyn dem seinen begegnete und die ruhige Entschlossenheit in den freimütigen Augen.

»Ich kenne Miß Raven seit ihrer frühen Kindheit«, fügte der Arzt hinzu, in der Hoffnung, auch den allerletzten Zweifel, der noch immer in der Miene des breitschultrigen Kapitäns zu lesen war, restlos zu zerstreuen. »Im Alter von fünf Jahren mußte sie zum ersten Mal behandelt werden, als sie von ihrem neuen Pony gefallen war.« Dr. Tremyn lächelte sanft – »Und ich kann mich unmöglich erinnern, wie viele Stürze, Hautabschürfungen, Schnitte und blaue Flecke dem noch gefolgt sind.«

»Das kann ich mir vorstellen«, meinte Charles und entspannte sich. Doch gleich darauf runzelte er wieder beunruhigt die Stirn, als er zum Bett hinübersah, wo Danny und ein rothaariges Dienstmädchen Raven gerade das Kleid abstreiften. »Meine Frau ist gesundheitlich angegriffen«, sagte er mit rauher Stimme, »und derzeit nicht so robust wie eigentlich wünschenswert.«

»Machen Sie sich keine Sorgen«, erwiderte Dr. Tremyn zuversichtlich. »Sie dürfen schließlich die Barrancourtsche Unverwüstlichkeit nicht außer acht lassen, Kapitän.«

»Sollte ich dies je tun«, bemerkte Charles leicht gequält, »wird man mich gewiß sofort daran erinnern.«

Dr. Tremyn grinste. »Wenn Sie uns jetzt bitte entschuldigen, Kapitän, ich möchte Ihre Gemahlin untersuchen, um zu sehen, wie weit die Geburt schon fortgeschritten ist.«

Charles' Miene verfinsterte sich. »Ich denke nicht daran, meine Frau allein zu lassen.«

»Aber ja doch«, mischte sich Danny heiter ein, nahm ihn beim Ellbogen und versuchte ihn, wenngleich mit nur geringem Erfolg, zur Tür zu führen. »Werdende Väter haben bei der Geburt wirklich nichts verloren.«

Er fühlte sich so hilflos wie nie zuvor in seinem Leben. Unentschlossen schaute er zum Bett hinüber. Als fühlte sie seinen besorgten Blick, schlug Raven die Augen auf, und er sah darin die brennende Liebe zu ihm. Ein sanftes Lächeln trat auf die weichen Lippen, und Charles, nunmehr beruhigt, gestattete Danny, die Schlafzimmertür hinter ihm zu schließen.

»Na, na, mein Junge, Sie müssen sich jetzt ein wenig entspannen! Wenn Sie erst einmal in meinem Alter sind, werden Sie feststellen, daß man wegen so etwas nicht die Fassung verlieren muß.«

Überrascht drehte sich Charles um und bemerkte Sir Hadrian, der ihn vom anderen Ende des sonnigen Korridors aus beobachtete.

Obwohl der gebrechliche Herr sich schwer auf seinen Stock stützte und die Adern auf seinen Händen deutlich hervortraten, funkelten die bernsteinfarbenen Augen jugendlich, und die stolze Kopfhaltung erinnerte Charles nur allzu deutlich an Sir Hadrians impulsive, leicht aufbrausende Großnichte. »Hoffentlich erlebe ich nie den Tag, an dem mich die Geburt eines Sohnes oder einer Tochter nicht mehr berührt, Sir«, erwiderte er schneidend.

Sir Hadrian lachte gackernd und strich sich über den silbernen Bart, der ihm über die seidene Hemdbrust wallte. »Ganz schön bärbeißig, nicht wahr? Doch einerlei! Diesmal sei's Ihnen verziehen, weil dieses ganze Kinderkriegen einen werdenden Vater ziemlich mitnehmen kann. Doch folgen Sie mir. Es ist sinnlos, so vor der Tür herumzuschleichen. Dabei hören Sie nur Dinge, die einem besser nicht zu Ohren kommen. Begleiten Sie mich lieber ins Arbeitszimmer.«

Um Charles' volle Lippen zuckte es. Auf unerklärliche Weise fühlte er sich zu dem verhutzelten Greis hingezogen. Sir Hadrian, dem dies nicht entging, gluckste wieder und führte ihn die geschwungene Treppe zum Mittelflügel hinunter, wo ein Bediensteter eilends die geschnitzte Eichentür zu James Barrancourts Arbeitszimmer aufriß. Charles gefiel die warme, einladende Atmosphäre des Raumes auf der Stelle, die sorgsam polierte Nußbaumtäfelung, die Orientteppiche, die – wie er mit Kennerblick erkannte – kostbar und überaus erlesen waren. Der von Maskulinität geprägte Raum bot eine angenehme Rückzugsmöglichkeit vor den Pflichten der Welt. Hinter dem wuchtigen Schreibtisch eröffneten die Flügelfenster ein atemberaubendes Seepanorama, wo die kahlen Klippen jäh zu dem felsigen Strand und den schaumgekrönten Uferwellen abfielen.

Ja, dachte Charles, hier werde ich mit Wonne arbeiten.

Mit einem zufriedenen Lächeln hinkte Sir Hadrian zur Vitrine, holte zwei Cognacschwenker heraus und schenkte je einen großzügigen Schuß herrlich duftenden Weinbrands ein. Sein Lächeln vertiefte sich, als er sah, wie Charles sich bequem, die langen Beine locker gekreuzt, auf einem der großen Lehnstühle niederließ und mit seiner Lederweste und der lässig gebundenen Krawatte das Idealbild des Landedelmanns perfekt verkörperte.

Hunderte von Fragen lagen dem alten Mann auf der Zunge, aber trotz seiner Ungeduld wollte er sie jetzt noch nicht stellen. Später war noch genug Zeit, um von Ravens Gemahl die Ereignisse während der einjährigen Reise seiner Großnichte zu erfahren. Zuerst einmal mußten sie die Geburt des Kindes abwarten, und Sir Hadrian stellte fest, daß er ständig vor Augen hatte, wie Raven – zerbrechlicher, in gewisser Weise reifer, aber wunderschön –, sich auf ihren großen gutaussehenden Gatten stützte, als er ihr über die Schwelle half und dabei seine Ängste hinter einem Ausdruck wahrer, fürsorglicher Liebe zu verbergen suchte.

Raven hatte großartig ausgesehen, die blasse Haut hatte sich in den langen Stunden unter der Sommersonne golden getönt, die Schwangerschaft betonte noch die anmutige Zerbrechlichkeit ihrer schlanken Gestalt. Und doch hatte sie mager und erschöpft gewirkt, die allzu ausgeprägte Anspannung in ihren Augen konnte nicht allein von den Wehen herrühren. St. Germain war ihr mit geradezu grimmiger Fürsorglichkeit nicht von der Seite gewichen, und Sir Hadrian hegte den starken Verdacht, die festen Bande zwischen den beiden wären durch tiefes Leid und bittere Drangsal geschmiedet worden. Dies beunruhigte ihn eigentlich nicht übermäßig, denn ihm schien, daß eine aus Schmerz entstandene Liebe kräftiger erblühen müßte und von längerer Dauer sein würde als jede andere.

Sir Hadrian nippte noch einmal an seinem Cognac, leckte

sich genießerisch über die Lippen und begann ohne Umschweife. »Ja, mein Junge, all dies gehört nun Ihnen. Viele Barrancourts sind durch die Hand intriganter Blutsverwandter gestorben, die selbst Anspruch auf den Besitz erheben wollten.« Sein liebevoller Blick schweifte über das kostbar eingerichtete Arbeitszimmer. »Von Pracht und Schönheit einmal abgesehen, ist North Head ein bewirtschaftetes Anwesen mit Ackerland und Pächtern, das verwaltet werden muß. Schon etwas anderes, als ein Freibeuterschiff auf den Weltmeeren herumzuordern, könnte ich mir vorstellen.«

»Vermutlich«, stimmte Charles zu, der erkannte, daß ihn der gewitzte alte Mann auf die Probe stellte. »Doch kann ich Ihnen versichern, daß Raven einer Vermählung mit mir nicht zugestimmt hätte, hielte sie mich nicht für fähig, die Rolle eines Gutsherrn zu übernehmen.«

»Also wollen Sie sich hier niederlassen?« fragte Sir Hadrian und musterte Charles' schmales, sonnenverbrantes Gesicht. »Und was geschieht mit Ihrem Schiff? Ich möchte nicht, daß meine Großnichte mit einem Haufen kleiner Kinder sich selbst überlassen bleibt, wenn Ihnen das Seemannsblut wieder in den Adern zu kribbeln anfängt.«

Obwohl Charles eine solch unverschämte Bemerkung jedem anderen verübelt hätte, wußte er, daß es Sir Hadrian allein auf Ravens Wohlergehen ankam, und diese liebende Fürsorge konnte er nur allzugut nachempfinden. Unmerklich wurden seine schroffen Züge weicher, und in seiner Stimme schwang nicht die gewohnte Grobheit mit. »Ich habe meine frühen Mannesjahre auf See verbracht, Sir, auf der Suche nach etwas, das ich weder benennen noch beschreiben konnte. In Wahrheit war ich mir nicht einmal des Ausmaßes meiner tiefsten Sehnsüchte bewußt, bis ich Raven begegnete und mein Verlangen plötzlich auf eine Weise gestillt fand, die ich nie für möglich gehalten hätte. Dank dieses Heilmittels entdeckte ich die Ursache meines früheren Getriebenseins, und nun verfolgen mich keine Gespenster mehr.«

In seiner tiefen Rührung über das aufrichtige Geständnis gab Sir Hadrian vor, auf einmal ungeheuer mit dem Inhalt seines Cognacschwenkers beschäftigt zu sein, denn er erkannte, daß diese Offenbarung Charles nicht leichtgefallen war. Nach einer Weile zuckte er die Achseln und betrachtete ihn zufrieden grinsend. »Auf Ihr Wohl, mein Junge! Ich bezweifle nicht, daß James' Anwesen bei Ihnen in guten Händen ist.«

Charles leerte sein Glas, lehnte sich in dem bequemen Lederstuhl zurück und überflog die Stapel von Hauptbüchern auf dem Schreibtisch. Die Aufgabe, North Head wirtschaftlich wieder auf Vordermann zu bringen, schüchterte ihn nicht ein, und im Augenblick sorgte er sich weit mehr um Raven. Wie blaß und müde war sie doch gewesen, als sie ihm so tapfer vom Himmelbett aus zugelächelt hatte...

»Ach, Kapitän, Sir!« Ein junges Dienstmädchen mit geröteten Wangen platzte ganz aufgelöst zur Tür herein. »Dr. Tremyn sagt, Sie sollen raufkommen! Das Kindchen ist da, Sir!«

Auf Ravens kaum hörbare Bitte hin hatte man die schweren Vorhänge aufgezogen, so daß der Nachmittagssonnenschein ungehindert hereinströmte. Auf zahlreiche Kissen gebetet, konnte sie auf die schimmernde See hinausschauen, während sie mit großer Ungeduld den Augenblick erwartete, da Dr. Tremyn ihr ihr Erstgeborenes in den Arm legen würde.

Sarah und Nan packten unter frohem Geflüster in einer Ecke die blutigen Laken zusammen, während Danny ihrer Herrin den Spitzenkragen ihres frischen Nachthemdes zurechtzupfte und ihr das feuchte Haar aus der Stirn strich. »Nun, mein Liebes«, flötete sie, die lustigen braunen Augen von Freudentränen benetzt. »Wieder hübsch und munter wie das blühende Leben.«

Hinter ihr flog die Schlafzimmertür auf. Alle drehten sich erschrocken um und sahen Charles atemlos auf der Schwelle stehen. In den smaragdgrünen Augen glühten wilde, ungebändigte Gefühle. Nur Raven überraschte sein Auftritt nicht, lächelnd winkte sie ihn heran, und diese Geste zauberte tiefe Erleichterung auf sein kantiges Gesicht. Er setzte sich zu ihr aufs Bett und strich ihr mit linkischen Fingern über die blasse Wange. Doch als er zu sprechen versuchte, versagte ihm die Stimme.

»Schau, Charles«, flüsterte Raven, als Dr. Tremyn mit einem quäkenden Bündel im Arm hinter ihrem Gatten auftauchte. »Wir haben eine Tochter.«

»Und eine gesunde obendrein«, fügte der Arzt hinzu und legte das eingemummte Baby in Ravens ausgestreckte Arme. »Die Entbindung ist völlig problemlos verlaufen, und unsere junge Dame hat unversehrt das Licht der Welt erblickt.«

Als er das kleine rote Gesicht seiner Tochter betrachtete, wurde Charles merkwürdig eng in der Brust. Ihr Köpfchen war mit zartem Haar bedeckt, ebenso dunkel und glänzend wie Ravens, und als sie die Augen aufschlug und ihn ansah, erkannte er, daß sie blau waren, obwohl die türkisfarbenen Tiefen davon kündeten, daß sie eines Tages dasselbe Grün wie die seinen annehmen würden. Ein Lächeln innigsten Glücks umspielte seine Lippen, aber zu seinem Erstaunen öffnete das Kind als Antwort auf die väterliche Freude das Mündchen und stieß einen kräftigen Schrei aus.

Raven lachte über Charles' verdutzte Miene. Aber während sich ihre Blicke kreuzten, erstarb ihr das Lachen auf den Lippen, und sie errötete tief, als sie die übermächtige Liebe zu ihr in seinen Augen las.

»Ich liebe dich, Raven«, flüsterte er heiser. »Wenn du nur ahnen könntest, wie sehr ich dich liebe!«

»Ich kann es versuchen«, antwortete sie leise und hob ihm das Gesicht entgegen. Verlangend senkten sich seine Lippen auf die ihren.

Nachdem Raven eingeschlummert war und das Baby satt und zufrieden in der behaglichen Korbwiege neben dem Bett seiner Mutter lag, schlüpfte Charles lautlos aus dem Zimmer. Da er den Drang nach ein wenig Bewegung verspürte, ließ er ein Pferd satteln. Dann ging er ins Speisezimmer und blieb dort gerade lange genug, um mit dem überglücklichen Sir Hadrian auf die Gesundheit des Babys anzustoßen.

»Und wie soll die Kleine heißen?« fragte der stolze, frischgebackene Urgroßonkel, als er das leere Glas abstellte.

Charles fuhr sich durch die ungebändigten braunen Lokken. »Hm, ich weiß noch nicht. Das überlasse ich wohl Raven.«

»Und wie ist das Befinden meiner lieben Großnichte?« erkundigte sich Sir Hadrian mit einem milden Lächeln.

Charles' Miene wurde sanfter, wie immer, wenn man von Raven sprach, und Sir Hadrian bemerkte die Veränderung mit Wohlwollen. »Ausgezeichnet. Dr. Tremyn fürchtet keinerlei Komplikationen.«

»Warum auch?« schnaubte Sir Hadrian. »Sie ist schließlich eine St. Germain. Soviel ich weiß, ist das ein zäher Schlag.«

Immer noch lächelnd überquerte Charles den gepflasterten Hof und sah zwei jungen Burschen zu, die einen ungebärdigen kastanienbraunen Hengst aus dem Stall zu führen versuchten. Die Ohren eng an den edlen Kopf gelegt, tänzelte das Tier zur Seite, drehte sich im Kreis und suchte sich loszureißen, während die jungen Pferdeknechte fluchend ihr Bestes gaben, um ihn im Zaum zu halten.

»Das ist doch bestimmt Cinnabar«, bemerkte Charles zu dem grauhaarigen Mann, der aus dem Stall kam, um das Spektaktel zu verfolgen.

»Ja, ganz recht, Sir. Möchten der Herr ihn reiten?« fragte Sam. »Ich habe ihn für Sie satteln lassen, weil er seit Miß Ravens Abreise nicht mehr richtig geritten worden ist, aber es steht auch schon ein Wallach parat, wenn Cinnabar dem Herrn zu ungestüm erscheint.«

Charles hob die Brauen und musterte den Stallaufseher prüfend. In Sams Blick, der dem seinen fest begegnete, sah er keine Herausforderung, nur eine höfliche Frage. »Ich reite ihn gern«, erwiderte er leichthin. »Er dürfte kaum schwerer als seine Herrin zu zähmen sein.« Er grinste den verdutzten Sam breit an, nahm den Stallburschen die Zügel aus der Hand und schwang sich elegant in den Sattel.

Dann galoppierten Pferd und Reiter über das windgepeitschte Grasland, und Cinnabar reagierte folgsam auf die Befehle, da Charles mit einwandfreier Haltung im Sattel saß. Sam verschränkte die kräftigen Arme über der Brust und schürzte die Lippen. Nach einer Weile trat Bewunderung in seine Miene. Nicht viele Männer ritten derart meisterlich, das sah er mit Kennerblick, auf einem so temperamentvollen Tier wie Cinnabar. Ja, stellte er fest, Miß Raven hat einen ihr ebenbürtigen Mann geheiratet.

Den salzigen Seegeruch in der Nase, lenkte Charles den muskulösen Hengst vom Haus weg und trieb ihn zu schnellerem Tempo an, so daß sie bald nur so dahinstoben. Das weite, karge Heideland, das sich von North Head zum Meer erstreckte, eröffnete ihnen grenzenlosen offenen Raum, und Charles ließ dem Tier freien Lauf, so daß beide ihre überschäumenden Energien in einem ungestümen Galopp austoben konnten.

Wo die Klippen ins Meer abfielen, zog Charles schließlich die Zügel an und ließ Cinnabar ein wenig verschnaufen, während er den Blick über die unglaublich schöne Felsküste schweifen ließ, die gänzlich zu Barrancourtschen Anwesen, nunmehr Ravens und seinem Besitz, gehörte. Aber jetzt ist es das Land der St. Germain, drängte es Charles hinauszuschreien, und die Tatsache, daß er nun ein Zuhause und eine Familie sein eigen nennen durfte, erfüllte ihn mit höchster Freude. Vor Jahren hatte er ebendies aufgegeben – in seinem rastlosen Hunger nach etwas, das er auf dem weiten offenen Meer zu finden dachte. Was hatte ihm der Gedanke an eine Familie damals bedeutet, einem jungen Mann ohne Eltern und Geschwister, die jene nagende Leere in seinem Innern hätten füllen können? Ravens tiefe Liebe zu North Head, zur Dauerhaftigkeit der Heimat und den innig bewahrten Erinnerungen an Mutter und Vater hatte in Charles das heiße Verlangen nach Zugehörigkeit – so viele Jahre absichtlich unterdrückt – wieder angefacht.

Und Raven hatte, weiß Gott, jenen Schmerz gestillt, sobald dieser wieder qualvoll spürbar geworden war. Durch ihre große Liebe zu ihm füllte sie nicht nur jene schmerzliche Leere, sondern sie hatte ihm auch ein bezauberndes Töchterchen und ein Heim von intensiverer Schönheit als das fade Château Monteraux mit seiner manierierten Vollkommenheit geschenkt.

Mit strahlenden Augen sah er zur versteckten Bucht hinunter, wo er mit seinen Leuten vor Monaten geschmuggelten Rum entladen und zum ersten Mal die Leidenschaften einer hitzköpfigen, stolzen jungen Schönheit namens Raven Barrancourt erlebt hatte. Auf einmal überkam ihn Sehnsucht nach ihr, und der Wunsch, in ihr Gesicht zu schauen, ihre weichen Lippen zu küssen, die Liebe, die sie für ihn empfand, in ihren wunderschönen Augen zu lesen, veranlaßte Charles, Cinnabar zum Haus zurückzuhetzen.

Die Spätnachmittagssonne tauchte die roséfarbenen Wände in leuchtendes Gold, und ein Lichtstrahl fiel auf die Kissen, wo Raven das glänzende schwarze Haar über die Schulter fiel. Im Schlaf war die Erschöpfung, die sich ihr ins Gesicht gegraben hatte, verschwunden, und der zarte Schmelz völliger Wiedergenesung tönte ihre hohen Wangenknochen. Schweigend betrachtete Charles sie einige Minuten, ehe sie sich regte und die Augen öffnete, deren Topastiefen aufleuchteten, als sie sein Gesicht über dem ihren erblickte. Ehe sie sprechen konnte, begann das Kind in der Wiege zu wimmern, und sie verfolgte höchst aufmerksam, wie er sich hinabbeugte, um sein neugeborenes Töchterchen in den Arm zu nehmen. In der Erwartung, er könnte sich unbeholfen oder gar furchtsam anstellen, beobachtete Raven erstaunt, daß er das Baby ohne Zögern hin und her wiegte, daß es sofort zufrieden wieder einschlummerte.

Nach nicht einmal zehn Minuten wurde ihre innige Vertrautheit auf einmal durch einen Tumult auf der Treppe unterbrochen. Charles legte seine schlafende Tochter rasch Raven in die Arme, ehe er zur Tür schritt, wo wütende Stimmen und polternde Fußstapfen von der vermeintlichen Ankunft einer ganzen Armee kündeten.

»Kapitän St. Germain, kommen Sie schnell!« Der sonst so gelassene Diener Parris klopfte eindringlich an die Tür. »Timms lädt unten die Pistolen des Masters! Ich habe versucht, den Kerl abzuwimmeln, aber er hat mich einfach beiseite gedrängt und ...«

»Wer erdreistet sich, mir den Zutritt zum Haus meines besten Freundes zu verwehren?« dröhnte eine tiefe, empörte Stimme vom Fuße der Treppe herauf.

»Dimitri!« riefen Charles und Raven einstimmig.

»Ja, ich bin's, Dimitri!« schallte es zurück. »Wer sonst? Was soll das heißen, Towarisch? Mich nicht in dein Haus zu lassen! Ganz Cornwall spricht von deinem hübschen Töchterchen, und ich soll sie mir nicht einmal anschauen dürfen?«

Auf der Schwelle zum Gelben Salon hielt Charles bei Dimitris Anblick, der drinnen unruhig auf dem Parkett auf und ab tigerte, abrupt inne. Verschwunden waren die ungebärdigen Locken und der lang wallende Bart, die seinem russischen Freund das einstige wilde Aussehen verliehen hatten. Dimitri Sergejew war sorgfältig herausgeputzt, sein Backenbart auf ordentliche Länge zurechtgestutzt, seine Kleidung tadellos – angefangen vom hohen, gestärkten weißen Kragen bis zu den blitzblank gewienerten Schnallenschuhen. Auf seiner Seidenkrawatte funkelte ein Diamant, und als er mit einem breiten Grinsen den Kopf zurückwarf, sah Charles einen zweiten an seinem Ohr sprühen und brach daraufhin in schallendes Gelächter aus, weil der Russe so offensichtlich trotz seiner geckenhaften Aufmachung im Herzen noch immer der verwegene Pirat geblieben war.

»Towarisch, da bin ich wieder!« verkündete er, und die beiden hochgewachsenen Männer umarmten einander. Dimitri hieb Charles auf den Rücken und drückte ihn so stürmisch an sich, daß einem schmächtigeren Mann ein paar Rippen gebrochen wären. »Wie geht es meiner kleinen Prinzessin? Hoffentlich gut?«

Charles nickte. »Das Kind ist vor ein paar Stunden zur Welt gekommen, aber das weißt du wohl schon.«

»Im Hafen von Penzance bin ich auf die *Orient Star* gestoßen«, erläuterte Dimitri, »und habe mir von Geoffrey rasch alle Neuigkeiten berichten lassen. So hast du sie endlich geheiratet, alter Gauner?«

Charles' kantige Züge wurden sanfter. »In Charleston, wo wir wegen neuer Vorräte anlegten. Ich wollte Raven überreden, bis zur Geburt des Kindes dort zu bleiben, aber davon wollte sie nichts hören.«

»Ich danke dem Herrgott, daß ihr zwei unversehrt wieder hier in England angekommen seid.«

Die Erinnerungen an die qualvollen Monate nach Ravens Entführung überschatteten Charles' Gesicht. Dimitri bemerkte das sofort und rieb sich, von dem ernsten Thema ablenkend, mit einem herzlichen Lächeln die Pranken. »Nun, komm, an diesem Glückstag wollen wir nicht mehr davon reden, ja? Du hast ein Töchterchen, mein Freund. Ich wünsche dir alles Gute. Hat sie denn die Schönheit ihrer Mutter geerbt?«

»Ja, in der Tat«, bestätigte Charles voller Stolz. »Komm mit und sieh selbst.«

»Warte noch eine Minute, Towarisch«, bat Dimitri und hielt ihn am Arm zurück. »Wir müssen noch eine Kleinigkeit besprechen.« Er senkte die Stimme zu einem verschwörerischen Flüstern. »Es betrifft den Diamanten.«

»Kein Wort darüber in Ravens Gegenwart!« ermahnte ihn Charles. »Ich habe dir bis jetzt noch gar nichts darüber erzählt. Überhaupt haben wir nur sehr wenig über Indien oder irgend etwas gesprochen, das mit ihrer Überfahrt nach New Orleans zusammenhängt.« Seine Stimme wurde rauh. »Sie soll sich erst völlig erholen, ehe wir die Vergangenheit wiederaufleben lassen.«

Dimitri räusperte sich. »Das kann ich gut verstehen.«

»Deiner Kleidung nach zu urteilen, hast du es offensichtlich verstanden, dir einen netten Anteil aus dem Erlös des Diamanten unter den Nagel zu reißen«, bemerkte Charles leichthin.

»Einen netten Anteil?« Dimitri gluckste. »Towarisch, der Edelstein war unbezahlbar! Ich habe ihn in Paris von einem Experten schleifen lassen, der...«

»Dimitri«, warnte Charles, »ich habe dieses Juwel deinem Schutz anvertraut. Sicher hast du schon von der Annexion des Punjab gehört. Der Gouverneur und seine Adjutanten dürften recht bald entdecken, daß der Kohinoor von einem Verwandten des Nawab von Oudh in den Punjab gesandt wurde. Dies weist ihn eindeutig als Besitz Queen Victorias aus, und ich möchte nicht, daß Ihre Armee nach Cornwall kommt und ihn zurückfordert, wenn man ihn erst aufgespürt hat.«

»Das wird nie geschehen«, entgegnete Dimitri zuversichtlich, »weil Vickie ihn bereits in Händen hält.«

Charles schaute völlig verdutzt drein.

»Ja, es stimmt«, versicherte der Russe, der sich köstlich amüsierte. »Wenn du deine gräßliche Laune ein wenig zügelst, erzähle ich dir meine Geschichte. Kristos, die Vaterschaft hat dich ja überhaupt nicht verändert!« Als er Charles'

Stirnrunzeln bemerkte, hob er begütigend die Hände und sagte schnell. »Nun gut, folgendes ist passiert: Bis zur Landung der *Bridget Bailey* in Brest war mir eingefallen, daß es einem schäbigen, staatenlosen Seemann nie gelingen würde, bei Ihrer Majestät, Queen Victoria von Großbritannien, eine Audienz zu erlangen, um ihr den berühmten Kohinoor-Diamanten zu überreichen. Es wäre nur allzu verständlich, wenn man mich des Diebstahls verdächtigte und dafür in den Tower sperrte. Also beschloß ich, die Hilfe eines Mannes anzunehmen, der – nun ja, größere Glaubwürdigkeit als ich genießen würde.«

»Wir hatten doch ausgemacht...«

»Die Hilfe eines Mannes von Stand, einer hochgeachteten Persönlichkeit, eines Menschen«, sprach Dimitri ungerührt weiter, »der nicht zögern würde, eine von Charles St. Germain verfochtene Sache, dem er Beträchtliches verdankte, zu unterstützen.«

»Und das war?« erkundigte sich Charles schicksalsergeben.

»Dein Vetter Frédéric St. Germain, Graf von Monteraux. Er zeigte sich überaus bemüht, sein Möglichstes für dich zu tun«, fuhr Dimitri vergnügt fort. »Offensichtlich hat ihm die Großzügigkeit, mit der du dem damaligen Milchbübchen Monteraux übertragen hast, eine neue Lebensperspektive verliehen. Frédéric und ich ließen den Stein von einem Pariser Fachmann, der dem Königshaus Orleans als Hofdiamantenschleifer diente, bearbeiten. Es war einzigartig, Charles, wenn ich mir diese Bemerkung erlauben darf! Der Diamant wurde um ein Drittel verkleinert, aber die Reinheit, das Feuer jenes Drittels, ach!« Er schnalzte begeistert und grinste seinen Kapitän durchtrieben an. »Frédéric und ich wurden ohne weiteres zur Audienz bei Ihrer Majestät vorgelassen. Ich wage zu behaupten, daß dein Vetter über beachtlich viel von jenem berühmten Charme der St. Germains verfügt, denn er bezauberte die gute Vickie ganz enorm. Natürlich wollte sie wissen, wie der Kohinoor in unseren Besitz gelangt war, und ich habe ihr eine wahrhaft dramatische Geschichte erzählt.«

»O nein«, ächzte Charles.

»Aber ja doch!« rief Dimitri strahlend. »Zu Tränen gerührt hätte dich meine Schilderung deiner Tapferkeit, mein Freund! Selbst mir trat das Wasser in die Augen bei meiner Erzählung, wie du unbewaffnet, mit bloßen Händen den begehrten Stein einem halben Dutzend aufständigen Sikhs in Namen Ihrer Majestät entrungen hast.«

Mit einem lauten Stöhnen drehte sich Charles zum Fenster und rieb sich erschöpft die Schläfen.

Hinter ihm lachte Dimitri schallend. »Deine Ruhmestaten haben sie derart hingerissen, daß sie dich zur Audienz nach Windsor bittet. Die offizielle Ladung müßte jetzt jeden Tag hier eintreffen. Wie schade – die Königin und ganz Großbritannien werden nie erfahren, daß der wunderschöne Stein, den du für sie erbeutet hast, nur zwei Drittel der ursprünglichen Größe beträgt.«

»Und das andere Drittel?« fuhr ihn Charles ungläubig an.

Dimitri zeigte auf seine Krawattennadel und den Diamantohrring. »Ein Teil davon befindet sich hier, wie du unschwer sehen kannst, doch das meiste liegt in Wertpapieren bei einem Londoner Bankier verwahrt, der nur darauf wartet, die nötigen Schriftstücke aufzusetzen, damit James Barrancourts Schulden bei einem gewissen Squire Blackburn beglichen werden.«

»Und der Rest?« fragte Charles, der sich keinesfalls von Dimitris gewinnendem Lächeln erweichen lassen wollte.

»Ein wenig habe ich für mich zur Seite gebracht«, gestand Dimitri. »Schließlich habe ich bei diesem Abenteuer genug mitmachen müssen, und es wäre ungerecht, wenn nur dir allein ein solcher Schatz wie unsere kleine Prinzessin zufiele. Ach je – die letzten Restchen des Diamanten trage ich bei mir.« Er fingerte in seiner Westentasche herum, zog ein Cloisonnédöschen heraus, und offenbarte die herrlichen Perlmuttkämme, die Raven so geliebt hatte.

»Hast du sie etwa mitgenommen, als du von Bord gingst?« fragte Charles schneidend. »Raven fürchtete, sie nach ihrer Entführung verloren zu haben, und da weder Danny noch ich sie nach unserer Abfahrt aus New Orleans finden konnten, ließ ich sie besser in diesem Glauben.« Er schaute Dimitri vorwurfsvoll an. »Ich dachte, ich hätte sie irgendwo verlegt und mich ohrfeigen mögen.«

»Ja, ich habe sie mitgenommen«, gab Dimitri zu, von Charles' Wut keineswegs aus der Fassung gebracht. »Ich wollte unserer Kleinen beim Wiedersehen ein Geschenk überreichen. Da, schau dir an, womit ich den Diamantenschleifer beauftragt habe.«

Als er sie aus der satingefütterten Dose nahm, bemerkte Charles, daß die Kämme mit einer Reihe prächtigster kleiner Diamanten besetzt waren, das Strahlen ihrer perfekt geschliffenen Facetten ließ sie wie Feuer sprühen. Ein Meisterwerk der Juwelierskunst, und selbst Charles mußte zugeben, daß das Ergebnis ihm den Atem raubte. Er legte die Kämme wieder in die Dose und reichte sie Dimitri. »Raven wird sicher gerührt sein«, sagte er rauh und sah Dimitri in die Augen. »Ich danke dir.«

Dimitri zuckte gleichgültig die Achseln, obschon er sehr zufrieden wirkte. »Nicht der Rede wert, mein Freund. Herrje, das hätte ich um ein Haar vergessen«, fügte er hinzu und wühlte hastig in den übergroßen Jackettaschen. Er zog einen länglichen, hölzernen Intarsienbehälter heraus und überreichte ihn Charles mit einem breiten Grinsen.

Charles öffnete den zierlichen Messingverschluß, lüftete den Deckel und enthüllte eine dicke dunkelblaue Samteinlage, auf der ein herrliches Diamanthalsband lag. Nicht weniger als ein Dutzend funkelnder Steine waren exakt auf einer zarten dünnen Kette aus reinem Weißgold aufgereiht. In der Mitte lag ein tränenförmiger, größerer Diamant, der mit seinem eisblauen Feuer das Tageslicht einfing und dessen unzählige Facetten sich durch höchste Vollkommenheit auszeichneten.

»Ist die Kette nicht schön?« erkundigte sich Dimitri, als Charles schwieg. »Hättest du dir je träumen lassen, daß dieser unscheinbare Glasklumpen etwas so Prachtvolles ergeben würde?«

»Nein«, pflichtete ihm Charles bei und fügt sanft hinzu: »Und doch wäre etwas Geringeres ihrer nicht würdig.«

Einen Augenblick herrschte Stille in dem eleganten Salon, dann schlug Charles seinem Ersten Offizier kräftig auf die

Schulter. »Nun komm, du Halunke, ich möchte dir meine Tochter vorstellen.«

»Und wie nennt ihr sie?« fragte Dimitri neugierig, als er Charles ins oberste Stockwerk folgte.

»Das wissen wir noch nicht«, gestand Charles. »Raven behauptet, ihr falle kein hinreichend außergewöhnlicher Name ein. Ihre Mutter hieß Gwendolyn, und obwohl ich diesen Namen überaus schätze, stimmen Raven und ich überein, daß er nicht so recht zu einem Kind paßt, das unter so dramatischen Umständen das Licht der Welt erblickte. Da fällt mir ein, alter Kamerad, ich habe einen einwandfreien Klipper im Hafen von Penzance vor Anker liegen, der dringend einen Kapitän braucht. Sieht so aus, als wollte sein Besitzer zusammen mit seinem werten Schwiegergroßonkel ein bescheidenes Handelsunternehmen zwischen den Westindies und Cornwall aufziehen. Vielleicht kennst du jemanden, der daran interessiert ist?«

Dimitri schürzte die Lippen und bemühte sich um eine gleichmütige Miene, aber als Charles sich auf der Treppe umdrehte, sah er ungeheure Erregung in den schwarzen Augen leuchten. »Möglicherweise«, tat Dimitri gönnerhaft.

Raven hatte die vertrauten Stimmen im Korridor vernommen. Mit einem erwartungsvollen Lächeln schaute sie auf. Sie trug einen hellblauen Satinumhang, gegen den sich ihr nachtschwarzes Haar schimmernd abhob, und ihre goldfarbenen Augen leuchteten herzlich.

Für eine Sekunde vergaß Charles sogar sein neugeborenes, an die Mutterbrust gekuscheltes Töchterchen, so sehr fesselte ihn Ravens Schönheit, die ihm so blühend und verführerisch wie an jenem Tag inmitten des Marktgewimmels in Bombay erschien.

Erst Dimitri erinnerte ihn an das Kindchen, als er sich hinabbeugte, um Raven liebevoll und lautstark die Wange zu küssen und sich dann mit einem verblüffend väterlichen Gurren dem winzigen, verschrumpelten Gesichtchen zuzuwenden, das aus dem Deckenbündel in Ravens Arm hervorlugte. »Wunderhübsch«, murmelte er. »Wissen Sie, mein Kleines, ihr Haar hat die Farbe unermeßlich wertvollen russischen Zobels.« Ehrfürchtig berührte er den fedrigen Flaum auf dem Köpfchen des Neugeborenen. »Schwarz wie die Nacht, aber wenn die Sonne darauf scheint, kann man die goldenen Funken darin sehen.« Er strahlte, und Ravens Lippen umspielte jenes besondere Lächeln, das sie sich speziell für Dimitri vorbehielt.

»Ich freue mich so über Ihren Besuch, Dimitri«, sagte sie zärtlich und ließ die kleine Hand in die seine gleiten. »Sie bleiben doch ein wenig, nicht wahr?«

Dimitri tat beleidigt. »Glauben Sie denn, ich würde mich gleich wieder davonmachen und Sie so schnell verlassen? Nein, mein kostbarer Engel, ich bleibe hier, bis die müden Schatten unter ihren Augen verschwunden sind. Und Ihr Gatte und ich müssen uns noch über Geschäftliches unterhalten, nicht?« fügte er hinzu und grinste seinen Freund an. Doch als er merkte, mit welchem Gesichtsausdruck Charles die junge Mutter und das quäkende Neugeborene an ihrer Brust ansah, trat ein wissender Ausdruck in seine Augen. »Ich mache es mir erst einmal unten gemütlich«, erklärte er vielsagend. »Vielleicht sehe ich Sie heute abend noch einmal?«

Raven lächelte liebenswürdig. »O ja, gern, Dimitri. Wir müssen uns ja über so vieles unterhalten.« Lässig schlenderte er hinaus, und sie dachte, daß sie trotz seiner geckenhaften Aufmachung in ihm immer den unwiderstehlichen Draufgänger lieben würde. »Er hätte noch ein wenig bleiben sollen«, bemerkte sie wehmütig, als Charles sich zu ihr aufs Bett setzte.

»Für längere Besuche bist du noch zu erschöpft«, meinte er sanft. »Überdies muß Dimitri mit seinen Geschichten warten, bis du wieder bei Kräften bist. Aber morgen unterhalten wir drei uns. Es ist wohl an der Zeit, dir alles zu erzählen, was ich während deiner Rekonvaleszenz auf der *Orient Star* nicht mit dir besprechen wollte.« Er nahm ihre Hand in die seine. »Bis dahin, Raven, sollst du dich ausruhen und wissen, daß dein habsüchtiger Nachbar keine Ansprüche mehr auf North Head erheben kann und du dich über Geldangelegenheiten nicht mehr zu sorgen brauchst.«

Raven strahlte ihn liebevoll an. »Ich habe niemals bezweifelt, daß du einen Weg finden würdest, um mir zu helfen.«

Angesichts des rückhaltlosen Vertrauens, das ihr schönes, ebenmäßiges Gesicht erhellte, wurde ihm warm ums Herz. »Raven«, sagte er heiser und beugte sich zu einem Kuß hinab.

»Charles, warte«, widersprach sie, und mit einem fragenden Blick hielt er inne.

»Meiner Zärtlichkeiten schon überdrüssig, meine unstete, wankelmütige Raven?« neckte er.

Ihre Wangen überzogen sich rosig, als sie in sein lächelndes Gesicht schaute. »Natürlich nicht«, meinte sie zögernd, »aber mir fiel eben ein, was Dimitri über unsere Tochter gesagt hat.«

Beide sahen in das Gesichtchen, das still an Ravens Brust lag, auf die kleine Faust, die eine Strähne des tiefschwarzen Haars umklammerte, das über Ravens schmale Schultern floß.

»Dimitri meinte«, fuhr Raven gedämpft fort, und in ihrer Stimme schwang ein wunderbares Erstaunen mit, als sie auf ihr schlafendes Töchterchen blickte, »daß sie ihn an unermeßlich wertvollen russischen Zobel erinnere. Ach, Charles«, fuhr sie atemlos fort, »wäre nicht Zobelia der ideale Name für unsere Erstgeborene?«

»Zobelia St. Germain«, murmelte Charles leise und genoß den Klang dieser Worte.

»Was hältst du davon?« fragte Raven erwartungsvoll und wandte ihm das Gesicht zu, so daß ihre weichen, geöffneten Lippen fast die seinen berührten.

»Ich finde«, erwiderte er mit belegter Stimme, »diesen Namen ungewöhnlich genug für ein Kind, das einer solchen Liebe wie der unseren entsprungen ist.« Er zog Raven näher an sich, kostete es aus, ihren warmen, schmiegsamen Körper an dem seinen zu spüren und neigte den Kopf, bis sich ihre Lippen zu einem langen innigen Kuß fanden.